PHILINA HAIN

TAVITH

BAND 1:
WENN HIMMEL UND HÖLLE SICH LIEBEN

Fantasy

www.sternensand-verlag.ch | info@sternensand-verlag.ch

1. Auflage, August 2020
© Sternensand Verlag GmbH, Zürich 2020
Umschlaggestaltung: Alexander Kopainski
Lektorat / Korrektorat: Sternensand Verlag GmbH | Natalie Röllig
Korrektorat 2: Sternensand Verlag GmbH | Jennifer Papendick
Illustrationen S. 5, 9, 487: Philina Hain
Satz: Sternensand Verlag GmbH
Druck und Bindung: Smilkov Print Ltd.

ISBN-13: 978-3-03896-133-8
ISBN-10: 3-03896-133-8

Für all die lieben Menschen,
die immer an mich glauben,
auch wenn ich selbst es nicht tue.

INHALTSVERZEICHNIS

WELTKARTE

 OBERSTER HIMMEL

 OBERE HIMMELSEBENE

 UNTERE HIMMELSEBENE

 WOLKENSCHICHT

 MENSCHENWELT

UNTERWELT

 UNTERIRDISCHE HÖLLENSTÄDTE

CORONATION

Felt loved ones die,
saw their blood.
I can't deny,
they were all I've got.

Falling to pieces,
but have to stay whole,
for I am a king
and a kingdom I rule.

Changing myself,
I'm taking the lead
in creating a country
where our enemies bleed.

Climbing the stairs,
accepting the throne
it's where I belong,
'cause this is my home.

PROLOG

JIYAN

Vor zweitausend Jahren im Königreich der Nymphen

Beißender Schwefelgeruch ätzte in seiner Nase, seinem Rachen, seiner Lunge. Ließ ihn würgen, während er wie in Trance an den toten Wachen vorbeilief, welche die Flure des Schlosses säumten.

Bis tief in seine Seele hatte er gespürt, dass etwas nicht stimmte, und war so schnell wie noch nie nach Hause geeilt, nur um das Schloss als Ort des Grauens vorzufinden.

Wie so oft hatte er sich zuvor am Abend aus seinen Gemächern geschlichen, um sich in der Stadt, die den Palast umgab, zu amüsieren und seiner Begierde nachzugeben, wie es typisch für seine Art war.

Doch statt bei einer Berührung das warme Prickeln zu empfinden, das Energie in seinem Körper freisetzte, hatte er sich beinahe übergeben müssen. Ihm hatte sich der Magen umgedreht, kalter Angstschweiß war seinen Rücken hinabgeronnen und ein Zittern an seinen Gliedmaßen emporgekrochen.

Dieses Zittern verstärkte sich mit jedem weiteren Schritt, den Jiyan nun auf den Thronsaal zuging. Sein Herz raste so sehr, dass es in seinen Ohren rauschte. Der dumpfe Klang seiner Stiefel, die auf dem hellen Marmor aufsetzten, war das einzige Geräusch weit und breit.

Schwankend kniete er sich neben eine tote Wache, deren Hals und Brustkorb auf bestialische Weise zerfetzt worden waren. Die glasigen Augen des Mannes waren auf die Waffe gerichtet, welche seine Finger immer noch fest umschlungen hielten.

Jiyan zerrte das Schwert des Soldaten aus dessen leblosen Händen. Seine Haut war noch warm. Ebenso wie der Schwertgriff. Die Monster, die dieses Blutvergießen zu verantworten hatten, waren noch nicht lang fort. Oder vielleicht waren sie auch noch hier und lagen auf der Lauer. Warteten auf einen weiteren Nymphen, den sie zerfleischen konnten.

Dämonen, dachte Jiyan angewidert und richtete sich wieder auf.

Ihr Schwefelgestank und die Wunden der Opfer gaben sie preis.

Sein Blick glitt den breiten Flur entlang, der zum Thronsaal führte. Zugleich entstand in seinem Inneren eine merkwürdige Leere, als ob seine Emotionen zu überwältigend wären, um von ihm empfunden zu werden. Denn er ahnte, dass ihn ein noch entsetzlicherer Anblick erwartete.

Wenngleich er umkehren wollte, setzte er sich wieder in Bewegung und umklammerte den Griff des Schwertes auf der Suche nach Halt.

Besser als jeder Soldat im Königreich der Nymphen wusste er damit umzugehen. Denn jede der Wachen hatte den Waffenge-

12

brauch aus einem Pflichtgefühl heraus gelernt, um der Königsfamilie zu dienen – Jiyans Familie –, aber sie *wollten* nicht kämpfen. Jiyan schon. Und er hatte einen der besten Lehrer gehabt, um es zu erlernen.

Mit jedem weiteren Schritt spannten sich seine Muskeln voller Erwartung noch ein wenig mehr an, bis er dachte, sie würden bersten. Dann bog er um die Ecke zum Thronsaal. Nicht mal für eine Sekunde hatte er seine Deckung fallen lassen, falls sich noch weitere Dämonen in der Nähe aufhielten. Doch bei der Szene, die sich ihm bot, fiel seine Deckung wie die vertrockneten, toten Blätter der Laubbäume im Herbst, wenn ihre Zeit vorüber war.

Nein. Nein. Nein.

Dieses kleine Wort erklang immer wieder in seinen Gedanken wie das endlose Ticken einer Uhr.

Das Schwert fiel klirrend zu Boden, als er in die Richtung des Thrones losstürmte.

Voller Entsetzen stieg er über den Ring aus toten Wachen, der um den Herrscherstuhl geformt worden war.

Dahinter lagen auf den breiten Stufen der Empore sein älterer Bruder Milan und dessen Frau Baraa. Tot. Grotesk entstellt. Milans Blick war auf seine Frau gerichtet, der die Augäpfel fehlten.

Jiyan hatte schon des Öfteren gehört, dass sich Höllengeschöpfe besonders hübsche Augen als Souvenir mitnahmen, doch er hätte nie gedacht, dass er es einmal erleben würde.

Bestürzt kniete er sich neben Milan – oder eben das, was von seinem Bruder übrig war.

In seinem Verstand tat sich ein bodenloses Loch auf, in das er immer tiefer hinabfiel. Haltlos stürzte er in die Dunkelheit, während sich seine Kleidung mit dem sagenumwobenen blauen Blut der Königsfamilie der Nymphen vollsog, das über die Stufen des Throns lief.

Ganz langsam hob Jiyan den Blick. Fühlte sich wie gelähmt, sodass sein Körper Zeit brauchte, um zu reagieren.

Vor dem Thron lag der nackte, geschundene Körper seiner Mutter, zu Füßen seines Vaters, der an den Königssessel gekettet war. Sein Kopf fehlte. Schien nirgendwo herumzuliegen in diesem bizarren, perfekt arrangierten Bild des Verderbens, in dessen Mitte Jiyan kniete.

Als die vernichtende Realität allmählich zu ihm durchsickerte, nisteten sich bodenlose Trauer, Wut und Hass wie ein Geschwür in ihm ein, das ihn von innen heraus auffraß.

Trauer – um seine geliebte Familie.

Hass – auf die Monster, die sie ihm genommen hatten.

Wut – auf sich selbst.

Wo hatte er sich herumgetrieben, während sie flehentlich um Gnade schrien? Was hatte er getan, als man sie wie Vieh geschlachtet hatte? Er hatte sich mit anderen Nymphen vergnügt und seine Lust befriedigt. Hatte sich amüsiert, während seine Familie qualvoll starb.

Zuvor hatte er sich gefühlt, als ob er unaufhaltsam fallen würde, doch nun schlug er auf dem Boden der Tatsachen auf.

Sie sind tot. Für immer fort.

Seine Emotionen überkamen ihn wie eine gewaltige Welle, die ihn unter Wasser drückte, umherwirbelte und ihm die Luft aus den Lungen presste. Seine Sicht verschwamm und er erbrach sich neben der Leiche seines Bruders. Schämte sich so unsagbar für sich selbst, dass er wünschte, er wäre an ihrer Stelle gestorben.

Hätte er es nicht verdient? Er hatte sie im Stich gelassen!

Gedämpft vernahm er Schritte im Korridor, hörte besorgte Rufe und das Schluchzen der Wachen, die um ihre Freunde und Verwandten trauerten.

Dies war ein Tag des Verlusts und sie alle wussten, dass die Schuldigen Dämonen waren. Jiyan würde dafür sorgen, dass sie es niemals vergaßen. Und mit *niemals* meinte er *wirklich nie*. Denn wie auch die Götter, Engel und Dämonen waren die Nymphen unsterblich. Spätestens mit dreißig Jahren hörten sie auf, äußerlich zu altern, Frauen tendenziell früher als Männer. Außerdem litten sie nie an natürlichen Krankheiten und die Körper gewöhnlicher Unsterblicher heilten schnell. Daher gab es nicht viele Möglichkeiten, um sie zu töten.

Jiyan konnte selbst durch seinen Tränenschleier die bläulich verfärbten Einstichlöcher an den Hälsen seiner Liebsten erkennen, welche darauf hindeuteten, dass sie vergiftet worden waren. Wahrscheinlich hatten die Dämonen sie im Schlaf überfallen und aus den Betten gezerrt.

Mit zitternden Gliedern beugte er sich nun über den Körper seines Bruders und strich ihm die blutdurchtränkten Haare aus der Stirn, als er flüsterte: »Es tut mir so leid, Milan. Es tut mir so unendlich leid, dass ich nicht da war … Ich werde euch rächen. Ich schwöre dir, dass ich …« Seine Stimme brach, bevor er die nächsten Worte aussprechen konnte.

Doch in Gedanken schwor er sich, dass er jeden Dämon, der je seinen Weg kreuzen würde, vernichten würde. Diese Kreaturen hatten nichts in diesem Teil der Welt verloren und zerstörten alles, was gut und rechtschaffen war. So wie seine Familie.

Aber er würde ihnen Einhalt gebieten. Würde sie bekämpfen und Rache nehmen für all das Leid, das sie an diesem Tag über die Nymphen gebracht hatten.

1

BLOSS KEIN ENGEL!

JIYAN

Zweitausend Jahre später

Der Schweiß lief Jiyan in kleinen Rinnsalen über den nackten Oberkörper, während er unermüdlich weiterrannte. Immer weiter. Schneller. Die Sonne schien gnadenlos auf ihn herab und brannte auf seiner Haut. Mit jedem weiteren Schritt spürte er die Müdigkeit in seinen Muskeln, die darum bettelten, aufhören zu dürfen.

Doch diesen Luxus gönnte er sich nicht. Noch nicht.

Tief gruben sich seine Füße in den Sand und erschwerten sein Vorankommen, aber er zwang sich selbst unaufhörlich vorwärts. Die Hitze und die Anstrengung ließen ihn immer mehr austrocknen, bis er das Gefühl hatte, Sand zu schlucken.

Noch konnte er laufen. Und das würde er.

»Scheiße, Mann, seit wann rennt er da seine Runden?«, rief Fionn aufgebracht, der soeben die Trainingsarena betreten haben musste.

Durch seine Erschöpfung nahm Jiyan die Stimme seines besten Freundes und königlichen Beraters nur gedämpft wahr.

»Keine Ahnung, er war schon heute Morgen hier, als wir mit dem Training anfangen wollten«, erwiderte Leano, der ebenso ein unermesslich guter Freund und Berater im Laufe der Jahrhunderte für Jiyan geworden war und mit dem er gern zusammen sein Kampftraining ausführte.

Das Gleiche traf auch auf Balamy zu, den Vierten im Bunde. Die drei Männer waren stets an Jiyans Seite und hatten ihm besonders nach dem einstigen Massaker im Thronsaal Kraft gegeben. Sie hatten ihn daran erinnert, dass er nicht nur für sich selbst lebte, sondern auch für sein Volk. Damit hatten sie seinem Leben wieder einen Sinn gegeben.

Jiyan beschäftigten gerade einige unliebsame Gedanken, weshalb er ein paar Runden hatte joggen wollen, um wieder einen klaren Kopf zu bekommen. Das war heute Morgen gewesen und nun ging die Sonne bald unter.

»Wollt ihr mich verarschen? Er läuft hier schon den ganzen Tag umher und keiner von euch unternimmt was dagegen?« Fionns Stimme hallte donnernd von den Mauern der Trainingsarena wider.

»Krieg dich mal wieder ein! Jiyan ist eine beschissene Dampfwalze, dem stell ich mich bestimmt nicht in den Weg!«, rief Balamy verteidigend.

Dampfwalze?, dachte Jiyan jetzt benommen. Er? Dann zahlte sich die harte Arbeit wohl endlich aus.

Von der Tribüne am Eingang brüllte Fionn ihm zu: »Euer Hoheit, bewegt Euren königlichen Arsch hierher oder muss ich erst runterkommen?«

Jiyan setzte nach wie vor einen Fuß vor den anderen. Er lächelte müde. Sollte Fionn doch zu ihm herunter in die Arena kommen. Ein kurzer Kampf mit seinem besten Freund wäre der perfekte Abschluss seines heutigen Trainings.

Nur wenige Augenblicke später hörte er tatsächlich Fionns Schritte hinter sich. Kurz darauf hatte dieser zu ihm aufgeschlossen, sodass sie nebeneinander herliefen.

Sein Kamerad seufzte. »Jiyan, muss ich dich wirklich daran erinnern, dass du gleich verabredet bist? Ein Gesandter der Engel wird dich im Thronsaal erwarten und dich vermutlich um eine Allianz mit ihnen bitten. Hast du dir schon überlegt, ob du darauf eingehen wirst?«

Jiyan entging Fionns besorgte Miene nicht. Dessen warme braune Augen schienen in Jiyans Gesicht nach einer Antwort auf seine Frage zu suchen.

Man könnte Fionn als ein Musterbeispiel für ihresgleichen bezeichnen. Er trug sein hellblondes Haar kurz geschnitten, war athletisch gebaut und besaß im Gegensatz zu Jiyan einen Dreitagebart, der die Fältchen um seinen Mund kaschierte, weil er die Lippen aufeinanderpresste und auf eine Erwiderung wartete. Während Fionn einen typischen Nymphen verkörperte, stellte Jiyan das Gegenteil dar. Doch er war ja auch nicht wie andere, er war ihr König.

Jiyan wollte seinem Freund erklären, dass er das Treffen nicht vergessen, sondern genau deswegen schon früher mit seinem täglichen Training begonnen hatte. Nämlich, um sich davon abzulenken, dass er nichts von den Engeln wissen wollte. Allerdings brachte er nur ein atemloses Krächzen hervor.

Erneut seufzte Fionn und handelte dann so unerwartet, dass Jiyan der Konfrontation nicht mehr ausweichen konnte. Er spürte kaum den dumpfen Schmerz an seinem Schienbein, als er auch schon stürzte. Dank seiner guten Reflexe rollte er sich gerade noch rechtzeitig über die Schulter ab und kam somit wieder zum Stehen.

Langsam drehte er sich zu Fionn um. Sein Freund hatte ihm doch wirklich im Laufen gegen den Unterschenkel getreten, sodass Jiyan unschön in den Dreck gefallen war.

Er schaute an sich herunter. Fantastisch, er sah aus wie der Sandmann. Sein nackter Oberkörper war über und über mit Sand bedeckt, da er völlig verschwitzt war. Dafür würde er sich revanchieren.

Nur ein paar Schritte entfernt stand er seinem besten Freund und Berater gegenüber, der kühn das Kinn reckte. Ihre Körpergröße stellte ihre einzige Gemeinsamkeit dar, denn anders als Fionn hatte Jiyan in den letzten Jahrtausenden immer mehr Muskeln aufgebaut, und sein Oberkörper war mittlerweile braun gebrannt von all den Trainingseinheiten, die er draußen absolvierte.

Sein Kamerad provozierte ihn, da er ausgeruht und bei Kräften, während Jiyan außer Atem und sein Körper erschöpft war. Fionn sollte es allerdings besser wissen, als ihn herauszufordern – egal, in welchem Zustand Jiyan sich befand. Denn bei ihren Raufereien, die sie sich seit jeher lieferten, zog sein Kindheitsfreund meist den Kürzeren.

Blitzschnell machte Jiyan einen Satz auf den Nymphen vor sich zu und setzte mit der linken Faust zum Schlag an. Wie erwartet hob Fionn seinen Arm, um links zu blocken. In dem Moment schlug Jiyan mit der Rechten zu. Sein Freund konnte die Deckung nicht schnell genug hochfahren, sodass Jiyans Faust seinen Kiefer traf.

Fionns Kopf flog zur Seite, aber er nutzte die Drehung, um Jiyan mit Schwung gegen den Knöchel zu treten.

Aty! Verdammt!

Seine Beine waren zu erschöpft, als dass sie dem Tritt standhalten könnten. Er verlor das Gleichgewicht und fiel hinten herüber in den Sand. Im nächsten Moment war Fionn auch schon über ihm und schlug auf ihn ein.

Zweimal. Dreimal.

Weiße Sterne blitzten in Jiyans Blickfeld auf, seine Nase brach unter der Wucht der Hiebe. Er biss die Zähne zusammen und versuchte sich frei zu kämpfen, um Fionn von sich wegzustoßen. Seine Muskeln waren jedoch schrecklich taub von der Anstrengung des intensiven Trainings und gehorchten ihm kaum.

Er sah keinen anderen Ausweg, griff sich eine Handvoll Sand und schleuderte sie Fionn ins Gesicht. Sein Freund ließ nur für einen Sekundenbruchteil von ihm ab, um die Augen abzuschirmen.

Jiyan wusste diesen kurzen Moment zu nutzen. Er holte mit gestreckten Armen aus und schlug mit den Handflächen auf Fionns Ohren, sodass ihm die Trommelfelle platzten. Sofort jaulte dieser auf, ein Blutstropfen rann seinen Hals hinab.

Um von ihm wegzukommen, rollte er sich von Jiyan herunter.

Das war seine Chance.

Jiyan sprang auf, beugte sich über seinen Kontrahenten und wollte gerade zum Schlag ausholen, als ihm bewusst wurde, dass er bereits gewonnen hatte.

Der Kampf war vorbei. Zumindest wenn er seinem Freund nicht ernsthaften Schaden zufügen wollte.

Fionn würde ohnehin für die nächsten zwei Tage, bis er geheilt war, nur herumtaumeln können, da durch seine geplatzten Trommelfelle nun sein Gleichgewichtssinn gestört war. Mal davon abgesehen, dass er nun nichts mehr hören konnte. Zwei Tage lang. Oder einfach bis zum nächsten Sex, denn dadurch würde Fionn als Nymphe neue Kraft schöpfen und in nur wenigen Minuten vollständig heilen.

Als Nymphen benötigten sie zwar Körperkontakt zum Überleben, doch es barg auch den Vorteil, dass sie außergewöhnlich schnell dadurch regenerierten.

Jiyan ließ sich neben seinen Freund in den Sand plumpsen und klopfte ihm auf die Schulter. Fionn schmunzelte und zeigte ihm den Mittelfinger. Das hieß dann wohl so viel wie »Gut gemacht«.

Jiyan grinste bis über beide Ohren, sodass der Schmerz durch sein Gesicht zuckte, da Fionn dieses ziemlich demoliert hatte.

Dennoch liebte er diese kleinen Raufereien mit seinen Freunden. Dadurch hatten sie sich in den letzten zwei Millennien immer vertrauter mit den Kampfstilen des anderen gemacht und bildeten ein eingeschweißtes Team, wenn sie in den Kampf um Leben und Tod zogen, der meist gegen Dämonen stattfand – ihre schlimmsten Feinde, denen man in der heutigen Zeit viel zu häufig begegnete. Darüber hinaus härtete das Training sie alle ab, denn sie waren längst nicht mehr die schwache Rasse von damals.

Er hörte, wie Leano und Balamy sich ihnen näherten, und wandte sich ihnen zu.

Balamy trug eine schwarze, zerrissene Jeans, Stiefel und ein pinkes T-Shirt mit der Aufschrift ›Na Schnitte, schon belegt?‹. In Kombination mit seiner gebräunten Haut, dem dunklen Haar und seinen beinahe schwarzen Augen wirkte es nicht einmal lächerlich.

Leano war ebenfalls in eine schwarze Hose und Stiefel gekleidet, nur trug er sie mit einer weißen Leinentunika. Schlicht wie immer.

Balamy warf Jiyan eine Wasserflasche zu. »Toll habt ihr das gemacht, ihr Hohlköpfe. Und wer nimmt nun den Termin mit dem Gesandten wahr?«

Jiyan setzte die Flasche an und nahm ein paar Schlucke. Die kalte Flüssigkeit rann ihm die Kehle hinab und war Balsam für seinen geschundenen Körper.

Genau wie Fionn trug Leano einen Dreitagebart, über den er sich nun mit den Fingern am Kinn rieb, während er zu grübeln schien. »Jiyan, ich sage es dir ja nur ungern, aber du siehst recht … mitgenommen aus. Eher wie der Prügelknabe und nicht wie der König.« Leano reichte ihm ein Handtuch, das sich Jiyan um die Schultern legte.

So verschwitzt und sandig, wie er war, würde ihm ein Handtuch kaum noch weiterhelfen.

Nachdem Jiyan etwas getrunken hatte, fand er nun endlich seine Stimme wieder: »Könnt ihr euch noch an den Tag erinnern, an dem meine Familie, ebenso wie viele eurer Kameraden und Verwandten, von Dämonen niedergemetzelt wurden?«

Einen nach dem anderen schaute er seine Freunde ernst an. Stumm nickten Balamy und Leano, während Fionn sie mit gerunzelter Stirn beobachtete.

Jiyan fuhr fort: »Wo waren die Engel an diesem Tag? Wo waren sie in den Wochen danach? Wir waren mit ihnen alliiert gewesen, trotzdem haben sie uns im Stich gelassen, als wir sie am meisten gebraucht hätten.«

Die Verbitterung in seiner Stimme konnte er nicht verbergen, denn er verabscheute die Dämonen aus tiefster Seele für die Leben, die sie genommen hatten, und auf welche abscheulichen Arten sie es getan hatten. Doch die Engel verabscheute er ebenso, da sie sich einst als Verbündete und Freunde der Nymphen bezeichnet und ihnen den Rücken zugekehrt hatten, als sie ihre Loyalität hätten beweisen sollen. Bei solchen Verbündeten brauchte man wahrlich keine Feinde mehr.

Ohne auf eine Reaktion seiner Freunde zu warten, sprach er weiter: »Es interessiert mich nicht, ob sie erneut eine Allianz mit uns wollen. Und ebenso wenig interessiert es mich, was ich für einen Eindruck auf sie oder ihren Gesandten mache. *Sie* haben sich von *uns* abgewandt.« Er fuhr sich mit der Hand durch sein verschwitztes Haar und strich es zurück, wie er es so oft tat, wenn ihn etwas aufwühlte. »Jetzt wollen die Engel unsere Hilfe, weil wir stark geworden sind. Weil wir zahlreich geworden sind. Weil wir Krieger geworden sind, die sich gegen die Dämonen zu verteidigen wissen und ihnen Einhalt gebieten. Hilfe, die sie uns einst verwehrt hatten.«

Leano hatte die blonden Augenbrauen nachdenklich zusammengezogen. Balamy hingegen steckte die Hände in die Hosentaschen, seine Mundwinkel zuckten belustigt, als ob ihm ein Spruch auf den Lippen läge.

Jiyan war allerdings noch nicht fertig. »Die Engel wenden sich uns wieder zu, da sie uns brauchen, aber was können sie uns im Gegenzug bieten? Wir haben hart gearbeitet und gekämpft, um dort anzulangen, wo wir heute sind, und sind unabhängig von irgendwelchen Allianzen zu einem prachtvollen Königreich erblüht. Wir benötigen keine Hilfe mehr, kein Bündnis mit wem auch immer. Daher werde ich freundlich sagen, dass ich einen Scheiß auf eine Allianz mit den Engeln gebe.« Er hob die Flasche, auf seine eigene Rede anstoßend, und trank den letzten köstlichen Rest des kalten Wassers.

»Das musstest du jetzt mal loswerden, was?« Balamy grinste und zeigte dabei seine strahlend weißen Zähne.

»Darauf kannst du wetten.« Er hatte den ganzen Tag über die Situation mit den geflügelten Verrätern gebrütet und war froh, endlich seine Gedanken zur Sprache gebracht zu haben. Jetzt fühlte er sich gleich besser.

Leano seufzte. »Du hast ja recht.«

»Wie immer«, ergänzte Balamy.

Fionn warf ihnen irritierte Blicke zu.

Jiyan wusste, dass sie einer Allianz nur aus dem Grund zustimmen würden, um einen Konflikt mit den Engeln zu vermeiden. Doch es würde keinen Konflikt mit diesen geben, da die ja bereits alle Hände voll zu tun hatten, die Dämonen zu bekämpfen, die in den letzten sieben Jahrhunderten immer zahlreicher geworden waren. Warum auch immer. Wer wusste schon, was in der Hölle vor sich ging? Nur die Geschöpfe, von denen er sich fernhalten wollte.

Jiyan erhob sich, klopfte grob den Sand von seinem Oberkörper und seiner Hose und half dann Fionn hoch, der von Leano und Balamy auf ihrem Weg zurück zum Schloss, in dem sie alle lebten, gestützt werden musste. Ohne seinen Gleichgewichtssinn konnte er kaum allein gehen.

Sie verließen die Trainingsarena und liefen durch die kopfsteingepflasterten Straßen der eher altertümlichen Stadt, vorbei an Backsteinhäusern und Gärten, in denen lachende Kinder spielten. Die Einwohner nickten Jiyan freundlich zu oder winkten, und er erwiderte ihre Grüße.

Alles wirkte so friedlich und er wollte, dass es so blieb. Frieden war in der heutigen Zeit allerdings nur denen bestimmt, die zu kämpfen wussten. Dies hatte er seinem Volk klargemacht, sodass Frauen, Männer und Kinder gleichermaßen in Selbstverteidigung und im Waffengebrauch unterrichtet wurden. Denn gerade die noch schwachen und unerfahrenen Kinder waren eine leichte Beute für niedere Dämonen, auch Lakaien genannt, die sich in ihr Land schlichen.

Es hatte sich viel hier verändert, trotzdem war sein Volk so ausgelassen und heiter wie eh und je, weshalb es ihn mit Stolz erfüllte, ihr König zu sein.

Eine Gruppe Nymphinnen winkte ihnen jetzt im Vorbeilaufen zu, wobei eine hübsche Brünette Balamy einen Luftkuss zuwarf, den er lächelnd erwiderte. Die Frauen steckten kichernd die Köpfe zusammen, worüber Jiyan die Augen verdrehte.

Er liebte sein Volk, aber verstand nicht, wie er einst so viel Gefallen an den Frauen seiner Art hatte finden können. Die wenigen, die für ihr Land kämpften, hart trainierten und sich nicht davor scheuten, Waffen zu benutzen, bewunderte er und fand sie aufgrund ihres Auftretens auch durchaus begehrenswert. Doch die meisten blieben lieber zu Hause und gingen fraulichen Tätigkeiten nach, was ihm reizlos erschien.

Fast hätte er geseufzt. Reizlos bedeutete wenigstens, dass er nicht in Versuchung geriet. Nicht mehr. Diese Zeiten waren vorbei.

Ihre kleine Gruppe passierte das Eingangstor zum Schloss, wo er den Wächtern zunickte und sie sein Nicken mit einem Lächeln erwiderten. Er warf einen Blick über die Schulter zu seinen Freunden und stellte fest, dass es tatsächlich spät geworden war und hinter ihnen am Horizont die Sonne langsam unterging.

Die Stadt wurde in orangenem Licht gebadet, während manche Nymphen die ersten Straßenlaternen an ihren Häusern anzündeten.

Jiyan liebte diesen Anblick, sein Land und sein Volk. Beides würde er um jeden Preis beschützen, denn in seinen Augen war ebendies die Aufgabe eines Königs.

Er zuckte zusammen, als aus dem Inneren des Schlosses ein Schrei erklang. Blankes Entsetzen ergriff Besitz von ihm. Er sprintete schon ins Innere des Schlosses, bevor er überhaupt den Gedanken dazu gefasst hatte. Leano und Balamy folgten ihm.

Kalte Schauer liefen ihm den Rücken hinab. Ihre schnellen Schritte hallten von den verzierten Schlosswänden wider, während sie sich ihren Weg bahnten in Richtung des Thronsaals, aus dem der Schrei gekommen war.

Schneller!

Bilder seiner toten Familie schossen ihm durch den Kopf.

Seine Liebsten. Misshandelt. Gefoltert. Ausgeblutet. Tot.

Die Angst ließ ihn nur noch schneller rennen. Er würde seine Männer nicht so sterben lassen wie einst seine Familie. Sie waren seine Kameraden, seine Freunde, nicht nur Untergebene. Eher würde er selbst sterben, als noch jemanden zu verlieren, der ihm wichtig war.

Auf einmal hörte er Leano hinter sich seinen Namen brüllen und machte eine Vollbremsung.

Hatte er sich etwa in der Richtung geirrt?

Außer sich vor Sorge sah er sich zu seinem Freund um, der ihn atemlos anfuhr: »Hör doch mal!«

Jiyan konzentrierte sich sofort auf die Geräusche, die sie im Schloss umgaben, und vernahm … Gelächter? Wenn ihn seine Ohren nicht täuschten, kam nun aus der Richtung des Thronsaals das Gelächter seiner Soldaten.

Verwirrung breitete sich in ihm aus. Was in aller Welt ging hier vor sich?

Mit fragendem Blick wandte er sich Balamy und Leano zu, die beide nur mit den Schultern zuckten und wie er selbst nach Atem rangen.

Besorgt und schnellen Schrittes gingen sie weiter in die Richtung des Thronsaals, wobei das Gelächter seiner Männer lauter wurde.

Eanrin, einer von Jiyans Truppenführern, rief: »Selbst schuld! Sie hat dich gewarnt!«

Jiyan hörte das Lächeln in Eanrins Stimme und entspannte sich etwas.

Moment. Sie?

»Du bist ja gemeingefährlich! Ich dachte, du scherzt!«, schimpfte Jaron, einer seiner jüngeren Soldaten, mit schmerzverzerrter Stimme.

Nun entspannte sich Jiyan noch mehr, denn es war Jarons Schrei gewesen, den er im Eingangstor zum Schloss gehört hatte. Und Jaron lebte offensichtlich noch.

Alles ist in Ordnung, allen geht es gut, beruhigte er sich selbst und atmete tief durch. Seine Männer waren offenbar nur am Herumalbern und seine Sorge unbegründet.

Endlich bogen er und seine Freunde um die Ecke zum Thronsaal und traten durch das breite Tor. Wie angewurzelt blieb Jiyan stehen, sodass Leano in ihn hineinlief.

Eine Frau mit langem schwarzen Haar stand Jaron gegenüber. Sie zeigte mahnend mit dem Finger auf den jungen Soldaten, während sie in der anderen Hand eine Schriftrolle hielt. »Also, wenn ich schon so höflich bin und dir sage, dass ich dir den Arm breche, wenn du mir noch mal an den Hintern grapschst, dann bist du selbst schuld, wenn du es tust. Und normalerweise kannst du meine Drohungen mit *grausam* multiplizieren und einen ordentlichen Tritt in den Arsch addieren, aber ich bin hier ja schließlich Gast und weiß mich zu benehmen. Im Gegensatz zu dir!«

Sie besaß eine bezaubernde Stimme. Etwas hoch und äußerst feminin. Offensichtlich war ihr Ärger nur gespielt, denn sie versuchte, sich ein Grinsen zu verkneifen. Sogar ihre außergewöhnlichen goldenen Augen schienen amüsiert zu funkeln.

Ohne dass er es verhindern konnte, glitt Jiyans Blick über ihren Körper. Sie trug praktische Stiefel, eine enge Lederhose, die sich an ihre langen, schlanken Beine schmiegte, und ein Top, das ihre Kurven zur Geltung brachte. Ihre gesamte Kleidung war so schwarz wie ihr glattes Haar, das sie zu einem hohen Pferdeschwanz gebunden trug und ihr über eine Schulter nach vorn fiel. Die Hand, mit der sie die Pergamentrolle umfasste, war provokativ in die Hüfte gestemmt.

Wie die meisten unsterblichen Frauen war sie mit Anfang zwanzig nicht mehr gealtert, sodass Jiyan ihr richtiges Alter nicht einschätzen konnte. Ihre Ausstrahlung hingegen verriet ihm, dass sie durch und durch eine Kriegerin war.

Wenn man die Schriftrolle in ihrer Hand bedachte, musste sie wohl die Botin sein. Ihr vorlautes Auftreten und ihre dunkle Kleidung sprachen eher dagegen und waren untypisch für einen Engel.

Sie ist gefährlich!, meldete sich plötzlich seine Vernunft zu Wort und er versuchte, seine Aufmerksamkeit von ihr loszureißen.

Eine Frau, die einem Mann mit nur einer Hand den Arm brechen konnte, weil er ihr einen Klaps auf den Hintern gab, war wohl in jeder Hinsicht gefährlich.

Was hatte sie denn im Land der Nymphen erwartet? Gucken, aber nicht anfassen? Das traf wohl nur auf Jiyan zu.

Bei diesem Gedanken keimte ein Gefühl der Verbitterung in ihm auf. Er verdrängte es, bevor Erinnerungen an die Vergangenheit und Schuldgefühle ihn einholten.

Als sein Blick dann auf den Arm des jungen Soldaten fiel, runzelte er die Stirn.

Sie nannte einen offenen Bruch gutes Benehmen? Interessant.

Jiyan trat durch das Tor hindurch in seinen Thronsaal, und das Gelächter verstummte, doch das Grinsen auf den Gesichtern seiner Männer blieb. Der ramponierte Anblick, den er gerade bot, war keine Seltenheit und so wunderte sich auch niemand darüber.

Jaron wollte soeben zu einer Erwiderung ansetzen, als er Jiyan bemerkte, sich von der schwarzhaarigen Schönheit abwandte und grüßend den Kopf neigte.

Nur einen Moment später war Jiyan vor seinem jungen Kameraden, legte ihm die Hand auf die Schulter und drückte sanft zu. Es war eine kurze Geste, die er nur selten ausführte, da jede Berührung Konsequenzen nach sich zog.

Erneut keimte das Gefühl der Verbitterung in ihm auf. Dieses Mal konnte er es nicht zurückdrängen. Hätte er sich einst nicht in fremden Betten herumgetrieben, während seine Familie abgeschlachtet worden war, hätte er sie beschützen können. Dieser Vorfall hatte genug Selbsthass in ihm geschürt, damit er lieber gestorben wäre, als weiterhin von den Berührungen anderer abhängig zu sein, wie es für seinesgleichen üblich war.

Als Nymphen brauchten sie den Körperkontakt zu anderen, um ihre eigene Lebensenergie freizusetzen. Es verhielt sich wie mit einem Schatz: Dass er existierte, bedeutete nicht, dass man Zugriff darauf hatte. Jiyans Art kam immer nur an die Schatztruhe heran, wenn andere sie berührten und ihnen damit den Schlüssel dazu gaben. Das traf auf alle Nymphen zu. Nur nicht auf Jiyan. Andere Nymphen gaben sich mit dem Schlüssel zum Schatz zufrieden, aber ausgerechnet sein Körper wollte gleich die ganze Schatzinsel für sich.

Im Gegensatz zu anderen entzog Jiyan allen, die er berührte, ihre Lebensenergie. Je intimer die Berührung, desto mehr Energie nahm er auf. Nach seinem kalten Entzug damals war es nur noch schlimmer geworden. Und vor allem spürte er seit seinem Entzug die Nachwirkungen, wenn er jemanden berührte und damit dessen Energie in sich aufnahm. Wenn er diese Energie verbraucht hatte, fühlte er sich so schlecht wie ein Junkie, der alles tun würde, um sich neue Drogen zu beschaffen. Egal ob beim Kampf, während einer Umarmung oder durch ein zufälliges Anrempeln – durch jede Berührung lief er Gefahr, rückfällig zu werden. Beim Training nahm er dieses Risiko allerdings in Kauf, denn dieses war wichtig, damit er sein Volk weiterhin beschützen konnte.

Jiyan vermied Berührungen, sollte es ihm möglich sein, und hielt sich von seiner persönlichen Droge fern. Um seiner selbst willen und um anderen nicht versehentlich zu schaden.

Daher berührte er den jungen Soldaten jetzt nur ganz kurz, um sich zu vergewissern, dass er wohlauf war.

Niemand schwebte in Gefahr.

Jaron war von der Geste überwältigt, da er wusste, dass Jiyan sonst jedwede Berührung vermied. »Jiyan, ich … Es tut … mir leid, mein König«, stammelte er verlegen. »Ich wollte dir keinen Schrecken einjagen.«

Jiyan klopfte Jaron lächelnd auf die Schulter, bevor er sich erneut dem Körperkontakt entzog. »Ich bin einfach nur froh, dass es euch allen gut geht. Dass es *dir* gut geht.«

Er schaute in die Runde und nickte seinen Männern zu. Sie erwiderten seinen Gruß mit einem warmen Lächeln.

Keinen von ihnen wollte er jemals missen, ebenso wenig wie die Heiterkeit, die ihre Gesichter erhellte.

Mit kontrolliertem Gesichtsausdruck wandte er sich schließlich der Quelle dieses Tumults zu, die ihn aufmerksam beobachtete.

Für einen Sekundenbruchteil stockte ihm der Atem, als sich ihre Blicke trafen. Ihre schimmernden Augen aus flüssigem Gold funkelten ihn herausfordernd an. Sie ließ ihn wissen, dass, was auch immer er von diesem Gespräch erwartete, sie ihre eigenen Pläne hatte. Und auch wenn es absurd erschien, hätte er schwören können, dass in diesem Moment ein magisches Flüstern in der Luft lag, das ihm zuraunte, ihr näher zu kommen.

Fionn musste bei ihrer Rauferei härter zugeschlagen haben, als ihm bisher klar gewesen war, denn anders konnte er sich seine Gedanken und das merkwürdige Kribbeln seiner Haut nicht erklären.

Die schwarzhaarige Schönheit wickelte sich eine Haarsträhne um den Finger und zwinkerte ihm frech zu. »Na, sattgesehen, Euer Hoheit?«

2

RAUSWURF

AMALEYA

Amaleya würde wetten, dass dem Nymphenkönig Unterhöschen zugeflogen kamen, wann immer er das Haus verließ.

Äh, Schloss natürlich.

Seine Stimme war tief und ein wenig rau, als er konterte. »Ich könnte das Gleiche fragen.«

»Touché.« Nur hatte *sie* jeden Grund zum Starren.

Solche hohen Wangenknochen in Kombination mit seinem großen, muskulösen Körper glichen einer Sünde. Das helle Blau seiner Augen stach durch seine gebräunte Haut besonders hervor und sein dunkelblaues Haar verlieh ihm etwas Verruchtes. Dass seine Nase gebrochen zu sein schien, die Haut an seinem linken Wangenknochen, seinem Mundwinkel und seiner Augenbraue aufgeplatzt war, ließ ihn auf sie nur noch attraktiver wirken.

Welcher Gott erschuf denn so einen Mann und ging damit nicht gleich in Serienproduktion?

Die übrigen Nymphen besaßen nämlich einen eher athletischen Körperbau. Wenn man bedachte, dass König Jiyan verschwitzt war und mehrere Fausthiebe abbekommen hatte, musste er wohl hart dafür gearbeitet haben, ein Sonderexemplar zu werden. Einfach alles an ihm war zum Niederknien. Wortwörtlich. Und sie zählte nicht zu der Art Frau, die lang fackelte, um sich zu nehmen, was sie begehrte. Was wohl an ihrer Vergangenheit lag.

König Jiyan runzelte jetzt die Stirn, als ob ihr Verhalten ihn irritierte und er noch nicht wüsste, wie er mit ihr umgehen sollte. Die Fältchen zwischen seinen Augenbrauen verrieten ihr, dass er ein eher ernster Zeitgenosse war.

So eine Schande.

Jemand sollte ihn zum Lachen bringen und diese Denkerfalten entknittern. Sie würde sich selbstverständlich dafür anbieten, wenn dieses Treffen erfolgreich verlaufen war.

Unter seinem kritischen Blick wurde sie jetzt tatsächlich nervös. Diese Zusammenkunft war wichtig und sie hatte bereits einen schlechten Start hingelegt, indem sie irgendeinem Soldaten den Arm gebrochen hatte.

Das war ja mal wieder typisch. Was schiefgehen konnte, ging auch meistens schief.

Vielleicht könnte sie die Situation noch retten, indem sie ihren Charme spielen ließ. Nicht dass sie sonderlich charmant war, doch der König vor ihr war schließlich ein Nymphe.

Jiyan verengte die Augen, sodass seine langen schwarzen Wimpern Schatten auf seine Wangen warfen. »Solltest du mich nicht mit gebührendem Respekt behandeln, wenn du planst, mich zu einem Bündnis zu bewegen?«

Sie zuckte mit den Schultern, als ob er nicht den Nagel auf den Kopf getroffen hätte. »Ich bin bereits Königen, Prinzen und Fürsten aus allen Teilen der Welt begegnet und die wenigsten verdienen den Respekt, den sie einfordern. Verdient *Ihr* denn meinen Respekt?«

Jiyan blinzelte verwirrt, öffnete den Mund, um etwas zu erwidern, aber schloss ihn dann wieder.

Was ist los, Süßer? So schnell entwaffnet?

Dafür gab sie sich mental ein High Five.

Hinter ihr kicherten die Soldaten, wodurch ihr wieder einfiel, dass sie nicht mit Jiyan allein war und sich außerdem auf einer Mission befand. Den König der Nymphen zu irritieren, bis er sie rausschmiss, stand heute definitiv *nicht* auf der To-do-Liste.

»Was gibt es da zu lachen?«, brummte Jiyan mürrisch seine Soldaten an. »Raus mit euch. Ihr habt viel zu viel Spaß.«

Der Befehl hatte kaum seinen Mund verlassen, da setzten sich alle gehorsam und grinsend in Bewegung.

Sobald die Tür des Saals zugefallen war, flankierten die beiden Nymphen, die mit Jiyan hereingestürmt waren, diese. Sie mussten sehr gute Freunde sein, denn in ihren Blicken spiegelte sich Besorgnis wider. Die zwei musterten Amaleya kritisch – im Gegensatz zu den Soldaten, die hier bis eben noch herumgestanden hatten.

»Zurück zu deiner Frage.« Jiyan schien komischerweise nicht mehr verärgert. »Es ist mir tatsächlich gleichgültig, ob mir eine Gesandte der Engel Respekt zollt oder nicht.«

Tja, jetzt ergab es Sinn, dass er seine Männer fortgeschickt hatte. Das sollten die natürlich nicht hören, sondern vielmehr denken, dass er Amaleya jetzt zusammenfaltete.

»Interessant. Mit Gleichgültigkeit hat noch niemand auf meine Provokationen reagiert«, ließ sie ihn wissen.

Zumindest reagierte niemand mit Gleichgültigkeit darauf, wer sich als rechtmäßiger Herrscher irgendeines Gebietes oder als Anführer irgendeiner Gruppierung betrachtete. Das warf doch die Frage auf, als was Jiyan sich selbst sah.

Er neigte nachdenklich den Kopf zur Seite. »Was für eine Art Gesandte bist du eigentlich?« Statt vorwurfsvoll klang er vielmehr interessiert. »Du stellst dich nicht vor, siehst deine Mission offensichtlich nicht als Priorität an und scheinst mir auch selbst kein Engel zu sein, da du nicht stolz deine Flügel präsentierst, wie es sonst üblich ist.«

Ups, allen anderen hatte sie sich bei ihrem Eintreffen natürlich vorgestellt, nur dem König und seinen beiden Begleitern nicht. Ganz toll.

Sie schnalzte empört über sich selbst mit der Zunge und machte einen Schritt auf ihn zu. »Hat man Euch etwa nicht informiert?« *Ja, schieb ruhig die Schuld auf alle anderen.* »Mein Name ist Amaleya, ich bin zur einen Hälfte Engel und zur anderen Hälfte Gangsterbraut und ich bin neu bei den Special Heaven Forces. Eine Freundin von mir hat die Apokalypse vorhergesagt. Daher soll ich von den Engeln erfragen, ob Ihr eine Allianz mit ihnen eingehen würdet im Kampf gegen das Böse, das Ihr so sehr verachtet. Reicht das?«

Sie warf ihre Haare über die Schulter zurück und zog die Augenbrauen hoch. Mit ihrer Erwiderung hatte sie all seine Fragen beantwortet, sich vorgestellt und immerhin bestätigt, dass sie kein reinblütiger Engel war.

Mehr durfte sie nicht preisgeben, da sie nicht nur eine Unsterbliche wie die Nymphen war, sondern eins von sechs Wesen auf dieser Welt, die wider die Natur existierten, denn sie waren sowohl das rein Gute als auch das absolut Böse.

Sie waren *Tavith* – halb Dämon, halb Engel – oder auch Dämonenengel. Man könnte sie als die Freaks unter den Unsterblichen bezeichnen, weshalb sie sich darauf geeinigt hatten, es geheim zu halten.

Aber irgendetwas hatte sie Jiyan ja erzählen müssen, bevor er noch das Gespräch beendet und sie mit einer Absage zurückgeschickt hätte. Er schien allerdings nicht begeistert über ihre Antwort, denn er hob skeptisch eine Augenbraue.

Wie war das noch gleich? Sie würde einfach ihren Charme spielen lassen? Ja, sicher.

Jiyan verschränkte die trainierten Arme vor der Brust. »Die Apokalypse? Wird die nicht seit Anbeginn der Zeit regelmäßig von irgendwelchen Orakeln prophezeit? Warum sollte ausgerechnet diese Prophezeiung ernst zu nehmen sein?«

»Weil …« Ihr Blick wanderte über seine Brust und Arme, und ihre Gedanken schweiften ab.

Sie fragte sich, was er wohl tun würde, wenn sie jetzt ihren Arm ausstreckte und mit den Fingerspitzen seine Adern am Unterarm nachzeichnete, die leicht hervortraten. Könnte sie beobachten, wie er durch ihre Berührung stärker wurde und heilte? Würde sein Gesichtsausdruck sanfter werden und er sich ihrer Berührung entgegenlehnen?

»Amaleya.« Jiyans Ton war drohend, doch durch seine Aussprache klang ihr Name wie eine exotische Südseeinsel, auf der er gern Urlaub machen würde.

Sie biss sich auf die Zunge und versuchte, sich das Lachen zu verkneifen. *Jiyan macht Urlaub auf Amaleya … Ha! Der war gut!*

Nein, Moment! Was hatte er gefragt?

»Hm?« Sie blinzelte unschuldig und hatte tatsächlich den Faden verloren.

Seufzend wollte sich Jiyan mit Zeigefinger und Daumen an die Nasenwurzel fassen, zuckte dann aber zurück, weil seine Nase gebrochen war. Seine Lippen hoben sich, und nur einen Moment später schüttelte er lachend den Kopf, da ihr Verhalten ihn amüsieren musste.

Ihn lachen zu hören, wenn auch nur leise, fühlte sich wie ein sanfter Windhauch in der schwülen Nachmittagshitze an, der einen aufatmen und sich nach mehr verzehren ließ. Wenn Jiyan gerade dabei war, sie in seinen nymphischen Bann zu ziehen, leistete er ganze Arbeit.

»Was in aller Welt stimmt nicht mit dir? Solltest du dich nicht auf deinen Auftrag konzentrieren, statt mich anzustarren?« Obwohl er das fragte, senkte er seine Hand und grinste über das ganze Gesicht. Seine Worte klangen vielmehr wie ein Kompliment als wie ein Vorwurf.

»Äh …« Äh? Wie intellektuell von ihr. Lief ihr da etwa gerade Sabber aus dem Mund?

Zu ihrer Überraschung prustete Jiyan nun erst richtig los, was sie endgültig aus dem Konzept brachte.

Ach, Unsinn, welches Konzept? Warum war sie noch gleich hier?

Reiß dich gefälligst zusammen!, ermahnte sie sich und hätte um ein Haar den Kopf über ihr eigenes Verhalten geschüttelt.

Stattdessen musste sie Jiyan wie gebannt angestarrt haben, denn er verstummte abrupt und sah nun verlegen zur Seite.

Verdammt, damit machte er *sie* verlegen. Und bildete sie sich diese Schwingungen zwischen ihnen nur ein, die plötzlich in der Luft zu liegen schienen, oder spürte er sie auch?

»Haben dich wirklich die Engel zu mir geschickt?« Sein Lächeln verblasste zwar, doch die Denkerfältchen zwischen seinen

Augenbrauen kehrten nicht zurück. Er gab ihr mit seinem Blick, der zu der Pergamentrolle in ihrer Hand wanderte, zu verstehen, dass er über den Grund dieser Audienz sprechen wollte.

Offensichtlich hatte sie sich die Schwingungen zwischen ihnen nur eingebildet, denn ein Nymphe würde von diesen nicht ablenken. Vielleicht war sie sogar anmaßend, sich vorzustellen, der König der Nymphen könnte sie begehren – eine Bürgerliche. Eigentlich gehörte sie als Halbdämonin sogar zu den Geschöpfen, die von allen gehasst und für das Schlechte in dieser Welt verantwortlich gemacht wurden. Was meistens auch gerechtfertigt war. Und genau deswegen war diese Mission so wichtig für sie.

Von ihrem Vorgesetzten bei den Engeln, Celestino, hatte sie den Auftrag erhalten, ihren guten Willen unter Beweis zu stellen und den Nymphenkönig als Verbündeten zu gewinnen.

Das war das Einzige, was vorerst zählte. Oder zählen sollte. Denn ihr war bewusst, dass sie impulsiv Entscheidungen traf und sprunghaft ihre Meinung ändern konnte.

»Ja, die Engel haben mich geschickt«, bestätigte sie jetzt in möglichst neutralem Tonfall und besann sich wieder darauf, warum sie hier war und dass sie gerade mit einem König sprach. »Denn dieses Mal ist die Prophezeiung ernst zu nehmen, da sie nicht von einem gewöhnlichen Orakel, sondern von der Tochter des Engels der Zukunft stammt – meiner Freundin Taina. Als Beweis, dass mich die Engel schicken, soll ich Euch dies überreichen.«

Sie bot Jiyan die Schriftrolle dar, die sie schon die ganze Zeit in der Hand gehalten hatte. Statt sie zu ergreifen, starrte er mehrere Augenblicke auf ihre Hand. Durch ihr sensibles Gehör, das sie dem Dämonenblut in ihren Adern verdankte, vernahm sie, wie sich sein Herzschlag beschleunigte.

Generell verdankte sie ihrer dämonischen Abstammung ihre enorme Kraft, Schnelligkeit und die stark ausgeprägten Sinne.

Eins musste man Dämonen lassen, sie waren den meisten Arten körperlich überlegen.

Zögerlich streckte Jiyan jetzt seine Hand aus.

Woran dachte er? Fürchtete er sich davor, dass sich ihre Finger berühren würden? War sie ihm so zuwider? Hätte sie das kommen sehen, hätte sie die Schriftrolle am unteren Ende umfasst, um ihm mehr Platz zu lassen.

Gerade als sie darüber sinnierte, trat ein entschlossener Ausdruck in seine Miene, als ob er seine vorherigen Zweifel verdrängen würde.

Er griff nach der Pergamentrolle. Ihre Finger streiften einander. Nur ganz flüchtig. Nur so kurz, dass andere die Berührung gar nicht wahrgenommen hätten.

Jiyan ließ sich nichts anmerken und öffnete das Dokument.

Amaleya hingegen war fassungslos. Zwar hatte sie gehört, dass Nymphen sich durch Berührungen stärkten, doch Jiyan … Er nutzte den Körperkontakt nicht, um seine eigene Lebensenergie freizusetzen, wie es der Normalfall war, sondern er entzog anderen ihre Energie. Es war sehr wenig und sorgte für ein angenehmes Prickeln ihrer Haut, trotzdem war es sonderbar.

Deswegen also sein Zögern. Er wollte wahrscheinlich nicht, dass sie wusste, dass er anders war. Sie konnte ihn allerdings verstehen und zufällig vom Anderssein ein Lied singen.

Kaum dass Jiyan nun aus der Schriftrolle eine Art gläsernes Gefäß mit vergoldetem Deckel hervorzog, in dem sich Asche und Papierfetzen befanden, verfinsterte sich sein Blick. Als er dann noch die Schriftrolle las, schien er innerlich vor Wut zu explodieren. Er presste die Lippen zu einer schmalen Linie zusammen und verengte die Augen zu Schlitzen, sodass Amaleya kaum noch seine hellblauen Iriden unter den langen schwarzen Wimpern erkennen konnte. Seine Stirn legte sich wieder in Falten wie schon zu Beginn dieser Unterredung.

Super. Memo an mich: Wenn dir Engel sagen, dass du die Bitte an den König nicht lesen sollst, dann lies sie auf jeden Fall.

Denn jetzt hatte sie keine Ahnung, was ihn so erzürnte. Vielleicht wollten die Engel ja gar nicht, dass sie Jiyan zu einem Bündnis überredete? Wollten die Engel sie womöglich scheitern sehen? Zumindest hatten sie Amaleyas Job gerade um Längen erschwert.

Wortlos rollte Jiyan das Pergament wieder um das Glasgefäß. Kurz darauf wurde es ihm von dem braunhaarigen Nymphen an der Tür abgenommen, bevor der sich wieder auf seinen Posten neben dem Blonden zurückbegab.

Jiyan wandte sich ihr erneut zu. Zu ihrer Überraschung verschwanden die Fältchen zwischen seinen Augenbrauen. Was die Engel ihm geschrieben hatten, musste ihm gegen den Strich gehen. Trotzdem strahlte er eine Ruhe aus, die für eine immense Selbstbeherrschung stand. »Es wäre ungerecht, meinen Zorn an dir auszulassen«, erklärte er in kühlem Tonfall, während er die Arme vor seiner trainierten Brust verschränkte. »Aber richte Celestino aus, dass er zur Hölle fahren kann.«

Sie riss die Augen auf und hob verteidigend die Hände, als könnte sie damit seine Aussage abwehren. »Scheiße, nein, dann bin ich gefeuert!«

Das war für einen Engel die schlimmste Beleidigung, die es gab!

Jiyans Mundwinkel hoben sich, bis er sie breit angrinste und seinen Zorn zu vergessen schien. »Gut, dann richte ihm bitte aus, dass ich einem Bündnis nicht zustimmen werde.«

Na prima, jetzt hatte er es gesagt.

Missmutig knirschte sie mit den Zähnen. »Dann bin ich vermutlich auch gefeuert.«

Die Enttäuschung ihres Vorgesetzten konnte sie sich bereits bildlich vorstellen, weswegen sie diese Niederlage keinesfalls hinnehmen würde.

Womöglich sollte sie Jiyan in einer entspannteren Atmosphäre noch einmal um das Bündnis bitten. Wie gut standen die Chancen, dass er zu einem Date »Ja« sagte, wenn sie ihn nun darum bat? Wahrscheinlich verschwindend gering.

Doch wer nicht wagte, der hatte schon verloren. Außerdem müsste sie blind, taub und glücklich vergeben sein, um ihn nicht anzumachen. König hin oder her.

»Das tut mir leid«, meinte Jiyan in sanfterem Tonfall. »Weißt du, du bist nicht der erste Bote, der zu mir geschickt wird. Trotz der verstrichenen Zeit habe ich meine Meinung nicht geändert und auch nicht vor, es jemals zu tun. Daher lehne ich das Bündnis mit den Engeln ab – aus sowohl politischen als auch persönlichen Gründen. Wie gesagt, es tut mir leid, dass du diese Nachricht deinem Vorgesetzten überbringen musst.«

Seine ruhige Erklärung hatte sie zwar so weit beschwichtigt, dass sie niemandem den Kopf abreißen würde, aber es frustrierte sie ungemein, dass er ihr nicht einmal konkrete Argumente für seine Entscheidung vortrug. Vielleicht war es an der Zeit, dass sie einen Gang höher schaltete und ihn duzte, um mehr Nähe zwischen ihnen zu schaffen.

Nachdenklich neigte sie den Kopf zur Seite, sodass ihre Haare über eine Schulter nach vorn fielen, und sie wickelte sich eine dunkle Strähne um den Finger. »Hm, wenn es dir wirklich leidtut, willst du es ja vielleicht wiedergutmachen?«

Während sie das sagte, ging sie gemächlich auf ihn zu.

Jiyans Blick huschte über ihren Körper und verweilte kurz auf ihren Beinen, als wollte er sich vergewissern, dass sie gerade tatsächlich auf ihn zutrat. Er senkte die Arme und neigte ebenfalls nachdenklich den Kopf. »Inwiefern wiedergutmachen?«

Entweder machte er auf *ahnungslos* oder auf *schwer zu kriegen*.

Als sie unmittelbar vor ihm zum Stehen kam, spürte sie seine Wärme. »Du könntest mich durch dein Schloss führen.« Sie ließ ihre Stimme wie ein verheißungsvolles Gebet klingen und stellte sich auf die Zehenspitzen. Dadurch brachte sie ihr Gesicht so nah an das seine, dass sie nur noch ein Atemzug voneinander trennte. »Und mich anschließend auf einen Drink einladen. Und mich bitten, zu bleiben.«

Er hatte nicht gewusst, was sie von ihm wollte, denn seine Augenbrauen zogen sich kaum merklich hoch, als ihn die Erkenntnis traf. Zunächst wirkte er überrascht, aber genauso schnell veränderte sich sein Ausdruck in etwas … Gefährliches. Sie schien nicht die Einzige mit sprunghaftem Verhalten zu sein.

Seine Stimme klang kehlig, als er ihr antwortete. »Das willst du nicht wirklich. Schlafende Bestien soll man nicht wecken, kleiner Halbengel.«

Wenn sie jetzt die Hand nach ihm ausstreckte, würde sie gewiss wieder dieses berauschende Prickeln ihrer Haut wahrnehmen und würde ihn heilen. Sollte sie es wagen?

»Glaub mir«, flüsterte sie ihm verführerisch ins Ohr. »Ich bin vielen Bestien begegnet und noch habe ich sie alle bezwungen. Du scheinst mir eher ein guter Mann zu sein, Jiyan. Ich war noch nie mit einem *guten* Mann zusammen – darin liegt ja der Reiz.«

In der hellen Iris seiner Augen loderten blaue Flammen auf, in denen sie sich bereits dahinschmelzen sah. Dennoch stand er wie angewurzelt da.

Sie wollte dem Drang nicht länger widerstehen und hob die Hand, um mit den Fingern über seine von Schweiß und Sand bedeckte Brust zu streichen. Er zuckte kaum merklich unter dem Körperkontakt zusammen, doch dann heilte er und seine gebrochene Nase richtete sich.

Wie erwartet spürte sie das wohlige Prickeln an den Fingerspitzen. Als sie die Hand bis hinauf zu seinem Schlüsselbein wandern ließ, zog sich das Prickeln von den Fingern durch ihren Arm und auch den restlichen Körper.

Es fühlte sich an, als würde Jiyan ihr eine Last abnehmen. Das musste daran liegen, dass sie als Tavith so viel Energie besaß, um die er sie nun erleichterte.

Selbst wenn sie hätte aufhören wollen, hätte sie es nicht gekonnt.

Jiyan wirkte, als ob er die Berührung ebenso genießen würde. Kurz schloss er die Augen, als würde er beten, dass sie nicht aufhörte.

Wie in Trance griff sie ihm mit halb geschlossenen Lidern in den Nacken und zog ihn zu sich runter. Und er ließ es geschehen.

Ihr Körper schrie vor Freude auf. Ein Kuss, nur einer – sie verzehrte sich auf einmal danach. Musste wissen, wie sich seine schmalen, doch sinnlich geschwungenen Lippen auf den ihren anfühlen würden. Wollte spüren, wie sie scheinbar schwerelos in seinen Armen schwebte.

Sie sah einen inneren Kampf in seinen Augen aufblitzen, konnte sich aber nicht dazu durchringen, sich von ihm fernzuhalten. Und in diesem Moment schien es auch keine Rolle zu spielen. Die Zeit stand für mehrere Herzschläge still, während sie sich näherkamen und sich ihre Lippen beinahe berührten.

Wie aus dem Nichts schoss ein Schmerz durch ihre Schulter.

Erschrocken taumelte sie mehrere Schritte zurück. Gerade genug, um wieder zu klarem Verstand zu gelangen. Verwirrt blinzelte sie Jiyan an, der sie jetzt panisch aus weit aufgerissenen Augen anstarrte.

»Was zur Hölle?!«, blaffte sie und griff sich mit der Hand an die linke Schulter.

Jep, ausgekugelt.

Mit einer gekonnten Bewegung renkte sie sich die Schulter wieder ein.

»Das könnte ich dich ebenso fragen«, knurrte er. »Verschwinde! Wir sind hier fertig!«

Hatte er sie gerade einfach so von sich gestoßen? Mit Nachdruck? Was zum Henker war nur in ihn gefahren?!

Während sie tatsächlich sprachlos war und sich am liebsten in Luft auflösen wollte, stand Jiyan einfach da und biss die Zähne so fest aufeinander, dass die Muskeln an seinem Kiefer hervortraten. Er erwartete natürlich, dass sie seinem Befehl Folge leisten und verschwinden würde.

Ihr wurde plötzlich bewusst, dass die Nymphen an der Tür sie auf eine Art betrachteten, die sie nicht deuten konnte. Wahrscheinlich waren die beiden ebenso durcheinander wie Amaleya. Es trieb ihr die Hitze in die Wangen, dass andere Zeugen davon geworden waren, wie Jiyan sie zurückwies und sogar so hart von sich gestoßen hatte, dass er ihr die Schulter auskugelte.

Statt sich bei ihr zu entschuldigen und sich zu bedanken, dass sie ihn geheilt hatte, schaute er sie jetzt an, als ob es ihre eigene Schuld wäre, und schmiss sie raus.

Super. Wieder einmal bestätigte sich, dass sie einen schlechten Geschmack hatte, was Männer anbelangte.

Sie bemühte sich um einen kühlen Gesichtsausdruck und zuckte mit den Schultern. »Okay, weißt du was? Fahr selbst zur Hölle.«

Für einen Sekundenbruchteil erschien er schuldbewusst, doch dann wurde das Blau seiner Iriden wieder kalt. Abweisend.

Jedenfalls kam kein weiteres Wort über seine Lippen, weshalb sie nicht anders konnte, als noch hinzuzufügen: »Weißt du, wenn ich es mir recht überlege, braucht wahrscheinlich eh keiner eure Hilfe. Im Ernst, wer will schon Schlappschwänze wie euch Nymphen als Back-up haben?«

Nymphen als Schlappschwänze zu bezeichnen, war vermutlich die lächerlichste Beleidigung, die er je gehört hatte. Dennoch blieb seine Miene ungerührt. Anscheinend wollte er sich nicht dazu herablassen, mit ihr zu diskutieren.

Gut. Prima!

Sie machte auf dem Absatz kehrt und schlenderte bemüht unbekümmert an ihm vorbei zum Ausgang. Sein Blick folgte ihr, bohrte sich förmlich in ihren Rücken. Und obwohl er ihr gerade den Korb des Jahrhunderts gegeben hatte, hätte sie schwören können, dass er ihr auf den Hintern starrte. Wofür sie ihm am liebsten eine reingehauen hätte. Scheiß drauf, ob er der König der Nymphen war oder sie ihn zu einem Bündnis bewegen sollte! Was fiel ihm ein, sie so zu behandeln?

Ein letztes Mal sah sie sich zu ihm um. »Denk ja nicht, dass du gewonnen hättest, nur weil ich jetzt gehe«, erklärte sie beiläufig. »Du *wirst* dem Bündnis zustimmen.«

Dafür würde sie sorgen, selbst wenn sie jeden Tag hier auftauchen müsste, bis er irgendwann nachgab.

Sie verschwand, indem sie sich nach Hause teleportierte. Dazu trat sie in die Geisterwelt über, in der sie keine feste, materielle

Form mehr besaß und sich innerhalb eines Wimpernschlages um die ganze Welt bewegen konnte. Die Geisterwelt war wie eine Art Parallelwelt, in der man von Außenstehenden zwar nicht wahrgenommen wurde, aber von anderen, die sich in der gleichen Form dort aufhielten. Diese Fähigkeit verdankte sie ihrer dämonischen Abstammung, wenngleich auch andere Unsterbliche wie beispielsweise die Götter über sie verfügten.

Amaleya fokussierte sich auf das Himmelsschloss ihrer Freundin Majandra, in dem sie mit ihren Artgenossen seit über sechshundert Jahren zusammenlebte. Entlang eines Energiestroms, von denen es unsagbar viele auf der Welt gab, beamte sie sich dorthin.

Binnen einer Sekunde war sie da. Sollte Jiyan eben wissen, dass sie diese Fähigkeit besaß, die erneut dafürsprach, dass sie kein Engel war oder eben nur zur Hälfte.

Sie stand nun in der imposanten Eingangshalle des Schlosses, deren Boden aus wunderschönem weiß-goldenen Marmor bestand. Genau wie die Nymphen lebten die Tavith nicht auf der Erde in der Menschenwelt, sondern im Himmel, wobei es eine obere und eine untere Himmelsebene gab, die beide aus mehreren wolkenähnlichen Inseln bestanden.

Das Königreich der Nymphen lag auf einer dieser Inseln, ebenso wie das Himmelsschloss, in dem die Tavith lebten. Obwohl die Inseln von unten aussahen wie Wolken, besaßen sie einen festen Boden, auf dem – wie in der Menschenwelt auch – Pflanzen wuchsen. Auf der oberen Himmelsebene lebten die Engel. Dort gab es keinen nahrhaften, grünen Boden wie auf der unteren Himmelsebene, denn alles war in weiße, fluffige Wolken gehüllt.

Amaleya horchte, ob ihre Freunde zu Hause waren, doch nur Stille begrüßte sie. Nun ja, und der langsame, dumpfe Herzschlag des Anwesens, das Majandra gehörte.

Wenngleich Amaleya nicht wusste, woraus das Schloss erbaut worden war, bestand es bestimmt nicht aus kaltem, leblosem Stein. Nur weil ihre Freundin ihr Zuhause im Griff hatte, störte es niemanden, dass sich gelegentlich die Gänge veränderten oder sich der Boden bewegte.

Auch wenn die anderen Tavith nicht daheim zu sein schienen, beschloss sie dennoch, kurz nachzuschauen. Das lenkte sie immerhin davon ab, dass sie gerade ihren Auftrag von den Engeln um einiges schwerer gestaltet hatte und der Nymphenkönig ein Blödmann war, den sie am liebsten nie mehr wiedersehen wollte. Trotzdem würde sie nicht so schnell lockerlassen. Der würde schon sehen, wer von ihnen den größeren Dickschädel hatte. Aufzugeben war für sie noch nie eine Option gewesen, auch nicht in den drei Jahrhunderten, die sie in der Hölle hatte verbringen müssen.

Sie schüttelte sich bei dem Gedanken daran, dass zwei ihrer Mitbewohner in der Hölle geboren worden und dort aufgewachsen waren. Denn das Einzige, was dort zählte, war Macht. Wer die furchteinflößendsten Fähigkeiten besaß, diese durch seine enorme Lebensenergie am häufigsten einsetzen konnte und über den weitreichendsten Einfluss verfügte, gab den Ton an.

Um in der Unterwelt zu überleben, musste ein Geschöpf entweder mit Macht geboren worden sein oder es war schlau und grausam genug, sich diese zu verschaffen. Doch wer so stark war, um nichts mehr fürchten zu müssen, zahlte mit seiner Freiheit.

Die meisten der mächtigsten Geschöpfe dieser Welt lebten in der Hölle und sie alle waren an diesen Ort gebunden. Daher sehnten sie sich nach nichts mehr als nach ihrer Freiheit, ohne ihre Kraft im Austausch für diese einbüßen zu müssen.

Dieser Gedanke erfüllte Amaleya mit Angst. Denn dass Taina die Apokalypse prophezeit hatte, bedeutete, dass sich die Hölle erheben würde.

CRUEL WORLD

AN INNOCENT GIRL WITH A THORN IN HER HEART –
THE FOOTING BROKEN, HER PIECES CAME APART.

THE SHADOWS WHISPERED: »COME, CALL US HOME.«
THE LITTLE GIRL CRIED, BUT STILL WENT ALONG.

IN FRONT OF A THRONE SHE FOUND HERSELF KNEELING,
THINKING: *WHAT'S THIS COLDNESS? WHY AM I NOT FEELING?*

THE EVIL OFFERED A HAND AND SHE TOOK IT BLINDLY,
BUT THERE NEARED NO END AND HELL GRABBED HER
TIGHTLY.

YEARS OF DARKNESS FOLLOWED, BECOMING A SINGLE BLUR.
I NEED TO ESCAPE, OF THAT SHE WAS SURE.

WHEN A SAVIOR ARRIVED AND SHE WAS FINALLY FREE,
SHE HAD BEEN CHANGED, WONDERING WHO SHE MIGHT BE.

THE ONCE INNOCENT GIRL WITH A THORN IN HER HEART,
HAD BECOME A WOMAN YEARNING BADLY FOR A RESTART.

AUF
NIMMERWIEDERSEHEN

AMALEYA

Luft!

Beißender Schwefelgestank füllte ihre Lunge und ließ ihre Augen trä-
nen. Sie kniete zitternd und schwer atmend auf dem Boden und sah, wie
ihre Tränen auf den schwarzen Stein unter ihr fielen.

Keinen Tag länger würde sie es hier in der Hölle aushalten. Sie war
das alles so leid. Die Angst, Einsamkeit und das Misstrauen, die sie bis
in ihre Träume verfolgten. Es machte sie als Halbengel krank, hier zu
sein. Doch solang sie ein Schwur an den Dämonenfürsten Sergen As-
had band, war es ihr nicht möglich, zu gehen. Es sei denn, er befahl es.
Oder sie starb.

Langsam richtete sie sich auf und lehnte sich mit dem Rücken gegen
den harten Bettpfosten. Es war nicht ihr Bett, nichts hier war ihr Ei-
gentum. Alles hier gehörte Sergen, genau wie sie selbst.

Sie schlug den Kopf nach hinten gegen das Metall des Bettes und biss die Zähne fest aufeinander, als Schmerzen ihren Schädel durchschossen.

Wie hatte sie einst so dumm sein und denken können, Sergen würde sich für sie interessieren? Wieso nur hatte sie ihm geglaubt, er würde ihr helfen und sie unterrichten, statt sie einfach nur auszunutzen? Warum bloß war sie davon ausgegangen, dass ihr Schwur – der Schwur einer Unsterblichen – sie nicht an den Dämonenfürsten binden würde, so wie es bei einem Menschen der Fall wäre?

Mit geschlossenen Augen saß sie da und versuchte sich zu erinnern, wie sich Sonnenlicht auf der Haut anfühlte oder die Luft im Sommer roch, wenn die Blumen auf den Wiesen blühten.

Wie klang das Rascheln der Blätter im Herbst, bevor sie in allen Orangetönen zu Boden fielen? Sie färbten sich dann doch orange, oder?

Sie wollte diese Bilder in ihrem Kopf heraufbeschwören, aber die letzten dreihundert Jahre in der Hölle hatten sie vergessen lassen.

Sie biss sich von innen auf die Wange, um nicht zu schluchzen, und schmeckte Blut.

Für Sergen hatte sie bereits genug Blut vergossen und konnte es nicht länger ertragen. Andererseits wusste sie nicht mehr, was Mitgefühl war. Es war ein Wort ohne Bedeutung, das durch ihren Kopf geisterte und dafür sorgte, dass sie sich elendig fühlte.

Würde es ihr besser gehen, wenn sie sich erinnerte?

Schlagartig nahm sie eine Veränderung in der Luft wahr.

Sie sprang auf, griff nach ihrem Schwert neben dem Nachttisch. Kampfbereit richtete sie die Klinge auf den Eindringling. Wie sie vermutet hatte, nahm im nächsten Moment jemand vor ihr Gestalt an, der sich hierher teleportiert hatte. Es war allerdings kein Dämon.

»Würde es dir etwas ausmachen, das Schwert herunterzunehmen?«, fragte eine engelsgleiche Frauengestalt mit tiefer, ruhiger Stimme. »Das ist ein wenig unhöflich, findest du nicht?«

Die Fremde besaß die gleichen golden schimmernden Augen wie Amaleya. Also waren sie wohl beide Dämonenengel und das Auftauchen der Frau kein Zufall.

Amaleya runzelte die Stirn und behielt ihr Schwert auf die Fremde gerichtet. »Unhöflich? Das sagt ausgerechnet diejenige, die nicht angeklopft hat.« Misstrauisch musterte Amaleya die Fremde.

Sie trug ihr langes Haar, das in allen Brauntönen schimmerte, zu einem Zopf geflochten, der ihr bis zum Oberschenkel reichte. Sie war um einiges größer als Amaleya und in eine bodenlange weiße Robe mit dünnen, goldenen Trägern gekleidet. Alles an ihr sprach für ein großes Selbstvertrauen und auch für eine Sanftheit, die dafür sorgte, dass Amaleya ein schmerzhaftes Ziehen in der Brust verspürte. Dieses wurde durch das Lachen der fremden Frau nur noch verstärkt. Amaleya würde schwören, dass so die Sonne ausgesehen hatte. Blendend und warm.

»Tut mir leid, ich wollte dich nicht erschrecken«, erklärte die brünette Schönheit und schon im nächsten Augenblick hatte Amaleya ihr verziehen. »Ich bin hier, damit wir beide uns gegenseitig helfen. Doch Sergen würde gewiss verhindern, dass du mit mir kommst. Daher sollten wir uns beeilen und zusehen, dass wir hier wegkommen, bevor er zurückkehrt.«

Hunderte Fragen schossen Amaleya plötzlich durch den Kopf, wie beispielsweise, woher die fremde Frau von Sergen wusste und Amaleya zu kennen schien, wenn sie vorschlug, dass sie sich gegenseitig halfen. Nur eine dieser Fragen war für sie wirklich von Bedeutung.

»Du könntest mich mitnehmen?« Sie hörte die Hoffnung in ihrer eigenen Stimme und erkannte, dass es genau dieses Gefühl war, welches das Ziehen in ihrer Brust verursachte. Die Hoffnung auf Freiheit. Noch nie zuvor war sie so greifbar gewesen.

Die Brünette nickte. »Ich weiß von dem Schwur und ja, ich kann dich tatsächlich befreien. Im Gegenzug möchte ich, dass wir Freundinnen werden.«

Es kümmerte Amaleya in diesem Moment nicht, wer die Fremde war oder wie sie den Schwur brechen würde – was unmöglich sein sollte. Es kümmerte sie eben so wenig, dass die Fremde bescheuert sein musste, im Austausch dafür so etwas Wertloses wie Freundschaft zu verlangen. Was Amaleya als Einziges kümmerte, war die Möglichkeit, frei zu sein.

»Deal.« Ihre Schwerthand zitterte vor Nervosität. »Du befreist mich und im Gegenzug erhältst du meine Freundschaft.«

Zwar hatte sie noch nie Freunde gehabt, doch so schlimm konnte es schon nicht sein, wenn die Fremde ebenfalls ein Dämonenengel war. Außerdem würde Amaleya beinahe jeden Preis zahlen, um Sergen und der Hölle zu entfliehen. Und womöglich würde sie von der Freundschaft mit der Brünetten zukünftig noch oft profitieren.

Die Fremde nickte und verlangte zu Amaleyas Erstaunen nicht, dass sie es schwor. Ein einfaches »Ich schwöre« würde schon reichen, um Amaleya dazu zu verpflichten, ihre Freiheit mit Freundschaft zu begleichen.

»Hast du noch etwas, das du mitnehmen möchtest?«, wollte die Fremde nachdenklich wissen. »Wenn ja, solltest du es jetzt einpacken, denn sobald ich den Schwur gebrochen habe, wird Sergen es spüren und hier auftauchen. Dann sollten wir verschwunden sein.«

Scheiße, die meinte das tatsächlich ernst. Die dachte wirklich, dass sie den Schwur aufheben könnte. Hier und jetzt. Sofort. Einfach so.

Aufregung strömte durch Amaleyas Körper und sorgte dafür, dass ihre Haut kribbelte.

Sie sah sich kurz in ihrem Zimmer um und überlegte, ob sie irgendetwas hiervon brauchte. Wenn sie etwas mitnehmen würde, dann nur, damit es Sergen fehlte, und das wäre für sie unnötiger Ballast.

Ihr Blick blieb an ihrer mittlerweile gesenkten Klinge hängen und sie ließ sie zu Boden fallen. Sergen hatte gesagt, dass das Schwert nicht herausragend gut war, aber für sie gut genug.

Auf Nimmerwiedersehen, Arschloch!, *dachte sie mit einem Gefühl des Triumphes.*

Auch wenn sie nicht den leisesten Schimmer hatte, ob sie überhaupt befreit werden konnte, tat es verdammt gut, so zu empfinden.

Sie schaute in die freundlichen, goldenen Augen der Fremden und verspürte die Gewissheit, dass alles gut werden würde. »Ich hab alles.«

Sie stand der Brünetten gegenüber und besaß nichts weiter als die Kleidung an ihrem Leib und ihren Dolch, den sie am Gürtel trug. Gleich würde sie hingegen etwas äußerst Kostbares besitzen: Freiheit.

Die Braunhaarige trat auf Amaleya zu, sodass sie den Kopf in den Nacken legen musste, um zu der Schönheit aufzusehen. Auch wenn sie nicht klein war, überragte die Fremde Amaleya fast um einen ganzen Kopf.

»Gut.« *In den anmutigen Gesichtszügen der Brünette lag so viel Güte, als wäre sie ein Schutzengel, der Amaleya zu retten versuchte.* »Dann reich mir schnell deine Arme.«

Kaum dass Amaleya die Arme ausstreckte, umfasste die Fremde ihre Ellenbogen und sie tat es ihr gleich. Ihr Herz schlug so laut und schnell, dass es ihr jeden Augenblick aus der Brust springen müsste.

Die Fremde schenkte ihr ein entschuldigendes Lächeln. »Das könnte ziemlich schmerzhaft werden, weil Sergen die Verbindung nicht sofort loslassen wird. Aber es wird dich nicht umbringen.«

»Falls es mich doch umbringt, bin ich immerhin frei«, *murmelte* Amaleya. »Tot oder frei, das sind die einzigen Optionen. Ich kann hier nicht länger bleiben.«

Die Fremde schmunzelte. »Ist notiert. Ich bin übrigens Majandra.«

Die Muskeln in Amaleyas Kiefer spannten sich merkwürdig an, bis sie spürte, wie sich ihre Lippen tatsächlich zu einem kleinen Lächeln verzogen.

Wie lang war es her, dass sie das letzte Mal gelächelt hatte?

»Ich bin Amaleya.«

Majandras Griff um ihre Ellenbogen verstärkte sich. »Ich weiß.«

Dann erschütterten auch schon Schmerzen ihren Körper, wie Amaleya sie noch nie zuvor empfunden hatte. Als würde jemand in ihre Seele greifen und diese von innen heraus in Tausende Stücke sprengen. Sie riss den Mund zu einem Schrei auf und trotzdem kam kein Ton über ihre Lippen. Ihre Sicht verschwamm bereits durch die Tränen, da verlor sie schon das Bewusstsein und wurde von der Dunkelheit verschlungen.

Panisch riss Amaleya die Augen auf und versuchte, sich zu orientieren. Um sie herum erkannte sie in der Dunkelheit der Nacht die Konturen ihrer Möbel. Sie war zu Hause. Im Himmelsschloss bei ihren Freunden. Wie üblich lag sie in ihrem Bett und es fiel nur das Mondlicht durch die dünnen Vorhänge.

Dank dieser Erkenntnis verlangsamte sich ihre Atmung wieder.

Sie hatte nur geträumt. Es war nicht mal ein richtiger Traum gewesen, sondern eine Erinnerung. Sogar eine gute Erinnerung, denn seit sie Majandra begegnet war, war sie nicht mehr an einen Schwur und an den Dämonenfürsten Sergen Ashad gebunden. Sie war seitdem frei, auch wenn es geschmerzt hatte.

Jetzt lebte sie mit ihren Freunden und Artgenossen zusammen, und Sergen würde nie an Amaleya herankommen, weil er es nicht wagen würde, sich mit den anderen Tavith anzulegen.

Da sie nun ohnehin hellwach war, konnte sie auch in der Trainingshalle ihres Mitbewohners Lorcas ein paar Gewichte stemmen. Das würde zumindest ihre Stimmung aufhellen.

Der Blick auf ihren Wecker verriet ihr, dass es fast fünf Uhr morgens war. Gut, drei Stunden Schlaf waren für ihresgleichen mehr als ausreichend.

Rasch stand sie auf, zog sich an und band ihre Haare in einem hohen Zopf zusammen. Dann hielt sie allerdings in der Bewegung inne und runzelte die Stirn.

Irgendetwas stimmte nicht.

Ihre Nackenhaare richteten sich auf, als ob unmittelbar Gefahr in der Nähe lauerte, doch auch nach mehrfachem Horchen und Scannen ihrer Räumlichkeiten konnte sie keinen Gegner ausmachen.

Das war gar nicht gut. Sie kannte dieses merkwürdige Gefühl, das sich jetzt schwer auf ihren Magen legte. Es war ihrer Fähigkeit geschuldet, sich anbahnende Katastrophen wahrnehmen zu können. So verschieden wie die Dämonen waren auch ihre Fähigkeiten, weshalb Amaleya es zu schätzen wusste, diese Eigenschaft zu besitzen. Wenngleich sie auch nervte.

Eilig ging sie zum Nachttisch und griff nach ihrem Handy. Obwohl die Menschen viel unsinniges Zeug erfanden, erwies sich dieses kleine Gerät als äußerst praktisch, und dank ein wenig Magie verfügten Amaleya und ihre Freunde hier sogar über guten Empfang. In einem Moment wie diesem würde sie den anderen Tavith zumindest keine Brieftaube schicken wollen.

Mit flinken Fingern tippte sie die Nachricht ein, ob bei ihren Freunden alles in Ordnung war. Die fünf wussten von Amaleyas Fähigkeit, würden sie als Warnung verstehen und auf sich achtgeben. Außerdem schrieb Amaleya die gleiche Nachricht auch an Céline – das jüngste, neue Mitglied ihrer Wohngemeinschaft und damit die siebte Tavith.

Die Kleine war erst vor Kurzem von Majandra hierher ins Himmelsschloss geholt worden und wuchs nun mit Anfang zwanzig in die Unsterblichkeit hinein. Sie war für Amaleya wie eine kleine Schwester, um die sie sich kümmern wollte und der Amaleya deswegen sogar ihren Dolch vermacht hatte.

Schon im nächsten Moment vibrierte ihr Handy mehrfach und sie erhielt die skurrilsten Antworten.

So was wie: *Weiß nicht. Bin noch ans Bett gefesselt und muss mal, aber sie findet die Schlüssel für die Handschellen nicht ... – Kasimir*

Oder: *»In Ordnung« ist recht vage formuliert. Die Dinge könnten besser stehen. Den Umständen geht es mir entsprechend gut, danke der Nachfrage. – Kendric*

Oder auch: *Ordnung? Es ist das reinste Chaos! Weißt du eigentlich, ob Maja heute noch einkaufen geht? – Taina*

Und: *Ja, warum? Hat Kasimir wieder was angestellt? Wenn er sagt, dass ich es war: Ich war es nicht! – Céline*

Sogar Lorcas antwortete sofort: *Jo, alles fit.*

Warum wunderte es sie eigentlich noch, dass die alle mitten in der Nacht wach waren? Wahrscheinlich bekämpften sie gerade ihre eigenen Albträume. Oder Erinnerungen. Oder waren ans Bett gefesselt.

Sollte sie sich Sorgen um Kasimir machen? Ach, wahrscheinlich nicht. Immerhin besaß er noch genügend Bewegungsspielraum, um eine Nachricht verfassen zu können.

Nur wenige Augenblicke später erhielt sie auch von Majandra – kurz Maja genannt – eine Antwort: *Süße Amy, ist denn bei dir alles in Ordnung? Du bist so aufgewühlt, seit du dem Nymphenkönig begegnet bist.*

Toll. Vielen Dank für die Erinnerung, dachte sie sich schmollend und legte das Handy wieder zurück an seinen Platz. Auf keinen Fall würde sie jetzt darauf eingehen und sich den Kopf über diesen blauhaarigen Idioten von einem König zerbrechen.

Genervt stiefelte sie in ihrem Schlafzimmer auf und ab und versuchte, sich nicht von dem aufsteigenden Gefühl der Panik einnehmen zu lassen.

Ihre Fähigkeit war so frustrierend! Eine sich anbahnende Katastrophe zu verhindern, war für sie kein Problem. Erschwerend war dabei nur, dass ihr übernatürlicher Sinn für Katastrophen ihr nicht sagte, worum es ging. Eine genaue Wegbeschreibung mit einem Zeitvermerk war ja wohl kaum zu viel verlangt.

Wozu besaß sie eine Fähigkeit, wenn sie diese nicht vernünftig nutzen konnte? Sie nahm Katastrophen nur wahr, wenn sie selbst auf irgendeine Weise davon betroffen war. Das stand jedoch immer wieder in unterschiedlichen Zusammenhängen.

Eine Welle der Dringlichkeit durchfuhr plötzlich ihren gesamten Körper. Sie schloss die Augen und wollte sich auf dieses Gefühl konzentrieren. Wie so häufig sah sie lediglich den unverschämt gut aussehenden König der Nymphen vor sich, der ihr ganz offensichtlich den Kopf verdreht hatte. Was leider nicht auf Gegenseitigkeit beruhte.

Sie wollte gar nicht darüber nachdenken, dass sie ihm morgen erneut einen Besuch abstatten würde. Seit knapp fünf Wochen versuchte sie, ihn zu einem Bündnis zu überreden. Und jede Woche, wenn sie ihn im Thronsaal aufsuchte, hoffte sie insgeheim, dass er auf sie zukommen und sich dafür entschuldigen würde, dass er sie verletzt hatte.

Zu gern würde sie etwas in seinen Augen entdecken, was ihr das Gefühl gab, dass er das gleiche geheimnisvolle Knistern zwischen ihnen gespürt hatte. Dann bräuchte sie sich nicht mehr ständig zu fragen, was mit ihr nicht stimmte oder was ihm nicht an ihr gefiel.

Aber nichts dergleichen war der Fall.

Sie schüttelte den Kopf und straffte die Schultern.

Du bist eine echt taffe Killerbraut und kannst getrost auf den Kerl verzichten!

Eine neue Woge der Dringlichkeit gepaart mit einem Hauch von Panik traf sie nun und ließ sie frösteln.

Wieder sah sie Jiyan vor ihrem geistigen Auge und beschloss kurzerhand, ihm einfach jetzt sofort einen Besuch abzustatten. Mit Pech erwischte sie ihn mit irgendwem im Bett. Mit Glück könnte sie dabei einen guten Blick auf ihn erhaschen. Als Halbdämonin war positives Denken das A und O. Und wenn sie mal ehrlich zu sich selbst war, wollte sie ihn trotz allem sehen und er würde sie hervorragend von dem Schrecken ablenken, der dank ihrer Fähigkeit mittlerweile durch ihre Glieder kroch und drohte, sie mit Haut und Haaren zu verschlingen.

4

UNGEBETENE GÄSTE

JIYAN

Nur selten saß er auf dem Thron, da dieser für seinen Vater oder Bruder bestimmt gewesen war. Obwohl es mitten in der Nacht war, fand er keine Ruhe und war durch das Schloss spaziert, bis er schließlich auf dem Königsstuhl Platz genommen hatte.

Ständig dachte er an das erste Treffen mit der Engelsbotin Amaleya zurück. Wären sie sich früher begegnet, hätte er, ohne zu zögern, mit ihr geflirtet, sie berührt und gehofft, sie in sein Bett locken zu können. Doch diese Zeiten waren lang schon vorüber und er nun ein anderer.

Er hätte nicht zulassen dürfen, dass sie ihn berührte. Hätte sie direkt wegschicken sollen, als lang unterdrückte Empfindungen in ihm zu neuem Leben erwacht waren.

Ein verdammter Narr war er! Nach fast zweitausend Jahren der Enthaltsamkeit wusste er anscheinend gar nicht mehr, welche Ver-

heißungen körperliche Berührungen bei ihm als Nymphen aus-
lösten. Normalerweise wurde er von den anderen Nymphen in
Ruhe gelassen, da jeder wusste, dass er enthaltsam lebte. Niemand näherte sich ihm oder berührte ihn, alle respektierten seinen Entschluss. Und nun kam diese unverschämte Botin und
umgarnte ihn – machte ihn wieder zum Sklaven seiner bisher erfolgreich unterdrückten Begierde.

Er beugte sich auf dem Thron nach vorn und massierte sich mit
den Fingern die Schläfen, da sein Kopf schon vom ganzen Grübeln schmerzte.

Jede Woche tauchte Amaleya erneut in seinem Thronsaal auf,
bat ihn um die Zustimmung zum Bündnis mit den Engeln, und
wenn er abgelehnt hatte, warf sie ihm irgendein Schimpfwort gegen den Kopf und verschwand wieder. Sie teleportierte sich stets
fort – was keine Engelsfähigkeit war – und erschien dann in sieben Tagen wieder vor seinem Thronsaal.

Er sollte sie bitten, ihren Auftrag an einen anderen Boten abzugeben, damit er sie nie wiedersehen würde. Stur, wie sie war,
würde sie ihm vermutlich nur den Mittelfinger zeigen.

Der Gedanke brachte ihn zum Schmunzeln und weckte gleichzeitig das Bedürfnis in ihm, sie für ihre Respektlosigkeit übers
Knie zu legen.

Was hatten sich die Engel nur dabei gedacht, ausgerechnet sie
zu ihm zu schicken? Nichts Gutes kam dabei heraus. Und zu ihrer Offenbarung, dass angeblich mal wieder die Apokalypse bevorstand, hatte er sich auch noch keine Meinung gebildet.

Er rutschte auf dem Thron nach vorn und rollte mit den Schultern, die schon völlig verspannt waren. Dank Amaleya fühlte sich
seine eigene Haut zu eng für seinen Körper an und er konnte
nicht einmal in einem Kampf mit Fionn etwas Dampf ablassen,

weil ihm jeder Körperkontakt wie eine Bombenexplosion an seinen Nervenenden vorkam.

Er hätte sich von ihr fernhalten müssen.

Und doch war es ihm einfach nicht möglich gewesen.

Als nun das Mondlicht auf die goldenen Verzierungen der Säulen des Thronsaals fiel, erinnerte er sich an die heutige Unterhaltung mit seinen Freunden. Sie hatten über Unsterbliche mit goldenen Augen gesprochen und festgestellt, dass diese – bis auf Amaleya – alle sehr bekannt waren. Trotz ihrer Bekanntheit wusste niemand, was genau sie waren, und das frustrierte Jiyan.

Wer und was war die Frau, die ihm seit knapp fünf Wochen einen Besuch abstattete? Vielleicht war sie ja eine Hexe, die ihn mit einem Obsessionszauber belegt hatte.

Er schüttelte den Kopf. Das war lächerlich. Engel ließen sich nicht mit Hexen ein und außerdem war ihm sogar einer der goldäugigen Unsterblichen nicht nur durch Hörensagen, sondern persönlich bekannt: Lorcas. Ein brutaler Krieger mit vielen Narben, der als ungeschlagener Sieger der Unsterblichenwettkämpfe galt, welche die Götter regelmäßig auf dem Olymp veranstalteten. Dessen Kampfstil wies auf vieles hin, nur nicht auf eine Hexe.

Lorcas und Amaleya mussten aber auch nicht verwandt sein und könnten zu ganz anderen Arten gehören. Womöglich hatten die goldenen Augen auch nichts mit ihrer Abstammung zu tun, sondern viel eher mit einem Merkmal. Vielleicht standen goldene Augen für den Fluch einer Göttin, die durch die Färbung ihre Opfer markierte. Beispielsweise. Die Möglichkeiten waren beinahe unbegrenzt.

Um sich nicht weiter Fragen zu stellen, auf die er keine Antworten erhalten würde, ließ er seinen Blick durch den Thronsaal schweifen, vorbei an den hellen, verzierten Säulen, dem bunten Marmorboden, auf dem einst so viel Blut vergossen worden war, und der perlmuttfarbenen Kuppel des Saals, die das sanfte Mondlicht aus den großen Fenstern reflektierte.

Als er die Augen auf den Thron der Königin neben dem seinen richtete, durchschoss eine Welle der Dringlichkeit seinen Körper. Kalte Schauer liefen plötzlich seinen Rücken hinab.

Sein Instinkt verriet ihm, dass sich ihm etwas Böses näherte und es ausschließlich auf ihn abgesehen hatte. Dämonen. Ihre Intention, ihn in ihre Klauen zu kriegen, war beinahe greifbar. Dem abartigen Geruch von Schwefel nach zu urteilen, den er nun in der Luft roch, kamen seine ungebetenen dämonischen Gäste in einer großen Anzahl.

Verwirrt über diese Vorahnung runzelte er die Stirn und überlegte kurz, ob er nach Wachen rufen sollte, aber er würde niemals die Leben anderer für sein eigenes aufs Spiel setzen.

Was sollte er den Wachen überhaupt sagen, falls denn welche in der Nähe waren und seinen Ruf hörten? Dass er vor seinem geistigen Auge sah, wie er gleich von Dämonen angegriffen würde? Sie würden denken, dass er den Verstand verloren hatte.

Er selbst konnte sich auch nicht erklären, was gerade vor sich ging. Dieses fremde Gefühl der Dringlichkeit war so greifbar, dass er es einfach ernst nehmen *musste*.

Er griff sich aus seinen Stiefelschäften zwei Dolche, die er meist bei sich trug. Was auch immer passierte, er würde nicht kampflos niedergehen. Ein Schwert wäre ihm lieber als die Dolche, seins lag allerdings in seinen Gemächern. Und wenn seine Wahrnehmung ihn nicht täuschte und die Dämonen, die sich näherten, es wirklich nur auf *ihn* abgesehen hatten, dann würden sie ihm zu seinen Gemächern folgen und dabei auf andere Nymphen treffen, die im Schloss lebten, sodass ein Blutbad beginnen würde. Welches er verhindern konnte.

Er knirschte mit den Zähnen.

Hoffentlich würden sich die Kreaturen aus der Hölle zu ihm teleportieren und nicht auf Schwingen durch die Luft geflogen kommen und seinen Palast ansteuern, sodass sie die Aufmerksamkeit seiner Soldaten auf sich zogen und es letztendlich doch ein Massaker geben würde.

Mit festem Griff umklammerte er die beiden Dolche in seinen Händen und sah seine Reflexion kurz in einer der schimmernden Klingen aufblitzen.

Er erhaschte einen Blick auf das gleiche blaue Haar, das auch seinen Vater gekennzeichnet hatte, und fragte sich, warum er die Zielstrebigkeit der Dämonen wahrnehmen konnte. Oder warum er wusste, dass sie in hohen Zahlen immer näher rückten. Noch nie zuvor hatte er dies gespürt. Was hatte sich geändert?

Es spielte jetzt keine Rolle mehr. Er erhob sich und nahm eine Kampfhaltung ein, während er betete, dass sich niemand in der Nähe des Thronsaals aufhielt, um die Geräusche einer gewaltvollen Auseinandersetzung zu hören. Denn sein eigener Tod tat ihm nicht weh. Der seiner Freunde und Kameraden schon. Er hatte genügend Pläne und Anweisungen hinterlassen, damit sein Volk auch ohne ihn auskommen würde, sollte er je in einer Schlacht fallen.

Eine weitere Welle der Dringlichkeit durchfuhr ihn. Dieses Mal stärker als zuvor. Die Dämonen kamen immer näher. Er konnte spüren, wie ihre Bosheit die Luft verpestete, die er atmete. Das Adrenalin ließ bereits seine Haut kribbeln.

Kommt schon. Bringen wir es hinter uns.

Wenn er heute sterben sollte, dann kämpfend.

Er nahm wahr, wie sich die Luft um ihn herum bewegte. Gerade wollte er mit seinem Dolch zustechen, als ihm zwei goldene Augen entgegenfunkelten.

Überrascht schnappte er nach Luft und bremste sich gerade noch rechtzeitig. Amaleya stand ihm nun gegenüber. Mit zwei Schwertern in den Händen und wunderschön wie eh und je.

Für einen Moment starrte er sie lediglich an, bevor er seine Fassung zurückerlangte.

Er zog irritiert die Augenbrauen zusammen. »Was tust du denn hier?! Du bringst dich in Gef…«

»Ich bin die Gefahr, Hübscher«, unterbrach sie ihn lässig, drückte ihm eins ihrer Schwerter in die Hand und nahm sich im Austausch einen seiner Dolche.

Wieder einmal löste sie den Drang in ihm aus, sie übers Knie zu legen. Und danach zu küssen.

Nein, kein Küssen!, ermahnte er sich selbst.

»Du … Warte … Du kannst also ein Unheil voraussagen?« Es fiel ihm plötzlich wie Schuppen von den Augen.

Er hatte sich gefragt, was sich geändert hatte, und Amaleya war die Veränderung. Sie musste eine Fähigkeit besitzen, die er durch ihre Energie während ihrer Berührung übernommen hatte und wegen der er nun hier war.

Dies war noch ein weiterer Grund, warum er sich von ihr fernhalten sollte! Würde er sich auf solch eine praktische Kraft verlassen, würde er sie nicht mehr missen wollen und sich schon allein deswegen nach Amaleyas Berührungen sehnen. Genau dies würde ihn in eine Abhängigkeit treiben.

Dabei hatte er ja nicht einmal eine Ahnung, ob er immer ihre Fähigkeiten übernehmen könnte oder ob es dafür irgendwelche besonderen Voraussetzungen gab. Würde er die Kräfte bald wieder verlieren, wenn er Amaleya nicht erneut berührte? Wie lang hielt überhaupt ihre Energie in seinem Inneren an?

Er wusste es nicht und war sich auch nicht sicher, ob er die Antworten ergründen wollte.

Amaleya zuckte mit den Schultern. »Die Fähigkeit ist ein unpräzises Geschenk mütterlicherseits.«

Also hatte er recht. »Inwiefern unpräzise?«, hakte er nach, solang er noch die Möglichkeit dazu hatte.

Sie zuckte erneut mit den Schultern, was ihm verriet, dass sie nicht gern darüber sprach. »Insofern, dass ich nie weiß, wo was passiert.«

Interessant. Er konnte ihre Kraft also besser nutzen als sie selbst.

Bevor sich ihm die Gelegenheit einer Erwiderung bot, bewegte sich abermals die Luft im Raum. Er hatte den Dämon kaum gesehen, da war dessen Kopf bereits zu Boden gefallen. Denn Amaleya hatte mit einer Geschwindigkeit und Kraft zugeschlagen, die ihn in Staunen versetzte.

Die Klingen ihrer beiden Schwerter glühten nun so heiß, dass die Luft drumherum flimmerte. An Hals und Kopf des Dämons war zu erkennen, dass die Blutgefäße beim Durchtrennen verbrannt und damit verschlossen wurden. Dadurch war kaum Blut gespritzt, was die Kleidung sauber hielt.

Mit großen Augen starrte er Amaleya an und bekam erneut ein Schulterzucken als Antwort. Sie wirkte entspannt, kontrolliert. Als wäre sie darauf trainiert, zu töten. Ihre außergewöhnlichen Schwerter sprachen ebenfalls dafür.

Wer in aller Welt war die Frau vor ihm?

Er deutete mit dem Kinn auf das Schwert in ihrer Hand, erfüllt von Neid. »Hey, wo bekomme ich so eins her?«

Wie immer funkelte sie ihn herausfordernd an. »Das verrate ich dir vielleicht, wenn du mehr Dämonen töten kannst als ich.«

»Das werde ich.« Er war gewillt, diese Herausforderung anzunehmen, denn er hasste Dämonen mehr als alles andere. Sie widerten ihn an. Und während beim letzten Kampf in diesem Saal nymphisches Blut geflossen war, würde heute Dämonenblut fließen.

Amaleya nickte mit einem schiefen Grinsen im Gesicht und drehte ihm dann kampfbereit den Rücken zu.

Er tat es ihr gleich. Währenddessen wurde die Präsenz der Dämonen immer greifbarer.

»Hey, Jiyan?«

Er sah über seine Schulter zu ihr hinüber. »Ja?«

Ein vielsagendes Lächeln legte sich auf ihre Lippen. »Wenn ich mehr Dämonen töte als du, bekomme ich eine Entschuldigung und einen Kuss als Belohnung.«

Er antwortete ihr nicht, doch konnte sein Lächeln auch nicht verbergen. Hätte es keine schwerwiegenden Konsequenzen für ihn, da er damit wieder abhängig von den Berührungen anderer werden könnte, würde er womöglich sogar zustimmen.

Ihre kleine Unterhaltung wurde jäh beendet, als mit einem Mal eine ganze Schar Dämonen um sie herum auftauchte.

»Hey, Amaleya?«

Er ließ seine Gegner nicht aus den Augen und versuchte abzuschätzen, wie viele es wohl waren.

Vielleicht drei Dutzend? Da wollte jemand ihn offenbar tot sehen. Über das Warum könnte er sich später immer noch den Kopf zerbrechen, wenn sie dies hier überlebt hatten.

»Ja, Hübscher?«

Er spürte Amaleyas Wärme hinter sich und bekam ein merkwürdig vertrautes Gefühl. Als hätten sie schon immer zusammen kämpfen sollen.

»Pass auf dich auf.«

DEADLY BEAUTY

REAPER IN A DRESS SO BRIGHT
FEARSOME AS DARKNESS
TEMPTING AS LIGHT

GOLDEN EYES SHIMMERING LOVELY
HANDS DEADLY BUT
CARESSING ME SOFTLY

BOLD WORDS SETTING MY SOUL ON FIRE
YOU COUGHT MY EYE
AROUSED MY DESIRE

BEAUTIFUL CURVES A LETHAL WEAPON
DEADLY BEAUTY IS WHAT
YOU'RE WRAPPED IN

ICH SCHWÖRE DIR ...

AMALEYA

Vor ihr standen gut drei Dutzend Dämonenlakaien in allen Formen und Farben. Mit Tentakeln, geschuppten Körpern und peitschenartigen Schwänzen. Mit Hörnern, Klauen und knochigen Stacheln, die aus ihren Rücken oder Gelenkansätzen herauswuchsen. Sie beäugten Amaleya mit hungrigen, abschätzenden Blicken. Dabei gaben sie zischelnde oder auch grunzende Laute von sich.

Angewidert verzog sie die Mundwinkel. Je mehr Zeit sie damals in der Hölle verbracht hatte, desto mehr hatte sie sich vor den Dämonen geekelt. Die meisten kannten weder Gnade noch Liebe, Anstand oder Loyalität.

Kaum zu glauben, dass ich genetisch mit denen verwandt bin.

Aber wenn sie die Schleier abnahm, unter denen sie und ihre Freunde sich verbargen, war die Ähnlichkeit unbestreitbar.

Als Schleier bezeichneten sie es, wenn sie nur Teile von sich in die Geisterwelt übertreten ließen, sodass ihre Flügel, Schwänze und Hörner nicht nur unsichtbar, sondern auch immateriell wurden. Dann konnten diese von anderen weder gesehen noch berührt werden.

Sie selbst besaß ebenfalls einen peitschenartigen Schwanz und kleine Hörner. Nur sah sie damit heiß aus, so wie ihre Mutter früher, als diese noch gelebt hatte – eine echte Ausnahme.

Ihre Fingernägel verlängerten sich jetzt zu Krallen, als ein paar der Lakaien sie anknurrten. Ihr Schwertgriff wurde automatisch breiter, sodass sie sich nicht selbst mit ihren Klauen in die Hand krallte, während sie kämpfte.

»Pass auf dich auf«, hatte Jiyan gesagt.

Sie runzelte die Stirn über seine fürsorglichen Worte, was ein Lakai als Ablenkung ihrerseits interpretierte und als Zeichen zum Angriff seinerseits. Mit gefletschten gelben Zähnen wollte er sich auf sie stürzen und schlug mit seiner Pranke nach ihr.

Dank ihrer Schnelligkeit konnte sie problemlos ausweichen. Es war ein fataler Fehler, sie anzugreifen. Mit einem dumpfen *Plumps* fiel auch sein Kopf zu Boden.

Eine Enthauptung war der sicherste Weg, um Unsterbliche zu töten. Es sei denn, man war die Hydra, der an der Stelle eines abgeschlagenen Kopfes zwei neue nachwuchsen. Ausnahmen bestätigten wie immer die Regel.

Während sie den warmen Griff ihres Schwertes umfasste, das eigens für sie geschmiedet worden war, holte sie aus. Noch bevor die Dämonen vor ihr gemeinschaftlich angreifen konnten, rollte ein weiterer Kopf zu Boden. Der dazugehörige Körper sackte leblos zusammen.

Sie schwang ihre Waffen erneut und begann mit kalter Präzision, die Reihen ihrer Gegner zu dezimieren, die sich nun zornig auf sie stürzten. Ein Grunzen war zu hören, dann ein zischelnder Aufschrei. Rasant schlug sie zu und wich dann wieder aus, während sie darauf achtete, Jiyan weiter Rückendeckung zu geben.

Zwischen zwei Schwerthieben fiel ihr Blick kurz auf ihn. Verdammt, er war wirklich geschickt im Umgang mit Waffen, so wie man es nur durch richtige Kampferfahrung lernte. Es schien, als hätte er ihre Herausforderung angenommen, mehr Dämonen zu töten als sie. Was sie ein klitzekleines bisschen traurig stimmte. Er könnte wenigstens so tun, als wollte er ihr die Chance auf den Gewinner-Kuss ermöglichen. Oder wollte er sich nur nicht entschuldigen müssen?

Ein riesiger, grünlich geschuppter Dämon, der eine Art Geweih auf dem Kopf trug, tauchte plötzlich in der Menge auf. Er schupste zwei Lakaien vor sich auf Amaleya zu, sodass sie zur Seite ausweichen musste. Genau in dem Moment ließ sie Jiyans Flanke schutzlos zurück.

Verfluchte Scheiße!

Es ging alles so schnell. Der Dämon streckte seine Klauen nach Jiyan aus. Dieser versuchte zwar, sich zu verteidigen, doch als ein äffchenartiger Lakai über seinen Artgenossen hinwegsprang und auf Jiyans Kopf zuraste, hob er sein Schwert und tötete den kleinen Dämon. Die Klauen des Geweih-Dämons durchbohrten Jiyans Brustkorb.

Gerade noch rechtzeitig konnte sich Amaleya drehen und den Dolch in ihrer Linken werfen. Die Klinge durchstieß den Kehlkopf des großen Ungetüms, sodass es verschwand und von Jiyan abließ.

Sofort fuhr sie ihre eigene Deckung wieder hoch. Vor Sorge musste sie sich erneut zu Jiyan umsehen. An seiner Seite klafften Haut und Muskeln auseinander, wo sich die Krallen in seinen

Körper geschlagen hatten. Sie fokussierte ihr sensibles Gehör auf Jiyans röchelnden, gleichmäßig schnellen Atem und seinen stetigen Herzschlag. Es hatte ihn wohl nicht so schlimm erwischt wie zunächst von ihr angenommen. Er gab keinen Mucks von sich und kämpfte unbeirrt weiter.

Offensichtlich war er nicht zum ersten Mal verwundet worden. Doch vor allem würde er heilen. Dafür würde sie schon sorgen.

Erleichterung durchflutete sie, weil sie rechtzeitig zur Katastrophe erschienen war, um diese verhindern zu können. Das Schicksal musste es gut mit ihr und Jiyan meinen.

Auf einmal gruben sich Zähne tief in ihren linken Oberschenkel, und weiße Funken des Schmerzes blitzten in ihrem Blickfeld auf.

Verdammt!

Ein kleiner Dämonenlakai hatte die Gelegenheit genutzt, dass sie abgelenkt gewesen war, und sich in ihrem Oberschenkel festgebissen. Mit dem Schmerz konnte sie umgehen, da war sie abgehärtet. Allerdings würde sie das Gift, das der geschuppte Bastard gerade in ihre Blutbahn pumpte, bald umhauen. Dieser Kampf sollte bis dahin lieber vorbei sein.

Sie griff den Lakaien mit ihrer freien Hand, drückte einmal fest zu, bis sein Schädel unter dem Druck brach, und schleuderte ihn angewidert von sich.

Den brennenden Schmerz in ihrem Oberschenkel ignorierend schlug sie mit der Rechten weiter um sich, bis die Zahl der Gegner abnahm.

Aus jeder ihrer Bewegungen sprach Wut. Dabei wusste sie nicht, ob sie sich mehr über Jiyans Wunde oder ihre eigene ärgerte. Beide wären vermeidbar gewesen, aber sie war schon seit einer Weile nicht mehr gegen eine größere Anzahl von Gegnern angetreten. Seit ihrer Zeit in der Hölle nicht mehr, um genau zu sein. Und sie war eine Einzelkämpferin, kein Teamplayer. Im Gefecht Rücksicht zu nehmen, stellte für sie eine neue Erfahrung dar.

Ihre Angreifer waren mittlerweile deutlich weniger geworden und die restlichen würden bald fliehen, um ihre erbärmlichen Leben zu retten.

Das wurde auch Zeit, denn Jiyan sah nicht gut aus. Na ja, doch, er sah wie immer verdammt heiß aus, besonders mit einem Schwert in der Hand. Es wirkte allerdings nicht so, als ob es ihm gut ginge.

Sie riskierte es nicht, ihn genauer zu mustern und erneut abgelenkt zu sein. Stattdessen passte sie sich weiterhin seinem Kampfrhythmus an und fokussierte sich auf ihre übrigen Gegner.

Eine Drehung von ihr nach links, wenn Jiyan sich auch nach links drehte – ein Hieb von ihm nach rechts, wenn sie zu seiner Linken zuschlug – ein Schritt nach vorn, wenn er seinen Fuß zurücksetzte.

Sie kämpften im selben Takt und passten ihre Bewegungen so problemlos aneinander an, dass sie vor lauter Faszination gar nicht merkte, dass sie durch die Erschöpfung immer träger wurde.

Es kam ihr beinahe vor wie Magie.

Vor lauter Schreck über diesen Gedanken trat sie Jiyan auf den Fuß, der unbeirrt einem weiteren Dämon den Arm abtrennte, sodass dieser gequält aufjaulte und sich wie ein Feigling fortteleportierte. Die übrigen Dämonen traten nun zurück, warfen sich unsichere Blicke zu und verschwanden ebenso plötzlich, wie sie aufgetaucht waren.

Magie! Naqashaan!

In der allgemeingültigen Sprache der Unsterblichen nannte man das Phänomen, wenn zwei zusammengehörende Seelen aufeinandertrafen, ›Naqashaan‹. Das beschrieb die Resonanz dieser beiden Seelen auf visueller Ebene, denn sie gaben keine Töne von sich, riefen nicht auf der gleichen Frequenz nach einander oder Ähnliches. Sie warteten stumm auf ihren Partner. Manchmal sogar vergeblich oder eine kleine Ewigkeit.

Sie schlugen angeblich Wellen, wie wenn man einen Stein ins Wasser warf und dieser die Oberfläche aufwühlte. Das Muster dieser Wellen kam in allen Zeitaltern nur zwei Mal vor und glich ausschließlich dem ihres vom Schicksal bestimmten Gefährten.

Wenn sich zwei auserwählte Seelen fanden, wurden sie magisch voneinander angezogen und ihre Muster größer, als würden sie versuchen, einander zu erreichen. Denn wenn sich ihre Seelenträger vereinten, brauchten sie keine Muster mehr zu zeichnen. Dann konnten sie endlich rasten, endlich Frieden finden. Solang ihr Seelenverwandter lebte.

Völlig aufgeregt von diesem Gedanken wollte sie am liebsten umherspringen. Sie wusste, dass es für jedes Lebewesen auf dieser Welt einen Gefährten oder eben eine Gefährtin gab. Aber es kam so selten vor, dass sich Seelenverwandte fanden, dass es praktisch nur als Märchen galt. Und da kaum ein Lebewesen das Naqashaan zwischen Seelen sehen konnte, lebte niemand mit der Vorstellung, eines Tages mit dem Seelenverwandten glücklich zu sein.

Das war auch der Grund, warum diese Welt immer grausamer wurde, denn viele Geschöpfe gingen Bindungen ein, für die sie nicht bestimmt waren und die sie unglücklich machten oder zumindest nicht erfüllten.

Amaleya schaute Jiyan an, der jetzt zittrig seine Wunde inspizierte, und spürte sofort, wie sie sich zu ihm hingezogen fühlte, obwohl ihr Körper jeden Augenblick selbst zum Stehen zu schwach sein würde.

Sie wollte ihm nahe sein. Wollte ihn heilen und ihn lächeln sehen. So wie schon bei ihrer ersten Begegnung.

Das *musste* etwas zu bedeuten haben. Sie hatten so selbstverständlich Seite an Seite gekämpft, als hätten sie es über Jahrtausende trainiert. Und als sie zu Hause plötzlich eine Katastrophe wahrgenommen hatte, war dies um Jiyans willen geschehen.

Das war bestimmt kein Zufall! Oder?

Sie begriff ihre eigenen Gedanken kaum und war sich auch nicht wirklich darüber klar, was das für sie beide bedeutete. Die Vorstellung auf die Ewigkeit an der Seite ihres Seelenverwandten klang jedoch fantastisch. Und hey, wer konnte schon behaupten, die Seelenverwandte des Nymphenkönigs zu sein? Wahrscheinlich wäre er nicht sonderlich angetan von ihrer Theorie, es sei denn, sie könnte ihn vom Gegenteil überzeugen.

Na schön, sie würde sich diese Seelenverwandten-Sache noch mal durch den Kopf gehen lassen, wenn sie nicht benommen und benebelt war vom Gift, das durch ihre Venen gepumpt wurde.

Jiyan warf ihr über die Schulter einen erschöpften, grimmigen Blick zu. *Grimmig* war sein Spezialgebiet, wie sie in den letzten Wochen bei ihren Treffen im Thronsaal hatte feststellen können.

»Übrigens, du siehst blutverschmiert bezaubernd aus. Hab ich schon bei unserer ersten Begegnung gedacht«, platzte sie heraus und biss sich dann sofort auf die Zunge, als Jiyan überrascht die Augenbrauen hochzog.

Toll.

Am liebsten würde sie ihr loses Mundwerk auf das Gift schieben, das ihren Körper zunehmend schwächte, aber auch ohne den Versuch, es auszusprechen, wusste sie, dass dies eine Lüge wäre.

Was, wenn er sie nun wieder zurückweisen würde? Vielleicht schreckte es ihn ja ab, dass sie ständig so direkt war?

Vermutlich würde sie dann die Seelenverwandten-Sache nicht mal mehr überdenken, sondern vergessen und bei den Engeln kündigen. Dann würde sie ihre geplatzten Träume mit ihrem Selbstbewusstsein beerdigen können.

Jiyan wandte sich ihr zu, sodass sie unmittelbar in seine hellblauen Augen starrte, in denen die verschiedensten Emotionen miteinander zu kämpfen schienen. Er seufzte schließlich geschlagen, legte ihr den Arm um die Hüfte und zog sie eng an sich, sodass sie, überrascht von seinem Sinneswandel, nach Luft schnappte.

Mit seiner klaren, tiefen Stimme fragte er: »Wie viele Dämonen hast du getötet?«

Durch den dünnen Stoff ihrer Kleidung spürte sie seine Wärme, was ihr Herz so laut schlagen ließ, dass sie Angst bekam, er könnte es hören.

»Dreizehn.« War sie das, die da so atemlos klang? Vergiftet und auf Wolke sieben schwebend war offenbar eine atemberaubende Kombi. Im wahrsten Sinne des Wortes.

Jiyan schloss die Augen in einem stummen ›Scheiße, das auch noch‹-Moment. Offensichtlich hatte sie die Herausforderung gewonnen und hätte jetzt theoretisch eine Entschuldigung und einen Gewinner-Kuss verdient.

Sie starrte auf seine Lippen und wagte es nicht, sich zu bewegen, aus Angst, er könnte wieder einen Rückzieher machen. »Nur so interessehalber: Wie viele hast du denn getötet?«

Er musterte sie angespannt. »Elf.«

Entgegen ihrem Vorsatz, sich nicht zu bewegen, schmiegte sie sich noch enger an seinen Körper. »Hm, dann sind gar nicht mal so viele Lakaien entkommen.«

Jetzt blieb nur noch die Frage zu klären, warum die Dämonen Jiyan angegriffen hatten.

Sein Blick hielt den ihren gefangen, während er gedankenverloren nickte. Er schien etwas in ihren Augen zu suchen, doch sie konnte nicht ergründen, was. Schließlich legte er seine Hand dort an ihre Hüfte, wo ihr Shirt hochgerutscht war und sie nun seine Finger auf ihrer Haut spürte. »Es tut mir leid, wie ich dich behandelt habe, Amaleya.«

Durch die Berührung breitete sich das bekannte, wohlige Kribbeln in ihrem Körper aus. Vermutlich suchte Jiyan den Körperkontakt zu ihr, um sich dadurch zu heilen. Der Gedanke gefiel ihr nicht nur, sondern erfüllte sie sogar mit Stolz. Sie hatte ihn nicht einmal überreden müssen.

»Tja, äh, da ich gerade in Gönnerlaune bin, verzeihe ich dir.« Wenn sie ihm so nahe war, fiel ihr das Denken zunehmend schwer.

Jiyans Mundwinkel zuckten amüsiert. »Wie großzügig von dir.«

Seine Heiterkeit fühlte sich für sie wie ein Triumph an. Merkwürdigerweise machte es sie auch verlegen, denn sie war es nicht gewohnt, dass er sich ihr gegenüber so ungehemmt verhielt.

Sie musste sich räuspern, um ihre Stimme wiederzufinden. »So bin ich eben. Und genau deswegen verrate ich dir deine geforderte Antwort von vorhin, obwohl du die Herausforderung verloren hast: Meine Schwerter sind Unikate, die meine Freundin Maja mir angefertigt hat. Und sie sind unverkäuflich.«

Jiyan grinste über das ganze Gesicht. »Du besitzt also mehrere Unikate? Faszinierend.«

Moment, was? Hatte sie eben von einem Unikat in der Mehrzahl geredet?

Gerade wollte sie etwas entgegnen, als sich Jiyan langsam zu ihr herabbeugte, bis sein Mund direkt neben ihrem Ohr war. »Ich schulde dir etwas, *Amia*«, flüsterte er. »Dafür, dass du mich gerettet hast.«

Heute musste ihr Geburtstag sein! Sie ließ ihr Schwert los, sodass es klirrend zu Boden fiel, und platzierte ihre Hände auf seinen Schultern, um ihn noch näher an sich heranzuziehen.

Sie sollte sich wünschen, dass er endlich ihrer Bitte nachkam und einem verdammten Bündnis mit den Engeln zustimmte, bevor sie gefeuert und ihre gesamte Zukunftsplanung über den Haufen geworfen wurde.

»Dann wünsche ich mir noch einen weiteren Kuss«, waren jedoch die einzigen Worte, die ihr unvernünftigerweise über die Lippen kamen.

Direkt wie eh und je. Sie nahm, was sie kriegen konnte, und gab nichts zurück.

Ein angespanntes Lächeln legte sich auf Jiyans Lippen. »Du bringst mich wahrlich in Teufels Küche.«

Gerade als sie sich fragte, ob sie ihm verraten sollte, dass der Teufel keine Küche brauchte, weil er Seelen gern roh und in einem Stück zu sich nahm, ließ Jiyan sein Schwert ebenfalls zu Boden fallen. Ihre Gedanken lösten sich in Luft auf, als er ihr seine Hand in den Nacken legte und mit dem Daumen ganz sacht ihren Kiefer entlangfuhr.

Seine Lippen berührten ihr Ohr, als er hinzufügte: »Ich hätte dich von Anfang an fortschicken sollen.«

Sie konnte nicht anders, als zu lächeln. Denn er log. Vielleicht war er sich dessen nicht einmal bewusst, aber sie hörte die Lüge in seinen Worten.

Dies war eine weitere Fähigkeit, die sie ihrer dämonischen Abstammung verdankte. Wenn andere logen, klangen ihre Worte für Amaleya verzerrt.

Statt Jiyan darüber aufzuklären, schloss sie die Augen und seufzte zufrieden. Sie genoss das Streicheln seines Atems auf ihrer Haut. Und das Wissen, dass ihre Berührungen ihm die Kraft gaben, zu heilen.

Als er sich wieder etwas von ihr entfernte, öffnete sie die Lider und fuhr ihm mit den Fingern durch das dunkelblaue Haar. Es fiel ihm in Strähnen ins Gesicht, umrahmte seine makellosen Züge und betonte seine strahlend blaue Iris, die im Kontrast zu seinen dunklen Wimpern stand.

Traurigerweise musste sie ihn nun an etwas erinnern: »Du *hast* mich weggeschickt, Jiyan. Und jede Woche komme ich wieder. Mit der gleichen Bitte. Und jede Woche freust du dich, mich zu sehen.« Davon ging sie zumindest aus, wenn man bedachte, wie sie hier gerade standen.

Seine Mundwinkel zuckten erneut. »Ja, damit könntest du sogar recht haben.«

Sein Zuspruch überrumpelte sie, weil sie nicht mit diesem gerechnet hatte. Eigentlich sollte sie als Tavith die Widersprüchliche sein, aber Jiyan übertrumpfte sie um Längen.

Ihre Knie drohten unter ihr nachzugeben. Sie war sich nicht sicher, ob vor lauter Schwärmereien oder von dem Dämonengift, das sie gleich umhauen würde. Hoffentlich würde ihr Körper wenigstens noch ein paar Sekunden durchhalten. Dieser Moment fühlte sich zu friedlich an, zu richtig. Sie wollte nicht, dass er jemals aufhörte.

Jiyan umfasste ihr Gesicht mit seinen Händen. »Glaub mir, ich würde seit Wochen nichts lieber tun, als dich zu küssen, auch wenn ich nicht verstehe, warum ich so empfinde«, raunte er, während sein Blick den ihren erneut gefangen hielt. »Denn jede Berührung hat Konsequenzen für mich. Diese Berührung hier ist bereits mehr, als ich wagen dürfte. Ich kann einfach nicht riskieren, rückfällig zu werden. Ich will nie wieder von den Berührungen anderer abhängig sein müssen.«

Was zur Hölle redete er da? Sie versuchte nachzudenken, von welchen Konsequenzen er sprach, doch auf einmal war ihr, als verstünde sie seine Sprache nicht mehr.

Ihre Beine gaben unter ihrem Gewicht nach. Jiyans starke Arme fingen sie auf, bevor auch nur ihre Knie den Boden berührten.

Krämpfe erschütterten plötzlich ihren Körper, während sie fest die Zähne aufeinanderbiss, um nicht vor Schmerzen aufzuschreien.

»Amaleya, was …« Jiyan verstummte mitten im Satz, als sein Blick auf ihren Oberschenkel fiel, der von einer blutigen, eiternden Wunde entstellt wurde.

Sie hinterließ eben immer nur den besten Eindruck.

Zu allem Überfluss hörte sie Stimmen und das schnelle Getrampel von vielen Personen, die sich dem Thronsaal näherten.

Na prima, auf Publikum konnte sie getrost verzichten. Wahrscheinlich hatte irgendwer von dem Kampf Wind bekommen.

Sie versuchte, sich aufzurichten, doch das Gift verhinderte es. Ein pochender Schmerz ging von ihrem Bein aus und kletterte ihre Wirbelsäule hinauf. Ein paar Stunden Schlaf und sie würde geheilt sein. Oder ein Anruf bei Kasimir oder Maja und die würden sie heilen kommen.

Aber als sie Jiyan das mitteilen wollte, lallte sie nur: »Is ken Publäm.«

Klasse, Reden war offensichtlich zwecklos. Und unter den Tavith gehörte natürlich ausgerechnet sie zu denen, die über *keine* Resistenz gegen Gifte verfügten, sondern das Gift nur mit der Zeit abbauten.

Eine Woge des Schmerzes ergriff sie erneut, sodass sie sich zitternd zusammenkrampfte.

Wag es ja nicht, zu jammern! Du hast schon Schlimmeres überstanden!

Jiyans Stimme hallte donnernd von den Saalmauern wider, als er aus voller Lunge brüllte: »*Wachen!* Hierher, sofort!«

Super, für die nächsten Stunden würde sie also nicht nur stumm, sondern auch taub sein.

Ganz vorsichtig hob er sie hoch und trug sie eilig in seinen Armen Richtung Seitentür. Sie ließ den Kopf gegen seine Schulter fallen und inhalierte seinen Geruch. Er roch herrlich nach verregneten Sommertagen und salzigen Meereswinden. Ein Geruch, bei dem sie an Strandspaziergänge denken musste und der sie wenigstens kurz von ihren Schmerzen ablenkte.

Wachen stürmten nun durch das Eingangstor in den Thronsaal und schnappten entsetzt nach Luft bei dem Anblick, der sich ihnen bot: Die Überreste von zwei Dutzend Dämonen bedeckten den Boden, sodass Rinnsale schwarzen Dämonenblutes Muster des Kampfes auf den hellen Marmor zeichneten.

Lediglich verschwommen erkannte Amaleya, wie zwei blonde Nymphen und einer mit braunem Haar sich aus der Gruppe lösten und auf Jiyan und sie zurannten.

Der eine Blonde, den sie zuvor noch nie gesehen hatte, rief Befehle. »Räumt hier auf und haltet Ausschau nach überlebenden Dämonen, von denen wir Informationen bekommen könnten!«

Seine Rufe brachten ihren Kopf fast zum Explodieren, da durch das Gift jedes Wort in ihrem Schädel dröhnte. Sie wimmerte von dem Schmerz und wollte sich die Ohren zuhalten, doch ihr Körper gehorchte ihr längst nicht mehr.

Als hätte Jiyan ihre Gedanken gelesen, hielt er ihr jetzt mit einer Hand das Ohr zu, das nicht bereits durch seine Schulter verdeckt wurde, und marschierte mit schnellen Schritten weiter auf die Tür vor ihm zu.

Die drei Nymphen, die sich von der Gruppe gelöst hatten, eilten an seine Seite und öffneten die Nebentür des Saals, sodass sie einen von Fackeln erleuchteten Flur betraten, dessen Wände kahl waren. Es war ersichtlich, dass hier einst viele Gemälde das Gemäuer geziert haben mussten, denn an den Stellen, wo sie gehangen hatten, war das Mauerwerk dunkler verfärbt und rundherum vom hereinfallenden Sonnenlicht ausgeblichen.

»Ich würde dir gern eine reinhauen und dir dann eine Menge Fragen stellen«, knurrte der ihr unbekannte Nymphe. »Bevorzugterweise auch in dieser Reihenfolge, aber wie ich sehe, braucht der kleine Kriegerengel einen Arzt.«

Wow. Entweder war der blonde Kerl zu Jiyans Linken sehr respektlos oder ein guter Freund von ihm. Nicht dass sie, was das Thema Respektlosigkeit anbelangte, irgendjemandem Ratschläge geben könnte.

»Und wenn du schon da bist, dann lass dich auch gleich mal durchchecken«, fügte der braunhaarige Nymphe zu Jiyans Rechten hinzu und betrachtete ihn mit sorgenvollem Blick.

Glaubte sie zumindest. Wenn man kaum noch was sehen konnte und die Welt sich um einen drehte, war das schwierig zu beurteilen.

»Ruhe jetzt!«, fuhr Jiyan die drei in bestimmtem Flüsterton an. »Sie hat Schmerzen und wenn ihr unbedingt etwas sagen wollt, dann flüstert gefälligst. Und Balamy, hol die Heilerin her. Sofort.«

Der Braunhaarige hieß anscheinend Balamy und lief sogleich in die entgegengesetzte Richtung davon.

Wie süß, ein Arzt.

Eigentlich brauchte sie nur ein wenig Schlaf.

Glühender Schmerz zuckte durch ihr Bein und ließ sie aufstöhnen. Na gut, dann würde sie vielleicht doch ein Schmerzmittel nehmen.

»Leano, folge Balamy und hilf der Heilerin beim Tragen ihrer Utensilien«, fuhr Jiyan leise fort.

Mit einem trockenen »Geht klar« verschwand auch der Blonde zu Jiyans Rechten.

Kälte kroch langsam durch Amaleyas Glieder und ließ sie zittern, während sie anfing zu schwitzen, um das Gift aus ihrem Körper zu bekommen.

»Sag mir nicht, dass du sie geküsst hast«, mahnte der zweite Blonde, den sie noch nicht kannte. »Deine Kleidung sieht nämlich mitgenommen aus, aber du scheinst vollständig genesen zu sein.«

Sie spürte, wie sich Jiyan versteifte, obwohl ihre Gedanken gerade ins Delirium abdrifteten.

Konnten die nicht endlich mal die Klappe halten? Auch wenn der Blonde flüsterte und Jiyan ihr Ohr abschirmte, hatte sie bei jedem Wort das Gefühl, ihr Gehirn würde gleich explodieren und ihr zu Nase und Ohren herauslaufen.

»Habe ich nicht. Obwohl … egal. Ich bin geheilt, *obwohl* ich sie nicht geküsst habe.«

Sie vernahm die Hilflosigkeit in Jiyans Stimme und es brach ihr beinahe das Herz. Was war denn sein Problem?

Der Nebel breitete sich in ihren Gedanken aus, sodass sie der Konversation nicht mehr folgen konnte und die Augen schloss.

So müde. Tut so weh.

Alles, was sie jetzt wollte, war zu schlafen.

Kurze Zeit später wurde sie auf eine weiche Matratze gelegt und ihre Hose um den Dämonenbiss herum zerrissen, sodass ihre Wunde frei lag. Jeder Kontakt sandte Wogen des Schmerzes durch ihren Körper.

Hast schon Schlimmeres durchgestanden, erinnerte sie sich immer wieder.

Außerdem war es nicht das erste Mal, dass sie vergiftet worden war. Nur war es das erste Mal, dass jemand ihre Wunde versorgen wollte. Wenngleich sie die Geste auch schätzte, so wollte sie einfach nur in Ruhe gelassen werden, bis sie von allein geheilt war. Aber ihr Körper war zu taub, um ihr zu gehorchen, und so konnte sie sich nicht gegen die Behandlung wehren und nicht sprechen.

Sie spürte, wie jemand anfing, notdürftig ihre Wunde mit warmem Wasser und einem Handtuch zu reinigen. Der Schmerz wurde dadurch so unerträglich, dass sie der Ohnmacht nahe stand. Weiße Punkte blitzten hinter ihren Augenlidern auf und der Nebel ihrer Gedanken wurde von einer Dunkelheit überschattet, die mit sich eine Woge der Panik brachte.

Bleib gefälligst wach!, befahl sie sich selbst.

Sie kämpfte gegen die Benommenheit. Angst erfüllte sie und brachte mit sich eine Welle des Adrenalins, wodurch sie die Dunkelheit zurückdrängen konnte.

Ihre Vergangenheit in der Hölle hatte sie Besseres gelehrt, als in der Gegenwart von anderen das Bewusstsein zu verlieren oder zu schlafen. Dadurch würde sie sich schutzlos ausliefern, und wenn sie etwas schnell gelernt hatte, dann, dass Schutz Leben bedeutete.

Unerlässlich versuchte sie jetzt, zu strampeln und um sich zu treten, bis ihr Körper ihr sogar gehorchte und sie dem blonden Nymphen einen Tritt verpasste.

Er stolperte mehrere Schritte zurück. »Was zum …«

»Amaleya?«, unterbrach Jiyan den Blonden und beugte sich über sie, sodass sie ihm direkt in die Augen sah.

Sie schaffte es, ein Knurren von sich hören zu lassen, und erntete ein irritiertes Stirnrunzeln.

Es war ihr egal, wer Jiyan für sie sein könnte, denn sie kannte ihn nicht und er hatte ihr keinen Grund gegeben, ihm zu vertrauen. Eher würde sie sich das Bein abhacken, als sich ihm und den anderen Nymphen wehrlos auszuliefern. Selbst wenn diese für ihre Sanftmut bekannt waren.

»Tradar. Loleme Leano shi Balamy sam'tor Iere ra nem seend.«

Sie hörte Jiyan etwas auf Nymphisch sagen und bekam eine Heidenangst. Im nächsten Moment nickte der Blonde und verschwand.

Sie entspannte sich etwas, als sie mit Jiyan allein war.

Seufzend zog er sich einen Stuhl heran, auf dem er Platz nahm. »Ich habe Fionn weggeschickt. Er soll Leano und Balamy Bescheid sagen, dass wir sie und die Heilerin nicht mehr brauchen.«

Als sie keine Lüge in seiner Stimme hörte, entspannte sie sich noch ein wenig mehr. Dennoch blieb sie wachsam.

Erneut seufzte Jiyan und nahm ihre Hand. Seine Finger schlossen sich ganz behutsam um ihre, doch sie traute dem friedlichen Schein nicht. Während sie in der Hölle gelebt hatte, hatte sie so viele Intrigen und hinterlistige Pläne miterlebt, dass sie sogar der Wahrheit manchmal keinen Glauben mehr schenkte.

Jiyan sprach leise und eindringlich mit ihr. »Ich werde dein Misstrauen einfach mal nicht persönlich nehmen.« In seiner tiefen Stimme lag eine Sanftheit, die Amaleya sogar durch den Schmerz und ihre Furcht erreichte. »Ich verspreche dir, dass dich niemand anrührt und ich auf dich aufpasse, solang du hier bist. In Ordnung?«

Er schaute ihr in die Augen, während er das gelobte, aber zu viele Versprechen hatte sie brechen sehen, und die Güte in seiner Stimme könnte ebenso gut vorgetäuscht sein.

Sie wollte sich entspannen und der Dunkelheit nachgeben, um einzuschlafen und den Schmerz endlich auszublenden, der sie quälte.

Wollte sie wirklich. Aber es war ihr einfach nicht möglich.

Und irgendwie tat es ihr leid, denn Jiyan sollte sie nicht so sehen müssen.

Er ließ die Schultern hängen. »Na gut, ich *schwöre* dir, dass ich hier an deiner Seite auf dich aufpassen werde, bis du wieder wach bist. Außerdem werde ich in diesem Zeitraum lediglich deine Hand halten und dich ansonsten nicht berühren. Niemand wird dich gegen deinen Willen anfassen, während du schläfst. Ich schwöre, dass ich dafür sorge.«

Die Welt um sie herum schien immer noch zu schwanken, sodass ihr übel wurde. Dennoch hatte sie jedes Wort von Jiyan klar und deutlich verstanden.

Ein Schwur war für Unsterbliche bindend, und Jiyan hatte jeden Aspekt bedacht. Er würde sie also beschützen.

Erleichtert fielen ihr die Augen zu. Wenn sie nicht zu benommen zum Sprechen wäre, würde sie ihm jetzt sagen, wie viel ihr dieser Schwur bedeutete. Doch da ihre Panik nachließ, wurde sie bereits von der Dunkelheit umschlungen.

6

EIN STÜCK DEINES
HERZENS

JIYAN

Er saß auf dem Stuhl neben seinem Bett, auf dem Amaleya nun friedvoll schlief, und hielt aufgrund seines unbesonnenen Schwures ihre Hand, deren Haut weich war und überhaupt nicht rau vom Waffengebrauch. Dabei war er sich sicher, dass sie unentwegt trainiert haben musste, um so kämpfen zu können. Ihr Kampfstil war ein Tanz von tödlicher Eleganz und hätte ihn ein paar Mal beinahe von seinen Gegnern abgelenkt, da er ihr am liebsten einfach nur zugesehen hätte.

Es war komisch, jemanden wieder so lange zu berühren. Komisch und gleichzeitig fantastisch. Vor allem, da es Amaleya war. So fantastisch, dass er nicht aufhören wollte, ihre Hand zu halten. Ja, er war dabei, wieder abhängig von Berührungen zu werden, aber es war ihm erstaunlicherweise herzlich egal. Warum auch immer … er hatte im Moment keinen Nerv, eine Antwort auf diese Frage zu suchen.

Langsam hob und senkte sich jetzt ihr Brustkorb im Rhythmus ihres Atems. Sie sah so unbekümmert und unschuldig aus, wenn sie schlief, und war es doch nicht. Sie war furchtlos und brutal. Wenn er an ihre misstrauische Reaktion von vorhin dachte, hatte sie vermutlich genügend Gründe dazu.

Wer war die Frau mit dem frechen Grinsen, die solche Panik bekam, ohnmächtig vor Schmerzen zu werden? Was war ihr womöglich Schreckliches widerfahren? Was trieb sie an? Wie kam es, dass sie für die Engel arbeitete? Und wie war es möglich, dass sie selbst für eine Unsterbliche so rasch heilte? Das waren Fragen, deren Antworten er unbedingt ergründen wollte.

Mit einem Seufzer drehte sich Amaleya jetzt auf die Seite, schmiegte ihre Wange an sein Kopfkissen und lächelte zufrieden.

Jiyans Mundwinkel zuckten amüsiert, während er sie dabei beobachtete. Wie konnte sie so niedlich, sinnlich und gefährlich zugleich sein?

Er dachte an den Kampf zurück und vermutete, dass sie nicht bei den Engeln aufgewachsen war. Aus den Augenwinkeln hatte er das Grinsen in ihrem Gesicht gesehen, während sie Gegner in Hälften schnitt. Er war sich sicher, dass die Engel es ihr ausgetrieben hätten, wenn sie dort ausgebildet worden wäre.

Nicht dass ihn ihre Kampfeslust störte. Nymphen stellten mit ihrem friedlichen Verhalten eher die Ausnahme als die Norm dar. Und immerhin verdankte er es Amaleya, dass er nun unbeschadet hier sitzen konnte.

Er hatte noch nicht mit seinen Freunden darüber gesprochen, doch ihm war aufgefallen, dass die Dämonen es zwar auf ihn abgesehen hatten, jedoch keine der geschuppten Kreaturen versucht hatte, ihn tatsächlich zu töten.

Ihn zu vergiften – ja. Ihn zu verwunden – ja. Aber nicht, ihn zu töten.

Das warf die Frage auf, was sie mit ihm getan hätten, wenn sie ihn vorübergehend ausgeschaltet hätten. Was hatten sie vorgehabt? Was war ihnen befohlen worden? Und von wem? Wohin hätten sie ihn womöglich verschleppt?

Fragen über Fragen. Er war lediglich froh darüber, dass er die Antworten nicht am eigenen Leib würde herausfinden müssen, da Amaleya gerade zur rechten Zeit aufgetaucht war. Stattdessen dürfte er die Informationen aus einem Dämon, den sie verwundet hatten, herausfoltern. Jiyans Freunde hatten ihn erst vor ein paar Minuten darüber informiert, dass sich ein Dämonenlakai noch im Schloss aufgehalten hatte, da er zu schwer verwundet gewesen war, um sich zu teleportieren.

Vielleicht sollte er Amaleya an der kleinen Folterrunde teilhaben lassen. Es würde ihr vermutlich sogar Spaß machen und schließlich schuldete er ihr etwas, nachdem sie sein Leben gerettet hatte. Wenn er von dem Gefallen dann auch noch profitierte, umso besser.

Jiyan fuhr nachdenklich mit dem Daumen über Amaleyas Handrücken und spürte, wie sein Körper ihre Energie in sich aufnahm.

Seit ihrer ersten Berührung war er dem Untergang geweiht gewesen, denn Amaleya nahm sich, was sie begehrte, und war impulsiv. Und ihre Lebensenergie beeinflusste ihn, genauso zu handeln. Mit jeder weiteren Sekunde in ihrer Gegenwart verblassten seine Vorsätze zu einem Schatten in seinen Gedanken, den er nur noch schemenhaft erkannte. An die Stelle seiner Selbstbeherrschung trat das Bedürfnis, mit den Schultern zu zucken und sich zu sagen: ›Ich scheiß drauf, küsse sie endlich und was dann passiert, ist die Sorge meines Zukunfts-Ichs.‹

Er war, salopp gesprochen, am Arsch.

Trotzdem stahl sich ein kleines Lächeln auf seine Lippen, und sein Blut erhitzte sich bei dem Gedanken, dass sie von all den Gefälligkeiten, die sie hätte einfordern können, einen weiteren Kuss verlangt hatte.

Was sollte er bloß mit ihr anstellen?

Das hatte er auch seine Freunde gefragt, als diese ihm von dem verwundeten Dämonenlakaien berichtet hatten. Balamy hatte ihm auf die Schulter geklopft und gemeint, dass er sich Amaleya gegenüber erkenntlich zeigen sollte. Als Jiyan erzählt hatte, dass sie einen Kuss als Dankeschön wollte, den er ihr nun einmal nicht geben konnte, hatten die drei nur gelacht und Balamy hatte angeboten, das für ihn zu übernehmen. Was Jiyan missmutig dankend abgelehnt hatte.

Bei der Erinnerung knirschte er mit den Zähnen. Seine Freunde waren in letzter Zeit wirklich keine große Hilfe, und Amaleya … nun ja, sie war eigensinnig, respektlos, so dickköpfig wie er selbst und auf brutalste Weise direkt. Und irgendwie mochte er genau das an ihr.

Amaleyas Hand schloss sich nun um seine, als sie sich langsam streckte und gähnte. Erneut entzog er sich ihrer Berührung nicht, sondern ließ sie zu. Sie schien sich wohlzufühlen in seiner Nähe. Und in seinem Bett.

Obwohl es das nicht sollte, erregte es ihn, sie dort zu sehen und zu wissen, dass er ihren Geruch einatmen würde, wenn er sich in der Nacht dort schlafen legte. Er musste schon jetzt all seine Willenskraft aufbringen, um sich nicht zu ihr zu legen und all die

Dinge mit ihr zu tun, die durch seine Gedanken geisterten. Ihre Lippen waren wie zum Küssen gemacht. Wie könnte er ihr da widerstehen?

Ein genuscheltes »Was ist mit den Gemälden?« brachte ihn wieder in die Realität zurück.

Er legte die Stirn in Falten. »Was genau meinst du?«

Von was für Gemälden sprach sie? Er war sich nicht sicher, ob ihm etwas entgangen war oder ob sie im Schlaf redete.

Sie drehte sich auf den Rücken, wobei sich ihre schwarzen Haare über seine cremefarbenen Kissen ergossen. Es kribbelte ihm in den Fingern, ihr eine Haarsträhne, die sich aus dem Zopf gelöst hatte, aus der Stirn zu streichen.

Reiß dich gefälligst zusammen!, ermahnte er sich selbst zum gefühlt hundertsten Mal.

Sie öffnete die Augen und blinzelte träge. »Na, die Gemälde im Gang. Da hingen welche und du hast sie abgenommen.«

Das hatte sie noch mitbekommen? Beeindruckend, sie war nicht zu unterschätzen. Aber das war ja nun nichts Neues mehr.

»Ich bin mir nicht sicher, ob ich dir davon erzählen sollte. Der Grund dafür ist sehr … persönlich«, antwortete er zögerlich auf ihre Frage.

»Hm, ist dem so?« Sie ließ seine Finger los, drehte sich ihm zu und stützte ihren Kopf auf ihrer Hand auf. Im nächsten Moment zog sie ihren Arm hervor und strich sich die Haarsträhne aus der Stirn.

Beinahe hätte er frustriert gebrummt. Das hatte er tun wollen.

Nein, wolltest du nicht, erinnerte er sich.

Er hatte ihr bereits mehrere Stunden wie gebannt beim Schlafen zugeguckt und verfluchte sich selbst dafür, dass er sich überhaupt dieser Versuchung aussetzte. Doch durch den Schwur, den er ihr gegenüber geäußert hatte, war er dazu gezwungen gewesen, sie zu bewachen, bis sie nun am Vormittag aufgewacht war.

Er hatte wenigstens eine kurze Dusche nehmen wollen, während sie schlief, da bald auf einem Fest seine Anwesenheit verlangt wurde. Aus diesem Vorhaben war ein lächerliches Hin-und-her-Gerenne geworden, weil er aufgrund des Schwures immer wieder nach ihr hatte sehen müssen.

Schließlich hatte er dann pitschnass einen letzten Gang gestartet und sich ein großes Badehandtuch um die Hüften geschlungen. Wie ein Verrückter war er nackt zwischen der Dusche und dem Bett hin und her gerannt, um das Blut der Dämonen und ihren abartigen Gestank abzuwaschen. Den Sprint zu seinem Ankleidezimmer hatte er dann nicht mehr gewagt, weswegen er nun mit freiem Oberkörper hier saß.

Was Amaleya jetzt auch aufzufallen schien. Das Schwarz ihrer Pupillen verschlang größtenteils das Gold drumherum, während sie sich mit der Zunge über die Lippen leckte. Vergessen waren die Gemälde.

»Hey, Hübscher, wie ich sehe, hast du die Zeit für eine Dusche genutzt.« Ihre Stimme hatte einen rauchigen Unterton angenommen und sie zwinkerte ihm zu.

Mit ihrem Verhalten würde sie ihn noch um den Verstand bringen. Obwohl sich sein Verstand schon von allein verabschiedete, wenn sie sich nur in der Nähe aufhielt.

»Notdürftig.« Er räusperte sich und Amaleyas Blick glitt wieder aufwärts zu seinem Gesicht. »Geht es dir bereits besser?«

Ein Lächeln stahl sich auf seine Lippen, weil sie den Anstand besaß, darüber zu erröten, dass er sie beim Starren ertappt hatte.

»Durch deinen Schwur schon, ja.« Sie grinste unbekümmert. »Danke dafür.«

Ihre Worte riefen ihm wieder ihre Panik in Erinnerung, sodass sein Lächeln verschwand. Wenn er sie berührte, erfüllte ihre Energie ihn und er konnte sogar ihre Emotionen wahrnehmen, die darin mitschwangen. Als sie beinahe ohnmächtig geworden war, hatte er ihre Angst und ihr Misstrauen gespürt. Sie hatte so voller Verzweiflung gegen das Gift, die Schmerzen und ihre Hilflosigkeit angekämpft, dass er ihr vermutlich alles geschworen hätte, damit sie sich nicht mehr quälte und sich endlich die Chance gab, zu schlafen und zu heilen. Sie brauchte ihm nicht mehr zu danken, denn er hatte ihre Dankbarkeit *fühlen* können.

»Kein Problem, das war ich dir schließlich schuldig.« Er beugte sich nach vorn und stützte seine Ellenbogen auf den Knien auf, wodurch er Amaleya näher kam. »Du beschützt mich und ich beschütze dich. Jetzt sind wir quitt.«

Kaum hatte er es ausgesprochen, wurde sie ebenfalls ernst und blickte ihn mehrere Herzschläge lang schweigend an.

Diese Gelegenheit musste er nutzen, um mehr über sie in Erfahrung zu bringen. »Würdest du mir erzählen, weshalb du solche Panik bekommen hast?«

Ein zaghaftes Lächeln legte sich auf ihre Lippen. »Wenn ich dir davon erzähle, antwortest du mir im Gegenzug auf meine vorherige Frage zu den Gemälden. Abgemacht?«

Wie sollte er dazu nur Nein sagen? »Abgemacht.«

Es war faszinierend, wie sehr sich ihre Emotionen in ihrem Gesicht widerspiegelten. Er könnte sie den ganzen Tag lang dabei beobachten, wie sie ihre Gedanken so offenherzig zur Schau stellte.

Genau in diesem Moment runzelte sie die Stirn und bekam einen traurigen Ausdruck in den goldenen Augen. »Okay. Also ich habe ein paar Fehler begangen, als ich noch sehr jung war. Ich habe einen Mann kennengelernt, der vorgab, sich für mich zu interessieren. Aber letztendlich saß ich wegen ihm fast dreihundert Jahre lang in der Hölle fest und was ich dort erlebt habe …« Ihre Worte verklangen und sie senkte den Blick. Zugleich zog sie die Beine an den Körper und schlang ihre Arme um die Knie. »Das wünsche ich wirklich nur meinen schlimmsten Feinden.« Als sie ihn wieder ansah, glaubte er, all das unausgesprochene Leid in ihren Augen zu erkennen. »Deswegen wollte ich nicht das Gefühl haben, mich schutzlos auszuliefern.«

Es tat ihm in der Seele weh, dass sie sich so zusammenkauerte. Sie war viel zerbrechlicher, als sie es sonst zeigte.

Er wollte sich gar nicht vorstellen, wie es sein musste, sich an dem Ort aufzuhalten, an dem all die Geschöpfe lebten, gegen die er so erbittert kämpfte. Nun ergab ihr Verhalten einen Sinn, ganz besonders ihre Direktheit. Wahrscheinlich hatte sie in der Hölle gelernt, im Hier und Jetzt zu leben, denn morgen könnte es zu spät sein.

»Du verdienst meinen Respekt und meine Bewunderung dafür, dass du es herausgeschafft hast und trotz allem so … *gut* wirkst.«

Ihre Wangen färbten sich auf einmal rot und sie schien verlegen. Es war ein wunderschöner Anblick, beinahe niedlich.

Schnell fügte Jiyan hinzu: »Nun ja, bis auf deinen Kampfstil. Der ist brutal.«

Wie erhofft erntete er ein warmes Lachen, das die Stimmung wieder auflockerte. Sie streckte die Beine aus, ihre Körperhaltung wurde gelassen.

Er hatte so viele Fragen an sie, doch konnte sich gut vorstellen, dass sie nicht weiter darüber reden wollte, und sie sollte sich auch nicht an schmerzliche Momente erinnern müssen. Wie sie ihr Lächeln und diese Sonnenschein-Ausstrahlung vor der Dunkelheit bewahrt hatte, blieb ihm vorerst ein Rätsel.

»Tja, schon als kleines Kind hat meine Mutter mir beigebracht, dass das Kämpfen nicht nur den Gebrauch von Waffen bedeutet, sondern mit deiner Einstellung zu tun hat.« Amaleya zuckte mit den Schultern, als wäre es keine große Sache. »Wenn du dich weigerst, jemandem die Oberhand zu überlassen, und dich zur Wehr setzt, bis du schließlich gewonnen hast – das bedeutet Kämpfen. Waffen sind lediglich ein Mittel zum Zweck, wobei alles eine Waffe sein kann, wenn du nur verzweifelt genug bist, um das zu erkennen.«

Welch erbarmungslose Sichtweise, ohne die Amaleya gewiss nicht in der Hölle überlebt hätte.

Jiyan wählte seine nächsten Worte mit Bedacht, um sie nicht zu verärgern oder zu kränken. »Deine Mutter war offensichtlich nicht der Engelselternteil, aber dennoch eine weise Frau.«

Sie nickte zustimmend, doch sagte nichts dazu.

»Also hat sie dich das Kämpfen gelehrt«, stellte er fest.

»Na ja, wenn du den Umgang mit Waffen meinst, dann hat sie den Grundstein gelegt. Und den Rest hat das Leben übernommen.«

In ihren Augen erkannte er, dass sie aufmerksam seine Haltung und Gesichtszüge studierte, während er ihre Antworten verarbeitete.

Nur zu gern würde er sie erneut fragen, *was* genau sie eigentlich war. Bereits beim ersten Treffen hatte er eine nichtssagende Erwiderung auf diese Frage erhalten und dies würde sich gewiss nicht ändern.

Wenn Amaleya Jahrhunderte in der Hölle verbracht hatte, war sie aus gutem Grund misstrauisch und würde sich ihm bestimmt nicht anvertrauen. Zumindest nicht, wenn er sich ihr Vertrauen nicht erarbeitete.

»Nun denn, jetzt bin ich wohl dran.« Kaum hatte er die Worte ausgesprochen, zog sie die Bettdecke etwas zurück und klopfte neben sich auf die Matratze.

Es war eine Einladung, ihr Gesellschaft zu leisten. Himmel, wie gern er ihr nachgeben würde.

Jiyan schüttelte den Kopf. »Tut mir leid, wir sollten aufhören, uns so nahe zu kommen, und einen Kuss wirst du von mir auch nicht als Dank erhalten. Nicht mal einen Gewinner-Kuss. Ich kann das nicht tun, auch nicht, wenn ich dir etwas schuldig bin.«

Sofort wich das Lächeln aus ihrem Gesicht, und in ihren Augen begannen goldene Gewitterwolken zu toben. »Du kannst nicht oder du willst nicht?« Sie beobachtete ihn durch zusammenge-kniffene Augen.

»Ich kann nicht und ich sollte es nicht wollen.« *Könnte. Würde gern.* Er verpasste sich einen mentalen Tritt in den Hintern.

Voller Zufriedenheit schenkte sie ihm ein Lächeln. »Na schön, vergessen wir das Thema erst mal und kommen zurück zu unserer Erzählstunde. Du bist dran, Jiyan.«

Er grinste. »Bekomme ich heute gar kein *Euer Majestät* zu hören?«

Sie strich sich eine Haarsträhne hinters Ohr. »Das Privileg hast du verspielt, als du mich in *dein* Bett gelegt hast statt in ein null-achtfünfzehn Bett auf irgendeiner Krankenstation. Aber jetzt er-zähl endlich.«

Er beließ es bei diesem kleinen Schlagabtausch und gab ihr end-lich die Antwort, die sie verlangte. Wenn auch nur widerwillig. »Die Gemälde stellten meine … Familie dar.« Er atmete leise durch, da es ihm schwerfiel, darüber zu sprechen – die Erinne-rungen drängten sich in seinen Geist, wollten ihn zu sich zerren, ihn quälen. Er kämpfte mit aller Kraft dagegen an und sprach weiter. »Sie wurden vor langer Zeit ermordet. Von Dämonen. Deshalb ließ ich die Bilder abnehmen.« Wieder machte er eine Pause und schaute Amaleya nun direkt in die Augen. »Ich ertrage es nicht, ihre Gesichter auf einer Leinwand zu sehen und zu wissen, dass sie nie wieder lächeln werden.«

Es tat weh, Amaleya das mitzuteilen, und zugleich tat es gut, denn noch nie zuvor hatte er diese Gedanken laut geäußert. Er stand seit jeher in der Öffentlichkeit. Jeder kannte ihn. Jeder kannte seine Familie und seine Geschichte. Doch niemand wusste, was er fühlte, weil es keinen Anlass für ihn gab, darüber zu reden. Nicht einmal mit seinen Freunden, weil diese auch von dem damaligen Massaker betroffen gewesen waren – nur nicht so wie er. Er besaß allerdings nicht das Recht, seinen Schmerz mit dem der anderen zu messen. Also schwieg er.

»Das tut mir leid, Jiyan.« Ihre Stimme klang sanft, in ihren Zügen spiegelte sich Mitgefühl. »Was ist euch zugestoßen?«

Nachdenklich zog er die Augenbrauen zusammen. Sie erkundigte sich nicht nur darüber, was *ihnen* zugestoßen war, sondern auch, was *ihm* zugestoßen war. Amaleyas Offenheit und ihre Nachfragen sorgten dafür, dass er erstmals über uralte Wunden sprach, die nie hatten heilen können, weil seine Vergangenheit auch jetzt noch allgegenwärtig war.

Er öffnete den Mund, schloss ihn dann wortlos wieder. Das entging Amaleya natürlich nicht. Ihr Blick registrierte jede noch so kleine Bewegung.

Während der letzten Momente … da war sie unerwartet warmherzig gewesen. Sie sorgte dafür, dass er sich ihr nahe fühlte, und gab ihm das Gefühl, dass es in Ordnung war, einfach mal nicht in Ordnung zu sein.

Er wollte ihre Fragen beantworten, aber kein Ton kam über seine Lippen, weil er nicht wusste, wo er anfangen sollte. Alle Nymphen waren ja bereits über das Massaker informiert und die Engel hatten durch die Trauerfeier, die für seine Familie abgehalten worden war, davon erfahren. Und natürlich dadurch, dass der Vertrag über eine Allianz mit seinem Vater, dem damaligen König, in Flammen aufging, da er getötet und der Vertrag somit nichtig geworden war. Die Asche mit verbrannten Papierfetzen des Vertrages hatten die Engel ihm tatsächlich mit ihrer schriftlichen Bitte von Amaleya überbringen lassen. Wie dreist sie waren, ihn daran zu erinnern.

Amaleya schien seinen inneren Konflikt zu spüren. »Jiyan«, sagte sie mit leiser Stimme. »Es wird dir vermutlich keinen Trost spenden, dass ich deinen Schmerz nur zu gut verstehe.« Das warme Licht, das sie bis eben noch umgeben hatte, verblasste. »Ich wurde zwar nicht plötzlich zur Königin und kann nicht nachvollziehen, wie hart es sein muss, auf einmal das Gewicht eines ganzen Landes auf den Schultern zu tragen, aber ich weiß, wie es ist, aus heiterem Himmel vollkommen allein zu sein.« Sie ließ erstmals den Blick durch sein Schlafgemach wandern, als ob er nicht da wäre und sie ihren Erinnerungen nachhinge. »Ich weiß, wie es ist, wenn du jemanden verlierst, der dein Vorbild und dein Zuhause ist, und du dieses Loch in deinem Herzen mit nichts füllen kannst.« Ihre Lippen formten ein so herzzerreißend trauriges Lächeln, dass es ihm die Kehle zuschnürte. »Dieses Loch wird immer fortbestehen, weil derjenige, den du verloren hast, dieses Stückchen deines Herzens mit sich genommen hat und du es niemals zurückbekommen wirst.«

Erstaunt und sprachlos starrte er sie an. Ihm war, als rührte jedes ihrer Worte aus *seinen* Gedanken her und nicht aus ihren eigenen. So wie jetzt hatte er selbst in der Gesellschaft der Familien der anderen Opfer nicht empfunden.

Er sah ihr in die Augen und spürte tief in sich etwas, das er noch nie zuvor in diesem Maße gefühlt hatte: Verbundenheit.

7

Nur Freunde

Jiyan

»Ich hatte niemanden außer meiner Mutter, Jiyan. Sie hat mich geliebt und stark gemacht.« Amaleyas Lächeln hätte kaum noch trauriger wirken können. »Wir besaßen nicht viel und sind ständig umgezogen, aber sie hat mein Überleben gesichert vor all denen, die uns damals gejagt haben – aus welchen Gründen auch immer.« Sie sprach so leise, als würde sie gar nicht beabsichtigen, dass er von ihren Gedanken erfuhr. »Ich war zwölf, als sie ermordet wurde, und ich werde das Loch in meinem Herzen, das ihr Verlust hinterlassen hat, immer in Ehren halten. Das bin ich ihr schuldig.« Das Gold ihrer Augen blitzte auf und schien sein Spiegelbild mitsamt ihren Worten auf ihn zurückzuwerfen. »Es ist okay, wenn das Loch in deinem Herzen größer ist, weil du viele geliebte Familienmitglieder verloren hast.«

Mit jedem weiteren Wort bekam Jiyan zunehmend eine Gänsehaut. Nichts verband so sehr wie gleiche Erfahrungen und das

Verständnis darüber. Und genau dies brachte sie ihm gerade entgegen.

Er musste ihr nicht mehr sagen, was er empfand, weil sie es schon beschrieben hatte. Seine Gedanken aus ihrem Mund. Das war unbezahlbar.

Doch er fühlte sich nicht nur zum ersten Mal in seinem Leben wirklich verstanden, sondern zugleich auch schuldig. Schuldig, dass er ihr schon wieder etwas von sich verweigerte und sie ihm trotzdem so bereitwillig etwas von sich gab.

Er war verantwortlich für den Tod seiner Familie, denn er hätte ihn als einer der stärksten Krieger verhindern können. Zumindest redete er sich das ein. Was hatte sie als Kind mit ihren zwölf Jahren schon auszurichten vermocht?

Amaleya griff nach seiner Hand. »Bist du sprachlos vor Schock, weil ich so gar nicht königlich bin?«

Sie wirkte, als erwartete sie, dass er es bejahte.

Hielt sie selbst etwa nicht viel von sich? Ihr Auftreten sprach eigentlich dagegen.

»Unsinn.« Er schnaubte. »Ich bewundere es nur, wie gefasst du über dich und deine Vergangenheit reden kannst.«

»Tja, atemberaubend *und* stark. Ich bin der Jackpot.« Ein breites Grinsen erhellte ihr Gesicht.

Er konnte nicht anders, als darüber laut zu lachen. Wie stellte sie das nur an? Sie wirkte so unbeschwert, redete so offenherzig und es färbte allem Anschein nach auf ihn ab.

»Weißt du, ich war früher auch nicht gerade königlich«, setzte er an und schmunzelte wegen ihres neugierigen Gesichtsausdrucks, der ihn zum Weiterreden ermunterte. »Damals war ich lediglich der Unruhestifter. Zwar bin ich von den besten Lehrern unterrichtet worden, jedoch nicht im Waffengebrauch. Und als ich damals heimlich mit den Engeln trainierte, hätte mein Vater mich fast enterbt, wenn meine Mutter ihn nicht wieder beruhigt hätte.«

»Nur weil du gelernt hast, mit Waffen umzugehen?« Amaleya riss die Augenbrauen hoch, als könnte sie nicht glauben, was sie da hörte.

Ihre Reaktion brachte ihn zum Lächeln. Als er sich an den Wutausbruch seines Vaters erinnerte, verzogen sich seine Mundwinkel wieder nach unten und ein Kloß bildete sich in seinem Hals. »Ja, nun, zu kämpfen war eines Prinzen nicht würdig. Aber genau das wollte ich zu der Zeit.« Seine Stimme klang rau durch all die Emotionen, die darin mitschwangen, und er musste den Blick senken, weil die Erinnerungen ihn beschämten. »Ich war der Rebell. Keine Party habe ich verpasst, und ein ums andere Mal hatte mein großer Bruder Milan mich morgens aus irgendeinem fremden Bett zerren und mich zum Familienfrühstück an den Esstisch schleppen müssen, wo ich fast vom Stuhl gefallen wäre, weil ich immer noch betrunken war.«

Ja, er hatte sich damals prächtig amüsiert und seine Familie wahrlich nicht stolz gemacht. Dann waren sie umgebracht worden. Das Fundament unter seinen Füßen war weggebrochen, die Decke der Geborgenheit war aufgerissen worden und die Last, ein ganzes Land regieren zu müssen, war auf ihn hereingestürzt und hatte ihn unter sich begraben. Ohne seine drei besten Freunde hätte er sich nie aus den Trümmern freigraben und daraus ein neues Reich formen können.

Nun fragte er sich ständig, ob seine Familie stolz darauf wäre, was er aus dem Schutt der Vergangenheit errichtet hatte. Er würde es nie erfahren. Für ihn gab es nur noch eine Ewigkeit ohne sie.

Amaleyas Lachen erfüllte den Raum und sorgte dafür, dass ihn die dunklen Gedanken zwar erreichten, doch nicht berührten. Von ihr ging eine Helligkeit aus, welche die Schatten aus seinem Verstand drängten. Sie glich dem Licht, nach dem er die Hand ausgestreckt hatte, als der Trümmerregen ihn unter sich zu erdrücken versucht hatte.

»Jiyan, du klingst nach einem richtig coolen Typen.«

Warme Schauer liefen seine Wirbelsäule hinab und durchströmten seinen Körper. »Cool, ja. Aber nicht königlich. Und auch nur damals.«

Sie zwinkerte ihm zu. »Ach, so schlimm bist du heute gar nicht.«

Schlimm? Empört schnaubte er und schüttelte schmunzelnd den Kopf. Er selbst wusste, dass er für einen Nymphen äußerst spießig war.

Etwas ernster fügte sie hinzu: »Das sind ganz schön schwer verdauliche Themen für unser erstes, richtiges Gespräch, hm?«

Er sah sie einen Moment schweigend an, ehe er ihr antwortete. »Es fühlt sich nicht wie unser erstes, richtiges Gespräch an.«

Sondern als ob sie nie *nicht* miteinander geredet hätten.

Sie nickte gedankenverloren und ihm kam eine Idee. Er fuhr sich mit der Hand übers Gesicht, stand vom Stuhl auf und fing an, rastlos durch sein Schlafgemach zu wandern.

Nein, das war ein wahrlich schlechter Einfall, den er da hatte. Zumindest da sie seine Vergangenheit wieder aufwühlte und ihn daran erinnerte, weshalb er so lebte, wie er es tat. Dass er aus einem guten Grund *enthaltsam* lebte.

Ich muss vollkommen verrückt sein, das in Erwägung zu ziehen.

Amaleya setzte sich im Bett auf. Ihre Blicke folgten seinen Bewegungen, was nicht gerade zu seiner Konzentration beitrug.

Sie seufzte leise. »Okay, dann ist das jetzt wohl mein Stichwort zum Abhauen. Wir sehen uns ja morgen eh zum Standardprozedere im Thronsaal wieder.«

Sie schlug die Decke zurück und rutschte zur Bettkante, um sich ihre Stiefel anzuziehen, die er ihr ausgezogen hatte. Erstaunlicherweise schien ihr Bein wieder unversehrt zu sein und die Wirkung des Giftes nachgelassen zu haben. Ihr ging es gut, sie könnte ihm also Gesellschaft leisten.

»Nein, bleib«, hörte er sich selbst sagen und biss angespannt die Zähne aufeinander, weil er voreilig gesprochen hatte und sie ihn nun erwartungsvoll anschaute.

Das war eine richtig schlechte Idee.

»Sei meine Begleitung zum heutigen *Ad'any*, dem traditionellen Sommerfest der Nymphen«, bat er sie und schüttelte in Gedanken den Kopf über sich und seine selbstzerstörerische Bitte.

Mit ihr in Ruhe ein Gespräch zu führen, war eine Sache. Mit ihr auf ein Fest zu gehen, eine ganz andere. Dennoch war er ihr etwas schuldig und sie würde sich gewiss auf der Feier amüsieren.

Zumindest redete er sich das ein, denn wenn er ehrlich war, wollte er nicht, dass sie ihn jetzt schon wieder verließ. Mit jedem ihrer Worte wurde er nur noch neugieriger auf sie und sehnte sich danach, mehr Zeit mit ihr zu verbringen. Natürlich nur als Freunde.

»Und dann was? Ist das alles, was ich zurückkriege? Eine Einladung zu irgendeinem Fest?« Sie warf ihm einen finsteren Blick zu und stieg in ihren Stiefel. »Ich schmachte dir die ganze Zeit hinterher und erhalte wöchentlich eine Absage nach der anderen und dann bekomme ich doch tatsächlich nur eine Einladung für ein Fest, zu dem ich auch uneingeladen gehen kann?« Mit einem Ruck machte sie einen Knoten in ihren Schnürsenkel und riss ihn dabei versehentlich ab.

Er verstand nicht, warum sie auf einmal wütend war. »Ich habe dich immerhin verarztet«, erwiderte er in härterem Tonfall. »Und ich schmachte genauso wie du, nur verfüge ich über deutlich mehr Selbstbeherrschung und bin mir über die Konsequenzen im Klaren.« Wie immer, wenn ihn etwas beschäftigte, fuhr er sich mit der Hand durchs Haar. »Außerdem bitte ich dich als König, mich an meiner Seite zu dem Fest zu begleiten. Diese Ehre ist noch nie einer Frau zuteilgeworden.« Er biss sich auf die Unterlippe, als ihm klar wurde, wie viel er gerade preisgegeben hatte.

Neugierig wandte sich Amaleya ihm zu und ließ ihren rechten Stiefel auf den Boden plumpsen. »Du schmachtest also auch?«

Er knirschte mit den Zähnen. *Das* hatte sie natürlich gehört. Den Part mit den Konsequenzen offenbar nicht.

»Du weißt wirklich gar nichts über mich, oder?«, erkundigte er sich und erhielt ein Schulterzucken als Antwort.

»Doch. Du bist der König der Nymphen, hasst Dämonen und kannst Engel nicht ausstehen. Und du bist ein Sturkopf. Außerdem sind unsere Familien tot und du bist suizidgefährdet, weil du bei einem Dämonenangriff nicht nach Hilfe rufst.« Sie blinzelte unschuldig.

Er hingegen war fassungslos. »Du … Du weißt also wirklich nicht, dass ich enthaltsam lebe? Wenn du interessiert an mir bist – egal, ob als König für deine Botenmission oder als Mann –, hätte ich gedacht, dass du dich wenigstens im Groben über mich informierst. Und eine der ersten Informationen, die dir jeder Nymphe gegeben hätte, wäre, dass ich enthaltsam lebe.«

Er war davon ausgegangen, dass sie Bescheid wüsste. *Jeder* wusste Bescheid. Denn wenn ausgerechnet der Nymphenkönig wider seine Art lebte, erregte dies genug Aufmerksamkeit, um sich schnell herumzusprechen.

Aber gut, wenn sie zuvor noch niemand in Kenntnis darüber gesetzt hatte, würde sie wahrscheinlich von nun an ihre Distanz zu ihm wahren.

Überrascht riss sie die Augen weit auf und ihr fiel die Kinnlade runter. Ein »Hä?« war die einzige Antwort, die er von ihr bekam.

Nicht lachen. Das ist verdammt ernst!

»Soll ich es dir vielleicht buchstabieren?«, brummte er. »Oder brauchst du eine Definition des Wortes ›enthaltsam‹?«

»Krasse Scheiße.« Sie ignorierte seine Stichelei und blinzelte überrascht. »Du sagst echt die Wahrheit!«

Er blieb wie angewurzelt stehen, als ihm einfiel, dass sie ja zur Hälfte ein Engel war und allem Anschein nach die weitverbreitete Fähigkeit besaß, zu spüren oder zu hören, wenn jemand die Wahrheit sagte. Doch diese Fähigkeit kam – wie er sehr wohl wusste – meist mit dem Preis, selbst auch nur die Wahrheit aussprechen zu können. Das bedeutete, dass jedes verführerische, ebenso wie jedes traurige Wort, das sie vorhin geäußert hatte, auch tatsächlich der Wahrheit entsprach.

War das zu fassen?

Insgeheim hatte er die Hoffnung gehegt, dass sie log und er sich die Verbundenheit mit ihr nur einbildete, und vor allem, dass sie nicht wirklich eine so traurige Vergangenheit teilten. Ganz besonders schockiert war er aber darüber, dass, wenn sie nur die Wahrheit aussprach und so aufrichtig mit ihren Emotionen umging, sie sich tatsächlich genauso sehr zu ihm hingezogen fühlen musste wie er sich zu ihr. Wie war das möglich?

»Kannst du die Wahrheit in den Worten anderer hören?«, fragte er, um sicherzugehen.

Amaleya zuckte defensiv mit den Schultern, was sie nur tat, wenn sie nicht über etwas reden wollte. Dennoch entgegnete sie: »Nein, ich höre Lügen.«

Ihre prompte Erwiderung bestätigte seinen Verdacht. Sie war direkt, genau wie ihre Aussagen. Der Eindruck, den sie ihm vermittelte, war ein von Grund auf ehrlicher.

»Und du kannst selbst nur die Wahrheit aussprechen wie viele Engel, nicht wahr?«, hakte er nach.

Würde sie ihm nun ausweichen oder nichts entgegnen, könnte sie ebenso gut mit »Ja« antworten.

Sie erkannte offenbar die Zwickmühle und seufzte. »Ja. Eine Fähigkeit, die ich von meinem Vater erbte. Aber zurück zu dir: Du lebst als Nymphe wirklich enthaltsam?«

Er ließ den abrupten Themenwechsel zu, da sie unerwartet ängstlich wirkte. Womöglich war es schlimmer, immer die Wahrheit sagen zu müssen, als er es sich vorstellen konnte.

»Ja, ich lebe offensichtlich wider die Natur der Nymphen.«

Und dabei wird es auch bleiben!

Sie ließ sich nach hinten auf die Matratze fallen und drehte den Kopf zur Seite, sodass ihre Blicke sich begegneten. »Wow, ja, wider deine Natur trifft es ganz gut.«

Skeptisch verschränkte er die Arme vor der Brust. »Was soll das denn heißen?«

»Das soll heißen, dass es mich nicht mehr wundert, warum dein Körper anders reagiert, als es für Nymphen typisch ist. Wenn du mich berührst, entziehst du mir Energie, was sicherlich dadurch kommt, dass dein Körper praktisch am Verhungern ist und somit alles nimmt, was er kriegen kann.« Bei den letzten Worten zuckten ihre Mundwinkel amüsiert.

»Gut zu wissen, dass du dir im Klaren darüber bist«, erwiderte er trocken und war schockiert, dass es ihr nichts auszumachen schien.

Im Verlauf der Zeit hatte er schon viele Reaktionen erlebt, doch keine so unbeschwerte. Was sollte er davon halten?

Sie zuckte unbekümmert mit den Schultern. »Natürlich. Falls du Nachschub brauchst, hätte ich übrigens noch jede Menge Energie im Angebot.«

»Lass das, das ist kein Spiel.«

Obgleich er das sagte, verschlang er sie mit seinen Blicken und prägte sich jedes Detail ihrer Silhouette ein. Die Sonne war längst aufgegangen. Die Strahlen, die durch die Fenster zu seinem Balkon hereinfielen, badeten ihren Körper in orangefarbenem, warmem Licht, das ihre goldenen Augen zum Glänzen brachte.

Welch ein Glück, dass Gucken immerhin noch erlaubt war.

Glück? Pech natürlich!

Um sich abzulenken, hakte er nach. »Also, wirst du mich nun zum Fest begleiten? Es wird bald anfangen und den ganzen Tag über andauern.«

Er betete für ein Nein, hoffte jedoch auf ein Ja.

Himmel, jemand sollte ihn erschießen! Nicht dass es ihn als Unsterblichen umbringen würde. Dazu bräuchte es schon ein richtig starkes Gift oder jemanden, der ihm den Kopf abschlug. Eine Kugel verwundete ihn zwar und er würde Schmerzen leiden, aber der darauffolgende Heilungsprozess würde seine Gehirnzellen hoffentlich wieder funktionstüchtig machen.

Eine Mischung an Emotionen huschte über Amaleyas Gesichtszüge. Es war offensichtlich, dass sie bereits Pläne schmiedete. »Gibt es einen Dresscode?«, fragte sie in gespielt beiläufigem Tonfall.

Das war dann wohl ein Ja.

»Gibt es.« *Sag es ihr bloß nicht!* »Getreu dem nymphischen Motto ›Weniger ist mehr‹ hast du freie Farbwahl.« Er schaufelte sich wirklich sein eigenes Grab.

»Klingt interessant.« Eine Aura der Verwegenheit umgab sie. »Wann genau geht es los?«

»Gleich. Du kannst also so gehen, wie du bist.« Er wollte sie unter keinen Umständen mottogetreu gekleidet sehen.

Na gut, das war gelogen. Mal wieder.

Sie sprang vom Bett auf, schnappte sich ihren zweiten Stiefel. »Von wegen! Gib mir fünf Minuten!« Augenblicklich verschwand sie, indem sie sich einfach fortteleportierte.

Heiliger Himmel, was hatte er sich da nur eingebrockt? Sie würde ihm den Kopf verdrehen! Er verstand zwar nicht, warum sie es in einem Land voller schöner Männer ausgerechnet auf ihn abgesehen hatte, aber dass es so war, konnten sie beide nicht mehr leugnen.

Für einen Moment dachte er nach. Vielleicht sollte er diesen Tag nutzen, um herauszufinden, wer sie war, was sie war und ob sie ihn für sich gewinnen wollte, weil sie ihn vom Bündnis mit den Engeln überzeugen sollte oder weil sie ehrliches Interesse an ihm hatte.

Was. Keine. Rolle. Spielt.

Und morgen könnte er dann mit ihr Informationen aus dem Dämonenlakaien herausfoltern. Denn wer auch immer es auf ihn abgesehen hatte, würde sicherlich bald den nächsten Entführungsversuch wagen.

Kaum dass sein Plan stand, ging er in sein Ankleidezimmer hinüber und zog sich die traditionelle Kleidung der Nymphen an. Während seiner Herrschaft war sie lediglich zur Festkleidung geworden, da sie sich in einem plötzlichen Kampf oder Überfall nicht gerade als praktisch erwies.

Er hatte sich für den heutigen Abend schon im Voraus eine dunkelblaue Pumphose mit einem bunten, perlenbestickten Gürtel herausgelegt und die dazu passende Weste, ebenfalls mit bunter Perlenstickerei am Saum.

Dazu trug er noch einfache schwarze Sandalen. Das einzig Gute an der Kleidung war, dass er zu den Dolchen, die er an der Innenseite seiner Weste trug, leichten Zugang hatte. Mehrere Kleidungsstücke hatte er speziell für jeden Anlass bei seiner Näherin in Auftrag gegeben, um seine Waffen immer bei sich tragen zu können.

Er tauchte seine Hand einmal in die Waschschale, die neben seinem Kleiderständer stand, und fuhr sich damit durchs Haar, um es zurückzustreichen, sodass die Piercings an seinem Ohr sichtbar wurden, die er sich in jungen Jahren hatte stechen lassen. Auch wenn sie nicht mehr zu dem Bild passten, das er anderen von sich vermitteln wollte, erinnerten sie ihn an glückliche Zeiten.

Was Amaleya wohl von seinem blauen Haar hielt? Anscheinend gefiel es ihr, doch Amaleya war keine Nymphin und er hatte sich noch nie gefragt, wie seine blauen Haare auf eine Frau wirken würden, die von einer anderen Rasse war als er.

Wenn man vom Teufel spricht.

Amaleya erschien neben ihm und er wusste auf Anhieb, dass er diesen Abend nicht enthaltsam überstehen würde. Wie in allen Angelegenheiten würde er natürlich nicht kampflos niedergehen und so lange durchhalten, bis der letzte Rest seiner Willenskraft verbraucht war, aber in fast fünf Wochen des Widerstehens war besagter Rest verschwindend gering geworden.

Sie sah atemberaubend schön aus in ihrem knappen hellblauen Jumpsuit mit dem tiefen Ausschnitt, der gerade so ihre Brüste verdeckte. An der Taille trug sie einen dünnen silbernen Gürtel, und ihre schlanken Beine steckten in silbernen, offenen Stilettos. Das zarte Blau des Stoffes stand in wunderschönem Kontrast zu ihrer gebräunten Haut. Darüber hinaus berührte es ihn, dass sie

– wenn auch wahrscheinlich unbewusst – ein blaues Kleidungsstück gewählt hatte, da diese Farbe einst seiner Familie vorbehalten gewesen war.

»Du siehst wunderschön aus, Amia«, gestand er und griff wie selbstverständlich nach ihrer Hand. Er führte sie an seine Lippen und hauchte einen zarten Kuss auf ihren Handrücken, durch welchen sie errötete.

Er hatte sich bisher nicht gerade von seiner besten Seite gezeigt, dabei waren ihm einst als Prinz Manieren eingebläut worden, und so würde er sie mit dem gebührenden Respekt behandeln, den sie als seine Begleitung verdiente.

Nur widerwillig ließ er ihre Hand sinken und musterte sie eingehender. Ihre Haare hatte sie locker hochgesteckt, sodass lediglich kürzere Strähnen in ihr Gesicht fielen. Er sah in ihre faszinierenden Augen, umrahmt von dichten schwarzen Wimpern, und entdeckte das Verlangen, das auch er für sie empfand und welches nun glühend heiß durch seine Adern floss. Ob es von ihrer Energie auf ihn übersprang oder seinen Ursprung bei ihm selbst hatte, wusste er nicht. Doch es war ständig da, wenn auch sie es war.

»Danke.« Sie räusperte sich. »Du siehst auch echt zum Anbeißen aus. Wie ein Traum aus tausendundeiner Nacht.« Ihre Augen wanderten abermals über seine nackte Brust und seinen trainierten Bauch.

Er gab ihr die Gelegenheit, sich sattzusehen, wenngleich er gerade eine Ansprache halten müsste, um das Fest zu eröffnen.

»Du solltest öfter mit freiem Oberkörper rumlaufen. Steht dir gut«, behauptete sie mit verträumtem Blick und knabberte auf ihrer Unterlippe herum, weswegen er grinste.

»Dann wäre es ja nichts Besonderes mehr und würde seinen Reiz verlieren.«

»Verlieren?« Sie hob eine Augenbraue. »Ich bezweifle, dass das möglich wäre.«

Sie trat näher an ihn heran und fuhr mit dem Zeigefinger über seine Brust, wie sie es schon bei ihrem ersten Treffen getan hatte. Statt dieses Mal zusammenzuzucken, lehnte er sich ihrer Berührung kaum merklich entgegen.

»Weißt du«, murmelte sie gedankenverloren, »eigentlich dachte ich immer, dass Nymphen nur weiblich wären und so etwas wie Waldgeister.«

Er schmunzelte. »Welch verrückte Annahme.«

»Baby, *verrückt* ist der Normalzustand.« Ein vielsagendes Lächeln erhellte ihr Gesicht.

Sein Grinsen wurde nur noch breiter. Vermutlich würde er morgen Muskelkater in den Wangen haben. »Diese Vorstellung teilen besonders die Menschen, dabei sind die Sylphen Waldgeister. Aber kennst du die Menschenkrankheit Nymphomanie, also so etwas wie Sexsucht bei Frauen?« Amaleya schien einen Augenblick zu überlegen und nickte dann, was ihn vielsagend die Augenbrauen heben ließ. »Diese Menschenkrankheit wurde nach uns benannt, weil eine Gruppe junger Nymphinnen eine Partytour durch die Menschenwelt machte. Das hat wahrscheinlich dazu beigetragen, dass viele denken, Nymphen wären nur weiblich.«

»Ich bin auf jeden Fall froh, dass Nymphen auch männlich sind.« Sie wackelte mit den Augenbrauen und brachte ihn damit zum Lachen. »Und jetzt lass uns gehen. Du musst ja bestimmt irgendeine königliche Rede halten oder so.«

Ohne jegliche Vorwarnung teleportierte Amaleya sie beide ins Zentrum der Stadt, mitten in die festlichen Aktivitäten auf dem großen Marktplatz, wo die Nymphen sich kurz über ihr plötzliches Auftauchen erschreckten, ihn dann allerdings freudestrahlend begrüßten.

Alle richteten ihre Aufmerksamkeit auf sie beide. Applaus war zu hören, weil er endlich zur Eröffnung des Fests erschienen war.

Pflichtbewusst bahnte er sich seinen Weg zur Tribüne, obwohl ihm vom Teleportieren schwindelig war. Über seine Schulter hinweg wollte er Amaleya deswegen böse anfunkeln. Als er jedoch sah, dass sie freudestrahlend seinem Volk zuwinkte, schüttelte er schmunzelnd den Kopf und gönnte ihr den Spaß.

Während er die Stufen des Podests betrat, betrachtete er den Festplatz, über dem diverse Girlanden aufgespannt worden waren. Stände mit Essen, Getränken, Schmuck und vielen anderen Handarbeiten befanden sich im äußeren Bereich. Die Menge war farbenfroh und verströmte die übliche Heiterkeit. Die Männer waren ähnlich wie Jiyan gekleidet und die meisten Frauen trugen weniger als Amaleya. Das war für Nymphen ganz normal.

Als Jiyan auf der Bühne stand, bemerkte er, dass Amaleya ihm gefolgt war, als wäre es selbstverständlich, an seiner Seite zu stehen. Dass ihm dies gefiel, sollte ihn beunruhigen. Genau wie die Tatsache, dass dieser Tag mit ihr seine Willensstärke auf die Probe stellen würde. Stattdessen fühlte er sich aber nach sehr langer Zeit endlich einmal wieder glücklich.

Treasure Hunter

Dig deeper
through the mountain of her past,
shove away
all failures and losses like
mudder and dirt
till you reach the depths
of her soul
where diamonds and gold
await you.
Raw beauty can't be seen
from above,
you have to face it eye to eye
and take
a closer look at the rugged area,
so you don't miss
the mesmerizing sparks of gems
on your journey
to her well guarded heart that's like
a treasure chest.

8

DAS GEWISSENLOSE BIEST

AMALEYA

Wahrscheinlich war sie tot und im Paradies gelandet. Anders konnte sich Amaleya nicht erklären, wieso sie sich als Begleitung des Nymphenkönigs auf solch einem heiteren Fest wiederfand.

Den ganzen Tag über hatten verschiedene Aktivitäten für Familien und Kinder stattgefunden. Nun brach die Zeit der Erwachsenen an. Die Sonne ging gerade unter und auf der Tribüne spielte eine Liveband Musik, die mit vollen Klängen zum Tanzen verführte. Sie selbst saß mit Jiyan und seinen engsten Vertrauten an der zentralen Tafel im äußeren Bereich des Festplatzes.

»Na dann, Jungs, auf unseren König!«

Wie sich herausgestellt hatte, war der Blonde, der Jiyan so respektlos behandelt hatte, tatsächlich ein guter Freund von ihm.

Um nicht zu sagen: sein bester Freund Fionn. Und dieser hatte soeben einen Toast auf Jiyan ausgesprochen.

»Auf unseren König!« Jiyans Freunde Balamy und Leano, ebenso wie ein paar Kommandanten und Soldaten, die auch an ihrem Tisch saßen, hoben ihre Weingläser und stießen auf Jiyan an. Die meisten der Männer an ihrer Tafel hatte sie bereits bei ihren Treffen mit Jiyan im Thronsaal gesehen.

Sie hob ebenfalls ihr Weinglas und rümpfte die Nase. Das Buffet auf den Tischen war üppig und ließ nicht zu wünschen übrig, doch die Getränke … Bah! Nymphen tranken bevorzugt Wein. Ihr hingegen wäre etwas Süßes wie Erdbeerlikör lieber gewesen. Wenigstens waren die Getränke bereits mit Ambrosia versetzt worden, was als Götterdroge bekannt war und dafür sorgte, dass Unsterbliche betrunken werden konnten.

Sie beschloss, sich nicht über das Getränk zu beschweren, denn Jiyan zuliebe wollte sie an diesem Abend einfach lächeln und das Beste aus jeder Situation machen. Zumal sie als seine Begleitung unerwartet viel Aufmerksamkeit auf sich zog und ihr Verhalten immer von irgendwem beobachtet wurde.

Außerdem würde sie Jiyan gern einen Anlass geben, sie zu mögen, seitdem ihr die Seelenverwandten-Idee im Kopf umherschwirrte. Einen Versuch war es immerhin wert. Denn sie mochte ihn schon längst. Das war zwar eine erschreckende Erkenntnis, aber die Wahrheit. Sie mochte ausgerechnet den enthaltsam lebenden Nymphenkönig.

War das zu glauben? Ein Nymphe. Enthaltsam. Das klang wie der Anfang eines schlechten Witzes. Nun verstand sie endlich sein widersprüchliches Verhalten.

Alle am Tisch sahen neugierig zu ihr herüber, als Fionn das Wort an sie richtete. »Amaleya, es ist übrigens bemerkenswert, dass du jede Woche deiner Pflicht nachgehst und wie sehr du dich anstrengst, Jiyan zu einem Bündnis mit den Engeln zu bewegen. Er würde es niemals zugeben, doch er bewundert deine Zielstrebigkeit und dein Durchhaltevermögen.«

»Tja, irgendjemand muss hier ja Stehvermögen beweisen, wenn er es schon nicht tut«, gab sie zurück und versteifte sich schlagartig in ihrem Sitz, als sich Jiyan heftig an seinem Getränk verschluckte und seine Freunde losprusteten vor Lachen.

Ups, wie war das noch mal mit dem Anlass zum Mögen?

Sie schaute zögerlich zu Jiyan, der direkt neben ihr am Kopf des Tisches saß und überraschenderweise nicht wütend schien, sondern nur fassungslos.

»Zu meiner Verteidigung: Die Vorlage war echt gut«, bemühte sie sich um eine Rechtfertigung und erntete ein Lächeln, das ihr Herz schneller schlagen ließ.

»Richtig. Es hätte mich auch gewundert, wenn du dir diese Gelegenheit entgehen lassen würdest«, behauptete Jiyan amüsiert und nahm einen Schluck aus seinem Glas.

Es war nicht fair, dass er sie so ansah und dann erwartete, dass sie einander fernblieben.

Als sie während der Eröffnung des Fests die Jubelrufe seines Volkes gehört und die Bewunderung in den Augen aller Nymphen gesehen hatte, hatte es sie beinahe umgehauen. Generell waren die Nymphen ein liebevolles Volk. Sie waren fröhlich, tolerant und vor allem friedlich.

Obwohl so viele zusammengekommen waren, gab es niemanden, der herumpöbelte oder sich stritt. Zwischen manchen Pärchen ging es bereits heiß her. Trotz ihres vertrauten Umgangs miteinander waren – laut Jiyans Angaben – die meisten gar nicht zusammen. Sie würden sich einfach *nymphisch* verhalten. Ihre

Stärke bezogen sie schließlich aus den Berührungen anderer und wertschätzten deswegen ihr Gegenüber.

Jep, es war paradiesisch. Und sie wollte ein Teil von alledem sein. Wollte mit Jiyan diese Unbeschwertheit teilen. Doch auch wenn Berührungen etwas problematisch waren, so konnte sie ihn immerhin erheitern.

Möglichst beiläufig fragte sie ihn: »Hey, soll ich dir einen Witz erzählen?«

Er lehnte sich in seinem königlichen Sessel zurück und hob überrascht die Augenbrauen. »Ich bin mir sicher, wenn mich jemand zum Lachen bringen kann, dann *du*, Amia.«

Während er sein Weinglas abstellte, schaute er sie erwartungsvoll an.

Es entging ihr nicht, dass er sie ›Amia‹ nannte. Ihre Freunde nannten sie Amy, Amia klang diesem Spitznamen gar nicht so unähnlich und gefiel ihr.

Sie nahm noch einen Schluck vom Wein und rümpfte erneut die Nase, was ihn bereits zum Schmunzeln brachte. »Na ja, es ist eher eine kurze Geschichte«, korrigierte sie sich. »Eines verregneten Abends geht ein Mann auf seine Terrasse, um frische Luft zu schnappen, und hört die Nachbarin schreien.« Sie ließ ihre Stimme rauchig und verführerisch klingen. »›Gib's mir! Komm schon, gib's mir!‹« Sie lehnte sich ein wenig zu Jiyan hinüber und stöhnte ihre nächsten Worte. »›Ich bin so verdammt nass. Jetzt gib's mir!‹« Sie grinste ihn schelmisch an, während sein Blick wie gebannt an ihren Lippen hing. »Peinlich berührt wollte der Mann wieder ins Haus zurückgehen, als er seinen Nachbarn brüllen hörte: ›Schrei, so viel du willst, ich geb dir mein verdammtes Regencape nicht!‹«

Wie erhofft lachte Jiyan und der Klang machte der Musik Konkurrenz. So klar, tief und voller ehrlicher Freude. Seine Freunde hatten ihr ebenfalls gelauscht und erfreuten sich an ihrem Witz, doch kein anderes Lachen vermochte sie so zu erwärmen wie das seine.

»Amaleya, du bist fantastisch!« Fionn hielt sein Glas in die Höhe und die Männer stießen auf sie an, was ihr die Hitze in die Wangen trieb.

Jiyan hob ebenfalls sein Trinkgefäß und sie roch … Saft? Sie griff sich seinen Becher.

»Hey, du verschüttest es noch!«, beschwerte sich Jiyan und gab ihr trotzdem nach, sodass sie einen Schluck nehmen konnte.

Er trank tatsächlich Saft. Traubensaft, der zufällig die gleiche Farbe besaß wie der Wein, den alle anderen tranken.

Mit großen Augen gab sie ihm sein Glas wieder und realisierte, dass sich seine Enthaltsamkeit nicht nur auf Sex, sondern auch auf Alkohol bezog. Was Sinn ergab.

»Wennschon, dennschon«, fiel ihr lediglich dazu ein.

Jiyan neigte nachdenklich den Kopf zur Seite. »Was meinst du?«

»Na ja, wenn du schon enthaltsam lebst, dann richtig. Kein Sex. Kein Alkohol. Kein Spaß«, antwortete sie wie aus der Pistole geschossen.

Bevor Jiyan etwas erwidern konnte, lehnte sich Fionn zu ihr herüber und behauptete: »Keine Sorge, Jiyan hat schon genug Spaß beim Dämonentöten.«

Autsch. Während die beiden Männer leise lachten, lächelte sie zwar, doch Fionns Worte erinnerten sie an die schmerzliche Wahrheit. Sie verbarg stets einen Teil von sich und es war genau dieser Teil, den Jiyan verabscheute.

Wenn er wüsste, wie sie wirklich aussah, würde er sie von sich stoßen. Garantiert.

Frustriert nahm sie noch einen Schluck Wein. »Wenn er keinen Alkohol trinkt, haben sich meine Pläne wohl schon erübrigt, ihn abzufüllen und dann meinen Vorteil daraus zu ziehen, wenn er betrunken und wehrlos ist«, murmelte sie.

Natürlich hatte Jiyan sie gehört und zog fragend eine Augenbraue hoch. »Wehrlos? Aber wo wäre denn da die Herausforderung?«

»Hast recht.« Sie kippte den Rest Wein hinunter. »Du hättest ohnehin keine Chance gegen meinen unwiderstehlichen Charme, wenn ich es drauf anlegen würde.«

Sofort füllte ihr Jiyan aufmerksam nach. Vielleicht wollte er *sie* ja abfüllen? Hoffen war schließlich noch erlaubt.

»Daran hege ich so meine Zweifel«, raunte er und die Lüge verzerrte seine Stimme.

Sie lehnte sich zu ihm hinüber und legte ihre Hand auf seinen Unterarm, den er auf der Sessellehne platziert hatte. »Du hast also Angst, dass ich dir einen Strich durch die Enthaltsamkeit mache?«

In Zurückhaltung war sie noch nie gut gewesen und so etwas wie Schamgefühl verlor man in der Hölle schnell. Dort nahm man sich, was man begehrte, und wer zögerte, ging leer aus. So einfach.

Jiyan wandte sich ihr ebenfalls zu und schien stark in Versuchung zu geraten, die Augen zu verdrehen. »Lass das. Musst du so darauf herumreiten, dass ich enthaltsam lebe?«

»Unbedingt. Ein wilder Ritt mit mir würde dir nämlich verdammt guttun.« Sie funkelte ihn herausfordernd an und schwelgte in dem verheißungsvollen Knistern zwischen ihnen.

Es ließ sie erschaudern, ebenso wie ihn, als er seine Hand auf ihre legte und sich das Prickeln ihrer Haut von der Berührung durch ihren Körper zog.

»Jiyan, deine Begleitung weiß, was sie will«, bemerkte Balamy grinsend, der ihnen offenbar mit halbem Ohr zugehört hatte.

Währenddessen lehnte sich der König jetzt zu ihr herüber. »Amaleya, hör auf, mich zu provozieren«, ermahnte er sie leise.

Sie lehnte sich ihm ebenfalls entgegen, sodass ihr Gesicht direkt vor seinem war und sich ihre Atemzüge vermischten. »Sonst was?«

Mit den Fingerkuppen strich er ihr sanft eine Haarsträhne hinters Ohr, während er drohend flüsterte, sodass außer ihr niemand seine Worte hören konnte: »Amia, sonst wirst du meine Widerstände brechen und ich werde haltlos über dich herziehen wie ein Orkan über das Land, der nichts als Schutt und Asche zurücklässt.«

Langsam fuhr er mit der Hand über die Haut an ihrem Hals, hinab zu ihrem tiefen Dekolleté, und entfachte ein Feuer in ihrem Körper, das sie ganz bestimmt zu Asche verglühen lassen würde.

Sein Blick war voller Sehnsucht und wirkte gleichzeitig so traurig. »Du würdest jede Berührung genießen und dich zugleich nach mehr verzehren. Und ich würde dir alles geben, wonach du nur verlangen könntest. So lang, bis mein Name das Einzige ist, was du kennst, und dein Körper von meinen Berührungen gebrandmarkt ist.«

Bitte, ja!

Das sollte eine Drohung sein? Das war das verdammt heißeste Versprechen, das sie je gehört hatte!

In seinen eisblauen Augen vermischte sich Ekel mit dem Verlangen. Sie erkannte diesen Ausdruck sofort. So hatte er sie bei ihrer ersten Begegnung auch schon angesehen, als er sie von sich gestoßen hatte.

Niedergeschlagen fügte er hinzu: »Und dann werde ich weiterziehen und genau die gleichen Empfindungen bei der nächsten

Frau hervorrufen. Und bei der übernächsten. Und so weiter. Denn wenn du meinen Widerstand einreißt, Amaleya, wirst du mir letztendlich nicht genügen und ich werde wieder ein Sklave meiner selbst sein. So war es immer.«

Seine Worte schmerzten sie und sie wusste nicht recht, wie sie mit diesem Schmerz und seinen ehrlichen Worten umgehen sollte.

Nymphen lebten von Berührungen und Sex. Wenn sie an sein Verhalten dachte, dann war Selbsthass oder Selbstekel vermutlich der Auslöser gewesen, um enthaltsam zu leben. Außerdem hatte er von schwerwiegenden Konsequenzen für sich geredet, wenn sie sich noch näherkommen sollten.

Natürlich würde es Konsequenzen für ihn haben! Wenn ein Drogenabhängiger über lange Zeit clean war und ihm dann ein Schuss gesetzt wurde, sehnte er sich auch wieder nach dem nächsten und übernächsten. Auch wenn er wusste, dass er es nicht sollte.

Und sie war das gewissenlose Biest, das ihm einen Schuss gesetzt hatte.

Wow. Wie hatte sie so ignorant sein können?

Jiyan sah sie erwartungsvoll an, doch was sollte sie jetzt auf seine Worte erwidern? ›Ich werde dir genügen, wir gehören schließlich zusammen‹? Ohne dass sie irgendeinen Beweis dafür vorbringen konnte außer ihr Bauchgefühl?

Sie entzog sich seinem Blick, mit dem er ihre Gesichtszüge nach Veränderungen absuchte, indem sie sich zurück in ihren weich gepolsterten Stuhl fallen ließ.

Es kostete sie eine ordentliche Portion Selbstbeherrschung, ihr Lächeln beizubehalten. Denn am liebsten wäre sie jetzt nach Hause gegangen und hätte sich mit ihren Mitbewohnerinnen einen Horrorfilm angeschaut, um sich davon abzulenken, dass sie mit Jiyan in der Zwickmühle saß. In die sie irgendwie hineingeschlittert war, ohne es zu merken.

Vielleicht hätte sie *Enthaltsamkeit* wirklich mal googeln sollen.

Sie kippte ihr fast volles Glas Wein hinunter und stand auf, um tanzen zu gehen.

»Amaleya, wo willst du hin?«

Obwohl sie Jiyans Frage hörte, antwortete sie ihm nicht. Am liebsten würde sie einfach nur vergessen, dass sie ihn nicht haben konnte, obwohl sie ihn so sehr wollte. Nicht einfach nur körperlich – irgendwas zog sie auf unbeschreibliche Art zu ihm. Wenn er ihr allerdings nachgeben würde, würde er sich selbst hassen. Er würde *sie* dafür hassen und den Gedanken daran ertrug sie nicht.

Sie war besser als das Dämonenblut, das durch ihre Adern strömte. War nicht mehr gewissenlos, wie sie es durch die Zeit in der Hölle hatte sein müssen.

Sie bahnte sich einen Weg zur Tanzfläche. Dort angekommen, schob sie sich an rekelnden Körpern und wandernden Händen vorbei.

Allein, dass sie eine Halbdämonin war, zerstörte bereits jede noch so kleine Chance, mit dem Nymphenkönig glücklich zu sein. Wenn Jiyan es erfahren würde, würde er sie verabscheuen und ihr misstrauen, weil das die einzig logische Reaktion für ein Geschöpf mit einem gesunden Verstand war.

Denn Dämonen logen, stahlen, waren brutal, grausam und schadeten allen, die in ihre Nähe kamen. Und Amaleya hatte gesehen, wie verbissen Jiyan gegen die Dämonenlakaien gekämpft hatte, die ihn im Thronsaal angegriffen hatten. Er hatte nicht nur sein Leben verteidigt. Es war Hass in seinen Augen gewesen und in jeder Bewegung, die er gegen seine Gegner ausführte. Er würde Amaleya verachten. Und sich selbst umso mehr.

Sie blieb in der Menge stehen und vernahm das Dröhnen der Musik in ihrem sensiblen Gehör. Dennoch waren die Klänge nicht lauter als ihre niederschmetternden Gedanken.

Sie war sich sicher, dass zwischen ihr und Jiyan eine Verbindung bestand, aber was sollte sie tun, wenn es zwischen ihnen knisterte und sie diesem Knistern nicht nachgeben durfte? Und *könnte* sie überhaupt so etwas wie eine Beziehung eingehen, wenn es jemals dazu kommen würde? Sie hatte so was noch nie gemacht und deswegen auch keine Ahnung davon.

Und was war, wenn Jiyan *nicht* ihr Seelengefährte war? Würde sie dann aufgeben und ihn vergessen? Konnte sie das?

Gerade als sie beschloss, dass ihre Laune vollständig verdorben war und sie sich einfach nach Hause teleportieren sollte, ergriff jemand sie plötzlich bei der Hand und zog sie hinter sich her.

Ihr Blick schnellte herum und sie starrte auf breite Schultern direkt vor ihr, gekleidet in eine grüne Weste. Grün. Nicht blau.

Der Alkoholiker und der Junkie

Amaleya

Abrupt blieb sie stehen.

»Entschuldige mal, kennen wir uns?«, rief sie dem Nymphen vor sich über die laute Musik hinweg zu, sodass er sich zu ihr umdrehte.

Er besaß dunkelblondes Haar, trug ein ähnliches Outfit wie Jiyan und lächelte sie charmant an.

»Nein, leider kennen wir uns nicht. Ich bin Dayo«, stellte er sich vor.

»Äh, hi. Ich bin Amaleya«, entgegnete sie und runzelte die Stirn.

Fühlte sich Jiyan immer so überrumpelt, wenn sie auf ihn zuging?

126

Bisher hatte es niemand gewagt, sie als Jiyans Begleitung anzubaggern. Dayo war also entweder erst später zum Fest erschienen und wusste nicht, wer sie war, oder er war ganz einfach lebensmüde.

Dayo grinste. »Freut mich, Amaleya.«

Er hob ihre Hand an seinen Mund und küsste sie. So wie Jiyan zuvor. Nur empfand sie dabei jetzt gar nichts, keine Spur eines Kribbelns.

»Warum stehst du ganz allein und traurig auf der Tanzfläche?«

Dayo wirkte freundlich. Und er sah gut aus mit seinen hübschen grün-grauen Augen. Warum musste sie sich ausgerechnet zu Jiyan hingezogen fühlen?

»Tja, gute Frage.« Sie zuckte mit den Schultern. »Vermutlich, weil ich ein Händchen für die Falschen habe?«

Als Dayo den Blick hob und über sie hinwegschaute, wurde sein Gesicht plötzlich blass und sein Körper verspannte sich.

Na, fantastisch. Dreimal durfte sie raten, wer jetzt wohl hinter ihr stand und nicht über ihre Wortwahl amüsiert war.

Sie drehte sich, sodass Dayo zu ihrer Rechten stand und – Bingo! – Jiyan zu ihrer Linken. Ihre nächsten Worte blieben ihr im Hals stecken, als sie bemerkte, dass seine Augen vor Wut regelrecht Funken sprühten. Er schien drauf und dran zu sein, Dayo hier und jetzt umzubringen. Dayo stammelte eine Entschuldigung und neigte dabei respektvoll den Kopf.

Jiyan rührte sich keinen Millimeter. Als er schließlich das Wort an Dayo wandte, war seine Stimme über die Musik hinweg kaum zu hören und doch war jedes Wort klar und deutlich. »Du verhältst dich mir gegenüber respektlos, indem du meine Begleitung ohne Erlaubnis ansprichst und sogar anfasst.«

Momentchen mal … War Jiyan gerade eifersüchtig? Mit einem Schlag war Amaleyas Laune wieder nach oben geschossen.

Dayo entschuldigte sich erneut, verneigte sich noch mal und trat dann den Rückzug an, wodurch sie mit Jiyan allein zurückblieb. In der tanzenden Menge. Niemand rempelte sie an, denn alle wahrten respektvollen Abstand zu ihrem König. Außerdem wurde ihr erneut bewusst, dass vielen Nymphen die Neugier ins Gesicht geschrieben stand und sie Amaleya von Kopf bis Fuß musterten. Was sie aber nicht sonderlich kümmerte. Sollten die eben gucken.

»Ich gehöre also zu den Falschen?« Jiyans Stimme war von tödlicher Ruhe und erinnerte sie an ein Raubtier kurz vor dem Sprung.

Oh ja, bitte lass mich seine Beute sein!

Mit einem Mal war sie wieder so gut drauf, dass sie ihn nur mit dem Ellenbogen anstupste. »Nicht, wenn du so süß eifersüchtig bist.«

»Ich bin nicht eifersüchtig«, erwiderte er prompt, doch sie hörte mal wieder eine Lüge in seinen Worten.

So schnell wie ihre Laune gestiegen war, fiel sie auch wieder in den Keller. Denn ihre Situation war aussichtslos. Also tat sie das einzig Vernünftige, indem sie die Schultern hängen ließ. »Ja, schon klar. Hör mal, es tut mir leid, Jiyan … Ich sollte gehen. Ich hab endlich begriffen, dass ich dir schade.« Die Wahrheit in ihrer eigenen Stimme zu hören, tat verdammt weh.

Zu ihrem Erstaunen wurde Jiyans Miene augenblicklich sanfter. »*Du* schadest mir nicht, Amia. Und es tut *mir* leid, wenn ich dir diesen Eindruck vermittelt habe. Es liegt nicht an dir.«

Sein letzter Satz würde sie zum Lachen bringen, wenn er nicht die Wahrheit aussprächte.

Jiyan nickte in die entgegengesetzte Richtung der Band und setzte sich dann in Bewegung, sodass sie ihm bis ans Ende der Tanzfläche folgte. Dort drehte er sich wieder zu ihr um und zog sie an sich heran. Wie selbstverständlich legte sie ihm die Hände auf die Brust – dort, wo seine Haut von der Weste bedeckt wurde. Sie sollte gehen und es nicht noch schlimmer machen. Stattdessen fingen sie an, sich im Takt der Musik zu bewegen.

»Ich bin seit zweitausend Jahren König und treffe meine eigenen Entscheidungen«, erklärte Jiyan leise. »Und nur weil ich momentan aus mir selbst nicht schlau werde, hätte ich dich damit nicht belasten dürfen.«

Durch ihr gutes Gehör verstand sie jedes Wort, mit dem er sie hatte beschwichtigen wollen. Doch sie konnte nicht aufhören, daran zu denken, dass die Berührung zwischen ihnen Auswirkungen auf ihn hatte. Auswirkungen, von denen sie nicht wusste, ob sie bereit wäre, deren Verantwortung zu schultern.

»Schon gut«, murmelte sie. »Aber sag mir, was genau tun wir hier?«

Er schmunzelte. »Tanzen?«

»Du weißt genau, was ich meine«, beschwerte sie sich.

Er schien diesen Dämpfer nicht willkommen zu heißen. »Ich würde sagen, wir beide tun etwas sehr Dummes, das sich sehr richtig anfühlt.«

Ja. Und vermutlich sollten sie endlich damit aufhören.

Jiyan nahm ihr Gesicht in seine Hände und zwang sie, ihm in die Augen zu schauen. Sie liebte diese Geste und fühlte sich ungewohnt geborgen.

Er schenkte ihr ein träges Lächeln. »Amia, ich sehe dir an, dass du nachdenkst, und je mehr du denkst, desto trauriger wird dein Gesichtsausdruck und desto distanzierter erscheinst du mir. Wo ist die impulsive Amaleya hin, die einem Mann den Arm bricht, wenn er ihr an den Hintern fasst?«

Am liebsten wollte sie sich einfach nur an ihn kuscheln, seinen salzigen Sommerregenduft einatmen und von Strandspaziergängen träumen.

Mal wieder zuckte sie mit den Schultern. »Keine Ahnung. Sag Bescheid, wenn du sie siehst.«

Sie wollte ihr Leben zum Besseren wenden und würde es nicht schaffen, wenn sie es zu verschulden hatte, den König der Nymphen erneut von Berührungen abhängig gemacht zu haben. Was auch immer sie tat … sie wurde das Gefühl nicht los, dass es in jedem Fall damit enden würde, dass Jiyan sie hasste.

Warm schaute er sie aus seinen eisig blauen Augen an, während er nachzudenken schien. »Weißt du eigentlich, was *Amia* bedeutet?«, fragte er schließlich.

Zärtlich strich er ihr mit dem Daumen über die Wange, wodurch sie kurz ihre Zweifel vergaß.

»Ich dachte, es wäre einfach nur eine Abkürzung von meinem Namen, also ein Spitzname. Wie Amy.«

Er wirkte verlegen. »Nein, es ist kein Spitzname, es ist in der Sprache der Nymphen ein Kosename. Man kann es am ehesten mit ›Frau meiner Träume‹ übersetzen.«

»Oh.« Mehr fiel ihr dazu als Erwiderung nicht ein, während sie förmlich dahinschmolz.

Jiyan schmunzelte über ihre simple Antwort, die ihre herausragenden intellektuellen Fähigkeiten zeigte.

Schnell fügte sie hinzu: »Aber du kennst mich doch gar nicht.«

Und würde er sie kennen oder ihre Vergangenheit, würde er garantiert anders über sie denken. Warum zum Teufel war sie noch nicht gegangen?!

Er zeigte ihr ein Grinsen, das seine strahlend weißen Zähne preisgab und vollkommen selbstsicher wirkte. »Nun, das lässt sich ändern. Immerhin sind wir beide in der Gegenwart des jeweils anderen sehr gesprächig.«

Wo er recht hatte, hatte er recht. Nur leider war es für sie von Nachteil, draufloszuplappern, wenn man ein Geheimnis vor jemandem hatte.

»Stimmt schon. Trotzdem … ist das hier so sinnlos.« Die Worte verließen ihre Lippen, noch bevor sie diese gedacht hatte. Wie immer. Und mittlerweile hatte Jiyan herausgefunden, dass sie nur die Wahrheit sagen konnte und deswegen wirklich meinte, was sie aussprach.

Seine Heiterkeit war mit einem Mal verschwunden. »Komm mit.«

Nach kurzem Zögern nahm er sie an der Hand und zog sie hinter sich her durch die Menge, die sich vor ihm teilte, um ihm Platz zu verschaffen. Alle Nymphen starrten ihnen neugierig und auch skeptisch hinterher, während sie sich von den Festaktivitäten entfernten.

Sie würde morgen garantiert auf der Titelseite der Tageszeitung ein Foto von sich finden mit der Überschrift: *Unbekannte von enthaltsam lebendem König entführt. Ist unser Königreich dem Untergang geweiht?*

Beinahe hätte sie darüber trostlos gelacht.

Mit weichen Knien folgte sie Jiyan und machte sich auf ein Abschiedsgespräch gefasst, weil sie ihn so gekonnt vor den Kopf gestoßen hatte.

Es war faszinierend, dass sie in diesem Moment keine sich anbahnende Katastrophe wahrnahm, denn so fühlte es sich an. Wahrscheinlich würde Jiyan sie gleich bitten, dass sie ihre

Mission bei den Engeln aufgab, damit er sie nie mehr wiedersehen musste und sie keine Versuchung mehr für ihn darstellte. Darum *sollte* er sie bitten, das wäre das einzig Vernünftige.

Jiyan hielt immer noch ihre Hand mit seiner umschlossen, sodass ihre Haut kribbelte und Wärme ihren Arm emporwanderte.

In einer spärlich beleuchteten Seitenstraße kamen sie schließlich zum Stehen. Statt sie loszulassen, wirbelte er sie herum und drückte sie gegen die kalte Hauswand, die einen Kontrast bildete zu der Hitze, die von seinem Körper ausging.

Mit entschlossenem Blick schaute er auf sie herab. »Ich will, dass das hier zwischen uns aufhört.«

Da er wusste, dass sie Lügen hörte, hätte er sie genauso gut bitten können, ihn endlich zu küssen.

Das konnte sie nicht. Oder? Ein Kuss hatte ihr nie viel bedeutet. Ein Kuss mit Jiyan hingegen wäre viel mehr als die Berührung ihrer Lippen. Sie würde ihm dadurch mehr Energie geben, als er über lange Zeit in sich aufgenommen hatte. Und wenn er diese Energie verbrauchte, benötigte er Nachschub, wofür sie sich verantwortlich fühlen würde. Er war der trockene Alkoholiker und sie der bittersüße erste Schluck Alkohol nach Jahrhunderten der Abstinenz.

Als er sich zu ihr herabbeugte, um sie zu küssen, legte sie ihm die Hände auf die Brust und hielt ihn auf Abstand.

»Küss mich nicht, wenn du es danach bereuen wirst.« Sie schluckte schwer und senkte die Stimme. »Ich bin kein Fehler, von dem man denken kann, dass man ihn lieber vermieden hätte.«

Ehrlich gesagt, hatte sie gerade Angst. Angst vor noch mehr Zurückweisung und dem uralten, tief verwurzelten Gefühl, nicht gut genug zu sein.

Normalerweise trug sie einen mentalen Schutzpanzer um sich, doch nach all den ernsthaften Gesprächen und fröhlichen Momenten mit Jiyan hatte sie sich zu weit aus ihrer Deckung hervorgewagt, um sich nun abrupt wieder zurückziehen zu können.

Für einen Moment schwieg Jiyan und schaute sie nur an. Sein Blick wanderte über ihr Gesicht, als versuchte er, zu ergründen, was sie gerade empfand. »Ob ich es bereue oder nicht, hängt von dir ab, Amia. Wenn ich dich jetzt küsse und du morgen noch da bist, um mich erneut zu küssen, dann werde ich es nicht bereuen.«

Das klang so schön wie auch beunruhigend. Trotzdem schwand ihr Gewissen bereits. Er sprach von keiner unbestimmten Zeit, sondern nur von heute und morgen. Für übermorgen würde nicht sie, sondern allein er verantwortlich sein.

Ihre Finger umschlossen den Saum seiner Weste. Sie zog ihn zu sich herunter und ihr Mund eroberte seinen. Seine Lippen waren weich und warm und glitten immer wieder über ihre, bis sich ein heißes Kribbeln in ihrem Körper ausbreitete.

Jiyan legte seine Hand in ihren Nacken und verlieh dem Kuss Nachdruck. Sie öffnete ihren Mund und sofort glitt er mit seiner Zunge hinein. Langsam, aber ohne Zurückhaltung. Bis sie es ihm gleichtat, sodass sich ihre Zungen in der Mitte trafen. Sie zog sich wieder ein wenig zurück, lud ihn ein, von ihr zu kosten und sie für sich einzunehmen, was er tat.

Und Götter, es war berauschend! Sein Geruch, sein Geschmack und jede Berührung vernebelten ihren Verstand, bis sie kaum noch zu Atem kam. Seit ihrer ersten Begegnung hatte sie ihn küssen wollen und jetzt wollte sie nie wieder damit aufhören.

Er neigte ihren Kopf sanft zur Seite, um den Kuss zu vertiefen. Fordernd und innig, bis sie lustvoll aufstöhnte und eine Hand in seinem Haar vergrub, um ihn an Ort und Stelle zu halten.

Gütiger Himmel, sie brauchte mehr davon! Jiyan machte aus ihr einen Junkie.

Ein Beben lief durch ihren Körper, als Jiyan mit der Hand über ihre Wirbelsäule fuhr, die durch den tiefen Rückenausschnitt nackt unter seinen Fingern war. Er massierte die Stelle zwischen ihren Schulterblättern, sodass sie überrascht nach Luft schnappte. Denn da sie Flügel besaß, war ihre Muskulatur dort ausgeprägt und voller Nerven, die gerade ein Hochgefühl der Lust durch ihren Körper sandten.

»Hör ja nicht … damit auf«, keuchte sie.

Doch im nächsten Moment waren Jiyans Hände verschwunden. Er hatte sich zurückgezogen.

Sie schluckte ihre Enttäuschung darüber hinunter und versuchte abzuschätzen, ob er nun ausflippen oder sie erneut küssen würde. Sein Blick verriet ihr, dass er es auch noch nicht wusste.

»Ist alles … okay?«, brachte sie kleinlaut hervor.

Was würde jetzt passieren? War Jiyan jetzt wieder abhängig von Berührungen? Würde er ihr die Schuld dafür geben? Oder sie dafür hassen? Würde er sie wieder von sich stoßen? Was sollte sie sagen oder tun, um das zu verhindern?

Er blinzelte verwirrt. »Okay? Ja, nur … Das war unerwartet. Du besitzt Flügel?«

Ihre Reaktion hatte sie also verraten. »Ich bin ein Halbengel, also ja.«

Sie ahnte, dass er diese Frage nur stellte, um sich selbst davon abzuhalten, darüber nachzudenken, was sie eben getan hatten und was es zukünftig für ihn bedeuten würde. Es war nur ein Kuss gewesen. Ein Kuss, der sein ganzes Leben auf den Kopf stellte.

»Stimmt ja.« Seine plumpe Antwort bestätigte ihre Vermutung.

»Bist du wütend auf mich?« Dies war die einzige Frage, die sie gerade wirklich wichtig fand.

Geschlagen seufzte er und senkte den Kopf, sodass seine Stirn die ihre berührte. »Nein, nicht auf dich.«

Aber er war wütend auf sich selbst. Blieb nur noch die Frage, ob er es bereute, sie geküsst zu haben. Ihre Lippen schienen jedoch wie versiegelt.

»Ich muss mich aufrichtig bei dir entschuldigen«, fuhr Jiyan leise fort. »Ich habe mich dir gegenüber ungerecht verhalten und ich hätte dir nicht vorenthalten dürfen, dass ich enthaltsam lebe …« Er runzelte die Stirn. »… gelebt habe. Und vor allem schulde ich dir eine Erklärung, warum ich ein Bündnis mit den Engeln so vehement ablehne.«

Erleichtert stieß sie den Atem aus, von dem sie gar nicht gemerkt hatte, ihn angehalten zu haben. »Entschuldigung angenommen. Und mir tut es leid, dass ich alle Nymphen als Schlappschwänze bezeichnet habe.«

Sein Blick wanderte seinen Körper hinab bis zu der Beule in seiner Hose, und seine Mundwinkel hoben sich. »Nun ja, da ich gerade das Gegenteil beweise, nehme ich es mit Humor.« Abrupt verschwand sein Lächeln, und seine eisblauen Augen richteten sich wieder auf sie. »Wenn ich dem Bündnis mit den Engeln bereits zugestimmt hätte, wärst du dann trotzdem hier?«

Sie blinzelte verwirrt über seinen Sinneswechsel. »Äh, keine Ahnung?«

Im einen Moment küsste er sie, im nächsten schien er davonrennen zu wollen, dann scherzte er und kurz darauf schaltete er erneut in den pflichtbewussten Königs-Modus.

Bei seinen Stimmungsschwankungen könnte man meinen, er hätte seine Tage.

»Amia …« Er schüttelte schmunzelnd den Kopf. »Ich will wissen, ob du nur wegen mir hier bist oder um mich für deine Mission zu manipulieren.«

Sie hätte jetzt das Recht, beleidigt zu sein, doch er wäre naiv, diese Möglichkeit in seiner Position nicht in Betracht zu ziehen.

»Wegen dir«, gab sie zu und tippte ihm ermahnend mit dem Zeigefinger gegen die Brust. »Morgen steht trotzdem unser wöchentliches Treffen im Thronsaal an und du solltest lieber pünktlich erscheinen und mir am besten eine Zusage geben, bevor ich gefeuert werde.«

Sein Schmunzeln verwandelte sich in ein ausgedehntes Grinsen. »Im Austausch für einen weiteren Kuss denke ich vielleicht noch einmal darüber nach.« Er sah nicht aus, als ob er scherzen würde, und sie hörte auch keine Lüge in seinen Worten.

»Aber … wird es dir danach gut gehen?«, wollte sie zögerlich wissen.

Er schüttelte grinsend den Kopf. »Für diese Frage ist es etwas zu spät. Ich kann bereits spüren, wie mein Körper nach mehr Energie hungert. Du solltest mich küssen, bevor ich Entzugserscheinungen kriege. Jetzt gibt es sowieso kein Zurück mehr.«

»Meinst du das mit den Entzugserscheinungen ernst?«, fragte sie perplex.

Er wickelte sich eine Haarsträhne, die sich aus ihrer Frisur gelöst haben musste, um den Finger und gab sie dann wieder frei.

Die Leichtigkeit des Moments verflog. »Natürlich meine ich das ernst. Du würdest es doch merken, wenn ich lüge, oder nicht?«

Mit großen Augen nickte sie. Dann stand wohl fest, dass es nicht bei einem Kuss bleiben würde. Denn ab jetzt wollte er sie nicht nur, ab jetzt *brauchte* er sie – physisch, zum Überleben. Das musste sie erst mal sacken lassen.

Jiyan schloss kurz die Augen und blickte sie dann nachdenklich an. »Ich schade dir nicht, oder?«

Indem er ihr Energie entzog? »Nein, tust du nicht.«

Wohl eher schadete sie ihm, weil er sich nur wegen ihr in dieser misslichen Lage befand.

Dank ihrer Abstammung besaß sie außergewöhnlich viel Lebensenergie und stellte diese schnell wieder her. Genau wie sich beim Heilen einer Wunde Körperzellen wiederherstellten, regenerierte sich auch die Lebensenergie eines jeden Geschöpfes mit der Zeit. Nur die Nymphen und ein paar andere Arten bildeten dabei eine Ausnahme.

»Gut. Das beruhigt mich ungemein.« Er lächelte zaghaft. »Wir sollten lieber wieder zum Fest zurückgehen. Es spekulieren wahrscheinlich schon alle, was …«

Mitten im Satz brach Jiyan ab. Aus dem Nichts tauchte neben ihm eine Gestalt auf. Amaleya erkannte kaum mehr als einen gehörnten Schatten, so groß wie Jiyan. Als sie nach ihm greifen wollte, waren er und das Wesen auch schon verschwunden.

Verdammt! Wenn diese Statur zu demjenigen gehörte, den sie verdächtigte, dann hatten sie ein riesiges Problem!

Ein echter Höllentrip

Jiyan

Schmerzen zuckten durch seinen Oberarm. Innerhalb eines Herzschlags wurde er durch Raum und Zeit gezerrt. Im nächsten Moment befand er sich bereits in einem finsteren Palast.

Orientierungslos schwankte er, bevor der Schwindel wieder nachließ. Beißender Schwefelgeruch schlug ihm entgegen. Adrenalin durchströmte seinen Körper, als ihm seine neue Umgebung bewusst wurde.

Hölle, war alles, was er denken konnte.

Er sah zu seiner Rechten, wo ein riesiger, echsenartiger Dämon seinen Arm umklammert hielt. Die Schmerzen kamen also von den langen Klauen. Der Körperkontakt brachte eine Woge der

Energie mit sich, die in Jiyan Übelkeit aufsteigen ließ. Doch statt sich gegen den Griff zu wehren, richtete er seine Aufmerksamkeit auf seine Umgebung.

Er war in der Hölle, befand sich in einem Palast, dessen Gemäuer aus Dunkelheit geformt zu sein schien. Markerschütternde Schreie erklangen außerhalb des Palasts und setzten ihm fast noch mehr zu als der Körperkontakt mit dem Dämon.

Tief ein und aus zu atmen, half ihm nicht, denn der Gestank von Schwefel und Blut brachte die Erinnerungen an den Tod seiner Familie wieder hoch. Er biss die Zähne schmerzhaft fest zusammen.

Soll ich kämpfen? Kann ich fliehen?

Außer den beiden Dolchen an den Innenseiten seiner Weste gab es nichts, was er als Waffe benutzen könnte. Der Saal, in dem er sich befand, war bis auf einen Thron vor ihm leer geräumt. Er würde also abwarten, statt sich in einen Kampf mit dem Dämon zu verwickeln, und nahm seine Umgebung weiter in sich auf.

Vor den schwarzen, blutverschmierten Wänden brannten Feuer, die den meisten Dämonen allerdings keinen Schaden zufügten, weil sie die Hitze gewohnt waren. Zwischen Säulen, die das Mauerwerk stützten, hingen eiserne Ketten, über deren Zweck er nicht einmal nachdenken wollte.

Die Kreatur neben ihm folgte seinem Blick und gab ein Glucksen von sich, das wohl ein schadenfrohes Lachen sein sollte.

Der Körperkontakt zu dem Dämon ließ ihn zwar fast in die Knie gehen aufgrund der verkommenen Energie, die er durch ihn bezog, aber dadurch wusste er auch, dass diese Kreatur kein normaler Dämon war. Er war kein Lakai, sondern von höherem Rang. Ein Kampf könnte durchaus zu Jiyans Niederlage führen.

Er schaute jetzt auf den Thron vor sich und zwang sich, einen kühlen Kopf zu wahren.

Warum war er hier? Gab es einen Zusammenhang mit dem Dämonenangriff auf ihn? Und wie konnte er dieser Situation entkommen?

Auf einmal trat eine helle Silhouette aus dem Schatten des Throns hervor und ihm funkelten intelligente, rote Augen entgegen.

»Avaldamon, geh«, befahl eine tiefe Männerstimme. »Der Kontakt zu dir schadet ihm bereits und wir wollen den jungen König ja so lang wie möglich unversehrt lassen.«

Der Dämon neben Jiyan nickte, ließ ihn endlich los und verschwand so schnell, wie er aufgetaucht war.

Langsam nahm Jiyans Übelkeit ab und er blinzelte die Tränen fort, die der Höllengestank in seine Augen trieb.

Der Schrecken, der ihn umgab, kroch in seine Glieder. Er regierte über ein strahlendes, helles Land im Himmel und eine mitfühlende, gutherzige Rasse Unsterblicher. In der Hölle zu sein – gegen seinen Willen –, wo ihn Grausamkeiten, Finsternis und so viel Leid und Schmerz umgaben, setzte ihm zu.

Er wollte sich die Ohren zuhalten, wollte sich wie ein Kind zusammenkauern. Mit bloßer Willenskraft hielt er sich aufrecht und konzentrierte sich nun auf den Mann, der vor ihm auf dem dunklen Thron Platz genommen hatte.

Er musste etwa Jiyans Größe und Statur besitzen und war bekleidet mit einem dunkelroten, samtigen Gewand, das seine Augen betonte. Auf seinem Kopf trug er eine Krone, die entweder aus klarem Kristall oder Eis bestand. Wenn man von seinen roten Augen und den braunen Hörnern absah, die sich um seinen Kopf wanden, wirkte er erschreckend menschlich. Seine Haut war sehr blass und er besaß weißes Haar. Wenn er einen magischen Schleier tragen würde, könnte er als Albino durchgehen.

Insgesamt wirkte er kaum wie ein Dämon, denn Bosheit hinterließ ihre Spuren und verunstaltete ihren Träger selbst nach außen hin. Zumindest soweit Jiyan wusste, denn er war kein Spezialist, was die Hölle betraf. Doch der Dämon vor ihm war bei Weitem nicht hässlich und verbarg allem Anschein nach auch nicht sein wahres Aussehen.

Wer auf einem Thron in der Hölle saß, musste allerdings verkommen sein. Jiyan durfte sich nicht täuschen lassen.

»König Jiyan, bitte verzeiht, dass ich Euch so plötzlich entführen ließ.« Der Dämon lehnte sich auf seinem Thron zurück und schien sich pudelwohl zu fühlen. »Ich war mir sicher, dass Ihr mich nicht aufsuchen würdet, wenn ich Euch eine Einladung schicke, und durch meine Position bin ich recht eingeschränkt, was meine Aufenthaltsorte anbelangt.« Er schenkte Jiyan ein kaltes Lächeln und zeigte dabei strahlend weiße, perfekte Zähne. »Sonst hätte ich Euch natürlich persönlich einen Besuch abgestattet.«

Jiyan fragte sich, was alles geschehen wäre, wenn diese Kreatur ihm tatsächlich einen Besuch abgestattet hätte. Bereits der heutige Angriff auf ihn hätte von dem Dämon befehligt sein können. Doch wer würde Lakaien schicken, wenn man ranghöhere Dämonen zur Verfügung hatte?

Jiyan überging die Aussage des Dämons. »Wer seid Ihr und was wollt Ihr?«, forderte er in möglichst ruhigem Tonfall zu wissen.

Er war nicht so naiv, sich mit einem Gegner anzulegen, gegen den ein Sieg unwahrscheinlich wäre. Selbst wenn ein Wunder geschah und er den Dämon vor sich überwältigte, könnte er ohnehin nicht zurückkehren. Es war ihm nicht möglich, sich wie Amaleya zu teleportieren, daher würde er in der Hölle festsitzen.

Amaleya. Ihr Name hallte auf einmal durch seine Gedanken. Ob sie wohl seine Freunde alarmiert hatte und sie bereits nach ihm suchten?

Der Dämon ergriff wieder das Wort. »Wie unhöflich von mir, bitte verzeiht.« Sein Tonfall war überaus selbstgefällig. »Mein Name ist Sergen Ashad, dritter Dämonenfürst Prinzessin Leviathans. Und ich möchte nichts weiter als eine Unterredung mit Euch.«

Jiyans Herz setzte für ein paar Schläge aus, bevor es wie wild weiterschlug und noch mehr Adrenalin durch seinen Körper gepumpt wurde. Er wusste wahrlich nicht viel über die Hölle und ihre Hierarchien, da er im Himmel lebte. Doch die drittmächtigsten Geschöpfe der Unterwelt waren die Höllenfürsten, von denen je vier den vier Kronprinzen dienten, die wiederum dem Teufel persönlich unterstellt waren.

Diese Situation war viel gefährlicher und bedeutender, als ihm bis jetzt klar gewesen war.

Jiyan ballte die Hände zu Fäusten, als er erkannte, wie machtlos er hier war. »Ich versichere Euch, Ihr habt meine volle Aufmerksamkeit.«

Gezwungenermaßen. Denn ihm blieb ja gar nichts anderes übrig, als seine Feindseligkeit hinunterzuschlucken und gute Miene zum bösen Spiel zu machen.

Der Fürst musste die Wahrheit sagen und wollte ihm offensichtlich nicht schaden, denn sonst hätten Jiyan und Amaleya ein Unheil wahrgenommen. Also standen die Chancen gut, dass er diese Unterredung überleben würde.

Sein Gegenüber grinste amüsiert. Wäre er kein Dämon, würde er dabei beinahe unschuldig wirken. Vielleicht war er gerade deswegen gefährlich, da er von dieser Täuschung profitierte.

»König, Ihr tragt einen Geruch an Euch, der mir sehr vertraut vorkommt … Aber darum geht es hierbei nicht.«

Während sich jeder Muskel in Jiyans Körper schon schmerzhaft vor Anspannung verkrampfte und sich seine Gedanken bei des Dämons Worten überschlugen, stand dieser auf und bedeutete ihm mit einer Handbewegung, ihm zu folgen.

Von was für einem Geruch sprach der Fürst? Er war nur mit Amaleya zusammen gewesen …

Denk jetzt ja nicht darüber nach und glaub ihm kein Wort!

Er setzte sich in Bewegung, folgte dem dunklen Fürsten. Die Schreie, die von außen unentwegt bis zu ihm durchdrangen, zehrten an seinen Nerven und seinem Verstand, an jedem biss-chen Mitgefühl, das er besaß, und doch konnte er nichts dagegen unternehmen. Die Hilferufe würden nie verklingen und waren Musik in den Ohren ihrer Peiniger.

Jiyan folgte Sergen Ashad aus dem Thronsaal, eine Treppe hin-auf und zu einer Art Aussichtsplattform. Die Schreie vermischten sich mit Gelächter. Beinahe hätte sich Jiyan die Ohren zugehal-ten, aber zog stattdessen eine Grimasse. Für diese erntete er so-fort ein Lachen, als sich der Dämonenfürst kurz zu ihm umsah. Ihm mit einem Dolch von hinten in den Rücken zu stechen, er-schien Jiyan verlockend. Das würde allerdings nichts daran än-dern, dass er dann immer noch hier festsäße.

Er schluckte schwer, trat schließlich neben dem Fürsten hinaus auf die steinerne Plattform und wandte sich sofort wieder ab. Nur kurz hatte er einen Blick erhascht auf ein Feldlager, das sich vor den Mauern der Burg befand und eine ganze Armee von Ge-schöpfen der Hölle beherbergte, die mit menschlichen Seelen wie Spielzeugen umgingen und sie zu Tode quälten. Wenn es denn möglich war, Seelen zu töten. Diese Eindrücke reichten Jiyan für den Rest der Ewigkeit.

»Nun, König, nachdem Ihr meine zahlreichen Soldaten gesehen habt, möchte ich Euch die Situation möglichst kurz und prägnant erklären.« Sergen Ashad war über den ohrenbetäubenden Lärm kaum zu hören und doch verstand Jiyan ihn klar und deutlich. »Dein Königreich, Jiyan, ist uns im Weg, wenn du dich mit den Engeln verbünden solltest, und dann werden wir es auslöschen.« Auf einmal war jede Höflichkeit vergessen und Sergens Ton mit jedem Wort bedrohlicher. »Nach meinen Recherchen über dich stellst du das Wohl deines Volkes sogar über deine eigenen Bedürfnisse, also sollte dir bewusst sein, dass deine Untertanen um den Tod betteln werden, wenn du dich den Engeln anschließen solltest und wir euer Land niederbrennen.«

Der Fürst machte eine bedächtige Pause. Wenn Jiyan nicht unter allen Umständen mit Bedacht handeln müsste, würde er dem Dämon dafür eine reinhauen, dass der Jiyans Volk bedrohte und ihn einzuschüchtern wagte.

»Und wenn wir uns nicht mit den Engeln verbünden?« Er zog die Augenbrauen zusammen und ballte die Hände zu Fäusten, um sich davon abzuhalten, zuzuschlagen.

»Dann, kleiner König, seid ihr uns immer noch im Weg.« Sergen neigte den Kopf und seine Mundwinkel hoben sich zu der Andeutung eines Lächelns. »Es sei denn, ihr verbündet euch mit *uns* und werdet zu unserem Sprungbrett. Im wahrsten Sinne des Wortes.«

Erneut schluckte Jiyan schwer und begriff, dass die Armee von Dämonen, die er eben gesehen hatte, so oder so sein Land zerstören würde, ganz gleich, wie er handelte. Sein Königreich und sein Volk waren den Dämonen gleichgültig, sie wollten nur ihren

Krieg gegen die Engel vorantreiben, der sich in den letzten Jahrhunderten ausgedehnt hatte.

Ihn traf die Erkenntnis, dass Amaleya genau aus dem gleichen Motiv zu ihm geschickt worden war. Und zwar, weil die Engel ihren Krieg gegen die Dämonen ebenso vorantreiben wollten und sein Königreich – wie noch ein paar weitere – sich auf der unteren Himmelsebene befand und damit zwischen Himmel und Hölle lag, wenn man mal von der Menschenwelt absah.

Die Nymphen waren für die Engel und die Dämonen sowohl potenzielle Verbündete als auch potenzielle Feinde. Beide Fraktionen rissen sich um sein Königreich, und eigentlich wollte er mit beiden nichts zu schaffen haben. Er wollte Frieden für sein Land und stand nun mitten zwischen zwei sich bekriegenden Großmächten.

Niemals würde er sich mit Monstern verbünden, ebenso wenig mit Verrätern. Was sollte er tun?

»Ich erwarte nicht, dass du sofort eine Entscheidung fällst, keine Sorge«, sprach Sergen weiter. »Aber falls du es nun in Betracht ziehst, dich mit den Engeln einzulassen, solltest du dich fragen: Wie groß sind eure Chancen auf einen Sieg, wenn die Engel schon so verzweifelt sind, Mischlinge wie Amaleya in ihren Dienst zu stellen?«

Jiyan hielt den Atem an.

Woher wusste Sergen all das? Von dem Bündnis mit den Engeln und von Amaleya?

»Halt dich aus meinem Kopf fern«, knurrte er, da es die einzige logische Erklärung war, dass der Höllenfürst seine Gedanken las.

Sergen zog skeptisch eine Augenbraue in die Höhe. »Bisher habe ich mir noch keinen Zutritt zu deinem Verstand verschafft. Ich habe mich lediglich daran erinnert, dass der Geruch, der an dir haftet, von *ihr* stammt, und ein wenig spekuliert.«

Moment. Was? Der Fürst und Amaleya kannten sich tatsächlich? Warum sollte sie sich mit einem Höllenfürsten einlassen?

Er schaute Sergen direkt in die Augen und fühlte auf einmal eine unbändige Wut in sich aufsteigen, die von seiner Verzweiflung über die jetzige Situation nur noch verstärkt wurde. Der Fürst wollte ihn verunsichern, wollte ihn durcheinanderbringen, und das durfte Jiyan nicht zulassen.

Doch jeder Augenblick in diesem Drecksloch zehrte an seinen Nerven. Er wollte den Dämonenfürsten tot sehen und zurück in den Himmel, aber das eine schloss das andere aus. Mal ganz davon abgesehen, dass er zu schwach war.

Er gehörte zu keiner mächtigen Rasse Unsterblicher wie die Götter oder war physisch besonders stark wie Gestaltwandler oder robust wie Dämonen. Er bekam von keiner Kronprinzessin der Hölle besondere Kräfte übertragen wie der Dämonenfürst vor ihm, konnte kein Schwert aus weißem Licht heraufbeschwören wie die Engel und er war auch kein Mischling wie Amaleya, wodurch er den Überraschungseffekt auf seiner Seite hätte.

Er hatte so lang und hart trainiert und gekämpft. Das änderte hingegen nichts an der Tatsache, dass er zu einer friedvollen Rasse gehörte, die Konflikte mied und nur zu Waffen griff, um ihr Überleben und ihre Liebsten zu schützen. Er könnte den Dämon höchstens zu Tode flirten.

Gerade als er im Begriff war, seinen Frust in Worte zu fassen, tauchte aus dem Nichts eine Frauengestalt zwischen ihm und dem Dämonenfürsten auf. Sie richtete mit ausgestrecktem Arm die Klinge ihres Schwertes auf Sergen Ashads Hals.

Als hätte der Dämon diese Situation vorhergesehen, bildete sich ein Lächeln auf seinen Lippen. »Amaleya, meine Schöne, was für eine Überraschung. Das letzte Mal habe ich dich nackt in meinem Bett gesehen und nun nach über sechshundert Jahren hältst du mir eine Klinge an den Hals. Wie sich die Zeiten doch ändern. Trotzdem scheinst du immer noch etwas für Männer in Machtpositionen übrig zu haben.«

What you see

Peace is a sign of two fingers,
a promise makes the pinkies hold,
lies are crossing behind your back,
while you think your hands do fold.

The proud hold their chin so high,
happiness smiled, sadness cried a while
next to embarrassment avoiding the eye,
a gesturing numb and a blind man's smile.

Du bist nicht allein

Jiyan

Bei Jiyan setzte sich endlich ein Großteil der Puzzleteile zusammen. Amaleya musste von Sergen gesprochen haben, als sie meinte, sie hätte ein Händchen für die Falschen.

»Spar dir deine vergifteten Worte! Würde es etwas ändern, dich zu töten, würde ich es tun«, spie Amaleya Sergen drohend entgegen, der nur überrascht die Augenbrauen hob.

Langsam trat Jiyan näher an Amaleya heran und schlang ihr von hinten einen Arm um die Taille. So könnte Amaleya sie beide fortteleportieren. Als ihr Rücken seine Brust berührte, durchfuhr ihn mitsamt ihrer Energie auch die Angst, die sie empfand. Um ein Haar wären ihm deswegen die Gesichtszüge entglitten.

»Du meinst wohl, wenn es dir möglich wäre.« Sergens Hand überzog sich mit einer Eiskruste und stieß Amaleyas glühendes

Schwert von seiner Kehle weg. Ein lautes Zischen war zu hören und Wasserdampf stieg auf.

Aus Reflex zog Jiyan Amaleya fester an sich und machte einen Satz nach hinten, um sie von Sergen zu distanzieren. Anscheinend konnte dieser Dinge zu Eis werden lassen.

»Ein interessantes Schwert, das du da besitzt«, murmelte Sergen nachdenklich. »Und mächtig.«

Amaleya richtete immer noch ihre Klinge auf Sergen und lehnte sich an Jiyan. »Ja, ein Schwert, das eines Tages dein Herz durchstoßen wird.« Mit diesen Worten teleportierte sie sich und Jiyan fort, doch nicht aus der Hölle.

Es umgab sie immer noch der beißende Schwefelgeruch. Sie befanden sich in einer kargen Einöde, aus kopfgroßen Erdlöchern schossen Feuerfontänen meterhoch empor. Weit und breit waren weder Gestalten zu erkennen noch Schreie oder Gelächter zu hören.

Amaleyas Kopf schnellte umher. »Scheiße!«

Ja, Scheiße trifft es gut.

Er ließ sie los und fuhr sich mit der Hand durchs Haar. »Was ist? Warum sind wir noch in der Hölle?«

Seine Gedankenrädchen ratterten. Ihm kamen so viele Fragen in den Sinn, dass er gar nicht wusste, wo er anfangen sollte.

»Sergen hat eine Teleportationsschleife von seiner Burg aus erschaffen.« Während sie sprach, zog Amaleya ihre Stilettos aus und schien sich erstaunlicherweise nicht die Füße auf dem heißen Erdboden zu verbrennen. »Also, wenn du nicht hierbleiben und mit Sergen eine Wiedersehensparty feiern willst, solltest du die Beine in die Hand nehmen.«

Lustig. Er wusste nämlich weder, wo sie sich gerade aufhielten, noch, wo er hinrennen sollte. »Nach dir.«

Sie lachte leise, packte ihren Schwertgriff mit der Rückhand und rannte los. »Du bist ja so ein Gentleman.«

Er lief ebenfalls los, blieb direkt hinter ihr. »Vielleicht will ich ja auch nur die schöne Aussicht genießen.«

Er betete, dass Sergen ihnen nicht folgen würde. Schränkte die Teleportationsschleife auch den Dämonenfürsten ein oder besaß sie nur Auswirkungen auf andere? Je nachdem, wie die Antwort auf diese Frage lautete, wären sie vor Sergen sicher oder würden gleich Gesellschaft bekommen.

»Gentleman und Charmeur in einem.« Amaleya führte blitzschnell vor ihm eine Pirouette aus, sodass er einen Blick auf ihr Grinsen erhaschte. »Was bin ich nur für ein Glückspilz.«

Sie hatte ein Wahnsinnstempo drauf und trotzdem sah es aus, als würde sie lässig joggen. Auch wenn sie im Vergleich zu ihm klein und zierlich wirkte, besaß sie eine Kraft und Ausdauer, die ihn in Erstaunen versetzten.

Er würde sich seine Fragen für später aufheben müssen, denn dank seines untauglichen Schuhwerkes konnte er nur mit Mühe mit ihr Schritt halten. Genau wegen solcher Situationen hielt er nicht viel von der traditionellen Kleidung. Im Notfall war sie unpraktisch und schränkte ihn zu stark ein.

Amaleya wich geschickt den emporschießenden Feuerfontänen aus. Er folgte jedem noch so kleinen Schlenker, den sie vor ihm vollzog. Dass sie barfuß auf dem heißen Untergrund lief, gab ihm zu denken, denn die Feuerlandschaft um sie herum machte ihm zu schaffen und sorgte dafür, dass ihm kleine Schweißtropfen die Schläfen hinabbrannen.

Das Schlimmste hier stellte nicht einmal die sengende Hitze dar, sondern die stehende Luft, die sich zäh wie Sirup anfühlte. Bei jedem Atemzug musste er darum kämpfen, den Sauerstoff in seine Lungen zu saugen. Amaleya schien damit jedoch ebenfalls kein Problem zu haben oder ließ es sich nicht anmerken. Sie hatte dreihundert Jahre hier verbringen müssen und war die hohen Temperaturen wahrscheinlich deswegen gewohnt.

Als er sich dabei ertappte, wie er abermals einen Blick über die Schulter warf, verlangsamte er sein Tempo. »Amia … stopp.«

Amaleya blieb stehen, genau wie er. Sie zog fragend die Augenbrauen hoch. »Was ist?«

Er beugte sich vornüber, stützte seine Hände auf den Knien auf und rang nach Atem. Zu rennen und dabei zu reden, fiel ihm in der Hölle schwerer als jeder Marathonlauf im Himmel. »Wenn Sergen uns … jetzt noch nicht gefolgt ist, wird … er uns wohl auch nicht mehr nachkommen.« Er schaute zu ihr auf. »Wir sollten also in normalem Tempo weitergehen und uns nicht unnötig erschöpfen.«

Amaleyas Mundwinkel zuckten, als müsste sie sich ein Grinsen verkneifen. »Genau. Wir sollten uns nicht auspowern, Eure Hoheit.«

Machte sie sich gerade darüber lustig, dass er in der Hölle an Schnappatmung litt?

»Du bist unverschämt frech und vorlaut«, grummelte er und richtete sich erneut auf.

»War ich schon immer und werde ich auch immer sein.« Als sie nun grinste, zierten kleine Grübchen ihre Wangen.

Eine Feuerfontäne schoss hinter Amaleya gen Himmel, die Funken sprühten in alle Richtungen, die Flammen schienen ihre Silhouette nachzuzeichnen. Sie könnte unmöglich noch schöner aussehen.

Weil ihm kurzzeitig nicht nur die Luft zum Atmen, sondern auch eine gelungene Erwiderung fehlte, setzte Amaleya sich wortlos in Bewegung. Wie zuvor folgte er ihr auf Schritt und Tritt.

Als sein Blick an ihr vorbeiglitt, entdeckte er Umrisse am Horizont, die verdächtig nach Gebäuden aussahen. »Ist das da vorn eine Stadt?«

Womöglich waren sie doch nicht mitten im Nirgendwo, wie er zunächst angenommen hatte.

»So in der Art. Es ist ein Vergnügungspark.« Schon Amaleyas ernster Tonfall verhieß nichts Gutes.

Es wäre wohl besser, nicht mehr über den höllischen Vergnügungspark zu erfahren, und trotzdem entschied er sich fürs Nachfragen. »Ich nehme mal an, dass Höllengeschöpfe unter Vergnügen etwas anderes verstehen als Nymphen, hab ich recht?«

Amaleya blickte ihn über ihre Schulter hinweg an, sodass er ihre süße Stupsnase im Profil betrachten konnte. »Du würdest dich wundern, wie viele Parallelen es gibt.«

Er riss schockiert die Augen auf. »Was soll das denn bitte heißen?«

Amaleya wackelte grinsend mit den Augenbrauen. »Du weißt ganz genau, was ich meine.«

Großartig, jetzt stellte er sich Dämonen beim Sex vor und wie sie ihre geschuppten Körper aneinander rieben. Diese grässlichen Bilder würden ihn für alle Ewigkeit verfolgen.

Wo sie gerade schon mal beim Thema waren … »Was lief eigentlich zwischen Sergen und dir? Woher kennt ihr euch? Und warum hast du gesagt, dass es nichts ändern würde, ihn zu töten?«

Er spürte das Brodeln, das unter der Erde lauerte und den nächsten Ausbruch einer Feuerfontäne ankündigte, doch Amaleya wich nicht aus. Sie spazierte schnurstracks auf das mit Lava köchelnde Erdloch zu, also packte er sie am Unterarm und riss sie gerade noch rechtzeitig zurück. Unmittelbar vor ihr und neben ihnen schossen zwei Flammensträhle empor.

»Alles in Ordnung?«, wollte er leise von ihr wissen.

Seine vorherige Frage musste sie aus der Fassung gebracht haben, wenn sie kurzzeitig ihre Umgebung außer Acht ließ.

»Ja, alles okay.« Sie kniff die Augen kaum merklich zusammen und musterte ihn, als wollte sie abschätzen, was er dachte. »Sergen zu töten, würde unsere Lage nur noch verschlimmern und dafür sorgen, dass ein Teil seiner Kräfte zu Leviathan zurückkehrt. Sie überträgt diese dann einfach an den Nächsten in der Reihe, den ich nicht kenne und nicht einschätzen kann.« Sie zuckte mit den Schultern. »Wenn die Hölle nun beschlossen hat, gegen den Himmel zu marschieren, ist es besser, zu wissen, wer unsere Gegner sind.«

Ihr Blick fiel auf ihren Unterarm, den er immer noch umfasste. Selbst durch diese kleine Berührung nahm er ihre Energie in sich auf. Nicht nur ihre Wunden verheilten außergewöhnlich rasch, auch ihre enorme Lebensenergie stellte sich beachtlich schnell wieder her. Sie machte ihn süchtig nach mehr, doch nicht nur nach mehr Körperkontakt. Und genau deswegen hätte er sich von ihr fernhalten sollen. Allerdings halfen ihm ›hätte‹ und ›sollte‹ im Nachhinein auch nicht mehr weiter.

»Ich verstehe.« Er ließ sie nur widerwillig los und stellte seine nächsten Fragen in möglichst ruhigem Tonfall. »Und wie bist du dem Höllenfürsten begegnet und in welcher Beziehung steht ihr zueinander?«

Sie wandte sich seufzend von ihm ab und setzte ihren Weg fort. »So viele Fragen auf einmal. Falls du wissen willst, wem meine

Loyalität gehört: in erster Linie mir, in zweiter Linie meinen Freunden und in dritter Linie den Engeln.«

Er folgte ihr auf ihrem Slalomlauf durch die wüstenartige Feuerlandschaft. »Ich wollte dich damit nicht angreifen, Amia.« Er hob abwehrend die Hände, aber realisierte, dass sie es nicht sah, und senkte die Arme wieder. »Ich versuche nur, die Situation zu verstehen. Also ... erkläre sie mir. Bitte.«

Amaleya schien dieses Mal zu zögern, ihm zu antworten. Er gab ihr die Zeit. Denn ihr Zögern bedeutete, dass jedes Wort von ihr umso kostbarer wäre, wenn sie sich ihm anvertrauen sollte.

»Ich hatte dir ja erzählt, dass meine Mutter getötet wurde, als ich noch jung war.« Sie zuckte mit den Schultern, sodass sein Blick wegen des tiefen Rückenausschnittes auf ihre ebenmäßig gebräunte Haut fiel. »Tja, nach dem Tod meiner Mutter habe ich viele Dinge getan, auf die ich nicht stolz bin und durch die Sergen auf mich aufmerksam wurde. Und wegen denen ich die Vergebung der Engel möchte, um mit meiner Vergangenheit abschließen zu können.« Für ein paar Sekunden schwieg sie. Auch wenn er ihr Gesicht nicht betrachtete, erahnte er an ihrem verbitterten Tonfall, wie sehr es ihr missfiel, was damals passiert war. »Sergen köderte mich mit schönen Worten und Versprechungen, bis ich unwissentlich einen Schwur leistete, der mich an seinen Willen band.«

Sie musste Schlimmes getan haben, um die Aufmerksamkeit eines Dämonenfürsten auf sich zu ziehen. Noch schlimmer war gewiss, was der Fürst durch den besagten Schwur von ihr verlangt hatte.

Sie zeigte ihm nichts als Stärke, außer in Momenten wie diesen, in denen sie von ihrer Vergangenheit sprach, ihm Einblicke hinter ihre unbekümmerte Fassade gewährte und Verletzlichkeit offenbarte.

»Ich hatte Interesse an Sergen, weil er freundlich zu mir war und versprochen hatte, mir viele Dinge beizubringen.« Sie atmete einmal hörbar ein und aus, als müsste sie erst ihre Gedanken sammeln. »Und Sergen hatte Interesse an mir, wegen dem, was ich bin. Ich war sozusagen ein Juwel in seiner Krone und er setzte meine Fähigkeiten zu seinem Vorteil ein.« Ihre Schwerthand umklammerte den Griff der Klinge so fest, dass die schlanken Muskeln ihres Armes hervortraten.

Er begriff, dass sie ihm nicht von ihrer Abstammung erzählte, weil ihre Vergangenheit sie eines Besseren belehrt hatte.

»Was hat Sergen dir angetan?« Auch wenn er Angst vor ihrer Erwiderung hatte, musste er dies fragen.

Während sie ihm antwortete, blickte sie immer noch stur geradeaus, sodass er nicht wusste, was sie dabei für ein Gesicht zog. »Sergens Interesse galt wie gesagt in erster Linie meinen Fähigkeiten.« Jeder ihrer Schritte wirkte beklemmt, wo sie doch zuvor scheinbar unbeschwert durch die Gegend getänzelt war. »Also nahm er mir durch den Schwur meinen freien Willen, um sicherzugehen, dass ich sie nicht auf irgendeine Art gegen ihn einsetzen würde.«

Sich anbahnende Katastrophen wahrzunehmen, war äußerst nützlich. Das hatte er ja auch schon am eigenen Leib herausfinden können. Darüber hinaus war es in der Hölle, wo praktisch jeder log, hilfreich, wenn man wusste, wer die Wahrheit sagte und einen nicht bei der erstbesten Gelegenheit hintergehen würde.

Nun verstand Jiyan auch, warum Amaleya nicht über ihre Fähigkeiten hatte reden wollen. Sergen hatte diese zu seinen Gunsten missbraucht und sie deswegen befürchtet, dass Jiyan genauso handeln würde.

Er fuhr sich mit der Hand durchs Haar, als er erkannte, dass sie kein Interesse an ihm hatte, weil er sich auch in einer Machtposition befand, sondern *obwohl* dies der Fall war.

»Du wurdest gegen deinen Willen benutzt, um schreckliche Dinge zu tun.« Er ließ die Hand wieder sinken und wünschte sich, er könnte ihr bei seinen nächsten Worten in die Augen sehen. »Aber du besitzt ein gutes Herz, Amia, das kann ich spüren.«

Obwohl ihre Erzählung ihn abschrecken sollte, weckte sie vielmehr den Wunsch in ihm, ihr zu zeigen, was diese Welt an Gutem bereithielt.

Sie schnaubte. »Ich würde eher sagen, du hast ein gutes Herz, und ich habe vor, uns beide in den höllischen Vergnügungspark zu mogeln, weil ich uns dort wieder teleportieren kann.«

Er wäre vor Schreck beinahe über seine eigenen Füße gestolpert. »Du willst was?«

»Uns aus der Hölle teleportieren.«

»Das meinte ich nicht!« Er legte sich die Hand in den Nacken und massierte die Muskeln dort. »Hältst du das für eine gute Idee? Ich würde bestimmt eine sehenswerte Hauptattraktion abgeben.«

Zu seiner Verwunderung warf Amaleya ihm einen so bitterernsten Blick über die Schulter zu, dass er kurz stehen blieb.

Hatte er sich ihre finstere Miene nur eingebildet oder musste er sich um sein Wohlergehen sorgen?

Neben ihm schoss eine Feuerfontäne empor. Die Funken sprühten in alle Richtungen, erreichten seinen Arm und verbrannten die Haut dort. Er zuckte zusammen und verfluchte diesen gottlosen Ort, während er zu Amaleya aufschloss.

»Mein Mitbewohner und Freund wuchs in einem Höllenzirkus als Hauptattraktion auf«, erklärte sie ihm leise. »Ich würde dich niemals dem gleichen Schicksal überlassen.«

Er seufzte geschlagen. »Das wollte ich dir auch gar nicht unterstellen.«

»Dann ist ja gut.« Amaleya schenkte ihm über ihre Schulter ein halbherziges Lächeln, das ihre Augen nicht erreichte.

Er hatte sie schon wieder an ein Leid erinnert, das auf ihrem Herzen lastete. Egal, ob es um ihre Vergangenheit ging oder um die ihrer Freunde, sie alle hatten Schattenseiten dieser Welt erblickt, die man nicht einfach mit freundlichen Worten ungesehen machen könnte.

Er griff nach Amaleyas Handgelenk und blieb stehen. Sie wandte sich ihm zu, er zog sie an sich und legte seine Arme um ihre schlanken Schultern.

Irgendwo am Rande seines Verstandes bahnten sich Zweifel über sein Handeln ihren Weg in sein Bewusstsein. Doch als die Anspannung aus Amaleyas Körper wich und sie seine Umarmung erwiderte, verblassten die Zweifel auch schon.

»Besser?« Er ließ sie nur widerwillig los, um in ihre goldenen Augen hinabzuschauen.

Der sanfte Ausdruck in ihrem Gesicht, ihre Hände auf seinem Rücken, ihre Nähe … alles an ihr ging ihm unter die Haut, ebenso wie ihre Energie.

»*Besser* wäre maßlos untertrieben.« Sie grinste und wandte sich wieder von ihm ab, um ihren Höllenmarsch durch die feurige Wüstenlandschaft fortzusetzen. »Lass uns lieber weitergehen, bevor ich auf dumme Gedanken komme. Du riechst einfach zu gut.«

Er zog überrascht die Augenbrauen hoch, denn er war schweiß-
gebadet, die Haare klebten ihm in der Stirn, und seine Kleidung
hing ihm am Leib wie ein nasser Sack.

»Ich würde das Kompliment gern erwidern«, murmelte er,
»doch alles, was ich rieche, ist Schwefel. Immerhin kann ich die
schönste Aussicht dieser Welt genießen.«

Amaleya lachte leise. »Oh ja, all die brodelnden Erdlöcher um
uns herum sind ein schöner Anblick.«

»Amia?« Seine Mundwinkel zuckten.

Sie schaute ihn mit fragender Miene über die Schulter hinweg
an.

Er senkte die Stimme. »*Du* bist die schöne Aussicht.«

»Oh.« Ihre Augen funkelten und sie schenkte ihm das süßeste
Lächeln, das er je gesehen hatte, bevor sie wieder nach vorn
guckte. »Weißt du, wenn du so flirtend drauf bist, bin ich beinahe
froh, mit dir hier festzusitzen.«

Nach etlichen Stunden befanden sie sich in greifbarer Nähe des
höllischen Vergnügungsparks, aber hielten sich immer noch weit
genug entfernt auf, um nicht einmal den Eingang zu erkennen
und auch selbst nicht entdeckt zu werden.

Die feurige Landschaft war mittlerweile Felshügeln gewichen.
Hier und dort ragten Gebeine in allen Größen und Formen aus
dem sandigen Boden. Gerade blieben sie vor einem gigantischen
Skelett stehen. Der Schädel erinnerte ihn an ein Krokodil, allein
die Zähne waren so groß wie er selbst. Es könnte sich auch um
einen Drachenschädel handeln, Jiyan war immerhin kein Ex-
perte.

Er fuhr sich mit der Hand durchs Haar und strich es zurück.
»Sag mir nicht, dass wir ausgerechnet hier eine Pause einlegen
wollen.«

Amaleya stand unmittelbar neben ihm und stieß ihn mit der Hüfte an. »Mitten im Schädelknochen eines Drachen wird uns niemand entdecken, der sich hierher verirrt. Und wir sollten uns ausruhen, bevor wir uns in Feindesgebiet vorwagen.«

Also hatte er mit seiner Annahme richtiggelegen.

»Lass das«, mahnte Amaleya neben ihm und ging zu dem gewaltigen Schädel, um zwischen einer Zahnlücke durchzuklettern.

»Was? Ich habe überhaupt nichts getan.« Er folgte ihr, doch zögerte, den Knochen zu berühren. Die Struktur war merkwürdig glatt unter seinen Fingern, ganz anders als erwartet.

Er umfasste die oberste Kante des Unterkiefers, wo auch die Zähne ansetzten, und stemmte sich mit den Füßen gegen den Knochen, um sich schließlich auf den Armen aufzustützen und in das Innere des Schädels schauen zu können.

Amaleya drehte sich um die eigene Achse, ihre goldenen Augen strahlten voller Faszination. »Du brauchst auch gar nichts zu tun, dein Blick hat laut und deutlich darum gebettelt, dass ich scherze.«

Er setzte die Füße auf und hockte schließlich in der Zahnlücke, durch die auch Amaleya in den Schädel geklettert war. »Nun ja, in dem Schädel eines toten Ungetüms zu rasten, stand bisher nicht auf meiner To-do-Liste.« Er sprang hinab und landete neben Amaleya.

Sie ließ sich mit dem Rücken gegen den Unterkiefer gelehnt zu Boden sinken und atmete erleichtert auf. »Mich zu küssen auch nicht, aber hier sind wir. In dem Schädel eines Drachen und du brauchst einen Kuss oder Schlaf, um wieder zu Kräften zu kommen.«

Er setzte sich neben sie, streckte die Beine aus und lehnte den Hinterkopf gegen den Knochen. »Was ist mit dir? Möchtest du schlafen? Ich würde so lang Wache halten.«

Momentan wollte er sich nicht den Kopf darüber zerbrechen, was es bedeutete, dass er Amaleya geküsst hatte und sie ihm eine Wiederholung anbot.

Mehr Intimität bedeutete für ihn als Nymphen auch mehr Energie. Durch ihren Kuss hatte er sich so kräftig gefühlt wie schon seit Jahrtausenden nicht mehr. Doch je stärker man wurde, desto deutlicher spürte man die darauffolgende Schwäche.

Gerade kam er sich machtlos und erschöpft vor. Amaleya zu küssen, erschien ihm daher verlockender denn je. Er wollte sich allerdings nicht darauf verlassen, dass andere ihm Kraft gaben.

Dazu war er noch nicht bereit. Er wollte für sich selbst stark sein. Zumindest so lang er durchhalten konnte.

Amaleya schüttelte jetzt den Kopf, sodass sich ein paar schwarze Haarsträhnen aus ihrer Frisur lösten und ihr um die Schultern tanzten. »Meinesgleichen braucht nicht viel Schlaf. Der Freund, von dem ich dir erzählt hatte, der in einem Höllenzirkus aufwuchs ...« Sie zog die Beine an ihren Körper und schlang ihre Arme um die Knie. »Er hat noch nie geschlafen. Meine Freunde und ich ...« Ihre Stimme wurde immer leiser. »Wir haben zu viel erlebt, um vernünftig schlafen zu können.«

Sein Blick wanderte hinab zu seinen Händen. Er holte die Dolche aus seiner Weste hervor. Seine Stimme war rau, als er endlich etwas erwiderte. »Das Gefühl kenne ich nur zu gut. Nach dem einstigen Massaker im Thronsaal konnte ich nur schlafen, wenn ich tagelang wach blieb und mich beim Training und in Kämpfen so verausgabte, dass ich schließlich vor Erschöpfung zusammenbrach.« Amaleya lehnte den Kopf gegen seine Schulter, also sprach er leise weiter. »Doch selbst dann hielt ich Dolche in den Händen für den Fall, dass jemand mich im Schlaf überfallen sollte. So wie meine Familie.«

Ihm fielen vor Müdigkeit beinahe die Augen zu, seine Füße waren durch sein untaugliches Schuhwerk und den Sandboden wund und blutig. Er war dehydriert und es zerrte an seinen Nerven, ununterbrochen in Alarmbereitschaft sein zu müssen, weil immer irgendetwas Unvorhergesehenes geschehen könnte.

Weil Amaleya seiner Erzählung zu lauschen schien, fuhr er im Flüsterton fort. »Selbst heute schlafe ich noch mit Waffen unter dem Kopfkissen oder auf dem Nachttisch. Und an schlechten Tagen halte ich sie immer noch in den Händen. Wir beide haben so schlimme Dinge gesehen, dass diese für alle Zeit in unser Gedächtnis gebrannt sind und immer sichtbar werden, sobald wir die Augen schließen.«

Er blickte auf Amaleya herunter und stellte überrascht fest, dass ihre Augen geschlossen waren. Ihr Brustkorb hob und senkte sich in langsamem, stetigem Rhythmus. Nachdem sie die ganze Nacht lang durch das Gebiet der Feuerfontänen gegangen waren, musste sie entgegen ihren vorherigen Worten ebenfalls völlig erschöpft sein.

Wenn er seinem Zeitgefühl trauen durfte, müsste nun der Morgen anbrechen. Hier in der Hölle gab es jedoch keinen Himmel, keine Sterne, Sonne, Wolken. Die Unterwelt glich einer nie endenden Nacht. Es musste allerdings verschiedene Lichtquellen geben, welche die Decke über ihnen in rotem Licht badeten. Es sah aus, als ob das Firmament bluten würde.

Es war kaum zu glauben, dass Amaleya so lang durchgehalten hatte, bis es ihr möglich gewesen war, diesen Ort zu verlassen.

Sie verkörperte den Beweis dafür, dass man durch die Hölle gehen und immer noch ein Engel sein konnte.

Eigentlich war es für ihn an der Zeit, sich den Kopf darüber zu zerbrechen, was er als Erstes erledigen würde, sobald er wieder in seinem Königreich ankäme. Eine Evakuierung der Zivilisten wäre notwendig. Doch wohin? Er wäre dazu gezwungen, die Soldaten und neuen Rekruten anders zu stationieren. Aber wie genau? Er müsste die Verteilung der Waffen durchführen, denn es gab in seinem Schloss spezielle, mit Zaubern belegte Waffen, die enorm großen Schaden anzurichten vermochten, und er war sich nicht sicher, welche Krieger am besten mit solchen Waffen umzugehen wüssten.

Eigentlich sollte er so vieles planen. All die Pläne würden ihm allerdings nichts nützen, wenn er nicht bald lebend aus der Hölle zurückkehrte.

Da er kein heraufziehendes Unheil wahrgenommen hatte, als Sergen ihn hatte entführen lassen, wäre es möglich, dass er sich ohne Amaleyas Einmischung nun schon längst wieder in seinem Land befinden würde. Er würde es ihr jedoch nicht vorwerfen, dass sie ihn hatte retten wollen, denn es wäre gut möglich, dass der dunkle Fürst seine Meinung geändert hätte. Hätte Sergen während ihres Gespräches beschlossen, Jiyan entgegen seinem ursprünglichen Plan gefangen zu nehmen oder sogar zu töten, hätte Jiyan wahrscheinlich nicht einmal eine Katastrophe gespürt. Gedanklich hatte er nämlich schon inmitten der Schlacht um sein Land gestanden.

Als nun ein Tropfen auf seinen Oberarm fiel, runzelte er die Stirn. Beim nächsten Tropfen schaute er auf Amaleya hinab.

Sein Herz zog sich schmerzhaft zusammen bei dem Anblick ihrer Tränen, die sie im Schlaf vergoss und ihm warm über den Arm liefen.

Er ließ mit der rechten Hand den Dolch los, um seine Finger an ihre Wange zu legen. »Du bist nicht allein«, raunte er ihr zu.

Er streichelte mit dem Daumen über ihre weiche Haut, und ihre Tränen versiegten. Die Tatsache, dass nicht nur sie eine Wirkung auf ihn ausübte, sondern auch er auf sie, füllte einen Teil des Loches in seinem Herzen, das dort schon seit zwei Jahrtausenden klaffte.

Wie immer, wenn sie sich berührten, nahm er ein wenig ihrer Lebensenergie in sich auf. Es genügte nicht, um ihn zu heilen, aber reichte aus, damit ihm nicht endgültig die Augen zufielen.

Er zog seine Hand zurück und umfasste erneut den Dolch, schaute aber weiter auf Amaleya hinab. Ihre langen Wimpern warfen Schatten auf ihre rundlichen Wangen. Wenn sie wach war, erschien sie ihm durch ihre freche Art wie fleischgewordene Versuchung. Doch wenn sie schlief, wirkte sie wie der friedvolle Inbegriff dessen, was man sich unter einem Engel vorstellte.

Sie öffnete die Augen und setzte sich kerzengerade auf. Gleichzeitig durchschnitt ihr Schwert die Luft vor ihnen und tötete einen Gegner, den es gar nicht gab.

»Amaleya«, sprach er sie mit sanftem Tonfall an.

Sie blinzelte perplex, ihre Schwertspitze sank zu Boden und Amaleya wischte sich mit der freien Hand über die Wangen. »'tschuldige, ich war gedanklich gerade ganz woanders.«

»Schon okay, ich auch.« Er schenkte ihr ein träges Lächeln, als sie ihn endlich wieder ansah. »Willst du mir berichten, wovon du geträumt hast?«

Mit ihrem Erwachen war ihre Verletzlichkeit verschwunden und an deren Stelle Wachsamkeit getreten. Ihre Augen hatten eben noch sorgsam ihre Umgebung abgescannt und richteten sich jetzt genauso suchend auf ihn.

Sie zuckte mit den Schultern, als ob ihr das Thema gleichgültig wäre. Damit konnte sie ihn nicht mehr täuschen. Es war ihr unangenehm, nicht egal.

»Erzähl schon.« Er zwinkerte ihr zu. »Dieses Mal bist du dran mit der Gutenachtgeschichte.«

Sie hatte nur etwa fünfzehn oder zwanzig Minuten geschlafen. Viel mehr Ruhe konnten sie beide sich auch nicht leisten, wenn sie noch heute der Hölle entfliehen wollten.

Amaleya lachte leise, sodass ihm der sinnliche Klang eine Gänsehaut bereitete. »Unsere Gutenachtgeschichten können nur für Albträume sorgen.«

»Mag sein.« Er rutschte ein Stück von ihr fort, wandte ihr den Rücken zu, legte sich dann auf den Boden und platzierte seinen Kopf auf ihrem Schoß. »Aber ich bin mir sicher, ich werde von etwas ganz anderem träumen, wenn ich zu dem Klang deiner Stimme einschlafe.« Er schloss grinsend die Augen und vernahm erneut Amaleyas sanftes Lachen.

Sie fuhr ihm immer wieder sachte durchs Haar. »Ich hätte auch nichts gegen ein paar feuchte Träume einzuwenden.«

Dieses Mal musste er lachen. Dabei wich endlich all seine Anspannung der Erschöpfung. »Ich hoffe sehr, dass mir mein Körper das nicht antut, solang ich keine neue Kleidung im Handgepäck habe.«

Amaleyas Oberschenkel vibrierten unter seinem Kopf, als sie erneut lachte. Es war der schönste Klang, den er je vernommen hatte. So verführerisch und rein.

»Verrätst du mir, wovon du geträumt hast?«, bat er, bevor sie wieder eine gelungene Erwiderung parat hatte.

»Ich weiß es gar nicht mehr.« Ihre Finger strichen immer wieder langsam über seinen Haaransatz und sorgten dafür, dass er sich noch mehr entspannte. »Ich habe für Sergen schreckliche Dinge tun müssen. Es klebt viel Blut an meinen Händen.« In ihrer Stimme schwang das Bedauern mit, das sie gerade empfinden musste. »Mich wieder in der Hölle aufzuhalten, holt all den … Scheiß von damals wieder hoch.«

Er fokussierte sich auf ihre Berührung und die wenige Energie, die er von ihr in sich aufnahm. Sie trauerte um sich selbst. Um das, was sie hätte sein können, wäre sie einem anderen Pfad gefolgt.

Leiser als zuvor fuhr sie fort. »Ich hasse es, zu schlafen und Erinnerungen daran zu sehen, wie jemand mich anfleht, ihn zu verschonen, und ich es wegen des Schwurs Sergen gegenüber nicht konnte. Jedes Mal hat es das Gute in mir ein kleines bisschen mehr zerstört.«

Dennoch fühlte sich ihre Energie nicht bösartig oder verkommen an.

Um sie nicht vor den Kopf zu stoßen, sprach er seine nächsten Worte möglichst sanft. »Trotz allem hast du mit Sergen geschlafen.«

»Ja, hab ich.« Sie machte eine Pause und schien nach den richtigen Worten zu suchen. »Es war mein Versuch gewesen, eine Verbindung zwischen uns zu schaffen, damit er aus Sympathie aufhören würde, mich als seine Kriegsmaschine zu missbrauchen.«

Würde Jiyan sie jetzt ansehen, würde er gewiss in ihren goldenen Augen das Leid ihrer Vergangenheit erkennen, weil sie so ehrlich alles nach außen trug, was in ihrem Inneren vor sich ging.

Ihn hatte die Vorstellung gewurmt, dass Sergen sie womöglich zum Sex gezwungen hatte, denn ihm lag Amaleyas Wohlergehen am Herzen.

»Ich bin froh, dass du es freiwillig getan hast«, murmelte er.

Zum Glück hörte sie die Wahrheit in seiner Aussage und würde verstehen, dass er sie nicht verurteilte. Ihr Argument war verständlich und ihre Handlung nachvollziehbar, denn im Idealfall konnte Sex verbinden. Nicht dass er je diese Erfahrung gesammelt hätte.

»Ich weiß, woran du jetzt denkst.« Amaleya pikste ihm in die Wange und entlockte ihm damit ein Lächeln. »So was würde Sergen niemals tun und auch nicht dulden. Er geht zwar über Leichen, ist aber nicht bösartig. Er ist ein angenehmer Gegner, weil er mit sich verhandeln lässt und nicht auf die größtmögliche Zerstörung aus ist.«

»Den Eindruck bekam ich auch.« Er gab es nur widerwillig zu und konnte Sergen nicht ausstehen, doch wenn er sich schon mit einem Höllenfürsten konfrontiert sah, dann stellte Sergen wohl eines der geringeren Übel dar.

12

HIMMELFAHRTS-
KOMMANDO

AMALEYA

Sie berührte Jiyan leicht an der Schulter, um ihn zu wecken.
»Hey. Jiyan, wach auf.«

Dank ihres guten Gehörs vernahm sie Schritte und Stimmen,
die sich ihnen näherten. Es wäre möglich, dass wer auch immer
es war, an ihnen vorüberziehen würde. Sollte man sie allerdings
hier entdecken, wäre es hilfreich, wenn Jiyan wach und imstande
wäre, sich selbst zu verteidigen.

Als sie jetzt an seiner Schulter rüttelte, drehte er sich grum-
melnd auf die Seite, sodass er ihr sein Gesicht zuwandte.

Wie konnte jemand nur so verflucht perfekt aussehen?

Seine Kieferkontur zeichnete sich in einer ebenmäßigen Linie
unter der braun gebrannten Haut ab und sie beneidete ihn um

diese hohen Wangenknochen. Die schwarzen Wimpern besaßen an den Enden einen bläulichen Schimmer und das glatte Haar schien sich schon daran gewöhnt zu haben, immer wieder zurückgestrichen zu werden, sodass ihm nur wenige Strähnchen in die Stirn fielen.

Sie konnte einfach nicht die Finger von ihm lassen und wünschte sich, es ginge ihm ebenso bei ihr. Er bräuchte sie nur zu küssen und wäre wieder genesen, doch er bevorzugte ein paar Minuten Schlaf.

Lag es an ihr? Oder war ihm der Gedanke einfach zu fremd, als dass er es in Erwägung zog, sie erneut zu küssen?

Sie verdrängte ihre aufkommenden Zweifel und rüttelte ein weiteres Mal an seiner Schulter. »Du musst ganz schön viel Vertrauen in meine Fähigkeiten als Wachposten haben, wenn du dich nicht von deinem Schönheitsschlaf abbringen lässt.«

Jiyan löste seinen Griff um den Dolch und platzierte seine Hand auf ihren Fingern an seiner Schulter. Seine hellblauen Augen richteten sich auf sie.

Noch bevor er etwas sagen konnte, ließ auch sie ihre Waffe los und legte ihren Zeigefinger auf ihre Lippen, um ihm wortlos mitzuteilen, still zu sein.

Jiyan nickte ernst, also horchte sie, wie viele Personen sich ihnen näherten und wie weit sie noch entfernt waren. Es mussten zwei Höllengeschöpfe sein. Ein Mann und eine Frau.

Amaleya neigte den Kopf, als ihr die Stimmlagen auffielen und sie ein paar Wortfetzen Dämonisch aufschnappte.

Flirteten die beiden etwa?

Na klasse.

Wenn die während ihres Spaziergangs übereinander herfallen würden, wollte sie meilenweit entfernt sein.

Jiyan hatte sich leise neben ihr aufgerichtet. Sie standen mucks-mäuschenstill mit ihren Waffen in den Händen auf. Amaleya schlich in die Richtung der Wirbelsäule des Skeletts und bedeutete Jiyan mit einem Winken, ihr zu folgen.

Er zögerte. Seine Stirn legte sich in Falten, die Hände umklammerten die Dolche fester.

Mit einem Mal sah sie ihn vor sich, wie er im Thronsaal gegen die Dämonen gekämpft hatte. Er würde lieber im Kampf sterben, als auch nur einen einzigen Dämon davonkommen zu lassen.

Wie gut, dass er meine Hörner nicht sieht.

Sie konnte sich bildlich vorstellen, wie er bei deren Anblick ausflippen würde.

Leise tapste sie zu ihm zurück und verpasste ihm mit der flachen Seite ihrer Schwertklinge einen Klaps auf den Hintern.

Jiyan fuhr abrupt zu ihr herum, schaute sie überrascht an. Seine Verwunderung wich schnell einem breiten Grinsen und er folgte ihr zum Schädelansatz des Drachen, die Wirbelsäule entlang und bis zu den Rippenknochen, zwischen denen sie hervortraten.

»Du meintest, dies hier sei das Skelett eines Drachen«, erinnerte Jiyan sie im Flüsterton. »Gibt es in der Hölle noch Drachen? Ich dachte, die seien vor Äonen ausgerottet worden.« Er senkte die Stimme noch mehr. »So wie alles, was besonders ist.«

In der Ferne erkannte sie die hohen Türme des Vergnügungs-parks und hielt sich links, um den Höllengeschöpfen zu ihrer Rechten nicht zufällig über den Weg zu laufen.

»Es gibt sie hier noch.« Sie ging vorweg und zwischen zwei Felshügeln hindurch. »Alles, was in der Hölle gedeiht, kriegt man nicht ausgerottet.«

Und alles, was ausgerottet worden war, erweckte ihre beste Freundin Majandra mit ihren außergewöhnlichen Kräften in ihrem Schloss wieder zum Leben. Amaleya wusste nicht, wozu das gut sein sollte, also verschwieg sie Jiyan diese Info.

Ein Blick über die Schulter verriet ihr, dass Jiyan ebenso zurückschaute.

»Warum sind wir geflohen, statt zu kämpfen?« Eine Spur Verbitterung schwang in seiner tiefen Stimme mit.

Sie lauschte ununterbrochen, ob sich noch andere Höllengeschöpfe in der Umgebung aufhielten. Je näher sie dem Vergnügungspark kämen, desto eher würden sie auf weitere Parkbesucher treffen.

»Weil nicht alle Dämonen bösartig sind. Oder hässlich.« *Genauso wenig wie ich.* »Außerdem befinden wir uns gerade in der Hölle. Die Dämonen sind nicht deine Gegner. Du bist ihrer.«

Sie umfasste ihren Schwertgriff fester und wappnete sich dafür, dass überall Gefahren lauern könnten. Dass sie niemanden hörte, bedeutete nicht, dass sich auch niemand in ihrer Nähe befand.

Jiyan brummte und war offensichtlich nicht von ihrer Aussage überzeugt.

Hinter dem nächsten Felshügel bogen sie rechts ab. In etwa einer halben Stunde müssten sie den Eingangsbereich des Parks erreichen.

»Also, Hübscher«, meinte sie und lenkte dadurch ihr Gespräch auf ein anderes Thema. »Erinnerst du dich noch an unseren Plan?«

Sie machten einen Schlenker und schritten an weiteren Felshügeln vorüber. Während ihres Höllenmarsches hatten sie genug Zeit gehabt, um verschiedene Szenarien ihrer Flucht aus der Unterwelt durchzuspielen. Sich dem Vergnügungspark zu nähern, stellte die beste Option dar, weil sie sich dann schnellstmöglich wieder in Jiyans Land teleportieren könnten. Ansonsten müssten sie zwei Tage lang durch das Gebiet der Feuerfontänen laufen.

»Der Plan, bei dem wir draufgehen werden?« Jiyan schnaubte. »Als ob es mir möglich wäre, den zu vergessen.«

Sie musste über seinen mürrischen Tonfall grinsen. »Optimismus ist nicht so dein Ding, oder?«

Amaleya verharrte mitten in der Bewegung. Vor ihr regte sich etwas im Boden, als würde sich unter der Oberfläche eine riesige Schlange durch den Sand winden.

Jiyan blieb unmittelbar hinter ihr stehen. »Mir waren die Feuerfontänen lieber«, raunte er ihr zu.

»Scherzkeks.« Sie deutete mit dem Kinn in die Richtung, in die das Ungetüm gerade verschwand. »Das sind Waruntare. Sandbasilisken.«

»Ich vermute, die sind keine Vegetarier«, stellte er nüchtern fest und zauberte ihr damit ein Lächeln ins Gesicht.

»Nein, sind sie nicht. Aber wir laufen schon die ganze Zeit über ihren unterirdischen Gängen herum und sie haben uns noch nicht angegriffen.« Sie drehte sich zu ihm um und zwinkerte ihm zu. »Also kein Grund zur Sorge.«

Sie setzte sich wieder in Bewegung und hielt vorsorglich ihr Schwert erhoben, um zuschlagen zu können, sollte sie entgegen jeder Vernunft ein Waruntar attackieren.

Ihre Aussage schien Jiyan nicht zufriedenzustellen, denn er brummte mürrisch. »Bekomme ich jetzt noch eine Definition der Sandbasilisken geliefert oder muss ich die Viecher später nachschlagen?«

Sie hatte keine Ahnung, wo Jiyan plötzlich seinen sarkastischen Tonfall hernahm, doch er gefiel ihr.

»Sie leben in diesem Gebiet, die Felshügel um uns herum sind ihre oberirdischen Nester.« Sie zuckte mit den Schultern und überlegte, was es noch zu den Ungetümen zu berichten gab.

»Weil sie genug Nahrung durch die Leichengruben beim Vergnügungspark bekommen, greifen sie uns nicht an. Je näher wir der Futterquelle kommen, desto größer werden die Waruntare, da die stärksten am nächsten bei der Futterquelle nisten.«

Sie riskierte einen Blick über die Schulter, der ihr offenbarte, dass Jiyan angeekelt das Gesicht verzog.

»Leichengruben?« Er schüttelte sich. »Ja, klasse, lass uns in einen höllischen Vergnügungspark gehen, weil wir uns dort teleportieren können. Wenn wir nicht als Leichen in einer Grube enden.«

Sie schaute wieder geradeaus und biss sich auf die Unterlippe, um nicht laut zu lachen. So viel Spaß wie mit Jiyan hatte sie noch nie in der Hölle gehabt. »Na ja, im Vergnügungspark gibt es auch Achterbahnen. Aber auf die Schienen werden eben alle geschnallt, die Leviathan, einen ihrer Fürsten oder die Parkbesitzer verärgert haben.«

»Herzlichen Dank auch für diese Bilder in meinem Kopf.« Jiyans Stimme troff vor Sarkasmus.

Ihrer Kehle entrang sich ein Lachen, das sie nicht einmal hätte zurückhalten können, wenn ihr Leben davon abhängen würde.

Sie würde wetten, dass Jiyan gerade Heimweh bekam.

Als ein Waruntar auf sie zuschlängelte, verstummte sie abrupt und blieb abermals wie angewurzelt stehen. Das Ungetüm verharrte ebenfalls in der Bewegung.

Du willst mich nicht fressen. Mit ihren Schuppen und dem Dämonenblut in ihren Adern war sie bestimmt ungenießbar.

Das musste sich der Waruntar auch gedacht haben, denn nach einem Augenblick der Stille zog er von dannen.

Erleichtert stieß sie den Atem aus, genau wie Jiyan hinter ihr.

Sie setzten ihren Weg durch das sandige Gebiet schweigend fort, um keine Angriffe der Sandbasilisken zu provozieren, die unter der sandigen Oberfläche um sie herumschlängelten. Je näher sie dem Vergnügungspark kamen, desto größer wurden die Biester und auch ihre Nester, die unter den felsigen Anhäufungen verborgen lagen.

Zum Glück stellte Jiyan ihr keine Fragen dazu, warum sie sich nicht die Füße verbrannte oder sich nicht auf dem Sandboden die Fußsohlen abrieb. Dann könnte sie ihn lediglich anschweigen. Ihm die Wahrheit darüber zu verraten, dass sich unter ihrer Haut dünne schwarze Schuppen verbargen, die ihre Füße schützten, stellte keine Option dar.

Sie konnte ihre Schuppen nach Belieben zurückziehen oder aus ihrer Haut hervorbrechen lassen. Negative Emotionen ließen sie allerdings auch nur allzu schnell die Kontrolle darüber verlieren. Während sie Schuppen an Armen und Beinen besaß, verfügten die anderen Tavith über mehr oder weniger Schuppen. Jeder von ihnen war so besonders wie ihre Fähigkeiten und ihre Art an sich.

Das war jedoch nichts, was sie Jiyan erzählen würde. Er hatte auch so schon genug Probleme, über die er sich den Kopf zerbrechen musste, weswegen er wahrscheinlich auch gar nicht weiter darüber nachgedacht hatte, warum sie barfuß herumlief, ohne sich dabei die Füße zu verbrennen.

»Woran denkst du gerade?«, wollte sie leise von ihm wissen, um sich selbst davon abzuhalten, gedanklich den falschen Weg einzuschlagen.

Den Weg vor ihnen, der zwischen Felsnestern hindurch und direkt auf den Vergnügungspark zuführte, konnte sie ja kaum verfehlen.

»Ganz ehrlich?« Er klang erschöpft. Als wüsste er nicht, wo seine Gedanken anfingen und aufhörten. »Ich musste an deine Aussage denken, dass du für Sergen ein Juwel in seiner Krone warst, und verstehe das nur allzu gut.«

Bei der Erinnerung spannte sich jeder Muskel ihres Körpers an. »Inwiefern?« Und warum rückte er erst jetzt mit der Sprache raus?

»Nun ja, ich …« Er seufzte. »Ich habe auch schon Dinge getan, auf die ich nicht stolz bin. Dinge, für die ich mich schäme.« Seine Stimme wurde immer leiser. »Dinge, über die ich nicht rede. Nicht einmal mit Fionn. Aber … ich habe mich verkauft.«

Nachdenklich ließ sie ihr Schwert sinken. »Du solltest diese Aussage jetzt konkretisieren, bevor ich an Prostitution denke.«

Als Jiyan nicht antwortete, blieb sie stehen und wandte sich ihm zu. »Verarsch mich jetzt nicht.«

Er verdrehte die Augen. »Ach, komm. Wenn du deinen Körper anbietest, ist es romantisch und bei mir nennst du es Prostitution.«

»Erzähl keinen Scheiß.« Sie war so fassungslos, dass sie die perfekte Beute für jeden Waruntar abgeben würde, weil sie sich in einer Art Schockstarre befand.

Ihre Gesichtsentgleisung war offenbar amüsant, denn Jiyan grinste, trat hinter sie und legte seine Hände auf ihre Schultern. »Geh weiter, dann teile ich dir vielleicht Genaueres mit.« Er schob sie an, sodass sie ihren Weg fortsetzten.

»Vielleicht?« Über ihre Schulter warf sie ihm einen Sprich-oder-stirb-Blick zu.

Jiyan ließ sie los, sodass sie geradeaus gucken und sich erneut auf den Weg konzentrieren musste. »Um die Sicherheit meines Volkes zu stärken, habe ich mit dem Gott Masujes geschlafen, damit ich mächtige Artefakte von ihm als Gegenleistung erhielt. Diese konnte ich zum Erschaffen von Portalen nutzen, durch die mein Volk bei einem Angriff fliehen kann.«

Er ratterte seine Aussage so fließend herunter, dass ihr ein großes Fragezeichen auf der Stirn stehen musste.

»Ich verstehe das Problem nicht.« Sie zuckte mit den Schultern. »Ich meine, Götter sind nicht jedermanns Fall und ...«

»Amia.« Jiyan packte sie am Handgelenk, sodass sie stehen blieb und ihn ansah. »Ich stehe auf Frauen.«

Die Furchen zwischen seinen Augenbrauen verrieten ihr, wie unwohl er sich bei diesem Thema fühlte. Dennoch wollte er sich ihr anvertrauen. Nach allem, was sie ihm über sich erzählt hatte, gab er ihr endlich etwas zurück.

Sie bemühte sich um ein sorgloses Lächeln und zwinkerte ihm zu. »Ich manchmal auch.«

Sein Stirnrunzeln vertiefte sich und er kniff die Augen zusammen, wodurch sich seine dunklen Wimpernkränze an den Rändern berührten. »Aber ich stehe *nur* auf Frauen.«

Wie immer, wenn sie sich anfassten, verspürte sie ein warmes Prickeln ihrer Haut, welches signalisierte, dass Jiyan Energie von ihr bezog.

»Tja, ich zu deinem Glück nicht.« Sie schenkte ihm ihr strahlendstes Lächeln, sodass Jiyan erst perplex blinzelte und dann schmunzelnd den Kopf schüttelte.

»Ich weiß bei deinen Aussagen nie, ob ich weinen oder lachen soll.« Er ließ sie los und legte sich die Hand in den Nacken, um die Muskeln dort zu massieren.

Das würde sie zu gern übernehmen. Wenn sie erst mal aus der Hölle zurückgekehrt waren.

»Ich bin für Variante B.« Sie wandte sich wieder von ihm ab und setzte ihren Marsch durch die Wüstenlandschaft fort. »Ich bin nicht blöd, Hübscher. Ich wollte nur nicht, dass du dich von Erinnerungen runterziehen lässt.«

Viele Himmelsvölker konnten sich nicht teleportieren. Vor einigen Zeitaltern war das nicht weiter tragisch gewesen, da die

Kriege der Unterwelt auch in ebendieser ausgetragen worden waren und sich nicht viele Höllengeschöpfe in den oberen Teil dieser Welt gewagt hatten, geschweige denn in die Nähe der Engel.

Doch in dem jetzigen Zeitalter war alles anders und Jiyan hatte für sein Volk eine Möglichkeit finden müssen, damit die Nymphen im Falle eines Angriffes nicht festsäßen, sondern es ihnen dank der Artefakte gelingen würde, durch Portale zu fliehen.

Was er getan hatte, empfand sie als bewunderswert.

Zu ihrer Überraschung lachte Jiyan leise hinter ihr. »Wir sind schon in der Unterwelt. Ich bezweifle, dass mich etwas noch tiefer nach unten ziehen könnte.«

Okay, vielleicht sollte sie ihm nicht von unterirdischen Höllenstädten berichten.

»Sag das lieber nicht zu laut«, riet sie ihm mit einem Schulterzucken. »Immer wenn du denkst, es geht nicht noch schlimmer, dann erinner dich daran: Schlimmer geht immer.«

Jiyan lachte leise. »Den Spruch muss ich mir merken.«

Gerade wollte sie etwas erwidern, da kippte der Boden unter ihren Füßen. Sie fiel hinten herüber, landete auf dem Hintern mit erhobenem Schwert. Der Waruntar unter ihr schenkte ihr allerdings keine Beachtung, sondern sauste in Richtung Park davon.

Klasse, mittlerweile klebte ihr der Sand auch an Stellen, an die er nicht hingehörte.

Jiyan trat neben sie und hielt ihr die Hand entgegen. »Vielleicht solltest du eher unserer Umgebung statt mir lauschen.«

Sie ergriff seine Hand und sprang auf die Füße. »Bei solch einer Bemerkung wundert es mich nicht, dass du single bist.«

Jiyan entzog ihr seine Finger und setzte sich kopfschüttelnd in Bewegung. »Ich bin single, weil ich es sein will.«

»Aber du hattest schon mal eine Freundin, oder?« Sie schloss zu ihm auf und wurde quasi mit einem genervten Blick k. o. geschlagen, erhielt jedoch keine Antwort und ließ sich davon auch nicht beirren. »Ach, komm schon.« Sie pikste Jiyan in die Seite. »Wir haben so viel über mich geredet und gerade sowieso nichts Besseres zu tun.«

Jiyan atmete abrupt und hörbar aus, sodass er einen genervten Laut von sich gab. »Keine Freundin, eine Verlobte. Ist Ewigkeiten her und war arrangiert gewesen.« Jiyan schaute sie von der Seite mit seinen eisblauen Augen an. »Zufrieden?«

»Irgendwie nicht.« Sie kaute an der Innenseite ihrer Wange herum und überlegte für eine Minute, in der sie schweigend durch die Wüste gingen. »Hat es dir denn gar nichts bedeutet?«

»Tallulah, also die jetzige Anführerin der Walküren, ist eine ehrgeizige und durchaus begehrenswerte Frau, aber ...« Jiyan neigte den Kopf nach rechts, dann nach links, als würde er in Gedanken abwägen, wie er über die Verlobung dachte. »Na ja, es war nun mal von meinen Eltern arrangiert worden, da meine Familie mit der Tradition lebte, sich zu vermählen und unserem Volk ein Vorbild für Beständigkeit zu sein.«

Sie machten einen weiteren Schlenker um einen der Felshügel und steuerten nach einer kleinen Linkskurve wieder auf den Vergnügungspark zu.

»Bei deiner mangelnden Euphorie vermute ich mal, die Verlobung nahm kein gutes Ende.« Sie warf Jiyan einen fragenden Blick zu, doch er schaute stur geradeaus.

»Wir haben die Verlobung aufgelöst, weil Tallulah mir nicht genug Kraft geben konnte und eine offene Beziehung nicht Sinn und Zweck der Sache war.«

Breit grinsend stieß sie ihn mit dem Ellenbogen an, sodass er stirnrunzelnd auf sie hinabsah. »Tja, ich biete mich immer gern

zum Krafttanken an.« Sie zwinkerte ihm zu. »Sogar ohne Schein-
verlobung.«

Jiyans Mundwinkel zuckten amüsiert und seine Augen funkelten endlich wieder. »Dass du nur die Wahrheit aussprechen
kannst, bedeutet nicht, dass du auch immer aussprechen musst,
was du denkst.«

»Ach.« Sie schnaubte. »Zum Schweigen fehlen mir einfach die
richtigen Worte.«

Jiyans leises, raues Lachen sorgte dafür, dass ihr wärmer
wurde, als es durch die Hitze der Hölle je der Fall sein könnte.

»Na schön, Fräulein Neunmalklug, dann …« Jiyan brach mitten
im Satz ab, kniff die Augen zusammen und riss seine Dolche
hoch.

Seit sie in der Hölle angekommen waren, blinkte auf Amaleyas
Katastrophenradar immer mal ein Unheil auf, verschwand allerdings sofort wieder. Offenbar entgingen sie Mal um Mal knapp
einem Desaster. Durch den ständigen Alarm ihrer Fähigkeit achtete sie schon gar nicht mehr darauf, ob sich eine Katastrophe anbahnte. In diesem Moment wünschte sie sich, sie hätte auf das
Unruhegefühl in ihrem Inneren gehört.

Noch während Jiyan »Pass auf!« brüllte, spürte sie die Erschütterung im Boden hinter ihr.

Mit geschlossenen Augen und erhobenem Schwert fuhr sie
herum, um den angreifenden Waruntar abzuwehren. Ein Blick in
seine Augen versteinerte jeden Gegner. Sie würde sich eher von
dem Ungetüm beißen als versteinern lassen.

Da sie nichts mehr sah, erwachten ihre anderen Sinne zum Leben. Sie hörte, wie der Basilisk den Boden durchbrach, und nahm
die Veränderung in der Luft wahr, als er auf sie zuraste.

Rein instinktiv schlug sie zu und hoffte dabei, ihren Angreifer
zumindest zu verwunden, damit er sich zurückziehen würde.

Die Spitze ihrer Schwertklinge musste den Waruntar streifen, denn sie spürte das Gewicht in ihren Händen, als Metall und Fleisch aufeinandertrafen und ihre Klinge den Kampf gewann.

Der Sandbasilisk gab ein schmerzverzerrtes Jaulen von sich. Der Klang war so schrill, dass es in ihren Ohren klingelte.

Dann herrschte Stille. Das Ungetüm musste wieder im Erdboden abgetaucht sein. Amaleya wagte es nicht, die Augen zu öffnen, während sie und Jiyan schweigend abwarteten.

Gerade als sie dachte, sie wären in Sicherheit, spürte sie eine weitere Erschütterung im Boden zu ihrer Linken, wo Jiyan stand.

Sie fühlte den Windstoß, der durch das Auftauchen des Waruntars ausgelöst wurde. Hörte das Rieseln des Sandes und das Knirschen von ebendiesem unter Jiyans Sandalen, während er sich drehte. Sie vernahm den Atem der Kreatur und auch Jiyans, während er herumzuwirbeln schien.

Unmittelbar nacheinander erklangen ein unterdrückter Schmerzensschrei von Jiyan, ein schneidendes Geräusch, das erstickte Grunzen des Waruntars und das Tropfen von Flüssigkeit auf den Sand.

»Kannst die Augen wieder öffnen«, brummte Jiyan.

Sofort schaute sie auf ihn und den erlegten Basilisken. Allein der Kopf der Wüstenschlange war halb so groß wie sie. Die Zähne durchbohrten Jiyans Oberarm, doch er hatte den Angriff genutzt, um mit der freien Hand seinen Dolch in den Schädel des Waruntars zu stoßen und diesen dadurch zu töten.

Jiyan zog gerade seine Waffe zurück, wischte die Klinge an seinem Oberschenkel ab und steckte sie in die Innenseite seiner Weste zurück. Mit der nun freien Hand ergriff er den Unterkiefer des Basilisken, um diesen zu weiten und seinen Arm aus dem Biss der Wüstenschlange zu befreien.

»Hilf mir bloß nicht«, knurrte er, ließ mit einem dumpfen *Plumps* die Kreatur zu Boden sinken und schaute stirnrunzelnd zu ihr herüber.

Sie konnte ihr verträumtes Seufzen nicht länger zurückhalten. »Ich wollte erst noch den Anblick genießen.«

Sie war eine Kriegerin und begehrte Männer, die in der Lage wären, ihr im Kampf das Wasser zu reichen, und Stärke verkörperten. Dass Jiyan mit seinen Waffen umzugehen wusste, empfand sie als begehrenswert.

Er rollte mit den Augen. »Wenn du die Aussicht genug genossen hast, hilfst du mir dann kurz, meinen Arm zu verbinden?«

»Ich könnte dir auch auf ganz andere Art helfen«, schlug sie mit gesenkter Stimme vor, denn mit dem Blut, das stellenweise seine Haut und Kleidung bedeckte, fand sie ihn schlichtweg unwiderstehlich.

Ein Kuss von ihr und Jiyan wäre geheilt.

»Wie wäre es damit?« Jiyan kniete sich mit einem Lächeln im Gesicht hin, um vom Saum seiner Hose einen Stoffstreifen abzuschneiden. »Du verbindest meinen Arm und im Gegenzug lasse ich mir dein Angebot durch den Kopf gehen.«

»Na gut.« Da sie keine Lüge in seinen Worten hörte, gab sie sich vorerst mit seinem Vorschlag zufrieden und half ihm dabei, seinen rechten Oberarm zu verarzten.

Zum Glück griff sie währenddessen kein weiterer Basilisk an, da neben ihnen ein totes Exemplar lag, das die Artgenossen abschreckte.

Mit ihren Waffen in den Händen richteten sich Amaleya und Jiyan wieder auf und nickten sich ernst zu.

Amaleya sah in die Richtung, in der sich hinter steinernen Mauern der höllische Vergnügungspark befand. »Auf geht's.«

Kaum setzten sie ihren Marsch fort, vernahmen sie einen markerschütternden Schrei, der vom Park herrührte.

Sie warfen sich skeptische Blicke zu und zweifelten wohl gleichsam an ihrem Plan, besagtem Park auch nur noch einen einzigen weiteren Schritt näher zu kommen. Trotzdem hielten sie nicht an.

»Unser Vorhaben ist ein verfluchtes Himmelfahrtskommando«, meinte Jiyan in so unbeschwertem Tonfall, als würden sie über das Wetter reden.

»Himmelfahrtskommando? Echt jetzt?« Sein Spruch brachte sie zum Schmunzeln. »Weil wir zum Himmel hinauffahren, wenn unser Plan gelingt?«

Jiyan stieß sie mit dem Ellenbogen an, wie sie es vorhin erst bei ihm getan hatte. »Hey, der Spruch war gar nicht so …«

Ein weiterer Schrei schallte über die karge Landschaft und ließ sie beide zusammenzucken.

Amaleya wartete nur auf den Augenblick, in dem sie eine Katastrophe wahrnehmen würde, die unumkehrbar auf sie zurauschen und nicht von allein wieder verschwinden würde.

Vielleicht musste das Unheil aber auch gar nicht zu ihnen kommen, da sie sich mit ihrem Plan bereits mitten ins Verderben stürzten.

13

ALLES AUF ANFANG

JIYAN

Sie hockten hinter einem Felshügel, der sich nahe dem Eingang des höllischen Vergnügungsparks befand. Jiyans Rücken berührte den warmen Stein hinter ihm, in den Händen hielt er seine Dolche. Sein Oberarm schmerzte zwar, doch immerhin blutete die Bisswunde des Waruntars dank des Druckverbandes nur wenig.

Statt um die Ecke und auf den Eingang zu schielen, starrte Amaleya ihn an. »Du siehst fertig aus.«

Ihr war schon klar, dass er die Wahrheit in ihrer Aussage vernahm, oder?

»Stell dir mal vor, wir würden gleich sterben.« Er schwieg für eine Weile, damit sie sich an den Gedanken gewöhnen konnte. »Willst du, dass das deine letzten Worte an mich sind? Dass ich fertig aussehe?«

Amaleya veränderte ihre Haltung, kniete sich neben ihn und packte den Kragen seiner Weste. Ihre goldenen Augen nagelten ihn an Ort und Stelle fest. »Meine letzten Worte? Wie wäre es, wenn ich meine Taten sprechen lasse?«

Ohne ihm die Chance zum Antworten zu bieten, presste sie ihre weichen Lippen auf seine und gab ihm durch ihre Lebensenergie die Kraft zum Heilen.

Ein Kuss. Mehr brauchte es nicht.

Er war erschöpft gewesen, durch die Hitze dehydriert und seine Füße waren blutig. Doch innerhalb eines Wimpernschlags strotzte sein Körper vor neugewonnener Stärke.

Amaleya zu küssen, fühlte sich an, wie von einer Himmelsinsel zu springen und panisch nach unten zu rasen, nur um zu erkennen, dass es keinen Boden gab, auf dem man je aufschlagen würde.

Sie war ein wundersames Geschöpf mit einer beachtlichen Menge Lebensenergie, die sie außerdem auch rasant wiederherstellte. Er müsste sich bei ihr nie darum sorgen, dass er ihr schadete. Denn sie hatte viel mehr zu geben, als er je nehmen würde.

Amaleya löste sich von ihm, neigte ihren Kopf zur anderen Seite, legte ihre Lippen erneut auf seine und schloss die Augen. Ihr Kuss erweckte seinen Körper zu neuem Leben.

Nymphen mussten jemanden nicht begehren, um erregt zu sein. Sie reagierten bereits auf Körperwärme. Daher hatte er dem Gott Masujes einst Gefallen am Sex vorspielen können, obwohl es ihn angewidert hatte.

Als der König einer Rasse, die für ihr ausgedehntes Sexleben bekannt war, und der einzige Überlebende seiner Blutlinie galt Jiyan ebenso als etwas Besonderes wie Amaleya – was auch immer sie sein mochte.

Der Gott Masujes sammelte die Erinnerungen mit besonderen Geschöpfen und stellte sie als Trophäen in seine Sammlung. Auch wenn es Jiyan missfiel, war dieses Opfer die Sicherheit seines Volkes wert und niemand wusste von den Einzelheiten des Handels.

Außer Amaleya.

Jiyan hatte ihr davon erzählt, da sie nachempfinden konnte, wie es war, etwas gegen den eigenen Willen tun zu müssen, weil es keine andere Alternative gab. Selbst wenn man einen Vorteil aus der Situation zog und sich selbst in diese missliche Lage manövriert hatte, fühlte man sich dennoch benutzt.

Einst hatte Jiyan es verabscheut, dass sein Körper auf die Berührungen anderer reagierte, was seinen Entschluss, enthaltsam zu leben, nach der Nacht mit Masujes nur noch bestärkt hatte. In diesem Moment mit Amaleya war jedoch alles anders. Amaleya ging ihm seit Wochen nicht mehr aus dem Kopf und hatte ihn schon berührt, bevor sie sich das erste Mal körperlich nahegekommen waren.

Wenn das hier sein letzter Kuss sein sollte, bevor er starb, dann wollte er verdammt sein, wenn er den Moment nicht auskostete.

Also legte er Amaleya die Hand in den Nacken und vergrub seine Finger in ihrem seidigen schwarzen Haar. Er fuhr mit der Zunge ihre Unterlippe entlang und sie öffnete ihren Mund in einem leisen Seufzer, gewährte ihm Einlass.

Nichts hatte je so bittersüß geschmeckt wie Amaleyas Küsse.

Er ließ sich fallen und erlaubte sich kurz, ihre Nähe und ihre Energie, die wie ein Sturm in ihm tobte, zu genießen.

In seinen Gedanken machten allerdings Zweifel auf sich aufmerksam, denn er wusste immer noch nicht, *was* Amaleya war, und es gab Rassen Unsterblicher, die ihren Partnern beim Sex schadeten und ihnen beispielsweise ihre Kräfte entzogen. Es gab auch Arten, die dabei stückchenweise die Seele ihres Partners fraßen, um sich daran zu nähren.

Er löste seine Hand aus Amaleyas Haar, riss sich von ihrem Kuss los und schauderte bei dem Gedanken daran, dass sie zu solch einer Rasse gehören könnte. Dann ergäbe es immerhin einen Sinn, warum sie ihm nichts über ihre Abstammung verriet. Aber wenn sie die Hölle überstehen sollten und das mit ihnen weiterging, musste er herausfinden, was Amaleya war. Und ob sie ihm schaden würde. Mal ganz davon abgesehen, dass ihre Geheimniskrämerei ihn neugierig machte.

Amaleya lehnte sich auf den Knien zurück und sah ihn an.

Jedes Mal, wenn diese golden schimmernden Augen in seine starrten, löste es etwas tief in ihm aus, das er nicht verstand. Amaleya und er unterschieden sich und waren trotzdem so gleich, dass ihre Begegnung ihm wie ein Wunder vorkam.

»Stirb ja nicht«, flüsterte sie ihm zu und zog dabei erstmals die Augenbrauen zusammen, sodass sich Sorgenfalten dazwischen bildeten.

Er rang sich ein Lächeln ab. »Du auch nicht.«

Angenommen, es gelänge ihnen, sich an einer langen Schlange Höllenparkbesucher vorbeizudrängeln, dann würden sie sich innerhalb eines Herzschlages wieder in seinem Land befinden. Dafür müssten sie nur bis zum Eingangsbereich gelangen, der eigens für Gäste, die sich teleportierten, vorgesehen war. In dem Areal könnten sie sich in Sicherheit schaffen. Doch um sich an all den Höllengeschöpfen vorbeizudrängeln, bräuchten sie eine kleine Armee. Stattdessen besaßen sie zwei Dolche und ein Schwert.

Großartig.

Amaleya hielt ihm ihr Schwert entgegen. »Nimm du es.« Als er skeptisch dreinblickte, erläuterte sie ihm ihre Gedanken. »Ich bin flink und wendig. Wenn wir unsere Waffen tauschen, sind wir beide besser bedient.«

Sie brachte es fertig, ihm ganz galant mitzuteilen, dass die Höllengeschöpfe ihn ohne ein Schwert zu Hackfleisch verarbeiten würden.

Er verzog die Miene, tauschte trotzdem mit ihr die Waffen und nahm dabei das Schwert in die linke Hand. »Ich hasse es, dass du recht hast.«

Sie standen auf und Amaleya lugte um die Ecke. Etwa einhundert Meter von ihnen entfernt begann die Schlange der Parkbesucher. Da sie beide sich in einem Bogen dem Park genähert hatten, befanden sie sich hinter den Besuchern. Diese richteten ihre Aufmerksamkeit nach vorn, wo sie verschiedene Körperteile als Einlasspreis zahlen mussten. Amaleya zufolge waren Herz, Leber und Augäpfel die gängigste Zahlungsmethode. Und da die meisten Gäste ohne ihre Währung auftauchten, war klar, dass sie sich die von anderen Gästen stahlen.

Jiyan schluckte schwer, seine Hände waren schweißnass, sein Mund staubtrocken.

Eigentlich waren Nymphen Optimisten, das lag ihnen schlichtweg im Blut. Aber verdammt, er und Amaleya würden garantiert draufgehen. Hätten sie wenigstens Mäntel dabei, könnten sie verhüllt in der Menge untertauchen, doch so blieb ihnen nichts anderes übrig, als sich in der Schlange einzureihen, möglichst weit vorzurücken und schließlich an den übrigen Parkbesuchern vorbeizustürmen zum Teleportier-Bereich.

Amaleya nickte ihm entschlossen zu und bedeutete ihm mit einer Handbewegung, ihr zu folgen.

Auf in den Kampf.

Sie setzten sich in Bewegung und liefen mit langen Schritten auf die Schlange der Parkbesucher zu. Auch wenn Jiyan wusste, dass ebenso viele verschiedene Höllengeschöpfe wie Himmelsvölker existierten, war er verwundert, was er alles sah: skelettartige Gestalten, Dämonen in allen Formen, Farben und Größen, schattenartige Wesen, Geschöpfe mit Schlangen als Haare und auch menschenähnliche Gestalten mit grauer Haut und schwarzen Höhlen anstatt Augen.

Alle Unsterblichen hatten sich in Gruppen zusammengefunden, zwischen manchen brachen erbitterte Kämpfe aus, um wohl die Einlasszahlungen zu erbeuten.

Die hinterste Gruppe hatte Amaleya und ihn noch nicht bemerkt und verhielt sich relativ ruhig. Ein paar Dämonen erschienen Jiyan zwar wie betrunkene Proleten, doch es floss kein Blut und niemandem wurde das Herz ausgerissen. Bisher.

Heiliger Himmel, er wollte heute keine Organe spenden und erst recht nicht herausfinden müssen, wie viel er als Hauptattraktion wert wäre.

»Halt.« Amaleya verharrte in der Bewegung.

Jiyan tat es ihr instinktiv gleich und suchte ihre Umgebung nach möglichen Gefahren ab. Oder weiteren.

Alle Parkbesucher verstummten abrupt und warfen sich panische Blicke zu. Um sie herum begann die Luft zu knistern, sie war geladen mit überwältigender Energie.

Auf Jiyans Unterarmen bildete sich eine Gänsehaut. Seine Nackenhärchen richteten sich auf, und jeder einzelne Muskel seines Körpers spannte sich an. Sein Herz pochte gegen die Rippen. Er wusste nicht einmal, warum er so reagierte.

Es lag ein Unheil in der Luft, das jeder hier spüren und dennoch nicht sehen konnte.

Kalte Flüssigkeit berührte Jiyans Füße. Er zuckte zusammen, starrte hinab.

»Was in aller Welt …« Seine Augen weiteten sich vor Schock.

Wasser quoll aus dem Sandboden hervor, verwandelte diesen in Matsch.

»Scheiße«, flüsterte Amaleya, als würde sie es nicht wagen, ihre Stimme zu heben.

Jiyan schaute zum Kassenbereich, als dort mehrere Gestalten auftauchten. Wenn diese sich dorthin teleportieren konnten, bedeutete es, dass mindestens eines der Wesen nicht an Teleportationseinschränkungen oder Ortsschleifen gebunden war.

Alle Anwesenden wichen so schnell zurück, dass sie übereinander fielen, um den Neuankömmlingen Platz zu machen.

Leviathan.

Jiyan wusste es auf Anhieb, selbst wenn er Sergen Ashad nicht neben ihr in angespannter Haltung sehen würde. Ihre Macht war schlichtweg greifbar, ihre Präsenz furchteinflößend. Sie war doppelt so groß wie der Fürst neben ihr, der zwei kniende Dämonen im Nacken gepackt hielt und immer noch sein rotes Gewand trug.

Die Höllenprinzessin ähnelte einer grünlichen Seeschlange, jedoch besaß ihr Oberkörper eine menschliche Erscheinung und sie trug einen schwarzen Brustpanzer. Anstelle von Haaren verliefen über ihren Schädel und Nacken mehrere flossenartige Kämme. Ihre vier Arme und Hände waren von Sekret überzogen. Das Wasser, das aus dem Boden gesickert war, trennte sich vom Sand und floss auf Leviathan zu. Es umhüllte ihren Schlangenkörper, als wollte es sie vor dem Austrocknen schützen.

Die Bediensteten hinter den Kassen kamen hervor und knieten – wie alle in der Umgebung – nieder.

Die Kronprinzessin der Hölle gluckste zufrieden über die Unterwürfigkeit und klatschte in ihre vier Hände, sodass das Sekret darum spritzte.

Währenddessen richteten sich Sergens rote Augen auf die Umgebung.

Jiyan erlitt beinahe einen Herzstillstand, als der Dämonenfürst ihn und Amaleya entdeckte, ein perfektes Pokerface wahrte und sich sogleich wieder von ihnen abwandte. Sergen brach mit der rechten Hand dem Dämon, den er festhielt, das Genick. Dann machte er hinter dem Rücken Handbewegungen, als ob er Jiyan und Amaleya bedeuten würde, von hier zu verschwinden.

Nein.

Doch.

Jiyan fühlte sich gedanklich zerrissen, weil wohl jedes Geschöpf in Leviathans Nähe sie fürchtete und auch er schleunigst von hier verschwinden wollte. Aber er konnte jetzt nicht aufgeben. Dort vorn befand sich der Bereich, in dem Amaleya sie beide von hier fortteleportieren könnte. Wenn sie einfach unbemerkt hier stehen bleiben und sich später wie geplant durchboxen würden …

Leviathan ließ den Blick genau wie Sergen zuvor über ihre Umgebung schweifen. Langsam. Genüsslich. Als würde sie nie genug davon kriegen, andere vor sich im Dreck knien zu sehen.

Jiyan wollte nicht herausfinden, was sie täte, wenn sie den Nymphenkönig und Sergens ehemalige Untergebene entdeckte. Also machte er einen Satz nach rechts und packte Amaleya am Handgelenk. Ihre Angst durchfuhr ihn wie ein Stromschlag, der kurzzeitig sein Denkvermögen außer Kraft setzte.

»Weg hier«, war alles, was er atemlos hervorbringen konnte.

Binnen eines Wimpernschlages standen er und Amaleya wieder am Anfang ihrer Reise, umgeben von brodelnden Erdlöchern, aus denen meterhohe Feuerfontänen emporschossen.

»Aty Rador!«, fluchte er auf Nymphisch, was so viel wie ›Verdammte Scheiße!‹ bedeutete.

Er ballte die rechte Hand zur Faust, umfasste mit der linken den Schwertgriff so fest, dass seine Gelenke schmerzten, und legte den Kopf in den Nacken. Sein Blick verweilte an der blutroten Decke der Unterwelt, der sie um ein Haar entkommen wären, wenn sie nicht ausgerechnet der Höllenprinzessin Leviathan begegnet wären.

Scheiße! Sie waren so nah dran gewesen!

Neben ihm stieß Amaleya den Atem aus und sackte in sich zusammen, ihre Knie schlugen auf dem Sandboden auf. »Ich dachte, das war's«, wisperte sie so leise, dass er ihre Worte kaum verstand. »Du hast ja keine Ahnung, wozu Leviathan in der Lage ist.« Als er sie ansah, richteten sich ihre geweiteten Augen auf ihn. »Ich will Sergen ja nicht in Schutz nehmen, aber … im Vergleich zu Leviathan ist er nicht … böse.«

Jiyan hielt ihr seine Hand entgegen, um ihr aufzuhelfen. »Ich weiß. Sonst hätte er uns nicht mit einer Handbewegung signalisiert, von dort zu verschwinden.«

Jiyan würde wetten, dass Leviathan beim Vergnügungspark aufgetaucht war, um die zwei Dämonen, die sie erzürnt hatten, dort abzugeben, damit die beiden auf die Schienen geschnallt werden konnten. Schließlich hatte Amaleya vor Kurzem erwähnt, dass Leviathan diese Form der Bestrafung nutzte. Sollte Leviathan also verstimmt gewesen sein, hatte Sergen Ashad ihnen soeben durch seine Warnung das Leben gerettet.

Jiyan verstand nur noch nicht ganz, warum der dunkle Fürst ihnen half. Was waren seine Motive? Hatte Sergen Jiyan nicht im Auftrag von Leviathan entführen lassen, sondern eigenmächtig gehandelt?

Wenn der Höllenfürst von ihm eine Antwort bezüglich des Bündnisses verlangen würde, bekäme Jiyan die Gelegenheit, Sergen endlich danach zu fragen.

Amaleya wollte ihm jetzt die Hand reichen, da sie allerdings den Dolch immer noch so fest umklammerte, dass ihre Knöchel weiß hervortraten, griff er nach ihrem Handgelenk, um sie hochzuziehen. So musste sie ihre Waffe nicht loslassen.

Gewiss war Amaleya voller Furcht, weil sie die Hölle, Leviathan und die Fürsten kannte. Bei ihm überwog hingegen der Frust, weil sie nun wieder am Anfang standen und erneut das Gebiet der Feuerfontänen durchqueren müssten. Das würde sie wertvolle Zeit kosten und auch wenn er sich mittlerweile an die Hitze gewöhnt hatte, lief ihm der Schweiß in Rinnsalen den Körper hinab.

Er war die Unterwelt so verdammt leid, doch sie wollte ihn anscheinend einfach nicht gehen lassen.

14

FEUER UND ZÜNDSTOFF

AMALEYA

»Hey, pass auf!« Sie riss Jiyan an der Hand zurück, damit er nicht in die plötzlich emporschießende Feuerfontäne lief.

»Danke.« Er strich sich das Haar zurück. »Ich habe so langsam wirklich genug von der Hölle.«

Sie ließ seine Finger los und sah sich in der immer gleichen feurigen Landschaft um. »Oh ja, wem sagst du das?«

Einen ganzen weiteren Tag waren sie durch das Gebiet der brodelnden Erdlöcher gewandert und hatten dabei Abstand zu allen umliegenden Dämonenstädten gewahrt, um weitere Kämpfe zu vermeiden. Zwar würden sie als Unsterbliche nicht verhungern oder verdursten, doch ihre Mägen knurrten trotzdem und da sie kaum rasteten, waren sie beide erschöpft.

»Ich hoffe, du kannst uns bald von hier fortteleportieren«, murmelte Jiyan mürrisch. »Je länger wir uns hier aufhalten, desto weniger Zeit bleibt mir, um Kriegsvorbereitungen zu treffen.«

Jiyan hatte ihr mittlerweile von dem Ultimatum erzählt, das Sergen ihm gestellt hatte. Immerhin gelang es Amaleya, ihn durch ihren KR zu beruhigen – ihren Katastrophenradar. Wenn Sergen also mit seiner Armee vor Jiyans Tür auftauchen und eine Antwort verlangen würde, sollte ihr KR dies anzeigen. Zumindest theoretisch. Als Jiyan entführt worden war, hatte sie ja auch keine Katastrophe wahrgenommen, weil Sergen wohl keine bösen Absichten verfolgt hatte. Das bedeutete hingegen nicht, dass Jiyan nicht trotzdem etwas Schlimmes hätte zustoßen können. Sergen hätte nur seine Meinung ändern oder wegen irgendetwas verärgert sein müssen und schon hätte sich das Blatt für Jiyan gewendet.

Es war richtig von Jiyan, sich ihr anzuvertrauen, denn es war ihr als Einzige möglich, Sergen richtig einzuschätzen. Garantiert fragte der sich jetzt, inwiefern er seinen Plan würde ändern müssen, wenn sie mit Jiyan in Verbindung stand.

Sie setzte sich wieder mit Jiyan im Schlepptau in Bewegung. »Es dürfte nicht mehr allzu lang dauern, bis wir hier rauskönnen. Halt noch ein Weilchen durch.«

Als sie eine leichte Vibration unter ihrem linken Fuß spürte, trat sie einen weiteren Schritt nach rechts. Im nächsten Moment schossen Flammen zu ihrer Linken aus der Erde empor.

»Ich hoffe, du hast recht«, grummelte Jiyan.

An seiner Stelle hätte sie auch keinen Grund zum Lachen.

»Natürlich hab ich recht, ich kenne mich hier zufällig aus.« Ups, sie wollte ihn eigentlich nicht immer wieder mit der Nase darauf stoßen, dass sie lange Zeit hier gelebt hatte.

Zum Glück musste sie das Thema nicht mehr wechseln, weil Jiyan das übernahm. »Sag mal, kann es eigentlich sein, dass *die* Majandra deine Freundin Maja ist?«

Sie warf über ihre Schulter einen Blick auf ihn und entdeckte die Denkerfältchen zwischen seinen Augenbrauen, die darauf hinwiesen, dass er nicht lockerlassen würde.

»Welche *die* Majandra?«, fragte sie gespielt ahnungslos zurück.

Jiyan starrte sie ungläubig an, als fasste er es nicht, dass sie sich jetzt dumm stellte. »Na, die Majandra, um deren Hand jeder nach Macht strebende Unsterbliche anhält, in der Hoffnung, dass sie einwilligt und er durch eine Unsterblichenhochzeit ihre Kräfte übernehmen kann. *Die* Majandra eben.«

»Erinnere mich bloß nicht.« Sie seufzte bei dem Gedanken daran, wie überwältigend ihre Mitbewohner und deren Fähigkeiten waren. »Ständig stehen die tollsten Typen vor unserer Tür und sie wollen alle nur zu Maja, die aber eh kein Interesse an ihnen hat. Oder irgendwelche Fans kommen vorbei, die ein Autogramm von Lorcas wollen, dem ungeschlagenen Sieger der Unsterblichenwettkämpfe.« Sie zuckte mit den Schultern, als würde es sie nicht kümmern, doch empfand nicht nur Bewunderung für ihre Freunde, sondern auch Neid. »Und die ganzen übrigen Leute, die bei uns aufkreuzen, wollen eine Nacht mit Kasimir. Na ja, abgesehen von den Personen, die zu Taina wollen, um sie als Orakel zu befragen.«

Als ihr klar wurde, wie viel sie gerade gesagt hatte, presste sie die Lippen fest aufeinander. Eine Konversation über ihre Freunde zu führen, ohne dabei gegen den Kodex zu verstoßen, nicht über ihre Art reden zu dürfen, schien so gut wie unmöglich.

Jiyan lachte leise. »Du klingst so, als ob du auch gern deinen eigenen Fanclub besitzen würdest.«

»Wer will denn keinen eigenen Fanclub?«, fragte sie grinsend. »Allerdings bleibt mir als eine der Jüngeren in unserer Wohnge- meinschaft zum Glück noch etwas Zeit, um meine Anhänger zu versammeln.« Sie zwinkerte ihm zu und hoffte, dass er keine weiteren Fragen stellen würde.

Bei ihrer Erzählung hatte sie bewusst ihren Mitbewohner Kendric verschwiegen, denn der war zu stark mit der Hölle in- volviert, als dass sie seinen Namen freiwillig in Jiyans Beisein aussprechen würde. Céline hatte Amaleya ebenfalls nicht er- wähnt, da ihre Existenz vorerst ein Geheimnis bleiben musste, um sie zu schützen. Ein weiteres.

Jiyan ging mittlerweile neben ihr und blickte überrascht zu ihr herüber. »Ihr wohnt zusammen? Warte mal, besitzt ihr alle gol- dene Augen?«

Na toll, noch mehr Fragen.

»Ja, wir alle haben goldene Augen«, nuschelte sie. »Und bevor du fragst: Nein, wir sind nicht verwandt. Nur Taina und Lorcas sind Geschwister.«

Jiyan schien aus dem Staunen gar nicht mehr herauszukom- men. »Interessant. Majandra und Lorcas sind überall bekannt und Taina muss dann wohl diejenige sein, die die Apokalypse vorhergesagt hat. Habe ich recht?«

Als sie lediglich nickte, fuhr Jiyan mit großen, funkelnden Au- gen fort, als wäre er ein Kind im Spielwarenladen. »Von Kasimir habe ich auch schon gehört, da er sich oft in meinem Land auf- halten soll, zumeist in Gesellschaft seines Freundes Kendric, wenn ich mich recht entsinne.« Jiyan grinste. »Die beiden schei- nen eine Schwäche für Nymphen zu haben. Sie sind angeblich im angesagtesten Club der Stadt Stammgäste.«

Sie verdrehte die Augen. »Das wundert mich nicht. Kasimir ist schließlich ein In...«

Verdammt! Jetzt hätte sie sich fast verplappert! Schnell, eine Ausrede! Aber sie konnte ja nicht einmal lügen!

Nervös lachte sie. »Äh, er ist ein unverbesserlicher Aufreißer.«

Skeptisch hob Jiyan eine Augenbraue. »Dann ist er ja unter Nymphen bestens aufgehoben.«

Puh, er ließ es ihr wohl durchgehen. Ihr Herz pochte wie nach einem Marathonlauf. Wenn sie gesagt hätte, dass Kasimir ein Inkubus – das höllische Gegenstück eines Nymphen – war, hätte Jiyan Bescheid gewusst.

Himmel, wie sie Geheimnisse hasste!

»Ach, wer ist denn unter Nymphen nicht gut aufgehoben?«, meinte sie locker, um das Gespräch von sich wegzulenken. »Bei euch optimistischen Softies fühlen sich doch alle wohl.«

»Klasse, das will jeder Mann hören.« Grinsend schüttelte Jiyan den Kopf und wurde dann wieder ernst. »Wie hattest du mich eigentlich in Sergens Burg gefunden?«

»Ich erinnerte mich daran, dass Avaldamon ihm dient.« Sie wiegte gedankenverloren ihr Schwert in der Hand, als sie sich den Abend vor Augen rief. »Außerdem bin ich deiner Energie gefolgt, die eine Spur beim Teleportieren hinterlässt.«

In seinen Augen funkelte Skepsis. »Und hattest du jemandem gesagt, dass ich entführt wurde und du mir folgst?«

Während sie sich an Avaldamons plötzliches Auftauchen erinnerte, neigte sie den Kopf zur Seite. »Nö, ich dachte mir, ich tauche auf, rette dich und dann sind wir im Handumdrehen wieder zurück beim Fest.«

Jiyan seufzte. »Dann sind alle bestimmt schon krank vor Sorge.«

Gerade überlegte sie, dass ihre Freunde ihr wohl zu viel zutrauten, um sich zu sorgen, da richteten sich ihre Nackenhaare auf.

Ein Gefühl der Dringlichkeit durchschoss ihren Körper, was eine Katastrophe signalisierte. Jiyan schien es ebenfalls zu spüren, denn er sah sich mit suchendem Blick um. Niemand hielt sich in der Nähe auf und stellte eine Bedrohung für sie dar.

Sie wusste, dass sich etwas anbahnte, hatte allerdings keine Ahnung, was. War sie in Gefahr? Jiyan? Ihre Freunde?

Jiyan zückte die Dolche aus den Innenseiten seiner Weste und schaute sie fragend an. »Du spürst es nicht, oder?«

Sie war verwirrt. »Was meinst du?«

»Wer das Ziel ist.« Jiyan deutete mit dem Kinn auf ihr Schwert. »Das wirst du brauchen, wir stehen im Visier.«

Ihr blieb kaum genug Zeit, um sich darüber Gedanken zu machen, dass Jiyan als Nymphe ihren Katastrophenradar besser nutzen konnte als sie selbst. Denn plötzlich entdeckte sie eine riesige schwarze Wolke am Horizont hinter Jiyan.

Bodenlose Panik ergriff von ihr Besitz. Nicht wegen ihrer Fähigkeit, sondern wegen dem, was da auf sie zuflog.

Sie zerrte Jiyan ein paar Meter hinter sich her. »Vertrau mir!«, rief sie ihm zu, als sie ihn mit sich im Schatten einer Feuerfontäne zu Boden riss. Zum Glück leistete er keinen Widerstand.

Sie zog den magischen Schleier herunter, mit dem sie sonst ihre pechschwarzen Flügel versteckte, und bedeckte damit Jiyan und sich selbst.

Schwarze Flügel waren ungewöhnlich, doch da Halbengel oftmals untypische Flügelfarben besaßen, gaben sie zumindest nicht Amaleyas dämonische Abstammung preis.

»Was kommt da auf uns zu?«, fragte Jiyan verwirrt, sein Blick schnellte orientierungslos umher.

Er konnte nichts in der Dunkelheit erkennen, in der sie ihn und sich selbst mit ihren Flügeln umhüllt hatte. Im Gegensatz zu ihr.

In der Ferne erklangen nun unzählige, grelle Schreie, die sich ihnen näherten.

Amaleya schmiegte sich enger an Jiyan und umfasste sein Gesicht mit ihren Händen. »Eine Horde Arguinen kommt auf uns zugeflogen – schattenartige, gestaltlose Dämonen der Finsternis. Das Geschrei stammt von ihnen, also halt dir besser die Ohren zu. Und vertrau darauf, dass sie uns unter meinen schwarzen Flügeln nicht entdecken werden, ja?«

Sie war den Schattendämonen noch nie zuvor begegnet, obwohl diese sich – laut Gerüchten – oft in dem Gebiet hier aufhielten, weil sie Sergens Nähe suchten. Amaleya wusste lediglich, dass sie es auf alles abgesehen hatten, was Licht und Wärme ausstrahlte, und es verschlangen. Ihre Flügel waren dunkler als die Nacht, weswegen sie praktisch unsichtbar für die Arguinen wären. Im Schatten einer Feuerfontäne würden sie außerdem kühl wirken, sodass die Schattendämonen vorbeiziehen würden, ohne sie mit Haut und Haaren zu vertilgen. Das hoffte sie zumindest.

Jiyan nickte, schloss seine Augen und drückte ihr einen kurzen, verzweifelten Kuss auf die Lippen. »Amia, wenn wir das hier überleben, dann erinnere mich daran, dass ich dir definitiv etwas schulde.«

»Dann will ich, dass wir auf ein Date gehen«, forderte sie und erhielt ein weiteres Nicken als Antwort.

Wenn sie mit dem Leben davonkam, würde sie es zukünftig besser nutzen.

Zittrig vor Angst nahm sie Jiyans Hände und führte sie zu seinen Ohren, damit er sie sich zuhielt, sodass der schrille Lärm der Arguinen ihn hoffentlich nicht taub werden ließ. Dann schloss sie ihre Schwingen noch enger um sie herum und drückte sie fest gegen den Boden, sodass keine Körperwärme entwich. Ihre Schwingen gaben so gut wie keine Wärme ab. ›So gut wie‹ würde reichen müssen.

Sie hielt sich ebenfalls die Ohren zu und legte ihre Stirn an Jiyans Kinn, um seine Nähe zu spüren und daraus Kraft zu ziehen.

Ihm hatte sie geraten, darauf zu vertrauen, dass sie sicher wären, dabei hatte sie selbst so viel Angst. Denn die Arguinen unterstanden niemand anderem als dem Teufel persönlich, der seit siebenhundert Jahren nicht mehr gesehen worden war. Seitdem streiften sie führerlos durch die Hölle und fraßen mit ihren formlosen Mäulern alles, was ihnen in die Quere kam.

Während die zahlreichen Schreie und die Dunkelheit immer näher kamen, rutschte sie noch enger an Jiyan heran. Sein warmer Atem strich gleichmäßig über ihr Gesicht. Sie unterdrückte den Drang, die Augen zu schließen, und konzentrierte sich darauf.

Donnernde Schreie fegten plötzlich über sie hinweg. Die Wucht ihrer Ankunft hätte um ein Haar Amaleyas Gefieder gelüftet. Hungrige Schatten zerrten an ihren Federn. Sie bewegte sich keinen Millimeter, starrte in Jiyans strahlend blaue Augen, die sich nun auf sie richteten, und versuchte, sich von dem Grauen abzulenken, das um sie wütete.

Sie zitterte vor Angst. Mit ihren Schwingen bildete sie eine so dünne Barriere, die ihr Überleben sichern sollte, dass sie selbst kaum daran glaubte.

Die Kälte kroch über ihr Federkleid bis in ihre Muskeln und Knochen, breitete sich durch ihren Rücken in ihrem Körper aus. Aber sosehr es auch schmerzte, war es von Vorteil, wenn sie mit einer Eisschicht überzogen war. Denn so würden die Arguinen weniger auf sie aufmerksam werden. Und das Letzte, was sie wollte, war, von Schatten gefressen zu werden.

Jiyan nahm seine Hände von den Ohren und legte sie über ihre.

Was dachte er sich nur dabei? Der Lärm würde ihn vorübergehend sein Gehör kosten, selbst wenn er durch die Berührung schnell wieder heilen würde!

Als er sie anlächelte, vergaß sie jedoch ihren Protest. Das Blut lief ihm aus dem Ohr und tropfte auf den Boden, der sich unter ihnen schwarz färbte und erkaltete. Statt zu frieren, wurde ihr sogar warm. Die Wärme kam aus ihrem Inneren, denn sie begriff, dass sie nicht allein war. Nicht nur körperlich, sondern auch seelisch. Jiyan war bei ihr und teilte ihr Leid. Er wirkte in diesem Moment unerschütterlich und gab ihr Kraft.

Seine warmen Hände ruhten auf ihren, während er ganz sanft und gemächlich ihr Gesicht mit leichten Küssen bedeckte, sodass sie beinahe vergaß, dass um sie herum die Welt unterzugehen schien.

Sie wusste nicht, wie lange sie letztendlich dort unter ihren Flügeln gekauert hatten, als die Schreie allmählich verstummten. Unter Schmerzen zog sie ihre Schwingen zurück, um sich die Umgebung anzusehen.

Die Arguinen waren fort. Übrig geblieben war nur schwarzer, kühler Erdboden. Kein einziges Feuer brannte weit und breit, sondern war von den Schattendämonen verschlungen worden.

Es umgab sie nur noch Dunkelheit und Kälte.

»Ich fasse es nicht, dass wir das überlebt haben«, murmelte sie und schaute zu Jiyan hinüber.

Er runzelte die Stirn. »Ich auch nicht.«

Sie saßen noch auf dem Boden, um sie herum ihre geschundenen Flügel. Auf denen hatte sich eine hauchdünne, gefrorene

Schicht aus Blut gebildet, wo ihr Gefieder ausgerissen worden war. Wegen des Adrenalins hatte sie kaum Schmerzen dabei empfunden, doch jetzt trauerte sie um jede einzelne Feder. Denn auch wenn sie schwarz waren, standen sie für das Gute in Amaleya. Ihre prachtvollen Schwingen so geschunden zu sehen, tat ihr in der Seele weh.

Jiyans Blick folgte ihrem. Für einen kurzen Moment hielt sie den Atem an.

Würden ihre schwarzen Schwingen Jiyan misstrauisch ihr gegenüber machen? Würde er ihr Fragen dazu stellen? Könnte ein Nymphe verstehen, welch enorme Bedeutung Flügel für engelsartige Wesen hatten?

Amaleya verspürte das starke Bedürfnis, sich zurückzuziehen, weil sie sich entblößt vorkam und Jiyan gerade etwas von sich zeigte, was kaum jemand zu Gesicht bekam.

Er hob seine Hand, um die unversehrte Innenseite ihrer Flügel zu berühren, hielt in der Bewegung inne und schaute sie fragend an.

Wollte er ihr Einverständnis, um sie anzufassen?

Sie beschloss, dass es ein gutes Zeichen war, und nickte zögerlich.

Er glitt ganz sanft mit den Fingern durch ihr Gefieder. Bei seiner Berührung schnappte sie überrascht nach Luft. Nie zuvor hatte sie jemanden ihre Flügel berühren lassen und war daher auch nicht darauf vorbereitet gewesen, dass es sich so gut anfühlen würde.

Ach was, gut? Es war berauschend! Ihre Nervenenden schienen wie elektrisiert zu sein!

Mitgerissen von ihrem plötzlich aufflammenden Verlangen beugte sich Jiyan zu ihr herüber und eroberte ihren Mund in einem stürmischen Kuss. Seine Zunge glitt an ihren Lippen vorbei, um auf ihre zu treffen. Jede Zurückhaltung war vergessen.

Endlich!

Seit dem Sommerfest hatte sie ihn erneut küssen und spüren wollen, dass er das zwischen ihnen nicht bereute. Als sie ihn vor dem höllischen Vergnügungspark geküsst hatte, war seine Zurückhaltung greifbar gewesen. Sie hatte deswegen geglaubt, dass es zwischen ihnen vorbei wäre, wenn sie aus der Hölle zurückkehrten. Doch jetzt löste sich jeder ihrer Zweifel in Luft auf.

Jiyan küsste sie, als ob es kein Morgen gäbe und er jeden Moment auskosten müsste. Als ob er eingesehen hätte, dass jeder Widerstand zwecklos war und er sie außerdem brauchte, um von seinen Verletzungen zu heilen.

Mit der Zunge fuhr er über ihre kleinen Reißzähne und vergrub seine Hand in ihrem Gefieder, wodurch sie sich nach mehr verzehrte. Mehr, immer mehr.

Noch nie hatte sie einen Mann so sehr begehrt wie ihn. Eben noch hatte sie geglaubt, sie würde erfrieren, und nun stand ihr ganzer Körper in Flammen.

Jiyan küsste und berührte sie, als wäre er das Feuer und sie sein Zündstoff. Plötzlich brannten sie lichterloh füreinander.

Er löste sich kurz von ihrem Kuss und sah sie mit diesen funkelnd blauen Augen an. »Bleib bei mir, Amia«, forderte er mit kehliger Stimme. »Und ich verspreche, dich jeden Tag so zu küssen. Sag Ja.«

Er ließ seine Lippen wieder über ihre gleiten und seine Hände über ihren Körper sowie die Innenseiten ihrer Flügel. Sein Geruch nach salzigem Sommerregen umhüllte sie, wodurch sie vergaß, wo sie sich gerade aufhielten.

Sie vergrub die Hände in seinem Haar und neigte den Kopf, um den Kuss zu vertiefen. Gerade wollte sie vieles, aber sich bestimmt nicht den Kopf über seine Bitte zerbrechen.

Jiyan beugte sich jetzt immer weiter über sie, bis ihr Rücken den Boden berührte und er sich auf sie legte. Sie liebte das Gefühl seines muskulösen Körpers auf sich und schlang ihre Beine um seine Hüfte, um ihn näher an sich heranzuziehen. Als seine Erektion ihre Mitte streifte, stöhnten sie beide auf.

»Antworte mir, Amia«, raunte Jiyan ihr ins Ohr, sodass sein warmer Atem ihren Hals streifte und sie erschauderte.

Als er seine Hüfte bewegte und sich an ihr rieb, vergaß sie sofort wieder, wovon er überhaupt sprach. Ihre Haut kribbelte durch seine Küsse und Berührungen, ihr Körper fühlte sich schwerelos an.

Sie biss ihm vorsichtig auf die Unterlippe, nur genug, um ihn zu necken. Jiyan verstand es als Aufforderung, legte seine Hand in ihren Nacken und zog dort an dem Band ihrer Schleife, wodurch sich das Oberteil ihres Jumpsuits lockerte. Seine Finger fuhren ihren Hals hinab, über ihr Schlüsselbein und streiften ihre Brüste. Er zeichnete eine Spur auf ihrer Haut und schob seine Hand unter Amaleya, bis zwischen ihre Schulterblätter und Flügelansätze, wo all ihre Nervenbahnen zusammenliefen.

Ihr entwich ein Stöhnen, warme Schauer rannen ihren Rücken hinab.

Ja, ja, bitte!

Sie wollte, dass Jiyan nie wieder aufhörte, sie zu berühren. Wollte mit ihm schlafen. Wollte ihn in sich spüren und alle Zweifel über Bord werfen.

Nein, konzentrier dich! Das hier war wichtig!

Jiyan hatte sie um etwas gebeten und sie wollte ihn wiedersehen, wenn sie die Hölle verlassen hatten. Das schon. Doch bei ihm zu bleiben, bedeutete bei ihm zu wohnen.

Da Jiyan ihr von der Lebensweise seines Volkes erzählt hatte, wusste sie, dass Nymphen sofort zusammenzogen, wenn sie es ernst mit ihrem Partner meinten, um viel Zeit miteinander zu verbringen und sich täglich gegenseitig zu stärken. Amaleya besaß als Tavith genug Lebensenergie, um keinen Schaden durch seine Berührungen zu nehmen. Aber sie würde einen seelischen Schaden davontragen, wenn sie sich darauf einließ, mit ihm zusammenzuleben, und er sie rausschmiss, falls er von ihrer dämonischen Abstammung erfahren sollte.

Sie legte ihre Hände an Jiyans Brust und schob ihn von sich, um ihn anzusehen. Das Verlangen in seinem Blick überwältigte sie. Wie hatte sie je daran zweifeln können, dass er sie ebenso begehrte wie sie ihn?

»Jiyan, ich …« Ihre Worte waren kaum mehr als ein Atemhauch, so leise und unsicher klang sie.

Sie wollte ihn. Nur nicht hier, nicht so. Und er wollte sie lediglich, weil er ihre Geheimnisse nicht kannte. Wenn sie tatsächlich Seelenverwandte waren, würde dieser letzte Schritt sie für immer aneinanderbinden. Solang allerdings noch vieles zwischen ihnen ungeklärt war, kam es ihr einfach nicht richtig vor, das zu riskieren.

Jiyan blinzelte verwirrt, weil sie nichts weiter sagte. Seine Stirn legte sich in Falten, er schien in ihrem Gesicht nach einer Antwort zu suchen, die ihr nicht über die Lippen kam.

»Jiyan, ich …«, setzte sie erneut an. »Verdammt, du denkst nicht nach!«

Sie hasste es, dass ausgerechnet sie nun nachdachte, doch das hier war falsch.

Oder?

Oder nicht?

Ihre Verwirrung war so groß, dass Panik in ihr aufkam.

»Das tue ich sehr wohl«, widersprach Jiyan mit rauer Stimme und setzte an, sie wieder zu küssen, was seine Worte Lügen strafte.

Sie wollte es so sehr. Wollte mit ihm zusammen sein. Nichts auf der Welt fühlte sich so richtig an wie das hier. Aber es stand zu viel zwischen ihnen, zu viel Ungeklärtes, zu viele Ungewissheiten. Darüber wollte er gerade wohl nicht diskutieren.

Mit den Händen umfasste sie sein Gesicht. »Du wirst es mir danken«, flüsterte sie an seinen Lippen.

Dann brach sie ihm das Genick.

The good path

Don't be a sinner,
girl, you are a sin.
Don't fight a battle
you don't intend to win.

Do not harm others
knowing how it hurts.
Eyes on your aim
before the sight blurs.

Never tell lies,
remember to stay true.
Always appreciate and
love what you do.

Think before speaking
so you'll never regret.
Watch clock hands moving,
but never forget.

ICH BIN DANN MAL WEG

AMALEYA

Jiyans Körper begrub sie unter seinem Gewicht, während sie ihre Tränen fortblinzelte und ihn anschließend von sich herunterrollte. Ein Genickbruch setzte Unsterbliche nur vorübergehend außer Gefecht, doch bis Jiyan wieder zu sich kam, würde sie ihn hoffentlich aus der Hölle geschafft haben.

Sich körperlich näherzukommen, war eine Sache. Sich emotional aufeinander einzulassen, eine ganz andere. Er hatte gerade beides von ihr verlangt, weswegen sie die drastische Maßnahme eines Genickbruchs ergriffen hatte, um der Situation zu entfliehen.

Denn sie hatte Angst.

Jiyan hatte sie gebeten, bei ihm zu bleiben – auf unbestimmte Zeit. Konnte sie das? Er hatte etwas gegen die Engel, für die sie nun einmal arbeitete. Er verabscheute Dämonen, zu denen sie aber gehörte. Und er war ein König, sie ein Niemand.

Selbst wenn sich alle Probleme in Luft auflösen würden und sie das Traumpaar des Jahrhunderts wären, bliebe zukünftig ein Problem bestehen: Jiyan würde sich irgendwann eine eigene Familie, einen Thronfolger, wünschen und es war ihr nicht möglich, Kinder zu bekommen, da die Tavith durch ihre Abstammung unfruchtbar waren, so wie Liger – die Kreuzung aus Löwen und Tigern. Auch wenn es für ihn keine Rolle spielte, würde sie von seinem Volk dafür geächtet werden. Jeder würde sie anlächeln und hinter ihrem Rücken hinterfragen, warum Jiyan sich mit einer wie ihr eingelassen hatte.

Sie wusste nicht, wie sie mit all diesen Gedanken, die auf einmal auf sie einschlugen, klarkommen sollte, und war dankbar für die Ruhe. Wenngleich ein Genickbruch auch eine drastische Maßnahme war.

Okay, vielleicht hatte sie etwas überreagiert.

Sie band ihren Jumpsuit im Nacken zusammen und zog einen magischen Schleier über ihre verheilenden Flügel, sodass diese wieder immateriell wurden. Dann legte sie sich Jiyan über die Schulter, während sie mit der anderen Hand nach ihrem Schwert griff, das neben ihr auf dem Boden lag, und setzte sich in Bewegung.

Würden ihre Mitbewohner sie jetzt sehen, würden die sich kaputtlachen bei dem Bild, das sie abgab. Aber ohne ihre Freunde marschierte sie schweigend und in schnellem Tempo durch die Hölle.

Immer wieder setzte sie an, um sich zu teleportieren, doch sobald sie spürte, dass sie in eine bestimmte Richtung gezogen wurde, materialisierte sie sich wieder und lief weiter, bis sie ihren nächsten Versuch startete.

Stunden vergingen so, bis sie endlich das Gefühl hatte, sich frei teleportieren zu können, und es wagte. Tatsächlich landete sie in Jiyans Schlafzimmer, in welches das Mondlicht durch die Fenster hereinfiel.

Erschöpft ließ sie Jiyan auf das Bett fallen, legte sich neben ihn und starrte an die Decke.

Was nun?

Die Frage war unumgänglich und sie musste sich entscheiden, wie es weitergehen sollte. Sie war halbherzig und impulsiv an die Sache herangegangen und nun lag sie womöglich neben ihrem vom Schicksal Auserwählten und Himmel und Hölle zogen in den Krieg.

Klasse, das lief ja schon wieder bestens.

Sie kuschelte sich an Jiyan und legte ihre Hand über sein Herz. Sie wollte bei ihm sein und ihn im Kampf gegen Sergen mit ihrem Wissen über die Hölle unterstützen.

Zweifel bahnten sich in ihren Gedanken den Weg bis an die Front.

Aber, aber, aber … Sie wollte es nicht mehr hören!

Sollte sie ihr Leben lang bereuen, dass sie feige abgehauen war, statt es versucht zu haben? Nein! Die Option des Scheiterns lief ihr ja nicht weg, die bestand später immer noch! Das Leben war verdammt lang, wenn man etwas bereute. Ein Moment dauerte eine Ewigkeit, wenn man sich ständig vorstellte, wie es hätte sein können.

Sie müsste nur darauf achten, dass Jiyan niemals erfuhr, was sie war. Zugegeben, so ein Geheimnis war keine gute Voraussetzung, wenn man plante, Zeit miteinander zu verbringen, ihr blieb jedoch keine andere Wahl.

Selbst wenn er wüsste, dass sie eine Tavith war und es aus unerfindlichen Gründen akzeptierte, würde es ihm dafür umso mehr schaden. Denn er war ein Sinnbild für die Abscheu vor Dämonen und sollte er sie je als eine Ausnahme betrachten, würde er dennoch in Konflikt mit seinem Umfeld und Volk geraten.

Wer wollte denn einem König folgen, der sich selbst widersprach? Wie viel Vertrauen würden andere noch in Jiyan setzen?

Mit einem Seufzer griff sie nach der Bettdecke und breitete diese über Jiyan und sich selbst aus. Dann fielen ihr endgültig vor Erschöpfung die Augen zu.

»Sag schon! Was ist es?«, flehte Amaleya und hüpfte aufgeregt umher.

Das Lachen ihrer Mutter Melinche hallte von den Wänden der Höhle wider, in der sie lebten.

Sie mieden die Menschen, denn durch ihre Augenfarben zogen sie zu viel Aufmerksamkeit auf sich. Nur allzu schnell würde man sie grundlos der Hexerei oder als Satanisten beschuldigen und töten.

»Ist es etwas zum Anziehen? Oder zum Essen?«, hakte Amaleya ungeduldig nach und versuchte zu erraten, was sie wohl heute zu ihrem zwölften Geburtstag geschenkt bekommen würde.

Sie benötigte dringend neue Kleidung, da ihre mittlerweile zu klein und abgetragen war. Nahrung bräuchte sie auch, da sie seit fast zwei Tagen nichts mehr gegessen hatte, weil sie in dieser Gegend kaum Wild fanden und bei der Jagd oft mit leeren Händen ausgingen. Auch wenn Amaleya eine Unsterbliche war, besaß sie als Kind noch keine Fähigkeiten, dafür aber genug Schwachstellen.

Im Vergleich zu den Menschen war sie stärker, schneller, ihre Haut dank der Schuppen darunter dicker und sie wurde nicht so schnell krank. Erst mit dem Alter entfalteten sich Fähigkeiten bei Unsterblichen, dabei war der Zeitpunkt immer ungewiss. Manche konnten sich bereits im Alter von vier Jahren teleportieren, Amaleya mit ihren zwölf Jahren immer noch nicht. Manchmal erwachten Fähigkeiten auch aus der Not heraus oder durch traumatische Erlebnisse.

Aufgeregt schlug Amaleya jetzt ihre Hände vor dem Gesicht zusammen. »Oh, ich weiß! Es ist eine Waffe!«

Vielleicht brauchte sie Kleidung und Essen, doch nichts wünschte sie sich sehnlicher als eine tödliche Klinge aus Metall – keinen selbstgeschnitzten Speer oder dergleichen.

Melinche strahlte über das ganze menschliche Gesicht, sodass die Heiterkeit ihre roten Augen funkeln ließ, während ihr eine braune Haarsträhne ins Gesicht fiel. Sie trug ihre langen Haare stets nach oben geflochten, damit diese ihre kleinen Hörner bedeckten.

»Du hast es erraten.« Ihre Mutter zog neben sich aus einem Beutel ein Stück Leinen hervor, in dem etwas eingewickelt war.

Hibbelig vor Aufregung kniete sich Amaleya neben ihre Mutter und nahm staunend das Geschenk entgegen.

»Er ist wunderschön«, flüsterte sie ehrfürchtig und wiegte das kalte Metall in ihrer Hand.

Die Klinge schimmerte rötlich, während der Griff schwarz und mit kleinen roten Edelsteinen besetzt war.

»Was sagt man?« Ihre Mutter schaute sie erwartungsvoll an.

»Danke, Mama!« Amaleya umarmte Melinche und genoss für mehrere Momente ihre Wärme und Nähe.

»Gern geschehen, mein Schatz.«

Amaleya wusste, dass ihre Mutter nur Wert auf Höflichkeit legte, um auszugleichen, dass ihr Vater – ein Engel – sich nicht mehr bei ihnen aufhielt. Auch wenn ihre Mutter nicht viel von ihm erzählte, hatte Amaleya verstanden, dass ihre Mutter ihn liebte und er nur nicht mehr bei ihnen lebte, weil er sie auch liebte. Indem er sie verlassen hatte, schützte er Melinche vor seinen Kameraden, die verpflichtet wären, sie als eine Dämonin zu töten.

Weder Melinche noch Amaleya machten den Engeln dafür einen Vorwurf, denn im Normalfall hatten die Dämonen auch nichts Besseres verdient. Sie selbst flohen ständig vor den Dämonen, die sich dafür rächen wollten, dass ihre Mutter Amaleyas Vater befreit hatte und mit ihm aus der Hölle geflohen war.

»Wo hast du den Dolch her?«, hakte Amaleya nach, kaum dass sie sich aus der Umarmung gelöst hatte.

Ihre Mutter zwinkerte ihr zu. »Hab ihn selbstverständlich gestohlen.«

Amaleya kicherte. Zu stehlen war für Dämonen üblich und noch die geringste ihrer Untaten. Aber sie könnte sich keine hübschere, liebevollere und stärkere Mutter vorstellen. Sie wünschte nur, ihr Vater wäre auch hier.

Der Gedanke versetzte ihr einen Stich. Sie wollte ihn kennenlernen. Und Melinche starrte oft genug zum Himmel, um zu zeigen, dass sie ihn ebenfalls vermisste.

Würde es ihn umbringen, wenigstens einmal vorbeizuschauen? Vermisste er Melinche denn gar nicht? Wollte er seine Tochter überhaupt nicht kennenlernen?

Noch vor ein paar Jahren hatte sie sich auf den Tag gefreut, an dem sie ihrem Vater begegnen und endlich mehr über ihn erfahren würde. Mittlerweile nahm Verbitterung den Platz der Freude ein und statt Sehnsucht verspürte sie das Gefühl, zurückgewiesen worden zu sein.

Ihre Mutter strich Amaleya eine Haarsträhne hinters Ohr. »Kleines, was sollen die negativen Schwingungen?« Sie musterte ihre Tochter verwirrt. »Gefällt dir der Dolch etwa nicht?«

Amaleya schüttelte den Kopf und verdrängte ihre negativen Gedanken. »Doch, er gefällt mir. Ehrlich! Gehen wir jagen? Ich würde ihn gern gleich ausprobieren.« Sie hoffte, dass sie etwas erlegen würden, damit sie ihren Dolch benutzen könnte.

»Ich habe eine bessere Idee.« Ihre Mutter lächelte verschmitzt. »Was hältst du davon, wenn wir uns zum nahe gelegenen Dorf schleichen und ich uns etwas Gebäck stehle? Vielleicht finde ich ja sogar einen Kuchen zu deinem Geburtstag.«

Amaleya kamen fast die Tränen. »Das wäre fantastisch!«

Sie würde töten für einen Kuchen. Solang sie noch nicht gänzlich unsterblich war, durfte sie aber lediglich Wache halten.

»Na, dann los.« Melinche griff nach dem Beutel neben sich, und schon brachen sie auf.

Sie liefen durch das umliegende Waldgebiet und kamen schließlich zu einer Lichtung, auf der ein Weg verlief. Ab dort folgten sie dem Pfad aus dem Wald hinaus, an ein paar Feldern vorbei und bis zur nächsten Siedlung. Sie blieben im Schatten der Hütten, schlichen um die Behausungen herum, um es zu vermeiden, von den Menschen entdeckt zu werden.

Amaleyas Herz schlug vor Aufregung so laut, dass sie ein Rauschen in den Ohren hörte.

Warum reagierte sie ausgerechnet jetzt so? Diese Situation war ja nichts Neues. Erst vor ein paar Wochen waren sie zu einer anderen Siedlung aufgebrochen, um Getreide und ein Tierfell zu stehlen. Wie sonst auch hatte Amaleya Wache gehalten und auf ihre Mutter gewartet. Die wusste schon, was sie tat, und ließ sich nicht erwischen.

Als sich ihr Magen krampfhaft zusammenzog, ergriff sie Melinche am Arm, die sich mit zusammengekniffenen Augen zu ihr umsah.

»Stimmt etwas nicht? Wirst du krank?« Ihre Mutter stand im Schutze einer Hauswand und legte ihre Hand an Amaleyas Stirn, um zu überprüfen, ob sie Fieber hatte.

Amaleya schloss die Augen und atmete tief ein. »Ich weiß nicht. Ich glaube einfach ... vielleicht sollten wir umkehren.«

Ihre Finger fühlten sich schwitzig und ihre Knie zittrig an. Verzweiflung schlug in ihr Wurzeln und wuchs mit jeder verstreichenden Sekunde. Sie konnte es sich nicht erklären.

»Du scheinst kein Fieber zu haben«, bemerkte ihre Mutter mit gerunzelter Stirn, »aber du wirst früher oder später krank, wenn du nicht bald etwas isst. Setz dich hin und warte, bis ich zurück bin. Bleib hier im Schatten der Hauswand. Ich hole dir etwas zu essen und dann verschwinden wir.«

Amaleya setzte sich gehorsam und lehnte ihren Rücken gegen die kühle Hauswand. Doch sie konnte den Arm ihrer Mutter nicht loslassen.

»Geh nicht lang fort, ja?« Ihr drehte sich förmlich der Magen um. Sie wollte einfach nur weg von hier. Am liebsten wäre sie gerannt und hätte nie wieder zurückgeschaut. Warum, wusste sie selbst nicht.

Melinche nickte, hauchte ihr einen Kuss auf die Stirn und schlich im nächsten Moment davon. Amaleya verspürte das Bedürfnis, zu schreien und ihre Mutter aufzuhalten. Stattdessen hockte sie im Schatten des Hauses und lauschte den Klängen der Menschen, um nicht von irgendwem überrascht zu werden.

Minuten vergingen. Müsste ihre Mutter nicht schon zurück sein?

Weitere Minuten verstrichen, in denen Amaleya blanke Panik fühlte.

Jetzt reicht's, beschloss sie und erhob sich. Sie würde nachschauen gehen.

In den letzten Jahren hatte immer mal wieder jemand sie oder ihre Mutter gesehen und entweder die Augen weit aufgerissen, um sie fassungslos anzustarren, oder die Flucht ergriffen. An solchen Reaktionen konnte Amaleya ablesen, dass sie erkannt worden war. Sollte also jemand auf sie aufmerksam werden und ihre goldenen Augen bemerken, würde sie nicht davor zurückschrecken, Gewalt anzuwenden, um denjenigen zum Schweigen zu bringen, bevor ein Tumult ausbrach.

Zittrig schob sie ihren Dolch an der Innenseite ihres Unterarms nach hinten, sodass er unter ihrem Umhang verborgen war. Sie umfasste die Spitze des Metalls mit bloßen Fingern. Nur für einen Sekundenbruchteil müsste sie die Klinge loslassen, damit ihr der Griff perfekt in die Handfläche rutschte. Dann könnte sie zustechen.

Leise schlich sie an der Rückwand der Hütte entlang, sah um die Ecke, aber entdeckte niemanden in unmittelbarer Nähe. Sie eilte zur nächsten Hütte, ging erneut in Deckung und rannte dann wieder weiter. In Bewegung zu bleiben, half ihr dabei, das Gefühl der Panik zumindest zu verringern.

Abrupt verharrte sie in der Bewegung, als ihr die Tränen kamen. Sie rannen ihr über die Wangen, ohne dass Amaleya erklären könnte, warum. Mit ihnen verschwand die unheilvolle Vorahnung, sodass sie fast in die Knie gegangen wäre.

Statt darüber zu grübeln, bewegte sie sich weiter, um dann erneut wie angewurzelt stehen zu bleiben. Nur ein paar Hütten weiter voraus sah sie zwischen den Behausungen zwei Engel. Zu ihren Füßen lag Melinche. Enthauptet. Tot.

Amaleya starrte zu den Engeln hinüber. Es mussten Kriegerengel sein, denn im Sonnenlicht schimmerte ihr Gefieder silbern. Bei Schutzengeln wäre es weiß. Bei Mitgliedern des Himmlischen Rates golden. Die Engel schauten mit kalten Blicken auf den leblosen Körper zu ihren Füßen und auch Amaleya sah wieder hinab.

An der Szene hatte sich nichts verändert. Schwarzes Dämonenblut bildete eine Pfütze um den Körper ihrer Mutter. Sie war wirklich tot. Für immer fort.

Brüllend stürmte Amaleya jetzt auf die Engel zu. Sie ließ ihre Waffe in die Handfläche rutschen und duckte sich unter dem ersten Schwerthieb des rechten Engels. Ihre Klinge schnitt kurz darauf durch dessen Oberschenkel. Er stürzte mit einem Schmerzensschrei auf die Knie, sodass sich sein Kopf für sie auf geeigneter Höhe befand. Statt ihm sofort an die Kehle zu gehen, machte sie einen weiten, geduckten Schritt zur Seite und wandte sich um. In der Drehung kehrte sie ihren Dolch um und stach dann mit der Rückhand zu.

Blut spritzte über ihre Finger, als der Engel gurgelnd zu Boden fiel. Vorerst wäre er außer Gefecht gesetzt.

Sie richtete sich wieder auf und stand nun dem anderen Engel gegenüber. Sein Schwert aus weißen Flammen knisterte gefährlich.

In der Drehung war sie seinem Schwerthieb gekonnt ausgewichen. Etwas anderes blieb ihr auch nicht übrig. Es gab für sie keine Chance, einen Hieb mit ihrem Dolch zu parieren, denn die Engelsschwerter durchschnitten selbst Metall. Weil sie klein und ungewöhnlich schnell war, bestand dennoch die Möglichkeit, dass sie gewinnen würde. Außerdem hatte sie in ihrer Mutter eine fantastische Lehrerin gehabt.

Bei diesem Gedanken explodierten in Amaleya Hass und Trauer, die ihr Herz in Stücke sprengten.

Mit einem Kampfschrei machte sie einen Satz auf den Engel zu, der seinerseits zum Schlag ausholte. Ob er zögerte oder sie zu schnell war, spielte in diesem Moment keine Rolle. Was zählte, war, dass sie ihn erreichte, bevor sein Schwert sie traf.

Mit aller Kraft zielte sie auf seine Kehle. Ihre Klinge schnitt durch Muskeln, Sehnen und Knochen. Als glühender Schmerz durch ihren Arm schoss, ließ sie ihre Waffe los und sprang schreiend zurück.

Der Engel versuchte, nach dem Dolch in seinem Hals zu greifen, doch fiel bewusstlos zu Boden.

Amaleya wandte nur kurz den Blick von ihm ab, um auf ihren Arm zu schauen, von dem der Geruch nach verbranntem Fleisch ausging. Eine klaffende Wunde entstellte diesen, wo der Engel sie getroffen hatte.

Am Boden sah sie das dunkle Dämonenblut ihrer Mutter wie ein schwarzes Loch, das sich unter ihr auftat. Nur ein einziger Gedanke trat *klar in den Vordergrund: Sie war ab jetzt allein und vollkommen auf sich selbst gestellt.*

Erschrocken riss Amaleya die Augen auf. Ihr Herz pochte wie ein Trommelwirbel, der das Brechen des mentalen Damms einläutete, den sie um ihre Erinnerungen gezogen hatte.

Ganz ruhig. Es ist alles gut, beruhigte sie sich selbst.

Es waren nur Erinnerungen. Dass sie ständig von Vergangenem träumte, zeigte ihr allerdings, dass sie damit noch nicht abgeschlossen hatte. Zu oft verdrängte sie all das Geschehene, statt sich damit auseinanderzusetzen und es zu verarbeiten.

Verflucht! Sie hoffte von ganzem Herzen, dass ihre Zusammenarbeit mit den Engeln und deren Vergebung ihr helfen würden, endlich zu akzeptieren, dass sie ihre einstigen Taten nicht mehr ändern konnte.

Sie setzte sich auf, zog die Beine an sich heran und umschlang sie mit ihren Armen. Dann legte sie ihre Stirn auf die Knie und konzentrierte sich auf ihre Atmung.

Sie wünschte, sie hätte Jiyan nicht das Genick gebrochen, damit er sie jetzt in den Arm nehmen könnte. Aber dann würde sie ihm wahrscheinlich alles erzählen und sich danach nur noch mieser fühlen, weil er von ihrer Abstammung erfahren würde.

Dass Engel ihre Mutter ermordet hatten, war für sie so traumatisch gewesen, dass sie ihre Fähigkeiten erweckt hatte und somit die Wunde an ihrem Arm verheilt war. Sie hatte nicht nur die beiden verantwortlichen Engel zur Rechenschaft gezogen, sondern fortan alle Engel umgebracht, die ihr in die Quere kamen, weil ihr Hass sie geblendet hatte.

Dadurch war Sergen schließlich auf sie aufmerksam geworden. Sie hatte leichtgläubig ihr Vertrauen in den Falschen gesetzt und sich nichts dabei gedacht, als er ihr vorschlug, sie zu unterrichten, wenn sie im Austausch dafür ihre Fähigkeiten zu seinen Gunsten einsetzte und niemals gegen ihn.

Amaleya erinnerte sich noch genau, dass sie eifrig genickt und zugestimmt hatte, woraufhin er wissen wollte: »Schwörst du es?«

Da sie in so jungen Jahren ihre Mutter, Lehrerin und einzige Verbündete verloren hatte, gab es vieles, was sie noch nicht gewusst hatte. So auch, dass ein Schwur für Unsterbliche bindend war.

Wie ein Idiot hatte sie damals Sergen geantwortet: »Klar, ich schwöre es.«

Scheinbar banale Worte, die sie für fast dreihundert Jahre an ihn gebunden hatten, wie sich später herausgestellt hatte. Sie schuldete Majandra viel dafür, dass die sie befreit hatte.

Amaleya schaute auf Jiyan, der friedlich neben ihr schlief. Sein Haar erhielt durch das Mondlicht einen silbrigen Glanz und seine Haut wirkte durch die helle Bettwäsche dunkler. Die Räumlichkeiten dufteten nach ihm, rochen nach Meer und Strand, obwohl sie sich mitten in der Hauptstadt befanden.

Für einen kurzen Augenblick erinnerte sie sich an Jiyans Bitte und stellte sich vor, wie es wäre, wenn sie bei ihm blieb. Sollte sie nachts aus einem Albtraum erwachen, würde sie ihn so neben sich vorfinden, könnte sich an ihn kuscheln und in dem Gefühl schwelgen, dass sie jemanden an ihrer Seite hatte, der wirklich für sie da wäre. Nicht nur auf freundschaftliche Weise und nicht nur für ein wenig Spaß.

Jiyan interessierte sich wirklich für sie. Um ihretwillen. Und nicht nur wegen ihrer Fähigkeiten. Siehe Sergen. Im Gegensatz zu ihren vorherigen Liebhabern trug Jiyan sein Herz am rechten Fleck.

Sie fasste einen Entschluss, stand auf und teleportierte sich in Majandras Himmelsschloss.

Angespannt lauschte sie, bis sie Geräusche im Kinosaal ausmachte und sich dort hinteleportierte. In diesem Gebäude gab es nichts, was es nicht gab.

In dem Saal mit riesigen, plüschigen Sesseln fand sie Maja und Kendric, die sich eine Portion Popcorn teilten, während irgendein Schwarz-Weiß-Film lief. Ein Klassiker, würde Amaleya wetten.

Kendric trug wie immer einen maßgeschneiderten Anzug, hatte die Hemdärmel allerdings hochgekrempelt, sodass man seine tätowierten Unterarme sah. Er wirkte wie ein Badboy im Aufzug eines Gentlemans. Aber nur, solang er sich in diesem Teil der Welt aufhielt. In der Hölle trug er bevorzugt die Haut seiner Feinde. Als Mantel.

Maja hingegen schien wie die personifizierte Sonne, warm und wohlwollend. Selbst in ihrem geblümten Schlafanzug würde ihr die Erde zu Füßen liegen.

»Wenn du uns noch länger so anstarrst, muss ich dir einen Dreier vorschlagen«, meinte Kendric plötzlich grinsend. Er wandte den Blick von der Leinwand ab und sah Amaleya direkt an. »Das würde Kasimir jetzt zumindest sagen.«

Über diese Bemerkung konnte sie nur schmunzeln. »Wohl wahr.«

»Endlich lächelst du wieder!« Maja schaute ebenfalls zu Amaleya herüber. »Ich hatte schon befürchtet, irgendjemand wäre gestorben.«

Die beiden hatten sie nicht einmal angesehen und trotzdem selbst ihre Stimmung wahrgenommen.

»Nein, wir leben noch.« Sie überbrückte die Distanz zwischen ihnen und stützte sich mit den Unterarmen auf den Rückenlehnen ihrer beiden Freunde auf. »Aber um ein Haar wären wir in der Hölle draufgegangen.«

Beide Tavith rissen überrascht die Augen auf.

»Deswegen stinkst du so«, beschwerte sich Kendric. »Weil ihr in der Hölle wart. Nimm gefälligst eine Dusche. In diesem Teil der Welt muss ich nicht auch noch vom Schwefelgeruch umgeben sein.«

Maja stieß ihm mit dem Ellenbogen in die Seite. »Stell dich mal nicht so an.« Sie zählte zu den zwei Geschöpfen auf dieser Welt, die tadelnd mit Kendric sprechen durften.

Doch auch wenn er sich das von ihr gefallen ließ, zuckte ein Muskel an seinem Kiefer und sein Lächeln wurde kalt.

Hätte Amaleya so mit ihm gesprochen ... Nein, das hätte sie nicht gewagt.

Als gäbe es keine Spannungen zwischen ihnen, wandte sich Maja an Amaleya. »Anscheinend hast du euren Höllentrip unbeschadet überstanden. Ist Jiyan auch unversehrt?«

»Keine Sorge, ihm geht's prächtig.« Sie zuckte mit den Schultern. »Bis auf einen Genickbruch.«

Ihre Freunde hoben überrascht die Augenbrauen.

Maja ergriff zuerst das Wort. »Ich würde mal sagen, dass es Schlimmeres gibt und du den kleinen Ausflug mit deinem Seelenverwandten gut genutzt hast.«

Was sollte denn an einem Genickbruch gut sein?

»Moment mal.« Amaleya sah zu Kendric, der genau wie sie die Stirn in Falten legte. Ihr Blick glitt wieder zu ihrer besten Freundin. »Hast du gerade das Wort ›Seelenverwandter‹ verwendet? Woher weißt du das?«

Majas Augenrollen schien zu sagen, dass es ja wohl offensichtlich sei. »Nachdem du so oft über Jiyan geschimpft hast, dachte ich mir, dass ich ihn mal unter die Lupe nehmen sollte. Also bin ich dir zu einem eurer Treffen gefolgt. Da ich Seelen sehen kann, ist mir das Naqashaan zwischen euch sofort aufgefallen.«

Amaleya hörte Majas Worte. Wie sonst auch konnte sie allerdings nicht einschätzen, ob ihre Freundin die Wahrheit sagte oder log. Sie wusste nicht, wie Maja das anstellte. Mittlerweile spielte es auch keine Rolle mehr.

Vor langer Zeit hatte Amaleya entschieden, Maja zu vertrauen, und wenn ihre Freundin meinte, dass Jiyan ihr Seelenverwandter war, dann war es so.

Doch diese Neuigkeit traf sie völlig unerwartet. Ihr Verstand konnte noch nicht ganz annehmen, was sie soeben erfahren hatte.

»Warum teilst du mir das erst jetzt mit? Warum hast du es mir nicht erzählt, als du es herausgefunden hast?« Sie richtete sich auf und begann, hinter Majas und Kendrics plüschigen Sesseln auf und ab zu tigern. »Seit wann weißt du überhaupt davon, dass Jiyan und ich … dass wir zusammengehören?« Abrupt verharrte sie in der Bewegung und wandte sich ihren beiden Freunden zu, die sie mit leicht verengten Augen beobachteten. »Und seit wann kannst du überhaupt Seelen sehen?«

Mit einem Mal hielt der Film an. Der Ton verstummte und das Bild stoppte mitten in der Szene, als hätte jemand den Pause-Knopf betätigt.

Kendric räusperte sich. »Ich lasse euch das mal in Ruhe klären.« An Amaleya gewandt sprach er weiter: »Ich berichte den anderen zwischenzeitlich von deinen Plänen.«

Schon war er verschwunden.

Grr! Dieser verfluchte Gedankenleser sollte sich aus ihrem Kopf raushalten!

Sie verschränkte frustriert die Arme vor der Brust und blickte ihre beste Freundin an.

Maja hatte sich mittlerweile im Sessel hingekniet, sodass sie Amaleya zugewandt dort hockte, und hob abwehrend die Hände. »Ist ja schon gut. Ich weiß seit einer Weile davon, dass ihr Seelenverwandte seid, und habe dir nichts gesagt, um mich nicht einzumischen.«

»Ach, und jetzt ist es in Ordnung, sich einzumischen?« Sie klang unfreundlicher, als sie es beabsichtigt hatte.

»Na ja, jetzt kennst du Jiyan und vorher hätte dich die Seelen-verwandtschaft vielleicht überfordert.« Maja schenkte Amaleya ihr berüchtigtes, herzerwärmendes Lächeln. »Das wollte ich nicht.«

Wenn Maja sie so anstrahlte, fiel es ihr schwer, ihre bockige Haltung beizubehalten und sich nicht sofort weichklopfen zu lassen.

»Okay, okay. Das verstehe ich.« Sie teleportierte sich neben Maja in den freien, plüschigen Sessel. »Aber warum hast du nie erwähnt, dass du Seelen und das Naqashaan zwischen ihnen se-hen kannst?«

Amaleya ließ den Kopf gegen die weiche Lehne sinken und schaute zu Maja, die sich umdrehte und es ihr gleichtat.

»Habe ich euch jemals einen Wunsch ausgeschlagen oder hast du schon mal von mir gehört, dass ich etwas nicht kann?«

Sie beide blickten auf die schwarz-weiße Leinwand, deren un-bewegtes Bild zeigte, wie eine Frau mit ihrem Mantel über dem Arm aus der Wohnungstür schritt.

»Nein«, murmelte Amaleya und dachte an die letzten Jahrhun-derte, die sie mit den anderen Tavith hier zusammengelebt hatte.

Jeder von ihnen besaß Stärken und Schwächen. Manchmal flippten sie aus, brauchten eine Schulter zum Ausweinen oder einfach nur einen weisen Rat. In jedem Fall endeten sie bei Maja.

Doch nicht ein einziges Mal hatte Maja einen von ihnen um Hilfe gebeten.

Als Amaleya ihre beste Freundin wieder ansah, bemerkte sie, dass Maja auf ihre Hände starrte.

»Ich habe noch nie gesagt, dass ich etwas nicht kann, weil ich irgendwie … alles kann.« Die brünette Tavith hatte die Stirn in Falten gelegt und wirkte nicht halb so glücklich, wie sie es bei dieser Aussage sein sollte. »Und trotzdem bleiben mir einige Dinge verwehrt.«

Um Maja aufzuheitern, griff Amaleya nach ihrer Hand und verschränkte ihre Finger miteinander. »Was auch immer dir verwehrt bleibt … Ich würde an deiner Seite kämpfen, um es zu erringen. Immer.«

Majas Augen weiteten sich und ihre vollen Lippen formten erneut ein Lächeln, das die Sonne vor Neid erblassen ließe. »Na schön, das werde ich mir merken. Also … soll ich dir jetzt beim Packen helfen?«

»Du auch noch?«, fragte sie und verdrehte die Augen. »Hast du etwa auch meine Gedanken gelesen?«

Maja wackelte grinsend mit den Augenbrauen. »Soll ich dir nun helfen oder nicht?«

Für einen Augenblick ließ Amaleya die Neuigkeiten sacken und musste dann den Kopf über ihren irrwitzigen Plan schütteln. »Ob du mir helfen sollst? Aber natürlich!«

FÜR DEN NOTFALL

JIYAN

Sein Schädel dröhnte und sein Nacken schmerzte höllisch. Er wollte die Augen öffnen, doch jeder Funken Licht schien direkt in seinem Kopf zu explodieren.

Er versuchte, sich einen Reim darauf zu bilden, was geschehen war. Die Bruchstücke seiner Erinnerung setzten sich jedoch nur quälend langsam zusammen, bis sie schließlich ein vollständiges Bild ergaben.

Amaleya hatte ihm das Genick gebrochen!

Jiyan riss die Augen auf und setzte sich ruckartig hin. Sofort durchfuhren ihn Schmerzen, die durch seine plötzlichen Bewegungen ausgelöst worden waren.

Als seine Sicht nach mehrfachem Blinzeln schärfer wurde, erkannte er, dass er sich zu Hause befand und die Morgensonne durch die Balkonfenster hereinschien. Er sortierte seine Gedanken und kam zu mehreren Erkenntnissen.

Erstens hatte Amaleya ihm das Genick gebrochen, ihn dann anscheinend aus der Hölle getragen und danach bei sich zu Hause abgelegt.

Zweitens würde er sie dafür übers Knie legen, wenn er sie in die Finger bekam, wie er es schon bei ihrer ersten Begegnung hätte tun sollen.

Denn drittens war er jetzt vollkommen allein. Von ihr fehlte jede Spur, was einen Anflug von Panik in ihm auslöste, da er nun auf sie angewiesen war. Genau deswegen hatte er zuvor einen enthaltsamen Lebensstil gepflegt, um nicht ständig von anderen abhängig zu sein.

»Von wegen dankbar«, grummelte er zu sich selbst.

Er rieb seinen immer noch schmerzenden Nacken. Obwohl er wusste, dass es besser wäre, wenn sie einander nicht näherkamen, weil sie auf beruflicher Ebene noch etwas zu klären hatten, gab es jetzt kein Zurück mehr. Mal ganz davon abgesehen, dass er sie bei sich haben wollte.

Nachdem sie zusammen die Hölle überstanden hatten, konnte er sich nicht vorstellen, zukünftig auf ihre freche Art oder ihr verwegenes Grinsen zu verzichten. Doch selbst wenn er sie nun aufsuchen würde, was ihm unmöglich erschien, weil er keine Ahnung hatte, wo oder wie er sie finden sollte, so hatte er *eigentlich* auch kein Recht, sie zu bitten, bei ihm zu bleiben, wenn sie es allem Anschein nach nicht wollte.

Eigentlich.

Sein Magen zog sich krampfhaft zusammen bei dem Gedanken daran, dass er sich in dem Versuch, wieder enthaltsam zu leben, eventuell umbringen würde.

Früher hatte er es riskiert und wundersamerweise überlebt. Heute stellte dies keine Option dar, weil sein Land und Volk ihn mehr denn je brauchten.

Ohne Amaleya müsste er mit anderen Frauen zusammen sein, um sich bei Kräften zu halten und den herannahenden Krieg zu überstehen. Während dieser Gedanke ihn in jungen Jahren mit Vorfreude erfüllt hatte, widerte ihn in diesem Moment die bloße Vorstellung an.

Er wollte keine andere. Aber das Verblüffendste dabei war: Er *brauchte* auch keine andere als Amaleya.

Um ein Haar hätte er geseufzt.

Wo war seine Amia nun? Nicht hier, wo sie hingehörte. Ihm blieb etwa ein Tag Zeit, um sie zurückzubekommen, bevor er langsam schwächeln würde. Sich von dem Genickbruch zu heilen, hatte ihn eine Menge Energie gekostet und die könnte er am schnellsten mit Amaleya wiederherstellen. Was sie ihm ohnehin schuldig war, nachdem sie ihm den Hals umgedreht hatte.

Er schlug die Decke zurück und rutschte bis zur Bettkante vor.

Als ihn erneut ein Schwindelanfall packte, verharrte er und überlegte sich einen Plan.

Er würde eine Liste mit Aufgaben erstellen, die seine Freunde erledigen müssten, nachdem er sie über die Situation aufgeklärt hatte. Dann würde er sich zu einem der Portale begeben und hoffen, dass er bei Amaleya landen würde, wenn er sich *sie* vorstellte statt eines Ortes und durch das Portal schritt.

Jiyan wusste nicht, wie andere Portale funktionierten, aber da Masujes der Gott der vielen Orte war, basierten seine Portale auch auf der Vorstellung eines Ortes, wenn man sie nutzte. Das stellte normalerweise kein Problem dar, weil man für gewöhnlich wusste, wo man jemanden fand oder sich mit jemandem verabredet hatte. Nur auf ihn traf dies nicht zu, da Amaleya sich teleportieren und sonst wo herumtreiben könnte. Doch er musste sie finden.

Als der Schwindel nachließ, stand er auf und stapfte in sein Badezimmer. Dort nahm er eine kurze Dusche und gönnte sich kaum die Zeit, sich abzutrocknen, bevor er in sein Ankleidezimmer ging, um sich anzuziehen.

Abrupt blieb er im Türrahmen stehen und stutzte. Er ließ den Blick durch den Raum wandern, in dem sich mehrere Möbelstücke aus Mahagoniholz befanden. In einer Ecke hatte zuvor ein handgeschnitzter Stuhl gestanden, wo sich nun ein weiterer Schrank befand, der sich vom Stil her perfekt an seinen reihte.

Ein Funken Hoffnung nistete sich in ihm ein, während er darauf zuging und schließlich beide Türen öffnete.

Er blickte hinein, blinzelte irritiert und prustete schließlich los, da ihm eine lebensgroße, aufblasbare Gummipuppe entgegenstarrte. Auf ihrer Stirn klebte ein kleiner pinker Notizzettel, auf dem stand: *Für den Notfall.*

Grinsend schüttelte er den Kopf. Er liebte Amaleyas Humor und spürte eine unsichtbare Last von seinen Schultern fallen.

Es war offensichtlich, dass sie bei ihm eingezogen war, denn während die Gummipuppe die linke Schrankhälfte einnahm, befanden sich auf der rechten Seite neben jeder Menge schwarzer Frauenkleidung und ein paar farblichen Stoffen noch eine DVD-Sammlung, eine Haarbürste, Zopfgummis und mehrere Packungen Frauenshampoo.

Da musste er sich allerdings fragen, wo sie gedacht hatte, die DVDs zu schauen, wenn er keinen Fernseher, geschweige denn auch nur eine Steckdose besaß.

Er griff nach dem Shampoo und roch daran, sodass ein süßlicher Pfirsich-Duft, den er mit Amaleya verband, seine Sinne erfüllte. Sie gab ihnen also eine Chance und wollte bei ihm sein, wenn er Körperkontakt brauchte.

Immer noch grinsend stellte er das Haarwaschmittel zurück, schloss die Schranktüren und nahm sich aus einem Regal eine schwarze Hose und ein hellblaues Shirt, um sich anzuziehen.

Zukünftig würden sie zwar solche Entscheidungen zusammen ausdiskutieren und nicht einen Genickbruch als Gelegenheit nutzen, um unangenehmen Gesprächen auszuweichen, doch jetzt war er nur froh, dass Amaleya ihn nicht hängen ließ. Nun, da er schon genug mit den Kriegsvorbereitungen beschäftigt wäre, verschwand sie nicht, sondern hielt zu ihm. Mittlerweile schuldete er ihr so viele Gefälligkeiten, dass er eine Liste darüber führen sollte.

Er schritt durch die breite Doppeltür in sein Arbeitszimmer, um einen Plan darüber zu erstellen, was er und seine Freunde alles würden erledigen müssen.

Erneut kam er abrupt zum Halten. Zu seiner Rechten befanden sich wie gewohnt sein massiver Schreibtisch mit wichtigen Dokumenten und ein weich gepolsterter Stuhl. Zu seiner Linken stand hingegen statt der zwei kleineren Sofas für Gäste nun ein großes und an der gegenüberliegenden Wand hing ein riesiger Flachbildfernseher.

Er fuhr sich verwundert mit der Hand durchs Haar.

Wenigstens hatte sich Amaleya erneut seinem Stil angepasst. Oder vielleicht hatten sie auch einfach den gleichen Geschmack. Aber ein Flachbildfernseher? Über den Wolken besaßen sie kein Stromnetz und hatten bis zum heutigen Tag auch keinen Bedarf daran gehabt.

Strom war eine noch unausgereifte Erfindung der Menschheit. Die Unsterblichen würden sich zunächst die weitere Entwicklung anschauen, bevor sie beschlossen, ob es einen Vorteil barg, und das Konzept übernahmen. Die Menschen dachten bei ihren Erfindungen immer erst im Nachhinein an die Welt, in der sie lebten, da ihre Lebensspannen nur sehr kurz waren. Doch als Unsterbliche hatten sie stets den Langzeiteffekt im Blick und waren sehr skeptisch dem Stromkonzept gegenüber.

Also, was sollte der Fernseher? Er trat auf das Gerät zu und begutachtete es. Kein Stromkabel war zu sehen. Er suchte nach einem Fach für Batterien oder Akkus oder wie auch immer die Dinger hießen, fand allerdings keins.

Neugierig ging er zum Sofa, nahm sich die Fernbedienung und drückte auf den roten Knopf, um das Gerät anzuschalten. Ihm fiel die Kinnlade herunter, als der Bildschirm in der Tat aufflackerte und irgendein Sender der Menschen über das Wetter berichtete.

War das zu fassen? Amaleya hatte ihm einen magischen Fernseher an die Wand montiert, der sogar über den Wolken verschiedene Sender empfing – ganz ohne Strom.

Er musste sich eingestehen, dass er begeistert war. Aber er würde das Gerät ins Schlafzimmer verlegen, damit sie in Zukunft vom Bett aus gucken könnten. Denn er plante, dort viel Zeit mit ihr zu verbringen, wenn er nicht gerade gegen eine Dämonenarmee aus der Hölle kämpfte.

Zufrieden über Amaleyas Einzug schaltete er den Fernseher wieder aus.

Er setzte sich gerade an seinen Schreibtisch, um Pläne zu schmieden und Aufgaben niederzuschreiben, als er Schritte im Gang hörte und von Neuem stutzte. Sein Gehör war außergewöhnlich gut, fiel ihm nun auf, obwohl es erst – vor wann, einem Tag? – geschädigt worden war, als das Geschrei der Arguinen ihn hatte taub werden lassen.

Kam dies auch durch Amaleyas Energie, so wie die Fähigkeit, Katastrophen wahrzunehmen?

Seine drei Freunde spazierten, ohne zu klopfen, durch die Tür in sein Arbeitszimmer und begrüßten ihn.

»Na, sieh mal einer an, wer da ausgeschlafen hat«, meinte Fionn, während sich die drei wie selbstverständlich auf Amaleyas riesiges Sofa plumpsen ließen.

Er runzelte die Stirn. Die drei wirkten allesamt erschöpft und vermittelten den Eindruck, als ob sie gerade in einer Schlacht gekämpft hätten.

»Was ist euch denn zugestoßen? Ich brauche euch in Höchstform und ihr seht aus, als würdet ihr dringend Urlaub benötigen«, stellte Jiyan kritisch fest und notierte ein paar Zahlen auf seiner Kriegsplanung.

Er befand sich bereits im Krisen-Modus, spielte die schlimmsten zukünftigen Szenarien in Gedanken durch und schmiedete Pläne, um diese zu vermeiden.

Er hatte wichtige Angelegenheiten mit seinen drei Beratern zu besprechen und wollte ihnen die Gelegenheit bieten, sich einzubringen. Einerseits weil er ihre Unterstützung schätzte und andererseits wollte er für die Möglichkeit offen sein, dass sie etwas bedachten, was er bei seiner Planung außer Acht gelassen hatte.

»Wir brauchen ja auch Urlaub«, gestand Balamy erschöpft und ließ seinen Kopf gegen die Rückenlehne sinken.

»Deine Freundin hat uns heute früh aus den Betten gezerrt und in die Trainingsarena geschliffen«, erklärte Fionn mit müdem Grinsen. »Mit all deinen wichtigsten Befehlshabern und Soldaten, weil sie der Meinung war, dass sie sich ein Bild davon machen müsste, ob wir in einem Kampf was taugen würden. Sie hat uns erzählt, dass uns ein Krieg bevorstünde, du uns später über all die Einzelheiten aufklären würdest, und dann ging's auch schon los.«

»Das große Arschtreten«, brummte Balamy und musterte die Fernbedienung.

Jiyan schaute seine Freunde mit großen Augen an. Amaleya blieb nicht nur bei ihm. Sie unterstützte ihn und hatte sogar eine Aufgabe übernommen.

Bei dieser Erkenntnis schwoll seine Brust vor Stolz an. Das mit ihnen hatte nichts mehr nur mit Verlangen oder Anziehungskraft zu tun. Amaleya war alles, wonach er nie in einer Frau gesucht hätte, und alles, was er wollte.

Leano riss ihn aus seinen Gedanken. »Wir dachten eigentlich, dass ihr schon mal verfrühte Flitterwochen gemacht habt, so wie ihr auf dem Fest zusammen aufgetreten seid und du mit ihr an der Hand verschwunden bist. Aber da ihr nach drei Tagen wiederaufgetaucht seid und uns so schlechte Nachrichten überbringt, war es wohl eher eine Geschäftsreise.«

»Drei …?« Er zog überrascht die Augenbrauen hoch und dachte an die Ereignisse der letzten Zeit. »Also war ich drei Tage lang fort oder ist heute der dritte Tag?«

Sie hatten sich ungefähr achtundvierzig Stunden in der Hölle aufgehalten, das wusste er. Und dem Stand der Sonne nach zu urteilen, war es noch nicht mal Mittag. Doch wie lang war er durch den Genickbruch außer Gefecht gesetzt gewesen?

Leano neigte nachdenklich den Kopf. »Heute ist der dritte Vormittag, du hast den Morgen verschlafen.«

Das Wort ›verschlafen‹ fühlte sich wie ein Seitenhieb an, denn er hatte schließlich nicht um einen Genickbruch gebeten. Es gab allerdings Wichtigeres zu bereden.

»Nun gut.« Jiyan lehnte sich in seinem Sessel nach vorn und stützte die Ellenbogen auf dem Schreibtisch auf. »Da ich nicht weiß, was genau Amaleya euch bereits erzählt hat, fasse ich es noch mal kurz zusammen.« Zufrieden stellte er fest, dass alle drei ihn anstarrten und auf seine Erklärung warteten. »Amaleya und ich waren in der Hölle, weil mich der dritte Dämonenfürst Leviathans, Sergen Ashad, darüber informieren wollte, dass wir entweder ein Bündnis mit ihm eingehen und sie unser Land als Sprungbrett benutzen werden, um ihren ewigen Krieg gegen die Engel voranzutreiben, oder sie uns auslöschen werden.«

Er hasste es, dass sie keine Alternative besaßen, als in den Krieg zu ziehen. Es hatte also begonnen. Etwas bahnte sich an und die Aussicht auf eine bevorstehende Apokalypse schien ihm nicht einmal allzu unrealistisch.

»Scheiße, nein!«, rief Balamy aufgebracht und stand auf, um vor dem Sofa hin und her zu laufen. »Niemals gehen wir ein Bündnis mit dem ein, dann sind wir nichts weiter als Sklaven der Dämonen! Da sterbe ich lieber in der Schlacht um meine Freiheit!«

Jiyan verstand seine Reaktion nur zu gut. Er wollte sich gar nicht ausmalen, was den Nymphen blühte, wenn sie sich den Dämonen ergaben.

»Aty Rador«, fluchte Fionn. »Jetzt verstehe ich auch, warum Amaleya uns keine Einzelheiten mitgeteilt hat.«

Leano nickte langsam. »So eine Hiobsbotschaft sollte nur der König verkünden.« Er blickte zu Fionn und dann wieder zu Jiyan. »Ein Krieg ist eine Sache. Doch gegen die Hölle? Gegen einen dunklen Fürsten, der in Leviathans Auftrag handelt? Das wird ein Blutbad.«

Bevor Jiyan etwas erwidern konnte, ergriff Balamy das Wort und sprach genau das aus, was sie wahrscheinlich alle dachten. »Ja, ein Blutbad. Es wird allerdings eine der Schlachten, in denen man sich wünscht, dass keine Gefangenen genommen werden, weil der Tod angenehmer wäre.«

Für mehrere Minuten herrschte Stille im Raum, während der sie Balamys Aussage verdauten. Jiyan spürte die Besorgnis, die von Leano ausging. Er hatte die Ellenbogen auf den Knien aufgestützt, sah zu Boden und ließ die Schultern hängen. Fionn hingegen lehnte sich auf dem Sofa zurück und schaute zur Decke, als würde er den Himmel um Beistand bitten. Balamy tigerte immer noch mit grüblerischer Miene im Raum hin und her.

Leano kam schließlich zu dem gleichen Entschluss, den Jiyan auch schon gefasst hatte. »Wir haben keine andere Alternative, als zu kämpfen. Ein Bündnis mit Dämonen ist lachhaft und wir können unser Land nicht aufgeben und verlassen, weil es für uns kein anderes Land zum Ansiedeln gibt.« Leano hob den Blick und starrte in Gedanken versunken die Wand an. »Als Nymphen in die Welt der Menschen auszuweichen, ist viel zu gefährlich. Die Sterblichen fürchten alles, was sie nicht verstehen. Sobald sie bemerken würden, dass es ein ganzes Volk gut aussehender, nie alternder Geschöpfe unter ihnen gibt, würden die Konflikte und schlussendlich auch Kriege beginnen.« Wie zuvor ließ er den Kopf und die Schultern hängen. Seine leise, tiefe Stimme übermittelte die Aussichtslosigkeit, die er empfinden musste. »Auf eine andere Himmelsinsel können wir nicht ausweichen, weil wir dort genauso im Visier stehen würden. Und in eine andere Dimension umzusiedeln, ist nur vorübergehend möglich, weil die Dimensionen, die bewohnbar sind, bereits von anderen verdrängten Rassen wie beispielsweise den Riesen oder den Berserkern besiedelt werden.«

Fionn nickte gedankenverloren, während Jiyan im Geiste weitere Zahlen und Möglichkeiten überschlug, denn sowohl Waffen als auch Soldaten waren eine beschränkte Ressource und ihre Vorräte für eine Evakuierung begrenzt.

Es gab in dieser Welt mehrere Paralleldimensionen. Sie waren im Prinzip nur Erweiterungen der Realität und größtenteils von den Göttern geschaffen worden, schwer erreichbar und wenn sie bewohnbar waren, lebten dort bereits andere Rassen Unsterblicher. Die Nymphen würden sich vorübergehend zu einem dieser Völker gesellen können, wenn dieses friedvoll war, doch auf die Dauer wäre der Lebensraum zu klein und die Lebensmittel würden ihnen ausgehen.

»Ich stimme dir vollkommen zu, Leano«, sagte Jiyan seufzend. »Und ich bin zu dem Entschluss gekommen, dass wir die Kinder und alle, die sich nicht in der Lage sehen, aufs Schlachtfeld zu ziehen, evakuieren sollten in die Dimension Ard'ougha, wo die Sylphen leben.« Er drehte gedankenverloren seinen Stift in der Hand und überlegte, was es noch zu erledigen gäbe. »Die Rekruten aus den Dörfern würden wir erst im Herbst einweisen, aber so müssen wir sie bereits jetzt einziehen. Wir können lediglich beten, dass sie sich gut im Kampf schlagen werden.«

Seine Freunde nickten, doch keinem von ihnen gefiel die Vorstellung, junge Männer in den Krieg zu schicken. Deren Kampfausbildung war noch nicht einmal abgeschlossen und sie würden gegen die abscheulichsten aller Kreaturen antreten müssen.

»Balamy«, begann Jiyan nun seine Anweisungen und schaute seinen Kameraden direkt an. »Ich möchte, dass du dich der Verteilung der Rekruten annimmst sowie der Stationierung der Soldaten. Wir brauchen eine ausgewogene Truppenverteilung und -größe, da wir nicht wissen, wo und wann wir angegriffen werden. Nimm Eanrin mit und sag ihm, dass er im Osten Skorpione und Ballisten auf Vordermann bringen soll, denn wir werden sowohl die kleinen als auch die großen Geschütze benötigen. Ich will gar nicht erst, dass die Dämonen, die zu uns geflogen kommen, auch nur einen Fuß in unser Land setzen. Und bildet Bodentruppen, welche sich um die Dämonen kümmern, die sich zu uns teleportieren. Das ganze Programm eben.«

Von der Flugroute her war es am wahrscheinlichsten, dass sie aus dem Osten angegriffen werden würden, denn dort lag das westliche Höllentor. Da sich Himmel und Hölle wie Spiegelbilder verhielten und Leviathans Reich im Westen der Hölle lag, würde sie gewiss auch von dort ihren Angriff beginnen.

Demnach, was er in der Hölle gesehen hatte, würden sie alle Geschütze benötigen, die ihnen zur Verfügung standen. Denn auch wenn viele Dämonen in der Lage waren, sich zu teleportieren, traf dies nicht auf alle zu und man konnte keine Armee koordinieren, wenn sie sich in alle Himmelsrichtungen verteilte, statt als eine Einheit anzugreifen. Außerdem hatte Jiyan einen Blick auf Sergens Soldaten werfen können und bemerkt, dass die meisten Flügel besaßen, die allerdings im Vergleich zu Engelsflügeln von dicker, ledriger Haut überspannt wurden.

Skorpione und Ballisten würden ihnen daher gewiss von großem Nutzen sein. Sie ähnelten großen, fest aufgestellten Armbrüsten, eigneten sich für Schüsse aus weiter Distanz und richteten bei den Feinden größeren Schaden an. Für alle näher kommenden Dämonen hätten die Soldaten moderne Handfeuerwaffen parat. *Das* war mal eine nützliche Erfindung der Menschen.

Balamy blieb endlich stehen und nickte. Jiyan atmete erleichtert durch. Das Herumgerenne hatte an seinen Nerven gezerrt.

»Damit ernenne ich dich für diese Schlacht zum Feldherrn«, erklärte er Balamy.

Der blinzelte erst überrascht, als könnte er nicht glauben, was er da hörte, doch nickte dann. »Ich fühle mich geehrt und werde alles in meiner Macht Stehende tun, damit wir siegen.« Seine Worte strotzten vor inbrünstiger Überzeugung und bestärkten Jiyan in seinem Entschluss.

Balamy war ein hervorragender Kämpfer mit viel Erfahrung und noch mehr Ehrgeiz. Wenn Jiyan ihm Fionn als ruhigen Strategen an die Seite stellte, würden sie gemeinsam einen fantastischen Schlachtplan ausarbeiten.

Nur gut war, dass Jiyan und Fionn beide wussten, dass sie es heimlich umsetzen müssten, weil Balamy zu stolz wäre, um sich von Fionn bevormunden zu lassen. Fionn hingegen konnte keine Armee anführen. Er war viel zu sanftmütig.

»Und was ist mit dir?«, fragte Leano mit gerunzelter Stirn.

»Ich werde dem Dämonenfürsten gegenübertreten«, entschied Jiyan mit festem Ton. »Und ich werde dafür sorgen, dass er so viel Abstand wie möglich zu euch hält.«

Jiyan würde in der Schlacht seine ganze Konzentration und Kraft auf Sergen richten müssen, dessen Fähigkeit ihm große Sorgen bereitete und der garantiert höchstpersönlich seine Armee anführen würde. Darüber müsste Jiyan ebenfalls mit Amaleya sprechen.

Fionn musterte seinen König nachdenklich. »Das erscheint mir gefährlich und dennoch sinnvoll. Und was ist nun mit den Engeln?«

Jiyan wünschte sich, die Frage überhört zu haben, denn er war sich noch nicht sicher. »Ein Bündnis mit ihnen einzugehen, bringt uns nicht weiter, *wenn* sie uns erneut im Stich lassen, und es könnte darüber hinaus den Dämonenfürsten stark erzürnen.« Weil er nachdenklich die Augenbrauen zusammenzog, bekam er schon Kopfschmerzen und massierte daher mit Zeigefinger und Daumen seine Nasenwurzel. »Wenn wir alle Vorbereitungen getroffen haben, werde ich meine Entscheidung fällen.«

Er fragte sich, wie er auch darüber mit Amaleya reden sollte, da sie ja für die geflügelten Verräter arbeitete.

Zuvor hatte er kein Bündnis mit den Engeln gewollt und gebraucht. Jetzt wollte er zwar immer noch keine Allianz, benötigte sie jedoch, denn allein konnten die Nymphen keinen offenen Krieg gewinnen.

Leano legte die Stirn in Falten und fuhr sich mit der Hand über das Kinn. »Ergibt Sinn, aber so besorgt, wie du aussiehst, scheinen wir so oder so einen Bündnispartner zu brauchen. Was verheimlichst du uns, *Lakootá*?«

Lakootá war in der Sprache der Nymphen ein Kosename für seine engsten Freunde. Es war eine Ehre, so genannt zu werden. Daher konnte Jiyan nicht anders, als ehrlich zu antworten. »Ich habe in der Hölle Sergens Armee gesehen und wir sind ihr zahlenmäßig unterlegen. Und sitzen außerdem noch wie auf dem Präsentierteller.« Mit einem lang gezogenen Seufzer sank er tiefer in seinen Sessel. »Wir befinden uns in keiner guten Lage und bräuchten Verbündete, die nicht nur mächtig, sondern auch zuverlässig sind.«

Das Problem bei Unsterblichen war allerdings, dass sie *entweder* mächtig *oder* verlässlich waren. Die Kombination von beidem kam nur äußerst selten vor.

»Also sozusagen ganz viele Amaleyas«, nuschelte Balamy und ließ sich wieder aufs Sofa plumpsen.

Jiyan starrte ihn mit großen Augen an.

Das war die Lösung. Er würde Amaleyas Freunde aufsuchen und sie als König der Nymphen um ein Bündnis bitten. Dabei würde er aber mit Bedacht vorgehen müssen, damit er Amaleya nicht das Gefühl gab, dass er sie ausnutzte, um an ihre Freunde heranzukommen.

»Ich werde sehen, was sich arrangieren lässt«, erwiderte er ausweichend. »Also, weiter im Plan.«

Er verlangte von Leano, der als Einziger von den hier Anwesenden verheiratet war, dass der sowohl die Evakuierung als auch die Verteilung und Lagerung der Lebensmittel organisieren sollte. Er sollte die Sylphen kontaktieren und außerdem mit seiner Frau und seiner Tochter das Land bei der Umquartierung verlassen.

Leano war nicht begeistert, seine Kameraden zurücklassen zu müssen, doch er sah ein, dass es jemanden geben musste, der die Umsiedelung anführte. Jiyan vermutete, dass es seinen Freund auch freute, bei seiner Familie sein zu können.

»Und welche Aufgabe werde ich übernehmen?«, erkundigte sich Fionn.

»Du wirst dich in die Waffenkammern begeben, um zu überprüfen, welche Waffen wir in der Schlacht einsetzen und welchen Soldaten wir sie übergeben.« Und dann würde er Balamy zur Seite stehen.

Jiyan griff in eine der Schreibtischschubladen, holte eine Phiole und einen Dolch hervor und schnitt sich in die Hand, sodass blaues Blut in das kleine Glasgefäß floss. Dann schloss er die Phiole mit einem Korken und warf sie Fionn zu.

Die Waffenkammern konnten nur mit königlichem Blut geöffnet werden.

»Trefft heute alle Vorbereitungen und informiert alle schnellstmöglich«, wies Jiyan seine Freunde an. »Morgen schreiten wir zur Tat. Und seid stets auf der Hut, wir wissen nicht, welche linken Mittel der Dämonenfürst anwenden würde, um sicherzugehen, dass ich dem Bündnis zustimme.«

Seine Freunde nickten ihm ernst zu.

Gut. Das ist erledigt.

Wenn sie sich einen Tag für die Vorbereitungen nahmen, bliebe allen Nymphen noch genug Zeit, um reichlich Energie zu tanken, bevor in nächster Zeit bei den Evakuierten ein Überschuss an Frauen und bei den Soldaten ein Überschuss an Männern herrschen würde.

Sergen Ashad benötigte gewiss auch noch Zeit, um sein Heer auf Vordermann zu bringen und das Höllentor zu öffnen. Und dann würde der dunkle Fürst hoffentlich auch gleich angreifen. Denn wenn die Trennung von den Evakuierten zu lang andauerte, hätte dies zur Folge, dass seine Soldaten schwächelten. Oder sogar schon vor der eigentlichen Schlacht starben.

Sein Volk war abhängig von den Berührungen anderer, sie lebten von Sex. Das klang für andere Rassen vielleicht wie ein Witz, doch für sie war jeder verfluchte Tag ein Kampf ums Überleben. So wie andere atmeten, mussten sie ihren Lebensstil an viel Körperkontakt anpassen. Andere Unsterbliche fanden es oftmals amüsant, dass Nymphen ständig Feste feierten, oder belächelten es, dass sie bei der Wahl ihrer Partner nicht wählerisch waren.

Jiyan kam bei diesen Gedanken beinahe die Galle hoch. Oft genug nahmen andere es nicht ernst, dass Nymphen starben, wenn sie nicht herumschliefen. Und jeder von ihnen machte eine gute Miene zum bösen Spiel, weil man nun mal mit einem grimmigen Gesichtsausdruck niemanden verführte. Dessen war sich Jiyan nach zweitausend Jahren der Enthaltsamkeit nur allzu bewusst.

Als Fionn leise lachte, riss Jiyan den Kopf hoch und sah seinen besten Freund mit gerunzelter Stirn an. Ihm war nicht einmal aufgefallen, dass sein Blick zu Boden gewandert war.

»Wie gut, dass dir egal sein kann, dass die meisten Frauen bei der Evakuierung das Land verlassen werden«, neckte Fionn ihn und stieß Balamy mit dem Ellenbogen an.

»Tja, du hast wohl nun Amaleya an deiner Seite«, brachte Balamy schmunzelnd hervor.

Dass alle drei ihn so verschlagen angrinsten, bedeutete wohl, dass sie Einzelheiten darüber erfahren wollten, was zwischen Amaleya und ihm bisher gelaufen war.

»Ihr werdet kein Wort aus mir rauskriegen.« Jiyan beobachtete, wie der Schnitt in seiner Handfläche verheilte. »Ein Gentleman schweigt und genießt.«

Als er seine Freunde wieder anschaute, zogen sie alle zeitgleich die Augenbrauen hoch. Ihnen stand die Skepsis ins Gesicht geschrieben.

»Na schön, bitte, dann eben nicht«, brummte Balamy.

»Stell nur bald klar, dass ihr zusammen seid und du zu ihr gehörst. Ich meine ja nur ...« Leano hob in abwehrender Haltung die Hände in die Luft.

Jiyan durchforstete seinen Verstand, bis ihm aufging, was sein Kamerad meinte, und er Kopfschmerzen bekam.

Er fasste sich mit Zeigefinger und Daumen an die Nasenwurzel und massierte die Stelle zwischen seinen Augen. »Ja, da hast du wohl recht.«

Es waren schwierige Zeiten, ein Krieg stand bevor und garantiert nicht nur den Nymphen. Allianzen wären für jede Rasse von Vorteil, was bedeutete, dass er als König, der nun wieder zu haben war, ein idealer Kandidat für eine politische Hochzeit wäre. Das kam für ihn aber nicht infrage, mit dem Thema war er schon nach seiner einst gescheiterten Verlobung durch gewesen.

»Ich werde heute viel Zeit mit Amaleya verbringen«, fügte er angespannt hinzu. »Da ich ihr etwas schuldig bin und sie als Gegenleistung ein Date gefordert hat. Wenn ich mich mit ihr sehen lasse, kommen hoffentlich keine Zweifel auf, dass ich vergeben bin.« Als Fionn mit den blonden Brauen wackelte und das Wort ›Date‹ wiederholte, rollte Jiyan tatsächlich mit den Augen. »Wenn etwas sein sollte, dann schick mir einen Boten.«

Er würde herausfinden müssen, welche Ansichten Amaleya von der Zukunft hatte und was hier gerade zwischen ihnen passierte. Denn sollte sie dies nur als eine kurzzeitige Romanze empfinden … Unzählige Sorgen schossen ihm durch den Kopf. Es wäre für ihn vernichtend, wenn sie ihn verließ.

Balamy musterte ihn eindringlich. »Dann bemüh dich mal, damit sie bei dir bleibt. Sie wäre nämlich als Königin ein motivierendes Vorbild für die Frauen, in Situationen wie diesen für ihr Land und ihr Volk zu kämpfen.«

Jiyan fühlte sich schon von der Vorstellung überwältigt, eine langfristige Beziehung zu führen. Der Gedanke, eine Frau auf ewig als seine Königin an seiner Seite zu haben, überrumpelte ihn daher.

Nicht mal im Ansatz hatte er darüber nachgedacht, was nach diesem Krieg passieren würde, denn noch sah er sie nicht siegen. Wenn alles glimpflich ausgehen sollte, würde er in der Tat voranschreiten müssen. Und zu einem König gehörte nun mal eine Königin, was er kaum bedacht hatte nach all den Jahren der Enthaltsamkeit.

Mit Amaleya würde es allerdings nicht einfach werden. Als König brauchte er eine Frau an seiner Seite, die … repräsentativ war. Doch Amaleya stellte mit ihrer eigensinnigen Art eher das Gegenteil dar.

Sie scheute sich nicht vor Gewalt und das widersprach der Natur der Nymphen. Sie verhielt sich ihm gegenüber respektlos und das würde vor anderen seine Autorität untergraben. Sie schien jede Art von Aktivität willkommen zu heißen, weswegen er sich nicht vorstellen konnte, dass sie sich geduldig im Thronsaal Bitten und Wünsche der Untertanen anhören würde. Und sie wäre wohl kaum begeistert von einer imposanten, traditionellen Hochzeit im hübschen Kleidchen, die mehr für die Öffentlichkeit bestimmt wäre als für sie selbst.

Er stützte die Ellenbogen auf dem massiven Schreibtisch auf, faltete die Hände und legte grübelnd sein Kinn darauf ab.

Amaleya passte einfach in keine dieser Vorstellungen. Sie setzte ihm ein Bild in den Kopf, das ihm viel besser gefiel. Denn sie stand zu dem, was sie dachte und empfand. Wenn sie so auch zu ihm stehen würde, wäre dies die größte Ehre, die er sich erhoffen könnte. Das würde er jedem anderen begreiflich machen. Ein Lächeln stahl sich auf seine Lippen, weil im Schach die Königin den König beschützte und er im wahren Leben ohne Amaleya vermutlich längst draufgegangen wäre.

»Schön, dass dich dein innerer Monolog zur Abwechslung mal zum Lächeln bringt«, bemerkte Fionn und unterbrach damit Jiyans Gedanken. »Aber jetzt mal im Ernst: Wir brauchen dich im Krieg. Wir dürfen nicht riskieren, dass du sterbend im Bett liegst, also sei freundlich zu ihr.«

Jiyan stutzte. »Was soll das denn heißen? Ich *bin* freundlich zu ihr.«

»Du bist ein Arsch«, behauptete Fionn.

»Wenn du mich zu Beginn so behandelt hättest wie sie, wären wir jetzt keine Freunde«, erklärte Leano.

Balamy legte den Kopf schief. »Also würde eine Frau *mir* in die Hölle folgen, würde ich sie auf Händen tragen.«

Seine Kameraden schauten ihn alle drei skeptisch an, doch als Jiyan widersprechen wollte, kam kein Wort über seine Lippen. Denn sie hatten leider recht. Er musste aufhören, sich gegen sie zu wehren, und anfangen, ihr zu zeigen, dass er sie nicht nur schätzte, sondern sogar etwas für sie empfand. Was auch immer genau das sein mochte.

»Ich weiß, dass ihr es nur gut gemeint habt, mich darauf hinzuweisen«, setzte er an, »also werde ich euch eure Respektlosigkeit vergeben.«

Während seine Freunde leise über diese Anmerkung lachten, stand er auf und beschloss, zu Amaleya in die Arena zu gehen. Ein wenig Training würde ihm guttun, nachdem er den organisatorischen Part abgeschlossen hatte. Außerdem brannte er darauf, sie wiederzusehen, und seine befehlshabenden Offiziere waren bereits bei ihr versammelt, mit denen er sich nun beraten müsste.

»Ich werde mal in der Arena nach dem Rechten sehen«, merkte er an, zog sich Schuhe über und ging auf die Tür zu.

Über die Schulter sah er zu seinen Freunden, die sich wer weiß worüber freuten und ihn blöd angrinsten. Wahrscheinlich erheiterte es sie, dass er sich nach all den Jahren wieder wie ein Nymphe verhielt.

»Hört auf zu grinsen und widmet euch gefälligst euren Aufgaben«, ermahnte er sie.

Balamy salutierte, immer noch mit einem Grinsen im Gesicht. »Jawohl, Eure Majestät. Wird erledigt.«

Leano und Fionn lachten, während er den Kopf schüttelte und seine Kameraden an ihm vorbei durch die Tür gingen.

Fionn blieb allerdings neben ihm stehen, als er die Tür hinter ihnen schloss. Es war offensichtlich, dass sein bester Freund noch etwas zu sagen hatte. Jiyan hoffte nur, dass nicht noch weitere schlechte Nachrichten folgen würden.

»Kannst du mit deiner Gardinenpredigt noch warten? Ich würde mir gern aus der Küche ein Croissant mitnehmen.« Er nickte den Nymphen, die ihnen im Gang entgegenkamen, lächelnd zu. »Vielleicht auch zwei oder drei. Ich bin nach dem Höllenmarsch am Verhungern.« Er blickte stirnrunzelnd zu Fionn hinüber, der ihn aufmerksam beobachtete. »Außerdem muss ich noch Soldaten damit beauftragen, Informationen aus dem Lakaien in meinem Kerker herauszufoltern, um festzustellen, ob der Dämonenangriff neulich von Sergen Ashad befohlen worden war oder womöglich sogar noch eine dritte Partei es auf mich abgesehen hat.«

Kostbar war das Haupt, auf dem eine Krone ruhte. Auch ohne Körper daran. Also wollte Jiyan lieber auf Nummer sicher gehen und alle Informationen sammeln, an die er nur gelangen konnte.

»Wir haben uns schon darum bemüht«, meinte Fionn, während sie um eine Ecke bogen und ihnen im nächsten Gang Sonnenlicht durch die riesigen Fenster entgegenfiel.

»Und?« Jiyan ahnte nichts Gutes.

»Tatsächlich haben wir nichts aus dem Lakaien herausbekommen.« Fionn seufzte. »Wer auch immer den Angriff auf dich befohlen hat, ist angsteinflößender als wir.«

Rador! Womöglich sollte Jiyan mal sein Glück versuchen. Oder Amaleya. Sie beide verfügten garantiert über kreativere Foltermethoden als sonst irgendwer in diesem Land.

»Schon gut«, versicherte er Fionn und steuerte auf das Tor zu, das in den Speisesaal führte und von dort aus in die Küche. »Ich werde mich persönlich darum kümmern.«

Wenn er seine Pläne so überdachte, würde er die Folterrunde wohl morgen früh in Angriff nehmen.

Fionn stieß ihn mit dem Ellenbogen an, sodass Jiyan ihm einen fragenden Blick zuwarf. »Du freust dich ein bisschen zu sehr darauf.«

Er konnte sein Grinsen kaum verbergen. »*Freuen* würde ich es nicht nennen. Aber es wird mir auch ganz bestimmt nicht leidtun.«

17

WIE EIN HURRIKAN

JIYAN

Von seinen Freunden flankiert betrat Jiyan die riesige Arena. Sie sahen, wie Amaleya mit einer Gruppe Soldaten an deren Beinarbeit trainierte. Sie wandte ihm den Rücken zu und rief Dinge, auf welche die Soldaten würden achten müssen.

In der rechten Hand hielt sie ein Schwert, in der linken eine Peitsche. Ihr gegenüber stand Eanrin, ein Truppenführer, ebenfalls mit einem Schwert bewaffnet.

Wenn Jiyan sich so die Soldaten besah, die im großen Kreis um die beiden Kämpfenden standen und zuschauten, waren die meisten wohl schon von Amaleya fertiggemacht worden. An ihrer Kleidung haftete Sand, als wären sie mehrfach gestürzt, und verschwitzt waren sie allesamt auch.

Während Amaleya mit der Klinge auf Eanrin eindrosch, schwang sie ihre Peitsche nach seinen Waden. »Spring! Pass auf! Rechts! Schneller!«

Ihre Befehle folgten so schnell aufeinander wie ihre Angriffe, sodass es Eanrin schwerfiel, bei ihrem Tempo mitzuhalten. Dabei wusste Jiyan, dass Amaleya sich gerade zurückhielt.

Während er auf sie und seine Männer zuschritt, bewunderte er ihre fließenden Bewegungen und auch die Koordination zwei so unterschiedlicher Waffen.

Wenn jemand kämpfen konnte, dann Amaleya.

Jiyan und seine Soldaten wussten, dass es meist tödlich endete, wenn man bei einem dämonischen Gegner außer Acht ließ, dass diese oftmals nicht nur Klauen und Hörner besaßen, sondern auch einen Schwanz. Mit diesem konnten sie einem nur allzu leicht das Standbein wegziehen. Bisher waren die Nymphen ihren dämonischen Eindringlingen zahlenmäßig haushoch überlegen gewesen und deswegen nicht auf solche Angriffe trainiert. Daher schätzte Jiyan es, dass Amaleya seinen wichtigsten Soldaten einen Crashkurs erteilte. Denn in der kommenden Schlacht wäre jeder Krieger auf sich selbst gestellt.

Amaleya erwischte Eanrin mit der Peitsche am Knöchel, sodass er nach hinten in den Sand fiel und alle ihnen beiwohnenden Soldaten leise lachten.

Eanrin zog die blonden Augenbrauen zusammen und fuhr sich mit der Hand über das stoppelige Kinn. Allem Anschein nach grübelte er darüber, was er hätte besser machen können.

Amaleya ließ ihre Waffen zu Boden fallen und stützte die Fäuste in die Hüfte. »Ich würde dir ja gern irgendwas Aufmunterndes sagen, aber wäre ich dein Gegner auf dem Schlachtfeld, wärst du jetzt tot.«

Alle Soldaten brachen in Gelächter aus. Jiyan hingegen wusste nicht, ob er lachen oder ob der Wahrheit ihrer Aussage weinen sollte.

Manche der Krieger hielten sich den Bauch und wandten sich grinsend ab, sodass ihre Blicke auf Jiyan fielen.

Er legte sich einen Finger auf die Lippen, um seinen Soldaten zu bedeuten, dass sie ihn ignorieren sollten, was sie auch taten. Mit einem schelmischen Grinsen im Gesicht fixierte er Amaleya und pirschte sich an. Es war Zeit, sich für den Genickbruch zu revanchieren.

Sie konzentrierte sich immer noch auf Eanrin, der sich gerade vom Sandboden aufrappelte.

Jiyan schlich an Amaleya heran und trat ihr aus dem Hinterhalt die Beine weg. Sie fiel auf ihren bezaubernden Hintern und landete direkt vor seinen Füßen. Statt aufzuspringen, lehnte sie sich noch weiter zurück, legte den Kopf in den Nacken und lachte.

Bei allen Himmelsinseln, er liebte dieses Lachen.

»Wofür war das denn?«, fragte sie immer noch strahlend.

Er ging in die Hocke, beugte sich über sie. »Das war dafür, dass ich heute Morgen allein aufwachen musste, nachdem du mir das Genick gebrochen hast«, raunte er.

Ihr Lächeln verblasste bei der Erinnerung, dass sie ihm im wahrsten Sinne des Wortes den Kopf verdreht hatte. Sorge trübte das Gold ihrer Augen.

Er beugte sich weiter über sie, legte seine Hand an ihren Hals, sodass er ihren rasenden Puls spürte, und küsste sie sanft. So zart waren ihre Lippen. So berauschend ihr Geruch. So süchtig machend diese Empfindung und so kräftigend der Körperkontakt zu ihr. Er löste sich ein wenig von ihr und sah erneut in ihre Augen, umrahmt von langen schwarzen Wimpern.

»Und wofür war das?«, hauchte sie mit einem verführerischen Lächeln.

»Das war für die neuen Möbel in meinen Gemächern. Ganz besonders für den magischen Fernseher.« Er zeichnete mit dem Daumen ihre Kieferkontur nach.

Es erleichterte ihn, dass sie hier war. Sie glich der Sonne, die auf seine kleine Welt schien.

»Du wirkst zufrieden«, stellte sie erheitert fest. »Das liegt bestimmt nicht nur am Fernseher, sondern an Ellie. Hab ich recht?«

Seine Mundwinkel verzogen sich zu einem Grinsen. »Ist Ellie etwa unsere nackte Mitbewohnerin, die es sich im Schrank gemütlich gemacht hat?«

»Oh, ihr habt euch also schon kennengelernt. Und, hat sie sich benommen?« Amaleya grinste ebenfalls.

»Sie war erstaunlich freundlich. Das hat sie bestimmt nicht von dir«, neckte er sie und kassierte einen Faustschlag gegen die Schulter.

»Du Fiesling!«, schimpfte Amaleya lachend.

Er beugte sich wieder zu ihr hinab und hauchte einen weiteren Kuss auf ihre Lippen. Und noch einen. Er hätte seine ganze Ewigkeit damit verbringen können, sie zu küssen. Doch ihm blieben nicht mehr als zwei Tage mit ihr, in denen sich die Nymphen auf die Schlacht vorbereiteten. Danach war alles ungewiss. Und während dieser zwei Tage musste er noch einiges erledigen.

Die Nymphen benötigten Verbündete, und das Angebot der Engel bestand noch. Sollte er es annehmen? Sollte er Amaleyas Freunde um ihre Unterstützung bitten? Konnte er noch andere Arten um ihren Beistand ersuchen?

Außerdem wollte Jiyan noch bei den äußeren Wachtürmen vorbeischauen, um die Moral seiner Soldaten zu stärken, indem er sich als König persönlich nach ihnen erkundigte. Seit dem Tod seiner Familie hatte Jiyan sein Leben in der Arena, hinter dem

Schreibtisch oder in besagten Wachtürmen an der Front verbracht. Er würde dort nach dem Rechten sehen müssen.

Und dann müsste er ja auch noch Informationen aus dem Dämonenlakaien in seinem Kerker herausfoltern und auf ein Date mit Amaleya gehen, um ihr sein Land zu zeigen und hoffentlich auch das Land, für das sie an seiner Seite in den Krieg ziehen würde.

Vorhin hatte Fionn ihm erklärt, dass er und Balamy gleich das Gespräch mit den hier versammelten Befehlshabern übernehmen würden, damit Jiyan Zeit mit Amaleya verbringen könnte, bevor er seine Aufgaben in Angriff nahm. Fionns Worte »*Nutze heute und morgen, als ob es deine letzten Tage wären*« hallten immer noch durch seine Gedanken. Sie waren der Grund, warum er seinem besten Freund schlussendlich nachgegeben hatte.

»Ich brauche dich«, gestand Jiyan Amaleya leise. »Und *nur dich*, Amia.« Auf ihre Reaktion wartend, hielt er den Atem an.

Sie betrachtete ihn immer noch mit dem Kopf nach hinten gelehnt, während sich nun ihre Wangen in einem zarten Rot färbten. »Dann werde ich wohl so schnell nicht wieder ausziehen müssen, hm?«

Ihr bezauberndes Lächeln gab ihre kleinen Reißzähne preis, die ihn an seine Theorie erinnerten, dass Amaleya zur Hälfte Engel, ein Viertel Harpyie und ein Viertel Göttin sein könnte. Dies erschien ihm zumindest am plausibelsten, wenn er ihre Fähigkeiten bedachte. Es verwunderte ihn nicht, dass ihre Flügel die gleiche Farbe wie ihr Haar besaßen, da dies oft bei Halbengeln vorkam. Hoffentlich würde sie bald begreifen, dass sie ihm trauen konnte, und das Rätsel um ihre Abstammung lüften.

»Nein, das wirst du nicht«, pflichtete er ihr bei.

Er wollte sie bei sich haben. Und ihm fiel kein Grund ein, warum sie ihn jetzt noch verlassen sollte, nachdem er sich bereits von seiner schlechtesten Seite präsentiert hatte.

»Also, hast du noch Kraft für einen kleinen Zweikampf?« Er wusste, dass sie *immer* Kraft dazu hätte.

»Machst du Witze?«, fragte sie ungläubig und sprang auf. Mit einem Knicks ergänzte sie: »Es wäre mir eine Ehre, mit Euch den Boden zu wischen, Eure Hoheit.«

Er lachte und kam nicht drumherum, daran zu denken, was Fionn vorhin gesagt hatte. Nämlich, dass Jiyan sich in Amaleya *verknallt* hatte. Er war sich nicht sicher, was er tatsächlich für sie empfand, doch es würde zumindest sein irrationales Handeln erklären, sobald sie sich auch nur in seiner Nähe aufhielt.

»Hey, guck nicht so«, rief Amaleya ihm zu, während sie eine Kampfhaltung einnahm.

Sie führten beide keine Waffen, also würden sie wohl ihre Auseinandersetzung mit den Fäusten austragen. Wer die Siegerin sein würde, war offensichtlich. Er hatte sie kämpfen sehen und spürte ihre Energie in sich. Sie war ein Hurrikan, eine unbezwingbare Naturkatastrophe, und trotzdem verbarg sie ununterbrochen, wozu sie imstande wäre.

Ihre Vergangenheit musste sie gelehrt haben, nicht nur ihre Fähigkeiten, sondern auch ihre Stärke zu verbergen, damit niemand sie wegen dieser ausnutzen würde.

Er schob seine Gedanken beiseite und stand auf. »Wie gucke ich denn?«

»Ich weiß nicht.« Sie neigte den Kopf und legte die Stirn in Falten. »So hat mich noch nie jemand angesehen.«

Als ob sie die ganze Welt erobern könnte und seine gleich mit?

Seine Mundwinkel hoben sich und wie immer, wenn sie sich bei ihm befand, blendete er die Welt um sie herum aus. »Soll ich damit aufhören?«

Er wusste ihren Gesichtsausdruck nicht recht zu deuten, doch sie war nicht so selbstsicher, wie sie ihn glauben lassen wollte. Allem Anschein nach ging er ihr unter die Haut.

»Auf keinen Fall«, lautete ihre Antwort, sodass sich ein breites Grinsen über sein Gesicht legte.

Das Lachen seiner Soldaten erklang und ließ die Seifenblase platzen, in der er sich ständig mit Amaleya zu befinden schien. Jiyan hatte bereits vergessen, dass seine Männer sich noch hier aufhielten. Sie bildeten nun einen großen Kreis, um sich anzugucken, wie Amaleya auch ihm in den Hintern trat. Aber das war Jiyan gleichgültig. Er forderte sie nur zu einem kleinen Zweikampf heraus, um seine neuen Fähigkeiten zu testen. Nicht nur sein Gehör hatte sich gebessert. Auch seine anderen Sinne und seine Reflexe waren geschärft. In der Hölle war er sich dessen nicht bewusst gewesen. Nun schon. Er wollte sehen, wie viel stärker und schneller ihn der Körperkontakt mit Amaleya werden ließ. Es war wichtig, dass er sich darüber im Klaren war, denn in der herannahenden Schlacht würde er seine eigenen Kräfte kennen müssen.

Er ging in Position. Sofort sprang Amaleya auf ihn zu und schlug mit der Rechten nach ihm. Er blockte sie ab, hob seinen anderen Arm, um auch ihre Linke abzublocken.

Sie trat einen Schritt zurück und grinste ihn an. Er erahnte an dem Funkeln in ihren Augen, dass sie gerade nur getestet hatte, wie weit sie gehen dürfte, um ihn nicht ernsthaft zu verletzen.

Er war geliefert. Im nächsten Augenblick regnete ein Schlag nach dem anderen auf ihn nieder in einer Geschwindigkeit, bei

der er nicht mithalten konnte. Er versuchte, ihre Schläge abzublocken, doch es gelang ihm kaum.

Plötzlich traf ihn ein Tritt gegen die linke Niere und er stolperte. Sofort folgte ein Schlag auf seine Rippen, und die Knochen
brachen unter der Wucht.

Rador!, fluchte er auf Nymphisch.

Verdammt! Das war kein Training mehr!

Er fokussierte sich auf die Reihenfolge ihrer Schläge, konnte allerdings keine ausmachen. Er konzentrierte sich darauf, was ihr
Standbein war und mit welchem sie nach ihm trat, aber erkannte
kein System hinter ihren Attacken.

Wut stieg in ihm auf, dass eine so kleine, zierliche Frau ihm
weit überlegen war und sie ernst machte.

Drauf geschissen. Er ließ seine Deckung fallen und schlug blind
zu. Bei dem Kontakt zuckte er zurück und starrte Amaleya erschrocken an, die sich über die Lippen leckte, auf die ihr das Blut
aus der Nase lief.

Er blinzelte einmal, als er dachte, er hätte gesehen, dass ihr Blut
ungewöhnlich dunkel war. Das hatte er sich garantiert nur eingebildet nach den ganzen Schlägen, die er hatte einstecken müssen.

Und heilige Scheiße – er hatte sie geschlagen! Er hatte ihr wirklich die Nase gebrochen.

»Amaleya, das ...« – *war verdient*, wollte er sagen, doch biss sich
gerade noch rechtzeitig auf die Zunge.

»Wehe, du entschuldigst dich jetzt.« Ein Grinsen erhellte ihr
Gesicht. »Du hättest dich entschuldigen müssen, wenn du *keinen*
Schlag hättest landen können, so wie deine Soldaten.«

Noch bevor er wusste, was er eigentlich tat, ging er auf sie zu.
Sie kam ihm ebenfalls entgegen, sodass sich ihre Münder wie von
selbst fanden und zu einem wilden Kuss verschmolzen.

Vielleicht war es das Adrenalin. Oder der Wunsch, Energie von ihr zu beziehen und sich zu heilen. Oder vielleicht war es einfach die süße Rache für die Schläge, die er kassiert hatte. Was er lediglich wusste, war, dass er sie auf eine Art brauchte, die er sich nicht erklären konnte.

Er trat noch enger an sie heran, sodass sie stolperte. Im nächsten Moment fielen sie in den Sand. Er griff ihr in den Nacken und neigte ihren Kopf, um sie tiefer zu küssen. Wild und stürmisch, verloren in dieser süßen Empfindung, die seine Nervenenden und seinen ganzen Körper unter Strom zu setzen schien.

Ihr Geschmack und Geruch erinnerten ihn an Pfirsiche, als er seine Zunge in ihren Mund gleiten ließ und von ihr kostete. Sie wirkte wie ein Aphrodisiakum auf ihn, sodass sein Körper sofort reagierte und er hart wurde.

Er presste sich zwischen ihre Schenkel und wurde mit einem süßen Stöhnen belohnt, während sie ihre Krallen in seine Schultern grub und ihn zu mehr ansporte.

Mit seiner freien Hand fuhr er unter ihr Top und ihren dünnen Spitzen-BH und umfasste mit seiner Hand ihre Brust.

Nal aty honet. So verdammt perfekt, war alles, was er denken konnte.

Sie erschauderte unter ihm, sodass er sich für einen kurzen Moment von ihr löste.

»Mehr?«, raunte er ihr zu.

Sie rang genau wie er nach Atem. »Gern, aber bist du dir sicher, dass der Zeitpunkt dafür passend ist?«

Er hielt in der Bewegung inne. Schlagartig wurden ihm die Pfiffe und Jubelrufe um sie herum bewusst.

Wie hatte er die gesamte Welt um sie herum einfach ausblenden und vergessen können?!

Unverschämte Nymphen, die ihrem König nicht mal eine Sekunde Privatsphäre gönnen!

Er biss die Zähne zusammen und konnte ihr Publikum leider nicht mehr länger ignorieren. Dass er in jungen Jahren bereits das Privileg auf Privatsphäre verspielt hatte, wäre ihm normalerweise gleichgültig, doch der Anblick, den Amaleya gerade bot, war nur für ihn bestimmt. Jetzt wussten zwar all seine befehlshabenden Offiziere und wichtigsten Soldaten, dass Amaleya zu ihm gehörte, aber sie hatten mehr von ihr gesehen, als ihm lieb war. Und dafür konnte er nur sich selbst die Schuld geben.

Er küsste sie auf die Wange und die Schläfe. Ihre Haare waren voller Sand. Die kleinen goldenen Körner wirkten wie eine Krone um ihr Haupt.

Jiyan stellte sich vor, wie bezaubernd sie mit der Königinnenkrone aussehen würde, die vor langer Zeit seine Mutter getragen hatte. Das Gold würde wunderschön zu ihrer gebräunten Haut und ihren funkelnd goldenen Augen passen, während die blauen Saphire im Licht erstrahlten und ihr königliches Ansehen hervorhoben.

Er verpasste sich eine mentale Ohrfeige für seine abschweifenden Gedanken. »Der Zeitpunkt ist wirklich ungünstig«, murmelte er. Während er sehnsüchtig auf ihre roten Lippen hinabstarrte, die leicht geschwollen von seinen Küssen waren, zog er ihr Top wieder zurecht und half ihr dann hoch. »Amia, was hältst du davon, den heutigen Tag mit mir zu verbringen? Ich habe bereits alles in die Wege geleitet und würde dir gern mein Land zeigen. Bevor …« Er legte sich seine Hand in den Nacken und massierte die verspannten Muskeln dort.

»Bevor du dich wieder deinen Pflichten zuwendest?«, schlug Amaleya vor und klopfte sich den Sand von der Kleidung, wobei ihre langen Haare über eine Schulter nach vorn fielen.

»Vielleicht bevor *wir* uns meinen Pflichten zuwenden.« Er hatte seine Frage versehentlich als Aussage formuliert und wusste selbst nicht so recht, worum er sie gerade bat.

Denn dass sie bei ihm einzog, bedeutete nicht, dass sie auch seine Verantwortung schultern wollte. Er würde herausfinden müssen, wozu genau sie bereit wäre.

Amaleya richtete sich wieder auf und trat näher an ihn heran. »Erst das Vergnügen und dann die Arbeit?« Ihre Lippen formten ein schelmisches Lächeln. »Gefällt mir.«

Er kam nicht umhin, über ihre Wortwahl zu grinsen. »Ich würde eher sagen: Vergnügen und Arbeit in einem.«

Sie hob die Hand, um mit dem Zeigefinger gedankenverloren über seine Brust zu fahren. Er hasste den Stoff, der seine Haut von ihr trennte, und wünschte sich seine traditionelle Weste zurück.

»Ich würde ja sagen, es gefällt mir, dass du so pragmatisch denkst.« Ihr Blick wanderte aufwärts und traf auf seinen. »Aber verdammt, du bist so ein Spielverderber.«

Mit einem Krieg vor der Tür hatte er ja nicht wirklich eine andere Wahl.

»Ach, komm.« Er verdrehte die Augen. »Du wirst schon genug Spaß haben, wenn du uns durch das Land teleportierst und ich mich wegen meiner Reiseübelkeit übergeben muss.«

Er hoffte inständig, dass er sein Frühstück bei sich behalten würde. Das Teleportieren war für ihn allerdings immer noch ungewohnt.

Amaleyas goldene Augen funkelten amüsiert. »Dann bring ich dir wohl vorsichtshalber eine Kotztüte mit, wenn ich mir jetzt luftiges Schuhwerk anziehe.«

Mit diesen Worten teleportierte sie sich fort und ließ ihn mit pochendem Herz zurück. Unter anderen Umständen hätte er etwas Umwerfendes für sie geplant, doch angesichts des drohenden Krieges war es immerhin besser als nichts, mit ihr sein Land zu bereisen und die Wachtürme zu überprüfen.

Hastig klopfte er sich den Sand von seiner Kleidung und fuhr sich mit der Hand durch das Haar, um es zurückzustreichen. Dann wandte er sich mit ernstem Gesicht seinen Soldaten zu und knurrte: »Das nächste Mal werdet ihr den Anstand besitzen, uns ein wenig Privatsphäre zu geben.«

Es war ihm egal, dass sie mitten in der Trainingsarena standen. Er war der König, die Arena gehörte ihm.

»Stell dich mal nicht so an. Ich hab eh schon alles von dir gesehen«, murmelte ein Kommandant namens Biyn.

Manchmal kam sich Jiyan vor, als würde er ein großes Bordell leiten statt eines Königreichs.

Er zuckte mit den Schultern. »Das ist schon Zeitalter her. Und hierbei geht es nicht um mich.«

Schamgefühl war zwar bei Nymphen nicht unbedingt angeboren, aber bei Amaleya wahrscheinlich schon – so niedlich, wie sie oftmals in seiner Gegenwart errötete. Ihm war allerdings aufgefallen, dass es in diesen Fällen nicht um Körperlichkeiten ging. Vielmehr brachte es sie in Verlegenheit, wenn er ihr ein Kompliment machte und sie sich dadurch geschmeichelt fühlte. Es fiel ihr offenbar schwer, mit Lob umzugehen. Noch. Er würde dafür sorgen, dass sie sich daran gewöhnte.

Jiyans Soldaten warfen sich vielsagende Blicke zu. Eanrin stand an der gegenüberliegenden Seite des Kreises, wodurch Jiyans Blick somit unmittelbar auf ihn fiel.

»Du siehst so aus, als ob du auch noch etwas zu sagen hättest.« Jiyan verschränkte die Arme.

Wenn seine Männer noch irgendwelche Einwände oder blöde Sprüche äußern wollten, sollten sie es jetzt tun, bevor sie ihre Strategien für die Schlacht besprechen würden.

Eanrin hob die Augenbrauen, ein wissendes Lächeln erhellte seine Gesichtszüge. »Keine Zurückhaltung mehr, mein König?«

Jiyan schüttelte schmunzelnd den Kopf. »Nein, keine Zurückhaltung mehr.« Denn sie konnten einander offensichtlich nicht fernbleiben.

Fionn trat neben ihn und deutete in Richtung Ausgang. »Na los, verzieh dich. Und sorg dafür, dass sie dir nicht davonläuft.«

»Danke, Lakootá.« Er umarmte Fionn kurz, aber solang es ging, ohne seinem Freund zu viel Energie zu entziehen.

Das stellte für Jiyan eine völlig neue Erfahrung dar, denn seit zwei Jahrtausenden dachte er nicht in erster Linie darüber nach, welche Konsequenzen eine Berührung für ihn nach sich ziehen würde, sondern für andere.

Er ließ Fionn wieder los und sah ihm in die warmen braunen Augen. »Wenn ihr die Strategien besprochen habt, könnt ihr sie mir heute Abend vortragen. Oder vielleicht lieber morgen früh. Ich muss schauen, was sich heute noch arrangieren lässt.«

Fionn verdrehte die Augen. »Du überhäufst uns seit jeher mit Notfallplänen und Strategien, weil du nichts Besseres zu tun hattest, als dir die schlimmsten vorstellbaren Szenarien auszumalen. Wir wissen, was zu tun ist.« Er legte Jiyan seine Hand auf die Schulter. »Ich hoffe nur, dass du auch weißt, was *du* zu tun hast, und deinen Frieden mit deiner Entscheidung schließt. Wie auch immer die aussehen mag.« Er ließ seine Hand wieder sinken und trat einen Schritt zurück.

Jiyan biss die Zähne so fest aufeinander, dass sein Kiefer schmerzte. Sein Volk benötigte Verbündete, wenn sie gegen eine

Höllenarmee kämpfen müssten. Doch das bereitete ihm Kopfschmerzen. Und für welche Strategien auch immer sich Balamy, Fionn und Leano heute entscheiden würden, sie müssten angepasst werden, wenn Jiyan Bündnisverträge unterschrieben und erfahren hatte, mit wie viel Mann sie als Unterstützung rechnen könnten.

Jiyan rollte mit den Schultern und blickte in die Runde. »Fionn, Balamy und Leano übernehmen hiermit das Kommando. Ich muss mich um ein paar Angelegenheiten kümmern und werde euch morgen in aller Frühe mitteilen, was sich ergeben hat.«

Er wählte absichtlich solch vage Formulierungen, weil er noch nichts versprechen konnte.

Alle Anwesenden nickten ihm ernst zu.

Kurz geriet Jiyan in Versuchung, noch für heute Abend oder Nacht ein Treffen anzulegen, doch entschied sich dagegen. Sobald alle Nymphen erfahren hatten, dass morgen die Evakuierung der Himmelsinsel begann, würden die Zivilisten ihre Habseligkeiten und Vorräte packen. Und da viele von Jiyans Soldaten verheiratet waren und einige auch Kinder besaßen, würden die Männer diesen Abend mit ihren Familien verbringen. Und die Nacht. Es war die letzte Möglichkeit für alle Krieger und Kriegerinnen, um vor der Schlacht Energie zu tanken.

Jiyan hoffte nur, dass es Leano gelingen würde, die Sylphen davon zu überzeugen, die Nymphen bei sich aufzunehmen. Davon hing ihr ganzer Plan, ihr Überleben, ab. Sollten die Sylphen auch nur einen Tag zum Überdenken verlangen, würde es alles Weitere verzögern.

Vor Jiyans geistigem Auge flackerten bereits Bilder auf, wie Dörfer brannten und Kinder schrien, weil sie es nicht rechtzeitig …

Balamy riss Jiyan aus seinen Sorgen, indem er vor ihn trat und ihm die Hände auf die Schultern legte. »Verzieh dich endlich.«

Balamy drehte ihn um und gab ihm einen leichten Schubs in Richtung Ausgang. »Die Situation ist schon schwer genug, da muss ich nicht auch noch deine trübsinnige Miene ertragen.«

Jiyan wollte widersprechen, doch da ergriff Eanrin bereits das Wort. »Dir steht der Weltuntergang ins Gesicht geschrieben.«

»Ich weiß gar nicht, was Amaleya an ihm findet«, sinnierte Biyn.

Jaron lachte leise. »Das weiß er wahrscheinlich auch nicht.«

»Schön, prima, ihr wollt mich loswerden? Dann gehe ich nun eben.« Jiyan hob mahnend den Finger. »Aber wenn irgendetwas sein sollte …«

»Dann kümmern wir uns darum und du wirst nie davon erfahren«, behauptete Fionn mit einem Augenrollen. »Viel Spaß, Eure Hoheit.«

Jiyan brummte und wandte sich zum Gehen ab.

Natürlich wüssten Fionn, Balamy und Leano mit jeder Situation umzugehen. Deswegen hatte Jiyan sie schließlich als seine königlichen Berater ausgewählt.

Schon während ihrer Kindheit war Fionn – genau wie Jiyans älterer Bruder Milan – ruhig und überlegt gewesen. Wohingegen Jiyan den Wachen ihre Waffen geklaut und Fionn überredet hatte, mitzumachen, sodass sie schließlich vor Jiyans Vater, König Menril, im Thronsaal gekniet und eine Standpauke erhalten hatten. Bei dieser hatte Fionn geweint und Jiyan sich lediglich überlegt, was sie beim nächsten Mal ändern könnten, um nicht erwischt zu werden.

Jiyan hatte dieses rebellische Verhalten abgelegt. Vielleicht war deswegen nun Amaleya in sein Leben getreten. Denn sie erinnerte ihn an diesen aufsässigen, unverbesserlichen Teil von ihm und gab ihm ein Stück von sich selbst zurück.

Als er zum Ausgang der Arena schritt, fragte er sich, ob es Schicksal war, dass er Amaleya getroffen hatte. Er hoffte es. Allerdings war es noch erstaunlicher, dass es für ihn keine Rolle spielte. Sie war so oder so jemand Besonderes für ihn.

18

Im Vakuum

Lorcas

»So süß das mit den beiden auch ist, wenn Jiyan herausfindet, was wir sind, und uns outet, bring ich ihn um«, meinte Kasimir so nonchalant, als ob sie gerade über das Wetter sprächen.

Seine goldenen Augen wirkten wie immer leblos, sein Lächeln aufgesetzt.

Würde er Jiyan umbringen? Oh ja. Und das, ohne mit der Wimper zu zucken. Er gab, salopp gesprochen, einen Scheiß auf Konsequenzen.

Lorcas riss vor Schock die Augen weit auf. »Wag es ja nicht.« Seine tiefe Stimme hatte einen drohenden Ton angenommen. »Selbst wenn er es wüsste, würde er es mit größter Wahrscheinlichkeit für sich behalten.«

Nebeneinander sahen sie aus wie der Schöne und das Biest. Lorcas stellte mit seinen Narben, seiner massigen Statur und seinen am Kopf zurückgeflochtenen Haaren den Inbegriff eines Kriegers dar und er lebte auch für den Kampf. Kasimir hingegen besaß die tragische Schönheit eines gefallenen Engels und hielt sich am liebsten von Gewalt fern.

Aus sicherer Entfernung beobachteten sie beide gerade Amaleya und Jiyan, während sie mit ihren Engelsflügeln in der Luft schwebten und sich in der Geisterwelt verbargen, um nicht entdeckt zu werden.

Kasimir zuckte mit den Schultern.

Da sie sich in der Geisterwelt aufhielten, in der alle Energien und Energieströme dieser Welt sichtbar wurden, umgaben sie grelle Farben statt gedeckter Töne. Jeder Klang wurde von einem leisen Rauschen begleitet, jede Bewegung löste ein kaum hörbares Knistern aus.

Kasimirs sonst braunes Haar leuchtete hier orange, wohingegen Lorcas' blondes Haar in Neongelb erstrahlte. Wer nicht damit aufwuchs, sich in der Geisterwelt aufhalten oder teleportieren zu können, musste diesen Anblick befremdlich finden, doch sie beide waren daran gewöhnt. Ebenso wie die übrigen Tavith, wenn man mal von Céline absah.

»Na gut«, erwiderte Kasimir, »weil er Amys Seelenverwandter ist, werde ich ihn nicht umbringen. Aber ein wenig Folter wäre schon drin.«

Lorcas rollte lediglich mit den Augen wegen Kasimirs Anmerkung.

Kasimir war ein wandelnder Widerspruch, denn auch wenn er Gewalt mied, war er durchaus zu Mord und Totschlag bereit. Dieses Verhalten ging Lorcas völlig gegen den Strich. Er lebte eher nach dem Motto ›Ein Mann, ein Wort‹.

Sie starrten hinab zu Amaleya und Jiyan, die gerade die Arena verließen, nachdem Amy sich kurz fortteleportiert hatte, um sich Sandalen anzuziehen.

Letzte Nacht hatten sie Amy bei ihrem spontanen Umzug geholfen, wobei sich die Tavith unter anderem darüber unterhalten hatten, dass sie und Jiyan durch das Schicksal verbunden waren.

Zwar freuten sich alle für Amaleya, doch sie würden sie auch vermissen, wenn sie von nun an den Großteil ihrer Zeit mit Jiyan verbringen würde.

Amaleya war das Herzstück ihrer Gemeinschaft. Majandra hatte alle sieben Tavith zusammengetrommelt und ihnen ein Zuhause gegeben, Amaleya hingegen hatte mit ihrer herzlichen Art eine Familie aus ihnen gemacht.

Genau deswegen waren sie es Amy schuldig, sie als kleine Schwester dabei zu unterstützen, ihren eigenen Weg zu gehen. Wenn Lorcas ehrlich war, war er sogar etwas neidisch. Er besaß die für Engel typische Eigenschaft, kein körperliches Verlangen zu empfinden, solang er nicht auf seine Auserwählte traf. Also fragte er sich oft, wie es wäre, sie zu finden.

Lorcas sah, wie Jiyan Amaleya jetzt gegen das Gemäuer am Ausgang der Arena drückte, ihr Kinn mit seinen Fingern umfasste, sodass sie ihn unvermittelt ansah, und ihr zuraunte: »Ich weiß nie, ob ich dich küssen oder übers Knie legen soll.«

Sie leckte sich über die Lippen, sodass Jiyans Augen der Bewegung folgten, bevor sie erwiderte: »Ich bin für beides. Mach ein Versprechen draus und *ich* verspreche *dir*, dich jeden Tag auf die Palme zu bringen.«

Jiyans Lachen folgte unvermittelt auf ihre Worte, was sie förmlich zum Strahlen brachte.

Sie wirkten zusammen so glücklich. Allerdings war Lorcas hier, weil seine kleine Schwester Taina in einer Zukunftsvision gesehen hatte, wie Jiyan durch Amaleyas Verschulden starb.

Die Prophezeiungen offenbarten Taina zwar viel, aber nicht alles und verrieten auch nicht, wann genau etwas geschah. Und da Taina – wie jedes Orakel – nur in Rätseln sprechen konnte, war es auch möglich, dass die Tavith etwas falsch interpretiert hatten. Es bestand also noch Hoffnung für den Nymphenkönig.

Als Amaleya und Jiyan einen Weg einschlugen, der sie von der Arena fort und aus der Hauptstadt führen würde, flogen er und Kasimir ihnen unbemerkt hinterher.

Lorcas vertraute darauf, dass Jiyan – sollte er im Verlauf der Zeit mit Amaleya herausfinden, was sie waren – es für sich behalten würde. Es wäre unproblematisch, wenn Jiyan sich seinen besten Freunden anvertraute, solang er mit ihrem Geheimnis nicht an die Öffentlichkeit ginge. Denn andernfalls würden sie viel Misstrauen und Aufmerksamkeit auf sich ziehen. Besonders für Kasimir wäre dies fatal, da er als Inkubus, genau wie Nymphen, auf den Kontakt zu anderen angewiesen war.

Zwar wusste Sergen Ashad von ihrer Abstammung, doch aus unerklärlichem Grund behielt der Dämonenfürst diese Tatsache für sich. Vielleicht gedachte er, sie zukünftig zu erpressen. Oder vielleicht wollte er einen passenden Moment abwarten, um sie auffliegen zu lassen. Das war schwer abzuschätzen. Die Tavith sollten sich schnellstmöglich darüber unterhalten, ob es nicht sinnvoller wäre, Sergen aus dem Weg zu räumen.

Überhaupt wäre ein offenes Gespräch mal nötig. Denn Lorcas bekam das Gefühl, dass alle Tavith gerade auch ihre eigenen Pläne verfolgten, und es gefiel ihm nicht, dass sie einander nicht ihre Karten offenlegten.

Kasimir lachte neben ihm, was Lorcas aus seiner Grübelei riss. Sofort richtete er seinen Blick wieder auf das Pärchen, das von allen Nymphen angestarrt wurde. Das lag gewiss daran, dass Jiyan mit Amaleya an der Hand durch die Gegend spazierte und ihr erneutes gemeinsames Auftreten etwas Ernstes bedeutete.

Er selbst musste auch schmunzeln, da Amaleya gerade bewusst zu werden schien, wie viel Aufmerksamkeit ihr nun geschenkt wurde. Denn sie lief stocksteif neben Jiyan her, der ihre Beklemmung belächelte.

Lorcas konnte sich nicht vorstellen, dass Amaleya Jiyans Tod heraufbeschwören sollte, so wie sie ihn gerade ansah. Er nährte das Gute in ihr, warum sollte sie ihm schaden?

»Lorcaaaas, mir ist langweilig«, quengelte Kasimir nun. Durch seine samtige Stimme klang jeder noch so nervtötende Satz wie ein sinnliches Versprechen.

Er ließ den Blick suchend über die Stadt schweifen. Nicht nur sein Haar, sondern auch sein Dreitagebart schimmerte in der Geisterwelt orangefarben.

Kasimir war nicht wie Lorcas ein Beobachter, sondern der Beobachtete, der nur schon durch seine Attraktivität alle Aufmerksamkeit auf sich lenkte, sobald er den Raum betrat. Daher war es sogar verwunderlich, dass er so lang geschwiegen hatte.

Kasimir holte tief Luft und seufzte. »Als du meintest, dass du ins Königreich der Nymphen aufbrichst, dachte ich, dass ich ein bisschen Spaß habe, wenn ich dich begleite.« Er neigte den Kopf, seine Miene blieb unverändert. »Aber neeeeeiiiiin, du stalkst ja lieber nur.«

Lorcas biss die Zähne zusammen. »Ich *stalke* nicht, ich beschütze sie, indem ich ein Auge auf sie werfe.«

»Jaja.« Kasimir klang gelangweilt, was den einzigen Hinweis auf seine Stimmung lieferte. Seine Haltung war lässig, lediglich seine silbernen Flügel bewegten sich in regelmäßigem Rhythmus hinter ihm, um ihn in der Luft zu halten. »Hey, was ist momentan eigentlich zwischen dir und Taina los? Du meidest sie und das ist nicht gut für die Gemeinschaft.«

Der musste gerade reden!

Lorcas strich mit den Fingern über seinen längeren Bart und dachte einen Augenblick nach. »Wenn ich dir antworte, erzählst du mir dafür, warum du mit Kendric Streit hast.«

Kasimir und der von Tätowierungen übersäte Tavith Kendric waren seit Jahrtausenden beste Freunde und da Kendric Gedanken lesen konnte, wusste er wohl als Einziger auf dieser Welt, was Kasimir wirklich dachte, und war ihm *nie* böse. Also musste der Konflikt von Kasimir ausgehen.

»Äh, okay. Aber du wirst nicht begeistert sein«, meinte sein Kamerad schlichtweg und legte lauschend den Kopf zur Seite.

Das war dann wohl Lorcas' Stichwort zur Beichtstunde.

Lorcas neigte den Kopf nach rechts und dann nach links, bis auf beiden Seiten ein Knacken zu hören war. Das tat er sonst nur vor einem Kampf, doch über seine Familie zu sprechen, stellte eine noch viel größere Herausforderung dar. »Die Kurzform lautet: Taina sieht unserer Mutter viel zu ähnlich. Und ich ertrage es momentan einfach nicht, sie anzusehen.«

Damals hatte er eine Wahl treffen müssen: Schütze ich meine Schwester vor meiner wahnsinnigen Mutter oder lasse ich zu, dass meine wahnsinnige Mutter, die ich trotzdem liebe, meiner kleinen, unschuldigen Schwester schadet?

Offensichtlich hatte er sich *für* seine Schwester und *gegen* seine Mutter entschieden, wofür sein Vater garantiert immer noch

Lorcas' Kopf wollte. Familie war wahrscheinlich etwas Schönes, wenn es nicht seine war.

Mit einem erwartungsvollen Blick bedachte er jetzt Kasimir, der die Hände in die Hosentaschen schob und eine betroffene Haltung einnahm. »Okay, dann bin ich wohl dran. Ich hab mit Kendrics Seelenverwandter geschlafen.«

Da entglitten sogar Lorcas die Gesichtszüge. »Heilige Scheiße!«

»Ich bin mir nicht sicher, ob Scheiße heilig sein sollte.« Kasimir zog verwirrt die Augenbrauen zusammen. »Nicht mal, wenn sie von mir ist.«

Lorcas ballte die Hände zu Fäusten und erinnerte sich daran, dass Kasimir sein Freund war und er es vermissen würde, mit ihm an der Playstation zu zocken, wenn er ihn jetzt umbrachte.

»Ich hoffe mal, du wusstest nicht, *wer* sie ist.«

Kasimir blinzelte unschuldig. »Doch, klar, routinemäßig frag ich immer nach dem Namen.«

»Ich wollte wissen, ob du wusstest, dass sie zu Kendric gehört!«, fuhr er seinen Freund an.

»Schrei mich nicht an!«

»Dann bring mich nicht dazu!«

»Natürlich wusste ich es nicht!«

»Danke!« Na bitte. Man musste nur wissen, dass man Kasimir keine direkten Fragen stellen durfte und er in der Hitze des Gefechts am ehrlichsten antwortete.

Nun konnte Lorcas verstehen, warum es Unstimmigkeiten zwischen den beiden Ks gab. Nicht weil Kendric wütend, eifersüchtig oder dergleichen war, das lag bei seinem enormen Selbstbewusstsein gar nicht im Bereich des Möglichen. Es gab Spannungen zwischen ihnen, weil Kasimir sich schuldig fühlte und Kendric deswegen aus dem Weg ging.

»Kendric hat also auch seine Gefährtin gefunden«, stellte er nachdenklich fest.

Es war so selten, dass überhaupt ein Paar zusammenfand, das vom Schicksal vorbestimmt war, und nun hatte nicht nur Amaleya Jiyan gefunden, sondern Kendric auch seine vom Schicksal Auserwählte. Sie befanden sich wirklich in einer Zeit des Wandels.

»Ja, aber wenn du jetzt denkst, dass das was zu bedeuten hat, dann dreh ich dir den Hals um. Ich will von dem Pärchenscheiß nichts hören.« Kasimir schenkte ihm ein überaus freundliches Lächeln, welches verdeutlichte, dass seine Worte keine Metapher waren, sondern eine simple Tatsache.

Kasimir hätte ihm in der Tat den Hals umgedreht.

Von einem Augenblick zum nächsten waren Amaleya und Jiyan verschwunden. Kasimir und er mussten eine Weile umherfliegen, bis sie die beiden Turteltäubchen in einem Dorf fanden, das nahe den äußeren Wachtürmen im Osten der Himmelsinsel lag.

Sie schlenderten durch die Straßen, aßen Gebäck und lachten. Es wärmte Lorcas das Herz, seinen Schützling so glücklich zu sehen. Amaleya war sogar noch viel jünger als seine leibliche Schwester, sodass er das Gefühl hatte, auch sie beschützen zu müssen.

Doch tief in seinem Inneren wusste er, dass er nicht verhindern könnte, was geschehen würde. Es lag allein bei Jiyan und Amaleya, wie sie ihre Zukunft gestalteten.

Als die beiden anfingen, zu der Gitarrenmusik eines Jugendlichen zu tanzen, der für seine Geschwister spielte, wurde Kasimirs Gesichtsausdruck wieder so resigniert wie zuvor. Schon wieder hatte Lorcas keinen blassen Schimmer, was in seinem Mitbewohner vor sich ging.

»Hätte Jiyan nicht gerade Wichtigeres zu tun?«, rutschte es Lorcas heraus.

Er wusste, dass er kein Recht dazu hatte, über Jiyan zu urteilen, und der junge König auch nichts ohne guten Grund tat. Man konnte schon an der Art, wie er stirnrunzelnd die Welt betrachtete, erkennen, dass er sich bei jeder Handlung etwas dachte und stets Vor- und Nachteile abwog.

Mit einem Mal knisterten die Energieströme, die Kasimir umgaben. »Stell dir vor, du würdest in einem Vakuum leben und müsstest die ganze Zeit darüber nachdenken, wo du den Sauerstoff für deinen nächsten Atemzug hernehmen sollst.« Er richtete seinen Blick auf Lorcas und obwohl er seine Haltung nicht veränderte, strahlte er Aggression aus. »So geht es den Nymphen. Oder mir. Oder genügend weiteren Arten, deren Überleben von anderen abhängt.« Er starrte wieder geradeaus und das Knistern wurde leiser. »Also lass Jiyan ein paar Momente mit Amaleya, in denen er ihr das Land zeigen und sie fragen kann, wie es weitergehen soll. Die Panik wird schon früh genug im Volk ausbrechen.« Lorcas' Aussage musste ihm tatsächlich gegen den Strich gegangen sein, denn er knurrte abschließend: »Scheißjungfrau.«

Dass ihn etwas aus der Ruhe brachte, kam äußerst selten vor und entlockte Lorcas daher ein leises und dennoch tiefes Lachen.

»Ach, fick dich doch«, brummte Kasimir und verschränkte beleidigt die Arme vor der Brust.

Diese Geste ließ Lorcas nur noch lauter lachen, bis sich Tränen in seinen Augen bildeten. Er wischte sie fort, ehe er seine nächste indirekte Frage stellte. »Du scheinst mit den Nymphen zu sympathisieren, also nehme ich mal an, dass du ihnen in der kommenden Schlacht helfen wirst.« Bevor Kasimir aus Faulheit ablehnen würde, erklärte Lorcas ihm in festem Tonfall seine eigenen Pläne. »Taina und ich haben beschlossen, die Nymphen zu unterstützen, sollte Jiyan uns darum bitten. Amaleya wird sicherlich auch kämpfen und Maja wird ihnen auf ihre Art helfen – unbemerkt und mit einem Gesichtsausdruck, der sagt: ›Ich weiß von nichts.‹«

Kasimir besaß außergewöhnliche Kräfte und könnte die Verwundeten mit nur einer flüchtigen Berührung vollständig heilen. Und da sie alle zwischen Himmel und Hölle lebten, sollten sie sich an diesem Krieg beteiligen.

Kasimir gab ein lang gezogenes »Hmmm« von sich und legte den Kopf in den Nacken. »Ich werde Kendric um seinen Rat fragen, wenn er das nächste Mal hier ist. Wenn Sergen das Höllentor östlich von hier öffnet und mit seiner Armee die Unterwelt verlässt, bietet das Kendric die perfekte Gelegenheit, um die Kronprinzessin Leviathan anzugreifen. In dem Fall würde ich Kendric unterstützen, sollte er mich darum bitten. Wenn nicht … dann werde ich den Nymphen natürlich helfen.«

Kasimir sah Lorcas fragend an, weshalb dieser nickte. »Okay, danke.«

Im nächsten Moment musste Lorcas grinsen, als Amaleya sich hinhockte und mit den Kindern redete. Jiyan beobachtete sie dabei und brach dann in Gelächter aus, weil Amy den Kindern wahrscheinlich gerade irgendwelchen Unfug erzählte.

Allen Tavith war als Halbdämonen bewusst gewesen, dass es irgendwann zu einem Krieg kommen würde, der durchaus zum Tag des Jüngsten Gerichts führen könnte. Denn alle Wesen der Hölle wollten etwas Grundlegendes, das vielen selbstverständlich erschien: Freiheit.

Diese Welt basierte auf dem Konzept von Gut und Böse, von Belohnung und Bestrafung, und während die Engel im Himmel die Menschen leiteten und beschützten, so sollten die Dämonen sie für ihre Sünden nach dem Tod bestrafen.

Aber das Konzept war alt, brüchig und der erste Fehler hatte einst darin bestanden, Luzifer als Bestrafung in die Hölle zu schicken und jeden weiteren gefallenen Engel.

Während sich die Dämonen in der Hölle zu Hause fühlten und gelegentlich Ausflüge in die Menschenwelt unternahmen, waren die gefallenen Engel voller Hass über die vermeintliche Ungerechtigkeit und wollten nichts mehr als Rache. Durch sie hatte es viele Kriege in der Unterwelt gegeben. Sie begannen einst die Revolution gegen den Rest der Welt und verbreiteten die Vorstellung, sich auflehnen zu müssen.

Doch die Dämonen, die den Großteil der Höllenbevölkerung ausmachten, gehorchten ihnen nicht. Sie dienten nur dem einen wahren Herrscher der Hölle und wie auch er blieben sie in ihrem Käfig. Allerdings war er alt und seiner Existenz müde. Während sich im Laufe der Zeit also immer mehr Arten auf der ganzen Welt vermischten und auch in der Hölle der Anteil nicht dämonischer Wesen zunahm, hatten die Gefallenen und all ihre Anhänger abgewartet. Bis sich schließlich der dunkle Herrscher vor siebenhundert Jahren zurückgezogen hatte und seine schwarze Festung seit jeher von einer Barriere umschlossen war.

Niemand hatte ihn mehr gesehen und wenn die Katz' nicht zu Haus' war, tanzten die Mäuse auf dem Tisch. Nicht nur bekriegten sich in der Hölle die drei Kronprinzen und die Kronprinzessin untereinander um die Vorherrschaft, sondern sie verfolgten gleichzeitig noch das Ziel, die unsichtbaren Ketten zu sprengen, die sie – wie sie schmerzlich hatten feststellen müssen – an die Hölle banden.

Aber es gab für sie keinen Weg hinaus. Nur schwächere dämonische Wesen konnten sich aus der Hölle teleportieren oder diese durch eines der Höllentore verlassen. Mächtigeren Dämonen war es wiederum möglich, durch eine Beschwörung der Hölle zu entfliehen. Den Kronprinzen oder den gefallenen Engeln hingegen nicht. Also würden die Gefallenen die Welt zur Hölle machen und sich damit befreien.

Die einzige Ausnahme bei alldem war Kendric, der Älteste der Tavith. Er war einer der vier Kronprinzen seit Tausenden von Jahren und wurde dort Veressos Del'on genannt, Sohn des Teufels. Als einziger Kronprinz konnte er dank des Engelsblutes in seinen Adern die Unterwelt verlassen und kämpfte nicht dafür, die Welt in ihr Verderben zu stürzen, sondern sie zu erhalten und das Gleichgewicht zu bewahren. Er tat Grauenvolles, keine Frage. Doch in seinem Fall heiligte der Zweck die Mittel.

Lorcas kannte die ganzen Einzelheiten und Beweggründe nicht, aber für ihn war Kendric auch nicht der Höllenprinz, sondern eher ein großer Bruder, der sich Zeit für seine Gleichgesinnten nahm, wann immer er konnte.

»Du solltest wieder nach Hause gehen«, meinte Kasimir beiläufig. »Du kannst die Zukunft sowieso nicht ändern.«

»Und was ist mit dir?« Lorcas runzelte die Stirn.

Kasimir deutete mit dem Kopf in die Richtung des Dorfes unter ihnen. »Ich bin im Paradies. Natürlich bleib ich noch ein wenig.«

Das war so typisch für einen Inkubus, dass Lorcas schmunzeln musste. »Paradies, hm? Dann koste lieber nicht von der verbotenen Frucht.«

»Ha! Ich *bin* die verbotene Frucht, du Scherzkeks!«, rief Kasimir. Zum ersten Mal an diesem Tag erreichte das Lächeln sogar seine Augen.

Als Lorcas einen letzten Blick auf Amaleya und Jiyan warf, keimte erneut Sorge in ihm auf.

Kasimir musste es bemerkt haben, denn er hob die Augenbrauen und seufzte theatralisch. »Du solltest dir nicht den Kopf zerbrechen und nach Hause fliegen. Überleg einfach mal, Taina hat gesagt, dass durch Amaleyas Verschulden Jiyan den Tod finden wird. Also hätte Amaleya es zu verschulden, dass wir jetzt hier sind, weil du dich um sie sorgst und ihr nicht genug vertraust. Und somit wäre Jiyans Tod durch unsere jetzige Anwesenheit hier indirekt ihre Schuld.«

Kasimir zwinkerte ihm zu, doch Lorcas bekam von der Theorie Kopfschmerzen.

»Na schön, vielleicht hast du recht«, antwortete er und sah seinen Freund mit schmalen Augen an. »Aber wenn wir jetzt gehen und einem von beiden etwas zustößt, was wir hätten verhindern können, dann spiele ich die nächsten zehn Jahre *keine* Computer- oder Konsolenspiele mehr mit dir.« Diese Drohung kam ihm lächerlich vor. Aufmerksamkeitsentzug war allerdings das Einzige, was Kasimir wehtat.

»Was? Das ist nicht fair!« Kasimir flog auf ihn zu, als wollte er ihn schlagen, also wich Lorcas aus, bis sie ihren kleinen Lufttanz beendeten und Kasimir frustriert brummte. »Ich kann ja nichts dafür, dass andere so leicht zu töten sind.«

Lorcas verschränkte die Arme vor der Brust. Insgeheim war er froh, dass die Drohung wirkte und Kasimir seine vorherigen Worte zu überdenken schien.

Nachdenklich runzelte sein Kamerad die Stirn. »Nö, ich bleib trotzdem bei meiner Ansicht. Geh nach Hause. Unsere Anwesenheit hier bringt sicherlich kein Glück.«

Da hatte Kasimir wohl recht. Glück war nichts, womit sie sich gesegnet fühlten.

»Okay. Dann sehen wir uns nach …« Weil Kasimir bereits zum Landeanflug ansetzte, schüttelte Lorcas den Kopf und hob sich seinen Atem für jemanden auf, den seine Worte auch interessieren würden.

Er schlug mehrfach kräftig mit den Flügeln, um höher zu steigen, und begab sich allein auf den Rückflug.

Wie auch immer es mit Amaleya und Jiyan weitergehen würde, die Tavith würden dem Volk der Nymphen zur Seite stehen, denn sie lebten alle zwischen Himmel und Hölle und sollten die anderen Völker unterstützen.

Amaleya wusste von alledem noch nichts, auch nicht von der Prophezeiung. Sie konnten ihr nicht nur die halbe Geschichte erzählen und sie ebenso wenig belügen, weil sie es hören würde.

Lorcas sah sich noch einmal zu Jiyan und Amaleya um. Sie hatten das Dorf offenbar bereits wieder verlassen.

Hoffentlich würde sich das schlimmste Szenario nicht bewahrheiten, Amaleya keine Dummheiten anstellen und Jiyan nichts zustoßen.

Recreation

In the house you're living in now,
I've lived before.
It's made of dried tears,
of shit, dirt and gore.

Don't sell that house to others,
burn it to the ground.
Don't keep on living in the pain,
if salvation can be found.

Collect together all the ashes
and throw them to the wind.
Let fly away broken dreams,
smell the air – fresh like mint.

Make a flowerbed atop
the old ruins that once were –
the place created for yourself
is the most precious on this earth.

19

NEUSTART

AMALEYA

Wer hatte sich denn bitte den Begriff ›Happy End‹ ausgedacht? Ein Ende war nie glücklich und das zwischen ihr und Jiyan sowieso nicht.

Nach den letzten Stunden überlegte Amaleya, ihm die Wahrheit über sich und ihre Freunde zu erzählen. Insgeheim hoffte sie, er mochte sie genug, um darüber hinwegzusehen, dass sie eine Halbdämonin war. Gefühle waren allerdings wie Blumen. Man hegte und pflegte sie, damit sie gediehen, doch dann kam irgendein Vollidiot daher und trampelte sie platt. Die Wahrheit stellte besagten Vollidioten dar.

Sie seufzte, schloss die Augen und genoss die letzten warmen Sonnenstrahlen. Gerade befanden sie sich auf den Wachtürmen im Osten, wo hektisches Treiben herrschte, wenngleich auch alle genau wussten, was zu tun war, um sich auf einen Angriff vorzubereiten.

Sie stand ganz oben auf dem Turm und bewunderte die Aussicht auf den Sonnenuntergang am Horizont des Königreichs, das man innerhalb eines Tagesmarsches durchqueren könnte.

Sie lehnte sich über die steinerne Brüstung des Turms und sah fast achtzig Meter in die Tiefe.

»Vorsicht!« Jiyan schlang plötzlich von hinten seinen Arm um ihre Taille und zog sie an sich.

Grinsend drehte sie sich zu ihm um, während seine Sorge ihr das Herz wärmte. »Du weißt aber schon, dass ich mich teleportieren kann, oder? Und meine Flügel hast du auch wieder vergessen?«

Als er sich zu ihr herabbeugte, verzogen sich seine Mundwinkel zu einem Lächeln. Im nächsten Moment küsste er sie. Flüchtig glitten seine Lippen über ihre, sodass der Kuss schon wieder vorüber war, kaum dass sie die Augen geschlossen hatte.

»Ich würde nie den Anblick deiner wunderschönen Flügel vergessen«, raunte er ihr lächelnd zu. »Zumal sie uns das Leben retteten.«

»Meinst du das wirklich?«, fragte sie zögerlich.

»Warum sollten sie mir denn nicht gefallen? Etwa, weil sie schwarz sind und damit äußerst ungewöhnlich?«

Sie nickte langsam. Während ihrer Aufenthalte bei den Engeln hatten alle sie angestarrt, weil sie so anders aussah. Wäre es ihr jemals möglich, dazuzugehören? Und könnte Jiyan nicht nur ihre dunklen Flügel, sondern alles an ihr mögen?

»Zu deiner Erinnerung: Ich habe blaue Haare.« Er hielt sie fester im Arm. »Und ich kann es kaum erwarten, dass du mir deine Flügel wieder zeigst und ich meine Hände über sie gleiten lasse.«

Oh Himmel, allein die Vorstellung ließ sie erzittern.

»Ja, bitte.« Sie legte ihm die Hand in den Nacken und zog ihn zu einem weiteren flüchtigen Kuss herunter. »Und danke.«

Ihr wurde zum ersten Mal bewusst, wie anders Jiyan schon seit Beginn mit ihr umging. Als würden sie sich seit Ewigkeiten kennen. Als ob er ihr vertrauen und sie als etwas Besonderes ansehen würde.

Verwundert hob er die Augenbrauen. »Wofür bedankst du dich?«

Dafür, dass du mir an einem Tag mehr Zuneigung gegeben hast, als ich je von einem Mann erfahren habe. »Für alles.«

Jiyan holte Luft und wollte gerade etwas erwidern, als ihr einfiel, dass sie ihrem Vorgesetzten noch einen Besuch abstatten musste.

»Oh verdammt, das hab ich völlig vergessen!« Sie schlug die Hände vor dem Mund zusammen, starrte Jiyan mit großen Augen an und ließ dann die Hände wieder sinken. »Ich hätte doch schon gestern meinem Boss Celestino meinen wöchentlichen Bericht abliefern müssen!«

Ihr Chef würde ihr den Hals umdrehen, weil sie das vergessen hatte! Das Argument, dass sie gestern noch in der Hölle unterwegs gewesen war, zählte in seinen Augen bestimmt nicht als Ausrede.

Jiyan schmunzelte. »Und was wirst du ihm berichten? Dass du jetzt bei deinem Verhandlungspartner eingezogen bist und die Strategie geändert hast?«

Sie fuhr ganz langsam mit den Fingerspitzen an Jiyans Armen auf und ab. »Vielleicht. Ich wollte immer schon mal *süße Folter* als Überzeugungsmittel verwenden.«

»Und ich biete mich natürlich als Versuchskaninchen dafür an.« Jiyan rollte mit den Augen. »Wie passend.«

Er zog sie noch enger an sich und so standen sie einen Augenblick da im stillen Abschied.

»Wirst du mich vermissen?«, flüsterte sie gegen den Stoff seines T-Shirts.

Es war eher ein Scherz, weil sie ohnehin bald wiederkommen würde, aber er antwortete dennoch. »Ich bin mit dir durch die Hölle gelaufen. Natürlich werde ich dich vermissen.«

Seine Worte trieben ihr die Hitze in die Wangen – warum auch immer! »Dann beeile ich mich.«

»Warte.« Gerade als sie sich fortteleportieren wollte, ergriff Jiyan ihr Handgelenk und hielt sie zurück. »Wie weitreichend sind deine Fähigkeiten? Also dein KR?«

Perplex über den Themenwechsel runzelte sie die Stirn. »Kommt drauf an. Warum willst du das wissen?«

Jiyan seufzte. »Ich habe schon eine Weile darüber nachgedacht und frage mich, ob wir womöglich beobachtet werden. Vielleicht von einem Spion von Sergen, der sich in der Nähe aufhält, oder womöglich von einer Seherin, die Sergen dient. Das ist ein weiterer Grund, warum ich heute alle Aufgaben delegiert habe. Damit keine Einzelheiten unserer Vorbereitungen preisgegeben werden, sollte man mich beschatten. Ich an Sergens Stelle würde dies tun, um nichts dem Zufall zu überlassen.«

»Jetzt, wo du das sagst ...« Sie runzelte die Stirn und ließ seine Worte kurz sacken. »Sergen besitzt eine Khaldoonin, ein Orakel der Hölle. Es ist gar nicht so abwegig, dass er dich beobachten lässt.«

Einst hatten viele Orakel dem Gott Zeus gedient, aber weil ihm die meisten nicht gut genug waren, entsorgte er sie. Doch Poseidon und Hades hatten ein paar der Frauen in ihre Finger bekommen und nun waren die Orakel, die Hades in der Unterwelt dienten, als Khaldoonen bekannt. Sergen hatte ein Vermögen hingeblättert, um eine dieser Seherinnen zu erwerben.

Amaleya musste vor lauter Schwärmereien dieses winzige Detail vergessen haben.

Jiyan fuhr sich mit der Hand durch sein Haar, wie er es oft tat, wenn ihn etwas aufwühlte. »Das gefällt mir gar nicht. Außerdem ertrage ich den Gedanken nicht, dass er uns zusehen könnte, wenn ich mit dir allein bin.«

Sie schmunzelte darüber, dass er ein wenig Eifersucht zeigte. »Na gut, bin gleich zurück, Hübscher.«

Augenblicklich teleportierte sie sich zu Majandras Himmelsinsel. Im Eingangsbereich des Schlosses lauschte sie kurz und konnte durch ihr gutes Gehör die Stimme ihrer Freundin ausfindig machen.

Als sie sich vor das Zimmer teleportierte und durch die Tür trat, spazierte Amaleya in eine andere Welt hinein. Eine großflächige Wiese mit Bergen am Horizont nahm sie in Empfang. Die Landschaft wurde in Sonnenlicht gebadet, die Farben der Blumen, Gräser und der von Bäumen bewachsenen Berghänge schienen zu leuchten.

Es überraschte Amaleya nicht, in Majandras Räumlichkeiten neue kleine Dimensionen vorzufinden. Denn eine von Majas besonderen Fähigkeiten bestand darin, Leben und Lebensräume zu schaffen.

Mittlerweile waren die meisten Tierwesen nur noch Sagengestalten. Maja brachte es Zustande, sie wieder aufleben zu lassen. Wie genau, wusste bisher keiner so recht.

Hinter jeder Zimmertür auf dieser Etage verbarg sich eine andere Landschaft, die wiederum von anderen Lebewesen beheimatet wurde. Hier im Himmelsschloss und auf dieser Insel konnten die Wesen gedeihen und wurden nicht gejagt.

Einst hatten viele dieser Tierwesen die Erde bevölkert. Je mehr Menschen sich ausgebreitet hatten, desto mehr waren all die besonderen Geschöpfe aus ihren Lebensräumen vertrieben worden.

Amaleya hätte ihre beste Freundin darum gebeten, die Nymphen in einer dieser überschaubaren Nebendimensionen aufzunehmen, doch das wäre zu gefährlich, denn die Tierwesen waren keine anderen Unsterblichen gewohnt, sie kannten nur die Tavith. Außerdem könnte Maja so kurzfristig auch keinen neuen Lebensraum erschaffen, weil das Vorbereitungen, Kraft und jede Menge Zeit erforderte.

Nur wenige Meter von Amaleya entfernt stand Maja gerade neben einem kleinen Drachen und kraulte dessen Bauch, während er auf dem Rücken lag. Das bräunlich geschuppte Wesen war so groß wie ein Auto, konnte also erst ein paar Tage alt sein. Da war die Mutter wahrscheinlich nicht weit.

»Hey, Maja!«, rief Amaleya ihrer Freundin zu, während sie genug Abstand hielt, um das Drachenbaby nicht zu erschrecken.

Es hob träge den Kopf und schaute Amaleya aus gelb-grünen Augen an, deren Pupillen denen einer Schlange glichen.

»Hey, Amy! Was gibt's?« Maja schenkte ihr ein warmes Lächeln, während sie weiter mit ihren Krallen über die Bauchschuppen des Jungtiers fuhr.

»Ich bräuchte mal bitte einen Gegenstand, der einen von den Blicken jener, die einem Böses wollen, abschirmt.« Sie zuckte mit den Schultern, als ob sie dadurch abschwächen könnte, dass sie gerade mit der Tür ins Haus fiel. »Damit meine ich auch Kristallkugeln und Seherinnen. Wenn du hast, nehme ich auch zwei.«

In Majas Himmelsschloss wäre sie dank einer Barriere gegen solche Beobachtungsaktionen abgeschirmt, weswegen sie alle sich hier auch so wohlfühlten. Da sie jedoch nun bei Jiyan wohnte, brauchten sie eine andere Vorsichtsmaßnahme, und weil Maja die Barriere erschaffen hatte, war sie sicherlich auch in der Lage, Gegenstände, die eine ähnliche Wirkung besaßen, zu kreieren.

Maja lächelte sie an und schien weder über ihr Auftauchen noch über ihre Bitte überrascht. Wenngleich nur Taina die Zukunft sehen konnte, bekam Amaleya manchmal den Eindruck, dass Maja und Kendric über dieselbe Fähigkeit verfügten.

»Wenn du nach zweien fragst, musste Jiyan ja begeistert über deinen Umzug gewesen sein«, vermutete Maja mit einem schiefen Lächeln.

Sie wandte sich dem kleinen Drachen zu und flüsterte etwas auf einer Sprache, die Amaleya weder verstand noch kannte. Dann löste sie ganz sachte zwei Bauchschuppen des Jungdrachenpanzers. Das Jungtier schien es kaum zu bemerken und freute sich lediglich über die Aufmerksamkeit.

Amaleya sah Maja skeptisch dabei zu, woraufhin ihre Freundin sich ihr lächelnd zuwandte. »Wonach du fragst, ist quasi nur ein Talisman, der euch beschützen soll. Wie beispielsweise eine Hasenpfote als Glücksbringer. Aber dazu benötigt man einen Gegenstand, der von einem lebenden, noch reinen Tier stammt. Wie eben die Schuppen eines Babydrachen.«

Maja schloss ihre Hände um die beiden Schuppen und versetzte sie mit ihrer Energie. Dann hielt sie Amaleya zwei weißgoldene Amulette entgegen, die an einer Kette an ihren Fingern baumelten.

Für den Bruchteil einer Sekunde legte sich Misstrauen wie ein dunkler Schatten über Amaleya, der sie davon abhielt, sich über die Amulette zu freuen. Stellte es nicht einen verdächtigen Zufall dar, dass Maja genau jetzt einen Jungdrachen vor sich hatte, während Amaleya nach einem Talisman fragte?

Das war ja beinahe so … als hätte Maja es kommen sehen.

Amaleya schüttelte den Kopf über ihre argwöhnischen Gedanken. Die wenigen Tage in der Hölle mussten sie mehr aufgewühlt haben, als ihr bisher klar geworden war.

Langsam näherte sie sich nun Maja, um den Drachen nicht zu verschrecken und versehentlich gegrillt zu werden. Als sie sich gerade die beiden Amulette schnappen wollte, zog Maja sie jedoch wieder zurück.

»Nicht so schnell. Was bekomme ich als Gegenleistung?« Majas Augen funkelten amüsiert, während sich der Babydrache auf die Seite drehte und sie mit dem Kopf anstieß, um ihre Aufmerksamkeit zurückzugewinnen.

»Gegenleistung?« Amaleya starrte Maja mit großen Augen an und fragte sich, was Maja nun einfordern würde.

Es war typisch für sie, im Gegenzug für einen Gefallen so etwas wie Freundschaft, ein Lächeln, den sehnlichsten Wunsch zu erfahren oder ähnliches Abstraktes zu verlangen.

»Ja, Gegenleistung.« Maja grinste mit einer Heiterkeit, als gäbe es kein Unrecht und keinen Krieg auf dieser Welt. »Ich möchte, dass du Taina und mich nächste Woche zu einer Modenschau der Göttin Venus begleitest. Ich wurde eingeladen – mal wieder – und darf in Begleitung erscheinen.«

Dieser Aussage entnahm Amaleya, dass die Götter sich nicht in den Krieg zwischen Himmel und Hölle einmischen würden, obwohl auch diese sich zwischen den beiden Rivalen befanden.

Das erstaunte sie jedoch nicht, denn was bei allen Göttern stets im Fokus stand, waren sie selbst. Der Rest der Welt interessierte sie herzlich wenig, solang Leviathan ihnen nicht höchstpersönlich den Krieg erklärte. Und das hatte sie offensichtlich nicht.

Dass Maja trotz der bevorstehenden Schlacht an die Moden-
schau dachte, verblüffte Amaleya auch nicht. Abgesehen von
Céline hatten alle Tavith auf Schlachtfeldern gestanden, ihren
Feinden beim Sterben in die Augen gesehen und sich nach dem
Kampf das Blut vom Leib gewaschen, wenn sie als einer der we-
nigen Überlebenden zurückgekehrt waren.

Amaleya wusste, dass alle Dämonenengel diese Schlacht überstehen und danach wie bisher mit ihren Leben weitermachen
würden. Nur sie nicht. Denn auch wenn sie als eine der
schwächsten Tavith überleben sollte, würde sie danach mit Jiyan
unzählige Tote zu Grabe tragen müssen.

»Geht klar, bin dabei«, ließ sie Maja jetzt wissen.

Sollte die Schlacht bis zum Zeitpunkt der Modenschau vorüber
sein und sie und Jiyan überlebt haben, würde sie zu der Veran-
staltung gehen. Mit einem Lächeln. Sie würde sich aus der Kol-
lektion von Venus, der Göttin der Schönheit und des Verlangens,
etwas Aufreizendes kaufen und anschließend Jiyan vorführen,
um ihn auf andere Gedanken zu bringen.

Denn auf gar keinen Fall würde sie ihn, ihren Seelenverwandten, leiden lassen.

»Was ist nun mit den Amuletten?« Sie warf Maja einen Hunde-
blick zu und hoffte, dass sie gleich wieder zu Jiyan zurückkehren
konnte. Denn leider blieb ihr nicht viel Zeit zum Plaudern, da
Celestino auf ihren Bericht wartete.

Maja verdrehte lächelnd die Augen. »Na los, schnapp sie dir
und dann zurück zu deinem Nymphenkönig.«

Amaleya griff sich die beiden Halsketten und drückte Maja einen flüchtigen Wangenkuss auf.

»Du bist die Beste!«, rief sie Maja zu, bevor sie sich erneut teleportierte.

Im nächsten Moment befand sie sich wieder auf dem Wachturm, auf dem sie Jiyan zurückgelassen hatte. Dieser unterhielt sich gerade mit einem blonden Mann, der in Hose, Stiefel und einen Waffenrock gekleidet war. An seinem Gürtel hing ein Schwert, folglich musste er zu den hier stationierten Soldaten zählen.

Als Amaleya auftauchte, hörte sie den Krieger nur noch sagen: »Danke, das sind beruhigende Aussichten«, ehe dieser über die steinerne Treppe im Inneren des Turmes verschwand.

Sie trat aus der Geisterwelt hervor, sodass sich Jiyans alarmierter Blick sofort auf sie richtete. Schnell breitete sich allerdings ein Lächeln in seinem Gesicht aus, als er sie erkannte.

»Da bist du ja wieder.« Vielleicht bildete sie es sich nur ein, doch seine Schultern sackten bei diesen Worten erleichtert nach unten.

Stolz hielt sie ihm die beiden Amulette entgegen. Auf sein Zögern hin hing sie ihm kurzweg eins um den Hals.

»Hier. Niemand mit bösen Absichten kann uns jetzt noch beobachten«, erklärte sie ihm, während sie sich das andere Amulett umhing.

Jiyan schien verwirrt, nickte aber. »Das ist äußerst praktisch. Vielen Dank, dass du sie geholt hast.«

»Kein Problem.« Sie schenkte ihm ein schiefes Lächeln. »Meine Freundin Maja hat sie mir gegeben. Falls du sie also mal triffst, solltest du dich lieber bei ihr bedanken.«

»Das werde ich mir merken.« Obwohl er lächelte, verrieten ihr die Fältchen an seinen Augen- und Mundwinkeln, dass er immer noch angespannt war.

»Okay, was ist los?« Sie runzelte die Stirn und ahnte, dass es ihr nicht so bald möglich wäre, zu ihrem Treffen mit Celestino aufzubrechen. »Wir können uns jetzt unterhalten, ohne dabei belauscht zu werden. Also sag mir bitte, was dir auf dem Herzen liegt.«

Auf einmal war jede Heiterkeit verflogen. Jiyan wirkte hin- und hergerissen, was heute nicht zum ersten Mal vorkam. So langsam sollte er lieber mit der Sprache rausrücken, denn es machte sie nervös.

Er legte die Hand in den Nacken und massierte die Muskeln dort. Sein Blick richtete sich auf die Umgebung statt auf Amaleya. »Ich … Amia, ich möchte dir etwas zeigen. Und ich möchte dir erklären, warum ich mich so gegen das Bündnis mit den Engeln sträube, bevor du zu ihnen gehst.« Als er sie wieder ansah, wirkte das helle Blau seiner Augen stumpf. »Ich will, dass du verstehst, warum ich dich jede Woche mit einer Absage fortgeschickt habe.«

Irgendetwas quälte ihn und er wollte sie wissen lassen, was genau das war.

Das bedeutete ihr viel. Wirklich viel.

Ihre Berichterstattung bei Celestino würde sie wohl verschieben müssen. Denn wenn Jiyan ihr endlich seine Gründe für die Absagen der letzten Wochen mitteilen wollte, sollte sie diese kennen, um sie auch Celestino vorzutragen.

»Na gut. Dann mal los.« Sie hielt ihm die Hand entgegen wie ein Gentleman, der die Dame zum Tanz aufforderte.

Das entlockte Jiyan immerhin ein Schmunzeln, während er ihre Finger miteinander verschränkte, sodass Amaleya das nur allzu vertraute Kribbeln spürte.

»Ich hab ja keinen blassen Schimmer, was du mir gleich erzählen möchtest, aber vorher solltest du wissen, dass Frauen das Wort ›Aha‹ auf sechsunddreißig verschiedene Arten aussprechen können. Zwölf davon sind tödlich.« Sie schenkte ihm ein unschuldiges Lächeln. »Das wollte ich nur loswerden, damit ich später nicht schuld an irgendwas bin. Ich hab dich ja gewarnt.«

Wie erhofft schüttelte Jiyan grinsend den Kopf. »Ich denke nicht, dass du auch nur ein einziges ›Aha‹ aussprechen wirst.«

Es tat gut, ihn für einen Augenblick von seinen Sorgen abgelenkt zu haben. Doch so angespannt, wie Jiyan wirkte, würde gleich wahrscheinlich kein lustiger Spruch genügen, um ihn aufzuheitern.

»Wie du meinst.« Sie zuckte mit den Schultern. »Und wo soll ich uns hinbringen?«

Auf Jiyans Wunsch teleportierte Amaleya sie beide in sein Schloss und hielt seine Hand weiter fest, als sie den Korridoren folgten. Sein sonst so gefühlvoller Blick wurde mit jedem Schritt distanzierter. Er wirkte wie in Gedanken verloren und zugleich unruhig und unschlüssig.

Was wohl auf einmal mit ihm los war? Sie fürchtete sich schon beinahe davor, es herauszufinden, war aber auch genauso neugierig.

Die hellen, farbenfrohen Gänge standen im Kontrast zu den Schwingungen, die von Jiyan ausgingen. Während Amaleya ihm durch die Flure folgte, vernahm sie durch ihr gutes Gehör viele muntere Stimmen im Anwesen.

In dem Versuch, Jiyan ein wenig abzulenken, fragte sie: »Wie kommt es eigentlich, dass sich so viele Nymphen im Palast aufhalten? Wenn ich dir meinen wöchentlichen Besuch abgestattet hab, war immer viel los.«

Jiyan warf ihr einen langen Blick zu, ehe er wieder geradeaus schaute. »Allen Nymphen, die im Laufe der Zeit Opfer von Dämonenangriffen geworden sind, steht es frei, in meinem Schloss zu leben. So ist es Gleichgesinnten möglich, sich gegenseitig Trost zu spenden, und es finden sich oft neue Familien zusammen. ›Geteiltes Leid ist halbes Leid‹ trifft in den meisten Fällen zu und außerdem brauche ich keinen Palast für mich allein. Fionn, Balamy und Leano wohnen ebenfalls hier. So wird kein Wohnraum verschwendet.« Amaleya starrte ihn überrascht an. »Wir haben sogar eigens für die von den Dämonen Geschädigten weitere Küchen und Esssäle herrichten lassen, damit alle zusammen speisen und Zeit verbringen können.«

»Wow, das ist wirklich eine wundervolle Idee von dir. Und sehr großzügig.« Amaleya war sich sicher, dass Jiyan auch die Kosten für die Lebensmittel und Köche übernahm, um seine zu Schaden gekommenen Untertanen zu entlasten.

»Für mich ist es selbstverständlich«, erwiderte er.

Er besaß ein großes, gütiges Herz, wenn es um seinesgleichen ging. Deswegen hatte er vermutlich auch während des Dämonenangriffs im Thronsaal nicht um Hilfe gerufen. Keiner der ohnehin schon vorbelasteten Nymphen hatte auch noch in den Kampf involviert werden sollen.

Sie hatte keine Ahnung, was sie auf seine Aussage erwidern sollte, denn was er für sein Volk tat, war nicht selbstverständlich. Stur, wie er war, würde er das allerdings nicht einsehen. Ihr blieb eine Antwort erspart, als Jiyan mit ihr vor einer breiten Doppeltür anhielt.

Er ließ ihre Hand los und schaute mit einem Stirnrunzeln vom Tor zu Amaleya. »Du hast mich doch neulich gefragt, was mit all den Gemälden passiert ist und was meiner Familie widerfuhr …« Er deutete mit dem Kopf in die Richtung der Zimmertür. »Komm mit.«

Er öffnete den Eingang zu den Gemächern und ging hinein.

Amaleya war für einen Augenblick verunsichert, ob sie ihm folgen sollte. Sie roch bereits den Staub in der Luft und alte Möbel. Es lag aber auch ein Geruch in der Luft, der dem von Jiyan ähnelte. Dieses Zimmer musste einst einem Verwandten von ihm gehört haben.

Zögerlich folgte sie ihm.

Jiyan stand am anderen Ende des Raums vor einer imposanten, gläsernen Fensterfront, durch die das sanfte Licht der untergehenden Sonne in das Zimmer fiel. Er beobachtete sie, während sie sich staunend umsah.

Das Gemach, in dem sie sich befanden, war größer, als sie angenommen hatte, und sehr eindrucksvoll. Die Wände waren farbenfroh und schienen handbemalt. Die Decke bestand aus einer Kuppel, die von goldenen Ranken geziert wurde, und die Möbel sahen antik aus mit wunderschönen geschwungenen Elementen.

Am Kopf des Raumes stand ein gewaltiges Himmelbett. Selbst unter der Schicht von Staub entdeckte sie, dass die dunkelblaue Seidenbettwäsche von einem goldenen Wappen geziert wurde. Es bestand aus Linien, die sich umeinander wanden und sie an zwei Körper erinnerten, die sich aneinanderschmiegten.

Es war nicht schwer zu erraten, dass dieser Raum das Schlafgemach von Jiyans Eltern gewesen sein musste, dem Königspaar. Das hätte sie selbst dann bemerkt, wenn auf den Kopfkissen nicht die beiden Kronen gelegen hätten.

Sie versuchte den Kloß in ihrem Hals herunterzuschlucken, doch es ging nicht.

»Jiyan, nach all der Zeit …«, setzte sie an und verstummte wieder.

Die dicke Staubschicht und die Beschaffenheit der Einrichtung ließen erkennen, dass seine Eltern schon sehr lang tot waren.

Dass sie ermordet worden waren, hatte Jiyan Amaleya schon erzählt, und dass es Zeitalter vor ihrer Geburt geschehen war, hatte sie auch bereits in Erfahrung bringen können. Trotz all der verstrichenen Jahrhunderte lag noch immer die Krone auf dem Kopfkissen seines Vaters.

»Ja, nach all der Zeit trage ich immer noch keine Krone. Jedes Mal, wenn ich mich auf den Thron setze, denke ich, dass es so nicht sein sollte«, flüsterte Jiyan, während er sich gegen die Fenster lehnte und ihrem Blick folgte. »Die Krone meines Vaters ist übrigens nachgemacht, das Original ist verschwunden. Genauso wie sein Kopf.«

Sie bemerkte den Schmerz in Jiyans Augen, hörte ihn in seiner Stimme, und obwohl sie nicht verstand, warum er ihr ausgerechnet jetzt das alles offenbarte, wollte sie ihm in erster Linie ihr Mitgefühl aussprechen, statt weitere Fragen zu stellen. »Es tut mir so leid, was deinen Eltern zugestoßen ist.«

Sie hatte sich nicht vorstellen können, wie schwer ihr Tod wirklich auf ihm lastete.

»Du kannst ja nichts für ihren Tod.« Jiyan bedachte sie mit einem traurigen Lächeln, das ihr das Herz brach.

»Himmel, nein. Da war ich noch nicht mal geboren. Aber es tut mir leid, dass du das durchmachen musstest.«

Oder immer noch durchmachst, dachte sie traurig.

Ein wenig mehr Anspannung schien von Jiyan abzufallen, als er hinaussah und die letzten Sonnenstrahlen seine blauen Haare sanft schimmern ließen.

Er streckte seine Hand nach ihr aus. Wie von selbst lief sie auf ihn zu und umarmte ihn, schmiegte sich an ihn und hoffte, dass sie ihm damit ihr Mitgefühl zeigte. Sie war nämlich nicht gerade ein Naturtalent, was das Trösten betraf.

Jiyan strich ihr mit der Hand über den Rücken und legte sein Kinn auf ihren Kopf. »Dämonen nahmen mir meine Familie. Aber sie werden mir nicht auch mein Heimatland nehmen.«

»Nein, das werden sie nicht«, bestätigte sie entschieden.

Eher würde sie ihre Freunde um Hilfe bitten und Jiyan zeigen, was sie waren, als dass sie zuließ, dass er auch sein Land verlor. Die Frage war nur, ob Jiyan sich von Dämonenengeln helfen lassen würde.

»Folge mir. Bitte«, sagte er nach einer Weile und verschränkte seine Finger mit ihren.

Dann führte er sie aus dem Raum, hinaus auf den Korridor und ein paar Zimmer weiter in den nächsten Raum. Er hatte mehr gezögert, die Tür zu öffnen, als zuvor. Sie ahnte, dass nun der Teil seiner Geschichte folgen würde, der ihm am meisten zusetzte.

Sie schloss ihre Hand fester um seine und betrat mit ihm einen Raum, der ebenso prachtvoll und verstaubt war wie der Raum zuvor. Doch irgendetwas war anders.

Sie besah sich das Gemach und entdeckte in der Ecke neben dem großen Himmelbett eine aus Holz geschnitzte Wiege. Kinderspielzeug lag in dem Regal daneben.

Amaleya blinzelte gegen die aufsteigenden Tränen an. Was für grausame Monster nicht davor scheuten, auch Babys und Kinder zu töten, wusste sie ganz genau.

»Dieses Zimmer gehörte meinem älteren Bruder Milan und seiner Frau Baraa«, erzählte Jiyan mit abwesendem Blick.

Er wirkte so sehr in sich gekehrt, dass Amaleya nicht wusste, was sie erwidern sollte. Es war ihm unmöglich, mit seiner Vergangenheit abzuschließen, weil sie ihn täglich umgab und heimsuchte. Die Gemälde seiner Familie hatte er abnehmen lassen. Der Thron, das Schloss, die Stadt, das Land – all das waren hingegen Vermächtnisse, in denen seine Erinnerungen weiterlebten.

Sie wollte ihm neue Erinnerungen schenken, stellte sie auf einmal fest. Vielleicht lag es daran, dass sie sich mit ihm verbunden fühlte oder weil sie tiefes Mitgefühl für ihn empfand. Das *Warum* war ihr allerdings auch egal.

»Sie erwarteten ein Kind, weißt du? Und sie hatten sich so sehr gefreut. Alle waren deswegen völlig aus dem Häuschen, weil es Nachwuchs in der Königsfamilie geben sollte«, fuhr Jiyan fort.

Das Leid, das in seinen Worten mitschwang, tat Amaleya in der Seele weh. Er ließ sie an seiner Vergangenheit und seinem Schmerz teilhaben, gewährte ihr Einblick in sein Herz. Es berührte sie, dass er sich ihr anvertraute, und weckte in ihr den Wunsch, ihm das gleiche Vertrauen zu schenken.

Jetzt war der Zeitpunkt, ihm die Wahrheit über sich zu erzählen. Jetzt oder nie.

»Jiyan, ich … Ich –« *Scheiße, sag es! Jetzt!*

Nein, später. Irgendwann … später. Sie entschied, dass es hierbei um Jiyan ging und nicht um sie.

Himmel, sie war ein Feigling!

»Es tut mir leid«, war alles, was sie herausbrachte, dann dachte sie über Jiyans Worte nach.

Es war unwahrscheinlich, dass sich Dämonen in das Land der Nymphen verirrten, das gefährlich nah bei den Engeln lag, und dann zufällig die ganze Königsfamilie abschlachten wollten. Irgendjemand steckte garantiert dahinter. Und wenn derjenige noch lebte, sollte er sich lieber verkriechen, denn sie würde auf die Jagd gehen. Ihre Krallen verlängerten sich bereits jetzt.

Jiyan legte den Kopf in den Nacken, starrte zur Decke und blinzelte mehrmals, bevor er wieder sprach. »Mir tut es auch leid. Ich weiß noch, wie Milan und Baraa mich ständig genervt hatten, da ich ihnen helfen sollte, einen Namen für das Baby auszusuchen, und ich mich immer davor gedrückt hatte, weil es mir gleichgültig war … wie so vieles. Ich hatte mich stattdessen in der Stadt herumgetrieben und mit ein paar Nymphinnen vergnügt. Genau wie in der Nacht, als sie ermordet wurden, ebenso wie die Wachen, die versucht hatten, sie zu beschützen. Dabei hätte *ich* sie beschützen sollen.«

Er wandte sich ihr zu. Eine blau schimmernde Träne lief ihm über die Wange und sein kantiges Kinn. »Ich hätte für sie da sein müssen. Es war ein Massaker, einfach … der blanke Horror. Ich hatte noch nie so viel Grausamkeit erlebt.« Das Blau seiner Augen schien sie in dem Leid zu ertränken, das er ganz offensichtlich empfand. »Die Wachen, meine Familie … alle waren so grotesk entstellt, dass ich noch Wochen später gezittert habe. Ich konnte den Schock einfach nicht verarbeiten.« Seine Stimme klang kraftlos und rau, als würde allein die Erinnerung ihm die Kehle zuschnüren.

Sie schlang ihm die Arme um den Hals und zog ihn zu sich herunter. Hielt ihn fest. Hielt ihn zusammen, damit der abscheuliche Vorfall ihn nicht noch einmal auseinandernehmen würde.

Jiyan erwiderte ihre Umarmung, legte seine Hände auf ihre Schulterblätter und vergrub sein Gesicht in ihrer Halsbeuge. »Ich will so was nie wieder erleben.« Sein Atem strich über ihre Haut, und die Verzweiflung, die in seinen Worten mitschwang, trieb ihr die Tränen in die Augen. »Ich will nie wieder sehen müssen, wie jene, die mir am Herzen liegen … wie sie zerlegt und zu einem bizarren Haufen aus Fleisch, Knochen und Blut angeordnet wurden.«

Sie fühlte sich schrecklich hilflos, denn es gab nichts, was sie sagen konnte, um ihn aufzumuntern. Also hielt sie ihn einfach noch etwas fester.

Dafür, dass Jiyan nicht aufgegeben hatte, bewunderte sie ihn. Und dafür, dass er den Schmerz sowie all die Pflichten und Verantwortungen seit jeher schulterte. Wie auch dafür, dass er obendrein noch die Kraft gefunden hatte, es zu bewerkstelligen, dass sich die Nymphen von einer wehrlosen zu einer sich verteidigenden Rasse gewandelt hatten. Den drei Musketieren – Balamy, Fionn und Leano – war sie besonders dankbar, weil sie Jiyan dabei unterstützt und an seiner Seite gekämpft hatten.

»Ich habe mich selbst so sehr gehasst, weil ich nicht da war, als sie mich brauchten«, fuhr Jiyan leise fort.

Sie strich beruhigend mit den Händen über seine breiten Schultern und begriff, warum er so lang darum gekämpft hatte, enthaltsam zu leben, und auch, dass es ihn bereits jetzt umbringen könnte, wenn er wieder einen kalten Entzug machte.

Mit aller Mühe sprach sie an dem Kloß in ihrem Hals vorbei. »Du bist jetzt da.« Eine Träne lief ihr über die Wange, weil sie Jiyans Schmerz mit jeder Faser ihres Seins nachempfand. »Du bist für deine Freunde und dein Volk da und du tust alles, was in deiner Macht steht, um sie zu beschützen.« Sie löste sich etwas aus der Umarmung, um ihn anzusehen. »Und das ist genug.«

»Ist es das? Tue ich genug?« Die Spuren, welche die Tränen auf seiner Haut hinterlassen hatten, schimmerten im sanften Licht, das durch die bodentiefen Fenster hereinfiel. »Wäre ich nicht so egoistisch und stur, hätte ich dem Bündnis mit den Engeln längst zugestimmt. Aber ...« Jiyan rückte von ihr ab, sodass sie ihre Arme senkte und er ihre Hände mit seinen umfasste. »Aber Celestino war mein Freund. Mein Lehrer. Der Verantwortliche für das Bündnis mit meinem Vater. Und ausgerechnet er hat meine Familie und mich im Stich gelassen.« Jiyan ließ sie los, ging zur Tür hinüber. Statt hindurchzugehen, lehnte er sich gegen den Rahmen.

Sie gab ihm den Freiraum, um sich zurückzuziehen, da sie an seinem tiefen Stirnrunzeln erkannte, dass er sich wahrscheinlich nicht nur Gedanken über die Vergangenheit mit Celestino, sondern auch über die Zukunft machte.

Während Jiyan ihr erzählte, dass er sich entgegen dem Wunsch seines Vaters häufig mit Celestino getroffen und die ersten Grundlagen der Kampftechnik mit dem Schwert erlernt hatte, fuhr er sich immer wieder mit der Hand durch sein Haar. Es war untypisch für Nymphen gewesen, Waffen zu führen. Ganz besonders für Angehörige des Königshauses.

Amaleya fand jedoch, dass gerade dies Jiyan auszeichnete, da er seiner Zeit voraus gewesen war. Durch seine Freundschaft zu Celestino hatte es ihn allerdings umso mehr erschüttert, festzustellen, dass sein vermeintlicher Freund und Verbündeter seine Familie hatte sterben lassen. Daher lehnte er eine Allianz mit den Engeln so vehement ab.

Vielleicht lag es daran, dass zwischen ihren Seelen eine Verbindung bestand, denn Amaleya konnte Jiyans Trauer, Schuld und vor allem den Verrat nachempfinden, als ob sie seine Vergangenheit mit ihm durchlebt hätte.

Als sich Jiyan zum unzähligen Mal durchs Haar fahren wollte, trat sie auf ihn zu und ergriff seine Hand.

Bei allem, was er ihr offenbart hatte, begriff sie, dass sie zukünftig nicht für die Engel arbeiten könnte. Die wichtigste Regel wäre, Gehorsamkeit gegenüber den Befehlen ihres Vorgesetzten zu leisten. Würde Celestino sie während der bevorstehenden Schlacht anderen Verpflichtungen nachkommen lassen oder sie bei den Engeln statt an Jiyans Seite stationieren, wäre es ihr nicht möglich, Jiyan zu unterstützen. Oder sie würde Jiyan helfen und als Strafe ihrer Flügel beraubt werden, wie es im obersten Himmel Gesetz war.

Sie musste eine Entscheidung fällen, wie sie vorgehen sollte.

Jiyans Stirnrunzeln verschwand. Stattdessen zog er nun fragend die Augenbrauen hoch.

Behutsam umfasste sie sein Gesicht mit ihren Händen und schaute ihm direkt in die Augen. »Okay, folgender Plan: Wir bringen alle Schuldigen um, verbuddeln die Leichen und wenn jemand danach fragt, antwortest du, weil ich nicht lügen kann und mein Schweigen über die Angelegenheit sehr verdächtig wäre, ja?«

Jiyan blinzelte überrascht. Ganz langsam breitete sich ein träges Lächeln auf seinem Gesicht aus, das sie so gehofft hatte, wieder zu sehen.

Er legte seine Hände über ihre. »Gewalt ist in diesem Fall keine Lösung, Amia.«

Sie strich Jiyan mit den Daumen über die Wangen und bemühte sich, ihre Stimme sanft klingen zu lassen. »Selbsthass und Enthaltsamkeit aber auch nicht.«

Etwas veränderte sich mit einem Mal in der Art, wie er sie ansah. So als ob er sich zuvor einer Sache nicht sicher gewesen wäre und nun einen Entschluss gefasst hätte, nachdem er ihre Reaktion beobachtet hatte. »Ich hätte dir so viel früher nachgeben sollen, um mehr Zeit mit dir verbringen zu können. Wer weiß, wie viel Zeit uns nun noch zusammen bleibt?«

»Sag doch so was nicht! Alles wird gut werden. Okay?«

Als er nur nickte, vermutete sie, dass er nicht antwortete, um sie nicht anzulügen. Es wäre möglich, dass sie die nächsten Tage nicht überlebten. Deswegen wollte er ihr jetzt alles von sich geben, weil er wahrscheinlich annahm, dass er bald keine Gelegenheit mehr dazu bekommen würde.

Ihr Entschluss stand fest. Sie würde ihre Kräfte zum ersten Mal für etwas Gutes nutzen, wenn sie für Jiyan kämpfte, weil es sich tief in ihrem Herzen richtig anfühlte.

Sie zog ihre Hände zurück, sodass Jiyan sie losließ, und wischte sich die Tränen von den Wangen. »Du wirst diesen Krieg überstehen. Du bist jeden einzelnen Tag von deiner Vergangenheit umgeben und du siehst trotzdem nach vorn. Das ist verdammt stark.« Sie machte eine Pause, erahnte allerdings an Jiyans leicht zusammengekniffenen Augen, dass er ihr widersprechen wollte. Also fuhr sie fort. »Ja, vielleicht hast du Schuldgefühle. Die will ich dir auch gar nicht ausreden, weil nur du beurteilen kannst, ob sie angebracht sind. Aber du hast gelernt, damit zu leben.« Sie deutete auf die offen stehende Zimmertür neben ihnen. »Und da draußen sind zigtausend Gründe, die dir zeigen, dass es richtig so ist.«

Sein Volk liebte ihn. Scheiße, jeder, der ihm begegnete, liebte ihn! Und es wäre nicht so, wenn er nicht die Kraft besäße, sodass alle an ihn glaubten und ihr Vertrauen in ihn setzten.

Jiyan führte ihre Hand an seine Lippen und hauchte ihr einen Kuss darauf. »Es ehrt mich, dass du so denkst. Mit solch einer starken Frau wie dir an meiner Seite werde ich die Schlacht gewiss überstehen.«

Diese Geste und seine Worte trieben ihr die Hitze ins Gesicht. »Tja, äh, also …«

Als sie verlegen vor sich hin stammelte, schüttelte Jiyan schmunzelnd den Kopf. Er zog sie erneut mit sich aus dem Raum und schloss hinter ihnen die Tür. Dann schob er sie gegen die Wand und küsste sie, zärtlich und sanft. Er schien Trost in jeder Berührung zu suchen, den sie ihm mit Freuden gab.

Als sie ihm die Arme um die Schultern legte, um ihn festzuhalten, spürte sie, wie sich seine Lippen zu einem Lächeln verzogen.

Er hielt sie ebenfalls fest in seinem Arm, küsste sie, als ob er sie bräuchte.

Das traf auch auf sie zu. Jedes Mal, wenn sie ihn ansah, schlug ihr Herz schneller. Seit ihrer ersten Begegnung war es um sie geschehen und nun brauchte sie ihn, wollte von ihm akzeptiert werden, so wie sie war.

Wie sollte sie ihm dies vermitteln, wenn nicht mit einem verzweifelten Kuss?

Jiyan löste sich von ihr, sodass sie beinahe frustriert geknurrt hätte.

Er legte seine Hand an ihre Wange. »Amia, die Engel wollen meine Vergebung und das Bündnis erneuern. Du willst ihre Vergebung und mit deiner Vergangenheit abschließen.« Obwohl er eindringlich mit ihr sprach, schwang in jedem Wort auch viel Gefühl mit. »Lass uns beide loslassen und zusammen in die Zukunft schauen, wenn ich ihrer Bitte nachgebe. Deiner Bitte.« Sein Blick glitt suchend über ihr Gesicht. »Was sagst du?«

Sie sollte sich freuen, oder nicht? Doch Jiyan so zu sehen, so viel über ihn zu erfahren und sich ihm so nahe zu fühlen, während er sie ansah, wie eben nur er es konnte, zeigte ihr, dass sie auf dem Holzweg gewesen war.

Sie rang sich ein Lächeln ab, obwohl ihr dank ihrer fundamentalen Erkenntnis nicht der Sinn danach stand. »Mh-mh. Ja, lass uns zu den Engeln aufbrechen.«

Schon vor vielen Jahren hatte sie den Engeln vergeben, dass diese ihre Mutter getötet hatten. Dafür, dass Amaleya im Gegenzug viele Engel getötet hatte, wollte sie auch deren Vergebung.

Dann könnte sie endlich einen Schlussstrich unter ihre Vergangenheit ziehen.

Sie wollte allerdings nicht mehr zu den Engeln gehören und sich für etwas ausgeben, das sie nicht war, während sie für etwas kämpfte, das ihr gleichgültig war. Sie wollte eine Tavith sein und für die Nymphen kämpfen. Wollte nach vorn schauen und das Gute in sich bestärken.

Und das war der Mann vor ihr. Jiyan bedeutete Geborgenheit für sie. Er war das warme Gefühl, das sich in ihrem Herzen ausbreitete, wenn er sie anlächelte oder wegen ihr lachte. Er war die Ruhe in ihrer rastlosen Seele, wenn er sie im Arm hielt und sie seinen Sommerregenduft einatmete. Er war das süße Schweigen ihres Verstandes, wenn er sie ansah, als wäre sie das einzige Licht in einer Welt aus Schatten.

Jiyan war ihr Seelenverwandter, ihr Seelenfrieden.

Und selbst wenn er nichts mehr mit ihr zu tun haben wollte, nachdem er die Wahrheit über sie erfahren hatte, würde sie diese Erkenntnis im Herzen tragen und das warme Gefühl einschließen, sodass es sie nie verlassen könnte, selbst wenn er es tat.

Dieser Gedanke spendete ihr genug Trost, damit sie Jiyans Hand nehmen und ihm ein ehrliches Lächeln schenken konnte. Jiyan bemerkte es, denn er zeigte ihr das gleiche, warme Lächeln und küsste sie auf die Schläfe. »Ich sollte dich vorwarnen, dass ich befürchte, auszuflippen, sobald ich Celestino wiedersehe. Momentan stehe ich ziemlich unter Druck und jetzt sind meine Emotionen auch noch sehr aufgewühlt.«

Es war süß, wie er das sagte, weil er vermutlich eines der ruhigsten Geschöpfe dieser Welt war. Zumindest kam es ihr so vor, wenn sie an ihr Zusammenleben mit den anderen Tavith dachte.

Sie schmunzelte. »Tja, wie gesagt, ich helfe dir dabei, die Leiche zu verbuddeln. Und ich hab eine verdammt coole Freundin bei den Engeln, die uns garantiert heimlich rausschleusen würde.«

20

Es war einmal

Jiyan

Amaleya kicherte über seine Höhenangst, während sie zu den Engeln flogen. Er hatte angenommen, sie würden sich teleportieren, doch Amaleya hatte ihm erklärt, dass die Engel erst zuschlugen und dann Fragen stellten, wenn man einfach aus dem Nichts auftauchte. Denn da viele Dämonen sich ebenfalls teleportieren konnten, wollten die Engel denen gar nicht erst die Chance geben, Unruhe zu stiften.

Als sie an den bewohnten Wolken vorbeiflogen, wurden sie von allen angestarrt. Jiyan nahm zunächst an, das wäre auf Amaleyas wunderschönes, pechschwarzes Gefieder zurückzuführen, nur war er anscheinend der Einzige, der es bewunderte. Die Engel betrachteten sie im Vorbeifliegen viel eher mit Misstrauen.

Als Amaleya mit ihm vor den weitläufigen Stufen des Palastes landete, in dem Celestino wohnte, wäre er fast vor Dankbarkeit in die Knie gegangen, endlich wieder festen Boden unter sich zu spüren.

Er war nur ein einziges Mal mit Celestino hier gewesen, um sich das Reich der Engel anzuschauen. Unglücklicherweise war er über eine Wolke gelaufen, die *nicht* fest gewesen war, und in die Tiefe gestürzt, bis Celestino ihn gerettet hatte. Das war Jiyans erster und letzter Ausflug in den obersten Himmel gewesen.

Amaleya ließ ihn nun los und nahm wie selbstverständlich seine Hand. Er lächelte über diese Geste, obwohl er aufgewühlt war, denn sie vermittelte ihm den Eindruck, als ob sie sich nicht erst seit Wochen, sondern bereits seit Jahren kennen würden. Ihr von seiner Vergangenheit zu erzählen, war das befreiendste Gefühl, das er je erfahren hatte. Sie hörte ihm zu, verstand ihn und sie urteilte nicht über ihn.

»Deine Flügel sind atemberaubend schön. Lass dir nie etwas anderes einreden«, stellte er klar und hoffte, die Unsicherheit zu vertreiben, die von ihr ausging.

Seit sie hier angekommen waren, zog sie die Schultern ein wenig nach vorn. Ihre Haltung wirkte kaum merklich defensiv.

Seufzend blickte sie von ihm zum Palast. »Ich danke dir, aber sie verraten nun mal, dass ich nur zur Hälfte ein Engel bin. Lass uns einfach das Gespräch mit Celestino hinter uns bringen.«

Er nickte und sie erklommen die Stufen zum Palast, während er sich fragte, warum ihm nicht von Anfang an aufgefallen war, dass Amaleya Zerbrechlichkeit hinter ihrer frechen Fassade versteckte. Ihre Vergangenheit hatte tief in ihrem Inneren Wunden hinterlassen, die er heilen wollte. Denn er hatte beschlossen, sie nicht mehr herzugeben.

»Amia«, sprach er sie schließlich so sanft wie möglich an. »Du wirst immer darauf vertrauen können, dass ich meine, was ich sage – ohne dabei irgendwelche verschlagenen Hintergedanken zu haben oder dich manipulieren zu wollen. Du hast mein Wort.«

In ihrer Energie nahm er eine Veränderung wahr und stutzte. Ihm war, als ob glühende Funken auf ihn hinüberspringen würden, die ihm merkwürdig warm ums Herz werden ließen.

»Ich weiß«, antwortete sie mit dem süßesten Lächeln, das er je gesehen hatte.

Er liebte ihr Lächeln. Oder die Art, wie sie verlegen wurde, wenn er ihr ein Kompliment machte und seine Worte ihr auf irgendeine Weise schmeichelten.

Sie gingen schweigend durch die scheinbar endlosen Gänge und hingen beide ihren Gedanken nach. Schon jetzt spürte er Zorn und Verzweiflung in sich aufsteigen.

Es waren in Wahrheit nicht alle Engel, von denen er sich verraten fühlte, sondern vor allem Celestino und dessen Soldaten. Jiyan hatte sein Vertrauen in jemanden gesetzt, der es ihn bereuen ließ. Und nun stieg der alte Groll in ihm auf, den er zu verdrängen versucht hatte, indem er alle Engel als treulose, geflügelte Bastarde abgestempelt hatte. Das war so viel einfacher gewesen.

Er hielt Amaleyas Hand ein wenig fester bei dem Gedanken und sie tat es ihm gleich.

Nach all der Zeit erinnerte er sich jetzt wieder daran, dass er einen Namen und ein Gesicht zu dem Gefühl des Verrats kannte. Das setzte ihm zu. Viele unausgesprochene Dinge standen zwischen ihm und Celestino und er war sich nicht sicher, ob er Rechtfertigungen und Entschuldigungen nach all den Jahren noch hören wollte.

Um sich abzulenken, ließ er seinen Blick durch die langen Gänge wandern, die von gewundenen Säulen durchzogen wurden.

Der Boden war aus Mosaiken angefertigt worden, die religiöse Abbildungen zeigten. Den Engeln mangelte es an nichts, sie schwammen geradezu in Reichtümern, mit denen sie für den Kampf gegen das Böse belohnt wurden. Sie lebten auf weißen, festen Wolken und jedes Gebäude, das sich darauf befand, war ebenfalls weiß, egal ob aus fluffigem Wolkenmaterial geformt oder aus hellem Marmor errichtet.

Die Pracht ließ Jiyan allerdings unbeeindruckt, denn es fehlte den Bauwerken der Engel an der Wärme und Farbenpracht, die sein eigenes Schloss aufwies.

Während sie gingen, hatte Amaleya ihre Flügel zusammengefaltet an ihren Rücken gelegt. Diese ragten immer noch hoch hinter ihr empor und die Spitzen berührten den Boden. Sie sah hinreißend aus.

Vor einem Tor kamen sie zum Halten. Jiyan musste den Kopf in den Nacken legen, um den Verzierungen des Holzes mit seinem Blick folgen zu können. Den Eingang flankierten zwei Wachen, die ihnen die massive Tür öffneten, sodass sie hindurchtraten in einen lächerlich weitläufigen Saal. In dessen Mitte stand eine Tafel.

An dem Kopfende des Tisches saß Celestino mit einigen ausgebreiteten Schriftrollen vor sich.

Schwarzes Haar, leuchtend grüne Augen und eine unnahbare Aura um sich – der Engelsheerführer hatte sich äußerlich kein Stück verändert.

Doch Jiyan erkannte sofort, dass er finsterer wirkte. Erschöpft. Das Strahlendste an ihm war sein weißes, bodenlanges Gewand.

Aber seine abgekämpfte Erscheinung rief in Jiyan kein Mitgefühl hervor. Im Gegenteil, er war unsagbar von Zorn erfüllt, der durch seine Adern wie Säure zu fließen schien.

Celestino bemerkte sie, stand auf und trat um die Tafel herum, um auf sie zuzugehen. »Amaleya. Jiyan.« Der Engel sprach sie beide an und nickte ihnen zu.

Jiyan ließ Amaleyas Hand los. Jeder Muskel in seinem Körper spannte sich an, während er Celestino beobachtete. Er fühlte sich wie ein Jäger, dessen Beute nichts ahnend auf ihn zulief.

Nur noch ein bisschen näher …

Wenn Celestino sich noch weiter auf Jiyan zubewegte, würde er die Beherrschung über seine brodelnden Gefühle verlieren.

Als sein ehemaliger Freund vor ihnen stehen blieb, gewann Jiyans Zorn schließlich die Kontrolle über ihn. Er machte einen Schritt nach vorn und schlug zu.

Seit über zweitausend Jahren hatte er das tun wollen!

Ein Gefühl der Befriedigung breitete sich in ihm aus, als seine Faust und Celestinos Wangenknochen aufeinandertrafen. Schmerzen durchzuckten seine Finger und seine Hand, doch er hieß sie willkommen.

Celestino stolperte überrascht einen Schritt zurück. Jiyan konnte sich selbst einfach nicht bremsen. Er setzte nach und schlug erneut zu. Und wieder. Seine Faust schoss unaufhaltsam nach vorn, als hätte dieses Wiedersehen ein Ventil geöffnet, das er nur verschließen könnte, wenn er genügend Dampf abgelassen hatte.

Der Engel nahm den Angriff natürlich nicht hin und wehrte sich. Er blockte ein paar Schläge ab und teilte selbst aus. Aber Jiyan besaß so viel Kraft wie vermutlich noch nie, nachdem er den ganzen Tag mit Amaleya verbracht hatte.

Als er den nächsten Schlag ausführte, flog Celestinos Kopf zur Seite. Der nutzte den Schwung und trat Jiyan den vorderen Fuß weg, sodass sie beide zu Boden gingen.

»Du mieser Verräter!«, brüllte er zornig.

Im nächsten Moment beugte er sich über Celestino und drosch erneut auf ihn ein.

»Du hast gesagt, wir wären sicher!«

Rechte Faust.

»Wo warst du, als wir euch brauchten?!«

Linke Faust.

»Du hast sie im Stich gelassen! Mich!«

Jiyan spürte seine eigene Nase brechen, als Celestino zurückschlug.

»*Ich war in Gefangenschaft!*«, brüllte der Engel ihn aus voller Lunge an.

Jiyan hielt in der Bewegung inne und sah hinab auf einen Mann, den er einst einen Freund genannt hatte.

Lügen. Nichts als Lügen. Er durfte keinem von Celestinos Worten Glauben schenken.

»Du scheinst *jetzt* frei zu sein!«, knurrte er. »Und trotzdem hast du dich nicht ein einziges Mal nach ihnen erkundigt! Oder nach mir.«

Nach dieser kleinen Auseinandersetzung hatte er seiner größten Wut bereits Luft gemacht, sodass an ihre Stelle Verbitterung trat. Und die Erkenntnis, dass Celestino die Wahrheit sagen musste. Denn eine Gefangenschaft wäre der einzige Grund gewesen, wegen dem Celestino den Vertrag hätte brechen können, ohne dabei die schmerzhaften Konsequenzen tragen zu müssen. Diese bestanden wie bei einem Schwur darin, dass man unsagbare Schmerzen litt, die sich vom Kopf ausbreiteten und durch den ganzen Körper zogen. Nach Tagen der Qualen würde der Körper von innen heraus versteinern. Über Wochen. Schließlich würde man den darauffolgenden Tod mit offenen Armen begrüßen.

Vor zweitausend Jahren hatte Jiyan angenommen, Celestino wäre tot – entweder im Kampf gestorben oder durch den Vertragsbruch. Jiyan hatte sich darauf fokussiert, sein Land zu revolutionieren, und dann vor fast einem Millennium erfahren, dass Celestino noch am Leben war und seinem Amt als Heerführer nachkam, indem er Jiyan den ersten Boten geschickt hatte, um das Bündnis zu erneuern. Da hatte er sich schrecklich verraten gefühlt und geglaubt, Celestino hätte König Menril beim Vertrag hintergangen und daher nicht die schmerzhaften Konsequenzen erleiden müssen.

Celestino hatte nie versucht, das Gespräch mit Jiyan zu suchen. Das war so typisch für einen Engel. Die waren eben auch nicht mehr als kaltherzige Assassinen des Himmels.

Der Heerführer nutzte Jiyans Verwirrung und strampelte sich frei.

Sie erhoben sich und standen einander gegenüber.

Jiyan wischte sich mit zittriger Hand das Blut aus dem Gesicht und stellte fest, dass der Engel ihm zwei Rippen gebrochen hatte, die ihm das Atmen erschwerten. Aber er würde heilen, sobald er Amaleya berührte.

Celestino sah Jiyan mit einem Blick an, der ihm das Herz in der Brust zerriss. »Natürlich habe ich dich nicht aufgesucht. Die Situation wäre damals genauso eskaliert wie jetzt. Und ich war zu kaputt, um mich mit mehr als mir selbst auseinanderzusetzen«, erklärte er halbwegs gefasst und richtete seine blutende Nase.

»Dann wäre ich für dich da gewesen!«, rief Jiyan verzweifelt und rang mit aller Kraft um Beherrschung. »Dann hätten wir beide uns Halt gegeben, weil wir damals Freunde waren.«

Er hätte sich nie mit Schuldzuweisungen auf einen Freund gestürzt, der bereits am Boden war. Doch jetzt? So schmerzlich es auch war, es zu begreifen, sie waren weder Freunde noch empfand er jetzt Mitleid für Celestino.

Kein! Mitleid!, rief er sich in Erinnerung. Er wusste, dass er es nicht lange durchhalten würde, da Celestino ihn mit so viel Bedauern in den Augen ansah.

»Ich konnte dir nicht helfen, Jiyan. Und du hättest mir auch nicht helf…« Die Stimme des Heerführers brach. Seine grünen Augen wirkten gerötet, als würde er sich bemühen, nicht zu weinen. »Du hast keine Ahnung, wie es ist, *die Eine* zu verlieren.«

Jiyan stutzte.

Die Eine? Wie seine … Seelenverwandte?

Plötzlich rotierten seine Gedankenrädchen, als der Begriff ihm eine Idee in den Kopf setzte.

Was wenn … Wenn er und Amaleya … Wenn er in ihr seine vom Schicksal Auserwählte gefunden hatte?

Er fuhr sich mit der Hand übers Gesicht und wusste nicht, ob sie wieder oder immer noch zitterte.

Rador!, fluchte er in Gedanken und wurde nun von Mitleid für Celestino überrollt.

Wenn sich der Engel in Gefangenschaft befunden und obendrein noch seine Seelenverwandte verloren hatte, war es verwunderlich, dass er überhaupt noch lebte. Denn Jiyan hatte gehört, dass zwei Teile eines Ganzen nie wieder ohne den anderen sein konnten, wenn sie sich gefunden hatten. Das bedeutete es, füreinander bestimmt zu sein.

Celestino wirkte zwar mitgenommen und finsterer, doch er war hier. Es musste einen Grund geben, der ihn weiterleben ließ.

Jiyan öffnete den Mund, um etwas zu erwidern – was, wusste er selbst noch nicht –, als Celestino zu Amaleya schaute, die sich das ganze Theater mit angesehen hatte. Wortlos.

Er schluckte seinen Frust und seine Verwirrung hinunter und runzelte die Stirn. Für gewöhnlich war es kein gutes Zeichen, wenn sie schwieg und sich in ihre Gedanken zurückzog.

Tatsächlich stand sie ein wenig verloren dort zwischen der Tür und der Tafel, was Jiyan mit Sorge erfüllte. Ihr Verhalten gefiel ihm nicht und er sollte schnellstens erledigen, weswegen er hergekommen war, um anschließend herauszufinden, was nicht stimmte.

»Du hast recht, Celestino, ich weiß nicht, wie es ist, die Eine zu verlieren«, gestand er schließlich. »Ich bin auch nicht hier, um mich über die Vergangenheit zu unterhalten, sondern um ein Bündnis zwischen den Engeln und Nymphen zu unterzeichnen. Denn wie ihr vermutlich schon wisst, befinden wir uns bereits im Krieg. Wir benötigen eure Hilfe und würden euch natürlich auch im Gegenzug unsere Hilfe zusichern.«

Celestino nickte lediglich, sodass Jiyan ihm am liebsten gleich wieder eine reingehauen hätte.

»*Natürlich* wisst ihr davon«, fügte er platt hinzu.

Die Engel wussten immer alles, wohingegen sie sich nie in die Karten schauen ließen. Engel eben. Wie er es hasste!

Jiyan blickte wieder zu Amaleya. Sie schien immer noch völlig unbewegt. Zwar ging er dieses Bündnis ein, weil ihm nichts anderes übrig blieb, doch er erfüllte damit auch ihr einen Wunsch. Ein wenig Freude wäre jetzt angebracht, oder nicht?

Celestino ging zu dem riesigen Tisch hinüber, setzte sich und bedeutete ihnen mit einer ausladenden Handbewegung, ebenfalls Platz zu nehmen.

Nur zögerlich bewegte sich Jiyan, weil er nicht recht wusste, was er denken oder empfinden sollte.

Er sollte seinen ehemaligen Freund hassen. Aber stattdessen empfand er Mitleid für dessen Situation und riss sich zusammen, um nicht nach Einzelheiten zu fragen. Dann würde er dem Engel womöglich noch vergeben, wozu er noch nicht bereit war.

Vergebung entschuldigte nicht die Schandtaten anderer, sondern schützte das eigene Herz vor dem Zerbrechen an deren Sünden. Das hatte Fionn ihm immer wieder gesagt. Celestino würde sich allerdings durch Jiyans Vergebung ebenfalls erleichtert fühlen, was er ihm noch nicht gönnte.

Er fokussierte sich nun auf Amaleya, der er einen Stuhl zurückgezogen hatte, damit sie neben ihm Platz nehmen konnte.

Stumm setzte sie sich, während Celestino eine unbeschriebene Schriftrolle zur Hand nahm. Mehrere Engelsrunen schrieb er an Anfang und Ende des Dokuments, die es als Vertrag kennzeichneten.

Jiyan kannte das ganze Prozedere noch von damals, als sein Vater den gleichen Vertrag abgeschlossen und sich darauf verlassen hatte. Er würde jedoch nicht so naiv sein. Die Engel waren in seinen Augen eine mögliche Unterstützung, und das Bündnis würde die Moral seiner Soldaten insofern steigern, dass sie der Ansicht wären, nicht allein in die Schlacht zu ziehen.

Nicht mehr und nicht weniger.

Sie legten alle Einzelheiten des Vertrages fest, sodass Jiyan nur noch unterschreiben musste. Mit Blut. Celestino reichte ihm dafür einen silbernen Füller. Jiyan umfasste die Griffmulde und spürte einen Stich in seiner Fingerkuppe, da bei Druck darauf eine winzige Nadel hervorschoss, nur um dann wieder im Griff zu verschwinden. Jiyans Blut lief den glatten Griff hinab und vermischte sich mit der Tinte, sodass er seinen Namen unter das Dokument setzen konnte.

Celestino tat es ihm gleich, sodass die Runen aufleuchteten und das Bündnis besiegelten.

Sollte nun eine der beiden Fraktionen die Hilfe der anderen benötigen, würde diese sie ihnen zukommen lassen, wenn es ihnen möglich war. Theoretisch. Wenn man beispielsweise in Gefangenschaft war, bildeten diese Umstände eine Ausnahme.

»Jiyan«, sprach der schwarzhaarige Engel eindringlich. »Es ist das Richtige für dein Land, glaub mir. Wir werden euch unterstützen.«

Jiyan brachte nicht mehr als Nicken zustande, da er nicht offen heraus sagen wollte, dass er daran zweifelte und ihn jedes Wort mit Celestino verletzte. Er war hier, weil er keine andere Alternative besaß, aber er konnte gut auf eine Unterhaltung oder besserwisserische Ratschläge verzichten. Und darüber hinaus wollte er, dass der Engel seine Aufmerksamkeit auf Amaleya richtete. Sie machte Jiyan nervös mit ihrem Schweigen.

Celestino lehnte sich nach vorn und stützte die Ellenbogen auf dem Tisch auf, als er sich tatsächlich wie erhofft an Amaleya wandte. »Gute Arbeit. Deine Taten seien dir vergeben. Und da du nun deinen guten Willen unter Beweis gestellt hast, ist dir ein Platz in unserer Truppe gewiss.«

Jiyan wandte sich ihr voller Stolz darüber zu, dass sie gelobt wurde und endlich ihr Ziel erreicht hatte, doch er entdeckte nicht die geringste Freude in ihrem Gesicht.

Angespannt nahm er ihre Hand und konzentrierte sich auf ihre Energie. Diese war verwirrend. Traurig und hoffnungsvoll. Entschieden und ebenso unsicher.

Leise und zugleich bestimmt erklärte sie: »Ich nehme eure Vergebung dankend an, aber werde mich euch nicht anschließen.«

Mit offenem Mund starrte Jiyan sie an. Sie hatte ihn Woche um Woche um ein Bündnis gebeten! Und nun wollte sie nur die Hälfte der Belohnung ihres Verdienstes einkassieren?

So ernst und ruhig, wie er sie noch nie erlebt hatte, blickte sie Celestino an. »Ich wollte gern in euren Reihen aufgenommen werden, mittlerweile weiß ich allerdings, dass ich niemals so hingebungsvoll dem Himmel dienen könnte, wie Ihr es tut. Ich lasse mich bei meinen Entscheidungen von Emotionen leiten. Als Engel müsste ich hingegen meine Befehle und Regeln in den Vordergrund stellen. Das kann ich nicht. Wenn mir aufgetragen würde, an der Seite meiner neuen Kameraden zu kämpfen statt an Jiyans Seite, dann würde ich alle Befehle missachten und dennoch mit ihm kämpfen. Ich würde wahrscheinlich schon nach der zweiten Mission als Strafe meine Flügel verlieren. Daher werdet ihr zukünftig auf meine Unterstützung verzichten müssen.«

Ihre Worte schossen wie ein flammender Pfeil direkt in Jiyans Herz und setzten es in Brand. Er fühlte sich völlig überrumpelt und geehrt zugleich, weil er ihr wichtig war. Genau wie sie ihm.

Seit sie hier waren, schaute Amaleya ihn jetzt zum ersten Mal richtig an und lächelte stolz, als ob sie gerade eine Hürde überwunden hätte, die er nicht einmal gesehen hatte. Jiyan erwiderte ihr Lächeln und würdigte damit ihren Entschluss.

Als er ihre Hand kurz drückte, fragte er sich, was es bedeutete, dass ihre Energie nun glühend durch ihn strömte. Es war ein unbeschreiblich schönes Gefühl, das ihn mit Ruhe erfüllte.

Celestino starrte Amaleya fassungslos an. Er fing sich allerdings schnell wieder und seine aufgeplatzten Lippen verzogen sich zu einem Schmunzeln.

Jiyan hielt für eine Sekunde den Atem an. Sie besaßen beide das gleiche Lächeln.

Er bemühte sich um einen unveränderten Gesichtsausdruck, während er unauffällig zwischen Amaleya und Celestino hin und her sah. Sie hatten auch die gleiche Augenform. Das gleiche seidig schwarze Haar. Er musste blind gewesen sein, nicht zu erkennen, wie ähnlich ihre Mimik sich war. Doch nun, da die beiden neben ihm saßen, waren die Gemeinsamkeiten einfach nicht abzustreiten. Und Amaleya war zur Hälfte ein Engel …

Rador! Scheiße! Er hatte früher wirklich selten geflucht. In letzter Zeit gab es hingegen zu viele Anlässe dazu.

Denn er würde seinen Thron darauf verwetten, dass Celestino Amaleyas Vater war. Jeder andere Verwandtschaftsgrad würde keinen Sinn ergeben, da Celestino zu alt war und keine Geschwister hatte. Aber Jiyan besaß keine Beweise, um diese Behauptung zu untermauern, und Amaleya schien davon nichts zu ahnen. Also würde er es für sich behalten und am besten erst nach diesem Krieg zur Sprache bringen, damit er sie nicht aufwühlte und womöglich noch mehr Probleme schuf.

»Ich verstehe«, meinte Celestino mit einem sanften Lächeln. »Es freut mich, dass dir klar wurde, wofür du zukünftig kämpfen möchtest.«

Oh ja, der Engel wusste ganz genau, dass zwischen ihm und Amaleya eine Verwandtschaft bestand. Jiyan erkannte das Wissen in seinem Blick. Darüber würden sie sich demnächst unterhalten, wenn Amaleya nicht dabei war.

Wenn *sie* Celestinos Grund war, um weiterzuleben, dann hatte sie es verdient, die Wahrheit zu kennen und sie von dem Engel persönlich zu hören.

»Mich freut es ebenso«, erwiderte Amaleya verlegen.

Jiyan fuhr sich aufgewühlt mit der Hand durch das Haar und fragte sich, ob er Gespenster sah, wo gar keine waren. Sein Gespräch mit Celestino würde bald stattfinden müssen, bevor der Gedanke ihn zu sehr wurmte und ablenkte. Fürs Erste verdrängte er weitere Spekulationen.

Mit ernster Miene wandte er sich wieder Celestino zu. »Ihr wolltet die Nymphen als Verbündete und das habt ihr nun erreicht.« Er nickte Amaleya zu und fuhr fort: »Wir haben erledigt, weswegen wir hergekommen sind, und sollten uns wieder auf den Rückweg begeben.«

Allein bei dem Gedanken daran, dass er zusammen mit Amaleya in seine Gemächer zurückkehren konnte, erhitzte sich sein Blut. Die Kriegsvorbereitungen liefen gut, die Wachtürme waren besetzt und die Engel würden die Nymphen hoffentlich unterstützen. Er könnte also diese ganze Nacht nur mit Amaleya verbringen und sich morgen seinen übrigen Aufgaben zuwenden. Es war an der Zeit, dass er auch mal an sich selbst dachte – und er hatte es verdammt noch mal verdient, diese Nacht mit Amaleya zu genießen. Wenngleich er auch nicht mit ihr schlafen würde, solang sie ihm immer noch nicht ihre Abstammung anvertrauen wollte und dieses Geheimnis zwischen ihnen stand.

»Auch wenn du nicht in unsere Reihen treten möchtest, bist du jederzeit bei uns willkommen«, sagte Celestino lächelnd.

Jiyan spürte die Fürsorge, die von dem Engel ausging. Es bestätigte erneut seinen Verdacht, dass sein alter Lehrer und einstiger Freund Amaleya näher stand, als er nach außen vorgab.

Nicht dass es etwas an seinem Verhältnis zu ihr ändern würde, aber es erklärte, warum der Engel ihr anbot, mehr Zeit mit ihm zu verbringen.

Amaleya nickte dankbar, ehe sie sich verabschiedeten. Es leuchtete Jiyan ein, dass sie im letzten Augenblick erkannt hatte, dass sie nicht zu den Engeln gehören wollte. Sie war nun mal ein Mischling – *sein* kleiner Mischling – und würde sich dort niemals wohlfühlen.

Kaum dass sich Amaleya mit ihm nach Hause teleportiert hatte, kehrte das freche Funkeln in ihre Augen zurück. Sie stellte sich auf die Zehenspitzen und wollte ihn flüchtig küssen, doch er hielt sie fest und vertiefte den Kuss. Ihre Lippen waren so warm, ihr Körper schmiegte sich so weich an seinen. Erstmals nach zwei Millennien genoss er es, dass er auf die Intimität reagierte, ihre Energie ihn heilte und er sich nicht deswegen zu sorgen brauchte.

Mit Mühe löste er sich von ihrem Kuss. »Würdest du mir beim Baden Gesellschaft leisten?«

Nach dem heutigen Tag *brauchten* sie ein Bad. Ganz besonders er, da ihm Blut im Gesicht und an den Händen klebte.

Sie leckte sich über ihre vollen Lippen. »Auf jeden Fall. Ich hab davon geträumt, einen Striptease von dir zu sehen.«

Himmel, warum musste alles, was sie tat und sagte, so sexy sein?

Ihre Stimme hatte diesen rauchigen, verführerischen Ton angenommen, der ganz zärtlich über seine Haut zu streicheln schien.

»Von mir?« Er schmunzelte. »Ich befürchte, ich bin etwas eingerostet.«

Er zog Schuhe und Socken aus und ging in sein Badezimmer, gefolgt von Amaleya.

Helle, steinerne Wände und warmer Wasserdampf begrüßten ihn, der von einer heißen Quelle ausging, deren Ursprung sich unter dem Schloss befand.

Gemächlich schritt Jiyan auf das steinerne Becken zu und drehte sich zu Amaleya um, die sich gegen den Türrahmen lehnte. Sie wollte einen Striptease, also bekam sie einen.

Langsam wanderte sein Blick über sie, über jede sündhafte Kurve ihrer Silhouette. Bis ihr Grinsen verschwunden war und sie merklich schneller atmete. Er griff den Saum seines Shirts und zog es sich über den Kopf, bevor er sie erneut fixierte und den Stoff zu Boden fallen ließ, jede Bewegung langsam und kontrolliert. Um ihre goldenen Augen zu leiten, fuhr er sich mit der Hand durch das Haar und glitt dann über seine Brust und den Bauch bis zum Bund seiner Hose.

Er hatte nie so hart trainiert, um dafür bewundert zu werden. Doch jede Trainingseinheit war es wert gewesen, damit Amaleya nun hungrig seinen Körper betrachtete.

Langsam öffnete er seine Hose und schob sie ein wenig herunter, sodass der gerade geschnittene Stoff von selbst zu Boden rutschte. Amaleya nur anzusehen und sich vorzustellen, wie sie ihn berühren würde, erregte ihn. Als sie sich mit der Zunge über die Lippen leckte, stellte er sich vor, wie er diese kleine pinke Zungenspitze auf sich spüren würde. Der Gedanke steigerte seine Begierde nach ihr nur noch mehr.

Er trat aus seiner Hose heraus, wandte Amaleya den Rücken zu und hörte sie anerkennend pfeifen, während er gemächlich in die Quelle stieg, wo ihn heißes, sprudelndes Wasser willkommen hieß.

Sein Herz raste. Er konnte es kaum erwarten, dass sie seinem Beispiel folgte.

Bis zum Bauchnabel stand er jetzt im Wasser, tauchte einmal unter, um sich das Blut aus dem Gesicht zu waschen, und wandte sich dann Amaleya zu, deren verwegenes Lächeln verriet, dass sie genau wusste, was sie tat, als sie anfing sich auszuziehen.

Ihre Bewegungen waren fließend und verführerisch. Sie ließ ihre Hände immer wieder über ihren Körper wandern, während sie sich nach und nach ihrer Kleidung entledigte.

Er war kurz davor, aus dem Wasser zu rennen und über sie herzufallen. Es war lächerlich, dass er für eine gewisse Zeit geglaubt hatte, ihr widerstehen zu können. Er wusste nicht einmal, wo er zuerst hinschauen sollte.

Ihr betörend schönes Gesicht mit den goldenen Augen und der niedlichen Stupsnase – ihre prallen Brüste, zwischen denen nun das Amulett hing – ihr flacher Bauch, der von einem glitzernden Bauchnabelpiercing geziert wurde – ihre schlanken Beine, die zu ihrer kurvigen Hüfte führten – einfach alles an ihr erschien ihm betörend und makellos.

Ataio honet, Amia. Sie war perfekt, seine Traumfrau.

Es kribbelte ihm in den Fingern, sie endlich zu berühren, zu schmecken, sie für sich einzunehmen. Als sie gesagt hatte, dass Selbsthass und Enthaltsamkeit keine Lösung für seine Schuldgefühle seien, hatte er die Wahrheit in ihrer Stimme gehört und ihm war klar geworden, dass sie recht hatte. Es half niemandem, wenn er sich selbst quälte und sich dadurch nur noch elendiger fühlte. Er konnte mit ihr zusammen sein. Sie war die Verkörperung von Energie und Kraft und sein Ausweg aus dieser ganzen Misere. Sein helles Licht am Ende des dunklen Tunnels.

Quälend langsam kam sie jetzt auf ihn zu und stieg ebenfalls in die Quelle. Kaum dass sie vor ihm stand, zog er sie an sich und küsste sie.

Endlich konnte er sie an sich spüren. Ihre Haut an seiner, ohne dass irgendwelche Kleidungsstücke sie voneinander trennten. Er liebte das Gefühl, wie sie sich an ihn schmiegte und ihre Krallen in seinen Schultern und seinem Nacken vergrub. Es war so ein süßer Schmerz, wenn die scharfen Enden seine Haut durchbrachen und sie wegen ihm die Kontrolle über sich verlor.

Mit den Händen umfasste er die Kurve unter ihrem Hintern und hob sie hoch, sodass sie automatisch die Beine um ihn schlang. Sie stöhnte auf, als seine Erektion gegen ihre empfindsamste Stelle stieß. Er selbst sog scharf die Luft ein.

Noch nicht. Noch. Nicht.

Er wollte sie, wollte mit ihr schlafen, aber erst, wenn es keine Geheimnisse mehr zwischen ihnen gab. Doch vor allem wollte er ihr zuerst das Gefühl geben, dass er sie schätzte. Nymphen drückten ihre Emotionen physisch aus, durch ihre Berührungen. Er hoffte, dass sie es verstand. Denn er wollte sie nicht nur jetzt bei sich haben, sondern auch, wenn dieser Krieg vorbei war und sie ihn überlebt hatten. Womöglich für immer.

Er trat mit ihr an den Rand der Quelle, setzte sie darauf ab und beugte sich nach vorn, bis sie mit dem Rücken auf dem breiten Steinrand unter ihm lag. Als sie ihre Füße auf dem Stein aufsetzte, hob sie ihr Becken, um es dann langsam wieder zu senken. Anheben, senken. Sie rieb sich an ihm, reizte ihn.

Er packte sie an der Hüfte, um sie davon abzuhalten. Prompt schlug sie ihm gegen die Schulter und gab einen frustrierten Laut von sich, woraufhin er sich grinsend von dem Kuss löste.

»Verweigerst du mir schon wieder, was ich begehre?« Sie klang atemlos und versuchte erneut, ihm ihre Hüfte entgegenzurecken, doch er hielt sie an Ort und Stelle.

»Das werde ich niemals wieder tun«, raunte er in ihr Ohr.

Hatte er. Aber das war Vergangenheit.

Sie lachte leise. Der volle, rauchige Klang bereitete ihm eine Gänsehaut. »Ist dem so? Dann tu, was du nicht lassen kannst.«

Sie nahm ihr Zopfgummi aus den Haaren und fuhr mit den Händen durch ihre dicke Mähne. Genüsslich rekelte sie sich vor ihm, während er sich immer mehr aufrichtete und ihren Anblick in sich aufsog.

In diesem Moment wirkte sie wie eine Nymphin, die bei sexuellem Kontakt aufblühte und sich für nichts schämte.

»Honet, Amaleya.«

Er streichelte mit den Händen über ihre Beine, die sie angewinkelt zu seinen Seiten platziert hatte. Schließlich fuhr er über die Stelle, wo sie von dem Dämonenlakaien gebissen worden war, und beugte sich hinab, um dort ihre zarte Haut zu küssen.

»Was auch immer das bedeutet … Es klingt heiß«, flüsterte sie.

Er umfasste ihren Knöchel mit seiner Hand und hob ihr Bein an, um einen Kuss auf der Oberseite ihres Fußes zu platzieren.

»Du bist perfekt. Das bedeutet es.«

Er küsste sich seinen Weg über ihr Bein empor. Langsam, kostete jeden Zentimeter aus. Er konnte kaum genug davon bekommen, sie zu berühren und zu necken. Währenddessen streichelte er sanft die Innenseite ihres anderen Schenkels.

»Bitte, Jiyan, bitte«, stöhnte sie. »Bitte berühr mich endlich. Das wünsch ich mir seit Wochen.«

Seine Stimme war ein tiefes Grollen, als er klarstellte: »Ich auch, Amia. Seit Wochen.«

Er hätte schwören können, zu hören, wie sich ihr Herzschlag bei seinen Worten beschleunigte und mindestens so raste wie sein eigener. Der Duft ihres Verlangens brachte ihn beinahe um den Verstand, als er sich immer weiter nach oben arbeitete und schließlich ihre empfindsamste Stelle küsste. Sie war so feucht. Für ihn.

Mit einem leisen Stöhnen spreizte sie ihre Schenkel, als ob sie ihn einladen würde, von ihr zu kosten.

Er ließ seine Zunge in sie hineingleiten und schloss genießend die Augen, während sie erschauderte. So sehr hatte er davon geträumt, dies hier zu tun, nachdem er nur Küsse als kleine Kostproben erhalten hatte.

»Exquisit«, raunte er. Sie war ein Festmahl, nach dem er hungerte.

Mit den Händen umfasste sie ihre Brüste und knetete ihre rosigen Brustwarzen zwischen ihren Fingern. Sie so vor sich zu sehen, während er ihren Geschmack auf seiner Zunge hatte, sorgte dafür, dass sein Schaft zuckte, weshalb er eine Hand darum schloss und anfing, sie auf und ab zu bewegen.

Immer wieder stieß er mit der Zunge in sie, leckte, knabberte vorsichtig. Und bewegte dabei seine Hand an sich auf und ab, bis sie beide keuchten. Er achtete auf jedes noch so kleine Signal, das sie ihm gab, damit dies hier für sie unvergesslich würde.

Bald schon wand sie sich stöhnend unter ihm. »Oh bitte … Ja, da! Jiyan, bitte …«, flehte sie und rang nach Atem.

In seinem Kopf war nur noch Nebel. Amaleya löschte jeden rationalen Gedanken aus.

Sie griff in sein Haar, sodass ihre Krallen sanft über seine Kopfhaut kratzten. Mit der anderen Hand stützte sie sich am Steinboden neben ihr ab, während sie den Rücken durchbog und ein Beben ihren Körper durchlief.

Er selbst spürte, dass er kurz davor war, zu kommen, und umfasste sich fester. Bewegte seine Hand schneller.

Aty, aty, aty!

Ihr Innerstes zog sich um seine Zunge zusammen, als ihre heiseren, lustvollen Schreie durch den Raum hallten. Es gab ihm genau den Kick, den er brauchte. Er pumpte in seine Faust, während er gegen Amaleyas feuchte Scham stöhnte.

Ataio honet.

Er wollte seine Liebkosung nicht einstellen. Nachdem sie ihn fünf Wochen lang in Versuchung geführt hatte, war sein Hunger nach ihr jetzt noch längst nicht gestillt.

Als Amaleyas Orgasmus vorüber war und sie ihn sanft an den Haaren zerrte, löste er sich nur widerwillig von ihr. Denn er wollte ihr mehr geben, einfach mehr, während er sich ihre Energie einverleibte.

Er küsste sich seinen Weg aufwärts über ihren Bauch, der sich unter seiner Berührung anspannte. Mit der Zunge umrandete er die zarte Haut um ihr funkelndes Bauchnabelpiercing, wofür er ein atemloses Schnurren von ihr erntete, das ihn grinsen ließ. Immer weiter setzte er seine Reise über ihren Körper fort und erkundete sie mit dem Mund. Als er den Pfad zwischen ihren Brüsten küsste, spürte er sogar die leichte Vibration ihres Brustkorbs.

»Amaleya.« Er sprach ihren Namen aus wie ein Gebet an eine Göttin, die sie in seinen Augen war.

»Jiyan.« Sein Name auf ihren Lippen, heiser und zärtlich, war der schönste Klang dieser Welt.

Um ihren Mund erneut für sich einzunehmen, beugte er sich über sie. Ihre Wangen waren herrlich gerötet und ihre Atmung im gleichen, schnellen Takt wie seine.

Mitten in der Bewegung hielt er jedoch inne. Ihre Blicke trafen sich und er erkannte sich selbst in dem funkelnden Gold ihrer Augen.

Das hier war *er*. Zum ersten Mal in seinem Leben fühlte er sich gerade wie er selbst und das nur dank Amaleya. Sich nach so langer Zeit wieder körperlicher Begierde hinzugeben, war für ihn als Nymphen so wie für einen Engel das Fliegen oder wie für eine Meerjungfrau das Schwimmen im Ozean.

Erfüllend.

Doch er wusste ohne es auszukommen. Er hatte lang genug ohne sexuellen Kontakt überleben können. Das Unentbehrliche für ihn war Amaleya. Und das schon nach so kurzer Zeit, die sie zusammen verbracht hatten. Sie war sein vorlauter, mutiger Wirbelwind, der ein viel einfühlsameres, sanfteres Herz besaß, als sie zugeben wollte. Aber es jagte ihm Angst ein, dass er so empfand, denn im Krieg war kein Platz für Gefühle wie Liebe.

»Zeig mir endlich deine wunderschönen Flügel«, raunte er ihr zu und sie gehorchte. Er würde ihr die Aufmerksamkeit zukommen lassen, die sie verdiente.

»Oh Hübscher … Ich werd dich dafür so glücklich machen, dass du das gesagt hast.«

Das freche Funkeln in ihren Augen war einem sanften Ausdruck gewichen, der ihn kurz überwältigte. Ihre Flügel waren ein wunder Punkt, dem er besonders viel Zuneigung zukommen lassen wollte.

In ihrer Energie schienen erneut brennende Funken auf ihn überzuspringen. Womöglich stellten diese einen Ausdruck ihrer Gefühle dar.

Er runzelte die Stirn über ihre Aussage. »Du machst mich bereits glücklich. Und jeder Moment mit dir.«

Damit überbrückte er die letzten Zentimeter zwischen ihnen und küsste sie wieder, glitt mit seinen Lippen über ihre und mit seiner Hand durch ihr weiches Gefieder.

Sie krallte sich in seine Schultern und schlang die Beine abermals um seine Hüften. Er drückte sich noch enger an ihre weichen Kurven, während sie in seinen Mund stöhnte.

Amaleya gehörte zu ihm. Es war ihm gleichgültig, wo diese untypischen, besitzergreifenden Gefühle herkamen, sie waren nun einmal da. Und er ließ sie mit Freuden gewähren.

21

DAS SCHICKSAL MUSSTE IHN LIEBEN

JIYAN

Amaleya war in seinem Arm eingeschlafen. Er selbst fand hingegen keine Ruhe. Ihre Energie strömte durch seinen Körper und gab ihm so viel Kraft, dass er in der Lage wäre, Bäume auszureißen.

Ich sollte in die Trainingsarena gehen, überlegte er. Da würde er ein wenig Dampf ablassen und auf dem Weg dorthin bei Fionn, Balamy und Leano vorbeischauen, um ihnen mitzuteilen, dass sie nun, nach zweitausend Jahren, wieder Verbündete der Engel waren.

Nein, vielleicht sollte er damit bis zum Morgen warten. Die drei hatten heute schon genug erledigt.

Jiyan fuhr sich mit der Hand über das Gesicht und dachte an das Gespräch eben mit Amaleya zurück. Sie hatten sich darüber unterhalten, dass sie vom Schicksal füreinander bestimmt waren, und es hatte sie beide mit Freude erfüllt. Doch er brachte es nicht übers Herz, mit ihr zu schlafen, da es ihre Verbundenheit auf eine Weise vertiefen würde, die sie nie wieder ungeschehen machen könnten.

Was, wenn Amaleya tatsächlich zu einer Art gehörte, die ihre Partner zerstörte, wenn sie mit ihm schlief?

Aty Rador! Es war ihm nicht möglich, ein Problem aus der Welt zu schaffen, wenn Amaleya ihm nicht mitteilte, worin genau das Problem bestand!

Er schluckte den Kloß in seinem Hals hinunter. Sie vertraute ihm nicht. Während sie an ihn gekuschelt in seinen Armen lag, schaffte sie eine Distanz zwischen ihnen, die er nicht zu überbrücken wusste.

Jiyaaan ...

Er versteifte sich, als er die Stimme in seinem Kopf hörte. Ohne Zweifel war es die Stimme des Dämonenfürsten.

Kleiner König ...

Er hatte keine Katastrophe wahrgenommen und dennoch vernahm er Sergen Ashads Stimme in seinem Kopf.

Ganz vorsichtig, damit er Amaleya nicht weckte, löste er sich von ihr und griff neben dem Bett nach seinem Schwert.

Er lauschte kurz, aber konnte keine Geräusche ausmachen. Auf Zehenspitzen ging er in sein Ankleidezimmer und zog sich eine Hose über, ohne sein Schwert auch nur für einen Augenblick loszulassen oder seine Deckung dabei zu vernachlässigen.

Junger König ...

Erneut vernahm er die Dämonenstimme. Sein Kopf schnellte herum, als er im Flur Schritte hörte. Schließlich schlich er zur Tür.

War der Fürst hier? Wenn ja, was wollte er? Warum spürte Jiyan keine Katastrophe nahen? So viele Fragen stellten sich ihm, während er die Tür einen Spalt weit öffnete und hindurchschaute in den breiten Gang.

Auf dieser Seite des Flurs lagen die Zimmer, während auf der anderen Seite riesige Durchbrüche zum Innenhof zeigten, durch die Mondlicht hereinfiel.

Er zog es in Betracht, Amaleya zu wecken, doch wenn der Dämon nicht hier war, um Zerstörung über sie zu bringen, könnte sie die Situation nur allzu schnell eskalieren lassen. Sie war nicht besonders diplomatisch veranlagt, dafür talentiert im Umgang mit Schwertern. Das war keine gute Voraussetzung für eine Unterredung mit dem Mann, der ihr viel Leid zugefügt hatte und bereit war, Jiyan und seinesgleichen zu vernichten.

Kontrolliert atmete Jiyan ein und aus. Er umfasste seinen Schwertgriff fester.

Unter keinen Umständen durfte er Schwäche zeigen. Und auf keinen Fall durfte er emotional werden und seinem Hass nachgeben, denn im Falle eines Kampfes hielten sich im Schloss zu viele Unschuldige und Kinder auf, die dort mit hineingezogen werden würden. Und wer wusste schon, was der Dämonenfürst wollte? Das würde er nur herausfinden, wenn er sich auf dieses Spielchen einließ.

Mit gestrafften Schultern trat er hinaus in den Flur und schloss die Tür hinter sich.

Der dunkle Fürst saß auf dem breiten Fensterbrett von einem der großen Durchbrüche, sodass Jiyan ihn im Profil sehen konnte. Er trug eine Jeans und ein T-Shirt. Seine dämonischen Merkmale verbarg er unter einem magischen Schleier. Nun sah er einfach nur aus wie ein Mann, der einen nächtlichen

Spaziergang unternahm und einen Mitternachtssnack genoss, denn er hielt einen Crêpe in den Händen, der einen süßlichen Duft nach Schokolade verströmte.

Er schien so unbekümmert, als wäre er nicht gerade heimlich in das Schloss eines vermeintlichen Feindes eingedrungen. Entweder hatte der Fürst Eier aus Stahl oder den Verstand verloren. Vermutlich sogar beides.

Die Knöchel an Jiyans Hand traten weiß hervor, so fest umklammerte er seinen Schwertgriff. Die Wut in ihm drohte bei Sergens Anblick überzukochen. Verspottete der Dämon ihn, da der einen kleinen Ausflug unternehmen konnte, während Jiyan sich das Hirn darüber zermarterte, wie er eine Schlacht gegen ihn gewinnen sollte?!

Ruhig. Bleib ruhig. Bewahre einen kühlen Kopf, erinnerte er sich.

Möglichst gleichgültig fragte er: »Was wollt Ihr hier?«

Auch wenn Sergen ihn bei ihrem letzten Treffen geduzt hatte, wollte Jiyan lieber nicht respektlos erscheinen, denn das konnte er sich schlichtweg nicht erlauben.

Sergen sah sich erstmals zu ihm um. Mit vollem Mund meinte er: »Kannft mif dufen.« Der Dämon schluckte. »Bin inkognito.«

Jiyan würde den Fürsten umbringen! Der machte sich eindeutig über ihn lustig!

Nur weil er im Nachteil war und noch keine Kenntnis über Sergen Ashads Fähigkeiten hatte, blieb er in diesem Moment an Ort und Stelle stehen.

Zwischen zusammengebissenen Zähnen presste er hervor: »Gut, was willst *du* hier?«

Sergen zuckte mit den Schultern. »Ich dachte mir, ich genieße den klaren Nachthimmel und ein wenig Schokolade in diesem … Teigding.« Er schob sich den letzten Bissen des Crêpes in den

Mund und schien ihn ehrlich zu genießen. Dann fuhr er voller Enthusiasmus fort. »Das ist so fantastisch, was es hier alles gibt! Schokolade und Getreide! Ich würde töten für noch einen von diesen Crêpes! Und das ganze grüne Zeug erst ... Gemüse? Ja! Das ist köstlich! So was gibt es in der Hölle nicht, aber ich denke, ich muss eine Importroute herstellen.«

Diese Situation hier glich einem Albtraum. Vielleicht sollte Jiyan Amaleya doch wecken, damit sie ihn davon abhielt, sich mit ihrem Dämonenfürsten-Ex-Wasauchimmer über Gemüse zu unterhalten.

»Ich frage noch einmal: Was willst du hier?« Irgendwie hatte Jiyan die Frage herausbekommen, ohne einen Schwall von Flüchen damit loszulassen.

Sergen neigte den Kopf. Sein Enthusiasmus war wie weggewischt. »Ich genieße mal wieder einen Ausflug aus der Hölle. Dafür, dass ich dich vor dem Angriff auf dein Land gewarnt habe, wird Leviathan mir beim morgigen Treffen von den anderen drei Fürsten die Haut abziehen lassen. Es wird schmerzen und die darauffolgende Heilung wird mich schwächen. Das spielt uns beiden allerdings in die Hände.«

Sergen wirkte vollkommen ernst und aufrichtig. Jiyan vermutete, dass er durch Amaleyas Energie auch die Fähigkeit, Wahrheit und Lügen voneinander unterscheiden zu können, übernommen hatte. Denn Sergens Worte klangen ungewohnt klar und deutlich. Als ob sie rein wären und nicht von einer Lüge verfälscht. Er hatte das dumpfe Gefühl, dass er es hören würde, wenn der Dämon log.

Beinahe hätte er vor Verwirrung den Kopf geschüttelt. Als Sergen ihn mit seiner Höllenarmee eingeschüchtert hatte, war Jiyan zwar gewarnt gewesen, doch er hatte nicht erahnt, dass dies auch

Sergens Absicht gewesen war, für die der Fürst offenbar bestraft werden würde.

Irritiert hakte er nach: »*Uns beiden?* Wieso redest du von uns, als ob wir ein Team wären?«

Sergen hob skeptisch eine Augenbraue und zog langsam ein weiß-goldenes Amulett hervor, das um seinen Hals hing.

»Woher …?« Jiyans beherrschte Fassade brach ein wenig in sich zusammen. Blitzschnell errichtete er sie von Neuem.

»Genau wie Amaleya habe ich das Amulett von Majandra, ihrer Freundin und einem der mächtigsten Geschöpfe, dem ich je begegnet bin. Ich bin nicht dein Feind, Jiyan.« Sergen sah ihn ruhig an, während er sprach. »Bei unserem Treffen musste ich entgegen meinem Plan bedrohlich auf dich wirken, da Leviathans Blick sich aus der Ferne auf mich richtete und ich es nicht riskieren durfte, aufzufliegen.« Der Fürst musste bemerkt haben, dass Jiyan ihm nicht ganz folgen konnte, denn er fuhr erklärend fort. »Keine Sorge, Amaleya weiß genauso wenig Bescheid wie du. Nicht dass sie noch etwas mit mir zu tun haben wollen würde, warum auch immer. Mein Amulett erfüllt den gleichen Zweck wie deins, sodass es uns jetzt möglich ist, uns ungestört zu unterhalten, wie ich es beim letzten Mal beabsichtigt hatte. Ich bin für dich weder Freund noch Feind. Wir könnten uns gegenseitig von Nutzen sein, daher würde ich dir gern einen Handel vorschlagen.«

Um ein Haar hätte Jiyan hysterisch gelacht. »Einen Handel? Nach all dem, was du Amaleya angetan hast, denkst du ernsthaft, ich würde mich darauf einlassen?«

Sergen zog irritiert die Augenbrauen zusammen. »Angetan?«

Jiyan hatte das Gefühl, dass er auf ein Ziel zuraste, das er nicht anvisiert hatte. Dennoch sagte er: »Du hast ihr viel Leid zugefügt und erwartest allen Ernstes, dass ich mich in eine ähnliche Situation bringe?«

Er erhielt einen verwirrten Blick als Antwort. Sergen schaute sich um, als suchte er nach jemandem, an den Jiyans Worte womöglich gerichtet waren, damit sie vielleicht einen Sinn für ihn ergeben würden.

»Warum sollte ich ihr Leid zugefügt haben?« Der Dämonenfürst klang ehrlich entrüstet. »Ich war mit ihr zusammen. *Sie* ist eines Tages ohne irgendein Wort verschwunden – typisch für sie. Wenn sie behauptet, ich hätte ihr Leid zugefügt, dann dramatisiert sie alles. Natürlich war nicht immer alles gut zwischen uns, aber nur, weil ich sie für ihre Unverschämtheit gemaßregelt habe, macht mich das wohl kaum zum Bösewicht.«

Jiyans Körper reagierte, bevor sein Verstand es konnte. Er trat auf Sergen zu und holte aus. Seine Faust traf wie ein Geschoss auf Sergens Kiefer, sodass sein Kopf zur Seite flog. Während unerwartet wenig Schmerz durch seine Hand zuckte, kamen ihm drei entscheidende Gedanken.

Erstens: Sergen war ein grausamer Mann, der es nicht einmal merkte, wenn er Schaden anrichtete, und Jiyan würde nicht zulassen, dass er je wieder in Amaleyas Nähe kam.

Zweitens: Sergens Haut war warm, obwohl er eine Affinität für Eis zu haben schien. Dem Dämon lief nun Blut aus dem Mundwinkel. Er war verwundbar und konnte wie jeder andere auch getötet werden – ganz gleich, welche Fähigkeiten er besaß.

Drittens: Jiyan hatte intuitiv gehandelt, bevor er darüber nachgedacht hatte. Es sah ihm nicht ähnlich, doch er hatte sich von Amaleyas Energie anstecken lassen. Und nun könnte dies fatale Konsequenzen nach sich ziehen.

Ein vierter Gedanke bahnte sich den Weg durch sein Unterbewusstsein bis in den Vordergrund: Das hier war ein Test. Nichts weiter. Sergen hatte lediglich seine Reaktion testen wollen, denn er wischte sich nun mit dem Daumen über den Mundwinkel und verzog die Lippen zu einem amüsierten Lächeln.

»Ich würde ja sagen, du schlägst wie ein Nymphe, aber das tat mehr weh als erwartet.« Der Dämonenfürst straffte die Schultern, sodass sie beide nun voreinander auf Augenhöhe standen. Dann spuckte er neben sich. Ein mit Blut überströmter Backenzahn landete auf dem Steinboden.

Vielleicht sollte Jiyan noch mal zuschlagen. Nur so zum Spaß, weil es ein befriedigendes Gefühl wäre, Sergen die Zähne aus dem Mund zu prügeln, damit er nicht mehr grinsen könnte.

Reiß dich zusammen! Und konzentrier dich!

Gewalt war normalerweise kein Teil seiner Natur, wenn sie nicht gerade der Verteidigung diente. Doch wenn er mit Amaleya zusammen sein wollte, müsste er sich daran gewöhnen und lernen, damit umzugehen.

»Weißt du, Jiyan«, setzte Sergen an, »ich habe gehofft, dass es zwischen dir und Amaleya funktioniert, damit ihre Freunde dir ihre Unterstützung anbieten und du mit ihnen allen zusammenarbeitest, obwohl sie zur Hälfte dämonisch sind und du bis jetzt keine guten Erfahrungen mit Dämonen sammeln konntest.«

»Was?«, platzte es aus ihm heraus.

Das hatte Sergen nicht wirklich gerade gesagt, oder?

Sergen blinzelte irritiert. »Wie *was*? Du wusstest es nicht? Ich habe bei unserem letzten Treffen genug Skepsis aufkommen lassen, damit du dich bemühst, es herauszufinden, oder nicht? Sodass du dich schließlich damit arrangierst, mit Amaleya zusammenkommst und ihre Freunde dich im Kampf gegen uns unterstützen. Das war der Plan.« Jiyan war einfach nur schlecht, während Sergens Irritation zu wachsen schien. »Je stärker dein Team wird, desto wahrscheinlicher ist es, dass mein Team verlieren wird und dann wird der Coach gefeuert und ich als Captain kann seinen – oder ihren – Platz einnehmen und mein eigenes Team aufstellen. Wenn die Kronprinzessin Leviathan aus dem Spiel ist, gehört ihr Thron endlich mir. Wag es ja nicht, mir einen Strich durch die Rechnung zu machen.«

Er konnte Sergen nicht mehr folgen und verstand die Welt plötzlich nicht mehr.

Amaleya war … Sie war … dämonisch? *Dämonisch?* Also war sie … von dämonischem Blut? So wie … all die Monster, gegen die er kämpfte?

Die Vorstellung beraubte ihn jeder Kraft, sodass ihm beinahe das Schwert aus der Hand gefallen wäre.

Er tötete alle Dämonen, die seinen Weg kreuzten. *Alle* – wenn er es konnte und nicht wie bei Sergen besonders achtsam sein musste. Er hatte es zu seiner Lebensaufgabe gemacht, Dämonen zu töten. Und nun lag eine halbdämonische Frau in seinen Gemächern? In seinem Bett? Und er sehnte sich danach, zu ihr zurückzukehren?

Für einen Augenblick gelangte keine Luft mehr in seine Lunge und das Atmen fiel ihm schwer. Er könnte Amaleya niemals töten, geschweige denn ihr in irgendeiner Art Schaden zufügen. Was ihm verdeutlichte, dass er sie als eine Ausnahme betrachtete.

Seine Hände fingen an zu schwitzen, als ihm bewusst wurde, was das bedeutete. Wenn er es zuließ, dass Amaleya bei ihm eine Sonderstellung einnahm, würde er seine Grundsätze verlieren. Er hatte sich nie Gedanken über seine Feinde machen müssen. Sie waren Dämonen, drangen in sein Land ein, verursachten Leid und er tötete sie dafür. So einfach.

Doch wie sollte er in einer Schlacht seinen Feinden gegenübertreten und sich einreden, dass die Dämonen den Tod verdienten, wenn er danach zu seiner halbdämonischen Frau zurückkehrte? Wie viele seiner Gegner waren ebenfalls nur zur Hälfte dämonisch und fanden trotzdem den Tod durch sein Schwert? Wie viele hatten durch ähnliche Umstände wie bei Amaleya den Weg in die Hölle gefunden und waren im Gegensatz zu ihr nicht mehr herausgekommen? Wie sollte er jene vernichten, die womöglich sogar sein Mitgefühl verdient hätten und vielleicht gerettet werden konnten? Wie sollte er *sich selbst* akzeptieren und mit sich leben, wenn er nun voller Zweifel war?

Bevor er sich mit der Last seiner Gedanken erdrückte, zwang er diese in die hinterste Ecke seines Verstandes. Im Hier und Jetzt war nicht die Zeit und der Ort für einen Nervenzusammenbruch.

»Du hast es wirklich noch nicht gewusst«, stellte der Dämon fest und lehnte sich gegen das Fensterbrett. »Falls es dich beruhigt, ich bin auch ausgerastet, als ich es erfahren habe. Ich meine, sie ist zur Hälfte ein Engel – abstoßend! Aber wer kann diesen hübschen goldenen Augen schon widerstehen?«

Jiyan fielen viele Gründe ein, warum Amaleya ihre Herkunft vor ihm geheim gehalten hatte. Dachte sie womöglich, er würde wie Sergen reagieren und sich ekeln, weil sie zur Hälfte dämonisch war? Allein der Gedanke tat weh, dass sie ihn mit dem Höllenfürsten verglich.

Angespannt atmete er durch, ehe er seiner Stimme wieder traute. »Einerseits raste ich wegen so etwas nicht aus und andererseits wusste ich es bereits.«

»Dann ist ja gut«, erwiderte Sergen gedehnt.

Jiyans Erwiderung war als Bluff gemeint gewesen, um Sergen nicht den Triumph zu gönnen, ihn aus der Fassung gebracht zu haben. Kaum verließen die Worte seine Lippen, realisierte er allerdings, dass sie der Wahrheit entsprachen.

Irgendwo tief in seinem Innersten hatte er es gewusst. In der letzten Zeit hatte er so vieles an Amaleya beobachten können, was auf eine dämonische Abstammung hinwies, doch er hatte es nicht sehen *wollen* und sich deswegen plausible Ausreden überlegt.

In der Hölle, als er und Amaleya sich eine Weile in der absoluten Dunkelheit unter ihren Flügeln versteckt hatten, war ihm das rote Leuchten ihrer Iriden aufgefallen. Nachdem sie zwei Tage lang einen Slalomlauf durch blendende Höllenfeuer gemacht hatten, war er davon überzeugt gewesen, dass ihm seine Augen einen Streich gespielt hatten. So wie wenn man direkt in die Sonne schaute und dann diese flimmernden Punkte vor Augen sah. Dies war eine Lüge, die er sich selbst erzählt hatte.

Darüber hinaus hatte er auch das schwarze Blut an ihrer Nase bemerkt, als sie gekämpft hatten. Er war sich sicher gewesen, sich dies nur einzubilden, da er mehrere Schläge abbekommen hatte. Auch als sie von einem Dämonenlakaien gebissen worden war, hatte er die schwarze Flüssigkeit für das Gift des Lakaien oder Wundsekret gehalten. Eine weitere Lüge.

Wie hatte er so ignorant sein können?

Er fokussierte sich auf seine Atmung, spürte, wie die kühle Nachtluft in seine Lunge strömte, seine hitzigen Gedanken jedoch nicht beruhigte.

»Aber ... wie kann das sein?«, fragte er nun Sergen, der ihn die ganze Zeit über interessiert beobachtet hatte. »Wie kann es allein genetisch möglich sein, dass Amaleya zur Hälfte ein Engel und zur Hälfte eine Dämonin ist?«

Der Dämonenfürst hob abwehrend die Hände. »Frag das nicht mich. Ich habe noch nie was mit einem Engel gehabt. Wenn ich vermuten müsste, würde ich sagen, dass ihre Eltern bereits eine geringfügig vermischte DNA besaßen oder auf magische Weise kompatibel waren, wodurch die Zeugung Erfolg hatte.«

Selbst dann war die Wahrscheinlichkeit für eine Fehlgeburt vermutlich immer noch sehr hoch. Die Geburtenrate bei Unsterblichen war sowieso recht niedrig. Wenn man überhaupt die Umstände bedachte, dass Dämonen und Engel sich gegenseitig töteten, anstatt Sex zu haben, und das geborene Kind dann auch noch versorgt werden müsste von einem dämonischen Mutterteil in Amaleyas Fall … Dann war es praktisch unmöglich.

»Die Chance, dass solche Umstände gegeben sind, ist verschwindend gering«, murmelte Jiyan mehr zu sich selbst als zu seinem Gegenüber.

Sergen zuckte mit den Schultern. »Und dennoch gibt es mittlerweile mehrere solcher Hybride.«

Jiyan erinnerte sich an seine Vermutung, dass Celestino Amaleyas Vater sein könnte und es ihm möglich wäre, von dem Engel die Wahrheit zu erfahren. Theoretisch müsste der Heerführer mit einer Dämonin zusammen gewesen sein. Da Celestino von ›der Einen‹ gesprochen hatte, ergab mit einem Mal alles einen Sinn. Das Schicksal hatte die Seelen zweier gegensätzlicher Geschöpfe miteinander verwoben, sodass beide nicht vermocht hatten, sich ihrer Wirkung aufeinander zu entziehen. Und Amaleya war das Ergebnis davon.

Das Schicksal musste den Verstand verloren haben, Dämonen und Engel zusammenzubringen. Wozu sollten solche Mischlinge existieren und die Grenzen ihrer Welt damit verwischt werden?

Augenblick mal, Sergen versteckte gerade seine braunen, gewundenen Hörner unter einem magischen Schleier. Tat Amaleya das Gleiche? Hatte sie nicht nur ihre Herkunft und damit Teile ihrer Vergangenheit, sondern auch ihr wahres Aussehen vor ihm verborgen?

Der Gedanke fühlte sich an wie ein weiterer Schlag in die Magengrube. In ihrer gemeinsamen Zeit hatte er versucht, sich etwas mit ihr aufzubauen, doch offenbar war er ihr immer weiter entgegengekommen, während sie stehen geblieben war. Und nun befand er sich allein in der Mitte der Strecke und wartete vergebens, dass sie sich ihm näherte. Andere könnten diese Distanz nur allzu gut nutzen und zwischen sie beide treten, so wie Sergen gerade.

Jiyan wusste, was für ein Mann er war. Sergen hielt viel von sich und ließ sich nicht gern infrage stellen. Schwäche war ihm zuwider und er erwartete von anderen die gleiche Stärke, die er selbst besaß – gleichgültig, ob sie letztendlich an dieser Erwartungshaltung zerbrachen oder nicht.

Sergen musste Amaleya nicht schaden, denn seine Nähe war schädlich genug für sie.

Um ein Haar hätte Jiyan freudlos gelacht. Man musste sich nur mal ihn selbst jetzt anschauen. Sergen kam hier an und schleuderte ihm unbekümmert irgendwelche Tatsachen entgegen, mit denen Jiyan nun wild jonglierte und sich deswegen wie ein dämlicher Zirkusclown vorkam. Und dabei wusste Jiyan, dass er ein helles Köpfchen war. Ohne dieses Wissen musste Amaleya jedoch in sich selbst zusammengefallen sein wie ein Kartenhaus im Sturm.

Jiyan hatte keine Ahnung, wie er es schließlich schaffte, seine Gedanken an Amaleya und ihre Abstammung zu verdrängen. Irgendwie gelang es ihm. Jetzt sollte er sich lieber seiner Verpflichtung als König zuwenden und einen Weg finden, sein Volk zu schützen.

Er betrachtete den Dämonenfürsten mit schmalen Augen und bemühte sich um eine ruhige Stimme. »Erzählst du mir all dies, um mir zu beweisen, dass du nicht mein Feind bist? Damit ich einen Handel mit dir eingehe?«

»Nun, ja. Ich habe wohl fälschlicherweise angenommen, dass du bereits über alles im Bilde warst, es tut mir beinahe leid, dass ich dich so überrumpelt habe.« Sergen zuckte mit den Schultern. Sein kühler Tonfall deutete auf vieles hin, doch nicht auf Anteilnahme. »Dennoch würde ich gern zu dem wichtigen Teil kommen, bevor meine Zeit hier abgelaufen ist. Ich kann mich nur kurzzeitig in diesem Teil der Welt aufhalten und das Amulett tragen, bevor Leviathan den Verdacht schöpft, dass ich sie hintergehe.«

Wie um seine Worte zu untermauern, zogen draußen vor dem Fenster Wolken auf und verdeckten den Mond, sodass nur noch das Licht der Fackeln, die an den Wänden hingen, den Gang erhellte. Es war befremdlich, dass sich die Schatten in Sergens Richtung zu strecken schienen.

Der dunkle Fürst fuhr unbeirrt fort. »Also, folgender Vorschlag: meine Gefangenschaft im Austausch gegen den Sieg deines Volkes. Ich werde dir nun alles über meine Armee und Strategien verraten, wenn du mich im Gegenzug in der kommenden Schlacht besiegst und für eine kurze Zeit gefangen hältst. Das ist eine Win-win-Situation für dich. Deal?«

Sergen hielt ihm erwartungsvoll die Hand entgegen. Da er bereits erwähnt hatte, dass er es auf Leviathans Thron abgesehen hatte und daher ihre Streitkräfte besiegt sehen wollte, ging Jiyan davon aus, dass Sergens Gefangennahme eine Vorsichtsmaßnahme darstellte. Würde Sergens Armee vernichtet werden, dürfte der Fürst ebenfalls nicht unversehrt bleiben, da sonst seine wahren Absichten zum Vorschein kämen. Dann würde Leviathan ihn gewiss zu Tode foltern.

Jiyan starrte auf Sergens blasse Hand und begriff, warum Amaleya dem Fürsten einst in die Hölle gefolgt war. Nämlich aufgrund eines Angebots, das zu verlockend klang, um es abzulehnen.

Er würde *alles* für die Sicherheit seines Volkes tun. »Deal.«

Als Jiyan bereits die Hand hob, ergänzte Sergen: »Oh, ich vergaß: Das bleibt natürlich alles unser kleines Geheimnis. Je weniger davon wissen, desto weniger könnten es unter Folter Leviathan verraten.«

Mit diesen Worten ergriff Sergen Jiyans Hand, bevor dieser in der Lage war, sie zurückzuziehen oder zu widersprechen.

Fantastisch. Er war soeben einen Handel mit einem Dämonenfürsten eingegangen und seine Seelenverwandte war zur Hälfte eine Dämonin, was alle außer ihm zu wissen schienen. Das Schicksal musste ihn lieben.

22

DIE WIRKLICH
WICHTIGEN DINGE

JIYAN

Der hölzerne Sessel knarrte unter Sergens Gewicht, als er sich zurücklehnte. »Ich würde sagen, damit sind wir fertig.«

Der Höllenfürst hatte sich an das Ende der Tafel gesetzt, die im Saal stand, in dem sich Jiyan sonst mit seinen Kommandanten beriet. Wenn man Sergens süffisantes Grinsen bedachte, wusste er genau, dass er Jiyan seinen Sitz stibitzt hatte.

»Nicht so voreilig«, mahnte Jiyan und lehnte sich ebenfalls zurück, während er in Gedanken alles bereits Besprochene durchging.

Nachdem er die Fackeln im Saal entzündet und in dem Stuhl zu Sergens Rechten Platz genommen hatte, war ihm bewusst geworden, dass er sich tatsächlich gerade mit seinem Feind verbündete, um einen noch größeren Feind zu besiegen.

Wer hätte gedacht, dass er an einem Tag nicht nur mit den Engeln, sondern auch mit einem Dämonenfürsten eine Allianz eingehen würde?

Jiyan ganz bestimmt nicht. Doch wie so oft blieb ihm keine andere Wahl.

»Ich fasse noch mal die wichtigsten Informationen zusammen.« Da Jiyan keine Notizen niederschreiben konnte, damit diese nicht den falschen Personen in die Hände fielen, hatte er sich alles merken müssen. »Wie von mir vermutet, kontrolliert Leviathan das westliche Höllentor, das in diesem Teil der Welt östlich von hier liegt und für den Angriff geöffnet wird.«

Sergen lehnte sich nach vorn und stützte die Ellenbogen auf dem dunklen Holz und das Kinn auf seinen verschränkten Fingern ab. »Wenn man ein paar Details außer Acht lässt … Ja, so in etwa.« Er neigte den Kopf und verengte die Augen. »Die Armeen der anderen drei Fürsten müssen ja ebenfalls die Hölle verlassen. Also werden dort alle Stellung beziehen, angeführt von unseren insgesamt sechzehn Höllenbaronen. Ab dort teilen sich die Legionen auf und werden verschiedene Himmelsinseln angreifen.« Auf seinen schmalen Lippen breitete sich ein verschlagenes Lächeln aus. »Es war ziemlich schwer, so viele Kämpfer zu finden, die sich entweder teleportieren oder auf Flügeln fortbewegen können. Wie ihr Nymphen sitzen nämlich die meisten Höllengeschöpfe in ihrer Heimat fest.«

Jedes Mal, wenn Jiyan den Begriff ›Legion‹ hörte, krampfte sich sein Magen zusammen und er überhörte den Rest von Sergens Aussage. Denn eine Legion setzte sich aus mehreren Tausend Soldaten zusammen. Also aus so vielen Kämpfern, wie eine Himmelsinsel für gewöhnlich aus Einwohnern eines Volkes bestand.

Auch wenn es grausam war, so zu denken, erleichterte Jiyan die Vorstellung, dass sich alle Legionen auf die verschiedenen Himmelsinseln aufteilen würden, sodass sie mit Unterstützung der Engel zu besiegen wären.

Himmel und Hölle verfügten über Ressourcen, die Jiyan immer wieder in Erstaunen versetzten.

Er schüttelte den Kopf, um nicht über Details zu grübeln, die für die Schlacht irrelevant wären. »Und ihr Fürsten werdet euch direkt in den Kampf mit den Anführern oder Königen der jeweiligen Völker stürzen.« Jiyan schaute in Sergens rote Augen, die ihn wie immer aufmerksam beobachteten.

Sie hatten sich bereits darüber abgesprochen, dass und vor allem wie Jiyan Sergen im Kampf mit Amaleyas Unterstützung besiegen oder vielmehr gefangen nehmen würde.

Jiyan wollte es sich nicht eingestehen, doch es faszinierte ihn, wie systematisch Sergen eine Strategie gegen sich selbst erarbeitet hatte und mit welcher Gelassenheit er sein eigenes Leid einkalkulierte, um Jiyan und Amaleya bereits geschwächt gegenüberzutreten.

Sergen nickte langsam. »Während du und ich also aufeinandertreffen, werden alle geflügelten Höllengeschöpfe auf dem direkten Weg die Himmelsinseln angreifen. Und alle Dämonen, die in der Lage sind, sich zu teleportieren, werden in kleineren Truppen die zentral gelegenen Dörfer attackieren.« Der Fürst lehnte sich wieder zurück und wischte mit der Hand durch die Luft. »Das haben wir allerdings schon besprochen.«

»Ja, das haben wir.« Jiyan nickte gedankenverloren.

Nach der Evakuierung und Stationierung der Soldaten würden sich keine Einwohner mehr in den Dörfern oder der Stadt aufhalten, welche die Dämonen töten sollten. Folglich müssten sich die

Eindringlinge neu gruppieren und auf das bereits blutige Schlachtfeld wagen, wo sie die Nymphen und Engel jedoch erwarteten.

»Warum teleportiert ihr nicht die Legionen?«, wollte Jiyan jetzt mit einem Stirnrunzeln wissen. »Alles, was du sagst, ergibt Sinn, aber ...« Er fuhr sich mit der Hand durch das Haar und dachte an die Ereignisse der letzten Zeit. »Wenn es Amaleya möglich ist, ihre Schwerter zu sich zu teleportieren, müsstest du ja auch deine Truppen zu dir teleportieren können. Oder nicht?«

Sergen legte den Kopf in den Nacken und lachte laut und herzlich, als hätte Jiyan den Witz des Jahrhunderts gerissen. Nach mehreren Momenten richtete er seinen Blick erneut auf Jiyan, kleine Lachfalten zierten seine Augenwinkel. »Ich fühle mich geschmeichelt, dass du denkst, ich wäre in der Lage, fünftausend Dämonenärsche aus der Hölle zu hieven.«

Jiyan verdrehte die Augen. Wenn Sergen es so formulierte, klang seine Annahme tatsächlich lachhaft.

»Nein, das geht nicht«, antwortete Sergen nun in sachlichem Tonfall. »Das Teleportieren ist eine Fähigkeit, die an der eigenen Lebensenergie zehrt. Wie jede andere Kraft auch. Leviathan könnte womöglich so viele Geschöpfe teleportieren. Da sie allerdings in der Hölle festsitzt und außerhalb dieser über keinen Einfluss verfügt, ist die Idee hinfällig.«

Jiyan verengte die Augen zu Schlitzen. »Schwörst du es?«

Als sie hier Platz genommen hatten, war Sergen dazu bereit gewesen, zu schwören, dass seine Pläne nach seinem bisherigen Wissensstand der Wahrheit entsprachen. Gespräche über Leviathans Kräfte stellten hingegen keine Pläne dar, also wollte Jiyan mit dem Schwur auf Nummer sicher gehen.

»Ja, ja.« Durch Sergens raue Stimme klangen die Worte schroffer, als er sie gemeint haben musste, denn seine Mundwinkel zuckten belustigt. »Ich schwöre es. Sei dir also sicher, dass es von meiner Seite aus keine Überraschungen geben wird.«

»Gut«, erwiderte Jiyan knapp und wusste nicht, wie er es fand, dass der dunkle Fürst ihn so leicht durchschaute.

»Da fällt mir ein …« Sergen starrte auf den Tisch und legte die Stirn in Falten »Nun, Leviathan hat eine Legion zusammengestellt, über die ich nichts in Erfahrung bringen konnte. Womöglich schöpft meine Kronprinzessin bereits Verdacht, dass ich ihr nicht mehr treu ergeben bin.« Sein Blick glitt erneut zu Jiyan. »Denkbar, dass diese Legion nur eine weitere Himmelsinsel angreifen wird. Du solltest vorsichtshalber auf jede Art von Zwischenfall gefasst sein.«

Rador, das auch noch.

Jiyan fuhr sich mit der Hand über das Gesicht und seufzte. »Danke für die Warnung.«

Sergen neigte den Kopf und seine roten Augen musterten den Saal sowie die hohen, marmorierten Säulen, welche die Decke stützten. Und schon war er verschwunden.

Jiyan schaute sich mit gerunzelter Stirn im Raum um, entdeckte den Fürsten allerdings nirgendwo.

Was sollte das denn jetzt? Zwar hatten sie alles geklärt und Jiyan müsste bei Morgengrauen nur noch alles Weitere mit seinen Beratern und auch Celestino besprechen, doch einfach so zu verschwinden, war äußerst unhöflich. Vielleicht sah ein Dämon das ja anders.

Zwei Minuten später tauchte Sergen wieder in seinem Sessel auf. Seine roten Augen richteten sich funkelnd auf den dampfenden Pappbecher in seiner Hand, als wäre dieser ein Weihnachtsgeschenk und der Dämon ein kleines Kind.

Jiyan zog die Augenbrauen hoch. »Ist das dein Ernst?«

Sergen blies mit seinem eisigen Atem über das Getränk und schon war der Dampf verschwunden. »Was denn?« Er nahm einen Schluck und grinste. »Komm du Jungspund erst mal in mein Alter, dann weißt du die wirklich wichtigen Dinge im Leben zu schätzen.« Er zuckte mit den Schultern. »Wie Schokolade. Oder Kakao.«

»Schokolade ist dir wichtig, aber das Leben deiner Soldaten bedeutet dir nichts?« Der Vorwurf in Jiyans Stimme war nicht zu überhören. »Und deswegen wirst du sie so bereitwillig in den Tod führen?«

Der Höllenfürst legte beide Hände um den Becher, seine strahlenden Augen verloren ihren Glanz und sein Lächeln schien wie weggewischt. »Meine Motive sind zu komplex, um sie dir zu erläutern.« Er blickte auf das Trinkgefäß hinab und fügte leiser hinzu: »Ich würde alles und jeden opfern, um meine Ziele zu erreichen.«

Das brauchte Jiyan sich nicht mit einem Schwur bestätigen zu lassen, um zu wissen, dass Sergen die Wahrheit sprach.

Bevor er etwas erwidern konnte, stand Sergen auf. »Ich mache mich dann mal an den Abstieg.« Er zwinkerte Jiyan zu. »Wir sehen uns in fünf Tagen auf dem Schlachtfeld, kleiner König.«

Jiyan erhob sich und reichte Sergen aus Reflex die Hand. »Auch wenn ich dich nicht leiden kann, bin ich froh, dass ausgerechnet du mein Gegner bist.«

Sergen schmunzelte, nahm den Becher in eine Hand und reichte Jiyan die andere. »Ist schon manchmal komisch, wie sich alles zusammenfügt, hm?«

Der Fürst zog sein goldenes Amulett unter dem T-Shirt hervor, warf Jiyan noch ein vielsagendes Grinsen zu und löste sich dann in Luft auf.

Jiyan ließ den Blick durch den Besprechungssaal schweifen, doch dieses Mal blieb der Dämon verschwunden.

Zweimal hatten sich ihre Hände berührt und Jiyan Sergens Energie gespürt. Und auch wenn das Verhalten des Dämons ihn irritierte, verstand er, dass Sergen lediglich alles tat, was er als notwendig erachtete, um sein Ziel zu erreichen. Egal wie grausam oder gut.

Als hinter Jiyan eine der Fackeln erlosch, fiel ihm auf, dass er länger als beabsichtigt mit Sergen all die Details des Schlachtplans besprochen hatte. Wenn er sich nicht irrte, würde in zwei oder drei Stunden der Morgen anbrechen.

Also, was sollte er jetzt tun? Er könnte zu Amaleya zurückgehen und …

Nein, darüber wollte er jetzt nicht nachdenken. Stattdessen sollte er herausfinden, wer es außer Sergen noch auf ihn abgesehen hatte und aus welchem Grund.

Jiyan hatte Sergen zu dem Angriff auf ihn neulich befragt und der Höllenfürst war auffällig ausweichend gewesen. Er musste etwas darüber wissen, aber keine Einzelheiten preisgeben wollen. Also würde Jiyan die Details vom gefangenen Lakaien erfahren.

Er griff nach seinem Schwert, das er gegen den Tisch gelehnt hatte, und schritt aus dem Raum. Im Flur wandte er sich nach links und folgte den Gängen bis zur Halle im Eingangsbereich. Von dort wanden sich nicht nur zu beiden Seiten Treppen hinauf in die oberen Etagen, sondern auch hinab zum Kerker.

Er stieg die Stufen zum Verlies hinab, die sich zunehmend kälter anfühlten, da er keine Schuhe trug. Das Gemäuer hier unten war im Gegensatz zum Rest des Gebäudes dunkel und verströmte einen modrigen Geruch. Nur wenige Fackeln erhellten die Gänge, von denen die Kerkerzellen ausgingen.

Bereits vor der zweiten Zelle blieb er stehen und starrte durch die Gitterstäbe auf den Gefangenen. Selbst in dem schummrigen Licht konnte Jiyan seine Silhouette deutlich erkennen.

Der Dämon musste etwa halb so groß sein wie er, sein Körper war von rötlichen Schuppen bedeckt. Aus seiner Stirn wuchsen zwei lange und zwei kürzere Hörner heraus, die im Bogen nach oben verliefen. Seine Fratze war zugeschwollen und entstellt, die Klauen waren ihm gezogen worden. Da hatte sich Balamy wohl schon um Informationen bemüht.

Das Bein des Lakaien musste beim Kampf von Jiyan oder Amaleya abgetrennt worden sein. Die Blutgefäße hatten sich bereits geschlossen und der Oberschenkelknochen ragte aus dem Fleisch heraus. Bald würden sich auch die Muskeln wieder erneuert haben und das Bein nachgewachsen sein.

In der Dunkelheit des Kerkers glühten die Augen des Dämons blutrot, während er seinen gierigen Blick über Jiyans nackten Oberkörper wandern ließ. Als er sich mit der Zunge über die Lippen leckte, fielen Jiyan seine langen Eckzähne auf, die bis über seine Unterlippe ragten. Er war mit magischen Ketten an die Wand hinter ihn gebunden worden, sodass er sich nicht teleportieren konnte und auf dem Boden saß.

So sollte ein Dämon aussehen. So. Und nicht wie der verdammte Eiskönig oder wie die fleischgewordene Perfektion, die in Jiyans Bett schlief.

Wie in aller Welt sollte er zukünftig mit Amaleya umgehen?

Immerhin ging es nicht nur darum, ob er sie akzeptieren könnte, auch seine Freunde und sein Volk müssten Amaleya annehmen.

Das wäre ein Langzeitprojekt, denn zweitausend Jahre des Hasses ließen sich nicht einfach so aus der Welt räumen.

Die Kreatur musste Jiyans niederschmetternde Stimmung wahrgenommen haben, denn sie gab ein Glucksen von sich.

»Wer hat den Angriff auf mich befohlen?«, wollte Jiyan mit lauter Stimme wissen.

Ihm stand gerade nicht der Sinn nach Spielchen.

Erneut gluckste der Lakai, sodass ihm Speichel von den Fangzähnen tropfte. »Gegenleistung?«

Womöglich hallte dieses eine Wort nur auf sonderbare Weise von den Wänden wider, weswegen die Stimme weiblich geklungen hatte.

Jiyan neigte den Kopf und nickte. »Was willst du?«

Ihm kam eine Verhandlung gelegen, denn seine Gedanken wankten zu stark, als dass er eine Dämonin foltern könnte, nur um danach zu seiner halbdämonischen Freundin zurückzukehren.

Bei allen Himmelsinseln! Er hatte nicht nur erstmals eine Freundin, sondern eine halbdämonische Freundin. Er!

Die Kreatur schaute Jiyan misstrauisch aus ihren verengten Augen an. »Freiheit.«

Toll, der eine Dämon wollte gefangen genommen und der nächste freigelassen werden. Keiner glich dem Nächsten und genau diese Erkenntnis machte Jiyans Grundsätze zunichte.

»Gut«, willigte er tatsächlich ein.

Mittlerweile war sein Hirn dank all der Informationen der heutigen Nacht überlastet, Amaleyas Verschwiegenheit brach ihm das Herz und ihre Abstammung seinen Glauben.

Er spürte ein hysterisches Lachen in sich aufsteigen. Zugleich wollte er sich auch weinend zusammenrollen und in einem Tobsuchtsanfall auf irgendwen eindreschen.

Auf eine weitere freie Dämonin kam es jetzt auch nicht mehr an, also fuhr er fort. »Ich schwöre dir, dass ich dich jetzt gleich befreien werde, wenn du mir im Gegenzug verrätst, wer den Dämonenangriff neulich auf mich befehligte.«

Würde die Kreatur zufriedenstellend antworten, würde er sie von den Ketten befreien. Sollte ihm die Erwiderung hingegen missfallen, würde er sie von ihren Qualen der langsamen Heilung befreien und ihren Kopf von ihren Schultern trennen. Das lag ganz bei ihr.

Um seinen guten Willen zu zeigen, griff er sich den Schlüssel, der neben der Tür hing, und öffnete die Kerkerzelle. Er ließ sie weit offen stehen, um anzudeuten, wie nah die Freiheit bereits war.

Mit seinem Schwert in der linken Hand trat er auf die Dämonin zu, die in Ketten gelegt vor ihm auf dem Boden hockte. »Also?«

Sie nickte langsam. Ihrem ernsten Gesichtsausdruck nach zu urteilen, bereitete es ihr keine Freude, ihren Auftraggeber zu verpfeifen. »Belial.«

Der schrille Klang ihres Wortes sorgte dafür, dass er angeekelt den Mund verzog. Er musste tatsächlich Amaleyas Fähigkeit übernommen haben, die Lügen anderer zu hören.

»Nun gut.« Blitzschnell holte er mit der Klinge aus und durchtrennte Muskeln, Sehnen und Knochen.

Da er sein eigenes Schwert führte, spritzte das schwarze Dämonenblut auf seine Hose und nackten Füße.

Der geschuppte Kopf fiel mit einem dumpfen Geräusch zu Boden, der Körper kippte zur Seite.

Vielleicht stellte das Töten der Dämonin keine besonders kluge Entscheidung dar, weil Jiyan nun keine Informationen mehr von ihr erhalten könnte. Seine Erfahrung verriet ihm jedoch, dass Fionn recht hatte und die Kreatur vor ihrem Auftraggeber mehr Angst hatte als vor sonst irgendwem.

Jiyan trat schnell aus der Zelle, ehe sich eine Blutlache um seine Füße ausbreiten konnte. Sein Blick glitt zu der Waffe in seinen Händen. Das Silber schimmerte nur noch heller im Vergleich zu dem dunklen Blut.

Vor zwei Jahrtausenden hätte er nun Freude und sein Handeln als gerecht empfunden. Immerhin hatte er einen Feind vernichtet, der versucht hatte, ihn zu verwunden, vergiften und zu entführen. Wenn nicht sogar zu töten.

In den letzten Jahrhunderten war der Hass zur Routine geworden. Er hatte zwar keine Freude mehr verspürt, dafür aber auch kein Bedauern.

Und nun? Nun fühlte er sich wie ein grausames Stück Scheiße.

Würde er durch seine Beziehung mit Amaleya immer so empfinden? Das könnte er nur herausfinden, wenn er mit ihr zusammenblieb. Doch in diesem Moment wusste er nicht, ob er dazu bereit wäre.

Vorhin hatte sein Herz für sie geschlagen. Das tat es noch immer. Jetzt wusste er nur nicht mehr, ob er das zulassen wollte.

Er hatte sie im Arm gehalten und mit ihr darüber geredet, dass ihre Seelen miteinander verbunden waren. Seitdem malte er sich aus, wie eine Zukunft mit ihr aussähe. Er träumte nicht davon, er plante, wie es mit ihnen weitergehen würde, falls sie diesen Krieg überleben sollten. In seinen Gedanken formten sich Bilder, wie es wäre, wenn Amaleya ihn eines Tages heiraten würde – in einem dunkelblauen Kleid, das heller funkelte als alle Sterne am Nachthimmel.

Er atmete zittrig ein, legte den Kopf in den Nacken und schloss die Augen. Er sah vor sich, wie Amaleya auf ihn zuschritt und ihm den Atem raubte. Weil sie das immer tat.

Sie würde mit ihrer lebhaften Art so viel Liebe und Freude ins Schloss bringen, was alle nach diesem Krieg brauchten. Und sie wäre eine wundervolle Mutter. Ihre Kinder würden das Schloss in einen einzigen Spielplatz verwandeln und ununterbrochen Unruhe stiften.

Jiyan wandte sich der Treppe zu und beschloss, dass er bis zum Morgengrauen in der Trainingsarena Dampf ablassen würde, bevor er den Verstand verlor. Dann bekäme er die Möglichkeit, alle Neuigkeiten über ihre Verbündeten mit seinen Männern zu besprechen.

Bis dahin würde er versuchen, nicht durchzudrehen, weil es ihm nicht gelang, sich vorzustellen, wie ihre Kinder aussehen würden, da er nicht einmal wusste, ob Amaleya Hörner besaß und diese vor ihm geheim hielt. Oder Schuppen.

Waren Halbdämonen nicht in der Lage, diese zurückzuziehen und unter der Haut zu verbergen?

Er wusste es nicht, weshalb diese Erkenntnis umso mehr schmerzte und ihn nur noch mehr aufwühlte.

In der Eingangshalle angekommen, machte er sich auf den Weg nach draußen. Weil er Angst davor hatte, dass er Amaleya wecken und sich mit ihr streiten würde, wagte er es nicht, sich Schuhe aus seinen Gemächern zu holen.

Morgen würde er mit ihr über alles sprechen. Doch er konnte nicht einschätzen, ob dieses Gespräch einen Abschied oder einen Neuanfang darstellen würde.

A POWER LIKE NO OTHER

LOVE KNOWS NO REASON,
KNOWS NO AGE,
NO SKINCOLOUR,
NO SO CALLED RACE.

NO PREFERENCE,
NO CIRCUMSTANCES,
IT COMES TO YOU
WHEN YOU DON'T WANT IT.

LOVE MAKES YOU FIGHT,
MAKES YOU STRONG,
MAKES YOU BLIND,
MAKES YOU GO ON.

MAKES YOU OBSESSIVE,
MAKES YOU A STALKER,
MAKES YOU JEALOUS,
FILLS YOU WITH LAUGHTER.

CAN LEAVE YOU BROKEN,
LEAVE YOU TERRIFIED,
LEAVE YOU CRAZY –
OUT OF YOUR MIND.

CAN BE CRUEL,
BUT STILL CARING.
CAN BRING YOU PAIN,
BUT REMAIN UNWAVERING.

CAN ONLY BE FELT,
NEVER BE SEEN.
MAKES YOU A BEGGER
OR KING AND QUEEN.

23

PUSTEKUCHEN

AMALEYA

»Ey, ich fass es nicht! Ich dachte, wir werden Kolleginnen, und dann erfahr ich, dass Jiyan zwar dem Bündnis zugestimmt hat, aber du nicht mit uns gemeinsame Sache machen willst? Amy, was zum Himmel?«

Amaleyas Freundin Nela stand auf dem Balkon zu Jiyans Schlafzimmer mit vor der Brust verschränkten Armen. Hinter ihr ragten ihre silbernen Flügel empor, die sie als eine Heerführerin der Engel kennzeichneten. Wie sonst auch trug sie heute weiße Kleidung. Ihre Skinnyjeans, das bauchfreie Top und ihre Lederjacke zeigten, dass sie trotz ihres Alters mit dem heutigen Zeitgeist ging.

Amaleya zwinkerte Nela zu. »Kennst mich doch, ich bin halt spontan, was so was angeht.«

Eigentlich war ihr gerade nicht nach Gesellschaft, sie wollte einfach nur schmollen. Natürlich konnte sie nicht von Jiyan erwarten, dass er viel Zeit mit ihr verbrachte, weil die Schlacht nahte und er die Vorbereitungen beaufsichtigte. Heute Morgen war das Treffen mit den drei Musketieren, Kommandanten und Celestino angesetzt gewesen. Wenn alles nach Plan verlief, sollten am Mittag die Evakuierungen beginnen. Es gab viel zu erledigen und trotzdem empfand sie es als frustrierend, morgens in seinem Bett aufzuwachen, wenn er nicht da war.

Sie hatte ihn überall im Schloss suchen müssen und schließlich auf dem Trainingsplatz gefunden, wo er die Handhabung der mit Zaubern belegten Waffen den zugeteilten Kriegern demonstrierte. Amaleya hatte versucht, mit ihm zu reden, aber er wirkte distanziert. War abweisend. Und sie verstand nicht, warum. War es, weil sie nicht mit ihm geschlafen hatte? Vielleicht hatte sein nymphisches Ego dadurch einen Knicks bekommen? Oder interpretierte sie zu viel in sein Verhalten?

Schließlich war sie eingeschnappt in ihr Zimmer zurückgekehrt, wo sie seither auf dem Bett lag und überlegte, wie sie die anderen Tavith um deren Beistand bitten sollte. Wenn Jiyan so mies drauf war, konnte sie ihm wohl kaum ihre Freunde vorstellen und ihm die Wahrheit über ihre Abstammung erzählen. Bei dem Wort ›Dämonenengel‹ würde er garantiert ausflippen.

Kurzerhand vergrub sie jetzt ihren Kopf im Kissen und schrie ihren Frust heraus.

Nela kam durch die Balkontür herein. »Okay, hier besteht offensichtlich Redebedarf.« Sie zog magische Schleier über ihre Flügel und setzte sich auf die Bettkante. »Alles klar, Prinzesschen, wo drückt der Schuh?«

Amaleya wandte sich Nela zu und schaute in ihre stahlgrauen Augen. Sie war ein Halbengel mit feuerroten Haaren. Nela hatte sich so lang hochgearbeitet, bis sie von allen Engeln respektiert wurde und mittlerweile zu den neun Heerführern gehörte.

»Wäre schön, wenn nur der Schuh drücken würde«, murmelte sie und brummte frustriert.

Nela lachte. »Ach komm schon, du hast dir den König der Nymphen geangelt, da ist doch so eine herannahende Schlacht das süße Sahnehäubchen auf der Torte.«

Amaleya hatte in der Hölle genug Schlachten geschlagen, um sich keine Gedanken mehr darüber zu machen. Nela ging es da gewiss ähnlich.

»Erstens habe ich ihn mir nicht geangelt. Wir … äh …« Sie was? Hatten sich in einander verliebt? Waren zusammen? Danach sah es heute nicht aus. »Wir verstehen uns einfach?« Sie hatte vor lauter Verunsicherung ihre Worte als Frage formuliert.

Nela zog überrascht die Augenbrauen hoch. »Das klingt nach Ärger im Paradies.« Sie holte aus der Innenseite ihrer Lederjacke einen Flachmann hervor, genehmigte sich einen Schluck und reichte ihn dann an Amaleya weiter.

»Wieso hast du Alkohol dabei? Bist du nicht im Dienst?«, wollte diese wissen.

»Ich bin ein Engel, keine Heilige.« Nela verdrehte die Augen und ihr linker Mundwinkel hob sich zu einem schiefen Lächeln. »Manche Situationen erfordern eben Stärkeres als Wasser. Und lenk jetzt ja nicht ab.« Nelas Lächeln verschwand und ihre Stimme schlug einen leiseren, sanfteren Ton an. »Was ist passiert?«

Während Amaleya noch einen weiteren Schluck nahm, überlegte sie, was passiert sein könnte. Nach der letzten Nacht hatte sie gedacht, dass jetzt alles gut zwischen ihr und Jiyan wäre – irgendwie gefestigt – aber nein, Pustekuchen.

Der süße Alkohol lief ihr die Kehle hinab und sorgte dafür, dass sich eine angenehme Wärme in ihrem Magen ausbreitete. Nela hatte anscheinend ein wenig Ambrosia dazugegeben.

Niedergeschlagen senkte sie den Blick. »Ich weiß es nicht. Und ich kann ihn nicht fragen, weil er mich meidet.«

Nela seufzte. »Das willst du jetzt bestimmt nicht hören, aber er ist ein Nymphe. Womöglich hat er festgestellt, dass er noch nicht für etwas Festes bereit ist und ihr es bei einem One-Night-Stand belassen solltet.«

»Für einen One-Night-Stand hätten wir miteinander schlafen müssen, oder?« Davor hatte sie eine Heidenangst, denn es würde sie als Seelengefährten für alle Zeit aneinander binden. Sie würde es nicht verkraften, falls Jiyan sie dann verlassen würde, wenn er die Wahrheit über sie erfuhr.

Nela starrte sie mit offenem Mund an. »Wie, ihr habt's noch nicht getan? Er ist ein Nymphe! Du *wohnst* bei ihm!« Sie griff sich den Erdbeerlikör wieder und nahm einen Schluck.

»Ja, danke für die Erinnerung«, erwiderte Amaleya trocken.

»Hm, irgendwie versteh ich das noch nicht so ganz.« Nela musterte sie eingehend. »Du hast ihn schließlich zu einer Allianz überredet, willst allerdings nicht mehr bei uns arbeiten. Und du wohnst bei ihm, doch ihr schlaft nicht miteinander. Amy, wo ist der Sinn hinter alldem?«

Ja, gute Frage. »Welchen Sinn meinst du?« Amaleyas Mundwinkel zuckten belustigt. »Unsinn? Wahnsinn? Blödsinn? Du musst dich schon genauer ausdrücken.« Sie blinzelte unschuldig, sodass Nela lachte.

»Du kannst keine zwei Minuten ernst sein!« Nela griff sich ein Kissen und schlug es ihr ins Gesicht.

Amaleya schnappte empört nach Luft. »Welch anmaßende Unverschämtheit, Nelafina!« Als Rache beschlagnahmte sie den Flachmann und rückte ihn auch nach mehreren Versuchen der Rückgewinnung nicht heraus.

Schmollend zuckte Nela mit den Schultern und wurde dann wieder ernst. »Amy, du kannst mit mir reden. Immer. Über alles.«

»Ich weiß.« Amaleya schaute ihre Freundin an und war wirklich dankbar, dass sie Nela bei einem Gespräch mit Celestino begegnet war.

Sie hatten sich auf Anhieb verstanden. In ihr hatte Amaleya auch erstmals eine Freundin gefunden, mit der sie sich über Männer unterhalten konnte, denn Maja und Taina würden ihr zwar zuhören, doch sie empfanden kein körperliches Verlangen, wie die meisten Engel. Daher vermochten sie Amaleya keine Ratschläge zu geben, die sie aber manchmal dringend brauchte.

Sie drückte Nela den Flachmann in die Hand und ließ sich zurück auf die Matratze fallen.

»Danke, dass du für mich da bist, obwohl ich eine Dämonin bin«, sagte sie leise.

»Ach, Süße, du siehst dich viel zu negativ. All die Intrigen, die Folter und deine Ängste sind Teil deiner Vergangenheit. Du gehörst jetzt zu den Guten.«

»Mh-mh.« Amaleya fühlte sich nicht, als ob sie zu den Guten gehörte, weil es in einem Krieg kein Gut und Böse gab. Kein Richtig oder Falsch.

Alle Beteiligten dachten, im Recht zu sein. Jeder glaubte, für jemanden oder etwas kämpfen zu müssen, und jeder nahm Verluste in Kauf, um zu siegen. Nicht umsonst hieß es, dass zu einem Streit immer zwei gehörten. Ein Krieg war letztendlich nichts weiter als ein eskalierter Streit, in dem es nicht zu einer Einigung kam.

Nela legte die Stirn in Falten. »Weiß Jiyan von alledem? Von deiner Abstammung und deiner Vergangenheit?«

Amaleyas Stimmung sank noch weiter. »Nur ein wenig. Er reimt sich vermutlich das meiste zusammen. Den Part mit ›Meine dämonische Mutter wurde von Engeln getötet‹ habe ich allerdings ausgelassen.«

»Warum? Meinst du nicht, du kannst ihm alles irgendwie erklären?«, wollte Nela wissen.

Amaleya seufzte. »Wenn ich ihm erzählt hätte, dass ich ein Dämonenengel bin, hätte er mich direkt zum Teufel gejagt. Und wenn ich es ihm irgendwann einmal beichten werde, wird er im Nachhinein ausrasten. So oder so könnte er nicht akzeptieren, was ich bin, und mich niemals so lieben.«

Und diese Vorstellung ließ ihr Herz bluten, denn genau das wünschte sie sich mit jeder Faser ihres Seins.

»Oh Süße, sag doch so was nicht!«, meinte Nela und wollte nach ihrer Hand greifen.

»Du scheinst mich ja gut zu kennen, um das zu behaupten.«

Nela und sie verspannten sich und rissen vor Schreck die Augen weit auf.

Sie wandten sich der Tür zu, gegen dessen Rahmen sich Jiyan mit verschränkten Armen lehnte. Weder Nela noch sie hatten ihn kommen hören.

Die Engelsheerführerin flüsterte Worte des Abschieds, nickte Jiyan zu, der sie allerdings nicht einmal anschaute, und verschwand dann eilig über den Balkon, so wie sie hergekommen war.

Am liebsten hätte Amaleya Nela am Gehen gehindert, aber sie wollte ihre Freundin nicht in Verlegenheit bringen, indem sie sich ansehen müsste, wie Jiyan jetzt ausflippte.

Er kritisierte sie. Verurteilte sie. Er brauchte es nicht auszusprechen, denn sie erkannte es an seinem Blick. Er schaute sie an, als hätte sie ihn verraten. Und der Schmerz darüber in seinen Augen zerriss ihr das Herz.

Am liebsten hätte sie sich das kleine, verräterische Ding aus der Brust gerissen, damit es aufhörte, so weh zu tun.

Sie kam sich vor wie in einem schlechten Film. »Wie viel hast du gehört?«, fragte sie vorsichtig.

»Genug.« Allein diese Antwort schmerzte mehr, als sie es sollte.

Sie schluckte den Kloß in ihrem Hals herunter. Oder versuchte es, denn es ging nicht. Ihre Kehle war wie zugeschnürt.

Jiyan sah sie an, als ob er nicht mehr wüsste, was er nun noch mit ihr anfangen sollte.

»Hast du … Fragen?« Ihre Stimme klang zittriger, als sie beabsichtigte. Wenn er Fragen hätte, würde es bedeuten, dass er sie vielleicht nicht sofort von sich wies und sie ihm die Dinge erklären könnte.

»Ihr vertraust du und mir nicht?« Seine Stimme zitterte genau so sehr wie ihre.

Das war keine der Fragen, auf die sie gehofft hatte. In seinen Augen glich ihr Gespräch mit Nela also einem Verrat.

»Ich vertraue dir, Jiyan.« Sie schlug die Augen nieder, weil es schmerzte, ihn so wütend und verletzt zu erleben und der Grund dafür zu sein. »Deswegen vertraute ich darauf, dass du so reagieren würdest, wie du es jetzt tust.«

Sie hatte gebetet, dass es nicht so sein würde. Irgendwo hatte sich diese hinterlistige Hoffnung eingenistet und ihr zugeflüstert, dass Jiyan sie in den Arm nehmen und alles gut sein würde, wenn er es eines Tages erfuhr. Doch natürlich war es nicht so einfach.

Als sie Jiyan wieder anschaute, nahmen all die Emotionen in seinem Blick ihr den Atem, um noch etwas hinzuzufügen. Tausend unausgesprochene Worte hingen zwischen ihnen in der Luft. Sie standen wie stumme Ankläger im Raum, die Amaleya vorwarfen, warum zur verfluchten Hölle sie nicht den Mund aufgekriegt hatte. Sie hielt ja sonst auch nie die Klappe.

»Jetzt ist es also meine Schuld?« Jiyan richtete sich auf und ließ die Arme sinken. Mit zu Fäusten geballten Händen stand er dort und funkelte sie zornig an. »Dass du nicht ehrlich zu mir bist, habe ich mir selbst zuzuschreiben?«

Wenn er es so formulierte, fühlte sie sich tatsächlich wie eine Verräterin.

Sie saß noch immer auf dem Bett und zog die Beine an ihren Körper, weil sie das schreckliche Bedürfnis verspürte, sich schützend zusammenzurollen.

»Das meinte ich nicht … so«, erwiderte sie plump, weil ihr keine Worte einfielen, die ihm ihre Gefühle übermitteln würden.

»Nicht so? Wie dann?« Er fuhr sich mit der Hand über das Gesicht. Dann durchs Haar. »Verdammt, Amaleya! Du hattest unzählige Gelegenheiten, es mir zu erzählen!« Mit einer ausladenden Armbewegung deutete er um sich. »Stattdessen muss ich es durch andere erfahren!«

Seine aufgewühlte Reaktion glich einem Spiegelbild ihrer eigenen Gefühle.

Sie blinzelte und weigerte sich, zu weinen. Jedes Wort, seine Haltung – alles verletzte sie.

»Ist ja nicht so, als ob ich mir aussuchen könnte, was ich bin«, presste sie durch zusammengebissene Zähne hervor und ballte nun auch die Hände zu Fäusten. »Tut mir schrecklich leid für dich, dass ich nicht die Amia bin, die du geglaubt hattest, gefunden zu haben.«

Jiyan lachte. Freudlos, beinahe hysterisch. Er fuhr sich schon wieder durchs Haar und schüttelte den Kopf, als ob es ihm nicht möglich wäre, zu begreifen, was hier gerade passierte.

All die Liebe, mit der er sie sonst anschaute, und all die Zärtlichkeit, mit der er sie sonst behandelte ... beide waren verschwunden, als hätten sie nie existiert.

Ihr lief es kalt die Wirbelsäule hinab, denn sein Verhalten jagte ihr eine Scheißangst ein.

»Tu das ja nicht.« Er deutete mahnend mit dem Zeigefinger auf sie und verengte die Augen. »Wag es ja nicht, mich als den Bösen hinzustellen, weil ich dich verletze. Diese Situation hast du deiner eigenen Verschwiegenheit zuzuschreiben.«

Dass dieser Streit schmerzte, musste bedeuten, dass Jiyan ihr wichtiger war, als sie bisher begriffen hatte. Sie hatte ihm ihr Herz geschenkt. Und dass er sie jetzt so ansah, als wäre sie nicht gut genug, zerriss sie innerlich. Er wünschte sich wahrscheinlich gerade, sie wäre eine andere.

Sie biss sich auf die Wange, bis sie Blut schmeckte, und blinzelte immer wieder, um ihre Tränen zurückzuhalten.

»Was hättest du denn an meiner Stelle getan?«, wollte sie von ihm mit heiserer Stimme wissen, weil ihr ein Schluchzen in der Kehle steckte und das Sprechen erschwerte. »Hättest du überall rumerzählt, dass du ein Dämonenengel bist?« Ihr liefen die Tränen über die Wangen. »Obwohl du deine Freunde damit gefährden würdest, wenn die Wahrheit rauskommt?« Beinahe wäre ihre Stimme gebrochen. »Obwohl du weißt, dass der Mann, in den du dich verliebt hast, dich dann von sich stoßen würde?«

Er öffnete den Mund, schloss ihn wieder und schlug mit der Faust gegen die Wand, sodass der Stein unter der Wucht brach.

Sie fühlte sich, als hätte ihr jemand die Flügel gebrochen und sie von Wolke sieben gestoßen. Sie wollte betteln, dass Jiyan sie anblickte und ihr sagte, dass es keine Rolle spielte, was sie war. Aber sie würde nicht um Akzeptanz betteln und sich auch nicht dafür entschuldigen, dass sie eben sie war. Er würde sie ohnehin nie wieder im gleichen Licht sehen wie zuvor.

Am schlimmsten war jedoch, dass sie seine Reaktion verstehen konnte. Er bereute es, dass er seine Enthaltsamkeit ausgerechnet für einen Dämonenengel aufgegeben hatte. Sie stellte in seinen Augen einen Fehler dar. Und sie ertrug es nicht, sich so zu fühlen.

Sie unterdrückte ein Schluchzen, als sie begriff, dass es bereits vorbei war, obwohl es gerade erst begonnen hatte. Sie waren fertig miteinander. Also schloss sie die Augen und teleportierte sich fort.

SCHLANGENGRUBE

JIYAN

Egal wie man argumentierte, es drehte, wendete und sich schönredete: Er war am Arsch. Doch das wäre er lieber mit Amaleya – versöhnt und glücklich – statt allein und verbittert.

»Jiyan, jetzt bleib endlich stehen!«, rief Fionn ihm hinterher und packte ihn am Oberarm.

»Was?« Er starrte seinen besten Freund unverwandt an.

Nachdem er sich den Kopf darüber zerbrochen hatte, was zwischen ihm und Amaleya vorgefallen war, hatte er sein Schwert und seine Dolche gepackt und sich auf den Weg in die Stadt begeben. Er wollte schnurstracks zu einem der Portale, um Amaleya hinterherzureisen.

Es machte ihn fertig, sie weinen zu sehen und dafür verantwortlich zu sein, aber er war auch verletzt. Sie vertraute sich einer

Freundin an, ihm hingegen nicht, und dann warf sie ihm vor, dass er reagierte, wie er es tat? Oh nein, das würde nicht so im Raum stehen bleiben!

Er liebte sie. Und er würde einen Weg finden, damit sie zusammen glücklich wären.

»Wie *was*?«, fuhr Fionn ihn an und riss ihn damit aus seinen Gedanken. »Du kannst nicht einfach verschwinden, wenn uns ein Krieg bevorsteht und sich das ganze Land darauf vorbereitet!«

Balamy und Leano, die hinter ihm standen, nickten grimmig.

Warum hatte Jiyan gerade jetzt in die drei hineinlaufen müssen? Natürlich waren sie seine besten Freunde und Berater, weil sie ihm ins Gewissen redeten. Ihm blieb allerdings nichts anderes übrig, als Amaleya aufzusuchen.

Sie hatte sich einfach fortteleportiert, könnte jetzt sonst wo sein. Zwar befanden sich ihre Sachen noch bei ihm, doch so klammheimlich, wie sie eingezogen war, würde er es ihr auch zutrauen, genauso wortlos wieder auszuziehen. Das hielt er sogar für sehr wahrscheinlich.

»Und was soll ich eurer Meinung nach tun?«, fragte er, so ruhig es ihm möglich war.

Fionn ließ ihn los und runzelte die Stirn. »Erklär uns die Situation und dann schick einen von uns, um sie herzuholen. Anschließend sprecht ihr euch aus.«

Unter keinen Umständen dürfte er es seinen Freunden erzählen. Fionn und Leano würden Amaleyas Abstammung sicherlich akzeptieren, aber Balamys Schwester war von Dämonen getötet worden, also würde der garantiert einen Aufstand machen. Außerdem war es Amaleyas Aufgabe, darüber zu sprechen, und nicht seine.

Jiyan fuhr sich mit der Hand über das Gesicht. »Ich kann darüber nicht reden. Noch nicht.« Die Erschöpfung durch all den Stress der letzten Tage ließ seine Stimme rau und schwach klingen. »Bitte versteht das.«

Wenn er Amaleya als Ausnahme betrachtete, weil er sie liebte und sie seine Seelenverwandte war, dann würde er gewiss irgendwie damit klarkommen. Zumindest vermochte er eher damit zu leben als ohne sie. Trotzdem würden sie es vorerst geheim halten müssen. In so schwierigen Zeiten, wie sie jetzt herrschten, durfte er es nicht riskieren, das Volk gegen sich aufzubringen. Wenn sich in der Zukunft alle an Amaleya gewöhnt hätten, sie schätzten und respektierten, dann würde er es verkünden. Vorausgesetzt, es gab eine Zukunft mit Amaleya und sie verzieh ihm seine hitzköpfige Reaktion.

Seine Freunde starrten ihn irritiert an. Normalerweise hatten sie keine Geheimnisse voreinander und es gefiel Jiyan auch nicht, dass sie jetzt damit anfingen. Doch er tröstete sich damit, dass es nur vorübergehend sein würde.

Balamy funkelte ihn wütend an. »Verarschst du uns? Was heißt hier, du kannst es uns nicht erzählen?« In seiner Stimme schwang Sorge mit.

»*Noch nicht*, sagte ich.« Jiyan seufzte und schüttelte dabei den Kopf. »Und es ist gleichgültig, ob wir nun darüber diskutieren oder nicht. Ich werde mich mit Amaleya treffen und ihr werdet euch in der Zwischenzeit wieder euren Aufgaben zuwenden.« Während er einen autoritären Ton anschlug, verschränkte er die Arme vor der Brust. »Es wäre schön, wenn ihr meinen Entschluss würdigen würdet, ohne dass ich euch daran erinnern muss, dass ich als König durchaus berechtigt bin, meine eigenen Entscheidungen zu treffen.«

Seine Kameraden verkniffen sich ganz offensichtlich das Lachen. Bei den besten Freunden spielte es keine Rolle, ob er der
König war. Ihre Freundschaft stand über jeder Rangordnung und
das wussten sie alle nur zu gut.

»Was? Was ist so lustig?«, brummte Jiyan.

»Sie hat dich ganz schön um den Finger gewickelt, was?« Leano
funkelte ihn amüsiert an.

Jiyan rollte wegen dieser Bemerkung mit den Augen. »Ihr habt
ja keine Ahnung.«

Amaleya und er gehörten auf eine Weise zusammen, die für
alle Zeit Bestand haben würde. Sie war der Magnet, von dem er
angezogen wurde, ganz gleich, wo er sich aufhielt.

Auf gar keinen Fall würde sie ihn verlassen. Er war der König
der Nymphen, verdammt! Der Tag, an dem eine Frau ihn verlassen würde, wäre der Tag, an dem … So einen Tag gab es nicht!
Sie wohnte bei ihm und daran würde sich auch nichts ändern.

Er schaffte es gerade so, seine Freunde vorerst abzuwimmeln,
und hinterließ noch weitere Anweisungen. Anschließend machte
er sich auf den Weg zum nächstgelegenen Portal in der Stadt, wo
sich bereits viele Frauen und Kinder versammelten, da die Evakuierung bald beginnen würde. Alle Erwachsenen trugen Waffen
und dennoch wirkten sie heiter wie eh und je, was ihn mit Stolz
erfüllte.

Er zögerte einen Augenblick vor dem schimmernden Portal
und hoffte, dass es funktionieren würde. Er könnte sonst wo landen – vielleicht im freien Fall auf die Erde zu –, aber er brauchte
Amaleya an seiner Seite. Brauchte sie auf so viele Arten, dass er
lieber fallen würde, als auch nur die Möglichkeit in Betracht zu
ziehen, dass sie ihn von sich wies, wenn er sie erreichte.

Er hatte ihr wehgetan, weil er selbst verletzt, gekränkt und schockiert gewesen war. Das war allerdings keine Entschuldigung, sondern nur eine erbärmliche Rechtfertigung seinerseits.

In Gedanken rief er sich Amaleya vor Augen, ihre ganze perfekte Silhouette – jedes noch so kleine Detail, von ihren Grübchen bis hin zu dem Muttermal an ihrer Schulter –, und schritt durch das Portal.

Auf der anderen Seite des Portals blieb er wie angewurzelt stehen. Er befand sich in einem Wald. Ihn umgaben Bäume, so breit und hoch wie Getreidesilos. Jiyan musste den Kopf in den Nacken legen, um bis zu dem Blätterdach aufsehen zu können, durch welches das Sonnenlicht gefiltert auf den Waldboden fiel. Es erschuf einen magischen Schleier, der sich über die Blumen und anderen Pflanzen am Waldboden legte. Die Gewächse schienen verzaubert zu sein, denn manche leuchteten, ihre Farben pulsierten, als besäßen sie einen Herzschlag.

Das ist definitiv nicht normal.

In der Welt der Unsterblichen gab es wahrlich vieles, das aus der Menschenwelt verdrängt worden war. Doch solche Pflanzen hatte Jiyan noch nie gesehen.

Vielleicht hatte sich das Portal ja in der Adresse geirrt? Warum sollte sich Amaleya hier aufhalten? Und wo war überhaupt ›hier‹?

Er streckte die Hand nach den trichterförmigen Blättern vor sich aus, die zu den Ranken gehörten, die sich um den Baum neben Jiyan wanden. Die glatte Oberfläche reagierte auf seine Berührung und leuchtete unter seinen Fingern auf.

Der Wald und die Pflanzen wirkten fantastisch und voller Leben. Könnte dies hier die Himmelsinsel von Majandra sein? Laut Gerüchten war sie eine Meisterin im Erschaffen von so ziemlich allem.

Er ließ seine Hand wieder sinken, blickte sich um und bemerkte all die Geräusche, die ihn umgaben. Das Zirpen von Insekten, Flügelflattern und den Singsang von Vögeln. Zugleich fiel ihm aber auch das laute rhythmische Rascheln auf, das sich ihm zu nähern schien. Als ob irgendetwas Großes auf ihn zustürmte.

Um Schutz zu suchen, trat er näher an den Baum heran. Er duckte sich hinter die kopfgroßen, trichterförmigen Blätter der Ranken und zog sein Schwert. Jeder Muskel seines Körpers spannte sich an, während er abwartete, was da auf ihn zustürmte.

Zwischen zwei Büschen sprang ein Ungetüm hervor, das Jiyan nur aus Geschichtsbüchern kannte.

Ein Mantikor.

Die Bestie besaß den Körper und die Färbung eines Löwen und den Stachel eines Skorpions, der seiner großen Gestalt entsprechend sehr lang war. Statt des Kopfes eines Löwen hatte es den runzligen, behaarten Kopf einer Fledermaus. Als das Geschöpf zum Knurren die Lefzen hob, entdeckte Jiyan drei Reihen messerscharfer Zähne.

Langsam legte er beide Hände um den Schwertgriff und umfasste diesen dann mit der Rückhand, um besser rennen zu können. Denn er war nicht so lebensmüde, sich mit einem Mantikor anzulegen.

Dieses Tierwesen galt wie so viele aus gutem Grund als ausgerottet. Das Gift der Kreatur stellte eine der wenigen Dinge dar, die Unsterbliche töten konnten. Mal abgesehen von einer Enthauptung. Oder dem Brechen eines Schwures.

Der Blick der Bestie richtete sich abrupt auf Jiyan.

Vielleicht bildete er sich das nur ein, doch die schwarzen Augen strahlten eine gewisse Intelligenz aus. Und war das Geschöpf nicht verdächtig zielstrebig auf ihn zugerannt? Was, wenn es so eine Art Hüter des Waldes war?

Der Mantikor setzte sich wieder in Bewegung und hechtete auf Jiyan zu.

Er beugte den Oberkörper nach vorn und wartete, unterdrückte seinen Instinkt zur Flucht. Als die Bestie auf ihn zusprang, machte er einen Satz zur Seite, rollte sich über den moosigen Waldboden ab und sprintete dann in die Richtung, aus der das Ungetüm gekommen war.

Wenn es tatsächlich etwas vor Eindringlingen verteidigen sollte, dann würde Jiyan wetten, dass in dieser Richtung das Himmelsschloss von Majandra lag. Und in diesem würde er hoffentlich auch Amaleya finden.

Mit einem lauten Brüllen stürmte die Kreatur hinter ihm her und legte es wohl auf eine Verfolgungsjagd an.

Jiyan rannte wie ein Wahnsinniger einfach geradewegs durch das Unterholz des Waldes. Pflanzen und Blumen leuchteten auf, sobald er sie berührte. Selbst durch das Moos unter ihm ging bei jedem Schritt eine strahlende Welle des Grüns.

Weiter. Schneller. Wie gut, dass sich nun zweitausend Jahre des Lauftrainings auszahlten.

Bei seinem Wahnsinnstempo flog er geradezu über Äste und Sträucher. Er vernahm das Knirschen und Knacken unter seinen Stiefeln. Rannte um riesige Bäume herum und hechtete auf einen Bach zu. Mit Leichtigkeit sprang er darüber, dicht gefolgt von dem Mantikor.

Aty Rador! Das schwerfällige Ungetüm ließ nicht von ihm ab.

Er preschte weiter über eine Lichtung, auf der hochgewachsene Blumen standen, und sah gerade noch so im Vorbeirennen, dass kleine Feen die Blüten umschwirrten.

Niad Lidozo! Echte Feen! So etwas gab es doch eigentlich nur im Märchen!

Durch die Lichtung hatten die Baumkronen die Sicht auf das Himmelsschloss freigegeben. Es lag tatsächlich vor Jiyan und schien aus einem Berghang herauszuragen.

Bald wäre er dort.

Er sprang über einen Strauch und blieb mit dem Ärmel seines Shirts an einem Ast hängen, sodass er sich noch in der Luft drehte und mit dem Bauch auf dem Waldboden aufschlug. Der Atem wurde ihm aus der Lunge gedrückt, während der Mantikor ebenfalls über den Strauch und damit auch über ihn hinwegfegte. Das Ungetüm brach die Äste ab und kam zum Stehen.

Jiyan rappelte sich auf, stand der Bestie gegenüber und richtete seine Klinge auf den Gegner, der ihm den Weg zum Schloss abschnitt und ein tiefes Knurren von sich gab. Hinter dem Mantikor zuckte der riesige Stachel hin und her und lenkte Jiyans Blick auf sich.

Er hasste Gegner mit einem Schwanz. Das war so unfair wie ein weiteres Paar Arme. Nun müsste Jiyan sich nicht nur vor den Klauen und Zähnen in Acht nehmen.

Er ignorierte die Erschöpfung, die sich durch den langen Sprint in seinen Muskeln ausbreitete und sie schwer werden ließ.

Die Bestie machte einen Satz auf Jiyan zu. Sie schlug mit ihren Klauen nach ihm und versuchte abwechselnd, ihn zu beißen oder mit dem monströsen Stachel zu verwunden.

Jiyan schaffte es gerade so, den Angriffen auszuweichen und mit seinem Schwert die Stiche zu parieren.

Jedes Mal, wenn der Mantikor zustechen wollte, knickte er mit den Vorderbeinen ein und senkte den Kopf. Also nutzte Jiyan die nächste Attacke, um dem Ungetüm mit dem Stiefel gegen den Schädel zu treten. Die Bestie stolperte benommen zurück. Jiyan setzte nach und holte mit dem Schwert aus. Doch die riesige Pranke des Mantikors traf ihn seitlich am Oberschenkel.

Schmerzen durchzuckten sein Bein. Er verlor für einen Sekundenbruchteil das Gleichgewicht und wurde im nächsten Moment von den Füßen gehoben, als die Bestie ihn mit dem geschuppten Schwanz an der Seite erwischte. Sie traf Jiyan mit solcher Wucht, dass er mehrere Meter durch die Luft flog und ihm der Atem wegblieb.

Dann schlug er abermals auf dem Waldboden auf. Ihm wurde schwarz vor Augen, aber er blinzelte, damit sich seine Sicht wieder klärte.

Im nächsten Augenblick war das Monster auch schon über ihm und drei Reihen Zähne rasten auf ihn zu.

In dem Versuch, sich zu verteidigen, riss Jiyan das Schwert hoch. Sofort jaulte das Biest gequält auf.

Er hatte dem Mantikor den Stachel abgetrennt.

Das Ungetüm taumelte unkoordiniert und schrie immer lauter, während es sich im Kreis drehte.

Jiyan nahm seine Chance wahr und tat das einzig Sinnvolle: Er rannte.

Wenn die Tierwesen hier zu Majandra gehörten, würde die es ihm gewiss danken, wenn er ihre Schützlinge am Leben ließ. Er wollte es sich zumindest nicht mit ihr verscherzen.

Er rannte immer weiter und stellte erleichtert fest, dass er nicht mehr verfolgt wurde. Während des ganzen Herumrennens war er außerdem dem Schloss beträchtlich näher gekommen.

Er stolperte über einen Ast, strauchelte und fing sich dann wieder. Benommen blieb er stehen und brachte seinen Atem unter Kontrolle. Er steckte das Schwert zurück an seinen Gürtel und blinzelte mehrfach. Ihm war mulmig zumute, doch er versuchte, den Schwindel abzuschütteln.

Normalerweise würde der geringe Blutverlust durch die Wunde an seinem Oberschenkel ihm nicht so zusetzen.

Vorsichtig untersuchte er die Verletzung. Auch wenn die Klauen durch seine Muskeln geschnitten hatten, war es nur eine Fleischwunde. Die wäre bald wieder geheilt.

Als er an sich hinabblickte, erkannte er, dass sein Shirt an der Seite zerrissen war. Er gefror in der Bewegung.

Oh nein. Wie hatte ihm das entgehen können?

Er zog sein T-Shirt hoch und besah sich seine Flanke. Feine schwarze Adern gingen von einer kleinen Wunde aus und dehnten sich quälend langsam über seine Seite aus.

Der Mantikor hatte ihn erwischt. Das Gift breitete sich bereits in seinem Körper aus und ließ ihn benommen werden.

Für einen Augenblick stand Jiyan einfach nur da und dachte daran, dass er sterben würde. Nicht in einer Schlacht in einem bedeutenden Krieg, sondern in irgendeinem fremden Wald, während die Frau, die er liebte, wegen ihm weinte.

Viele Male hatte er sich für seine Freunde ins Messer geworfen, weil er lieber sterben würde, als die zu verlieren, die ihm etwas bedeuteten. Und nun, während er dieses eine Mal etwas für sich tat und Amaleya um Verzeihung bitten wollte, fand er den Tod.

War das nicht ungerecht?

So viele Gedanken sollten sich nun in ihm regen. Gedanken an sein Land, sein Volk und seine Freunde. Doch stattdessen dachte er nur an Amaleya, weil der Streit mit ihr die einzige Sache war, die er jetzt noch geradebiegen könnte.

Mit einem leisen Keuchen zog er sein Shirt wieder nach unten und setzte sich in Bewegung, indem er langsam in Richtung des Schlosses joggte. Seine Seite fühlte sich taub an und das Atmen fiel ihm mit jedem Schritt schwerer.

Sein Bein hinkte ein wenig, da das Gift sich bereits bis zu seiner Hüfte ausgebreitet haben musste. Dennoch konzentrierte er sich darauf, in gleichmäßigem Tempo weiterzulaufen.

Er würde Amaleya erreichen, bevor sich das Gift ausgebreitet hatte. Und er würde sich bei ihr entschuldigen. Er würde ihr all die Dinge sagen, die sie hören musste, um in Zukunft nicht mehr verheimlichen zu wollen, dass sie eine Tavith war. Um sich nicht dafür zu schämen oder Angst davor zu haben, dass andere sie nicht dafür akzeptierten.

Er erreichte die Lichtung vor dem Eingangstor des Schlosses, als Amaleya zur Tür herausrannte und direkt auf ihn zusprintete.

Verwundert hielt er an, doch kaum erkannte er ihr Gesicht, entdeckte er die Sorge in ihren geröteten Augen.

Ja, sie hatte wegen ihm geweint. Und sie hatte es als Katastrophe wahrgenommen, dass er sterben würde. War er so aufgewühlt gewesen, dass er selbst kein Unheil gespürt hatte?

Sie kam unmittelbar vor ihm zum Stehen. »Scheiße, was ist los?«, fragte sie atemlos. »Meine Freunde sind eben los zu einem Treffen mit dir, aber warum bist du hier?«

Besorgt schaute sie auf seine Wunde, sodass er lächeln musste. Wenn er sich jetzt bei ihr entschuldigte, würde sie ihm die Leviten lesen und ihm dann vergeben. Das wusste er. Und dann hätten sie gemeinsam nach Hause gekonnt, wenn er nur etwas vorsichtiger gewesen wäre.

»Ich wollte dich um Verzeihung bitten«, gab er zu und umfasste ihr zartes Gesicht.

Er küsste sie, noch bevor sie zu einer Erwiderung ansetzte. Sie war so herrlich warm, während sich die Kälte in seinem Körper ausbreitete. Der Kuss half nicht – dieses Mal schien ihre Berührung ihn nicht heilen zu können. Jiyan spürte, wie das Gift weiter durch seinen Körper pulsierte, obwohl ihre Lippen auf seinen dieses herrliche Gefühl hinterließen.

Verwirrt starrte sie ihn an, als er den Kuss beendete, und fühlte wahrscheinlich die Dringlichkeit, zu verhindern, was auch immer im Begriff war, zu geschehen.

»Jiyan, ich versteh das nicht«, flüsterte sie.

»Amaleya, es tut mir leid, dass ich dich verletzt habe.« Er streichelte mit den Daumen über ihre Wangen und rang sich ein Lächeln ab, um ihr keine Angst einzujagen. »Und du sollst wissen, dass ich nur befürchtete, dass ich dir nicht wichtig genug bin, sodass du dich anderen anvertraust, nur mir eben nicht.« Er hielt ihren Blick gefangen und konnte beobachten, wie seine Worte sie beruhigten. »Dann hast du gesagt, dass du dich in mich verliebt hast, und ich war so überrumpelt, dass ich nicht wusste, wie ich damit umgehen soll. Es tut mir leid, wie ich reagiert habe.«

Fassungslos starrte sie ihn an, legte schließlich ihre Hände trotzdem über seine. »Das klassische ›Es liegt nicht an dir, sondern an mir‹?« Sie lächelte traurig, dennoch war es ein Lächeln. »Echt jetzt?«

»Klassiker müssen ja nicht unbedingt etwas Schlechtes sein, solang sie immer noch ihren Zweck erfüllen.« Er erwiderte ihr Lächeln und war dankbar, dass sie in diesem Moment einfach sie selbst war. So unkompliziert und nie um Worte verlegen.

Obwohl sie zornig wirkte, lag Sorge in ihren goldenen Augen. Es gab gewiss kein schöneres Ende, als bei der Frau zu sterben, die er liebte.

»Bist du denn gar nicht angewidert?«, fragte sie jetzt stirnrunzelnd. »Du machst schließlich mit einer rum, die zur Hälfte das ist, was du am meisten auf dieser Welt verabscheust – eine Dämonin.«

Und wäre sie es nicht, hätte sie sich weder für ihn in den Kampf gestürzt noch ihn verführt, noch hätte sie sich ihm in die Hölle hinterher teleportieren können und mit ihm wieder heraus.

»Ich bin geschockt und verstehe nicht, wie es möglich ist, dass du und die anderen existiert.« Er legte seine Stirn an ihre. »Aber, Amaleya, niemals wäre ich von dir angewidert. Du bist perfekt, so wie du bist.«

Sie wollte etwas sagen, doch er küsste sie erneut und brachte sie damit zum Schweigen. Er müsste noch ein paar Dinge loswerden und mittlerweile wurde es schwer, zu atmen, weil sich das Gift ausbreitete.

»Amia, wer auch immer dir gesagt hat, dass du nicht vollkommen bist, gehört auf den Grund des Meeres, um dort für alle Ewigkeit zu verrotten. Du hast so viel Besseres verdient und daran solltest du in Zukunft immer …« Seine Beine gaben unter ihm nach, sodass er auf die Knie fiel und nur durch Amaleya aufrecht gehalten wurde.

Sofort untersuchte sie seine beiden Wunden, erkannte, dass der Großteil seines Körpers bereits von feinen schwarzen Linien bedeckt wurde, und redete auf ihn ein.

Jiyan fuhr unbeirrt fort. »Daran solltest du in Zukunft immer denken. Und du sollst wissen, dass du geliebt wirst. Ich liebe dich, Amia, und du bist durch und durch liebenswert, vergiss das nie.«

Er spürte Tränen in seinen Augen brennen und bekam kaum noch Luft.

Zu sterben war scheiße. Er hatte immer gedacht, dass er einmal in einem Kampf fallen würde, von seinem Gegner besiegt und trotzdem irgendwie ehrenhaft. Dass er nun starb, wo er solch einen bezaubernden Grund zu leben vor sich hatte, war grausam. Er würde alles dafür geben, um mehr Zeit mit ihr zu haben.

Amaleya starrte ihn an. Er konnte ihren Blick nicht deuten. Dicke Tränen kullerten über ihre Wangen, als sie leise forderte: »Sag das noch mal.«

»Ich liebe dich, Amaleya.« Er wusste, dass sie es nicht glauben würde, wenn er es nicht wiederholte und sie die Wahrheit in seiner Stimme hörte.

Er fühlte seinen Körper nicht mehr. Kaum noch Sauerstoff erreichte seine Lunge, sein Herz wollte nicht mehr schlagen und seine Sicht verschwamm. Ob durch die Tränen oder das Ende, wusste er nicht. Doch die Dunkelheit streckte bereits ihre Klauen nach ihm aus.

25

EURE MAJESTÄTEN

AMALEYA

Niemals würde sie ihn sterben lassen und die Ewigkeit ohne ihn verbringen. Sie bemerkte, wie Jiyans Augen langsam zufielen, umfasste sein Gesicht und küsste ihn.

Während der letzten Jahrhunderte hatte Amaleya gelernt, sich ihre Energie bewusst zu machen und so weit zu kontrollieren, dass sie diese vor anderen zu verbergen wusste.

All die Zeit über hatte sie ihre Energie zurückgehalten, doch nun ließ sie sich von dieser regelrecht verschlingen, bis sie sich wie das Auge des Sturms fühlte, um das ihre Energie wie ein Tornado herumwirbelte. Diesem Sturm setzte sie Jiyan aus, während sie ihn küsste und ihre Hände über seine Arme glitten, um die Berührung, so gut es ging, zu intensivieren.

Im ersten Moment nahm sie keinerlei Veränderung wahr, also legte sie ihm beide Hände auf die Brust, drückte ihn auf den

Boden und legte sich mit ihrem ganzen Körper auf ihn. Sie küsste ihn, als wollte sie ihre Lippen mit seinen verschmelzen, drängte sich an ihn.

Endlich. So langsam spürte sie, wie ihre Energie zu Jiyan hingezogen wurde und sich ein leichtes Prickeln auf ihrer Haut ausbreitete. Vor lauter Erleichterung kamen ihr die Tränen.

Er würde nicht sterben. Nicht heute.

Wir schaffen das, Hübscher.

Amaleya löste kurz ihre Lippen von seinen, um sein Gesicht zu betrachten.

Es wirkte. Die schwarzen Linien an Jiyans Hals gingen langsam zurück. Sie hatte keine besonderen Heilkräfte, konnte allerdings so viel ihrer Lebensenergie wie nur möglich mit Jiyan teilen und ihm dadurch die Kraft geben, zu genesen – vermutlich nicht vollständig, aber so weit, dass sie schließlich genug Zeit hätte, um ihre Freunde zu suchen und ihnen zu erklären, was passiert war.

Jiyan griff ihr jetzt in den Nacken und zog sie wieder zu sich herunter, ließ seine Lippen mit Nachdruck über ihre gleiten. Sein Griff war schwach und seine Hand zitterte, doch er war bereits stärker als zuvor.

»Es tut mir so leid, dass ich verschwunden bin und du jetzt wegen mir leidest«, hauchte sie gegen seine Lippen.

Er hatte sie verletzt, ja. Genauso wie sie ihn. Er gab ihr alles von sich und sie hatte sich geweigert, sich ihm anzuvertrauen, aus alten Ängsten, die nicht seine Schuld waren.

Jiyan öffnete die Lider und sah sie mit seinen strahlenden Augen an, so hell und klar wie das Meer der Karibik. »Dir sei vergeben.«

Gerade erst waren ihre Tränen versiegt, da könnte sie schon wieder weinen. Verdammt, sie liebte ihn.

Dass sie mal für jemanden schwärmte, war keine Seltenheit. Es war hingegen noch nie vorgekommen, dass sie sich in jemanden verliebt hatte. Und nun empfand sie ausgerechnet für den König der Nymphen so, der ihre Gefühle erwiderte. Das war das Schönste, was ihr je passiert war.

Ohne weiter zu zögern, teleportierte sie sich und Jiyan in ihr altes Schlafzimmer in Majas Himmelsschloss, direkt auf ihr Bett.

Sie lag immer noch auf ihm und vertiefte den Kuss, brauchte mehr von ihm, um zu spüren, dass er meinte, was er sagte. Und wollte ihm alles von sich geben, was er benötigte, um wieder gesund zu werden. Immerhin bedeutete für Nymphen mehr Intimität auch mehr Energie.

Jiyans Griff in ihrem Nacken wurde stärker, als er ihren Kopf leicht neigte und seine Zunge in ihren Mund gleiten ließ. Er küsste sie, als wäre dies ihr letzter Kuss. Dabei war dies nur der Anfang.

Ungeduldig zerrte sie an seinem Shirt, weshalb Jiyan sich etwas aufrichtete und sie es ihm über den Kopf zog. Dann tat er es ihr gleich und öffnete gekonnt ihren BH. Endlich spürte sie seine Haut an ihrer. Seine harten Muskeln schmiegten sich perfekt gegen ihre Brüste. Der Kontakt sandte Schauer durch ihren Körper.

Jiyan unterbrach den Kuss. »Nimm deine Schleier ab und zeig mir, wer du wirklich bist.«

Unsicher, doch ohne zu zögern, setzte sie sich auf, sodass sie ihre Beine rechts und links neben Jiyans Hüfte anwinkelte. Sein Schaft drückte gegen ihre Mitte, während sie ihre Schleier nach und nach abnahm.

Sofort spürte sie, wie er noch härter wurde, als er seinen hungrigen Blick über sie gleiten ließ.

Sie zeigte ihm ihre riesigen, dunklen Flügel – ihre kleinen Hörner, die an den Seiten ihres Kopfes emporragten, umrahmt von ihrem glatten Haar – ihren peitschenartigen Schwanz, der aufgeregt hinter ihr durch die Luft schnellte, während Jiyan sie voller Faszination bewunderte – ihre schwarz schimmernden Schuppen, die ihre Hände, Unterarme und Schläfen bedeckten.

Ehrfürchtig flüsterte er: »So wunderschön. Du siehst aus wie die Königin der Nacht, wobei das Licht der Sonne in deinen Augen erstrahlt.«

Ihr Herz verfiel in einen unregelmäßigen, wilden Rhythmus. »Du hast ja keine Ahnung, wie sehr ich gehofft hatte, das zu hören.«

Jiyan griff nach ihren Händen und zog sie erneut zu sich herunter. »So sehr, wie ich gehofft hatte, endlich die Wahrheit über dich zu erfahren und alles von dir zu sehen.«

Sie empfand sich in diesem Augenblick nicht nur wie eine Königin der Nacht, sondern wie die Königin der ganzen Welt und so begehrt wie noch nie.

Sie beugte sich wieder zu ihm hinunter. Er leckte mit der Zunge über ihre Unterlippe, bevor er zwischen ihre Lippen glitt und sie wieder für sich einnahm. Er küsste sie wild und hemmungslos, sodass ihre Zähne leicht gegeneinanderschlugen, während ihre Zungen miteinander rangen und ihre Atemzüge sich vermischten. Sie roch seinen Sommerregenduft und nahm wahr, wie seine Wärme ihre Haut bedeckte.

Von Anfang an hatte sie ihn *gewollt*. Jetzt, da er wusste, was sie war, und sie dennoch akzeptierte, *brauchte* sie ihn. Sie musste körperlich spüren, dass es echt war. Dass dies die Wirklichkeit war und nicht nur ein schöner Traum. Denn dass er sie so akzeptierte, berührte ihr Herz, wie es noch nie jemand getan hatte.

Er packte ihren Hintern und hob sie etwas hoch, um ihr die Hose auszuziehen. Aber wozu hatte sie spezielle Fähigkeiten?

Amaleya teleportierte ihre und Jiyans restliche Kleidung neben das Bett, sodass sich seine Hände stattdessen auf ihren nackten Hintern legten und er ihre Hüfte hinabdirigierte. Vor Verlangen stöhnte sie auf, als seine Erektion gegen ihre empfindsamste Stelle drückte.

Allein bei dem Gedanken, ihn in sich zu spüren, zog sich ihr Unterleib zusammen und feuchte Hitze sammelte sich zwischen ihren Schenkeln. Besorgt löste sie sich jedoch kurz von ihrem Kuss und musterte Jiyan flüchtig. Das Gift war mittlerweile um einiges zurückgegangen. Trotzdem bedeckten die schwarzen Linien immer noch die Hälfte seines Körpers.

»Sorg dich nicht um mich«, raunte er. »Solang ich Luft bekomme, ist alles in Ordnung und das hier – das hilft mir gerade ungemein.«

Seine Augen glühten regelrecht vor Verlangen und spiegelten ihr eigenes wider. Doch sie wollte ihm nicht wehtun, und Luft zu bekommen, war ein äußerst anspruchsloses Gesundheitskriterium.

»Lass uns warten. Wenn Kasimir oder Maja dich geheilt haben, könn…« Sie schnappte überrascht nach Luft, als Jiyan sich mit ihr umdrehte und sie damit zwischen sich und der Matratze gefangen hielt. Aus Reflex hatte sie ihre Flügel zusammengefaltet und breitete sie nun wieder aus.

Seine Stimme war rau, als er erklärte: »Amia, ich bin es leid, zu warten.«

Verdammt, sie auch. »Okay, ich sollte dir vorher allerdings was Wichtiges sagen.« Sie schluckte schwer und musste seinen Blick meiden, um die Worte rauszukriegen. »Also, äh … Wir brauchen kein Kondom, weil …«

Jiyan umfasste ihr Kinn mit Daumen und Zeigefinger, zwang sie, ihn anzusehen. Er hatte die Augenbrauen zusammengezogen.

»Wir ziehen uns als Unsterbliche keine Krankheiten zu, ich weiß.«

»Das auch, aber …« Sie hielt seine breiten Schultern fest, als ob sie ihn daran hindern könnte, sie bei den folgenden Neuigkeiten zu verlassen. »Ich kann als eine Tavith keine Kinder bekommen.«

»Okay. Und es hat dich jetzt viel Überwindung gekostet, mir das mitzuteilen?« Sein Stirnrunzeln vertiefte sich.

»Ja, immerhin … ist jetzt deine letzte Gelegenheit, um einen Rückzieher zu machen.«

Es wäre ihr nie möglich, ihm eine eigene Familie zu geben.

Jiyans Stirn glättete sich und er trug das sanfteste Lächeln im Gesicht. »Du scheinst nicht zu verstehen, was es bedeutet, dass ich dich liebe. Es gibt nichts auf dieser Welt, was dafür sorgen könnte, dass ich mich von dir abwende, Amia.« Darauf bedacht, ihre Flügel nicht einzuengen, stützte er sich auf den Armen auf. Blaue Haarsträhnen fielen ihm ins Gesicht und umrahmten seine markanten Züge, die durch die Zuneigung in seinen Augen weich wirkten. »Außerdem gibt es in unserer Welt genug Möglichkeiten, um magisch nachzuhelfen, wenn man wirklich Kinder bekommen möchte. Also schau nicht so traurig.«

»Du hast recht.« Durch den Kloß in ihrem Hals klang sie heiser.

Jiyans Worte trieben ihr erneut die Tränen in die Augen, während sie erstmals dachte, dass sie gut genug war. Sie *fühlte*, dass sie gut genug war. Es war nichts falsch an ihr. Allein für diese Erkenntnis liebte sie ihn noch mehr. Obendrein gab er ihr die Hoffnung, dass doch die Möglichkeit bestand, eines Tages eine Familie mit ihm zu gründen.

Alles war gut oder würde es bald sein.

Sie legte ihre Hände an seine Wangen, zog ihn zu sich herab und küsste ihn, während Tränen ihre Schläfen hinabbrannten.

Jiyan griff zwischen ihre Körper und positionierte sich an ihrer feuchten Mitte. Mit seinem Blick hielt er ihren gefangen, während er ganz langsam in sie eindrang, sodass sie sich an seine Größe gewöhnen konnte.

Seine blauen Augen glühten vor Zuneigung. In diesem Moment besaß sie alles, was sie je gewollt hatte. Liebe, Akzeptanz, Frieden. Jiyan.

Er zog die Brauen zusammen, die Anspannung stand ihm ins Gesicht geschrieben und brachte sie zum Lächeln. Glaubte er etwa, sich zurückhalten zu müssen?

Sie stand nicht besonders auf langsam und zärtlich und hob ihr Becken an, wodurch Jiyan leichter in sie hineinglitt.

»Aty, Amia!« Er versenkte sich in ihr, sodass sie laut aufseufzte und sich in seine Schultern krallte.

Scheiße, ja! Das gefiel ihr gleich viel besser.

Seine Selbstbeherrschung war verschwunden. Er zog sich aus ihr zurück, nur um sofort wieder in sie zu stoßen. Drang tief in sie ein und dehnte sie so herrlich, dass sie hilflos nach Atem rang.

Mit einer Hand griff er unter ihren Rücken. Seine Fingerspitzen strichen über ihre sensiblen Flügelansätze und durch ihr Gefieder.

So verflucht gut!

Die Berührung setzte jede ihrer Nervenzellen unter Strom. Sie bog den Rücken durch, um Jiyan besseren Zugang zu gewähren. Verlangen rauschte durch ihren Körper, katapultierte sie zum Höhepunkt, ließ sie erzittern.

»Jiyan, ja!« Ihrer Kehle entrang sich ein Stöhnen. »Hör bloß … nicht auf … damit!«

Sie spreizte ihre Beine weiter, nahm ihn tiefer in sich auf und vergrub ihre Krallen in seinen breiten Schultern.

»So verdammt sexy«, keuchte Jiyan neben ihrem Ohr.

Das sagte der Richtige! Die Hitze, die von seinem Körper ausging, setzte sie in Brand, brachte sie zum Schmelzen. Die Art, wie sich seine Muskeln über ihr bewegten und sein Gewicht sie in die Matratze drückte, machte sie nur noch mehr an.

Kaum war ihr Orgasmus vorüber, fuhr er mit der Zunge über eins ihrer Hörner, die entgegen allen Annahmen sehr sensibel waren.

Sie war verloren in ihren Empfindungen, ertrank in Begierde und wollte nie wieder auftauchen.

Jiyan nahm ihren Mund in einem stürmischen Kuss für sich ein. Sein Geschmack und Geruch fluteten ihre Sinne, während er einen Arm unter ihre Kniekehle legte und ihr Bein anwinkelte. Dadurch glitt er noch tiefer in sie hinein und füllte sie vollständig aus.

Sie erschauderte, atmete schwer und er verschluckte jedes der Geräusche, die sie von sich gab. Bewegte sich schneller. Nahm sie härter. Sie liebte jede Bewegung, würde es nie anders wollen.

»Amaleya«, stöhnte er ihren Namen mit seiner tiefen, rauen Stimme an ihren Lippen.

Jeder Muskel seines Körpers spannte sich über ihr an, schließlich erlosch auch das letzte Fünkchen seiner Selbstkontrolle und er kam in ihr.

Sie spürte ihn auf eine Weise, die ihre Seele erschütterte, sie aufwühlte und dann plötzlich mit einer heftigen Zufriedenheit erfüllte. Tief in ihrem Inneren nahm sie die Verbundenheit zwischen ihnen wahr, von der sie in ihrem Herzen schon immer gewusst hatte.

Ab jetzt waren sie ein Ganzes und nie wieder würde der eine Teil ohne den anderen sein können.

Ihr Rausch war kaum vorüber, da wurden Jiyans Bewegungen langsamer und er verharrte auf ihr, in ihr. Sie blinzelte gegen die süße Benommenheit, die sich in ihrem Körper ausbreitete. Ihr war nicht einmal klar gewesen, dass sie die Augen gerade zusammengekniffen hatte.

Jiyan stützte sich mit beiden Armen neben ihrem Kopf ab, um sie nicht zu erdrücken, und küsste sanft ihre Schläfe, ihre Wangen, ihr Kinn. Obwohl sie noch nach Luft rang, brachte sie ein leises Schnurren zustande. Sie betete, dass sie solche Momente zukünftig wieder und wieder mit ihm erleben würde.

An der Art, wie er sie ansah, wusste sie, dass er es auch empfunden hatte. Das Gefühl der Vollkommenheit.

Jiyans warmer Atem streifte ihren Hals, als er flüsterte: »Deine Hörner und Flügel sind die geilsten Sexspielzeuge, die mir je untergekommen sind.«

Sie brach in Gelächter aus und schaute in Jiyans erheiterte Miene. »Da kann ich dir nur zustimmen.«

Er strich ihr eine Haarsträhne aus der Stirn, während sie hinter ihrem Rücken ihren schlanken, geschuppten Schwanz hervorzog und das Ende um Jiyans Handgelenk wickelte, sodass er irritiert blinzelte.

»Wir brauchen auch keine Stricke für ein bisschen Bondage«, flüsterte sie mit einem verruchten Lächeln.

Jiyan schmunzelte. »Wenn *ich* gefesselt werde, dann nicht, nein. Aber ich glaube, ich muss mich erst daran gewöhnen, dass meine Freundin einen Schwanz hat.«

Erneut lachte sie, dieses Mal über die Zweideutigkeit seiner Worte.

Er fuhr ihr verträumt mit der Hand durchs Haar. »So könnte ich den Rest meiner Ewigkeit verbringen«, hauchte er voller Ehrfurcht.

Sie errötete und wollte ihm zustimmen, ließ allerdings nur ein Stöhnen von sich hören, als er wieder hart in ihr wurde.

Nymphen. Statt sich in ihr zu bewegen, zog er sich langsam aus ihr zurück. Augenblicklich wollte sie sich über den Verlust beklagen, doch Sorge überschattete ihre Lust.

»Jiyan, wie geht es dir?«, wollte sie von ihm wissen.

Schnell warf sie einen Blick auf seinen Körper. Er war nicht vollständig geheilt, das schwarze Gewebe umgab nur noch die Einstichstelle an seiner Seite. Das war schon mal gut.

Jiyan presste seine Lippen auf ihre, bevor er sich unterhalb ihrer Flügel auf die Matratze fallen ließ.

»Keine Sorge, es geht mir gut. Du bist übrigens mehr als genug für meinen energiegeilen Körper, ich fühl mich wie neugeboren.«

Vor Erleichterung grinste sie, zog magische Schleier über ihre Flügel und schmiegte sich an ihn. Welch ein Glück, dass sie ihrem Bauchgefühl gefolgt war, Jiyan zu retten, als sie vorhin eine Katastrophe wahrgenommen hatte.

»Welch derbe Wortwahl, mein König, Ihr solltet mehr auf Eure Ausdrucksweise achten«, scherzte sie und sah das blaue Feuer in seinen Augen auflodern.

»Es klingt so sexy, wenn du das sagst«, erwiderte er. »Das wird mich trotzdem nicht davon abhalten, mich mit dir über ein paar ernste Angelegenheiten zu unterhalten. Und außer Lebensgefahr bin ich auch noch nicht.«

Er lächelte sanft, wohingegen sie ein frustriertes Schnauben von sich gab.

»Hast du … Fragen?«, wollte sie erneut wissen.

Jiyan knabberte an der Kurve ihres Halses und lachte sanft. »Durchaus. Das meiste habe ich mir schon zusammengereimt. Was mich immer noch verwundert, ist, wie es überhaupt möglich ist, dass du und die anderen existiert.«

Sie überlegte einen Augenblick, während sie die Bettdecke über sich und Jiyan zog.

»Nun ja, es gibt anscheinend viele Faktoren, die vorhanden sein müssen, damit wir entstehen«, setzte sie schließlich zur Erklärung an. »Unserer Vermutung nach ist Liebe der entscheidende Faktor. Wenn Himmel und Hölle sich lieben, dann kommen Dämonenengel wie wir dabei heraus. Es ist allerdings nicht unbedingt die gute Art von Liebe, die sich jeder erhofft.« Sie schwieg für einen Moment, in dem sie überlegte, wie sie am einfachsten erklären könnte, wie schwer es ihresgleichen hatte. »Lorcas und Taina sind beispielsweise Geschwister, aber wenn man sich all die Narben an Lorcas' Körper ansieht, weiß man, wie schlimm seine Kindheit war. Und Taina besitzt nur noch einen Flügel. Majas Eltern haben sich angeblich durch ihre gegensätzlichen Fähigkeiten selbst zerstört. Kasimir wurde von seinen Eltern in der Hölle ausgesetzt und er ist auch derjenige, von dem ich dir schon erzählt hatte, dass er in einem Höllenzirkus als Hauptattraktion aufwuchs. Und Kendric war der erste Tavith. Seine Eltern wollten den Teufel höchstpersönlich stürzen und wurden von ihm getötet. Der Teufel war fasziniert von Kendric, zog ihn groß und machte aus ihm einen Kronprinzen der Hölle.«

Jiyans Augen weiteten sich immer mehr. »Willst du mir damit sagen, dass du mit einem Kronprinzen der Hölle unter einem Dach gelebt hast?«

Sie verdrehte die Augen. »Seine Mutter war Aziel, der Engel der Barmherzigkeit und des Friedens. Er kämpft in der Hölle für das Gute.«

»Also rechtfertigt der Zweck die Mittel?«, hakte Jiyan skeptisch nach.

»Irgendjemand muss ja Schlimmes tun, um Gutes zu bewirken«, konterte sie.

Jiyan fuhr sich mit der Hand über das Gesicht. »Das muss ich erst noch sacken lassen. Was mich allerdings brennend interessiert, ist: Was ist mit *deinen* Eltern? Du wurdest von deiner Mutter großgezogen, die eine Dämonin war, nehme ich mal an. Weißt du, ob deine Eltern sich auch liebten?«

Sie kuschelte sich noch enger an Jiyan. »Ich bin hier, oder nicht? Also, ja, sie liebten sich. Ach, übrigens, unsere goldene Augenfarbe tritt durch einen Gendefekt auf. Wenn man das Rot der Dämonen mit der Augenfarbe eines Engels kreuzt, entsteht Gold.«

»Das habe ich mir schon gedacht«, murmelte er und nickte. »Kommt es wirklich so selten vor, dass sich Engel und Dämonen ineinander verlieben, sodass es nur euch sechs gibt?«

»Ja, anscheinend verlieben sie sich nur äußerst selten ineinander. Aber …« Sie richtete sich auf und schaute nachdenklich auf ihn hinab. »Du musst mir hoch und heilig versprechen, dass du selbst unter Folter für dich behältst, was ich dir jetzt sage, okay?«

Jiyan runzelte die Stirn. »Okay. Ich schwöre es.«

Sie nickte und blickte ihm fest in die Augen. »Es gibt mittlerweile sieben von uns, nicht nur sechs. Céline wächst gerade in die Unsterblichkeit hinein und muss sich erst mal einfinden, deswegen versuchen wir, sie vorerst aus allem rauszuhalten. Es gibt also in über siebentausend Jahren insgesamt sieben Tavith.«

Jiyan riss überrascht die Augenbrauen hoch. »Das ist äußerst interessant. Die Zahl Sieben hatte schon immer eine besondere Bedeutung: sieben Todsünden, sieben Tugenden, die Erschaffung der Welt in sieben Tagen. Vielleicht signalisiert das auch, warum deine Freundin Taina gerade jetzt die Apokalypse prophezeit hat. Weil ihr jetzt sieben seid.«

Die Erschaffung der Welt in sieben Tagen, wiederholte sie stumm.

Was das anbelangte, war sie sich nicht so sicher. Es wäre gut möglich, dass es einst ein allmächtiges Wesen gegeben hatte, das diese Welt kreiert hatte. Wer wusste das schon?

Seit Äonen glaubten Unsterbliche viel eher an die drei Urmächte: die eine wahre Gottheit im Himmel, den Teufel als Herrscher der Unterwelt und das Schicksal als allgegenwärtige Macht, der es im Gegensatz zu den beiden anderen nicht möglich war, eine Erscheinung anzunehmen.

Sie schob diese Gedanken beiseite und musterte Jiyan mit einem Stirnrunzeln. »Schon klar, es gibt Krieg zwischen Gut und Böse und wir stehen als Dämonenengel zwischen Himmel und Hölle … aber trotzdem. Ich will nichts mit der Apokalypse zu tun haben.«

Jiyan setzte sich ebenfalls auf. »Tut mir leid, das sollte kein Vorwurf sein. Deine Freunde sind allerdings mächtige, sonderbare Geschöpfe. Womöglich ist meine Theorie gar nicht so verrückt, wie sie zunächst klingt.«

Sie gab ein lang gezogenes »Hmmm« von sich und überlegte, wie sie Jiyan davon überzeugen konnte, dass die Tavith nicht den Weltuntergang heraufbeschwören würden. »Hab ich dir eigentlich schon die Prophezeiung vorgetragen? Dann würdest du nämlich merken, wie abwegig deine Theorie klingt.«

»Nein, du hast sie mir nicht vorgetragen. Doch ich würde sie gern hören.« Jiyans Mundwinkel zuckten belustigt. »Vielleicht fällt mir etwas Kluges dazu ein.«

»Also wenn dir zu dem Wortsalat etwas Kluges einfällt, bin ich maßlos beeindruckt. Immerhin schaffen es nicht mal meine Mitbewohner, dazu eine sinnvolle Theorie zu entwickeln.«

Oder sie behielten ihre Überlegungen für sich.

Jiyan hob skeptisch eine Augenbraue. »Deinen ehemaligen Mitbewohnern, meinst du wohl.«

»Ja, ja.« Sie verdrehte die Augen und schloss sie dann, um sich zu konzentrieren. Da sie schon häufig mit ihren Freunden über die Weissagung philosophiert hatte, konnte sie die Worte mittlerweile sogar auswendig. Hoffentlich würde sie die Strophen nicht durcheinanderbringen.

»Ein' uralt Liebe,
nun endlich entfacht.
Ihre Kinder im Kriege
erhalten der Welten Pracht.

Wird Dunkelheit lieben
das Licht, welches behüt',
erleben all sieben
eine Welt, die erblüht.

Doch wird Licht gar lieben
das Dunkel, das schlummert,
werden jene siegen,
die bringen Leid, Kummer.

Uns're Welt wird vergehen
im Antlitz vereinter Macht.
All' Leben flehen,
dennoch umgebracht.«

Sie öffnete die Augen wieder, um Jiyans Reaktion zu beobachten.

Er ließ sich erneut auf die Matratze sinken und schaute stirnrunzelnd an ihre vertäfelte Decke. »Das klingt nach zwei sehr alten, mächtigen und gegensätzlichen Geschöpfen, deren Liebe in der Lage wäre, unsere Welt zu zerstören.« Jiyans Blick richtete sich auf sie. »Aber ›all sieben‹? Tut mir leid, das bestätigt nur meine Theorie, dass ihr Tavith in die Apokalypse verstrickt seid.«

Er ließ sich ja nur nicht von dieser Vorstellung abbringen, weil sie sich bereits in seinen Gedanken festgesetzt hatte und deswegen keine anderen Möglichkeiten mehr zuließ.

Genervt kaute sie auf der Innenseite ihrer Wange herum. »Lass uns bitte einfach das Thema wechseln, ja?«

»Natürlich.« Jiyan stützte seinen Kopf auf dem Unterarm ab, um sie besser anschauen zu können. »Wusstest du, dass Nymphen angeblich gefallene Engel sind?«

Dieses Mal war sie diejenige, die große Augen machte. »Wie soll denn das passiert sein?«

Jiyan zuckte mit einer Schulter. »Nymphen waren wohl einst Engel, die entgegen der Eigenschaft ihrer Art, kein körperliches Verlangen zu empfinden, sehr wohl Begierde verspürten und sich ihr hingaben. Bis zu dem Punkt, da sie ihre Aufgaben vernachlässigten und vergaßen, wofür sie existierten. Nämlich, um die Menschheit vor dem Bösen zu bewahren.«

»Und dafür wurden sie bestraft?« Sie legte sich neben Jiyan und er wandte sich ihr zu, sodass sie sich erneut an ihn kuscheln konnte.

»Genau.« Er strich ihr eine Haarsträhne aus der Stirn und ließ seine Hand an ihrer Wange liegen. »Es wurde also beschlossen, dass besagte Engel fallen sollten, aber keine der goldenen Regeln war gebrochen worden. Und so sollten sie nicht fallen bis hinab in die Hölle, sondern hinunter auf eine niedere Himmelsebene, ihrer Flügel beraubt und für alle Zeit abhängig von dem Verlangen, das sie bereits über ihre Pflichten gestellt hatten.«

»Jetzt weiß ich gleich wieder, warum ich da entgegen meinem ursprünglichen Plan nicht arbeiten wollte.« Als sie noch näher an ihn heranrutschte und ihm einen Kuss auf die Lippen hauchte, legte er seinen Arm um sie und streichelte mit den Fingerspitzen ihre Wirbelsäule auf und ab.

»Du kannst als mein Bodyguard anfangen, wenn du willst«, scherzte Jiyan mit einem schiefen Grinsen im Gesicht.

»Ich bin doch schon dein Leibwächter.« Sie zwinkerte ihm zu. »Du darfst mich für meinen heutigen Dienst mit dem Ende der Entstehungsgeschichte entlohnen.«

Mit einem Augenrollen fuhr Jiyan fort. »Die meisten unter den Engeln waren Schutzengel gewesen – sanftmütig und friedlich. Zwei entstammten allerdings den Reihen der Kriegerengel und übernahmen schon bald die Führung über die Gruppe – Adela mit dem blauen Haar und Neves des blauen Blutes. Vor so langer Zeit gab es viele außergewöhnliche Merkmale unter den Engeln – nenne es eine Laune der Natur – und so vereinte der Sohn, den Adela schließlich Neves gebar, diese Merkmale und wurde wie seine Eltern vor ihm Anführer über die Gruppe. Sie krönten ihn zum ersten König seines Volkes, des Volkes der Nymphen.«

Mit den Fingerspitzen fuhr er über ihre Schulter und ihren Oberarm entlang. Sein gedankenverlorener Blick folgte der Bewegung, als wüsste er noch nicht, was er von seiner eigenen Schilderung hielt.

»Du meintest: angeblich«, erinnerte sie ihn. »Also glaubst du nicht daran?«

»Ich bin mir nicht sicher. Und es spielt eigentlich auch keine Rolle.« Jiyan hatte mittlerweile ihre Beine ineinander gehakt. »Wie die Nymphen entstanden, ändert ja nichts an meiner Art.«

»Das stimmt wohl«, flüsterte sie und schloss die Augen.

Sie genoss das Gefühl ihrer Haut an seiner und die Wärme, die von seinem Körper ausging. Am liebsten wollte sie für alle Ewigkeit jeden Morgen so aufwachen. Davon würde sie auch kein Krieg, Weltuntergang oder dergleichen abhalten.

»Bist du dir sicher, dass du mit mir zusammen sein willst?« Sie schaute ihn erneut an und rutschte ein Stück von ihm ab.

Mit gerunzelter Stirn nickte Jiyan ganz langsam. »Natürlich will ich das. Dich.«

Sie schlug ihm in die Magengrube, sodass er sich sofort zusammenkrampfte und schmerzvoll aufstöhnte. Im nächsten Augenblick hustete er und blickte sie verstört an.

»Das war dafür, dass du meine Gefühle verletzt hast«, erklärte sie ihm ruhig.

Diese Rache hatte sie dringend gebraucht, um ihren Frust loszulassen.

Jiyan rieb sich über den Bauch und lachte dabei. »Es hätte mich auch gewundert, wenn du es mir so problemlos verziehen hättest.«

Sie beugte sich mit einem Grinsen zu ihm hinüber, weshalb er die Hand von seinem Bauch nahm und sie die Stelle küssen konnte. Ganz langsam zeichnete sie eine Spur aus Küssen über seinen Oberkörper und berührte mit dem Mund schließlich die Stelle über seinem Herzen.

Er griff ihr in den Nacken und zog sie zu einem Kuss heran. Sie konnte sein Verlangen riechen, vermischt mit ihrem eigenen. Als sie sich rittlings auf ihn setzen wollte, hörte sie allerdings Geräusche im Schloss und hielt in der Bewegung inne. Sie bedeckte Jiyan und sich gerade noch rechtzeitig, bevor Kasimir zur Tür hereinplatzte und rief: »Anziehen, Eure Majestäten!«

Damit war er auch schon wieder verschwunden, aber seine Worte blieben in ihren Gedanken hängen.

Sie war mit dem König zusammen. Was genau bedeutete das nun für sie?

Mit großen Augen sah sie Jiyan an und wusste nicht, was sie nun dazu sagen sollte. Vielleicht so was wie: ›Bei deinen breiten Schultern kann man dich schon mal in der Mehrzahl ansprechen‹?

Jiyan riss überrascht beide Augenbrauen hoch. »Ich bin gar nicht darauf vorbereitet, deine Freunde jetzt kennenzulernen! Aty! Was mache ich denn für einen Eindruck? Ich wollte sie doch noch um ihre Unterstützung in der kommenden Schlacht bitten.«

Sie prustete los und vergaß ihre Sorgen wieder. »Einen guten, wie immer? Die politische Schiene brauchst du jetzt auf jeden Fall nicht mehr zu fahren, nachdem Kasimir uns gerade im Bett gesehen hat.«

Jiyan verdrehte die Augen und schmunzelte. »Das habe ich mir schon fast gedacht.«

Sie grinsten beide und schlüpften in ihre Kleidung, um sich dann auf den Weg zu einer Besprechung mit ihren Freunden zu machen, die vermutlich im Gemeinschaftssaal warteten. Kasimir oder Maja würde dann endlich Jiyan heilen müssen.

»Gibt es noch irgendetwas, das ich über deine Freunde wissen sollte? Oder worauf ich achten muss?«, fragte er sie unterwegs.

Jiyan strahlte förmlich vor Energie und jeder, der ihnen begegnete, würde sofort sehen, dass sie gerade Sex gehabt hatten. Darüber würde sie mindestens einen Spruch zu hören kriegen.

»Nimm dich einfach vor allen in Acht«, warnte sie ihn. »Provozier Lorcas nicht, stelle Kasimir keine direkten Fragen, trete Kendric gegenüber so höflich wie möglich auf und wunder dich nicht, wenn Taina plötzlich geistig abwesend scheint, dann hat sie eine Vision. Maja ist zwar sehr gütig und freundlich, doch erwarte nicht, dass sie auf irgendwelche Bitten eingeht.«

Sie schaute Jiyan unsicher an, während er diese Informationen verarbeitete. Gerade wollte sie nach seiner Hand greifen, als er das Gleiche tat, sodass sie ihre Finger miteinander verschränkten.

»Du solltest dich zwar vor ihnen in Acht nehmen«, ergänzte sie, »aber sie würden dir nie absichtlich etwas tun. Dafür bist du zu wichtig.«

Sie beobachtete ihn und erwartete, dass er nun ausflippen würde. Denn ihre Erzählung ließ erahnen, dass ihre Freunde allesamt, na ja, einen Schaden hatten.

»Gut.« Er nickte immer wieder und sah sie mit großen Augen an.

Offensichtlich bemühte er sich, seinen Schock zu verarbeiten. Es war süß von ihm, dass er sie nicht erneut verletzen wollte und daher keinen Aufstand machte.

»Sicher, dass alles gut ist? Dein Herz rast gerade ganz schön.«

Er nickte wieder, hielt ihre Hand fester und schien sich um ein Lächeln zu bemühen. »Ja, es ist alles gut. Ich bin nur etwas nervös.«

»Tja, Hübscher, ich auch.« Denn er würde gleich ihre Freunde, ihre *Familie*, kennenlernen.

Sie führte ihn um eine Ecke und in einen weiteren langen, imposanten Gang. Jiyan sah sich fasziniert das Schloss an, das von überschwänglichem Reichtum zeugte.

In jedem Flur, den sie entlanggingen, säumten Ranken, Wandteppiche, Rosen, Gemälde und Zeichnungen die Wände. Der Boden bestand aus weiß-goldenem Marmor, doch stellenweise war

er aufgebrochen, sodass exotische Pflanzen und Blumen hervor-
sprossen.

Das Bauwerk war eindrucksvoll und zeigte, dass Majandras Eltern ihr alles hinterlassen hatten, was man zum Leben brauchte.
Nur sich selbst nicht.

Sie bogen schließlich um eine Ecke und schritten auf den Gemeinschaftssaal zu. Stumm betete Amaleya, dass ihre Freunde
sich benehmen würden. Bei denen wusste man ja nie so genau,
woran man war.

Thinking of you

Blue as the ocean
is your gentle gaze.
Such a tender motion –
your touch, that sets me ablaze.

Strong as the cliffs
is your unwavering mind.
Appreciated gifts –
our time together, not confined.

Addictive like a soft breeze
is your alluring smell.
Feeling at ease –
a sensation letting me leave my shell.

Soft like sand in the sun
are the words you speak.
Remember the fun –
when we laughed and you kissed my cheek.

Breathtaking as the shore
is your love for me.
Couldn't ask for more –
You are everything I need and see.

26

VOM REGEN IN DIE TRAUFE

JIYAN

Er konnte es kaum glauben, dass er sich unter Dämonenengeln befand. Oder Tavith, wie sie sich selbst nannten. Jeder Einzelne von ihnen hatte eine Ausstrahlung, die unverkennbar war. Eine Präsenz, die den prächtigen Saal erfüllte.

Als Jiyan und Amaleya hereinkamen, standen die Tavith von ihren opulenten Sitzgelegenheiten auf und stellten sich der Reihe nach vor. Jiyan ging währenddessen in Gedanken die wichtigsten Informationen durch.

Céline. Zierlich, mit Sommersprossen. Noch nicht unsterblich. Schien sehr anpassungsfähig und intelligent. Sie hatte einen festen Händedruck und eine selbstbewusste Körperhaltung.

Lorcas. Ein Berg von einem Mann, übersät mit Narben. Seine blonden, längeren Haare waren im Wikingerstil zu Zöpfen geflochten. Brutaler Krieger, der für das Kämpfen lebte, aber auch liebevoller großer Bruder.

Taina. Blonde Haare wie ihr Bruder, jedoch eine makellose Erscheinung. Sie litt wie ihre Mutter an Zukunftsvisionen, wohingegen Lorcas den Blutdurst des Vaters geerbt hatte.

Kasimir. Besser aussehend als jeder Nymphe mit einem warmen Lächeln und einem Blick, kälter als Eis. Zweitältester Tavith. Kendrics bester Freund. Er konnte Jiyan mit nur einer einzigen, kurzen Berührung heilen und nicht verwundet werden, da er bereits genesen war, bevor er überhaupt zu Schaden kam. Seine Energie war äußerst verwirrend, als Jiyan ihm die Hand gab.

Kendric. Trug einen maßgeschneiderten Anzug aus schwarzem Samt, der zu seinem dunklen, kürzeren Haar passte. Ein so selbstbewusstes Auftreten, das man nicht drumherum kam, eingeschüchtert zu sein. Wahrlich ein Kronprinz der Hölle. Jiyan musste Kendric einfach mit Sergen vergleichen. Sie sahen nicht wie Dämonen aus, waren zweifelsohne mächtig und selbstbewusst. Und sie würden gewiss *alles* tun, um ihre Ziele zu erreichen.

Majandra. Sehr groß für eine Frau, brünett mit einer warmen, gütigen Ausstrahlung. Trug ein weißes, bodenlanges Spitzenkleid, schien also ebenfalls Wert auf ihre Erscheinung zu legen wie Kendric. Sie war so mächtig, dass Jiyan in ihrer unmittelbaren Gegenwart kaum atmen konnte und sie ihm nicht die Hand gab, weil er sonst so viel Energie aufnähme, dass es ihn umbringen würde.

Jiyan wollte ihre Unterstützung, aber nicht mit der Tür ins Haus fallen und deswegen auf einen geeigneten Augenblick warten.

»Steckt euch das Grinsen dahin, wo die Sonne nie scheint«, meinte Amaleya neben ihm.

Jiyan folgte ihrem Blick zu Kendric und Kasimir, die tatsächlich grinsend zwischen ihm und Amaleya hin und her schauten. Statt peinlich berührt zu sein, empfand er Stolz. Es sollte ruhig jeder sehen, dass sie zusammen waren.

Kasimir hob abwehrend die Hände und entfernte sich von der Gruppe. Er ging zu einem massiven Tisch in der Mitte des Saals hinüber, an den mehrere lange Stöcke angelehnt standen.

»Man darf ja wohl noch fröhlich sein«, erwiderte Kendric immer noch lächelnd. »Wir alle freuen uns, dass ihr beide zueinandergefunden habt. Nun werdet ihr es mir sicherlich verzeihen, dass ich vor Kurzem den Dämonenangriff auf Jiyan befohlen habe.«

Jiyan sollte überrascht sein. Doch das war er nicht.

Amaleya hatte ihm vorhin erzählt, dass es jemanden in der Hölle geben musste, der Schlechtes tat, um Gutes zu bewirken. Dass Kendric eine Schar Dämonen auf Jiyan angesetzt hatte, um Amaleya dank ihrer Fähigkeit zu ihm als Unterstützung zu schicken, schien zwar unkonventionell, aber typisch für einen Höllenprinzen.

»Ich fass es nicht!«, rief Amaleya aufgebracht und boxte Kendric gegen die Schulter. »Halt dich gefälligst aus meinem Liebesleben raus! Ich misch mich ja auch nicht in deins ein!«

»Dein Gejammer konnte sich keiner mehr anhören!«, schaltete sich nun auch noch Lorcas ein. »Kendric hat uns allen einen Gefallen getan.«

»Na und?«, grummelte Amaleya. »Das war trotzdem nicht fair.«

Jiyan blickte Kendric in die Augen. »Ich verstehe.«

Er erkannte endlich das Gesamtbild. Kendric kämpfte in der Hölle für den Frieden. Leviathan brachte den Krieg in diesen Teil der Welt. Folglich war Kendric Leviathans Feind. Sergen wollte ihren Platz einnehmen und deswegen ihre Kriegspläne vereiteln. Auch Sergen war Leviathans Feind und er trug ein Amulett, das von Majandra angefertigt worden war.

Wenn Jiyan ihrer Körpersprache trauen konnte, standen sich Majandra und Kendric sehr nahe. *Und der Feind meines Feindes ist mein Freund.* Jiyan würde also wetten, dass Kendric und Sergen zusammenarbeiteten.

Kendric neigte nachdenklich den Kopf. »Sehr gut. Du besitzt eine außerordentliche Kombinationsgabe, Jiyan. Deine Vermutungen sind korrekt.«

Das auch noch, dachte Jiyan sich. ›*Kannst du meine Gedanken lesen?*‹

Kendric nickte einmal unauffällig. Bevor die anderen ihn fragen konnten, was er meinte, schlug er laut vor: »Leute, lasst uns doch eine Runde Ver'darvend – Billard für Fortgeschrittene – spielen. Währenddessen berichten wir dem Nymphenkönig von unseren Plänen.« Er wandte sich Jiyan zu. »Wir haben eine eigene Variante des Spiels Billard entwickelt. Lass dir von Amaleya unsere Regeln erläutern.«

›*Gute Idee, dann können wir uns währenddessen über ein paar Angelegenheiten verständigen*‹, ließ er Kendric wissen.

Alle stimmten dem ältesten Tavith zu und begaben sich zu dem Tisch, auf dem Kasimir bereits verschiedenfarbige Kugeln angeordnet hatte.

Amaleya griff nach Jiyans Hand und erklärte ihm das Spiel. Es handelte sich um eine Variante des Billards, bei der eine Landkarte auf dem Tisch aufgezeichnet war und es für jedes Gebiet, durch das man eine Kugel stieß, unterschiedlich hohe Strafpunkte gab.

Man musste pro Runde mindestens eine Kugel versenken, um nicht disqualifiziert zu werden, und wer die wenigsten Punkte sammelte, gewann. Um das Spiel besonders aufregend zu gestalten, gab es auf der Karte aufgezeichnete potenzielle Gefahrenzonen. Rollte die angespielte Kugel beispielsweise über eine Wüstenregion, war es möglich, dass sie zu Sand zerfiel.

Daher war es am besten, immer mit einer Kugel noch eine andere anzustoßen, wenn man riskieren musste, die erste Kugel bereits in einer Gefahrenzone zu verlieren. Die weiße Kugel durfte nicht versenkt werden und konnte von Gefahrenzonen nicht beeinträchtigt werden. Statt der üblichen fünfzehn farbigen Kugeln gab es siebenundzwanzig, der Tisch war um einiges größer und die Billardstöcke um einiges länger. Irgendwie musste man ja den Schwierigkeitsgrad für Unsterbliche erhöhen.

Während Amaleya ihm dies erklärte, richtete sich Jiyan in Gedanken an Kendric. ›*Deine Fähigkeit hat den Vorteil, dass es uns möglich ist, uns zu unterhalten, ohne dass die anderen etwas davon mitbekommen. Ich kann durch meine Abmachung mit Sergen nämlich nicht mit Amaleya über unsere Pläne sprechen.*‹

Unauffällig sah er zum Höllenprinzen hinüber, der erneut ein einziges Mal nickte.

Gut. Das Gedankenlesen war zwar keine Telepathie, aber dennoch sehr nützlich.

›*Ich werde ein paar Thesen formulieren*‹, fuhr Jiyan fort. ›*Wenn sie korrekt sind, nickst du, und wenn nicht, blinzelst du zwei Mal.*‹

Ein Nicken.

›*Da wir beide uns mit Sergen verbündet haben, macht uns dies auch zu Verbündeten.*‹

Ein weiteres Nicken.

›Du wolltest, dass Amaleya und ich zueinanderfinden, da wir nur zu zweit in der Lage sind, Sergen zu besiegen, was essenziell für euren Plan ist.‹

Noch ein Nicken. Kendric war am Zug und führte ihn so brillant aus, dass er sogar zwei Kugeln versenkte und keine verlor.

›Will Sergen wirklich von uns als Gefangener festgehalten werden, für den Fall, dass ihr Leviathan nicht besiegen könnt und er ihr Misstrauen nicht erregen darf?‹

Erneut ein Nicken.

›Gut, ich danke dir. Damit wäre das Wichtigste geklärt.‹

Lorcas meinte beiläufig: »Jiyan, wir haben uns entschlossen, dich in der kommenden Schlacht zu unterstützen.«

»Ehrlich?«, rief Amaleya freudestrahlend. »Ihr seid die Besten!«

Der Reihe nach gab sie ihren Freunden ein High Five, während Jiyan erwiderte: »Das sind fantastische Neuigkeiten. Ich danke euch. Über was für Fähigkeiten verfügt ihr? Wo wäre eure Stationierung am sinnvollsten?«

Er ging davon aus, dass sie wie Amaleya besondere Kräfte besaßen und jeder eine Ein-Mann-Armee war.

Kasimir beendete seinen ebenfalls gelungenen Zug. »Ich werde an der Front bleiben. Da wird es die meisten Verwundeten geben, die ich heilen kann.«

Jiyan nickte und stimmte ihm zu.

»Lorcas und ich werden uns um die vier Dämonenbarone kümmern, die Sergen dienen«, meinte Taina, griff sich einen Billardstock und setzte zum Zug an.

Lorcas rollte mit den Augen. »Du weißt schon, dass ich die vier auch allein plattmachen kann, oder?«

Taina verdrehte in gleicher Manier wie ihr Bruder die Augen.

»Ja, aber mir wird sonst langweilig und du wirst mich nicht allein in die Schlacht ziehen lassen, weil du viel zu besorgt wärst, dass ich eine Vision haben könnte, die mich das Leben kostet.«

Gerade als sie die Kugel anstieß, wurde ihr Blick leer. Anscheinend hatte sie genau jetzt eine Vision und dadurch ihren Zug vermasselt.

Lorcas nahm ihr seufzend den Billardstock aus der Hand und reichte ihn an Céline weiter. Es schien keine große Sache zu sein, dass Taina sich soeben ausgeklinkt hatte.

Jiyan war zwar irritiert, doch er nickte Lorcas zu. »Gut. Ich danke euch. Mit der Unterstützung der Engel werden meine Soldaten in der Lage sein, gegen Sergens Armee zu gewinnen.«

Céline ging um den Tisch herum. »Besäße ich die passenden Fähigkeiten zu meinem Wissen, würde ich nun auch meine Unterstützung anbieten«, murmelte sie deprimiert. »Aber ich schätze, ich werde einfach hierbleiben und euch die Daumen drücken, während ich weitere Bücher über Unsterbliche und ihre Welt wälze.«

Amaleya lachte. »Ach, Kleines, deine Fähigkeiten werden schon noch früh genug erwachen. Diese Schlacht ist nur der Anfang eines Krieges. Irgendwann kannst du mitmischen.«

Céline setzte zum Zug an, traf die Kugel allerdings nicht optimal, sodass sie schlussendlich *keine* Kugel versenkte und damit disqualifiziert wurde. Ihr Zug wäre genial gewesen, wenn er nicht an der Ausführung gescheitert wäre.

»Ich bin mir sicher, du wirst eher früher als später mitmischen.« Ein wissendes Lächeln umspielte Majandras Lippen, als sie ihren Zug ausführte.

Es trafen so viele Kugeln aufeinander, die wiederum gegen die Umrahmung des Tisches prallten und dann andere Kugeln anstießen, dass Jiyan den Überblick verlor.

»Du schummelst. Eindeutig«, murmelte Kendric.

Kasimir pfiff beeindruckt, wohingegen Lorcas und Céline sich Blicke zuwarfen, die sagten: Ist ja mal wieder typisch.

Amaleya gesellte sich zu Jiyan. »Eventuell hab ich vergessen, zu erwähnen, dass man zwar in verschiedenen Regionen Strafpunkte sammelt, diese jedoch durch die Anzahl der angestoßenen Kugeln geteilt werden.«

»Das bedeutet dann wohl für den Punktestand, dass Majandra in Führung gegangen ist«, überlegte er laut. An Majandra gewandt fragte er: »Wirst du uns zur Seite stehen?«

Sie schenkte ihm ein Lächeln. »Natürlich. Ich werde dort sein, wo ihr mich am meisten braucht und mich niemand erwartet.«

Alle Anwesenden kicherten. Nachher würde Jiyan Amaleya fragen müssen, was dies zu bedeuten hatte.

Er wollte sich Amaleyas Queue greifen, doch sie ließ nicht los und funkelte ihn herausfordernd an. »Wie wäre es, wenn wir um etwas spielen? Der Verlierer muss dem Gewinner einen Wunsch erfüllen.«

»Bück dich, Fee«, murmelte Kasimir. »Wunsch ist Wunsch.«

Sofort schlug Lorcas ihm leicht gegen den Hinterkopf, sodass die anderen lachten.

Das war ein Vorschlag ganz in Jiyans Interesse. »Abgemacht.«

Da er beim Ver'darvend ganz gut abgeschnitten hatte und Amaleya ihm nun einen Wunsch würde erfüllen müssen, wartete er in der Eingangshalle auf sie. Sie hatte sich statt ihrer Turnschuhe Stiefel anziehen und ihre Waffen holen wollen.

Als sie wie immer in Schwarz gekleidet die Treppe hinabschritt, erinnerte er sich an ihre erste Begegnung, bei der sie ihn bereits verzaubert hatte. Mit der Lederhose und dem engen Top wirkte sie draufgängerisch. Die beiden Schwerter trug sie über Kreuz auf den Rücken geschnallt und ihre Haare zu einem hohen Zopf gebunden. Sie war wirklich die Königin der Nacht. Seine Königin.

Lorcas stieß Jiyan sachte mit dem Ellenbogen in die Seite. »Wenn du weiter so starrst, fallen dir noch die Augen aus dem Kopf.«

Jiyan schaute zu dem Krieger hinüber, der lächelte, wodurch die Narbe über seiner Wange einen Bogen vollzog, ehe sie dort endete, wo sein Bart anfing.

»Warum willst du noch gleich mit uns in mein Land aufbrechen?«, wollte Jiyan wissen und erinnerte sich tatsächlich nicht mehr daran, weil ihm der Schädel durch all die Informationen über die Tavith brummte und sich die Schlaflosigkeit der letzten Nacht bemerkbar machte.

Lorcas ließ ein tiefes, kehliges Lachen hören. »Du hast spezielle, mit Zaubern belegte Waffen an deine fähigsten Krieger ausgeteilt und die lernen immer noch, wie man vernünftig damit umgeht.« Jiyan hätte schwören können, dass Lorcas' Brust vor Stolz anschwoll. »Zufällig bin ich ein Waffenexperte und werde deswegen deinen Soldaten zur Hand gehen.«

Obwohl Jiyan hochgewachsen war, musste er zu Lorcas aufsehen. Der Tavith war bestimmt über zwei Meter groß und obendrein noch muskelbepackt, als würde er Steroide wie die Lakritze verdrücken, die er gerade in der Hand hielt.

»Danke, ich weiß deine Mühe zu schätzen.«

Ehe Jiyan noch etwas hinzufügen konnte, kam Amaleya vor ihnen zum Stehen. »Und was ist mit meiner Mühe?« Sie hatte eine Hand in die Hüfte gestützt und ihr Gewicht lässig auf ein Bein verlagert. Ihre goldenen Augen strahlten heller als alle Sterne am Himmelszelt.

Er beugte sich zu ihr hinab und platzierte einen flüchtigen Kuss auf ihren Lippen. »Ich zeige dir gern später in aller Ruhe, wie sehr ich deine Mühe zu schätzen weiß. Doch zuerst …«

»Zuerst die Arbeit, dann das Vergnügen«, beendete sie mit einem Augenrollen seinen Satz und schon drehte sich die Welt um ihn herum, als sie sich in die Trainingsarena teleportierten.

Die dortigen Soldaten richteten augenblicklich ihre Waffen auf die Neuankömmlinge. Alle Männer waren angespannt, jeder von ihnen in Gedanken schon bei der kommenden Schlacht.

»Ach, du bist es nur«, brummte Eanrin und fuhr sich mit der Hand über seinen blonden Dreitagebart.

Alle Anwesenden ließen ihre Waffen sinken und brummten Unverständliches.

Jiyan hob abwehrend die Hände. »Tut uns leid, wir wollten euch nicht erschrecken.«

»Bist du nicht Lorcas?«, rief Biyn von weiter hinten, wodurch alle Soldaten mit großen Augen zu dem Tavith hinüberblickten.

Lorcas steckte die Packung Lakritze in die lederne Tasche an seinem Gürtel. »Richtig. Und wer mich kennt, weiß, dass ich als ungeschlagen gelte und ein Waffenexperte bin.« Lorcas warf Jiyan einen fragenden Blick zu, woraufhin dieser nickte. »Nach Absprache mit eurem König werde ich mit euch den Gebrauch eurer neuen Waffen trainieren. Jede magische Waffe hat den gleichen Kniff – sie ist so stark wie der Wille ihres Nutzers und funktioniert nicht, wenn ihr sie fürchtet.« Der Tavith breitete die Arme in einer einladenden Geste aus. »Also, zeigt mir eure Waffen.«

Jiyan hätte beinahe gegrinst, doch da wurde ihm durch Lorcas' langen Schatten auf dem Sandboden bewusst, dass die Sonne bereits tief stand und es etwa später Nachmittag sein musste.

Er klopfte dem blonden Krieger auf die Schulter. »Danke. Wir sehen uns später, ja? Ich muss noch etwas erledigen.«

Lorcas nickte abermals knapp. »Okay. Ich berichte dir später, wie es lief.«

Jiyan wandte sich Amaleya zu, die mit einem unbeschwerten Lächeln ihren ehemaligen Mitbewohner und die Soldaten beobachtete.

»Könntest du uns zu dem Portal in der Stadt bringen?«, bat er sie. »Dort müsste die Evakuierung schon in vollem Gang sein. Ich will wissen, ob alles problemlos läuft.«

Sie trat so nah an ihn heran, dass ihre Brüste gegen seinen Körper drückten und er augenblicklich unter Strom stand.

»Hast du ein Glück, dass ich für dich gern das Taxi spiele. Generell spiele ich gern mit dir«, flüsterte sie mit verführerischer Stimme.

Ich muss noch etwas erledigen. Ich habe Verpflichtungen, erinnerte er sich. Aber verdammt, Amaleya war eine Meisterin darin, seine Selbstbeherrschung schwinden zu lassen.

Er legte seine Hand an ihre Wange und streichelte mit dem Daumen darüber. »Würdest du bitte aufhören, mich in Versuchung zu führen? Nur für ein paar Stunden?« Ein Grinsen breitete sich auf seinem Gesicht aus. »Heute Nacht darfst du so viel mit mir spielen, wie du willst.«

Sie legte den Kopf in den Nacken und lachte. Der klare, helle Klang sandte warme Schauer über seinen Rücken. »Jetzt hast du es gesagt.«

Er sah bereits die zweite schlaflose Nacht auf sich zukommen, doch freute sich darauf.

Als sie beide von Amaleya teleportiert wurden, raste die Stadt binnen eines Wimpernschlages an ihnen vorüber. Erstmals bekam Jiyan den Eindruck, dabei einzelne Gebäude und Nymphen erkennen zu können. Außerdem wurde ihm auch nicht übel, was sonst der Fall gewesen war.

Hatte die enorme Menge von Amaleyas Lebensenergie womöglich diese Veränderung bewirkt?

»Amaleya! Jiyan!« Die vertraute Stimme von Fionn ließ Jiyan den Blick suchend auf die Umgebung richten.

Zu seiner Rechten befanden sich das schimmernde Portal und rundherum Nymphen. Diese standen alle mit vollen Rucksäcken, Koffern und Taschen auf dem Platz vor dem Portal und in den Straßen zwischen den angrenzenden Häusern. Genau wie Jiyan drehte sich Amaleya, um in der Menge nach Fionn Ausschau zu halten.

»Was machen denn all die Leute noch hier?«, fragte sie leise. »Müssten die nicht seit heute Mittag unterwegs zu den Sylphen sein?«

»Das wundert mich auch.« Jiyan bekam ein ungutes Gefühl. Es musste Komplikationen geben, wodurch sich der Zeitplan verschoben hatte.

In Gedanken ratterte er bereits die schlimmsten Nachrichten runter. Vielleicht wollten die Sylphen doch keine Nymphen bei sich beherbergen, obwohl sie Leano schon ihre Unterstützung zugesichert hatten. Oder womöglich war das Portal kaputt. Dann müsste Jiyan nach zweitausend Jahren von dem Gott Masujes Ersatz fordern und wer wusste schon, ob der wieder irgendeine absurde Bezahlung verlangen würde?

Fionn drängte sich aus der Menge hervor und schritt auf Jiyan und Amaleya zu. Mehr und mehr Nymphen fiel Jiyans Anwesenheit auf und sie wandten sich ihm zu. Immerhin bewahrten alle trotz der Verzögerung Ruhe.

Jiyan trat auf Fionn zu. »Was ist hier los? Bitte sag mir, dass vor den anderen vier Portalen nicht auch solche Massen kampieren.«

Natürlich hatte Jiyan nicht nur ein Artefakt für ein Portal beschafft, sondern insgesamt fünf ausgehandelt. Wenn er schon mit einem durchgeknallten Gott für diese nützlichen Gegenstände schlafen musste, dann wollte er im Gegenzug für seine Mühe auch reichlich entlohnt werden.

Sein bester Freund blieb neben ihm stehen und besah sich die Menge, während er antwortete. »Nein, bei drei Portalen verläuft alles nach Plan, aber bei dem vierten sind sie schon durchgegangen, obwohl sie erst später dran gewesen wären.«

»Und?«, warf Amaleya neben ihm ein. »Was ist das Problem dabei?«

Jiyan legte seinen Arm um ihre Taille. »Wir hatten die Evakuierung in zeitlichen Abständen geplant. Es können nämlich nicht alle gleichzeitig durch die Portale gehen. Stell dir nur mal vor, Tausende Nymphen kommen zeitgleich am selben Ort an. Das wäre das reinste Chaos und die Sylphen würden die Ankömmlinge wahrscheinlich gleich wieder rausschmeißen wollen.«

Amaleya erwiderte seine Umarmung. »Stimmt wohl, daran hatte ich gar nicht gedacht. Außerdem müssen ja auch die ganzen Lager aufgeschlagen und Vorräte eingeteilt werden.« Sie sah zu ihm auf und zeigte ihm das gleiche Stirnrunzeln, das nach zwei Jahrtausenden schon Furchen in seiner Stirn hinterlassen haben musste. »Wer weiß, wie lang die Schlacht andauern wird?«

Kurz drückte er sie und dachte daran, dass sie eine wundervolle Königin sein würde und alle das wissen sollten. Doch zuerst musste er die Einzelheiten der Evakuierung klären, bevor er es ausnutzte, dass sich so viele Nymphen hier versammelt hatten.

Er wandte sich an Fionn, der mit verschränkten Armen auf all die Nymphen vor dem Portal starrte. »Planänderung: Die Gruppengrößen werden halbiert und welches Portal auch immer gleich freigegeben werden sollte, kann warten. Wir müssen erst mal die Leute aus der Stadt schaffen.«

Die dreihundert Nymphen hier sollten längst bei den Sylphen sein, bevor die nächsten dreihundert gleich auftauchten. Da die anderen Portale in großen Dörfern über die Himmelsinsel verteilt aufgestellt worden waren, würden dort ohnehin weniger Einwohner zu evakuieren und durch all die anreisenden Nymphen aus der Umgebung die Zeitabstände sowieso groß genug sein.

Und ausgerechnet hier, wo die meisten Nymphen lebten, hinkten sie im Zeitplan hinterher.

»Wird gemacht.« Fionn nickte ihm zu und lief sofort los, um alles in die Wege zu leiten und zu koordinieren.

Jiyan sah ihn mit ein paar Soldaten sprechen, die nun Boten ausschicken würden. Dafür hielten sie Greife – Adler mit dem Körper eines Löwen, die groß genug waren, sodass man auf ihnen reiten konnte. Also wären die Boten in Windeseile bei den anderen Portalen und es bestand keine Notwendigkeit, dass Amaleya die Rolle der Botin übernahm. Jiyan brauchte sie nämlich an seiner Seite, um eine Ankündigung zu machen.

Jetzt wäre der beste Zeitpunkt, um sich an die hier Versammelten zu wenden. Daher straffte er die Schultern und trat einen Schritt auf die Menge zu.

Die Nymphen unmittelbar vor ihm hatten ihn bereits beobachtet und schienen auf Neuigkeiten zur aktuellen Lage zu warten. Um auch das Augenmerk der übrigen Nymphen auf sich zu ziehen, wollte er gerade etwas rufen. Doch da pfiff Amaleya auf ihren Fingern und forderte die Aufmerksamkeit aller ein.

Er schenkte ihr über die Schulter ein Lächeln, das sie erwiderte.

»Hört mal alle her«, begann er möglichst laut und langsam seine Ansprache, damit man ihn besser verstand. »Wir haben die Pläne für die Evakuierung geändert. Es geht also bald voran und dann könnt ihr in Ruhe in Ard'ougha eure Lager aufschlagen.«

Zum Glück musste er niemandem sagen, dass sie ruhig und hilfsbereit bleiben sollten, da sie dies waren. All die Kinder unter den Anwesenden spielten vergnügt und um sie weiterhin bei Laune zu halten, knieten sich nun viele Erwachsene hin und berichteten ihren Kleinen, dass sie bald im neuen Zuhause wären.

Jiyan winkte Amaleya zu sich. Sie ergriff seine Hand und trat an seine Seite.

»Für alle, die sie noch nicht kennen: Das ist Amaleya«, fuhr er lächelnd fort und bemerkte die neugierigen Blicke, die sich auf sie legten. »Sie ist meine Gefährtin und erst gestern bei mir eingezogen. In diesem Krieg werden sie und ihre Freunde uns beistehen.«

Ein Raunen ging durch die Menge. Die Anwesenden waren allem Anschein nach noch skeptisch, dass er nach zweitausend Jahren tatsächlich seine Enthaltsamkeit aufgegeben hatte.

Er seufzte und blickte auf die atemberaubende Frau neben sich. Ihre goldenen Augen waren ebenfalls auf ihn gerichtet und nicht auf die Nymphen um sie herum.

Um seiner Aussage Nachdruck zu verleihen, legte er Amaleya die Hand in den Nacken und zog sie zu einem Kuss an sich heran. Ihre Lippen trafen aufeinander und Schweigen legte sich über den Platz, sodass man eine Stecknadel hätte fallen hören können.

Amaleya schien das jedoch nicht in Verlegenheit zu bringen, denn sie ließ nun seine Hand los und verschränkte ihre Finger in seinem Nacken. Ihre Kurven schmiegten sich an ihn und er legte seine Arme um ihre Taille. Er hielt sie fest und vergaß für mehrere Herzschläge die Welt um sie herum. Es gab nur noch Amaleyas Wärme, ihren Atem auf seinem Gesicht und ihre Energie, die wie Lava durch seinen Körper strömte und ihm ihre Liebe zeigte.

Als um sie herum Jubelrufe ertönten, manche Nymphen pfiffen und aufgeregt tuschelten, löste er sich schweren Herzens von ihrem Kuss.

Amaleyas Wangen waren gerötet und sie lächelte unsicher. »Tja, dann ist das wohl jetzt so richtig offiziell mit uns.«

»Und wie.« Er wandte sich wieder der Menge zu und wollte noch mutmachende Worte an sie richten, doch bekam keine Chance dazu, da alle Anwesenden völlig aus dem Häuschen waren, weil der König der Nymphen nach all der Zeit seine Enthaltsamkeit aufgegeben und eine Frau auserwählt hatte, die an seiner Seite stehen würde.

Er schüttelte grinsend den Kopf. Nun hatten sie wenigstens ein Gesprächsthema, während sie darauf warteten, dass die Evakuierung voranging.

»Wollen wir noch zu den Wachtürmen, bevor wir wieder zu Lorcas zurückkehren?« Er warf Amaleya einen fragenden Blick zu.

Skeptisch zog sie die Augenbrauen hoch und verschränkte die Arme. »Wenn du das fragst, müsste es ja verhandelbar sein.«

»Ehrlich wie immer.« Er legte sich die Hand in den Nacken und massierte die Muskeln dort. »Na schön. Dann bitte bring uns ...«

Von einem Augenblick auf den nächsten verschwamm alles. Ihm wurde der Boden unter den Füßen weggerissen.

Blitzschnell flog er durch Raum und Zeit. Plötzlich umgab ihn kaltes Wasser von allen Seiten. Er wirbelte umher, fand keinen Halt. Wusste nicht, wo oben oder unten war.

Er wollte nach etwas greifen, doch ihm glitt nur Wasser durch die Finger. Völlig überrumpelt hatte er nicht die Luft angehalten und musste seinen Reflex, einzuatmen, unterdrücken.

Luft! Panik überkam ihn, als er keine Orientierung fand und der körperliche Zwang, einzuatmen, immer größer wurde.

Jiyan presste die Lippen fester aufeinander.

Wo war er? Was war passiert? Wenn er ertrinken würde, würde er als Unsterblicher nur wieder zu sich kommen, um erneut zu ertrinken.

Der Horror dieser Vorstellung packte ihn, als er wild um sich schlug und dann sein Bestes gab, um in eine Richtung zu schwimmen.

Muss atmen!

Obgleich er den Zwang seines Körpers zu unterdrücken versuchte, gelang es ihm nicht.

Seine Lunge füllte sich mit Meerwasser. Es brannte, ließ ihn würgen. Obwohl er ausatmen und dadurch das Wasser aus seiner Lunge pressen wollte, war es überall. Über ihm, unter ihm, in seinen Atemwegen.

Er ertrank, begriff er. Er ertrank wirklich.

Seine Wahrnehmung erfasste nur noch Wasser und Verzweiflung, als es dunkel um ihn herum wurde und er drohte, ohnmächtig zu werden.

Wenn er nichts unternahm, würde er auf dem Grund des Meeres verrotten oder von Fischen gefressen werden.

Nein! Das durfte er nicht zulassen! Mit letzter Kraft wollte er schwimmen – ganz gleich, wohin. Doch die Strömung packte ihn, schleuderte ihn umher. Schließlich gab sein Körper auf, ließ ihn im Stich und hörte auf zu kämpfen. Als die Finsternis sein Bewusstsein umhüllte, glaubte er zu spüren, wie sich Klauen in seinen Arm gruben.

Er schuldete es Amaleya, zu kämpfen, konnte allerdings das Wasser in seiner Lunge und seinen Atemwegen nicht mehr ertragen. Hielt das Brennen des Wassers wie tausend glühende Nadeln in seinem Gewebe nicht mehr aus.

Plötzlich knallte er mit dem Bauch auf Steinboden und würgte sofort all das Wasser heraus, das er eingeatmet und gegen seinen Willen geschluckt hatte.

Er hustete immer weiter, atmete Luft ein, würgte wieder, atmete mehr von dem kostbaren Sauerstoff ein. Sein ganzer Körper zitterte. Wenn ihn nicht die krallenbesetzte Hand an seinem Oberarm aufrecht halten würde, hätte er sich nicht einmal auf Hände und Knie stützen können.

Aty Rador! Ertrinken war dermaßen beschissen!

Als seine Lunge endlich vom Wasser befreit und mit Atem gefüllt war, öffnete er die Augen und schaute zu seiner Seite, an der Amaleya saß und seinen Arm immer noch fest umklammerte.

Klatschnass kniete sie neben ihm und beobachtete ihn nun voller Sorge. »Gibt es eigentlich irgendein Unglück, das du nicht mitnimmst?«

27

WENN DU SO WEIT BIST

AMALEYA

Dies war eine rhetorische Frage ihrerseits. Ausnahmsweise hatte es gerade niemand auf ihn abgesehen, da startete er halt mal einen Selbstmordversuch. Sich in die Tiefen des Ozeans zu teleportieren, war ja noch das kleinere Übel. Er hätte sich sonst wohin auf dieser Welt teleportieren und augenblicklich sterben können! So schnell funktionierte nicht mal ihr Frühwarnsystem.

Jiyan setzte sich auf, nahm ihr Gesicht in seine zitternden Hände und fing an, zu lachen. Seine Finger waren kalt und seine nassen Haare klebten ihm in der Stirn.

Ganz toll, anscheinend hatte er den Verstand verloren. Herauszufinden, dass seine Freundin eine Tavith und ihr Mitbewohner ein Kronprinz der Hölle war, musste schon schwer zu verdauen sein. Doch dass für Jiyan nun auch noch die Möglichkeit bestand, sich zu teleportieren, brachte wohl das Fass zum Überlaufen. Er musste so viel ihrer Lebensenergie in sich aufgenommen haben, dass er selbst diese Fähigkeit übernahm.

Diese besondere Kraft musste beängstigend auf jemanden wirken, der noch nicht einmal mit der Geisterwelt vertraut war, in der sich Engel und Dämonen aufhalten konnten, selbst wenn es ihnen nicht möglich war, sich zu teleportieren.

»Amia, was würde ich nur ohne dich tun?«, wollte er von ihr wissen.

»Ohne mich wärst du gar nicht in den Tiefen des Ozeans gelandet.« Sie legte ihre Hände über seine und zog diese von ihrem Gesicht fort. »Warte hier, ich muss kurz etwas holen. Und wenn du dich bewegst, trete ich dir in deinen königlichen Hintern.«

Triefend nass teleportierte sie sich in die Trainingshalle in Majandras Himmelsschloss. An der Wand, an der die verschiedensten Waffen hingen, befanden sich auch mystische Armreife, welche die besonderen Fähigkeiten Unsterblicher unterdrückten. Durch diese Schätzchen konnten die Tavith gemeinsam trainieren, ohne dass sie sich versehentlich durch ihre Kräfte umbrachten.

Mit zwei dieser Armreife teleportierte sie sich zurück zum Portal, wo sie Fionn entdeckte und ihm mitteilte, dass er sich nicht zu sorgen brauchte, weil Jiyan so plötzlich verschwunden war. Fionn wirkte nicht gänzlich überzeugt, da ihre nasse Kleidung ihre Glaubwürdigkeit schmälerte. Doch Amaleya wartete nicht auf Widerrede, sondern begab sich wieder in Jiyans Gemächer.

Sie fand ihn in seinem geräumigen Arbeitszimmer. So viel zu ›nicht bewegen‹. Während ihrer kurzen Abwesenheit musste er ein Feuer im Kamin entfacht haben, vor dem er nun saß und sich wärmte.

Sie hockte sich neben ihn und legte ihm die beiden goldenen Armreife an. »Die musst du tragen, bis wir Zeit finden, dir das Teleportieren beizubringen. Du solltest die Fähigkeit vollständig beherrschen, um sie zum eigenen Vorteil einsetzen zu können.«

Was sonst geschah, hatte Jiyan ja bereits erlebt.

Er schaute ihr zu und starrte sie dann mit ausdrucksloser Miene an, bevor er sich mit der Hand über sein Gesicht fuhr. Weitere Augenblicke verstrichen, in denen sie stumm vor den knisternden Flammen hockten.

Amaleya hatte ihn in ihre Welt zwischen Hell und Dunkel gezerrt. Zuvor hatte er die Welt in Schwarz und Weiß geteilt, doch erkannte nun, dass es lediglich verschiedene Grautöne gab. Das war schwierig, ja. So war das Leben eben. Und wenn Jiyan erst mal die neuen Fähigkeiten kontrollieren konnte, die er von ihr übernommen hatte, würde er kaum aufzuhalten sein.

Mit einem Mal weiteten sich seine Augen, als wäre ihm etwas eingefallen. Er kramte hektisch in seiner Hosentasche herum. »Bitte, bitte, sei noch da«, murmelte er.

Er entspannte sich sichtlich, als er die Hand wieder aus seiner Tasche zog. Unsicher sah er sie an, schien allerdings wieder gefasst. Wohingegen sie keine Ahnung hatte, was er gerade ausheckte.

»Jiyan, ist alles …«

»Gut?«, unterbrach er sie. »Nein, aber das wird es sein. Bald.«

Sie schenkte ihm ein Lächeln und nickte lediglich. Es tat gut, ihn wieder optimistischer zu erleben.

Mit der freien Hand griff er nun nach ihrer und legte einen kleinen Gegenstand hinein. Kühles Metall berührte ihre Haut. Sie schaute hinunter auf ihre Handfläche, die von Jiyans überdeckt wurde.

»Amaleya, ich bin der Ansicht, dass man eine Beziehung nicht in Tagen, Wochen und auch nicht in Monaten oder Jahren aufbaut. Sondern in Momenten. Und davon hatten wir in kurzer Zeit so viele, dass ich mich in dich verliebt habe und den Gedanken nicht ertrage, dass du mich je wieder verlassen könntest.«

Sie erkannte die Liebe in seinen Augen, hörte die Hingabe in seiner Stimme, während er mit ihr sprach. Es bereitete ihr eine Gänsehaut.

Was passierte hier gerade?

Leise fuhr er fort: »Darum möchte ich dich hiermit fragen, ob du deine Ewigkeit mit mir verbringen willst.«

»Was ist denn das für eine Frage?«, wollte sie mit einem erleichterten Grinsen wissen. »Natürlich, sonst wäre ich doch jetzt nicht hier.«

Jiyan schaute sie mit großen Augen an. Dann zog er seine Hand mit dem kleinen Metallstück wieder zurück und steckte es erneut in seine Hosentasche. Er sah aus, als ob sie ihm einen Schlag in die Magengrube verpasst hätte.

Ach nein, das hatte sie ja vorhin erst und den Schlag hatte er besser weggesteckt.

»Jiyan, ist alles in Ordnung?«, wollte sie zögerlich wissen.

Hätte sie etwas anderes sagen sollen? Hatte seine Frage eine versteckte Bedeutung enthalten, die sie nicht erkannt hatte?

Er rutschte zu ihr herüber und schlang seine Arme um sie, sodass sie ihren Kopf an seine Brust legte. »Ja, es ist alles gut. Ich werde dich das einfach noch einmal fragen, wenn du so weit bist und es verstehst.«

»Okay.« Warum bekam sie das Gefühl, etwas Bedeutsames nicht begriffen zu haben?

Sie lauschte seinem Herzschlag, während sie es bedauerte, ihn so traurig zu erleben und daran schuld zu sein. Das würde sie nicht so einfach hinnehmen. Wenn sie ihn verletzt hatte, lag es an ihr, ihn auch wieder aufzuheitern und auf andere Gedanken zu bringen.

Sie richtete sich auf den Knien auf und lehnte sich Jiyan entgegen, bis sich ihre Lippen berührten. Mit den Fingerspitzen glitt sie an seinen Armen aufwärts bis zu seinem Nacken und vergrub schließlich ihre Hände in seinem Haar.

Seine Arme, die sie eben noch festgehalten hatten, lösten sich. »Amaleya, warte …«, flüsterte Jiyan an ihrem Mund und ging gerade genug auf Abstand, um sie mit zusammengezogenen Augenbrauen anzuschauen. »Ich muss noch …«

»Nein«, unterbrach sie ihn. »Du hast eine Allianz mit den Engeln ausgehandelt und sogar meine Freunde als Verbündete gewonnen. Du hast die Waffenverteilung organisiert und Lorcas als Lehrer eingestellt.« Sie legte ihre Hände an seine Wangen und zwang ihn, ihr in die Augen zu sehen, damit er erkannte, wie überzeugt sie von ihren Ansichten war. »Du hast die Pläne für einfach alles erstellt, deinen Soldaten bei den Wachtürmen Mut gemacht und die Situation beim Portal zum Positiven gewendet.« Leise und zugleich eindringlich fuhr sie fort: »Du hast genug getan, Jiyan. Alles andere kann bis morgen warten.«

»Ich weiß, aber …« Er setzte sich auf seine Unterschenkel und entzog sich ihrer Berührung. »Ich will einfach nicht, dass später irgendetwas schiefgeht und ich mir dann vorwerfe, dass ich mehr hätte tun sollen.« Als er sich mit der Hand durchs Haar fahren wollte, hielt sie ihn am Handgelenk fest. Er starrte auf ihre Finger, doch sie ließ ihn nicht los und er hörte nicht auf, ihr seine Gedanken mitzuteilen. »Als wir vorhin vor dem Portal standen, waren es die Soldaten, die meine Blicke auf sich zogen. Sie standen dort mit ihren Frauen und Kindern und ich dachte mir nur:

›Wie viele der Soldaten werden sterben? Wie viele der Frauen sehen ihren Mann zum letzten Mal lächeln? Wie viele der Kinder werden zum letzten Mal von ihren Vätern gehalten?‹ Das …«

»Du darfst über so was gar nicht erst nachdenken«, belehrte sie ihn. »Das zerreißt selbst mir das Herz.«

Während ihrer Zeit in der Hölle hatte sie genug Mord und Totschlag erlebt, damit sie der Anblick von gefallenen Soldaten nicht mehr berührte. Sie hoffte, dass Jiyan wenigstens ein Quäntchen dieser Gleichgültigkeit mit ihrer Energie übernahm.

»Ich weiß«, murmelte er erneut. »Aber ich verabscheue dieses Gefühl des ewig andauernden Bereuens.«

»Ach, Hübscher.« Sie sprach ihn so sanft wie möglich an. »Ich werde immer da sein, um dich vor dir selbst zu retten.« Um ihren Worten Taten folgen zu lassen, stand sie auf und streckte Jiyan in einer einladenden Geste ihre Hand entgegen. »Komm mit. Wir werden deine neu gewonnenen Kräfte testen.«

Dann würde ihm klar werden, wie stark er jetzt war und dass er andere beschützen konnte.

Sein Blick folgte ihr und er ergriff ihre Finger, um sich aufhelfen zu lassen. »Ich nehme mal an, du meinst meine körperlichen Kräfte. Immerhin werden alle anderen Fähigkeiten, die ich von dir übernommen habe, ja nun durch die Armreife eingeschränkt.«

»Genau. Deswegen liefern wir uns jetzt einen Schwertkampf.«

Als Jiyans Augenbrauen überrascht in die Höhe schossen, musste sie grinsen und teleportierte ihre beiden Schwerter zu sich. Sie hatte sich die beiden Waffen mitsamt der ledernen Halterung von den Schultern gerissen und in der Geisterwelt vor dem Portal liegen lassen, um Jiyan zu folgen. Dank ihrer emotionalen Bindung an die beiden Gegenstände konnte sie diese mittlerweile teleportieren, als ob sie ein Teil von ihr selbst wären, der immer wieder zu ihr zurückkehrte.

Sie überreichte Jiyan das linke Schwert und lächelte über die Tatsache, dass sie zwei Schwerter besaß und ihr Seelenverwandter Linkshänder und sie hingegen Rechtshänder war. Vielleicht passten sie so gut zusammen, weil das Schicksal sie füreinander vorgesehen hatte. Doch womöglich hatte das Schicksal auch nur so entschieden, weil sie ohnehin gut zusammenpassten. Das würden sie nie erfahren, aber es spielte auch keine Rolle. Alles, was für Amaleya zählte, war der umwerfende Mann, der vor ihr stand und ihr die Waffe abnahm.

»Ich bringe uns in den Thronsaal«, informierte sie ihn. »Da haben wir genug Platz und stören niemanden.«

In der Trainingsarena würden sie nämlich die Soldaten dort zu sehr ablenken und an anderen öffentlichen Plätzen wäre es möglich, dass durch ihren Kampf eine Unruhe entstand, die sie vermeiden sollten.

Als Jiyan nickte, teleportierte sie ihn und sich selbst in die Halle, in der sich der Thron befand. Die Durchbrüche unterhalb der perlmuttfarbenen Kuppel ließen Sonnenlicht hereinscheinen, das all die verschiedenen Blautöne des Bodens und der Wände zum Strahlen brachte.

»Versteh mich nicht falsch«, murmelte Jiyan neben ihr, »ich finde es schön, dass mir beim Teleportieren nicht mehr schlecht wird. Aber die Geisterwelt nun klar vor mir zu sehen ... ist befremdlich.« Er nahm den Raum in Augenschein, der beim Teleportieren eben noch in Neonfarben erstrahlt war. »Alles ist so unscharf und die Farben sind viel zu grell.«

Sie zuckte mit den Schultern, stellte sich vor Jiyan und zog ihre nassen Stiefel und Socken aus. »Du wirst dich daran gewöhnen müssen, wenn wir dir zukünftig das Teleportieren beibringen.«

»Ich fr… Aty!« Er schüttelte den Kopf, während er seine Stiefel von den Füßen kickte. »Okay, dann freue ich mich eben nicht darauf.«

Sie lachte, weil er offenbar nicht mehr lügen und somit auch keinen Sarkasmus mehr aussprechen konnte. Zugleich erstaunte es sie, dass er nicht nur ihre Fähigkeiten, sondern sogar diese angeborene Eigenschaft mit ihrer Energie übernommen hatte, die nicht mal Armreife einzuschränken vermochten.

Sowohl Fähigkeiten als auch die physische Stärke und obendrein noch Eigenschaften von anderen zu übernehmen, stellte selbst eine herausragende Superkraft dar. Jiyan wäre zu allem in der Lage, wenn er nur mit den richtigen Personen rummachte. Doch er wollte nur sie und das wärmte ihr das Herz.

Er wog die dunkle Klinge in seiner Hand. »Bevor wir anfangen, musst du mir schwören, dass du es mir nicht übel nimmst, wenn ich dich verwunde.«

Sie standen sich barfuß gegenüber und fingen an, einander zu umkreisen.

»Weißt du, es gibt Leute, die würde ich für meine Hand ins Feuer legen. Aber für dich würde ich sogar meine Hand in die Flammen halten, also glaub mir, ich werde es dir nicht übel nehmen.« Sie zwinkerte ihm zu und ging in Stellung.

Blitzschnell schoss sie auf ihn zu und zielte mit der Klinge auf seinen Brustkorb. Jiyan zog sein Schwert hoch und schlug ihres mit einer gekonnten Bewegung nach außen. Da sie sich als Rechts- und Linkshänder gegenüberstanden, glichen sich ihre Haltungen wie Spiegelbilder.

Amaleya verfügte nicht über viel Erfahrung im Kampf gegen Linkshänder, wohingegen Jiyan wahrscheinlich seit jeher gegen Rechtshänder trainierte. Wenn man mal von seiner neu gewonnenen Stärke absah, verschaffte ihm dies bereits einen Vorteil.

Mit ihrer Klinge zeichnete sie einen Halbkreis in der Luft, um Schwung zu holen, und zielte abermals auf Jiyans Brustkorb. Als sie ihr Schwert hochzog, drehte er sich nach außen und schlug erneut mit seiner Waffe gegen ihre, sodass diese ihr Ziel verfehlte.

Das Metall ihrer Klingen gab ein lautes Klirren von sich. Das Schwert in ihrer Hand vibrierte durch die Wucht von Jiyans Schlag.

Amaleya musste den Griff fester umklammern, damit die Waffe nicht in hohem Bogen durch den Raum fliegen würde. Sie spannte jeden Muskel in ihrem Körper an, umschloss nun mit beiden Händen den Schwertgriff. Jede Zurückhaltung war vergessen. Denn Jiyan würde problemlos mit ihr mithalten können, auch wenn sie ernst machte.

Ein Grinsen stahl sich auf ihr Gesicht, als sie erneut ausholte.

Jiyan umfasste ebenfalls mit beiden Händen den Schwertgriff und holte zum Schlag aus. Ihre Klingen glühten und schienen beim Zusammenprall aufzuschreien. Die Luft im Raum wirbelte um sie herum.

Kaum hatte Jiyan ihren Hieb pariert, ging er zum Angriff über und – das hätte sie nie für möglich gehalten – grinste auch.

Um ein Haar hätte er sie damit abgelenkt und am Arm erwischt, doch sie ließ sich auf die Knie fallen und lehnte den Oberkörper zurück, sodass die Klinge über ihren Kopf hinwegschnellte. Gleichzeitig holte sie mit ihrem Schwert aus und zielte auf Jiyans Knie. Er sprang gerade noch rechtzeitig so hoch, dass die Klinge unter seinen Füßen durch die Luft schnellte. Die Zeit, die er zum Landen benötigte, nutzte sie, um wieder aufzustehen.

Sie beide schenkten sich nichts, kämpften gnadenlos um die Oberhand.

Das Aufschreien ihrer Schwerter glich einem zufriedenen Jauchzen und irgendwann musste Amaleya tatsächlich lachen.

Sie liebte es, gegen Jiyan zu kämpfen! Ihre Muskeln protestierten und ihre Lunge brannte von den schnellen Atemzügen. Ihre Sicht trübte sich an den Rändern rot durch die Gefahr, die Jiyan in diesem Moment darstellte. Und sie genoss es. Fühlte sich lebendig.

Würde einer von ihnen sein Gegenüber treffen, würde derjenige seine Gliedmaßen verlieren. Sie kämpften allerdings in einem so irrsinnig schnellen, perfekt aufeinander abgestimmten Rhythmus miteinander, dass keiner von ihnen auch nur einen Kratzer abbekam.

Würden Außenstehende sie jetzt beobachten, wären ihre Bewegungen nur verschwommen zu erkennen, so flink lieferten sie sich ihren tödlichen Tanz. Es glich einem Wunder, dass der Boden nicht unter ihren Füßen brach, wann immer einer von ihnen einen Schlag parieren musste.

Ihre Angriffe wurden immer komplexer. Mit Drehungen, Ducken, Füße-Wegtreten und all den ausgeklügelten Attacken und Ausweichmanövern, die Amaleya sonst nur mit den anderen Tavith trainiert hatte.

Als Jiyan seine Flanke ungeschützt ließ, holte sie mit dem Schwert in der rechten Hand aus und zielte auf seine Taille. Doch er sah den Angriff kommen und schlug mit der Rückhand zu, sodass beide Klingen von ihren Körpern wegzeigten.

Mit zwei langen Schritten trat Jiyan auf sie zu und so nah an sie heran, dass ihre Brüste gegen seinen Oberkörper drückten. Er griff ihr in den Nacken, zog ihren Kopf zurück und beugte sich vor, um ihr einen Kuss auf die Lippen zu hauchen. Dann richtete er sich wieder auf, schnappte nach Luft. Ihre schnellen Atemzüge vermischten sich, während Jiyan sie mit einem Ausdruck im Gesicht anschaute, den sie noch nie an ihm gesehen hatte. Freudestrahlend. Losgelöst.

Durch den Kampf hatte er sich auf nichts anderes mehr konzentrieren können als auf ihre Bewegungen und die tödlichen Klingen. Sein Grinsen trug allerdings auch einen Hauch von Wahnsinn in sich, den sie nur erwidern konnte.

Sie mussten ja auch beide den Verstand verloren haben, um mit glühenden Schwertern aufeinander loszugehen.

Jiyan lehnte sich ihr entgegen und als er sprach, klang seine Stimme wie ein sinnliches Gebet. »Wenn ich wegen dir meine Kraftreserven verbrauche, musst du sie auch wieder auffüllen.«

Ein Beben lief durch ihren Körper. Ob vor Anstrengung oder Erregung, wusste sie beim besten Willen nicht.

Jiyan eroberte ihren Mund, seine Zunge drängte sich an ihren Lippen vorbei. Sein Kuss war fordernd und stürmisch. Seine Finger glitten an ihrer Wirbelsäule hinab und entlockten ihr dadurch ein Stöhnen.

Sie erinnerte sich an seine Aussage während ihrer ersten Begegnung, dass man schlafende Bestien nicht wecken sollte. Sie hatte genau das getan, oder nicht?

Hoffentlich. Denn sie selbst war vielleicht vieles, aber nicht zahm.

Seine Hände umfassten die Kurve unter ihrem Hintern und hoben sie hoch. Sie vergrub ihre Finger in seinem Haar und schlang ihre Beine um seine Hüfte.

Jiyan unterbrach den Kuss und schritt mit ihr in Richtung Thron. Sein Mund formte ein schiefes, verwegenes Grinsen, das ihr den Atem raubte. Der wilde und zugleich glückliche Ausdruck in seinen hellblauen Augen machte sie sprachlos.

»Du …« Sie musste sich räuspern, doch fand selbst dann ihre Stimme nicht wieder.

Jiyans Grinsen wurde nur noch breiter. Er schritt mit ihr die Stufen zum Thron hinauf und setzte sich auf den Königsstuhl. Da dieser recht groß war, blieb an den Seiten genug Platz, damit sie ihre Beine neben Jiyans Oberschenkeln anwinkeln konnte.

»Ich was?«, raunte er ihr zu. Seine Fingernägel gruben sich in ihre Pobacken und er zog sie noch näher an sich heran, sodass ihre empfindsamste Stelle gegen seine Erektion drückte. »Du hast vorhin erst gesagt, dass du gern mit mir spielst. Also tu dir keinen Zwang an.« Er lehnte sich vor, bis seine Wange ihre berührte und er in ihr Ohr flüsterte. »Außerdem hast du recht. Ich habe vorerst genug getan und mir eine kurze Auszeit verdient. Alles Weitere kann bis morgen früh warten.« Er drehte den Kopf, um sie anzusehen. Die blauen Flammen in seinen Augen warteten nur darauf, sie zu verzehren.

Sie saß nicht nur erstmals auf einem Thron, sondern auch noch auf dem König.

Bei diesem Gedanken breitete sich ein durchtriebenes Lächeln in ihrem Gesicht aus. Sie zog Jiyan an den Haaren zurück, bis sein Hinterkopf gegen die Rückenlehne stieß und sein Grinsen nur noch breiter wurde.

»Okay, Hübscher«, flüsterte sie an seinem Mund und biss ihm in die Unterlippe. »Dann spielen wir.«

28

FALSCHE WORTE, WAHRE PLÄNE?

JIYAN

So hatte er sich den nächsten Morgen nicht vorgestellt. Es war schlimm genug, dass ihn die Aussicht auf die Schlacht und die Apokalypse belastete und Amaleya ihm immer noch nicht direkt gesagt hatte, dass sie ihn auch liebte. Oh, und natürlich, dass er ihr einen Antrag gemacht hatte, was sie nicht verstanden hatte. Und jetzt *das*.

»Amaleya, was soll das?«, fragte er halbherzig verärgert und war lediglich froh, dass es ihr gut ging.

Sie stand blutüberströmt mit ein paar Dämonenköpfen auf dem Arm vor dem Fußende seines Bettes, auf dem er saß.

Nach der Nacht seines Lebens hatte er sich auf den Morgen seines Lebens gefreut. Über zwei Millennien lang hatte alles in diesem Schloss ihn an Verluste erinnert. Doch dank Amaleya würde er nun immer mit einem Grinsen auf seinem Thron sitzen. Oder an der Tafel im Besprechungssaal. Mit einem Mal erschienen ihm alle Farben im Schloss heller und er hörte noch immer ihr Gelächter in den Fluren nachhallen, weil Amaleya ihm seine Hose gestohlen hatte und damit durch die Flure gehüpft war.

Sie hatten sich ins Bett gekuschelt und über das Teleportieren, ihre Strategie im Kampf gegen Sergen und die heutigen Pläne gesprochen. Er war mit dem friedlichen Gedanken eingeschlafen, dass er Amaleya heute Morgen in seinen Armen vorfinden würde. Stattdessen erfüllte nun der abartige Gestank nach Schwefel seine Räumlichkeiten.

»Wieso?«, fragte sie unschuldig. »Die hab ich dir mitgebracht. Als Geschenk. Ich weiß, die sehen nicht so hübsch aus. Wenn ich die Schädel allerdings von innen mit Silber ausgieße, geben sie ganz gute Laternen ab.« Sie schaute voller Stolz auf ihre erbeuteten Trophäen.

Er zog fragend die Augenbrauen hoch. Natürlich wusste sie, wie man aus Köpfen Laternen machte, aber nicht, was ein Heiratsantrag war.

»Warst du nur wegen ein paar Dämonen in der Hölle?«, fragte er entgeistert. »Obwohl es dort so gefährlich ist und es auch für mich übel aussähe, wenn dir etwas zustoßen würde? Du solltest dir vor Augen führen, dass ich ab jetzt auf dich angewiesen bin. Stell dir nur mal vor, du wärst Sergen dort begegnet und es wäre ihm gelungen, dich gefangen zu nehmen. Ich weiß nicht, was ich dann getan hätte.«

Zwar hatten er und Sergen sich insgeheim verbündet, doch der Dämonenfürst musste auch Leviathan gegenüber den Schein wahren, dass er Jiyan und all seine Verbündeten vernichten wollte. Wenn Amaleya zufällig in der Hölle Sergens Weg kreuzte, würde der Fürst sie zumindest gefangen nehmen müssen.

Mit jedem Wort seiner kleinen Moralpredigt war Amaleyas Miene finsterer geworden und nun schmollte sie beleidigt.

Er unterdrückte ein Seufzen. Es war wichtig, dass sie seinen Standpunkt begriff und realisierte, dass sie nun auch eine gewisse Verantwortung trug.

»Blödmann«, brummte sie und breitete die Arme aus, sodass die Köpfe zu Boden fielen.

Toll, den Teppich könnte er dann wohl wegschmeißen, weil der Schwefelgeruch nie wieder herauszuwaschen ginge. Ganz zu schweigen von dem schwarzen Dämonenblut.

Amaleya bedachte ihn mit einem herausfordernden Blick. Ohne zu zögern, sprang Jiyan vom Bett auf und warf sie sich über die Schulter. Sie schnappte überrascht nach Luft und zappelte wild. Er war allerdings mittlerweile so stark, dass er es kaum spürte.

»Jiyan, lass mich runter!«

Er grinste über ihren Protest und gab ihr einen Klaps auf den Hintern, während er in Richtung des Badezimmers spazierte. »Wenn wir in der Dusche sind, ja.«

»Ich hab dir doch noch gar nicht erzählt, warum ich sie getötet hab!«, zeterte sie.

Er öffnete die geräumige Duschkabine, schaltete das warme Wasser an und stellte Amaleya wieder auf dem Boden ab.

»Du solltest auch besser einen verdammt guten Grund dazu haben.« Er stützte seine Arme rechts und links neben ihrem Kopf an der steinernen Wand der Duschkabine ab. Auch wenn er mit ihr schimpfen sollte, klang seine Stimme weich, weil er sie zu sehr liebte, als dass er ihr böse sein konnte.

Auf einmal blickte Amaleya verlegen zur Seite, während sich das Wasser schwarz färbte und das Dämonenblut von ihrer Kleidung und ihrem Körper spülte.

Gut, sie hatte wohl keine Wunden und das Blut war nicht von ihr. Ihre Kleidung sah intakt aus und war an keinen Stellen zerrissen.

»Na ja, also … Die Dämonen sind ein Geschenk für dich … Das hab ich ja schon gesagt.«

Kleine Wassertropfen fielen von ihren geschwungenen Wimpern, während sie zu überlegen schien, wie sie ihm erklären sollte, was sie sich dabei gedacht hatte.

»Du meinst wohl ihre Köpfe«, korrigierte er sie.

Sie nickte und öffnete den Mund, um etwas zu sagen, aber schloss ihn dann wieder.

»Amia, raus mit der Sprache«, ermahnte er sie und umfasste ihr Kinn mit Daumen und Zeigefinger, damit sie ihn anschaute.

Sie kaute an ihrer Unterlippe herum, und als sie schließlich sprach, nuschelte sie, sodass er ihre Worte kaum verstand. »Na ja, ich hab sie ausfindig gemacht. Auch wenn es ganz schön schwer war. Und ich hab sie leiden lassen. Versprochen.«

Er wusste nicht, worauf sie abzielte, und war sich sicher, dass er es auch eigentlich nicht in Erfahrung bringen wollte. »Ich kann dir nicht folgen.«

Leise gestand sie endlich: »Ich hab die Lakaien, die noch lebten und für den Tod deiner Familie verantwortlich sind, ausfindig gemacht, weil Dämonen nun mal gern prahlen, und dann hab ich sie getötet und dir ihre Köpfe als Andenken mitgebracht.«

Er starrte sie einfach nur an.

»Deinem Blick nach zu urteilen, hätte ich es lassen sollen«, brummte sie.

Er schaute sie immer noch sprachlos an.

Die Dämonen, die … einst seine Familie ermordeten? Sie hatte nach ihnen gesucht? Und sie gefunden und umgebracht? Amaleya hatte Rache für ihn genommen? Das war … Er war sich nicht sicher. Irgendwie war es ihm … gleichgültig.

Seine Augen weiteten sich bei dieser Erkenntnis.

Ach du liebe Güte, es war ihm egal! Ihn interessierten weder die Leben der Dämonen noch die Tatsache, dass die Mörder seiner Familie nun tot waren. Es lag einfach so weit hinter ihm, dass er zum ersten Mal in seinem Leben das Gefühl bekam, dass es keine Rolle mehr spielte. Was ihm hingegen viel bedeutete, war Amaleyas Wunsch, für ihn einzustehen und ihm dieses Geschenk zu machen.

Er küsste sie auf die Stirn. »Danke.«

Durch sie erkannte er gerade, dass er anscheinend doch seine Vergangenheit loslassen konnte.

Ein wenig strenger fügte er hinzu: »Aber in Zukunft verschwindest du bitte nicht mehr einfach so. Nymphen stehen auf Kuscheln und ich steh auf dich. Also sind all unsere Morgen bereits verplant. Es sei denn, die Welt geht unter«, fügte er hinzu und erhielt ein strahlendes Lächeln als Antwort.

»Geht klar, Euer Hoheit«, entgegnete sie neckisch und fing an, sich auszuziehen.

Das nutzte er als sein Stichwort, um schleunigst das Chaos im Schlafzimmer zu beseitigen, bevor er ihr länger als nötig Gesellschaft unter der Dusche leistete und sie heute zu nichts mehr kamen. Nach dem Anziehen würde er sich mit Amaleya ein schnelles Frühstück genehmigen und dann überprüfen, wie es mit der Evakuierung voranging. Anschließend wollte er nachsehen, wie seine fähigsten Soldaten mit ihren neuen Waffen zurechtkamen, und sich von Lorcas Bericht über die Fortschritte erstatten lassen.

Er trocknete sich kurz ab, schlang sich ein Handtuch um die Hüfte und ging zum Balkon, um die Türen weit zu öffnen und frische Luft hereinzulassen. Dann hob er mit einer Hand das Bett an und zog mit der anderen die Kante des Teppichs darunter hervor. Das massive Holzgestell wog nichts in seinem Griff. Zumindest nicht nach der letzten Nacht mit Amaleya.

Danach rollte er den ruinierten Teppich zusammen und schliff ihn hinter sich her zum Balkon.

Besser. Es gab nichts Widerlicheres als den Gestank von Schwefel.

Er war gerade in seine schwarze Hose geschlüpft, als ihn ein ungutes Gefühl überkam und er in der Bewegung innehielt. Da die Fähigkeit, bevorstehende Katastrophen wahrzunehmen, durch die Armreife eingeschränkt wurde, stammte das alarmierende Gefühl in seinem Inneren nicht davon.

Er schloss die Augen und spürte tief in seiner Seele, wie er durch die Verbindung zu Amaleya ihr Unwohlsein wahrnahm.

Sofort rannte er zum Badezimmer, nur um das Geräusch des dumpfen Aufpralls zu hören, während sie in der Duschkabine zu Boden fiel. Im nächsten Augenblick war er neben ihr, half ihr, sich aufzusetzen, und ließ seinen Blick über ihren nun nackten Körper wandern. Sie schien unversehrt zu sein.

Benommen blinzelte sie. »Vielleicht bin ich von der Aufregung der letzten Tage einfach nur etwas ausgelaugt?«

Er musste kein Genie sein, um zu begreifen, dass ihre Frage und das eingefügte ›vielleicht‹ bedeuteten, dass es ihr sehr schlecht ging und sie ihn nur nicht anzulügen vermochte, um ihn zu beruhigen.

»Kannst du mir sagen, was dir fehlt? Wurdest du in der Hölle verwundet? Oder vergiftet?« Sogar er selbst hörte die Besorgnis in seiner Stimme.

»Keine Ahnung, ich glaub nicht.« Sie schüttelte stirnrunzelnd den Kopf. »Ich fühl mich einfach schwach und mir ist schwindelig. Das ist alles.«

Das war gar nicht gut. Unsterbliche wurden nicht krank. Zumindest nicht aus natürlichen Gründen, sondern nur wegen Giften, Flüchen oder Ähnlichem.

War er womöglich dafür verantwortlich? Hatte er ihr zu viel Energie entzogen, was sie so geschwächt hatte?

Amaleya griff nach dem Wasserhahn und stellte ihn ab. Jiyan hatte nicht einmal mehr gemerkt, dass um sie herum das Wasser zu Boden prasselte.

Behutsam hob er sie hoch und trug sie zum Bett, wo er sie in die warmen Decken einwickelte. Dann legte er sich neben sie. Als er sie in seinen Arm schloss, fühlte er das Zittern ihres Körpers.

Er hatte keine Ahnung von modernen Technologien, griff aber nach ihrem Telefon auf dem Nachttisch. Wenn er ihre Freunde anrief, würden sie Amaleya gewiss helfen. Kasimir hatte besondere Heilkräfte und Majandra war Amaleyas Erzählung nach in der Lage, Schwüre zu brechen und garantiert auch Flüche. Sie würden das hinkriegen.

Er fand – wie auch immer – die Entsperrtaste, fuhr mit dem Daumen über den Bildschirm, wusste jedoch nicht weiter. Besorgt wandte er sich Amaleya zu, die sich mit geschlossenen Augen an ihn kuschelte. Wenigstens war ihre Atmung gleichmäßig und sie schien kein Fieber zu haben. Zumindest noch nicht.

»Kannst du mir erklären, wie ich Majandra oder Kasimir anrufe?«, bat er sie leise.

»Klick einfach auf *Telefon* und dann die *Zwei* gedrückt halten«, murmelte sie.

Er folgte ihren Anweisungen und sprach kurz darauf mit Majandra.

Nur wenige Augenblicke später standen sie und Kasimir neben seinem Bett und untersuchten Amaleya, die selbstverständlich protestierte, sich allerdings schnell geschlagen gab. Ratlos erklärten ihm die beiden Tavith, dass sie keine Ahnung hatten, was mit ihr nicht stimmte.

»Was soll das heißen, ihr wisst nicht, was ihr fehlt?«, hakte er irritiert nach. »Wenn nicht ihr mit euren außergewöhnlichen Kräften ihr helfen könnt, wer denn dann?«

»Es ist uns nicht möglich, ihr zu helfen, weil nichts mit ihr *falsch* ist«, fuhr Kasimir ihn an. »Es scheint alles im grünen Bereich zu sein und auch ihre Energie unverändert.«

»Aber ich verstehe das nicht«, knurrte Jiyan.

Und die Tavith offensichtlich auch nicht. Gab es irgendeine Art Schwachstelle, die Dämonenengel besaßen, von denen sie selbst noch nicht wussten? Sie waren schließlich wundersame Geschöpfe, über die nicht viel bekannt war.

Majandra versprach, sich mit dem Neuling, Céline, auf die Suche nach Informationen zu begeben, durch die sie Amaleya weiterhelfen könnten. Damit waren sie und Kasimir auch wieder verschwunden.

Jiyan strich Amaleya die nassen Haare aus der Stirn und hielt sie ein wenig fester. Sie *musste* einfach wieder gesund werden!

»Wie fühlst du dich?«, fragte er sie leise. Die Sorge fraß bereits ein Loch in sein Innerstes.

Amaleya wandte sich ihm zu. Ihre Atmung ging zu schnell und ihre Stirn glühte, als er seinen Kopf an ihren lehnte. »Ich weiß nicht, irgendwie kommt es mir so vor, als ob meine Seele gerade eine Erkältung hätte oder so.«

Rador! Das steigerte nur noch seine Sorge um sie! Was war, wenn es tatsächlich etwas mit ihrer Seele zu tun hatte? War *er* dann an ihrem Zustand schuld? Weil er ihr Seelenverwandter war und sie zusammengefunden hatten?

Immer wieder strich er ihr durch das seidige Haar, mehr um sich selbst zu beruhigen als sie. Denn es drehte sich hierbei nicht nur um sie beide, sondern um alle, die in dieser Schlacht kämpfen würden. Während er und der Dämonenfürst aufeinandertrafen, würde Amaleya ihn aus dem Hinterhalt angreifen. So sah der Plan aus. Nur gemeinsam könnten sie Sergen besiegen, denn auch wenn der Fürst sich zurückhalten würde, besaß er eine viel zu mächtige Fähigkeit. Und sollte Leviathan mittels einer Seherin die Angriffe von der Hölle aus überwachen, musste Sergen den Anschein erwecken, seiner Kronprinzessin noch immer treu ergeben zu sein.

Jiyan brauchte Amaleya im Kampf an seiner Seite. Doch in ihrem Zustand konnte er sie nicht in die Schlacht ziehen lassen.

Flüsternd schlug er vor: »Amia, wir müssen uns etwas anderes überlegen. Wenn Ser…«

Amaleya krampfte sich neben ihm zusammen und gab einen schmerzvollen Laut von sich.

Er beugte sich über sie. »Was ist los? Was hast du?« Die Sorge schnürte ihm die Kehle zu und ließ seine Stimme rau klingen.

»Katastrophe«, keuchte Amaleya. »Das Gefühl ist so stark wie noch nie.« Entsetzen spiegelte sich in ihren geweiteten Augen. »Der Angriff! Er wird bestimmt heute schon stattfinden. Aber …« Sie legte die schweißnasse Stirn in Falten. »Meintest du nicht,

Sergen hätte bei eurem Treffen in der Hölle angedeutet, dass uns noch mehr Zeit bleibt?«

Jiyan hatte vage Formulierungen gewählt, um Amaleya mitzuteilen, dass ihnen ein paar Tage zur Verfügung standen, um sich auf den Angriff vorzubereiten. Dass sie dachte, er hätte die Informationen aus dem Gespräch mit Sergen während ihrer Zusammenkunft in der Hölle mitgenommen, kam ihm gelegen.

»Ja, wir sollten noch Zeit haben«, erwiderte er monoton und wusste nicht recht zu reagieren.

Warum …

Seine Gedanken überschlugen sich. Warum in aller Welt sollte Sergen jetzt schon angreifen? Seinen Angaben nach sollten sie noch mindestens zwei Tage Zeit haben für alle Vorbereitungen und der Angriff erst am darauffolgenden Tag stattfinden.

Aty Rador! Die Evakuierung hatte zwar gestern Mittag begonnen, würde allerdings noch eine Weile andauern.

Warum hielt sich der Fürst nicht an den Plan?

Amaleya krampfte sich erneut zusammen und im nächsten Moment war sie fort. Kurz darauf hörte Jiyan, wie sie sich im Badezimmer übergab.

Er sprang auf und lief ihr hinterher. Als sein Blick auf ihre kauernde Gestalt fiel, fragte er sich, ob dies hier womöglich Sergens wahrer Plan war. Was wäre, wenn Sergen doch mit Leviathan zusammenarbeitete und nur vorgab, sich mit Jiyan und auch Kendric zusammenzutun, um ihre Strategien zu erfahren und sie in die Irre zu führen, während er mit Leviathan ausgemacht hatte, viel früher anzugreifen? Was, wenn Sergen etwas mit Amaleyas schlechtem Zustand zu tun hatte, weil er sie kannte und geahnt hatte, dass sie die Mörder von Jiyans Familie ausfindig machen würde? Der Fürst wusste garantiert von den ausgefallensten Methoden, um jemandem zu schaden.

Sergen hatte geschworen, dass seine Informationen laut seinem derzeitigen Wissensstand korrekt waren. Aber was, wenn er nach Absprache mit Leviathan ganz bewusst nur über falsche Informationen verfügt hatte?

Amaleyas besorgter Blick richtete sich jetzt auf Jiyan. Sie war so blass, dass er sie nicht mal für eine Sekunde aus den Augen lassen wollte. Aber er würde gehen und alle warnen müssen. Und zwar ohne sie. Er würde sie allein lassen müssen, obwohl er nicht wusste, was ihr fehlte. Und sie würde hierbleiben müssen, obwohl sie unbedingt kämpfen wollte.

Es war so ungerecht.

Ihr gequälter Gesichtsausdruck verriet ihm, dass sie sich darüber im Klaren war.

Er trat auf sie zu und strich ihr sanft über den Rücken.

»Ich verspreche dir, dass ich wiederkomme«, versicherte er ihr. »Egal, was passiert – ich komme zu dir zurück.«

It has begun

Hear my ferocious roar!
Listen to my battle cry!
When armies clash –
we win, they die.

Feel the thrumming of the drums
and the rhythm of hungry hearts –
thirst for victory urges us to conquer!
Their end is where everything starts!

Our era begins now,
we will finally rise!
Glory is ours to catch!
Their defeat is our price!

29

EINES DER VIELEN MYSTERIEN

AMALEYA

Entschlossen umfasste sie ihren Schwertgriff fester, atmete einmal tief ein und aus. Die Übelkeit war in den letzten drei Stunden zurückgegangen und sie stand sicher auf beiden Beinen. Das war doch schon mal was.

Bevor sie es sich noch anders überlegte, teleportierte sie sich zu der östlichen Mauer, die das Land umgab.

Sie blieb in der Geisterwelt, hielt Ausschau nach Jiyan. Sowohl Nymphen als auch Engel standen kampfbereit auf dem massiven Gemäuer mit unterschiedlichsten Waffen in den Händen. Ihre Gesichter gaben die Anspannung und Sorge preis, die sie fühlten. Zu allem Überfluss verdunkelte sich der Himmel.

Ein Gewitter zog auf mit riesigen Regenwolken im Schlepptau. Es war, als spürte die Welt, dass ein großes Ereignis bevorstand. Dies war der erste Tag eines Krieges zwischen Himmel und Hölle. Diese Schlacht war die erste von vielen und womöglich der Beginn der Apokalypse.

Wenn sie sich recht entsann, würde Balamy das Heer im Osten anführen und Celestino die Truppen im Norden. Nelas Truppen waren im Westen stationiert, Eanrins Heer verteidigte den Süden und noch weitere Befehlshaber befanden sich mit ihren Soldaten in der Hauptstadt und den vier größten Dörfern, um die Höllengeschöpfe zu beseitigen, die sich dort hinteleportierten. So würden sie die Schäden der Wohnorte hoffentlich eindämmen und auch die Portale schützen, die für die Nymphen von großem Wert waren.

Amaleya würde Jiyan gewiss an vorderster Front bei Balamy finden, also teleportierte sie sich da hin und entdeckte auch Lorcas, Taina und Kasimir bei ihm. Ihre Ausstrahlung hätte nicht unterschiedlicher sein können. Lorcas schien sich auf ein Blutbad zu freuen, sodass alle anderen Soldaten Abstand zu ihm hielten. Tainas Blick war kalt, als ob sie jegliche Gnade aus ihrem Herzen verbannt hätte. Kasimir hingegen saß auf dem Rand der Mauer und ließ unbeschwert die Füße baumeln, während er vor sich hin summte. Wahrscheinlich kam ihm diese Schlacht wie ein Spaziergang vor. Sie hatte in der Hölle Geschichten über ihn gehört, noch bevor sie von Kendric, dem jüngsten der vier Höllenprinzen, erfahren hatte.

Lorcas musste ihre Gegenwart spüren, denn er wandte sich ihr zu und sein Grinsen verblasste.

Sie trat neben ihm aus der Geisterwelt hervor und beschränkte ihre Fragen auf das Wichtigste. »Hey. Wie sind alle so schnell auf ihre Posten gekommen? Und was ist mit der Evakuierung?«

Sorge überschattete Lorcas' vernarbte Züge, als er sie mit einem Stirnrunzeln betrachtete. »Majandra hat die Soldaten auf ihre Posten teleportiert und auch die zu evakuierenden Nymphen zu den Sylphen gebracht. Sie musste dortbleiben, um die Panik einzudämmen und die Waldgeister zu beschwichtigen.« Er zuckte mit den Schultern. »Tausende Nymphen, die plötzlich in einer fremden Dimension auftauchen? Da ist das Chaos vorprogrammiert.«

Sie schüttelte seufzend den Kopf und konnte sich das laute Durcheinander bildlich vorstellen. »Das ist gut. Danke für die Info.«

Lorcas nickte kurz und drehte ihr den Rücken zu.

Ihr Blick glitt an ihren Freunden vorbei und landete auf Jiyan.

Er schaute sie durch zusammengekniffene Augen an. »Was tust du hier? Du solltest dich schonen.«

Sie straffte die Schultern. »Wir beide wissen, wie sehr es schmerzt, jemanden zu verlieren, obwohl man hätte zur Stelle sein können, um demjenigen zu helfen. Also verlang bitte nicht von mir, dass ich zurückgehe.«

Soldaten und Soldatinnen richteten ihre Aufmerksamkeit auf Amaleya. Gewiss hießen sie eine Ablenkung vom zermürbenden Warten auf den Angriff willkommen.

Jiyan fuhr sich mit der freien Hand durchs Haar. Mit der anderen umfasste er ihr zweites Schwert, das sie ihm geschenkt hatte.

»Na schön.« Er streckte ihr seinen Arm in einer einladenden Geste entgegen, sodass sie auf ihn zuging und ihre Finger mit seinen verschränkte. »Aber ich will, dass du sofort verschwindest, wenn es dir nicht gut gehen sollte.«

Sie nickte ernst, um ihn zu beruhigen, stimmte ihm allerdings nicht laut zu, weil sie unter keinen Umständen verschwinden würde. Ihr Seelenverwandter und ihre Freunde zogen in die Schlacht. Wie sollte sie da je zurückbleiben?

Sie warf erneut einen Blick auf die Soldaten. »Wie ist der Stand der Dinge?«, wollte sie mit gesenkter Stimme wissen.

Jiyan starrte nach vorn, während er ebenfalls leise antwortete. »Alle sind dank Majandra auf ihren Posten. Ich bin mir nur nicht sicher, ob sie wirklich bereit für die Schlacht sind. Viele der Frauen haben von sich aus beschlossen, das Land nicht zu verlassen und stattdessen zu kämpfen. Liegt vielleicht daran, dass sich deine Taten herumgesprochen haben. Dass du mich aus der Hölle gerettet, mit meinen Soldaten trainiert und durch dein Mitwirken den Nymphen zu Verbündeten geholfen hast, muss Eindruck hinterlassen haben. Vielleicht sehen die Nymphinnen dich bereits als ihr Vorbild.«

Er klang stolz, was Amaleya ehrte.

Bevor sie die Gelegenheit bekam, etwas zu erwidern, ertönte das Kriegshorn. Augenblicklich war die Anspannung, die von allen ausging, greifbar. Die Männer vor ihnen versteiften sich. An ihrer Haltung war erkennbar, wer die neuen Rekruten waren.

Jiyan trat nach vorn und legte einem der jungen Männer seine Hand auf die Schulter. »Ruhig. Wir werden diese Schlacht gewinnen«, erzählte er dem Soldaten, der unsicher nickte.

Sie stellte sich neben Jiyan an den Rand und warf einen Blick nach unten. Eine dumme Entscheidung. Es sah aus, als würde sich die Erde auftun und die Hölle ihr Innerstes nach außen kehren.

Ein gigantischer schwarzer Schatten umringt von Höllenfeuern schien aus der Erde zu kriechen und den Himmel als Ziel auserkoren zu haben. Eine Armee aus der Unterwelt wagte sich hinaus, teilte sich in mehrere Legionen auf und wurde auf die Himmelsvölker losgelassen.

Würden sie die Monster besiegen, würde die Menschenwelt vermutlich nie etwas davon mitbekommen. In der Wüstenregion unter ihnen lebten, soweit sie wusste, keine Menschen. Oder nur wenige.

Fassungslos beobachtete sie das Schauspiel der Gegner. »Ich hab Gerüchte darüber gehört, dass es Sergen war, der Leviathan das Höllentor schenkte, um als ihr Fürst aufgenommen zu werden. Aber unabhängig davon, wodurch Leviathan an das Tor gelangte, ist es beeindruckend, zu erleben, wie die Kronprinzessin dieses gebraucht.«

Jiyan drückte ihre Hand fester. »Auf welche Art gelang Sergen an ein ganzes Höllentor, wenn es nicht einmal eine Kronprinzessin vermochte?«

Sie zuckte mit den Schultern, während sie ihren Blick weiterhin auf die Legionen richtete. Es mussten sich gerade viele Dämonen zeitgleich teleportieren, denn mit einem Mal verschwanden ganze Teile des dunklen Fleckes, den Amaleya auf der Welt unter ihnen erkannte.

»Keine Ahnung«, gab sie zu. »Normalerweise werden die Höllentore innerhalb der Wächterfamilien vererbt.«

Ihr Kopf schnellte herum, als sie eine Explosion hörte. Ein nahe gelegenes Dorf war soeben in Flammen aufgegangen. Die Dämonen, die sich teleportieren konnten, hatten somit den Startschuss für die Schlacht gegeben.

Mit einem Mal waren Lorcas und Taina verschwunden. Wahrscheinlich befanden sich beide nun in der Nähe des Höllentores, um die Dämonenbarone in Kämpfe zu verwickeln.

Sie spürte eine bekannte Präsenz, noch bevor sie Sergen sah.

»Hat deine Herrin ihr Schoßhündchen heute mal von der Leine gelassen, Sergen?«, fragte sie provokant.

Nur wenige Schritte vor ihr materialisierte sich der Fürst. Es schien, als ob die Zeit stillstehen würde. Keiner rührte sich. Alle waren geschockt, dass der Anführer einfach mitten in ihren Reihen auftauchte.

Sergens Gesicht war bar jeder Emotion. Aus Erfahrung wusste Amaleya, dass er demnach so wütend war, dass es keine Ausdrucksweise mehr für seinen Zorn gab.

»Hat sie.« Er brachte mit seinen Worten kleine Wölkchen vom eisigen Atem hervor. Seine blasse Haut war ungewohnt rosig, stellenweise fehlte sie und zeigte das rote Fleisch darunter.

Amaleya schluckte. »Hat Leviathan dir die Haut abziehen lassen?«

Als seine Lippen sich zu einem Lächeln verzogen, lief es ihr kalt den Rücken hinab.

»Skel'ad ousto nalas'ad«, entgegnete er gelassen auf Dämonisch.

Sie kannte niemanden, der so ruhig reagierte, wenn er innerlich vor Wut kochte. Sergen war wohl eines der vielen Mysterien der Hölle.

»Nalas'ad ousto Skel'ad«, erwiderte sie wie ein abgerichteter Hund, dem Sergen ein Kunststück beigebracht hatte, und hasste sich dafür.

Zu leben bedeutet zu leiden. Zu leiden bedeutet zu leben. Sein Credo kannte sie nur zu gut. Dämonen waren bloß so grausam, weil sie selbst eine sehr hohe Schmerztoleranz besaßen – sowohl körperlich als auch geistig.

Amaleya umfasste den Griff ihres Schwertes fester, vernahm das Geschrei der dämonischen Meute, die sich dem Land näherte. Balamy brüllte Befehle. Bis auf sie, Jiyan und Kasimir setzten sich alle in Bewegung.

Sergen blieb davon unbeeindruckt. Er starrte Jiyan nachdenklich an, der sich gewiss fragte, was sie und Sergen eben gesagt hatten.

Im nächsten Augenblick verschwamm alles. Sergen hatte sich mit ihr und Jiyan fortteleportiert, sodass sie auf irgendeiner Straße eines evakuierten Dorfes standen. Immerhin befanden sie sich noch im Königreich der Nymphen.

Sofort schwang Jiyan sein Schwert. Sergen sprang zurück und brachte dadurch Abstand zwischen sich und den Nymphenkönig. Amaleya nutzte den Moment, um in die Geisterwelt überzutreten und damit unsichtbar für Sergen zu werden. Jetzt hatte er die Wahl, ob er Jiyan bekämpfen oder ihr in die Geisterwelt folgen wollte.

»Ich bin wohl fälschlicherweise davon ausgegangen, dass wir noch etwas mehr Zeit hätten, um uns auf den Angriff vorzubereiten«, meinte Jiyan.

Falls Sergen überlegt hatte, ihr in die Geisterwelt zu folgen, entschied er sich nun dagegen. Er stand weiterhin Jiyan gegenüber. »Wie wir uns doch manchmal irren können«, erwiderte er mit kaltem Lächeln.

Sie würde im Verborgenen auf ihre Chance warten, um Sergen aus dem Hinterhalt anzugreifen. Durch das Adrenalin in ihrem Körper fühlte sie sich stark. Sie konnte kämpfen. Sie konnte *gewinnen*.

WERTLOS OHNE DICH

JIYAN

Er war vorerst auf sich allein gestellt. Der Fürst trug genau wie Jiyan eine lederne Rüstung, die in erster Linie der Flexibilität diente und seine Bewegungen nicht einschränkte. Er umfasste mit der einen Hand sein Schwert aus Eis und machte merkwürdige Fingerzeichen mit der anderen. Vermutlich war das die gefährlichere Waffe, die er dort schwang, und zwar seine Fähigkeit.

»Ich hoffe, Jiyan, dass du diesen Kampf interessant gestalten wirst«, sagte der Fürst in Plaudertonfall, ehe er zum Angriff überging.

Ein Beben durchlief den Boden, das Jiyan kurz aus dem Gleichgewicht brachte.

Sergen nutzte diesen Moment, um zum Schlag auszuholen. Gerade noch rechtzeitig konnte Jiyan den Schwerthieb parieren, als

Sergen mit der freien Hand nach ihm griff. Ganz knapp wich Jiyan aus.

Aus dem Augenwinkel erkannte er, dass schräg hinter ihm ein kleiner Eisberg aufragte. Wenn es nach Sergen ginge, würde Jiyan nun in dem Eis gefangen sein, das in Tausende Teile zersprang.

Der Fürst wollte einen Kampf auf Leben und Tod? Gut, den sollte er kriegen. Denn wenn Sergen sich nicht an die Vereinbarung hielt, würde Jiyan auch seinem Teil der Abmachung nicht nachkommen.

Heute werden keine Gefangenen genommen.

Dank seiner neu gewonnenen Kraft war es Jiyan möglich, Sergens Schwerthiebe abzuwehren. Doch es bot sich keine Chance für einen Gegenangriff.

Immer, wenn er glaubte, die Oberhand zu gewinnen, zeigte Sergen mit seiner freien Hand auf ihn. Dann sprang Jiyan schnellstmöglich zur Seite, sodass Sergens Fähigkeit ins Nichts schoss.

Schmerzen durchzuckten seinen Oberschenkel, als Sergens Klinge ihn erwischte. Der Dämon hatte vorausgesehen, dass Jiyan seiner Fähigkeit erneut ausweichen würde.

Jiyan biss die Zähne fest aufeinander. Er würde wohl mehrere Hiebe einstecken müssen, um den kleinen Eiskristallen zu entgehen, die Sergen unerlässlich auf ihn abfeuerte. Sie platzten auf dem Boden auf, schossen als kleine Eisberge in die Höhe und zersprangen dann in Tausende Stücke.

Ein Treffer und Jiyan wäre tot. Er würde mitsamt dem zerspringenden Eis in Fetzen gerissen werden.

Ein weiteres Beben lief durch den Boden, stärker als zuvor. Was in aller Welt ging hier vor sich?

Die kurze Ablenkung kam ihn teuer zu stehen. Sergen schlitzte ihm der Länge nach den anderen Oberschenkel auf. Haut und Muskeln klafften auseinander.

Jiyan unterdrückte einen Schmerzensschrei, rollte sich über den Boden ab, sodass Sergens Eiskristalle ihn knapp verfehlten. Sie streiften allerdings seine Schulter, die sofort gefror. Er blendete den Schmerz aus und nahm sein Schwert in die andere Hand, während er auf einem Bein zum Stehen kam.

Die Dämonen planten, sein Land im wahrsten Sinne des Wortes zu Fall zu bringen, was das Beben im Boden erklären würde. Anscheinend machten sie sich von unten an dem Fundament zu schaffen. Sergen hatte neulich behauptet, dass Leviathan eine weitere Legion mit unbekanntem Zweck aufgestellt hatte. Ebendiese musste für die Erschütterung der Himmelsinsel verantwortlich sein.

Die Nymphen hatten keine Chance, sich dagegen zu verteidigen. Jiyan würde darauf hoffen müssen, dass sich die Engel darum kümmerten.

Wenn diese Aussage von Sergen der Wahrheit entsprach, was war dann ebenfalls wahr und was eine Lüge?

Spielt keine Rolle.

Wenn der Dämonenfürst Jiyan als Gegner gegenübertrat, würde Jiyan ihn auch so behandeln.

Sergen schaute ihn mit herablassendem Blick an. »Ist das schon alles, was du zu bieten hast, kleiner König?«

Dann folgten so viele schnelle Schwerthiebe, dass Jiyan mit seinem verwundeten Bein kaum vermochte, mit ihm mitzuhalten. Der Schmerz pochte in seinem Körper, während er versuchte, sich zu verteidigen.

Innerhalb eines Wimpernschlags war Sergen verschwunden.

Jiyans erster Gedanke war, dass er sich teleportiert hatte, aber dann schlug Sergen ein paar Meter entfernt auf dem Boden auf.

Jiyan starrte mit großen Augen Amaleya an, die jetzt neben ihm stand. Trotz ihres Zustands hatte sie einen kräftigen Tritt drauf. Sie taumelte allerdings mehrere Schritte zurück. Aus dem Augenwinkel sah Jiyan, wie sie sich auf ihrem Schwert abstützte.

Rador! Sie sollte nicht kämpfen müssen! Er konnte es sich nicht leisten, sich jetzt zu sorgen!

Sergen brüllte erzürnt und der Boden unter ihnen wurde schlagartig zu Eis.

So schnell es Jiyan möglich war, humpelte er auf Amaleya zu und stellte sich schützend vor sie. Er hoffte, dass sie diesen Moment nutzte, um erneut in die Geisterwelt überzutreten.

Ein Regentropfen traf ihn so unerwartet, dass er zusammenzuckte. Dann noch einer, immer mehr. Es regnete im Himmel so selten und ausgerechnet jetzt, da ein Eisdämon sein Gegner war, nieselte es. Ein Donnern war in der Ferne zu hören, Blitze zuckten durch den Himmel.

Jiyan musste trotzdem lächeln, denn er entdeckte eine weitere Engelsarmee, die auf sein Land zuflog. Sie teilte sich auf, sodass die eine Hälfte tiefer flog – offenbar unter sein Land – und die andere Hälfte sich ihnen näherte.

Sie würden nicht verlieren.

Sergen kam auf ihn zu, doch sprang zurück, als ihm der Kopf eines Dämons vor die Füße rollte.

»Du kannst deinen Baron wiederhaben.« Wie aus dem Nichts trat Taina blutüberströmt zwischen zwei Häusern hervor und auf Sergen zu. »Ich weiß, wie finster die Zukunft aussieht. Und glaub mir: Ich werde sie zu verhindern wissen.«

Innerhalb eines Herzschlags stürzten sie und Sergen sich brüllend aufeinander.

Jiyan nutzte Tainas Ablenkung, hockte sich hin und stoppte mit seinem ledernen Gürtel die Blutung an seinem Bein. Als er sich aufrichtete, rutschte er fast aus, da der Regen den gefrorenen Boden in eine Eislaufbahn verwandelte.

Taina schrie auf. Binnen dieser kurzen Zeit hatte sie Sergen zwar verwundet, aber der Fürst hielt nun ein schmiedeeisernes Schwert in der Hand, das Tainas Bauch durchbohrte und aus ihrem Rücken herausragte.

Bevor Jiyan wusste, was er tat, übernahm sein Instinkt. Er rannte – schlitterte – auf Sergen zu, der den Schwertgriff losließ, sodass Taina zu Boden fiel. Kaum hatte sich Sergen ihm zugewandt, tauchte Amaleya hinter ihm auf.

»*Nein!*«, brüllte Jiyan, als sie zum Schlag ausholte.

Es war bereits zu spät. Sergen wusste genau, was er tat. Er ließ seinen Rücken absichtlich ungeschützt, um Amaleya die beste Möglichkeit für einen Angriff aus dem Hinterhalt zu bieten.

Blitzschnell ging er in die Hocke, drehte sich dabei und riss sein Eisschwert in die Höhe. Die Klinge schlitzte Amaleya die Seite, den Bauch und Brustkorb auf.

Ihre Augen weiteten sich vor Schock, genau wie Jiyans. Sie stürzte hinter Sergen zu Boden, der sich aufrichtete und Jiyan damit den Blick auf sie versperrte. Über Sergens Gesicht waren nun Blutspritzer verteilt.

Hätte Jiyan doch nur die Armreife abgenommen, um sich zu teleportieren! Alles war besser, als zusehen zu müssen, wie Amaleya schwer verwundet umkippte.

Auf den letzten Metern kam Sergen ihm entgegen. Sie trafen mit voller Wucht aufeinander. Ihre Schwerter vibrierten in ihren

Händen. Dann durchschnitt Jiyan Sergens Eisschwert und streifte Sergens Schulter.

Nicht genug! Er wollte den Dämonenfürsten bluten sehen. Wollte ihn dafür bezahlen lassen, was er Amaleya angetan hatte. Wollte sich dafür rächen, dass Sergen sich nicht an seine Pläne gehalten hatte. Wollte es ihm heimzahlen, dass der Dämon Jiyan verspottet hatte.

Er schlug mit blinder Wut und aller Kraft zu. Immer und immer wieder. Dabei konnte er Sergens Fähigkeit nur knapp ausweichen. Jedes Mal, wenn er Sergen verwundete, wurde auch er getroffen.

Ist nicht von Bedeutung!

Seit Amaleya in seinen Gemächern zusammengebrochen war, verschlang ihn das Gefühl, dass ihnen eine Katastrophe bevorstand. Es trieb ihn in den Wahnsinn. Machte ihn rasend. Pumpte Adrenalin durch seinen Körper, bis er sich high fühlte. Doch obwohl er alles gab, ließ Sergen sich nicht aufhalten.

Dann geschah es. Jiyan sah die Eiskristalle wie in Zeitlupe auf sich zufliegen und schaffte es nicht mehr, ihnen auszuweichen. Sie würden auf seiner Haut aufplatzen, sich innerhalb eines Wimpernschlags wie ein Lauffeuer in seinem Körper ausbreiten und ihn von innen heraus gefrieren lassen, bis er in Tausende Teile zerbarst.

Plötzlich stieß ihm etwas in den Rücken und er fiel nach vorn. Die Eiskristalle flogen knapp an ihm vorbei. Er vernahm das Geräusch, als sie zu einem Eisberg aufplatzten. Das Schaben von Eis auf Eis. Er brauchte sich nicht umzusehen, um zu wissen, was gerade passiert war. Sein Verstand hingegen – alles in ihm – weigerte sich dagegen, es zu akzeptieren.

Jiyan kannte ihre Berührungen. Ihre Energie. Ihren Geruch. Das Gefühl ihrer Präsenz.

Panisch drehte er sich um, erblickte Amaleyas blutüberströmten Körper gefangen in einem Berg aus Eis, der jeden Augenblick zerspringen könnte.

»*Neeeiiin! Hol sie da raus!*«, brüllte er Sergen aus voller Lunge an und stürzte sich auf ihn.

Sein Körper, seine Schmerzen – das alles war ihm egal. Er schlug immer weiter auf den Fürsten ein. Sergen verwundete ihn, aber es spielte keine Rolle.

»*Hol sie da raus!*« Er brüllte es immer wieder. Schwang sein Schwert, wie es nur jemand konnte, dessen Überleben davon abhing.

Alles nur nicht sie. Nimm mir alles, nur nicht sie, betete er stumm zu der einen wahren Gottheit.

Er schlitzte Sergen die Brust auf, sodass schwarzes Blut über dessen Oberkörper strömte. Als der Fürst taumelte, setzte Jiyan nach und sie gingen zu Boden.

Jiyan holte aus und wollte dem Dämon den Kopf abtrennen, in der Hoffnung, dass es Amaleya retten würde. Doch er durchstieß stattdessen Sergens Brustkorb, als dieser sich zur Wehr setzte.

Blut quoll aus dem Mund des Fürsten. Jiyan lehnte sich auf sein Schwert, bis es sogar den Boden durchbohrte und Sergen ohnmächtig wurde, noch bevor er Jiyan mit seiner Fähigkeit berührte.

Er sprang auf und wollte sich zu Amaleya umdrehen. Aber da war nichts. Nur Taina, die bewusstlos auf dem Boden lag, schimmernde Eiskristalle und Regenwasser, das sich in Pfützen sammelte.

Das ist nicht passiert, redete er sich ein und ging zugleich in die Knie.

Ein markerschütternder Schrei brach aus ihm hervor, als er spürte, wie es seine Seele zerriss. Sein Innerstes zerbarst in unzählige Fragmente. Er nahm ihren Verlust mit jeder Faser seines Seins wahr.

Sie waren verbunden gewesen, gehörten zusammen. Nun befand sich nur noch Leere in seinem Inneren. Ein klaffendes Loch, größer und schmerzhafter als jede Wunde, die Sergen ihm zugefügt hatte.

Er krümmte sich zusammen und krallte sich in seine Brust, bekam keine Luft mehr. Seine Sicht verschwamm. Seine Tränen brannten sengend heiß, während der kalte Regen auf ihn niederfiel.

Nein! Nein, nein, nein, nein!

Amaleya durfte ihn nicht allein lassen! Sie hatten gerade erst zusammengefunden! Er hatte sie in der letzten Nacht noch in seinen Armen gehalten. Hatte mit ihr gelacht, Pläne geschmiedet und ihren gleichmäßigen Herzschlag ebenso wie ihre Wärme wahrgenommen.

Er zitterte, fühlte sich taub. Ein hysterisches Lachen drang aus seiner Kehle empor.

Jene, die er liebte, fanden den Tod. Als würde er jedes Unglück anziehen und dadurch seine Liebsten umbringen. Wenn das sein Schicksal war, dann war er es leid.

Die Frau, die er liebte, kam nicht mehr zurück. Sie war fort. Und er konnte nicht einmal ihren Körper ein letztes Mal in den Armen halten.

Das war mehr Verlust, als er ertrug. Er schaffte es einfach nicht, das alles noch einmal durchzustehen.

Wodurch sollte es ihm bloß gelingen, in seine Gemächer zurückzukehren und dabei nicht an allen Erinnerungen an sie zu zerbrechen? Wie sollte er je wieder im Thronsaal stehen und dabei nicht an ihr erstes Treffen, ihren Kampf und das Rummachen auf dem Thron denken? Die Trainingsarena, die Stadt, die Mauer, ihr Schwert, das neben ihm lag – in allem steckte ein Teil von ihr, der ihm entrissen worden war.

Er hatte das alles schon einmal durchgemacht und den Verlust seiner Familie nur dank Amaleya verarbeiten können. Jetzt war sie ... tot.

Benommen nahm er den einen Armreif ab.

Er würde sterben, wenn er sich an die falschen Orte teleportierte.

Dann griff er sich an das andere Handgelenk, um den zweiten Armreif abzulegen.

Amaleya hatte ihn von seiner Vergangenheit befreit. *Sie* war seine Zukunft. Die Ewigkeit ohne sie war wertlos. Eher würde er sterben, als ohne sie zu leben. Womöglich könnten sie dann wenigstens im Himmel wieder vereint sein.

SOLDAT DES DUNKLEN
HERRSCHERS

SERGEN

Es gab keine Knochen und Muskeln in seinem Leib, die nicht schmerzten. Er spürte, wie warme Flüssigkeit aus seinem Brustkorb lief, über seinen Oberkörper hinabrann bis zu seinem Hosenbund. Seine lederne Rüstung saugte die Flüssigkeit kaum auf und so hörte er das gleichmäßige Tropfen seines Blutes auf den Boden, während er dessen metallischen Geruch wahrnahm.

Jeder Atemzug tat höllisch weh. Doch Schmerzen bedeuteten, dass er noch lebte. Die klaffende Wunde zwischen seinen Rippen würde wieder verheilen.

Sergen ließ die Augen geschlossen und konzentrierte sich auf seine Umgebung. Es roch nach altem Gemäuer und Staub. Seine

Umgebung strahlte weder Wärme noch Kälte aus, war also nicht verwahrlost, wurde allerdings auch nicht häufig genutzt. Er fühlte außerdem keine guten und auch keine bösen Schwingungen, die von dem Ort ausgingen.

Selbst durch seine geschlossenen Lider bemerkte er ein schwaches Flimmern, das gewiss von einer Fackel stammte. Daher würde er vermuten, dass er sich in einem Keller oder irgendwelchen Katakomben befand, die sein Gefängnis bildeten – zusätzlich zu den schweren Metallketten, in die er gelegt worden war. An seinen Hand- und Fußgelenken sowie seinem Hals registrierte er das kalte Metall, das ihn schwächte und seine Fähigkeiten einschränkte. Sein Plan, gefangen genommen zu werden, war also aufgegangen.

Er lehnte sich gegen die Ketten, um auszumachen, wo sie befestigt waren. Die Metallfessel an seinem Hals führte geradewegs nach oben, die an seinen Handgelenken schräg hinauf und die an den Fußgelenken zu beiden Seiten. Seine Zehenspitzen berührten kaum den Boden. Er kam sich vor wie eine Marionette, die man an Schnüren aufgehängt hatte.

Das war kein Gefühl, an das er sich gewöhnen wollte.

Er konzentrierte sich auf die Präsenz vor ihm und empfand sie als merkwürdig vertraut. Gegen die Benommenheit ankämpfend öffnete er die Augen einen Spalt.

Er schaute in goldene Iriden, die er über die Jahrtausende mit den verschiedensten Emotionen gesehen hatte. Von *leer* bis zu *hasserfüllt* war alles dabei. Vor vielen Zeitaltern waren sie einfach nur zwei junge Männer in der Hölle gewesen, die das gleiche Schicksal geteilt hatten.

Sergen schloss die Augen wieder und schob uralte Erinnerungen an Erniedrigungen und Schmerz beiseite.

Diese Zeiten waren längst vorüber. Niemals wieder würde er dorthin zurückkehren. Nie wieder wäre er machtlos.

»Judas, ich weiß, dass du wach bist«, knurrte Kasimir und trat näher an Sergen heran.

Dass er Sergen ›Judas‹ nannte, sollte wohl bedeuten, dass er ihn als Verräter betrachtete. Was Sergen nicht war!

Er versuchte, zu schlucken und sich vorsichtig zu räuspern. Blut lief ihm aus den Mundwinkeln und sowieso hatte er das Gefühl, es wäre überall. Bei jedem seiner nächsten gekrächzten Worte quoll noch mehr der warmen Flüssigkeit aus seinem Mund. »Ich … hab sie nicht … getötet.«

Er hasste es, dass seine ersten Worte eine Rechtfertigung waren. Doch auch wenn er den Angriff auf die Nymphen früher als geplant hatte durchführen müssen, war er nicht der Feind.

Er hatte sich an die Abmachung mit Jiyan halten wollen, nur war ihm keine Gelegenheit mehr geboten worden, den Nymphenkönig über die Pläne Leviathans aufzuklären. Nachdem die anderen drei Höllenfürsten die von Leviathan aufgetragene Bestrafung an Sergen vollzogen hatten, waren sie auch schon zu ihren Legionen beordert worden.

Man sollte meinen, dass sich so ein bisschen Haut schneller regenerierte. Sergen hatte allerdings durch seine Heilung Leviathans verfrühten Angriff immerhin noch um einen weiteren Tag hinauszögern können und den Himmelsvölkern dadurch mehr Zeit verschafft.

Dass der Kampf gegen Jiyan derart ausgeartet war, hatte er nicht kommen sehen. Von seiner Seite war alles nur Show gewesen, aber der Nymphe hatte gekämpft, als wollte er ihn töten. Dabei war lediglich abgemacht gewesen, dass er Sergen überwältigte. Irgendwie war alles aus dem Ruder gelaufen.

Es kam jemand auf ihn zu, öffnete die Zellentür und trat in etwa neben Kasimir.

»Die Umstände sprechen nicht für die Glaubwürdigkeit deiner Worte«, erklang Kendrics seelenruhige Stimme.

Sergen öffnete die Augen erneut. Beide Männer standen blutüberströmt vor ihm, mit kalten Blicken. Während Kasimir wie Sergen eine lederne Rüstung trug, war Kendric in eine Lederhose und einen bodenlangen Ledermantel gekleidet, der seinen tätowierten Oberkörper zeigte. Dreimal durfte Sergen raten, aus wem Kendrics nächster Mantel bestünde, wenn Sergen die Situation nicht erklärte.

»Ich … schwöre es«, presste er unter Schmerzen hervor. »Hab … sie … nicht getötet.«

Die beiden Tavith warfen sich bedeutsame Blicke zu. Dann spürte Sergen, wie Kendric versuchte, in seinen Geist einzudringen. Da Sergen telepathisch kommunizieren konnte, wusste er genau, wie man sich in das Bewusstsein anderer schlich, und auch, wie man sich davor abschirmte, um anderen den Zutritt zu seinen Gedanken zu verweigern. Kendric stand an der Türschwelle seines Geistes, und auch wenn es Sergen widerstrebte, öffnete er dem Tavith die Tür und ermöglichte es diesem, sich die Geschehnisse aus Sergens Perspektive anzuschauen.

Nach mehreren Momenten der Stille erklärte Kendric seinem besten Freund: »Sergen hat recht. Er hat Amaleya nicht getötet.«

Mit diesen Worten verschwand Kendrics Präsenz aus Sergens Gedanken, sodass er seinen Schutzwall erneut hochziehen konnte.

Kasimir verschränkte die Arme vor der Brust. »Und was ist dann passiert?«

Dass Sergen Kendric die Ereignisse gezeigt hatte, barg den Vorteil, dass er nun nicht sprechen musste. Das übernahm der Kronprinz.

»Ich bin mir nicht sicher«, gab Kendric zu. Solche Worte mussten den Prinzen viel Überwindung kosten und waren garantiert eine Seltenheit. »Als sie kämpften, schloss Sergen Amaleya in einem kleinen Eisberg ein. Doch er hatte nicht die Absicht, sie mit dem Eis zerspringen zu lassen und sie dadurch zu töten. Sergen wollte zwar, dass Jiyan im Kampf gegen ihn alles gibt, aber er wollte weder uns noch die Nymphen als seine Feinde. Er hätte Amaleya unbeschadet in dem Eis gefangen gelassen, bis Jiyan ihn besiegt hätte. Irgendjemand muss sich eingemischt haben. Ein Außenstehender muss Amaleya mitsamt dem Eis zerspringen lassen und sie dadurch getötet haben.«

Kasimir brummte frustriert, was Sergens Gefühle gut zum Ausdruck brachte.

»Wer würde sich denn einmischen?«, überlegte Kasimir laut und schaute Kendric mit geneigtem Kopf an. »Und wenn derjenige den Zeitpunkt so exakt abgepasst hatte, muss er Amaleya schon länger beobachtet und als Opfer auserkoren haben.«

»Nicht nur das«, brummte Kendric. »Sich kurzzeitig der Fähigkeit eines anderen zu bemächtigen, um es aussehen zu lassen, als ob Sergen Amaleya umgebracht hätte, erfordert sehr viel Geschick. Und die Fähigkeit dazu.«

Der Kronprinz ließ seinen Blick über Kasimirs Gesicht wandern, weshalb sein bester Freund etwas Abstand zwischen sie brachte.

»Ey, wenn du dir jetzt auf den Finger sabberst und mir Blut aus dem Gesicht wischst, hau ich dich.« Kasimir verengte die Augen zu Schlitzen. »Du kannst mich später noch genug bemuttern.«

Man sah ihm an, wie seine Gedanken eine andere Richtung einschlugen und sich seine finstere Miene zu einem breiten Grinsen
erhellte. »Oder wir gehen zusammen duschen. Du darfst mir
gern aus der Rüstung helfen.«

Kendric blieb völlig ungerührt, seine Züge ausdruckslos. »Ich
weiß deinen Aufmunterungsversuch zu schätzen, doch in diesem
Moment würde ich lieber klären, wer Amaleya auf dem Gewissen hat.«

Kasimir zuckte mit den Schultern und rieb sich mit den Händen über die stoppligen Wangen, da das getrocknete Blut über
seiner Haut spannen musste. »Prima. Dann zurück zum Ge-
schäft.«

Zwei Paar goldener Augen richteten sich auf Sergen.

Er röchelte, ehe er seiner Stimme so weit traute, dass er seine
Gedanken den beiden Tavith mitteilen konnte. »Stellt sich außer-
dem … die Frage, ob … Amaleya das Ziel war … oder unser
Bündnis.«

Jedes einzelne Wort brachte einen Schwall der Schmerzen mit
sich und ließ ihm das Blut aus dem Mund laufen. Er fasste es
nicht, dass er ohnmächtig geworden war, nachdem Jiyan ihm
den Brustkorb durchbohrt hatte. Nach allem, was er erlebt hatte,
sollte man meinen, er hätte den Schmerz aushalten können.

Sichtlich irritiert sah Kasimir ihn an. »Ich kann mir nicht vorstellen, dass jemand unser Bündnis zerschlagen wollte. Außer
uns dreien und Jiyan weiß niemand davon.«

»Und daran wird sich auch vorerst nichts ändern«, sagte Kendric entschlossen. »Sergen, ich weiß, dass du nicht für Amaleyas
Tod verantwortlich bist, doch das darf niemand erfahren. Wir
müssen die Fassade wahren, dass du unser Gegner und Leviathan treu ergeben bist.« Der Höllenprinz stand gänzlich

ungerührt dort. Sergen erahnte, dass ein Gedankenleser so viel Wissen und unbegrenzte Möglichkeiten in seinem Verstand beherbergte, dass er lediglich vergaß, irgendeine Reaktion darauf zu zeigen. »Je mehr Personen von unserer Allianz wissen, desto größer ist die Wahrscheinlichkeit, dass Leviathan davon Wind bekommt.«

Das erinnerte Sergen an etwas. »Wie gingen die … verschiedenen Schlachten … in Himmel und … Hölle aus?«

Da sie immer noch von Leviathan sprachen, war die Schlange wohl nicht tot. Und dass die beiden Tavith nun hier standen, deutete darauf hin, dass die Kämpfe vorüber sein mussten.

Kasimir seufzte und antwortete abermals auf eine direkte Frage. »Es lief leider nicht wie geplant, da wir so plötzlich zum Angriff übergehen mussten. Wir alle hatten damit gerechnet, noch mindestens ein oder zwei Tage Zeit zu haben.« Er warf Kendric einen langen Blick zu, der mit einer ausladenden Armbewegung andeutete, dass sein bester Freund fortfahren sollte.

Sergen würde die Verbindung der beiden nie verstehen. Freundschaften und Brüderlichkeit gab es in der Hölle nur selten. Die zwei Tavith hingen allerdings wie Pech und Schwefel zusammen, verstanden sich ohne Worte und waren sich selbst nach Jahrtausenden nicht ein einziges Mal in den Rücken gefallen.

Da Sergen ein Einzelkämpfer war, wunderte es ihn, bei diesen Gedanken ein Stechen in der Brust zu verspüren. Das musste von der klaffenden Wunde in seinem Brustkorb stammen.

Kasimir warf die Arme in die Luft und verfiel in seine theatralische Art. »Natürlich! Lassen wir doch denjenigen die Ereignisse schildern, der nicht mal auf eine Ja-Nein-Frage antworten kann.«

Kendric legte die Stirn in Falten. »Würdest du noch irgendetwas merken, würde ich dir jetzt mit Gewalt drohen.«

Kasimir fasste sich ans Herz und riss schockiert die Augen auf. »Wie kannst du nur so etwas Grausames sagen und meine Gefühle verletzen?«

Mit dieser Behauptung brachte er Sergen und Kendric gleichermaßen zum Grinsen, obwohl die Lage alles andere als lustig war. Aber Kasimir und Gefühle? Der war gut.

Weil Kendric nichts erwiderte, seufzte Kasimir übertrieben laut und richtete den Blick wieder auf Sergen. »Am besten schildere ich dir die ganze Situation. Mittlerweile sind drei Tage vergangen.«

»Drei …«, krächzte Sergen, bevor ihn seine Stimme im Stich ließ.

Ihm wurde übel bei der Vorstellung, was andere in der Zeit alles mit ihm hätten anstellen können. Durch seine starken Verletzungen aus dem Kampf mit Jiyan hatte sein Körper wohl länger gebraucht, um zumindest so weit zu heilen, dass er wieder zu sich kam und sprechen konnte.

Kasimir ließ sich nicht beirren und schilderte ihm wie gewünscht die Ereignisse. »Während du in der Schlacht bei den Nymphen gekämpft hast, griffen die anderen Dämonenfürsten wie geplant andere Himmelsinseln an. Fürst Ran wurde allerdings von den Walküren geschlagen. Als ob die Ladys noch nicht tödlich genug wären, hatten sie auch noch Unterstützung der Sondereinheit des Himmels, wie ich sie gern nenne.« Der Tavith neigte den Kopf und kniff die Augen ein wenig zusammen, als würde er angestrengt nachdenken. »Die Anführerin, Tallulah, hat anscheinend ihren Seelenverwandten in dem Erzengel des Todes, Azrael, gefunden. Er leitet eine kleine Sondereinheit, die nur aus Paaren besteht, von denen ein Partner immer ein Engel ist. Es ist zwar nur eine kleine Gruppe, doch sie verfügt über eine ungeheure Zerstörungskraft. Ran ist sofort geflohen und hat sich wieder in der Hölle bei Leviathan verkrochen.«

Sergen unterbrach Kasimir. »Woher ... weißt du ... so viel über ... die Engel?«

Diese Neuigkeiten waren für ihn äußerst faszinierend, denn als Dämon an Wissen über die Engel zu gelangen, war ein schwieriges Unterfangen.

Kasimir blinzelte verwirrt und zuckte mit den Schultern. »Jetzt, da du mich das fragst, wundert es mich auch. Ich schätze, ich habe seit Neuestem ein Interesse an Engeln entwickelt. Warum auch immer.«

»Wie dem auch sei«, nahm Kendric die Erzählung seines Freundes auf. »Fürstin Nivashi unterlag ebenfalls mit ihrer Armee und kehrte zu Leviathan zurück.« Vielleicht lag es an Sergens verschwommener Sicht, aber der Prinz schien auf den Füßen vor und zurück zu wippen. Es musste ein nervöser Tick sein. »Der Einzige, der siegreich aus seiner Schlacht hervorging, war Fürst Mandurugo. Er herrscht jetzt über die Himmelsinsel der Minotauren. Ich bezweifle allerdings, dass er sie lang halten kann. Die Engel werden ihre Kräfte sammeln und ihn mit allen Mitteln bekämpfen.«

Sergens Armee hatte also auch verloren. Immerhin eine gute Neuigkeit.

»Ich hasse Mandurugo«, grummelte Kasimir.

»Ich weiß.« Kendric warf ihm einen vielsagenden Blick zu. »Ihr seid beide zur Hälfte Inkubi, es ist ein Wunder, dass ihr euch noch nicht zerfleischt habt, wie es für euresgleichen typisch ist.«

Sergen konnte die Augen nicht länger offen halten und schloss sie vor Erschöpfung wieder. Wenn er sich recht entsann, waren die Minotauren Mischwesen mit einem menschlichen Körper und einem Stierkopf. Die Überlebenden bekamen wohl gerade eine Kostprobe der Hölle auf Erden.

Mit letzter Kraft formulierte er seine Frage. »Schön ... und gut. Aber was ist ... mit Leviathan?«

Sergen hatte seit jeher seinen Hass als treibende Kraft genutzt, sich hochgearbeitet und hochgekämpft. Und nun hatte er fast sein Ziel erreicht, ein Kronprinz der Hölle zu werden – mächtiger als alle anderen Höllengeschöpfe und nur dem einen dunklen Herrscher unterstehend, der aus dem Spiel war, nachdem er sich zurückgezogen hatte.

Lediglich Leviathan stand Sergen noch im Weg, die es für ihn zu beseitigen galt. Er wollte ihren Thron so sehr, dass er das Risiko einging, sie zu hintergehen. Denn dann könnte er endlich zu seiner Familie zurückkehren.

»Ich war in Leviathans Schloss, um die Kronprinzessin herauszufordern.« Kendrics Stimme klang erstmals nicht mehr ruhig, sondern verriet seine Anspannung. »Sie ist mir allerdings entkommen. Wenigstens konnte ich den Großteil ihres Palasts in Schutt und Asche legen. Ein kleiner Trostpreis.«

Cuesh! Scheiße!

Sergen hatte gehofft, Leviathan wäre jetzt tot und die anderen drei Fürsten ebenso. Kasimirs und Kendrics Schilderung der Ereignisse entnahm er hingegen, dass alle noch am Leben waren. Zum Glück hatte er vorausgeplant und wurde nun gefangen gehalten. Dadurch erweckte er nicht Leviathans Misstrauen, für den Fall, dass sie diese Schlacht überleben sollte.

»Wir brauchen einen neuen Plan, um Leviathan zu stürzen.« Kasimir seufzte. »Erst mal müssen wir uns jetzt um die Nymphen kümmern. Die sind keine verlässlichen Verbündeten, solang sie um ihre gefallenen Soldaten trauern und Jiyan versucht, sich umzubringen.«

Obwohl Sergen sich vom Blutverlust benebelt fühlte und ihm zugleich schwindelig war, blinzelte er. »Was ist … mit Jiyan?«

»Nun ja«, setzte Kasimir an, »Amaleya hat Jiyan mehr bedeutet, als du dir vorstellen kannst. Sie war seine Seelenverwandte, und ihr Verlust hat ihm ganz schön zugesetzt. Lorcas tauchte gerade noch rechtzeitig auf dem Schlachtfeld auf, um Jiyan davon abzuhalten, sich das Leben zu nehmen. Wir mussten ihn festketten. Aber da er niemanden außer Amaleya anfassen wird, um sich heilen zu lassen, stirbt er in ein paar Tagen oder Wochen ohnehin. Das Einzige, was ihn momentan aufmuntern würde, wäre dein Kopf auf einem Silbertablett, da er – wie alle anderen auch – glaubt, du wärst für Amaleyas Tod verantwortlich.«

Sergen fragte sich unweigerlich, ob die beiden Tavith ihn ausliefern würden.

»Keine Sorge«, beruhigte ihn Kendric. »Du bist zu wichtig, als dass wir zulassen würden, dass dich jemand tötet.«

Cuesh!, fluchte Sergen auf Dämonisch. Er war so schwach, dass es ihm nicht gelang, Kendric von seinen Gedanken fernzuhalten.

»Vorerst werden wir dich hier gefangen halten«, ergänzte der Kronprinz. »So kannst du heilen, während sich alle Gemüter wieder beruhigen. Dann werden wir sehen, wie es weitergeht.«

Sergen blieb nichts anderes übrig, als benommen zu nicken. Leviathan hatte ihm schon die Haut dafür abziehen lassen, dass er Jiyan zu sich in die Hölle geholt hatte. Dass Sergen jetzt die Schlacht verloren hatte und sich obendrein auch noch gefangen nehmen ließ, würde sie ihn büßen lassen.

Aber egal. Er würde überleben. Wie immer. Er war ein Arguine, ein Soldat des dunklen Herrschers, adlig und sein Wille durch nichts zu brechen.

Seine nächsten Worte waren kaum ein Flüstern, so schwach brachte er sie hervor. »Können … Amaleya … zurückholen?« Er leckte sich über die Lippen, als ihm noch mehr Blut aus dem Mund lief.

Kasimir seufzte dramatisch. »Tja, das haben wir schon versucht. Sozusagen. Kendric konnte Amaleyas Seele nicht in der Hölle ausfindig machen, also sind wir zum Himmlischen Rat der Engel geflogen und haben gefordert, dass sie uns Amaleyas Seele zurückgeben. Sie meinten allerdings, dass sie dazu nicht in der Lage wären, weil Amaleya nicht da sei. Die Seelen von Engeln und Dämonen werden üblicherweise nicht in den Himmel oder die Hölle geschickt, sondern sterben zusammen mit dem Körper. Wir hatten gehofft, dass es bei uns Tavith anders wäre, doch anscheinend gibt es für uns auch kein Leben danach.«

Für manche Unsterblichen war das unumkehrbare Ende ihrer Existenz die Hölle, für andere ihre Erlösung. So oder so verspürte Sergen ein befremdliches Gefühl, das dem von Mitleid sehr nahe kam.

Denn Jiyan tat ihm leid. Seine Seelenverwandte war tot. Und er wohl auch bald.

Never forgotten

Time flies by
and while we surrender
– in the moments we die –
we seek to remember
›I left something behind‹

SCHICKSALHAFTER AUFTRAG

AMALEYA

Sie blinzelte gegen das gleißend helle Licht an und schirmte ihre Augen mit der Hand ab. Obwohl sie die Lider geschlossen hielt und ihre Finger die Helligkeit abhalten sollten, wurde diese nicht schwächer.

Als Amaleyas Erinnerungen sie einholten, wurde ihr auch bewusst warum: Sie war tot. Endgültig und unumstößlich tot. Sergen hatte sie mit seiner Fähigkeit umgebracht, als sie gerade noch rechtzeitig hinter Jiyan aufgetaucht war, um ihn aus der Schusslinie zu schubsen.

Jiyan! Was war mit ihm? Hatte er Sergen besiegt?

Sie wollte die Augen zusammenkneifen und ihren Unterarm vor ihr Gesicht halten, aber mit einem Mal traf sie die Erkenntnis:

Da war *nichts*. Keine Hand, nur Helligkeit. Kein Körper, keine Empfindung, nur ihr Bewusstsein in weißem Licht.

Ihre einzige Empfindung war plötzlich Angst, doch sie besaß keinen Körper, der darauf zu reagieren vermochte. Keine schwitzigen Finger, keine schnelle Atmung, kein Zittern ihrer Glieder – sie hatte Angst und konnte diese nicht einmal zum Ausdruck bringen.

War das hier die Hölle?

Kein einziges Geräusch umgab sie und keine Worte kamen über ihre Lippen, denn sie besaß keine mehr. Nicht einmal ihr Herzschlag war zu hören, weil sie in dieser Seelenform kein Herz hatte.

Panisch wollte sie loslaufen, wenn es ihr schon nicht möglich war, um Hilfe zu schreien, aber sie wusste nicht einmal, ob sie sich bewegte. An ihrer Umgebung änderte sich nichts. Es war nur weißes Licht um sie herum, das weder ein Unten noch ein Oben bildete. Sie war nichts mehr als ein formloses Bewusstsein in weißem, strahlendem Rauch.

Ihre Gedanken überschlugen sich. Was nun? Wie kam sie hier raus? Gab es überhaupt einen Ausweg, wenn man tot war?

Es musste einen geben! Sie musste zu Jiyan zurück! Sie mussten die Schlacht gewinnen!

Mit aller Kraft versuchte sie, sich zu bewegen, zu schreien oder zumindest *irgendeine* Veränderung ihres Zustands zu bewirken. Aber nichts geschah.

Sie hatte keine Ahnung, wie viel Zeit vergangen war, als sie plötzlich eine Frauenstimme hörte. Klar und rein. Wie Glaskristalle an einem Windspiel, die in der lauen Brise eine sanfte Melodie anschlugen.

»Du wirst dich als sehr dienlich erweisen.«

Das gefiel ihr gar nicht. Sie wollte etwas anderes als weißen Nebel ausmachen, doch da war niemand.

›*Wer bist du und was willst du von mir?*‹, fragte sie in Gedanken, weil ihr nichts anderes übrig blieb.

Wollte sie die Antwort überhaupt wissen? Sich als *dienlich* zu erweisen, konnte jede Menge Ärger für sie bedeuten, und dienen wollte sie eigentlich nur sich selbst.

Unzählige Stimmen erwiderten von allen Seiten im Chor: »Wir sind Diener des Schöpfers. Du wirst für uns einen Auftrag ausführen.«

Oh, Scheiße. Krasse Scheiße, sie war im obersten Himmel bei den Kerubim, den obersten Engeln und Begleitern des Schöpfers.

Wahrscheinlich erkannte sie niemanden, weil sie nicht mächtig und rein genug war, um solche Geschöpfe des Lichts zu sehen.

›*Was für einen Auftrag? Warum ich?*‹

In ihr erblühte die zarte Hoffnung, dass sie hier doch herauskommen könnte.

»Hierbei geht es um Majandra, wie sie sich in diesem Leben nennt«, erklärte der Chor im Singsang. »Da du ihr nahestehst, gibt es keine bessere Kandidatin, um sie dazu zu bewegen, sich von der Hölle fernzuhalten. Nach neuesten Erkenntnissen ist dies notwendig, um unsere Welt zu retten. Dies soll also dein Auftrag sein.«

Besäße sie in dieser Form noch ein Herz, würde es jetzt garantiert stillstehen.

›*Wartet, bin ich nur wegen dieses Auftrags hier?*‹

Das Timing war verdächtig.

›*Habt ihr mich umgebracht?*‹, hakte sie ungläubig nach.

»Dies erschien uns als die einfachste Lösung«, sang der Chor.

›*Ich fass es nicht!*‹

Mehr fiel ihr dazu nicht ein. Sie war definitiv nicht darauf vorbereitet, von den obersten Engeln umgebracht, in ihrer Seelenform festgehalten und mit einem Auftrag betraut zu werden.

›Moment mal, wieso sagt ihr, dass sie sich in diesem Leben Majandra nennt? Hat sie mehrere Leben? Und warum sagt ihr Maja das nicht alles selbst und braucht mich dafür?‹

Wenn sie schon den Laufburschen spielen musste, dann wollte sie wenigstens alle Fakten kennen.

Die Kerubim schwiegen für ein paar Momente. Vermutete Amaleya zumindest, denn in diesem weißen Nichts war Zeit schwer einzuschätzen.

Schließlich antwortete eine einzige klare Frauenstimme. »Majandra ist so alt wie die Zeit selbst, auch wenn sie sich an vieles nicht mehr erinnert. Sie hört nicht auf uns. Doch zu euch Tavith hat sie eine besondere Verbindung und wird deswegen gewiss auf *dich* hören, Amaleya.«

›Was heißt hier: Sie ist so alt wie die Zeit selbst? Sie ist nur sechshundertfünfundsechzig Jahre alt. Oder nicht? Und warum interessiert es euch, ob sie sich in der Hölle aufhält?‹

»Wirst du den Auftrag ausführen?«, donnerte der Chor.

Das wurde ihr gerade alles eine Nummer zu groß. Sie hatte immer geglaubt, Maja wäre ihre beste Freundin und sie würden sich gut kennen. Nun war sie sich da allerdings nicht mehr so sicher.

Wer war Maja wirklich? Und weshalb sollte sich Maja in der Hölle aufhalten? Ob Kendric mehr darüber wusste? Er war immerhin ein hohes Tier und der Älteste von ihnen.

Amaleya wollte erschrocken nach Luft schnappen, als ihr ein Gedanke kam.

Die Prophezeiung! Maja, so alt wie die Zeit und voller Licht. Das Licht, das sich laut den Kerubim von der Hölle, der Dunkelheit, fernhalten sollte. Das würde so perfekt zusammenpassen, dass es schon gruselig war.

Aber in der Prophezeiung ging es auch um eine uralte Liebe, und soweit Amaleya wusste, hatte Maja sich noch nie für einen Mann im romantischen Sinne interessiert. Irrte sich Amaleya also oder hatte Maja auch diesbezüglich gelogen?

Nach reichlicher Überlegung fragte sie: ›*Wenn ich mich bereit erkläre, Maja davon zu überzeugen, sich von der Hölle fernzuhalten, werdet ihr mich dann wieder in die Welt der Lebenden bringen?*‹

Sie würde sich ohnehin mit Maja unterhalten und ihr all die Fragen stellen müssen, die ihr nun durch den Kopf geisterten.

»Besondere Umstände erfordern besondere Maßnahmen. Und sollte der schlimmste Fall eintreten, muss der Himmel zusammenstehen, was die Nymphen einschließt. Folglich solltest du zu dem jungen König zurückkehren und schnellstmöglich deinen Auftrag ausführen.«

Ja, ja, jaaaaa! War das zu fassen? Sie würde leben! Sie würde wieder zu Jiyan zurückkehren! Das war der Oberhammer!

Sie hörte ein sanftes Lachen und hätte schwören können, auch ohne Körper eine Gänsehaut zu verspüren.

›*Was? Da würde ja wohl jeder überglücklich ausflippen!*‹

»Nun ja, in unseren Augen war dies noch nicht die freudige Mitteilung, die wir dir offenbaren wollten, doch es erheitert uns, dass du so positiv gestimmt bist.«

›*Was ist denn dann die freudige Mitteilung?*‹, wollte sie verwirrt wissen.

Entweder würde sie jetzt etwas erfahren, das sie von den Socken haute, oder die Kerubim besaßen einen verdrehten Sinn für positive Empfindungen und verpassten ihr nun einen Dämpfer.

Statt des Chores antwortete erneut die kristallklare Frauenstimme. »Es ist gleichgültig, in wie viele Teile deine fleischliche

Hülle zerbrach, denn wir haben sie erneut vollständig herge-
stellt. Dabei fanden wir heraus, dass dein Leib auf die Gegenwart
deines Seelenverwandten reagierte, sodass sich deine Hormone
umstellten und sich dein Körper veränderte. Es sollte dir nun fas-
zinierenderweise möglich sein, Kinder zu bekommen. Genaueres
kann dir sicherlich auch Majandra erläutern.«

Deswegen war es ihr so schlecht ergangen? Als Kasimir und
Maja sie untersucht hatten, hatte Maja allerdings kein Wort darüber verloren, dass sich Amaleyas Körper veränderte! Und dabei
sollte sie Bescheid wissen? Das tat weh.

Amaleya wusste, dass die Kerubim die Wahrheit aussprachen,
wohingegen sie bei Maja nie hören konnte, ob sie log oder nicht.
Trotz all der guten Nachrichten fühlte sie sich betrogen und niedergeschlagen. Seit Jahrhunderten hatte sie mit Maja zusammengelebt und ihr vertraut wie niemandem sonst. Hatte Maja ihr
denn nicht ebenso vertraut? Hätte sie sich nicht Amaleya mitteilen sollen? Waren sie denn keine Freundinnen?

Sie schob ihren Kummer beiseite und fokussierte sich vorerst
auf die guten Nachrichten.

›*Verzeiht die Frage*‹, begann sie skeptisch, ›*wenn ich jetzt in meinen
Körper zurückdarf, geht es mir dann immer noch so schlecht oder ist
das Schlimmste überstanden?*‹

Nicht dass die Erwiderung etwas an ihrer Einstellung zum Leben änderte, aber sie würde sich gern mental darauf vorbereiten
können.

»Das Schlimmste ist überstanden. Dennoch solltest du wissen,
dass die Schlacht mittlerweile vorüber ist. Es gibt einige Tote,
doch ihr habt gesiegt.«

Die Schlacht war bereits vorüber? Sie bekam eine Heidenangst
vor der Antwort auf ihre nächste Frage.

›*Wie lang bin ich denn schon hier?*‹

»Nach deinem Zeitgefühl: drei Tage und zwei Stunden.«

Verdammt. Es musste Jiyan so richtig schlecht gehen. Das versetzte ihr direkt den nächsten Dämpfer. Wenn sie an seiner Stelle wäre und ihn tot glauben würde, wäre sie ein Wrack. Von den vielen Wunden, die er vom Kampf davongetragen haben musste, ganz abgesehen.

›*Dann schickt mich bitte wieder zurück. Bitte. Ich werde meine Aufgabe auch gewissenhaft erfüllen.*‹

Würde sie wirklich. Sobald sie wusste, dass es Jiyan gut ging und sie alles für die Trauerfeier vorbereitet hatten. In solch schweren Zeiten sollten sie beide seinem Volk zeigen, was Stärke bedeutete.

»Das würden wir dir auch raten, denn wenn nicht, werden wir uns bald wiedersehen, kleine Tavith«, erwiderte der Chor.

Diese Drohung war das Letzte, was sie hörte, bevor alles um sie herum schwarz wurde.

Als sie wieder zu sich kam, stand sie auf wackeligen Beinen vor dem gewaltigen Tor des obersten, wahren Himmels und hörte, wie es hinter ihr zufiel.

Sie schaute an sich herab und erkannte die vertraute schwarze Kleidung, die sie fast immer trug. Ihre Lederhose schmiegte sich an ihre schlanken Beine und endete in schwarzen Stiefeln. Als sie ihr Top hochzog, blitzte ihr Bauchnabelpiercing im gleißend hellen Sonnenlicht auf. Ihr gesenkter Blick fiel auf ihr Schwert zu ihren Füßen und sie hob es auf.

Der Schatten neben ihr ließ sie den Kopf heben und sie besah sich ihr dunkles Gefieder. Ein Gleiten mit ihren Händen über ihr Haar bestätigte ihr, dass sie einen hohen Zopf trug und sich ihre Hörner an derselben Stelle befanden wie noch vor ihrem Tod.

Alles an ihr war wie zuvor und sogar noch besser, denn sie fühlte sich nicht mehr schwach und auch die Übelkeit war verschwunden.

Sie zog magische Schleier über Hörner, Schwanz und Flügel und teleportierte ihr Schwert in ihre Räumlichkeiten in Majas Schloss.

Während sie das fluffige Weiß um sich herum musterte, schirmte sie mit einer Hand ihre Augen vor dem blendenden Sonnenlicht ab und war erleichtert, dass ihr dies nun gelang.

Sie war frei. Alles, woran sie dachte, war, dass sie Jiyan sehen musste. Keinen Augenblick länger würde sie es ohne ihn aushalten.

Verunsichert, da sie nicht wusste, was sie erwartete, teleportierte sie sich in seine Gemächer. Sie fand ihn auf dem Bett sitzend, mit dem Rücken an das Kopfende gelehnt. Er wirkte ausgemergelt, aber seine Wunden waren verschwunden. Als Unsterbliche heilten sie schnell, also verwunderte es sie nicht. Nach dem Kampf mit Sergen musste er allerdings den Großteil ihrer Energie verbraucht haben und die anschließende Heilung hatte gewiss den Rest verzehrt.

Sie schluckte schwer. Alle Glücksgefühle darüber, dass sie wieder lebte, ebbten ab und ließen sie auf dem Boden der Realität stranden.

Jiyans rechter Arm war an das Kopfende gekettet. Selbst wenn auf den Ketten keine Symbole zu erkennen wären, hätte sie vermutet, dass es mystische Fesseln waren, die ihn an Ort und Stelle hielten. Denn er trug die Armreife nicht mehr.

Und seine Augen … Ihr kamen die Tränen, als sie ihn da sah mit leerem Blick und den getrockneten Tränen auf seiner Wange.

Sofort trat sie aus der Geisterwelt hervor, damit Jiyan sie sah.

Er reagierte nicht.

»Hey, Hübscher«, sagte sie ganz sanft.

Er zuckte bei dem Klang ihrer Stimme zusammen und schaute sie endlich an.

»Das ist … unmöglich … Sie ist tot«, wisperte er.

Seine Stimme brach ihr das Herz. So rau und schwach. Er dachte, sie wäre nicht real. Wären ihre Situationen vertauscht, würde sie wohl das Gleiche annehmen.

Ohne weiter nachzudenken, kletterte sie auf das Bett und wollte ihre Hand an seine Wange legen, damit er ihre Energie spürte. Er zuckte allerdings zurück und sie ließ den Arm wieder sinken.

»Jiyan, bitte halte mich«, flehte sie leise und suchte seinen Blick. »Bitte. Dann wirst du an meiner Energie erkennen, dass *ich* es bin. Deine Amaleya.«

Gerade so konnte sie an dem Kloß in ihrem Hals vorbeisprechen und wollte sich zu Jiyan hinüberlehnen, doch er hielt ihr plötzlich einen Dolch entgegen, den er unter dem Kopfkissen vorgezogen hatte.

»Wag es nicht, mich anzufassen.« Die Leere in seinen Augen wich Zorn. »Nur sie darf mich berühren.«

Tatsächlich breitete sich bei seinen Worten ein trauriges Lächeln auf ihren Lippen aus. Er würde eher sterben, als mit einer anderen zusammen zu sein. Und sie würde eher sterben, als ihn zu verlieren.

»Hübscher, dann stell mir irgendwelche Fragen, auf die nur Amaleya die Antworten kennt. Und wenn ich sie richtig beantworte, dann hältst du zumindest meine Hand.« Sie streckte ihre Finger nach ihm aus und wünschte sich, er würde sie mit seinen verschränken. »So wie in der Hölle. Einverstanden?«

Sie erkannte einen Funken Hoffnung in seinen Augen, der nur allzu schnell durch Misstrauen ersetzt wurde. Aber er senkte dennoch den Dolch ein Stückchen.

Er verengte die Augen zu Schlitzen und musterte sie, als würde er nur darauf warten, dass sie sich als Nachahmerin entpuppte. »Wenn du wirklich Amaleya bist … Was war dann das Erste, das sie je zu mir gesagt hat?«

Sie dachte zurück an ihr erstes Treffen vor ein paar Wochen und den Blick, mit dem Jiyan sie gemustert hatte.

»Na, sattgesehen, Euer Hoheit?«, wiederholte sie die Worte von damals und wartete auf Jiyans Reaktion.

Doch unvermittelt folgte die nächste Frage: »Als was hat sie mich und meinesgleichen beschimpft?«

Oje, es war ihr bereits unangenehm, nur daran zurückzudenken. Dennoch sprach sie es aus: »Das war eine meiner Glanzleistungen. Ich hab euch Nymphen als Schlappschwänze bezeichnet.«

Mehr Hoffnung flimmerte in Jiyans Augen auf. Er senkte den Dolch weiter. »Und was hast du in der Hölle nach den Worten ›Du wirst es mir danken‹ getan?«

Sich natürlich wie immer von ihrer besten Seite gezeigt. »Ich hab dir das Genick gebrochen. Aber zu meiner Verteidigung: Ich hab dich auch aus der Hölle geschleppt.«

Sie lächelte, als Jiyan den Dolch auf dem Nachttisch ablegte und sich ihr entgegenlehnte. Mit aller Kraft verharrte sie an Ort und Stelle, denn sie wollte, dass er von sich aus verstand, dass sie hier war. Er sollte die Zeit haben, es zu verarbeiten. Und wenn er später seine Fragen an sie richtete, könnte sie ihm immer noch die Umstände erklären. Die Kerubim hatten schließlich keine Geheimhaltung von ihr verlangt.

»Und was solltest du dir für die Zukunft merken?«, hakte er jetzt nach und ließ den Blick über ihr Gesicht schweifen.

Sie spürte die Sehnsucht, die von ihm ausging und in ihrer Seele widerhallte, weil sie zwei Teile eines Ganzen waren.

»Ich sollte mir merken, dass ich liebenswert bin und geliebt werde.« Sie schluckte mehrfach und blinzelte gegen die Tränen an, die ihr in die Augen stiegen. »Und dass du mich liebst.«

Eine Träne rollte über Jiyans untere Wimpern und fiel hinab auf ihre Hand.

Ein zaghaftes Lächeln breitete sich auf seinem Gesicht aus. »Und was empfindest du für mich, ohne es je direkt ausgesprochen zu haben?«

Sie wollte ihn endlich berühren, doch hielt sich zurück, um ihm zu antworten. »Das ist nicht fair. Ich hab dir immerhin schon mal gesagt, dass ich in dich verliebt bin und … Ich liebe dich, Jiyan. Es tut mir leid, dass ich es dir jetzt erst sage.«

Sie glaubte, hören zu können, wie ihm ein Stein vom Herzen fiel und auf dem Boden zerschellte.

Er legte seine Hand an ihre Wange, beugte sich vor und küsste sie. Als sich ihre Lippen berührten, konnte sie nicht länger gegen die Tränen ankämpfen.

Mit all ihrer Liebe erwiderte sie den Kuss. Jiyan zog sie auf seinen Schoß und griff mit seiner Hand in ihren Nacken. Sie zerriss das Shirt, das er trug, und dann ihres, um so viel Körperkontakt wie möglich mit ihm zu haben und ihn zu stärken. Zugleich sehnte sie sich danach, ihn zu spüren, seine Wärme zu fühlen.

Er löste sich von ihren Lippen und bedeckte ihr Gesicht mit Küssen.

»Amia, meine Amia.« Ein weiterer Kuss. »Ich habe es gespürt.« Und noch einer. »Meine Seele hat von innen heraus ein Loch in mich gerissen, als Sergen dich tötete.«

»Es tut mir so leid«, flüsterte sie verzweifelt. »Aber es war nicht Sergen, der mich umgebracht hat.«

Jiyan schaute sie stirnrunzelnd an. »War er nicht? Wer … denn dann?«

Sie erklärte ihm, dass die Kerubim für ihren Tod und auch ihre Wiederauferstehung verantwortlich waren und was Amaleya von ihnen erfahren hatte. Sie erzählte ihm auch, dass sie mehr Fragen als Wissen mit auf den Weg bekommen hatte. Allerdings verschwieg sie ihm noch die Sache mit dem Kinderbekommen. Jiyan hatte auch so schon genügend Dinge, über die er nachdenken musste.

Er lauschte gespannt ihrer Erzählung, ehe er leise seufzte. »Da du ja nun schon weißt, dass Sergen nicht der Übeltäter ist, bin ich auch nicht mehr zur Geheimhaltung gezwungen.«

Dann beichtete er ihr den Deal mit Sergen.

»Bist du wütend auf mich?«, hakte er zögerlich nach.

Bevor sie Jiyan begegnet war, hätte sie in solch einer Situation mit Verständnislosigkeit reagiert. Sie hätte sich gekränkt gefühlt und aus ihrer Laune heraus um sich geschlagen.

Doch jetzt schüttelte sie lediglich den Kopf und wusste, dass er keine andere Wahl gehabt hatte.

»Ich könnte dir niemals böse sein.«

Es war so einfach, für jemanden zu sterben, den man liebte. Jiyan liebte sie allerdings genau so sehr und wollte auch nicht ohne sie leben.

Sie nahm all ihren Mut zusammen, um ihm nun ihren Vorschlag zu unterbreiten. »Was hältst du davon, wenn wir entweder zusammen leben oder zusammen sterben? Kein Ich ohne dich und kein Du ohne mich.«

Jiyan starrte sie mit großen Augen an. »Machst du mir gerade etwa einen Antrag?«

Sie spürte, wie ihr die Hitze ins Gesicht stieg. »Und wenn ja?«

Jiyan lachte sanft und strich ihr eine Haarsträhne hinters Ohr. »Dann bin ich froh, dass ich *das hier* nie losgelassen hab, nachdem ich glaubte, dich für immer verloren zu haben.«

Er blickte zu seinem angeketteten Arm, wo er seine Hand zu einer Faust geballt hatte und sie nun öffnete. Während Amaleya auf den wunderschönen Gegenstand aus Gold starrte und ihn aus Jiyans Hand nahm, erklärte er sanft: »Du trägst sonst keinen Schmuck, aber vielleicht würdest du mir die Ehre erweisen und dieses Schmuckstück als Zeichen unserer Vermählung tragen. Wenn du das wirklich willst. Also … mich heiraten.«

Sie wendete das kleine glänzende Objekt zwischen den Fingern.

»Unbedingt«, hauchte sie hingerissen und drückte Jiyan einen Kuss auf die Lippen.

Natürlich würde sie das Schmuckstück tragen und ihn heiraten! Das war ab jetzt beschlossene Sache.

»Hast du es extra für mich anfertigen lassen?« Sie bestaunte den funkelnden Saphir in der filigranen Fassung und schaute Jiyan dann fragend an.

Seine Schultern gingen stolz zurück und er nickte. »Ich habe einen der Schmiede, der sonst Schmuckstücke anfertigt, beiseitegenommen und ihn gebeten, es für dich anzupassen.« Alles an ihm wirkte sanft. Seine Stimme, sein Lächeln und selbst die Art, wie er sie auf dem Schoß hielt.

Sie hatte es vorher nicht bemerkt, doch erkannte nun, dass die Zuneigung für sie seine Worte formte und sein Handeln leitete. Es erschien ihr absurd, dass sie davon ausgegangen war, er könnte sie nie akzeptieren, geschweige denn lieben.

Sie richtete sich auf und nahm ihr altes Bauchnabelpiercing heraus. Nach ein wenig Herumgefummel zierte das neue, funkelnde Piercing ihren Bauch.

Es war ein wundervolles Geschenk. Sie trug sonst keinen Schmuck, weil sie diesen in einem Kampf als hinderlich oder zumindest als störend empfand. Das Bauchnabelpiercing war hingegen perfekt.

»Danke, Jiyan«, flüsterte sie, da sie befürchtete, ihre Stimme würde versagen. »Ich werde es immer tragen. Versprochen.« Und es in Ehren halten.

War das zu glauben? Jiyan wollte sie heiraten. Er hatte tatsächlich ›Ja‹ gesagt.

Seine Gesichtszüge erhellten sich endlich. »Es war vorher ein Ring, ein Familienerbstück. Der Schmied hat den Ring geöffnet und eine neue Fassung verwendet.«

Sie folgte Jiyans loderndem Blick zu ihrem Bauch und bekam das Gefühl, als stünde sie selbst in Flammen.

Jiyan legte seinen Arm um ihre Taille und zog sie erneut auf seinen Schoß. Sie winkelte ihre Beine zu seinen Seiten an und spürte, wie sich sein harter Schaft zwischen ihre Schenkel presste. Er lehnte sich vor, sodass sich ihre Oberkörper nahtlos aneinanderschmiegten, und küsste die empfindliche Haut an ihrem Hals.

Sie schloss die Augen und musste zugleich grinsen. »Unsere Hochzeit wird das Fest des Jahrhunderts.«

»Das wird mindestens das Fest des Jahrtausends«, korrigierte er sie und platzierte Küsse entlang ihrer Halsbeuge.

Sie legte den Kopf in den Nacken, ließ ihre langen Haare nach hinten fallen und reckte sich Jiyans Liebkosung entgegen.

»Äh, wir müssen erst noch über etwas reden«, stellte sie klar und schaute Jiyan wieder an.

»Reden können wir später noch«, raunte er ihr zu, wobei sein warmer Atem über ihre Haut strich. »Ich will erst unser Band erneuern.« Er wandte ihr das Gesicht zu und grinste. »Außerdem fühle ich mich schrecklich schwach.«

Sie zog eine Augenbraue hoch. »Netter Versuch. Mit der Mitleidsnummer kriegst du mich allerdings nicht rum. Und du wirst mich auch nicht davon abhalten, dir die guten Neuigkeiten mitzuteilen.« Sie drückte ihm gegen die Schultern, damit er auf Abstand gehen und ihr zuhören musste. »Ich kann nun den Kerubim zufolge Kinder bekommen. Wenigstens das sollten wir jetzt klären.« Weil Jiyan sie mit ausdrucksloser Miene anstarrte, fuhr sie fort: »Deswegen ging es mir auch so schlecht. Weil mein Körper verrücktgespielt hat.«

Als Tavith waren sie wirklich sonderbare Geschöpfe.

Er schaute sie immer noch mit großen Augen an. »Bei dir folgt aber auch eine verblüffende Nachricht auf die nächste.« Ein verträumtes Lächeln erhellte seine Miene. »Würdest du Kinder wollen?«

Daran, wie zufrieden ihn diese Neuigkeiten stellten, vermutete sie, dass er sich nach einer Familie sehnte. Nur ihr zuliebe hätte er es in Kauf genommen, darauf zu verzichten.

Tja, und sie? Erstmals war das Gründen einer Familie für sie kein Traum, sondern eine Möglichkeit.

»Vielleicht nicht jetzt.« Sie zeichnete mit den Fingerspitzen Muster auf Jiyans Schulter. »Aber irgendwann, ja.«

Er wäre der liebevollste, fürsorglichste Ehemann und Vater auf der ganzen Welt. Und sie wollte ihre eigene kleine Familie mit ihm. Sie hatten beide viel verloren und könnten endlich ihre Leben bereichern.

Zärtlich streichelte Jiyan über ihren Rücken und massierte die Stelle zwischen ihren Schulterblättern. »Bist du wirklich hier und ich bilde mir das nicht nur ein? Das klingt nämlich alles viel zu schön, um wahr zu sein.«

Er betrachtete sie voller Liebe. Hoffentlich sah er die gleichen Gefühle auch in ihrem Blick.

Sie drückte ihm gegen die Brust, bis sein Rücken gegen das Kopfende stieß. »Ich hab nichts dagegen, dir zu zeigen, *wie* wirklich ich hier bei dir bin.«

Seine Mundwinkel zuckten amüsiert. »Amia, nichts auf dieser Welt würde mir mehr gefallen.«

Er küsste sie voller Leidenschaft, sodass sie sich an ihn schmiegte und sogar kurzzeitig ihre Sorgen über das Gespräch mit Majandra vergaß.

Sie würden es schon schaffen. Gemeinsam würden sie alles überstehen. Schlachten, Kriege und womöglich selbst die herannahende Apokalypse.

VERZEICHNIS

ÜBERSETZUNGEN:

Ad'any – Name des Sommerfests der Nymphen

Amia – (nymphisch) Frau meiner Träume / Traumfrau

Ard'ougha – Dimension der Sylphen

Arguinen – schattenartige, gestaltlose Finsternisdämonen

Ataio honet. – (nymphisch) Du bist perfekt.

Aty Rador! – (nymphisch) Verdammte Scheiße!

Cuesh – (dämonisch) Scheiße

Lakootá – (nymphisch) wahrer Freund

Nal aty honet. – (nymphisch) So verdammt perfekt.

Naqashaan – das Phänomen, wenn verbundene Seelen aufeinander reagieren

niad Lidozo – (nymphisch) echte (lebende) Feen

Skel'ad ousto nalas'ad. – (dämonisch) Zu leben bedeutet zu leiden.

Tradar. Loleme Leano shi Balamy sam'tor Iere ra nem seend. – (nymphisch) Geh. Richte Leono und Balamy aus, dass wir ihre Hilfe und die Heilerin nicht mehr brauchen.

Ver'darvend – Billard für Unsterbliche

Veressos Del'on – Sohn des Teufels

NAMEN:

Amaleya – Tavith, kann sich anbahnende Katastrophen wahrnehmen und die Lügen anderer hören und selbst nur die Wahrheit sagen, ist Jiyans Seelenverwandte

Céline – jüngste Tavith, wächst derzeit in die Unsterblichkeit hinein

Kasimir – Tavith, bester Freund von Kendric, Inkubus, besitzt außergewöhnliche Heilkräfte

Kendric – ältester Tavith, Kronprinz der Hölle, bekannt als Veressos De'lon (Satans Sohn)

Lorcas – Tavith mit vielen Narben, ungeschlagener Gewinner der Unsterblichenwettkämpfe der Götter

Majandra – Tavith, außergewöhnlich mächtig, hat alle Tavith zusammengesucht und ihnen angeboten, bei ihr im Himmelsschloss zu leben, kann unbrechbare Schwüre lösen

Taina – Tavith mit Zukunftsvisionen, Lorcas' kleine Schwester

Balamy – Nymphe, guter Freund von Jiyan und königlicher Berater

Baraa – Nymphin, Jiyans verstorbene Schwägerin, Frau von Milan

Biyn – Nymphe, einer von Jiyans Kommandanten

Dayo – Nymphe, der Amaleya beim Ad'any anspricht

Eanrin – Nymphe, ein Befehlshaber, mit Jiyan befreundet

Fionn – Nymphe, bester Freund von Jiyan und königlicher Berater

Jaron – Nymphe, Soldat, dem Amaleya den Arm brach

Jiyan – König der Nymphen, Amaleyas Seelenverwandter

Leano – Nymphe, guter Freund von Jiyan und königlicher Berater

Meline – Nymphin, Frau von Leano

Menril – Jiyans verstorbener Vater und ehemaliger Nymphenkönig

Milan – Nymphe, Jiyans verstorbener älterer Bruder

Avaldamon – Dämonenbaron unter Sergen Ashad

Leviathan – die einzige Kronprinzessin der Hölle

Mandurugo – Dämonenfürst unter Leviathan

Melinche – Amaleyas dämonische Mutter

Nivashi – Dämonenfürstin unter Leviathan

Ran – Dämonenfürst unter Leviathan

Sergen – dritter der vier Dämonenfürsten unter Leviathan, besondere Affinität zu Eis, Verbündeter von Kendric, Kasimir und Jiyan

Aziel – Engel der Barmherzigkeit und des Friedens, Kendrics verstorbene Mutter

Azrael – Erzengel des Todes, Seelenverwandter Tallulahs, Anführer der Sondereinheit des Himmels

Celestino – einer der neun Heerführer der Engel und Amaleyas Vorgesetzter, lehrte Jiyan einst das Kämpfen

Nelafina – eine sehr gute Freundin von Amaleya, eine Heerführerin der Engel

Tallulah – Jiyans Ex-Verlobte, Walküre und neue Anführerin der Walküren, Seelenverwandte von Azrael

Masujes – Gott der vielen Orte, mit dem Jiyan einen Handel einging

Venus – Griechische Göttin der Schönheit und des Verlangens

ARTEN:

Drachen – große, geflügelte Geschöpfe mit geschupptem Körper

Engel – geflügelte Beschützer der Menschen, drei verschiedene Arten: Schutz- und Kriegerengel und der Himmlische Rat

Feen – winzig kleine, glitzernde Geschöpfe mit Flügeln

Greif – halb Löwe, halb Adler

Kerubim – Engel, die nur der einen wahren Gottheit im obersten Himmel dienen

Khaldoonen – Orakel der Hölle, ausrangierte Seherinnen

Mantikor – teils Skorpion, teils Löwe, drei Reihen Zähne

Nymphen – Unsterbliche, die von Berührungen anderer leben

Sylphen – Naturgeister des Windes

Tavith – Dämonenengel

Waruntare – Sandbasilisken, die in der Hölle leben

NACHWORT

Liebe Leserin, lieber Leser,

ich hoffe sehr, dass dir ›Wenn Himmel und Hölle sich lieben‹ schöne Lesestunden beschert hat. Ich würde ja gern behaupten, dass ich ebenso schöne Stunden beim Schreiben hatte, doch … puh … in dieses Buch sind mehr Tränen, Schweißperlen und Blutstropfen geflossen als in sonst eines meiner Bücher.

Okay, eigentlich steckt da nur Blut von dem Opfer drin, das ich darbringen musste, um einen Dämon heraufzubeschwören, damit ich ihm meine Seele verkaufen konnte. Sonst wären die Überarbeitungen wohl nie fertig geworden.

Ach nein, streich das. Das sollte erst ins Nachwort von Band 2, damit es thematisch passt. Ups.

Tja, dann erzähle ich dir an dieser Stelle lieber, wie es dazu kam, dass ich englischsprachige Gedichte für die Geschichte von Amaleya und Jiyan schrieb.

Du musst wissen, dass ich schon seit meiner Teenagerzeit hauptsächlich englischsprachige Bücher gelesen habe. Denn neben Deutsch und Französisch spreche ich auch Englisch und Latein. (Na gut, Latein spricht man eigentlich nicht, aber das ist ja jetzt auch gar nicht wichtig.)

Weil mein Hirn also auf Englisch eingestellt war, habe ich die Gedichte, die ich seit meiner Kindheit schrieb, immer häufiger in dieser Sprache verfasst. Irgendwann wurde es zur Routine, Geschichten in deutscher und Gedichte in englischer Sprache zu schreiben.

Weil ich mich größtenteils durch englischsprachige Lieder und deren Songtexte inspirieren lasse, achte ich bei meinen Gedichten auch nur wenig auf das Versmaß. Stattdessen habe ich bei meinen Gedichten eine Situation und eine Melodie im Kopf, welche im wahrsten Sinne des Wortes den Ton angibt. Manchmal bleibt es auch nur bei einem Spruch oder aus einem Gedicht wird ein Prosatext. Wenn ich dichte, bin ich vollkommen frei und breche auch gern jeden Rahmen der Lyrikform auf. Mein Verstand wandert durch die Geschichte und all die Szenen, die nie ein Leser zu Gesicht bekommen wird. Dann fühle ich meine Charaktere und sie formen Worte in meinem Herzen, die ich den Lesern wenigstens durch meine Gedichte noch mit auf den Weg geben möchte.

Vielleicht ergeben für dich als Leser nicht all meine lyrischen Texte beim ersten Lesen einen Sinn, doch das tut die Liebe ja auch nicht und dennoch ist sie wunderschön.

Himmlische Grüße

Philina

ÜBER DIE AUTORIN

Philina Hain, geboren im September 1994, wuchs auf der Ostseeinsel Fehmarn auf. Nach dem Abitur zog sie mit ihrem Freund nach Sachsen-Anhalt, wo sie Sozialwissenschaften studiert und Bauchtanz unterrichtet. Da sie schon seit ihrer Kindheit dichtete und Geschichten schrieb, besuchte sie bereits im Alter von elf Jahren ihre ersten Schreibworkshops. Mit der Veröffentlichung ihrer Tavith-Reihe erfüllt sich nun endlich ihr Traum vom Autorensein.

Kontakt:

Homepage: https://philinahainautorin.wixsite.com/website
Facebook: www.facebook.com/philina.hain
Instagram: www.instagram.com/philina.hain

Unsere Romantasy-Empfehlungen

C. M. Spoerri
Alia (Band 1): Der magische Zirkel
21. Februar 2020, Sternensand Verlag
548 Seiten, broschiert
High-Fantasy

Jasmin Romana Welsch
Krieger des Lichts (Band 1): Nihil fit sine causa
20. Oktober 2017, Sternensand Verlag
616 Seiten, broschiert
Urban Fantasy

B. E. Pfeiffer
Die Weltportale (Band 1)
27. Juli 2018, Sternensand Verlag
624 Seiten, broschiert
High-Fantasy

B. E. Pfeiffer
Götterherz (Band 1)
9. November 2018, Sternensand Verlag
362 Seiten, broschiert
Urban Fantasy

Regina Meissner
Venturia (Band 1): Juwelen und Verfall
14. Dezember 2018, Sternensand Verlag
364 Seiten, broschiert
Märchen

Carolin Emrich
Elfenwächter (Band 1): Weg des Ordens
15. Januar 2017, Sternensand Verlag
308 Seiten, broschiert
High-Fantasy

Mehr Fantasy aus unserem Sortiment

Smilla Johansson
Die Wikinger von Vinlang (Band 1):
Verlorene Heimat
7. August 2020, Sternensand Verlag
548 Seiten, broschiert
Historische Fantasy

J. K. Bloom
Autumn & Leaf
17. Januar 2020, Sternensand Verlag
448 Seiten, broschiert
Dystopie

Regina Meissner
Snowdrop Manor: Tage unter Krähen
20. März 2020, Sternensand Verlag
462 Seiten, broschiert
Dark Fantasy

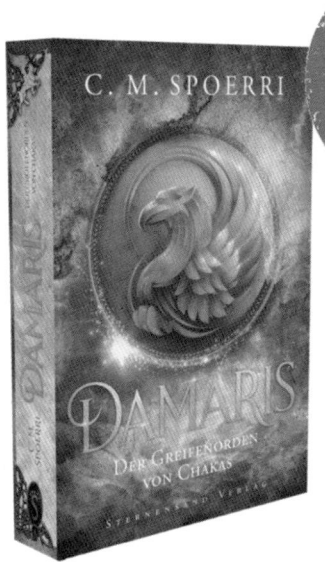

C. M. Spoerri

Damaris (Band 1): Der Greifenorden von Chakas

31. Juli 2020, Sternensand Verlag

High-Fantasy

Klappentext:

Hätte Greifenreiterin Damaris ihrer Schwester nicht versprochen, drei Jahre lang im Magierzirkel von Chakas ihre Wassermagie beherrschen zu lernen, wäre sie wohl bereits am ersten Tag zurück ins Talmerengebirge geflogen. So aber versucht sie, sich der neuen Situation anzupassen. Dass Cilian, der Leiter des Greifenordens, eine starke Anziehungskraft auf sie ausübt, ist dabei ebenso wenig hilfreich wie die Hänseleien der Mitschüler. Und da wäre noch der mürrische Greifenreiter Adrién, der mehr über Magier und deren Intrigen zu wissen scheint, als er preisgibt. Doch Damaris wäre nicht Damaris, wenn sie nicht ihre ganz eigene Art fände, mit den Widerständen zurechtzukommen. Nicht ahnend, dass sie sich dabei auf ein gefährliches Terrain begibt …

Besucht uns im Netz:

www.sternensand-verlag.ch

www.facebook.com/sternensandverlag